意识丛林

Yi Shi
Cong Lin

时光快车 著

江苏凤凰文艺出版社
JIANGSU PHOENIX LITERATURE AND
ART PUBLISHING

图书在版编目(CIP)数据

意识丛林 / 时光快车著. -- 南京 : 江苏凤凰文艺出版社, 2020.12

ISBN 978-7-5594-4349-6

Ⅰ. ①意… Ⅱ. ①时… Ⅲ. ①长篇小说-中国-当代 Ⅳ. ①I247.5

中国版本图书馆 CIP 数据核字(2020)第 221762 号

意识丛林

时光快车 著

责任编辑 朱雨芯
装帧设计 书香力扬
责任印制 刘 巍
出版发行 江苏凤凰文艺出版社
南京市中央路 165 号, 邮编: 210009
网 址 http://www.jswenyi.com
印 刷 成都兴怡包装装潢有限公司
开 本 787mm×1092mm 1/16
印 张 27
字 数 540 千字
版 次 2021 年 1 月第 1 版
印 次 2021 年 1 月第 1 次印刷
书 号 ISBN 978-7-5594-4349-6
定 价 78.00 元

為孔科兄題寫書名

言派叢林

庚子秋月 張坤人

為紅科兄題寫書名

意識叢林

庚子秋月

龍坑人

目　录

引　子

戴着面具的幽灵
反复
出现在梦中
窗外
星空无形地
旋转
如钩之月
发着惨淡的
冷光
周遭死一般的
寂静
忽然传来一阵
无声的
脚步
分明就在身边
却不见
踪影

第一章　星月之夜

在一片废墟之上，死一般的寂静。

一个人在漫无目的地寻找着什么。在昏暗的背景之中，仿佛就是一个“幽灵”。

突然，“幽灵”的面前出现了一个真的幽灵。这个幽灵戴着恐怖的面具。

幽灵对那人说：“你最爱的人正在死去！”

……

×先生从梦中惊醒，大汗淋漓。

又做噩梦！最近他老做这类奇怪的噩梦。

但更奇怪的是，他连自己是谁都不知道，更不要说那个“最爱的人”。

×先生从床上坐了起来，打量了一下四周。

四周一片黑暗，只有微弱的一丝红光。

渐渐地，他的眼睛适应了。他觉得自己似乎处在一个正立方体的空间之中，那个微弱的红光仿佛从探头发出的。

四周既没有门，也没有窗，完全是密闭的。

×先生使劲咬了咬自己的手，一阵疼痛。

不是在梦中！

那自己究竟在什么地方?！他实在记不起自己是怎么来的，以及来了多长时间。

突然，似乎有一阵脚步声传来！

×先生凝神倾听。

哪是什么脚步声，分明是自己的心跳。

×先生轻轻地叹了口气。

突然，一阵强烈的恐惧感没来由地袭了上来。

分明是有人在悄悄地接近自己，那个无声的脚步声自己用心能感受得到。

×先生跳下床，沿着立方体的边缘四处摸索着。很奇怪，摸上去有点软绵绵的，上面没有开关什么的，这根本不是什么墙壁。

那个无声的脚步声随着自己的心跳越来越快，越来越近。

×先生确认不是幻觉！那无声的脚步的感觉是如此真切！他努力做着深呼吸，试图让自己的心跳慢下来，但收效甚微。

×先生越来越恐惧，本能地想找一个地方躲一躲。

但这个正立方体之内，似乎除了这张床之外，没什么可遮蔽的地方，只是空荡荡的空间。

×先生钻进了床底，全身缩成了一团，眼睛紧张地注视着黑暗中的一切。

不知道是不是自己的注意力转移的缘故，那个无声的脚步声竟然不知不觉间消失了。

×先生吁了一口气！

现在周边是彻底的死寂一般的静，静得可以听见电磁波杂乱无章的噪声。

×先生怎么也想不起自己是怎么到这个鬼地方来的。

难道自己打从娘胎出来，就生活在这个地方?!

娘胎?！自己的妈妈是怎么个样子?

×先生竟然连自己的妈妈也想不起来了！他无比痛苦地拼命捶打着自己的脑袋。

我之前的最后记忆是什么?

一声枪声?似乎是一声枪声！依稀记得是一声枪声！但也仅此而已，其余的什么也不记得。

莫非?!

突然，一阵更为恐怖的念头袭来！

是不是自己已经变成了鬼魂?！难道是喝过了传说中让人忘掉前世的孟婆汤?!想来是刚喝过，所以还依稀记得那声枪声；想来是刚成鬼魂，所以还不能适应鬼魂的世界，只能听见鬼魂的脚步但还不能看见鬼魂的形象。

×先生越想越怕，越怕越想，在惊恐之中绞尽脑汁地搜寻着自己的一切记忆，但最终发现一切是徒劳的，自己的记忆像被人从脑子里删除了一般，一片空白。

呵呵，既然是鬼魂了，那还有什么好怕的！×先生忽然自嘲地自言自语了一声。

就在×先生想得出神之际，一阵微弱但清晰的脚步声划破了寂静。

脚步声?！×先生惊奇万分，是真的脚步声，不是无声的脚步声！

摄人心魄的脚步声终于停了下来，之后，一阵开锁的声音，紧接着，又“啪”的一声，似乎按到了哪个开关。

×先生目力所及，一片洁白，纯静得像天堂的白色一般。

突然，对面的一片白色之中，破了一个大洞，两对眼睛飘浮了过来。

有这等稀奇的事?！×先生揉了揉眼睛，定睛再看时，才看清是两个身穿着白衣服，戴着白帽子、白口罩的人从一扇白色的门中走了进来。

那两人稍一搜索，径直走到×先生藏身之前，把×先生从床底下拖了出来。

“该吃药了！”其中一个白衣人说。另一个白衣人托住×先生的下巴，把三粒片剂塞进了他的嘴巴，看着他咽了下去。

“水在那里！”给×先生喂药的那个白衣人临走前指了指桌上的一瓶矿泉水。

“老实点，不要乱动！”另一个白衣人说。

门“砰”的一声关上了。那两个白衣人像幽灵一般，很快地出现，又很快地消失，简直像做梦一般。

趁着灯光还亮着，×先生迅速打量了一下环境。如先前所想象的，他的确处在一间方方正正的房间之中，房间是清一色的白色，没有一处门窗，顶有一盏白色的吸灯，床一侧墙壁的上面，有一个送风口，缓缓地吹动着红色的丝带，旁边还有一个监控探头，正发着红色的光。整个空间中除了一张床，还有一张桌子，一把椅子，光秃秃的桌子上只有一瓶矿泉水。

×先生背对探头，从舌底下吐出三粒药，动作隐蔽地把它们放到裤袋里，打开矿泉水瓶喝了几口水。然后，觉得疲倦至极，背靠在墙壁上喘着气。墙壁像是海绵材料，弹性十足。

×先生终于记起了这几天的一丝蛛丝马迹。他好像来这儿有几天了，每次他们给他喂这种药，他都要出现一些幻觉，幽暗的黑夜，旋转的星空，恐怖的幽灵，这些影像挥之不去，就像是真切的存在。

也许自己被人绑架了！×先生重重叹了一口气。看情形的确是被绑架了！

×先生推了推那两个白衣人进来的门所在的位置，纹丝不动！里面没有门把手，根本无法拉。如果是绑架，门外一定有人守着，×先生放弃了从门里出去的念头。

通风口?！×先生把桌子移了过去，在上面再放一把椅子，然后爬了上去。

上面只是一个直径约五厘米的小管！从这里也没什么办法可想。×先生无意间看到了旁边的监视探头，正倒映出自己的小像。在电子线路的另一端，一定有人在密切监视着自己。就算有办法出去，也会被人发现的。×先生无奈地跳下了桌子。

跳下桌子的一刹那，×先生瞥见了一个长方形的隐隐的黑线，那是门的缝隙！

既然有门的缝隙，那么会不会有窗的缝隙?！×先生仔细地在四周找寻了起来。

除了门之外，这个白色的“正立方体”像是浑然一体，周边再也没有一丝缝隙了。

×先生失望至极，用双手猛击墙壁。只听见一阵“叶叶”“咚咚”的声音。

不同的声音！真有门窗?！×先生心中突然涌起一阵希望。但仔细看看，又无缝隙。

正立方体空间中的灯熄灭了，只有那个监视探头还发着微弱的红光。

×先生仔细辨别着发出“咚咚”声的边界，再用力推了一推，那个地方随即凹陷了下去，像是没有刚性物体支撑似的。如果有把刀就好了！×先生叹了口气。不可能有刀的，不然关他干吗！但有没有可用的工具，或者什么物件呢？哪怕一支笔也是好的。

对，找支笔什么的！×先生摸索着来到了那张光秃秃的桌子前，胡乱地打开抽屉。里面除了一瓶胶水、一些纸张外，空空如也，没有其他物件。

突然，×先生又感到一阵恐惧，那个无声的脚步声又来了。每一声无声的脚步声都撞击着自己的心跳，说不出的紧张和焦虑，也说不出的难受。

×先生脑子里又浮现出了种种怪异的图像，仿佛看不见的空间在收缩，星空在慢慢地旋转，四周充满了那些无形的幽灵。

×先生恐惧至极，突然他一阵助跑，一个飞腿踢向了那个能发出“咚咚”声的墙壁。

只听见类似布帛撕裂的“刺啦”一声，墙壁上竟然出现了一个破洞，破洞中照进丝丝的亮光来。虽然这些亮光很微弱，但在里面极度黑暗的背景下，又是非常醒目。

×先生从地上爬起来，看到眼前的这一切，恐惧感消退了大半。他用尽全身气力，拉扯着破洞处。在“刺啦”的声音中，破洞扩大到了一人多高。

外面果然是扇窗，而且是落地窗。窗外有一轮弯钩般的新月，以及稀稀落落的星星，透过厚厚的玻璃折射进弯弯曲曲的光来。

落地窗是死窗，无法打开。×先生拿了椅子砸了上去，落地窗发出沉闷的声音，却毫发无损。

×先生摸了摸胸前，解下一条钻石项链。他一直不明白为什么胸前挂着这么一条钻石项链，但现在终于可以派上用场了。他从桌子抽屉里拿出那瓶胶水和一些纸张，把这颗钻石粘在了玻璃之上。

然后，他拿起了椅子精准地撞向了钻石处。一下，二下，三下……玻璃渐渐地出现了裂缝。

×先生停了下来，把那条项链收回，重新挂在自己的头颈上。虽然不知道项链是怎么回事，但没准它跟自己的身份大有关系。然后又用椅子猛烈地撞击起玻璃来。因为已经有了突破口，玻璃很快地出现了无数个裂缝。伴随着“咣”的一声，落地窗破碎出一个大洞。再撞击几下，撞出一人多高的出口。

奇怪，这些玻璃碎末掉下去怎么没有声音？×先生心里充满疑惑，伸头一看，刹那间像是跌进了十八层地狱，心中叫苦不迭。原来这是一幢高楼，从窗口望下去，少说也有十几层。地面停泊的汽车，已经小得像玩具了。站在上面，看着下面，不禁脚底心发痒。

真是绝境！×先生重重地叹了口气。

突然，外面传来一阵隐隐的脚步声。不好，这个探头肯定是红外线的，×先生突然明白过来。

事情紧急，得想个办法！如果这次逃不了，下次再要逃，那可是难上加难了。×先生往窗下看了看。突然，他急中生智，有了主意。

×先生快速返回到床边，动作麻利地把床单拉出，当作围巾披在肩膀上。然后，从落地窗破空处小心翼翼地爬了下去，艰难地抓住左边的一根黄色的管子。这根黄色的管子有十厘米左右的直径，不知是什么用途，但直通地面。

×先生有点恐高症，但逃生的欲望使他克服了恐惧，手劲也变得奇大，双手交叉沿着管子往下滑。不一会儿工夫，已爬下两三层。

那扇破窗突然亮出了灯光，从上面探出两个戴着白帽子白口罩的“幽灵”来。看见×先生正在往下滑，那两人焦急万分。其中一人以不容置疑的口气说：“快上来，快上来！”

看着×先生毫无反应，两个白衣“幽灵”紧急商量了一番。其中一个往里跑去。

另一个像热锅上的蚂蚁，在破窗前走来走去，口中还念叨着什么。

×先生加速往下爬去，不一会儿，又往下爬了两三层。

那个往里跑去的白衣“幽灵”去而复返，手里拿着一圈长绳。他把长绳的尾端结成了活结，抛了下来，要来套×先生的脚，×先生几次差点被他套住。

上面的白衣“幽灵”躁狂起来，猛烈地甩动着绳索。×先生注意力被分散，一个手滑，竟然失手掉了下去。

上面两个白衣“幽灵”发出两声毛骨悚然的尖叫！

×先生临危不惧，在下降的瞬间竟然抓住被单的两端。

被单吃足了风，满满地鼓了起来。×先生的双手似乎抓着几百斤的重物，并且越来越重。但求生的欲望，让他死死地抓住被单，一丝也不敢放松。

虽然被单起了部分减速缓冲作用，但从十多层高楼跌下，除非有奇迹，否则不死也得重伤。

但越接近死亡，×先生反而越冷静。他快速看了一下地面，然后用右手使劲扯拉被单。由于吃力的原因，身体微微向左侧飘去。

电光石火间，只听得“砰”的一声，一辆红色的吉利车被压瘪了。

在路人惊异的目光中，×先生若无其事地爬下了吉利车，似乎没怎么受伤。他稍许做了一下检查，在确认自己腿脚没骨折后，一瘸一拐地往黑暗中跑去。

背后，他隐隐听见高楼门口有人喊叫着跑了出来。

×先生七转八弯地跑过了几条小巷，直到确信那些白衣“幽灵”已找不到他了，才停了下来。

这是一条僻静的小巷，两边全是低矮的房子，路灯发出昏黄的光芒。在小巷的深处，有一个大院落。大院落门口有把可供多人休憩的石椅。×先生走了过去，一屁股坐在石椅上。

重新仔细检查了一下身体，发现还真没怎么受伤。刚才的情况真是危险！可自己为什么要慌不择路地逃跑，那边到底是怎么回事，他还是想不太明白。刚才的事情仿佛做梦般，那么虚幻。

要不找个派出所去报案？×先生突然想到了这一点。但没过五秒钟，他把这个想法给否决了。他连自己的身份都搞不清楚，派出所的民警会不会把他当成精神病人?！还是等明天天亮后仔细去看看那个关押自己的现场到底是什么地方，那时再作定夺。

但今夜自己到哪里去过夜？这是个现实问题。

×先生摸了摸口袋，除了一张纸之外，什么东西也没有。

突然，小巷拐角处急匆匆地跑来三人。前面一人是个年轻的女孩；后面两人却是面目凶狠的渣喽，手里挥舞着砍刀，其中一人还边跑边吓："你跑到天边老子也把你抓回去！"

女孩看见有人坐在石椅上，竟然停了下来，直接坐在了×先生旁边。

那两人不知×先生的来路，倒也不敢造次。其中一人对那女孩说："你玩什么花样？"

"不玩花样！我看见我的男朋友在这里，所以不怕你们了。"那个女孩狡黠地笑了笑。

×先生吃了一惊，满脸疑惑地看了看那女孩，但他对她一丝印象也没有。

"怎么了？才一星期不见，就装作不认识我了？！"那女孩笑着倚靠在×先生身上。

"我真是你男朋友？"×先生给彻底弄糊涂了。

"怎么不是，你是我的'至尊宝'啊！"女孩笑得越发灿烂了。

那两个渣喽看到这一幕，忍不住笑了起来。其中矮小的一人说："我是'鳖十'，现在的新玩法是，'鳖十'专吃'至尊宝'！"

×先生没理会两个渣喽的嘲笑，又问那个女孩："那我正式名字叫什么？"

"吴明！"那女孩想也没想地说。

"我叫吴明？！"×先生满脸困惑，他一点也记不起这个名字。尽管他知道这多半是那个女孩的随口胡扯，但还是抱着万一的心理，毕竟，这也算是关于他身世的第一条线索，尽管来得这么离奇。

那两个渣喽没这么耐心，其中高一点的一个不耐烦地说："我们不想管你的私事。不管他是谁，你都得还我们的东西。还了东西我们就放你走。"

那女孩笑了笑说："我没拿你们的东西。不信你们看！"说完她翻了翻各个口袋给那两个渣喽看。

"东西不交出来，你就得跟我们回去！"

"你们都看见了，我确实没有啊！"

"你肯定把它藏到哪里去了，我亲眼看到那东西是你拿走的。"

"跟你们走也不是不可以，但有一个条件。"

"什么条件？"

"看我男朋友同意不同意！"

那两个渣喽看那女孩说得确有其事，也不禁将信将疑。其中矮一点的那个将刀背敲了敲×先生的肩部："朋友，不相干的，少管闲事。"

×先生正全神贯注地努力回想往事，对那人的问话充耳不闻。那人见此情景，以为是受了蔑视，不禁大怒，将刀背猛地向×先生砍了下来。

×先生反应奇快，侧身一让，右手闪电般地抓住了那人持刀的手腕，拇指往肌腱处略一用力，只听"叮"的一声，刀具落地。

另一个高一点的渣喽狠劲发作，想都没想，直接把刀往×先生的腹部刺来。

×先生就在刀子快接近腹部的一刹那，以无与伦比的速度侧身左转，几乎就在同时，用左手夹住了对方的手臂，用劲震了一震，只听到一声痛苦的叫声，那人刀子也应声落地。

×先生左右手一推一送，那两个渣喽先后摔倒在地。

"你们两个都打不过一个，活该活该！"那个女孩拍着手笑道。

"滚！"×先生虽然动作潇洒，但刚才也着实吃了一惊，要不是他天生反应敏捷，这下肯定受伤了。

那两人领教了×先生的实力，心生畏惧，但兀自不退。

×先生看了看地上的两把刀，突然抬脚"啪啪"两脚，脚脚踢在刀把上，两把刀电掣风驰般地飞了起来。又听得"啪啪"两声，刀子插入了十米开外的小巷石灰墙上。

那两人瞪目结舌，色若死灰。半晌，矮一点的那个说："我们还会找上你们的。"说完，拉着高一点的有气无力地走到插刀处，使劲拔下刀子，竟然走了。

"你真没有开玩笑？"×先生仔细端详着那女孩，也不知道是不是心理作用，竟然有几分面熟。

"要不是你是'至尊宝'，这下肯定麻烦了。你知道刚才两人是什么人吗？"那女孩反问。

"哦，什么人？"×先生不禁也有点好奇。

"矮的叫军师，高的叫霸王，是那黑洞娱乐城的地头蛇。"那女孩说。

"你是怎么惹上他们的？"×先生问。

"鬼才知道！你知道地头蛇总是很凶的。"那女孩做了个鬼脸说。

"你说你是我的女朋友，可我连你的名字都不知道。"×先生叹了一口气说。

"我是海伦啊！"那女孩摸了摸×先生的额头，"没发烧吧！"

"我是什么职业？"×先生继续问。

“风速俱乐部头牌散打教练，绰号‘吴一腿’。你真的什么都记不起了?”那女孩惊讶地问。

“你要是说的是真的就好了！可我什么都想不起来。”×先生叹了一口气说。

“我正要问你，你刚才去哪里了?”海伦看起来有点不高兴。

“对面那座大厦叫什么名字?”×先生没接海伦的话头。

“星空大厦啊！这是我市的地标，高高在上，像神一样的存在。你问这个干吗?”海伦猜不透×先生的意图。

“刚才我就是从这座大厦的十几层高处跳下来的!”×先生轻描淡写地说。

“你今天怎么啦?净说些不着边际的胡话!”海伦露出一点也不信的神色。

“没有骗你。我其实是从十楼左右才失手跳下的，下落时拉了一块床单作降落伞，落地时砸到了铁皮较薄的吉利车。”×先生简要地解释了一下。

“那你为什么要从那么高的地方跳下来?”海伦更是不信。

“逃生的冲动！我似乎被关在一个奇怪的白色正立方体中。里面简单得不能再简单，但有说不清楚的东西，很是恐惧。我还被两个全身雪白的‘幽灵’所挟持，强迫喂药，并追赶。”×先生还是继续解释说。

“星空大厦离这儿不远，我们这就去看一看?”海伦觉得有点离奇。

“我对那边有点害怕。”×先生心有余悸。

“等你拥有那边的一层楼面，甚至整幢大楼的时候，你就不会怕了。”海伦揶揄了一句。

×先生害怕归害怕，但也想弄个究竟，终于跟着海伦向星空大厦走去。

星空大厦前，有许多车子，人流也不时地进进出出，因为上面有许多夜店，但地上没有×先生所说的压瘪的吉利车，高楼上也找不到砸破的落地玻璃窗。

“你又跟我开玩笑！你看，这里一切都没有发生。”海伦看上去满脸不高兴。

×先生给搞混了，莫非在做梦?！他咬了一口自己的手臂，一阵疼痛。他又摸了摸腿脚，膝盖和脚跟这下还在隐隐作疼。

“你呀，要么是在梦游，要么是精神出了问题。”海伦看见×先生不做声，数落他道。

“不会弄错的!”×先生坚定地说。

“那就是我的眼睛弄错了?”海伦带着嘲讽的口气说。

“肯定是有人把现场清理了。”×先生坚持自己的观点。

“难道落地玻璃窗也这么快就装好了？”海伦还是疑问。

“我也奇怪。但我很确信我是砸破玻璃然后从管道上爬了几层再掉下来的。”×先生突然又想到了什么，接着说，“你要是不信，我有证据。”

“你有什么证据？”

“带胶水痕迹的钻石项链。”

“这能成什么证据？”

“因为我用纸片粘住钻石，然后用椅子撞击的。只有这样，才能弄碎玻璃。”×先生边说边解下了头颈上的钻石项链，“你摸摸看，上面还有胶水的痕迹。”

海伦一看这条项链，不禁神色一怔：“你已经把这条项链送给我了，今天出门前我发现还在寝室里，怎么又到了你的手里？”

“我也搞不清楚这条项链是从哪里来的！”×先生依然一脸的疑惑。

“对了，你说你曾被两个全身雪白的‘幽灵’喂药？”海伦像是意识到什么。

“是啊！”

“我在想，也许你真用这条项链撞碎了玻璃，但你会不会记错了地方？”海伦像是突然想到了什么。

“什么地方？”

“你跟着我来。”

两人走了不到十五分钟的路程，来到一处占地几十亩的建筑群，里面的房子到处都亮着灯。靠近围墙有一幢五层楼的房子，一阵浓郁的栀子花香从围墙里飘出。

“这是什么地方？”×先生问。

“这是一院的精神病区，你看看有没有破损的窗户？”海伦半是戏弄半是认真地说。

“你这开什么玩笑?！我精神又没出问题！”×先生严肃地说。

“你连我都不认识了，还说精神没出问题?！”海伦戏谑地说。

“我刚才没有闻到过这样的花香！”

“也许你在逃跑途中没注意罢了。”突然，海伦一指那三层楼的一扇窗户，“你看，那边真有被砸破的窗户！”

“那只不过是巧合罢了！”

“要是你真从那三楼跳下逃走，那比你刚才的说法要可信得多。”海伦笑着说。

“你说你是我的女朋友，难道我被送进了精神病区，你都会不知道？”

“我已经找不到你好几天了，天知道你怎么进这种鬼地方去的!”海伦的神情让人弄不清是真话还是假话。

“好了，不管你是从哪里出来的，先把那个东西给我!”海伦转换了个话题。

“什么东西?”

“刚才那两个渣喽追讨我的东西啊!”

“那怎么会到我的身上来?”

“情急之中，我把它放到你的口袋里了。你摸摸看。”

×先生摸了摸两边的口袋，发现左边口袋里鼓囊囊的，伸手一掏，摸出一本本子来，同时带出了一张纸片，掉在地上。

海伦赶紧从地上捡起纸片。

“这张纸片也是你的?”×先生一边随便翻了翻本子，一边发问。

“不是我的。”

“那么就是我的了。”×先生一手递过那本本子，一手伸出等着海伦把那张纸片递过来。

海伦还在仔细地看那张纸片。

“这上面写的是什么?”×先生凑了上来，看到上面写着一首诗、一些英语单词和一串数字：

暮春随感

春风吹尽残冬寒，
雨滴滚珠碧叶圆。
危石临壁峙深渊，
险峰突兀盘云晚。
快马跑尽小山远，
去意未定溪水弯。
助力岚风往自返，
其时沉浸竟忘言。
Love in spring

2018. 05. 01

“你自己写的还问我?”海伦笑着反问。“想不到你作诗越来越有水平了!”

“这是我写的吗?”×先生又一片茫然。

“你今天真是入魔了，连自己的字迹也认不得了。”海伦摇了摇头，“你实在不信，找支笔，写几个字，核对一下笔迹。”

×先生摸了摸自己的口袋：“你有笔吗?”

“没有。到我住的地方去就有笔了。”

“你住的地方远吗?”

“你连这个也忘了！看来真有古怪!”

×先生跟着海伦绕过了几条偏僻的街区，一路上灯光幽暗，行人稀少，平添几分神秘色彩。

“你这本本子是怎么回事？真是他们的?”×先生边走边问海伦。

“这事慢慢解释！先把你的问题搞清楚要紧。”海伦认真地说，“才不见了几天，你就变成了这个样子。”

“你真没有戏弄我?”

“我为什么要戏弄你?”

“可是我一点也不记得了!”

“一定有什么事情发生在你身上!”

×先生突然痛苦地使劲用双手捶头。

海伦同情地看着他，拉住了他的双手，安慰他：“吴明，你一定会记起来的。”

×先生受到了一丝感动：“我真是吴明吗，海伦?”

“你在心底里多对自己说几句‘我是吴明’，也许会帮助你恢复记忆。”

“好吧，那么，我就是吴明!”吴明叹了一口气说。

“这就对了!”

“你的住处在哪里？我对黑夜有一种说不出的恐惧。不知道是不是心理作用，老是觉得有人一直在跟踪我们。”吴明说。

“可我与你相反，我对白天有一种说不出的恐惧。”海伦笑着说，“快到了，前面那个小区就是。”

两人很快来到了一幢九号楼的中间。只见海伦往后招了招手，说：“可以出来了，快来开门。”

话音未落，不远处跑来一个身材极为健美的女孩，长着娃娃脸，留着短头发，个子比海伦还高。

吴明惊讶极了，竟然还真有人跟在后面！“她是谁？你知道她一直跟着我们？”

“你失忆失得一塌糊涂！她是我的室友小敏，咏春拳高手，身手不见得比你差。那两个渣喽找我麻烦的时候，她就在远处跟着。如果不是碰巧遇到你，我就会叫她出来帮我抵挡。”海伦笑嘻嘻地说。

“哦，那我是多此一举了！”吴明带着一种受愚弄的神情说。

“怎么会呢？！是很大的惊喜，我终于找到你了。”

楼道里没有灯光，那个叫小敏的女孩拿出手机照路，不一会儿，三人来到了三楼。小敏打开了309室的门。

与小区简朴的风格不同，房间里的装修还算得体大方，约八十平方米的面积二室一厅，客餐厅中挂着一些很前卫的名画复制品，像是梵高的《星空》等作品。

海伦跟小敏说起吴明的情况，小敏也是一头雾水，半信半疑。

三人来到了书房。海伦给吴明拿了纸和笔，要他抄一遍那首从他自己口袋里发现的《暮春随感》。

“你自己看看，这不是你写的那会是谁写的？！”海伦反问。

两张纸上的字迹完全是一模一样！

“我为什么要写这样一首诗？”吴明自言自语地说。

“今年五月一日我们曾去危峰涧玩，你的诗应该是写那个场景的。”海伦突然恍然大悟地说。“但奇怪的是，这首诗好像以前没有看到过。”

“难道我那个稀奇古怪的梦应验了？”吴明自言自语地说。

“什么梦？”海伦问。

“一个关于幽灵的梦。我依稀记得这几天老是做差不多内容的梦，梦中幽灵对我说，‘你最爱的人正在死去’。难道这是真实的预言？！那两个渣喽追杀你跟这梦中的预言有没有关系呢？！”吴明似乎默认了海伦是自己的女朋友。

“别胡思乱想了！”海伦笑着说，“还是想想那首诗是怎么回事！”

“要是我知道那首诗是怎么回事，也不会不知道自己是谁了！”吴明苦笑着说，“照你所说，这首诗写在2018年5月1日，记的是当日我们去危峰涧的情形，还特意注上‘爱在春天’的英文字样。诗本身非常正常，但不正常的是为什么我全身上下只有写着这首诗的纸片？”

“你还是认为自己刚从星空大厦十几层中的某间密室里逃出来？”海伦一脸不以

为然。

“感觉非常真实！”吴明回答。

“那这首诗一定是某些线索，比如密码什么的。”海伦揶揄道。

“这首诗是我写的……为什么我写这首诗？这首诗一定是我在没有失忆前写的……如果在没有失忆前写的，一定是想提醒自己些什么，或者记录些什么。”吴明自言自语。

“如果你被人控制，人家会让你随便写提醒或者记录的内容？”海伦摇了摇头。

“所以，只能是以抒情诗面目出现的暗语?!”吴明若有所思，“因为就算我是被人劫持的，写首无关紧要的抒情小诗，总是会被允许的。”

“那你放了什么巧妙的暗语呢？”海伦反问之后朗读了起来，“春风吹尽残冬寒……是春风？还是残冬？”

“好像有一个叫‘春风苑’的小区。”那个长着娃娃脸的小敏插了一句话。

两人没有理她。海伦继续朗读了下去。直至读完，两人连暗语的影子都找不到。

“‘春风吹尽残冬寒，雨滴滚珠碧叶圆。危石临壁峙深渊，险峰突兀盘云晚’，这四句是描写景色，说的是春风吹去了残存的冬天的气息，雨滴落在碧叶中圆圆地滚动。深潭的峭壁上有一块危石屹立着，险峰的尖头盘旋着傍晚的云朵。这景色完全就是前山的危峰涧一带啊！

‘快马跑尽小山远，去意未定溪水弯。助力岚风往自返，其时沉浸竟忘言’，快马跑到了通往小山路径的尽头，一时兴起，在弯弯的溪水旁还不想回去。山风推着人走，然后又来了一阵乱头风，那时深浸在其中，其妙无穷，竟然忘了说话。这也是我们当时游玩时的情况，但开的是车，没有马。”海伦又把诗解读了一遍，“你看，有什么暗语？”

“我找到了！”小敏一阵尖叫。

“找到暗语了？是什么？”吴明急着问。

“我是找到春风苑小区了，真有这个地方！”小敏指着电脑上的百度地图说。

“哦，春风苑算不得暗语！只有‘春风’两字相同，这太牵强！”吴明有点失望，又自言自语地说，“这首诗看上去极其平常，没什么拗口和特别的地方，难道不是暗语?! 但这说不过去……”

“春风苑，爱春路 201 号，高档小区诶！”海伦凑过去看了看，带着嘲讽的口吻说。

吴明正出神地盯着这首诗的落款，听到海伦的声音，不禁联想：“爱春路，爱春路，Love in spring！难道春风苑真是诗中隐藏的信息？”

“春风苑虽然只是爱春路的一个路号，但里面有八十多幢房子。”小敏从网上搜寻着相关信息。

突然，吴明脑中灵光一现：“真是暗语诗！春风苑，爱春路 201 号 80 幢 501 室！”

“那是什么地方呢？会不会你是从那里逃出来的？”海伦依然露出怀疑的神情。

“逃出来的地方犯不着用暗语诗！”吴明把诗递给了海伦看，自己凑到小敏的电脑前仔细端详着。

春风苑其实离这儿并不远，就在一院附近两三公里处。一院也在爱春路，87 号。这条路的起名大概是跟“妙手回春”的意思有点关联吧！

“呀！还真是一首暗语诗！”海伦兴奋地叫道。

“我说的没错吧！”吴明对海伦认同自己的观点很高兴。

“也许你说的是对的。但你漏出了更大的信息。你仔细看看每一句诗的第一个字。”海伦眼睛闪烁着光芒。

“春——雨——危——险——快——去——助——其！春雨危险快去助其！这是一首藏头诗！”吴明恍然大悟。

“那春雨是谁？”海伦带着一丝警惕的神情问。

“我也不知道！该死的失忆！”吴明还是一脸无奈，“但我猜应该是一个朋友吧，也许与我的失忆密切相关。”

“春雨危险快去助其，爱春路 201 号春风苑 80 幢 501 室。你在那首诗中设置了这么精巧的暗语？”海伦似乎觉得不可思议。

“我也不知道是不是自己设置的！”吴明露出一丝苦笑。

“不管怎样，我们马上到那里去，看看有什么古怪！”海伦似乎开始有点相信吴明的离奇遭遇了。

三人立即出发，小敏用打车软件叫了一辆私家出租车。在车上，三人怕话题敏感，竟然不约而同地沉默无语。十分钟左右，到了爱春路 201 号。三人下车，步行寻找 80 幢 501。

“听‘春雨’这个名字好像是女的。”海伦好像有点耿耿于怀。

“也许是男的也说不定。”小敏插嘴。

“不管是男的还是女的，如果那首诗的暗语是真的，都说明他是我关系非同一般的朋友。”吴明转头问海伦，“你不知道有这么一个人吗？”

海伦摇了摇头。

“对了，海伦，你是做什么工作的？”吴明突然问了这个“奇怪”的问题。

“你这人脑子烧得真厉害！”海伦看上去一脸愠色，“你自己慢慢想吧！也不知道是真失忆还是假失忆！”

吴明自觉理亏，也只得任由她数落。

春风苑是比较高档的小区，80幢01进口大门紧闭，需要房主人认证。吴明按下了501的按钮，许久不见回应，抬头看看501室的房间，灯光亮着。

“也许是按钮坏了！”小敏边说边按了个502，也不见有回应。再按401。不一会儿传出主人的声音，小敏赶紧解释相关情况，请求帮忙。只听见“啪”的一声，那人挂断了通讯，没开门。

海伦见状，随便按了个301。不一会儿，里面又传出了房主人“谁”的声音。“收物业费！”海伦马上回答。“我们已经缴过了！”“部分标准调整了，要补缴！”“真是杀人一样的贵！”在那人骂骂咧咧声中，门“啪”的一声打开了。

三人获此良机，鱼贯而入。

那个骂骂咧咧的人是个中年油腻大叔，正开着门，等在三楼门口。

“你们这是怎么做事的?!”那人余怒未息。

“大叔，对不起。看错门号了，不是您家。”海伦非常乖巧。

“你们这是怎么做事的！”三楼的门又“砰”的一声关上了。

三人来到了501室前。吴明按了按门铃！许久，没有反应。于是干脆用拳头敲了起来。

“来了！”只听见一声苍老的声音。

门开了，是个七十多岁的老婆子。那人疑惑地看着吴明三人：“你们找谁？”

“请问这里是春雨的家吗？”海伦有礼貌地问。

“我还以为是念佛的‘蛇大妈’！”那老婆子警惕地问，“春雨?！春雨是谁？这家里只有我和老头子。”

“老奶奶，你认识他吗？”吴明跨前半步，问那老婆子。

“我的孙子出国了。你们又不是我的孙子孙女，我怎会认得！”老婆子似乎很不高兴，话中有话。

“死老太婆，来了些什么客人？”一个老头子从房间里走了出来。

“死老太公，这些人来这里找什么春雨秋雨的，你认识他们吗？”

那老头眯缝着眼看了看吴明，又转头看了看海伦和小敏，满脸充满笑意。

“别色眯眯地看人家，死老太公！”那老婆子一把揪住老头子的耳朵。

“别动粗，外人在，不雅观！”那老头似乎是个老师出身。

“这些人是不是你老年大学里认识的？”老婆子眼神很严厉。

“我不认识他们。”老头子转头又向海伦等人说，“对不起，你们找错门了。”

“你们真不认识春……”

还没等吴明说完，门被那老婆子粗暴地关上了，门缝里隐约传出一句话：“明天起你跟我念佛去，省得七花八花……”

三人面面相觑，哭笑不得。很显然，这两个老年人不大可能与那首诗里的暗语有任何关联。如果有什么阴谋组织，也不大可能把他们作为目标。

“一定是哪个环节错了！”吴明自言自语地说。

“有没有可能根本不是暗语？！所谓暗语，是我们自己牵强地编织出来的？”海伦泼冷水。

“我还是坚持自己的感觉。”吴明坚定地说，“那首诗不会无缘无故地放在我的口袋里的。”

“你那首诗我再看看！”海伦顺手接过吴明的诗，在微弱的楼梯感应灯下仔细地看了起来。

“看来的确像暗语。”海伦轻轻叹了口气说，“但这户人家显然没有春雨！”

三人无精打采地走出了春风苑，沿着爱春路的人行道漫无目地往东走去。

“我们下步该怎么办？”吴明若有所思地对海伦说，“要不我们到星空大厦附近的派出所去报案？”

“你这样去报案，人家不把你当成精神病人才怪！”

“那怎么办？”

“先到我们住处过一夜再说吧！没准到了明天，你什么都记起来了！”海伦安慰吴明。

远处的钟声响了起来，晚上十点。爱春路上车辆明显稀少了不少。两旁的广告灯箱鳞次栉比，构成一道独特的风景线。

吴明顺着灯箱广告极目远眺，极力回忆着这个城市印在自己脑海中的记忆，哪怕是点滴的模糊印象也行，又仿佛自己的身份之迷隐藏在这炫目的灯箱广告之中。

“确实有个环节错了!”吴明突然大声喊了出来，把海伦和小敏吓了一跳。

“哪个环节错了?”海伦问。

“你看前面的灯箱广告!”

海伦眼睛一亮：“的确有个关键的环节弄错了!”

“什么关键环节弄错了?”小敏还未反应过来。

“我们要找的不是春风苑，而是春雨听韵!”

“春雨听韵处，禅心品茗时。春雨听韵，成功人士的精神家园。爱春路20号。六十八幢豪宅极品收藏。”小敏把灯箱广告的内容读了出来。

“看上去好像很合理。‘春雨危险快去助其’！而那个‘春雨’竟然在名为‘春雨听韵’的高档小区内……”海伦像受到了感染，竟然也自言自语起来。

“没准‘春雨’是个代号!”吴明插话说。

“我话还没有说完呢！只是还有一个小小的疑问，照我们解读暗语的方法，那个‘春雨’应该在爱春路20号春雨听韵180幢501室，但灯箱广告却显示只有六十八幢。”

“反正没有其他线索，过去看看再说。”小敏已经用打车软件呼叫私家出租车了。

春雨听韵背靠城中的小山，闹中取静，无疑地段极好。

吴明三人径直寻找180幢。但找来找去，不要说找不到180幢，就连68幢都找不到。这个小区方方正正，幢号编制很规则，可他们找到最大的号数只是60。

“是不是又解释得太牵强了?”海伦反问。

“有没有可能是18幢?”吴明不甘心。

“那更加牵强了！那个‘零’怎么解释?”海伦质疑。

小敏听到这话按照编号规则径直往18幢跑去。

“就算落款数字跟房子无关，我还是相信藏头诗的一句话，‘春雨危险快去助其’这句暗语是真实的。”

“你凭什么这么说?”

“我有强烈的直觉!”

“照你这样说，那串数字和字母要么没有特别的意义，要么是另外的暗语?”

“应该有这个可能吧!”

“银行账号？密码?”海伦以一种戏谑的语气调侃。

“快来看!”小敏远远地喊了一声，对他们拼命地招手。

两人停止争论，小跑过去。

依然是 18 幢！但后面加了一个 0，18-0 幢！

吴明前后左右看了一下，发现这一片竟然有 18-0、18-1……直至 18-8 幢。这也解释了找不到 61 以上的幢号，原来 18 系列里有隐藏的 8 幢。看样子是这里的人很迷信 18，开发商为了迎合买主的这种心理，干脆把 18 幢弄成 9 个系列，安排在小区内的核心地段。

18-0 幢 501 室，这个似乎有点靠谱。但有了春风苑的教训，三人的期望也并不高。吴明抱着试试看的心情按了按 501 室的按钮。501 室的主人很快回应了，连问都没有问直接打开了一楼的公共防盗门。

三人忐忑不安地进入了楼梯。大概是由于刚开发的原因，这个楼梯竟然没什么住户，连灯光也没有，与小区的豪华风格极不般配。

吴明突然产生了一种虚无感，仿佛一切都是那么的不真实，他简直怀疑自己在梦中。

501 室的门开着！吴明怕再次失望，忍不住闭上了眼睛。

“你闭着眼睛干吗?!难道你在梦游?!”一声清脆的声音传入吴明的耳朵，是女孩的声音，隐约有一丝熟悉，仿佛带着点曾经的恋人即将分手时独有的冷酷。

吴明睁开眼睛，是一个鹅蛋脸女孩，站在门框里，白皙的脸孔在暗淡的门灯映照下尤显苍白。

不认识！但吴明觉得似乎在哪里见过她。看着那女孩冷峻的眼神，吴明一片茫然。他用没有信心又带着歉意的声音轻轻地问那女孩：“你是春雨吗?”

没有回答！依然是冷峻的眼神！

吴明被盯得别扭起来，这个暗语的解法多半又不靠谱！刚才是老婆子，现在是冷峻女孩，不同的形式，相同的实质，反正，又失败了！也许，那串数字和字母真是海伦所说的银行账号和密码！

吴明没信心至极，正想转身，那鹅蛋脸女孩竟然扑了上来，伏在他的肩上抽泣起来！

吴明不知所措，完全不知道发生了什么。但想到这个鹅蛋脸女孩这般动作，一定与自己的身份大有关系，因此也任由她倚伏。只是，女朋友海伦会不会吃醋?!这事日后肯定得花大工夫才能向她解释清楚。这下他背部如顶针毡，仿佛海伦的目光如无数支箭射向了他的后背。他根本不敢回头！

过了好久，那鹅蛋脸女孩才停止了抽泣。“你终于回来了!”这句话与刚才冷酷的声音有若天壤之别!

“你真是春雨?”失忆的吴明现在凡事总要问两遍以上。

“我不是春雨那还能是谁?”鹅蛋脸女孩语气中既有点娇嗔，又有点奇怪。

“抱歉！我失忆了，记不起以前的人和事。”吴明眼神带着歉意解释。“我也不知道自己是谁。”

“你是我的捷哥啊!”那个鹅蛋脸女孩声音中带着责怪。

“捷哥?!”吴明越发迷茫了。

“先进屋再说!”鹅蛋脸女孩像是有点心理准备。

“我先介绍我的两个朋友。”吴明一直忐忑不安于海伦的感受，这下终于有机会转换话题了。

“你的两个朋友?!”鹅蛋脸女孩以非常奇怪的语调问。

“是啊，她们与我一道来找你的。”吴明小心翼翼地回答。

“可我自始至终只看见你一个人。”

吴明转头一看，发现果然并无一人。“刚才有两个人与我一道来，不会有错的!”吴明喊了起来。

回过头来，发现鹅蛋脸女孩神色有点惊恐。“捷哥，你有没有听到脚步声？那种没有声音的脚步声?”

吴明心头一震，也不知是不是因为受了暗示，竟然似乎也听到了无声的脚步声，心跳也随之加快。

“你也听到过这种‘声音’?”吴明脱口而出。看到那鹅蛋脸女孩紧张的样子，他又安慰道，“不要紧张，也许只是因为我的话吓着了你而已。今晚发生了很多奇怪的事情，但刚才我的确跟女朋友海伦，以及海伦的朋友小敏在一起。我们为找你花费了很多周折，多亏了那首诗……”

“女朋友?!”鹅蛋脸女孩尖叫起来，“你有了新的女朋友?”

吴明一阵尴尬：“说实在的，我现在彻底搞糊涂了。现在所有与我身份有点干系的只有口袋里的这首诗。”他说完顺手伸到口袋里一掏。但掏了几个口袋，都不见踪影。难道是弄丢了，或者是刚才被海伦拿走了？虽然这张纸片上的字自己背都会背了，但眼前向这个鹅蛋脸女孩解释，只有这个物证才实在点。

正窘迫之间，那鹅蛋脸女孩开口了：“春风吹尽残冬寒，雨滴滚珠碧叶圆。危石临壁峙深渊，险峰突兀盘云晚……”她竟然把整首诗都背了下来，连落款的英文字母与数字都没有遗漏。

“你也知道那首诗?”吴明惊讶极了。

那鹅蛋脸女孩像看外星人般地直视着吴明，然后，重重地叹了一口气：“看来，你还真病得不清!”

“我先到下面去找找她们，马上上来。”吴明顾不得鹅蛋脸女孩不高兴，一溜烟地跑下了楼梯。

楼梯……小区……门卫处……爱春路……一路找去，竟然没见海伦、小敏的身影，问门卫，门卫都说没有看到。难道今晚所有遇到的都是幻觉?!又难道自己只是在梦游?!不，梦游还算是真实的，是不是在做梦?!突然，吴明心中一阵恐惧。如果海伦、小敏和诗都是假的，那鹅蛋脸女孩会不会是例外呢?!吴明下意识地咬了咬自己的左手，一阵疼痛!眼下只剩那个鹅蛋脸女孩了，对，赶紧回去，莫要让她也消失了!

18-0幢501室，防盗门紧闭!吴明按了好几次门铃，都无回应。这下吴明真的怀疑起刚才是不是曾经见过所谓的鹅蛋脸女孩。莫非真是个幻觉?!

“吱呀”一声，就在吴明胡思乱想之际，门竟然开了!

“既然去追女朋友了，还回来干什么?!”鹅蛋脸女孩余怒未消。

第二章　如烟往事

鹅蛋脸女孩的家里，挂着许多吴明的放大照，其中一部分是与那鹅蛋脸女孩的合影。

遥远的时空，陌生的古镇，熟悉的背影，憧憬的笑容。一张黑白照！吴明骑着一辆老式的自行车，行走在古镇的小巷之中。鹅蛋脸女孩坐在后面，脸部靠在吴明宽阔的背脊上，露出幸福的遐想……

像是穿越了时光的封锁，这张照片一下子把吴明带入了那青涩岁月。吴明似乎想起了些什么，又实在回忆不起那些美好的往事。脑袋中像是两种力量在打架，回忆与压制！一些细节压抑不住地冒了出来，但要再多一点，却又不能够。吴明的脑袋开始阵阵作痛。突然，他又使劲用手猛捶脑袋。

如火的枫叶，清冷的深秋，拾级的台阶，仿佛的钟声。这一张虽然是彩照，但已渐渐发黄。吴明与鹅蛋脸女孩在一家寺院前的合影，背景古朴而禅意，表情茫然又青涩。二月岭，寒禅寺，雾蒙蒙。是缘尽情空的纪念，还是许一生之愿的迷离?!

吴明不觉已经看呆！就算他依然回忆不起前尘往事，他也能把自己代入其中。他仿佛卷入了那场自己并不知道过程和结局的爱情故事，照片中的女孩，就是他的挚爱。就算从未发生过，也可以重新开始。但那是照片中的女孩，现在，她人呢?

吴明抬起头，与鹅蛋脸正好四目相对。看到吴明这么深情投入，鹅蛋脸显然怒气消散了大半。“这些照片一直在的，你又不是第一次看到!”

“我也搞不懂为什么什么也想不起来了!”吴明再次向她解释。

“回来就好，就怕出事！总有办法慢慢想起来的。”鹅蛋脸女孩吁了一口长长的气。

“这里是不是我的家?”吴明似乎是明知故问。

“你觉得是别人的家?”鹅蛋脸女孩用不可思议的眼神看着他。“如果我没有看错人，你的肚皮上有一道长约十厘米的刀疤。你自己检查一下。”

吴明惊讶极了，肚皮里有道刀疤，这他是知道的，但长度多少，这他却从没有注意过。他下意识地转身撩起衣服查验了一下，不长不短，果然是十厘米左右。

“那么，我到底是谁呢?”吴明已不再犹豫。连肚皮下的刀疤这等私密的事都知道，她肯定是自己非常亲密的人。

“你先放松一下!”鹅蛋脸女孩倒了一小半杯红酒递给吴明，让他坐在柔软的沙发上。“我给你讲个故事!”

……

2008年春天，烟雨濛濛，江南小镇寒禅镇来了两个英俊的青年，他们是Y市公安局下派的挂职锻炼的年轻警察。两个警察高矮相仿，能力相近，只是性格有些差异，一个比较外向，一个比较沉稳。他们在挂职期间协助当地派出所做了大量的工作，特别是在规范化方面，因此深得所里上下的好评。

寒禅镇上有家卫生院，卫生院里有许多年轻的护士，其中一个被誉为院花。有一次警民共建，派出所与卫生院联合搞联欢活动，两个年轻警察与院花相识了，他们同时爱上了她。院花很难取舍，因此一直没有表态。两个年轻的警察是关系很好的铁哥们，遇到这等尴尬事，虽然心照不宣，但谁也没有捅破。三人像是“普通朋友”般地交往，但明眼人一看都知道这些人处在热恋之中。他们在这个小镇上留下了许多足迹，也留下了许多故事。两人有时深夜闯入卫生院的护士宿舍，叫起那个院花，或者一道去吃夜宵，或者一道去爬山，反正总有稀奇古怪的事情。为了“掩人耳目”，那个院花大部分情况下都会带上同寝室的一名护士作伴。一时小镇弄得“鸡飞狗跳”，传言纷起。当然，在疯狂举动的同时，也有比较文雅的。那个院花喜欢诗歌，两人于是学着写诗，藉以争取芳心。

两个年轻的警察在进入情感世界的同时，却一点也没有影响工作。相反，在爱情的激励下，工作更带劲了，产生了良性的竞争。两人不约而同地提出了治安数据库建设，按照设计好的格式，要求各治安数据收集点定期报送相关的数据，他们利用自己设计的模型进行分析、预测。虽然当年的数据库极其简陋，但小镇的社会生活简单，数据库竟然发挥了一定的作用。在数据库的建设中，两个年轻的警察竞争归竞争，但主要还是分工合作，取长补短。最让人惊异的是，他们利用数据库分析，竟然得出了毒品流入小镇娱乐场所的结论。由于建功心切，他们瞒着所长暗中调查，结果竟然查出了摇头丸。两人赶紧向所长汇报。当时毒品还是比较少见的，所长考虑到辖区内查到毒品影响太大，因此主张低调处理，大事化小，小事化了，对上至少不用急着上报信息。

那个沉稳的警察发觉此事有蹊跷，他不想连累那个外向的警察好友，于是单独调查，结果竟然发现了那家娱乐场所有派出所所长小舅子的股份。于是他向局里汇报了情况。悲剧就这样发生了！所长向局里告发了那个沉稳的警察，说他作风不正，多次深夜潜入卫生院女寝室，影响极坏。局里把那个警察召了回去，要求他作出说明和检讨。那警察年轻气盛，认为该批评的所长不去批评，自己秉公办事，反遭污名化。一气之下，辞职了。这件事闹大了，那个所长也受到了压力。为平息风波，他走关系，调到了市委办做了一名科长。

当时，那名辞职的警察背着行李，离开寝室，落寞地走在小镇的古道上，万念俱灰。没想到背后有三个人追来给他送行。一个是他同来挂职的警察，另两个是那院花和她的护士同伴。更出人意料的是，那个院花竟然就此作出了决定，选择了那个离职的警察。不知是她欣赏他敢作敢为的性格，还是同情他的遭遇，抑或两者兼而有之。而那个护士同伴，也竟然让那个外向的警察明白了，她一直喜欢着他。

……

鹅蛋脸女孩说到这里，吴明已经大概明白了她所说的故事。

“你刚才特意注目的那两幅画正是那段时间的两个关键片断。骑着自行车的那幅是故事的初期。当时是四个人一道出去，另一个警察骑另一辆自行车，带着院花同寝室的同伴。当时依然在春天，照片是院花同寝室的同伴拍的。寒禅寺那张，已是清冷的深秋，像雾一般的细雨随风吹到脸上，冷得脸发麻。这是最后送行时那个外向的警察拍的。在寒禅寺里许了个愿，出来后在台阶上拍的。多年后，许多看到这张照片的朋友都以为这是分手的一刻，因为画面凄离落魄。却不知是分离而不是分手。作出决定时却分离在即，两情相悦却前途茫茫。”

“后来那个辞职的警察怎么样了？”吴明拼命抑制着自己的情感，但眼睛还是不由自主地湿润了。是啊，就算是别人的故事，也该为主人公叹息一声。

那个辞职的警察对数据库技术很感兴趣，利用在小镇搞过数据库的粗浅经验，在城区开了一家信息服务公司。但离开了公安系统，数据收集成了大问题。而没有大量的基础数据作支撑，分析、预测根本不可能。因此，信息服务公司逐渐演变成两块业务。一块是房地产中介。由于这块数据相对比较好收集，结合数据库技术，为客户提供的信息服务明显优于同行。因此，很快立稳了脚跟，初步解决了辞职后的经济困境。另一块实际上是私家侦探业务，但他只为委托人提供真实的信息和相应的意见建议。他严格按照法律、法规要求采集信息，一些基础性的信息从报刊、网站等公开的资料收集，个体性的信息也用合法的手段获得，尽量靠推理得出表层信息基础上的深度信息。这类业务最初只是一些婚外恋情况的调查，随着知名度越来越大，各种各样的业务随之而来，甚至包括调查官员的廉政情况。有一次，与上司激化矛盾的一个某局的科长，出重金要求调查上司的廉政情况。这类业务本身很敏感，辞职的警察原不想接，但那科长再三恳求，又联想到了寒禅镇那个问题所长，心中不禁勃然大怒，于是毅然接下了这个业务。他花了好长时间在调查对象家附近和常常出没的娱乐场所蹲点，终于找到了那人生活腐化和受贿的确凿证据。那科长把证据交给了纪检委，那名上司受到了相应的处理。尽管那名辞职的警察千叮咛万嘱咐地要求那科长保密，但终究隔墙有耳朵，他公司调查贪官的事情传了出来。一时间，在当地掀起了轩然大波。一方面，一下子有许多人要求作相应的调查，另一方面，他明里暗里地收到了许多威胁和恐吓，同时，还引发了相关部门对他这种行为合规性的讨论。总之，一时之间，他实际上是陷入了困境。

"这个难头他是怎样过去的？"吴明的记忆还是一片模糊，他非常担心地问。

那个外向警察回局里后，经过一段时间的努力，当上了部门副职，而且他与分管局领导关系非同寻常。在他的帮助下，这件事终于慢慢平息了。但那个辞职警察此后也不接类似业务了。同时，辞职警察答应替那个警察朋友办一件非常重要的事情。这件事非常重要，非常难办，也非常危险。

"一定是卧底！"吴明虽然记不确切，但已经猜到了什么。

为让辞职警察安心做那件重要的事情，那个警察朋友央求他的分管领导，帮忙把寒禅镇卫生院的那个院花护士调到了市第一人民医院。这也是此前那个辞职警察一直担心和努力的事情，因为自他辞职后，那个院花也饱受非议。有人甚至还说是她勾引了那个辞职警察，一个青年才俊的大好前途被她白白葬送了！

"那个外向警察为什么这么功利？直到要那辞职警察替他做事时才帮院花调动工作！此前他一直不闻不问吗？！"吴明开始有点愤愤不平起来。

"这事你错怪他了！其实他自那沉稳警察辞职后，一直内疚。他一心以为，如果当时联合调查、联合汇报，局里的态度也许会不一样。但当时那个沉稳警察正是怕有什么副作用，才没让他参与的。”

“那他后来可以作证啊！”

“那个有问题的所长非常狡猾。他当时采用分化的手法，在打击沉稳警察的同时，对外向警察采取捧的态度。当然，外向警察也没有受他离间的影响。但关键的时刻，局里来人调查的时候，他把外向警察派往了外地办案。”

“事后他没作说明吗？”

“来不及了！等他回来的时候，沉稳警察已经辞职了。后来他虽然多次向局里说明情况，但已经于事无补了。此后，他一直努力想做些什么事情来弥补。但因为那院花的名誉也受到了极大的影响，城区几家医院无人愿意接收，卫生局也不愿办理调动手续，借口她资格条件不符合进城的要求。他只好在其他方面帮助辞职警察，有时甚至在他做私家侦探业务时提供特别的方便。那次终于把那辞职警察发展为特殊人员后，他才有机会请动分管领导做卫生局领导的工作。”

“那几年辞职警察和院花两人可够艰难的！”吴明发出一声长长的叹息声。

……

“有这样一道题目，你做做看！”

1. C 说：如果 A 不是内鬼，那么 B 一定是内鬼。

2. A 说：要么 B 是内鬼，要么 C 是内鬼。

3. B 说：只有 C 不是内鬼，A 才可能是内鬼。

4. D 说：我凭直觉，也许 C 真的是内鬼。

上面四人，只有一个内鬼，如果只有一人讲错了，请问这里谁是内鬼？

如果有两人说错了，那么内鬼是谁？

“这问题太伤脑筋！我一个小小的护士哪有这种本事解题。”

“我们这个三棱镜信息咨询公司就只有你我两个人。我要不断提升自己的快速推理能力，你也要跟着学一点，没准哪天用上了。”

“可这题目实在太难了！”

“与直言推理相比，主要由假言推理组成的复合推理确实更烧脑，但它能更好地锻炼思维。假言推理由假言命题组成。C 说的是一句充分条件的假言命题。当出现前件，而不出现后件的情况下才是假的。在这里只有这样才是错的：不是 A 且不是 B，其余三种情况都是对的，即：不是 A 且是 B，是 A 且是 B，是 A 且不是 B。

“B 说的是必要条件假言命题。必要条件假言命题是没有前件，则一定没有后件；有前件，不一定有后件，因此，在后件中无论加不加‘可能’两字都是或然的。它与充分条件假言命题前后件互为倒置。为简便起见，先把 B 说的转换成充分条件假言命题：如果 A 是内鬼，那么 C 不是内鬼。同理，只有 A 是且 C 是才是错的，其余三种情况都对。

“A 说的是个不相容选言命题，两者必居其一。如果它是错的，那么要么是 A，要么是 D。

“D 说的是模态命题中的可能命题，不可能错。

“普及了这些基本知识，你就可以巧妙运用了。由于假言命题有三种对的可能，比较起来很复杂，所以我们反其道行之，对比一下它们错的情况，我把它称之为‘假性比较’。两个假言命题中 C 所说的‘假性命题’是‘不是 A 且不是 B’，B 所说的‘假性命题’是‘是 A 且是 C’。两者是反对关系，即不能同真，可以同假。转换到两个原命题，就是 C 和 B 不可能两个都说错了，这样就有两种情况，一是一假，二是二真。

“假设是一假，那么 A 所说的必定是真的，又有两种情况，一种是 B，则 A、C、D 都不是内鬼，分别代入 C 和 B 说的话，两人都对。这样与假设相悖，无效。另一种是 C，代入 C 和 B 说的话，符合假设。这样得出第一个结论：C 说的是假话，C 是内鬼。

“假设是二真，那么 A 所说的必定是错的。这样内鬼又有两种情况，一是 A，二是 D。是 A 的话，B、C、D 不是，代入 C、B 说的话，都对，符合假设。这样得出第二个结论：A 说的是假的，A 是内鬼。至于 D，代入验证后不符合假设。

“这样，在一人说错，一个内鬼的前提下，这里有两种可能，即 A 说错 A 是内鬼，或者，C 说错 C 是内鬼。双解！这样的分析看似有点烧脑子，其实主要步骤只有两步，即‘假性对比’与‘代入验证’。你再仔细消化一下，不懂来问。第二道题目你试着做做看。”

那个院花天资非常聪明，约莫花了五分钟时间，提了不少问题，弄懂了辞职警察传授的基本知识和技能。又花了五分钟，竟然把第二小题的正确答案给解了出来：A、C 说假话，D 是内鬼。

“你是怎么解的？”

“照你刚才所说，我先把 C 和 B 说的话进行‘假性对比’。刚才你已经说过了，‘假性对比’的结果是反对关系，原命题有一假，或者二真。如果是二真，因为 D 说的不可能是假的，所以‘代入验证’无效。只能有一假，这样A说的也是假的，推出‘要么A是内鬼，要么D是内鬼’，分别‘代入验证’，A出现悖论，D代入则C错B对。这样，D是内鬼，A、C说错了。”

辞职警察对她的解题速度感到惊讶，没想到她竟有这种天赋！

“你看，下次我也可以做私家侦探了！”

……

“捷哥。我汉语言文学自考本科快毕业了。我写的毕业论文与语言学有关。你看看，《语言的意义》，我先写了个提要。”

“哦，为什么要挑这个题目？”

“因为我喜欢诗歌，而语言是诗歌的基础。”

“让我看看你到底写了些什么？”

院花递给辞职警察。

语言的意义

我们每天都在用语言，但究竟什么是语言？这是个简单而又复杂的问题。各式各样的人们在交流的当然算是语言，但动物交流的声音算不算语言？蜜蜂的八字舞算不算语言？蚂蚁触须释放的化学物质，这种信号算不算语言？计算机程序算不算语言？在笔者看来，这些都可以算语言。简而言之，语言是有规则的信号传递系统。

任何一种语言都有特定的、确定的意义。以我们人类的语言为例，语言的意义包括浅层意义和深层意义两个大的层次。其中浅层意义包括逻辑意义和形式意义；深层意义包括境界意义和指代意义。

逻辑意义居于浅层之中，但它却是最基本的意义。任何一种语言，离开逻辑意义，就不能解读其他的意义。事实上，不同语言之间的翻译，也主要是基于逻辑意义之上的。逻辑意义虽然基本，但不是语言意义的全部。它只为全面、准确地理解语言提供了前提。在特殊的情况下，如密码语言之中，逻辑意义甚至与深层意义是相反的或完全没有关系的。在人类的自然语言中，有时也会发生逻辑意义与语境意义相反等不一致的情况。

形式意义也是浅层意义的一种。它只存在于人类的自然语言之中。形式意义是由语言的节奏、音韵等格式因素产生的音乐美感。事实上，不同语言的文学翻译就很难翻译出形式意义。与逻辑意义不同，形式意义是独一无二的。换句话说，逻辑意义可以翻译，而且可以是近乎一致的翻译，但形式意义根本无法翻译。形式意义最多可以近似地替换。但形式意义替换得看上去越完美，再创作因素就越多。理解了形式意义的存在和不可翻译性，我们才能明白为什么一种语言文学经翻译后看上去很平庸的原因。比如，人们常说法语是世界上最优美的语言之一，同样，法语文学也是世界上最优美的文学之一，但我们阅读翻译成中文的雨果名作《悲惨世界》《巴黎圣母院》等作品，虽然对雨果创作的浪漫但带有浓烈悲剧意味的故事惊叹不已，并震惊于雨果使用的强烈的对比法，但总觉得雨果的叙述枝蔓太多，不免有啰唆之嫌，那些与主要情节发展关联不是十分大的大量背景性叙述，因为翻译的原因，看起来就十分乏味。但据说如果我们看的是法文，一点也不会影响阅读兴趣，因为原著的音乐性非常强。也就是说，由于在翻译过程中丧失了形式意义，吸引我们对雨果作品读下去的主要是逻辑意义。与情节发展有关的内容因其逻辑性强，所以吸引力强；与情节发展联系较弱的内容相应地也就吸引力弱。再举一个例子，中国文学中形式意义最强的格律诗，在翻译成其他语言时，音乐美感的缺失是可想而知的。

浅层意义是理解的基础，但绝非全部。在许多情况下，一段语言的重点在深层意义，甚至出现深层意义与浅层意义不一致的情况。

境界意义是深层意义的一种。它包括意境意义和语境意义。意境意义是衍生意义，是逻辑意义的深化，是特定意象触发的美感。意境意义附着于逻辑意义之中，因此也能翻译，这个比较简单。

境界意义中相对复杂的是语境意义。同一种逻辑意义，在不同的语言环境中可以是不同的真实意思。比如“这家伙不是人”这样一句话，可以是最高级别的赞美，也可以是最高级别的谴责，全看语言环境。我们人类天生有一种理解语境意义的能力，当我们处在一定的语言环境中，别人即使口误，我们也能弄清他（她）的真实意思。中国的语言更多地是一种语境语言，有时候甚至主要观点没有在逻辑意义中出现，或者很微弱，但却在语境意义中强烈地体现出来。

语言最后一个深层意义是指代意义。指代意义既出现在人类自然语言的暗语中，也出现在人类非自然语言的密码语言之中。指代的载体（声音、符号等）与被指代的意义并无直接联系，中间通过一定的规则加以转化。

如果不经心灵的解读，语言就是死的，只是一种声波、一种图形、一种载体。经由心灵的解读，语言才重新活了起来，语言各个层次的意义才渐次显现。但不同的个体解读程度不会一样，因此，聪明人会听出弦外之音，善感者会悟出文学意境，多疑者会警惕危险苗头。动物把握语言的唯一方式是直觉，而我们人类把握语言的方式基本上是逻辑和情感。人类的语言是为人类自身服务的，但人类的语言发展得越高级，我们自身便越会成为语言的奴隶，在某种程度上是另一种“人的异化”。

“哟，很有理论水平！”辞职警察赞叹说，“人们通常说，女人的美貌与智商成反比，可在你的身上这条规则失效了！”

“少拍马屁！”

“对了，你可以重点研究一下你文章中所说的‘指代意义’，‘指代的载体与被指代的意义毫无联系，中间通过一定的规则加以转化’，这一点也许我们以后用得着。”

“我也这样想，你最新从D警察手中接受的秘密任务这么危险。所以我在学作藏头诗，万一有用得着的时候。”

“《暮春随感》是当时写就的藏头诗？”

“哪有这么深远的预测力！当时连这套房子都还没有买。”

“这个小区这么高档，我们哪有这么多钱？”

“是向几个老板朋友借的。”

“有这么好的老板朋友吗？”

“是在我们私家侦探业务中得到过重大帮助的客户。”

“那钱也是要还的，我们有这个收入？”

“我们在两个月前买入时没有这个收入，现在已经有这个实力了！”

“怎么回事？”

“十多天前，我们已经全数抛掉了鼎峰集团的认购权证，投入一万元港币，收益两千多万元港币。因为你最近失踪，所以钱还没有从股票账户中转出来。”

“这是怎么回事？”

……

辞职警察被发展为特殊人员后，先是帮助D警察收集些社会各阶层特别是底层的信息；等辞职警察逐步在社会上站稳脚跟后，D警察又暗地里委托他办些警察不便出面但非常重要的事，比如协调社会基层自组织的各种矛盾纠纷；再后来，因为一起重要的国保案件，直接要求他打入渗透组织的内部，充当内线。

辞职警察花了九牛二虎之力，终于打进了渗透组织“山巅之城”，为D警察提供了大量的内部信息，但D警察那边也被“山巅之城”安插了内线。就在D警察想行动的前夕，“山巅之城”率先发难了，他们把D警察陷害成“内鬼”。D警察被迫逃亡。在逃亡过程中他竟然查明了鼎峰集团、幽灵组织、“城东铁膝”都与“山巅之城”有关。“山巅之城”通过操纵鼎峰集团的资产重组，利用资本市场的认购权证等衍生金融产品大发横财，并把这笔钱用于渗透相关活动。辞职警察此前也获悉了鼎峰集团的资产重组计划，因此他试探性地买入了一部分认购期权，并于十多天前狂涨当天卖掉。

在辞职警察的内线信息帮助下，当天夜里，D警察在城西老杜的地下室里，与“山巅之城”组织进行了最后的摊牌。本来计划非常完美，因为公安局内还有一个暗藏的内鬼，终于使这场最后的决战功亏一篑。D警察一方损失惨重。

……

“D警察怎么样了？”吴明忍不住焦急地问。

“被公安局里隐藏最深的内鬼打死了！”

“啊！！！”吴明痛苦地喊道。“那内鬼有没有被揭露？”

“不但内鬼没有被揭露，连卧底也遭了殃。卧底目睹D警察被隐藏最深的另一名内鬼枪杀，精神都接近崩溃了。知道他卧底身份的D警察和一名局领导都已牺牲，现在唯一知道他卧底身份的却是那个依然还在的内鬼。”

“不能揭露他吗？”

“他在清剿‘山巅之城’渗透组织中立了‘大功’，又身居高位。谁相信他是内鬼？”

“那怎么知道他是内鬼？”

“因为D警察与‘山巅之城’最后摊牌深陷其中时，正是辞职警察直接联系Y警察的。Y警察据此才能率领人马精准地赶到地下室现场。事后Y警察故意在一百多个‘山巅之城’组织的成员中，暗暗地放那个内线回家。”鹅蛋脸女孩接着说：“你一回家，我们当时怕‘山巅之城’看出破绽，因为毕竟只有你一人逃了出来，而来报复，所以做了一些‘万一’的准备。那首藏头诗也是那时以你为主共同推敲的。那个内线很快被那个Y警察叫去了。我们原来以为只是一般的了解情况，没想到Y警察把内线藏到了一个不为人知的地方。我去局里找他要人时，他坚称从没有叫过我所找的人。局里其他领导都相信他。”

“那首藏头诗是怎么回事？”

“因为那个内线曾对我说过，‘山巅之城’有一种技术，能深度改变人的意识结构，我怕他有朝一日真的遭到不幸，忘了一些不该忘的东西，所以提议编制密码诗，把一些关键信息隐藏在其中，大家都背熟，并抄一份放在身上。”

“那不怕别人看到吗？”

“这其实也真是一首写景的诗。我们曾去前面山区的盘石湾玩了大半天。别人不会留意的。就算碰巧读到了藏头句子，也不会留意字母和数字，真正的密码价值却在那里。”

“不是危峰涧，是盘石湾？”

“危峰涧在哪里？”

“我也不知道。”吴明做了个无奈的表情。

“现在你听懂了这个故事了么？”鹅蛋脸女孩盯着吴明的眼睛一字一顿地问。

“听懂了。你就是那个院花，也就是春雨。可那外向警察叫什么名字？”

“他是你最好的朋友，也是D警察，叫黄雷震，外号‘独九’，十多天前死于‘意外’！Y警察明着是打内鬼包正权，但子弹从他的颈部穿透并击破了黄雷震的颈动脉，大出血而死。是巧妙的‘误伤’。”

吴明已经热泪盈眶，虽然还处于失忆状态，但至此已经没有半点怀疑了。

“这笔账，一定要去算清。”吴明擦了擦眼睛说。

“你现在恢复记忆了吗？”春雨问。

“只是一些模糊的印象，还没恢复，连自己的名字都记不起来。”

“你的名字叫史意捷，诗意敏捷的意思，你自己也是诗歌爱好者。当年，在寒禅镇，你写了许多诗歌给我。”

“虽然我还不能恢复记忆，但我大概知道是谁把我弄成这样子了！”史意捷若有所思地说，“那个所谓的海伦和小敏一定是所设迷局的关键人物，因为她们一直在骗我。”

“你确定刚才这两个人一直与你在一起？”春雨看上去根本不信。

“我的感觉非常真切。我从星空大厦逃离后，就遇到了那个海伦，还顺便帮她打发了两个纠缠她的小混混。我们一道去星空大厦、一院精神病区现场察看，一无所获。因为发现了那张写着诗的纸片，我们到她的住处核对笔迹进行研究。她的同伴，练咏春拳的小敏在临近住处时从暗处现身。我们三人在那里破解了暗语诗。‘春雨危险快去助其’这条信息没遗漏，爱春路也准确地猜测出来了，但住所一开始猜错了，猜成‘春风苑’80幢501室。后在爱春路上受到春雨听韵楼盘广告的启发，就找到这里来了。来之前还疑惑这里明明只有68幢，但为什么有180这个幢号。结果误打误撞找到了18-0这个幢号。我甚至还能清晰地记起那两个纠缠海伦的小混混是黑洞娱乐城的‘军师’和‘霸王’，这样的细节都记得清晰，怎么可能会是假的？”史意捷简单地回顾了刚才的经历。

“从星空大厦逃离？那是怎么回事？”春雨听得很仔细。

“我做了一个噩梦，梦见一个幽灵对我说，‘你最爱的人正在死去’。从梦中醒来，我就发现自己在一间没有窗户的密封的正立方体房间中，里面只有一张床和一张桌子、一把椅子，除了监视器红色的微光外，房间内一片黑暗。我听到了一阵奇怪的脚步声越走越近，说它奇怪，是因为明知是越走越近的脚步声，但偏偏听不到一丝声音，更离奇的是，脚步声的节奏与心跳一致，脚步声快，心跳快，脚步声慢，心跳慢，说‘听见’，其实是心跳感知到的。我恐惧至极！此后有两个只露出眼睛全身白色的‘幽灵’曾给我强制喂过药。趁此机会，我对周边环境作了观察。最后踢破了正立方体薄弱处，但发现自己处于绝境之中，外面是星空大厦十几层楼的落地玻璃窗。落地玻璃窗坚固异常，我想弄破它，但试了几次都失败了。最后还是靠这条项链上的钻石帮了大忙。砸破玻璃，我看了一下大楼墙壁及楼下的情形，发现有一条管道，下面有几辆红色的吉利汽车。我虽然有点恐高症，但是还可以自我控制。不知为什么，一看周边这种环境，我就确信能逃离正立方体。为了保险起见，我又带了条被单，万一下滑管道失手，也可以用被单作为降落伞，并尽量落在钢皮较薄的吉利车上。结果，真的发生了最坏的情况，我在白色‘幽灵’的干扰下，失手掉了下去。还好，最终的结果超过预想，我竟然完好无损地安全着地了，但那辆吉利车却毁了。匪夷所思的是，大约不到一小时后，我与那个自称海伦的女孩重返现场时，发现路上根本没有被压瘪的吉利车，十几层楼房上也没有任何破损的窗户。”

“下降途中一平方米的阻碍物能减轻20%左右的落地冲击力，亏你还记得这条知识！你叙述的条理还算正常。那么，你刚才说的与那个叫什么海伦的一起到一院精神病区干什么呢？难道她认定你是从精神病区跑出来的？”春雨仔细推敲着各个细节。

“海伦说不可能从星空大厦跳下来，却可能从一院的精神病区溜出来。到了那里，真有一扇被砸破的窗户，却在三楼。”

“那么，你是怎么想的？”

“绝无可能。因为那边有非常浓郁的栀子花香。如果我从那边逃出来，不可能不注意到这个这么显而易见的事实。”

“好的。你今天的遭遇，我已经大概弄清轮廓了。我再问一下，你到底失忆到什么程度?”鹅蛋脸春雨虽然看上去温柔，但由于曾反复训练过逻辑，这下理智得简直有点冷酷。

“没到这里之前简直是一片空白。到了这里，看到几幅老照片，又听了你给我说的‘故事’后，脑子里开始有一点隐隐约约的记忆，模模糊糊，断断续续，零零碎碎，极不完整，也不真切，充满了虚幻感，就像碎梦片断一般。想往深处想个究竟，脑袋又隐隐发痛。”史意捷痛苦地说。

“那么，你对我残存的记忆是什么?”春雨看上去非常紧张，也许，她怕史意捷连她都彻底忘得干干净净。爱情是男女之间特殊的情感，情感是建立在记忆基础上的，如果连记忆也没有了，爱情岂非自然消失了?!

“是雨，冷冷的雨。你我走在雨中，满怀心事，默不作声，像是分手的感觉。”史意捷颓然地说。

“也许是那张寒禅寺的照片刺激了你的些许回忆。”春雨柔声说道，“你回忆的片断正是你辞职之后的部分情景。我明确了我的选择之后，在雷哥和白云的陪伴下，来到寒禅寺许了愿。出来时雷哥替我们拍了张照片。不一会儿，风大了，天空从微雨变成了斜风细雨。雷哥和白云在后面远远地跟着。我与你默默地走在寒禅寺前的山阴小道上，面对茫茫前途，一时心事沉重，默然无言!”

“你休息一阵，慢慢会好的。”春雨安慰他说，“你别忘了，我现在已经是一院精神病区的总护士长，明天我带你私下里去看我市最好的精神分析专家莫院长，请他做做检查，制定个恢复性治疗方案。”

“哦，精神病区总护士长!”史意捷似乎连这个也忘了。“这事还不算最急的。眼下的当务之急是，一定要弄清楚我这几天在哪里?具体是谁把我弄成这样?今晚我的遭遇到底是怎么回事?”

“你选个切入点吧!我也好观察你思维的逻辑性。”春雨简直不带任何表情地说。很长一段时间之前，他们在三棱镜信息咨询公司分析相关案例时，总是以一问一答的方式进行分析推理，借以发现关键的节点，得出最终的结论。

“我在星空大厦十几层的那个正立方体中听到了无声的脚步声，刚才你问有没有听到无声的脚步声，其实我也‘听’到了。这说明，这无声的脚步声是某种真实的客观存在，不是幻觉。”

“同意。”

“既是某种真实的客观存在，又不大可能是自然现象，那么一定是有人以此来为他们的阴谋服务的。尽管我们不知道他们的阴谋和目的是什么。”

“勉强同意。”

“既然我们落入了阴谋的陷阱之中，那么我今晚的遭遇就不全是幻觉，至少我来到你面前就不是幻觉。”

“那是当然!”

“星空大厦的遭遇如果是事实，被人立即‘修复’了现场，那么说明设局的人阴谋很大。如果是幻觉，一定是我被某种形式的力量控制了，比如药物影响。如果我被某种形式的力量控制，还是说明设局的人阴谋不小。”

“无论如何阴谋都不小。”

“但钻石项链的胶水痕迹还在，除非我被制造幻觉的人伪造证据，否则这能证明我曾用它打破过落地玻璃窗。”

“你无法证明打破的就是星空大厦十几层高的那扇玻璃窗，但我相信你曾经处于危险境地，因为这条钻石项链你一直当护身符，一直很珍惜。”

“海伦与小敏不应该是幻觉，因为那首暗语诗是确实存在的，没有它，我们找不到这里。”

“有没有这种可能性：那首暗语诗只是存在于你脑子中的记忆，你是自己凭对这首诗的记忆逐步找到这里的?”

“问题是我此前已经失忆了!”

“那如何解释我没有看到你所说的两个人?”

“也许她们悄悄地溜走了!”

“好的，你的逻辑还没有混乱，至少说明不是精神疾病。”春雨舒了一口气说。“你所说到底是真实发生的，还是虚幻想象的，我们只要去相关现场找找客观证据就能判别。”

“说得对极了！我们这下就出发，去海伦和小敏的住处找找。”史意捷半刻也等不得。

“不能等到明天吗？也许一觉醒来你会想起很多事。”春雨温柔地说。

“如果那是个巨大的阴谋，而海伦、小敏是真实存在的，且是阴谋相关人员，我们现在也并不安全。倒不如主动出击，先把这件事查查清楚。”史意捷坚持。

“你说的也是！”春雨凝思了片刻说，“但你要改换一下行头再出去。”

“你怕有人盯着我，换套行头目标小点？”史意捷知道春雨的心思。

“不管你说的那些事是真是假，有一点是确凿无疑的，那就是你被 Y 警察勾结‘山巅之城’残余分子劫持了一周多时间，期间他们肯定对你做了点什么。何况除了‘山巅之城’残余分子对你重点关注之外，理论上你还是‘山巅之城’组织的漏网人员，还是小心一点的好。”

史意捷由着她换了一身二十岁左右的年轻人所喜欢的服饰，夹克衫带着斗篷，再戴上一个黑色的口罩。这样严严实实地把自己的“真面目”隐藏起来了。她自己也换了一套类似的，也有斗篷，也戴口罩。于是两人就变成了一对非常前卫的少男少女情侣。

“你叫春雨，这个小区的名字叫春雨听韵，怎么会这么巧合？”

“是啊！两个月前我听到有这个高档楼盘跟我同名，所以砸铁卖锅借钱也买了。幸好后来你在鼎峰集团的认购权证上大赚了一笔。不然，我们可能要背上好多年沉重的债务。”

春雨已经通过打车软件叫了辆私家出租车：“你知道目的地？”

“凤翠花园。”

凤翠花园是个比较老旧的小区，小区内只有几盏稀疏的灯光，已是晚上十点半，小区内一片静谧。

“你确信就是这幢九号楼？”春雨问。

“九号楼 309 室。”

在老旧的小区找人也有好处，那就是一楼处没有公共防盗门。两人在黑暗的楼梯拾级而上，很快来到了 309 室。

敲了很长时间的门，不见有人来开。史意捷忍不住加大了敲门的力度，整个静谧的楼梯中都听得见咚咚声。

门“吱呀”一声打开了，但却不是 309 的门，是对面 308 室。

“深更半夜了，你们还找谁？”308 室开门的是一个七八十岁的慈祥老婆婆。

“我们找对面 309 室的海伦和小敏，就在一两小时前，我来过的。”史意捷赶紧解释。

那婆婆露出非常惊讶的神色，又带着一丝害怕：“你们一定弄错了。这个出租屋刚刚死过人，两个年轻的女孩不明不白地死在屋里。我劝你们赶快离开，免得厉鬼上身。我老太婆反正没几年人好做了，早走晚走都没啥关系，你们还年轻！”

史意捷与春雨尽管不相信有鬼，但听了那老婆婆低声的劝告，背脊也不禁凉飕飕的。看着史意捷仍有不甘的样子，春雨用冒冷汗的手拉了拉他，对那老婆婆说：“谢谢老人家！我们这就走。”

“你撞鬼了！”春雨半开玩笑地对史意捷说。

“这事一定有蹊跷。”史意捷还是有点将信将疑，“我们去问一下春风苑80幢501室的主人，当时我们三人一道到她家门口的。”

“如果那家主人也跟我一样，只看到你一个人呢？”春雨作了个惊人的假设。

“不可能。”史意捷坚定地说，“那户人家的女主人虽然上了年纪，但很会吃醋。‘别色眯眯地看人家，死老太公’，这句话我印象很深，这说明他们看见了海伦和小敏。”

“万一人家说的是你呢？”春雨不怀好意地笑了笑。

“我这个五大三粗的人，有谁会色眯眯地看。”

春风苑80幢501室的一楼公共防盗门前，春雨拼命地按门铃。

“没用的。我们刚才也这样按过，但没有回应，大概是视频坏了。后来我们还是假装向三楼收物业费混进去的。”

春雨从外面看了看501室窗户：“灯也没有亮！”

“这下估计睡觉了。”

“已经这么晚了不可能再用谎称收物业费的方法进去了。你还有什么鬼点子？”

“有的小区有通用密码，比如某……某……小区，是#号……加上……六个九，好像。”史意捷受失忆影响，连以前记熟的东西都记不确切了。

春雨试了试#号加六个九。无效！

“不同的小区肯定有不同的通用密码，就算你心里那个密码记忆无误，也不一定能用在这个小区里的。”春雨摇了摇头。

“你们在这里找什么人？”两个巡夜的保安走了过来。

“我们有急事找501室的户主，但视频通讯坏了。”春雨赶紧解释。

“你们认识501室的户主?”一个保安用非常奇怪的语调问。

“一对老年夫妇！一两个小时前我们见过。虽然不是太熟，但有要紧事。”史意捷再次解释。

“你们一定弄错了。这户人家还没有入住。”那个保安非常肯定地说。

史意捷当场怔在那里，好久才回过神来。“师傅，你们有没有这户人家登记的手机号码?”

那人含含糊糊地嘀咕了几声，似是非常为难。史意捷会意，摸了摸口袋，一根烟也没有，一毛钱也没有。他一拉春雨，低声问有没有带钱。得到的回答是没有。正失望间，忽然春雨向那保安说道：“两位大哥，你们的微信我能加一下么?”

那两个保安看见一个鹅蛋脸美女主动要加他们微信，哪会拒绝。只见春雨分别扫描了他们的二维码，确认加为好友后，快速地各发了一个一百块的红包给那两个保安。

“两位大哥，帮个忙。我们的确有急事联系501室的主人。”春雨诚恳地说。

那两个保安一见得了好处，顿时什么话都好说。“我们帮你查查。但你们千万得帮我们保密，免得有什么闲话。”

“黄先生，你是春风苑80幢501室的户主吗?”史意捷按保安给他们的手机号打了个电话。

“这么晚了，你们是谁啊?”电话那边传来一个中年男子的声音。

“我们是春风苑物业的，有人报告说80幢501室今晚曾入住过一对老年夫妇，觉得不可思议，因为你们还没有在物业处办理过入住登记，所以想跟你们确认一下。”

“见鬼的话！我们两夫妻带着两对父母在新疆旅游，哪会有什么老年夫妇入住!”那中年男子声调不自觉地高了八度。

“你确定肯定不会有什么亲戚入住80幢501室吗?”史意捷追问了一句。

“谁会把自己还没有住过的新房给什么亲戚去住!”那个中年男子气冲冲地说，“你们物业马上派人去查查，是不是进了贼。”

“黄先生，请你放心！我们这就马上去查，有什么异常情况马上向你通报。”史意捷赶紧找了个台阶下。

史意捷与春雨漫无目的地行走在爱春路上，路边的灯箱广告又映入了眼帘：春雨听韵处，禅心品茗时。春雨听韵，成功人士的精神家园。爱春路 20 号。六十八幢豪宅极品收藏。

“刚才我和海伦、小敏三人也走在这里，因为看到了这些广告牌才想到春雨听韵的。”史意捷感叹地说。

“你还说海伦、小敏！根本无从证明！不是吗?！现在连你是不是去过春风苑 80 幢 501 室都存疑了。”春雨摇了摇头。

“还有一处地方和两个人可以证明海伦的存在。”史意捷根本不信自己刚才所经历的是幻觉。

“哦，你还不死心?”

“星空大厦附近的那条小巷，石椅不远处，墙壁上有刀刺插的痕迹，那是我帮海伦从两个小混混手中解困的证据。另外，我还记得海伦说过那两个小混混，矮的叫‘军师’，高的叫‘霸王’，是那黑洞娱乐城的地头蛇。我们根据这个线索去查证一下，只要找到他们两人中的其中一人，就可以问个清楚。”史意捷像抓住最后一根救命稻草般地说。

“捷哥，你看看几点钟了?！十一点半！我们找到黑洞娱乐城，少说也得十二点钟，就算那两个小混混是真存在的，这下也不一定在那里。至于你所说的刀痕，那又不会跑掉。”春雨泼了一盆冷水。

“依你看我们下步怎么办?”

“现在回家休息。明天我带你找个精神分析专家看看。根据诊断情况再作决定。”春雨倒是很决断。

两人回到春雨听韵 18-0 幢 501 室，已是午夜十二点时分。

那套房子的确是豪宅，二百多平方米的面积，四室二厅二卫，装修也极其考究。史意捷开始有了一点家的感觉。

“小雨，我突然有点担心。”史意捷对春雨仿佛约略有了一丝记忆，“刚才我们拼命地验证到底海伦和小敏是不是真实存在的人物，也努力推测我被什么人控制并被做了些什么手脚，这些尽管重要，但现在更重要的却被忽视了。”

春雨听到捷哥称她为“小雨”，不禁面露喜色，因为这是以前史意捷对她的称呼。“哪一点被忽视了?”

“你的安全问题！”史意捷缓了一口气说，“你想想，无论这首诗是我被那些人控制后，而又没失忆之前偷偷默写的，还是当时早就意识到失忆的危险而提早藏在身上的，最重要的应在‘春雨危险快去助其’这一点上，而不是其他的隐藏信息！”

“你的意思是有人将对我不利？”

“是有这个担心。”

“那怎么办？”

“我们换个地方住住。”

“今天这么晚了，明天再说吧！”

天空无月，只有极为稀疏的几颗星星，在深邃的黑暗中闪着微微的幽光。远处一棵奇形怪状的树，没有叶子，只有黑漆漆如虬髯般的树枝，向着深空猛刺。

在一片废弃的拆迁区里，有一个废弃的化工厂。在一个废弃的化工厂旁边，有一条废弃的小河。小河很浅，泛着古怪的磷光，一直向东流去。

河边，春雨正焦急地等着什么人！

史意捷快步走去，想带春雨尽快离开这片古怪的地方。

突然，春雨周边出现一群戴着面具的幽灵，一言不发，直接把春雨围了起来。越围越小，越围越小……

史意捷大惊，顾不得危险，大喝一声，往幽灵奔去。

但那群幽灵竟然凭空消失了！

连春雨都不见了踪影。

……

第三章　记忆机制

下了一夜的雨！暮春的雨，淅淅沥沥。

做了一夜的梦。有惊险的梦，也有感伤的梦。人生是由各种各样的梦组成的，每一个梦又映射了各种各样的人生。

在惊险的梦中，史意捷一直摆脱不了烦人的幽灵，更为要命的是，幽灵开始对春雨下手了，以前那个神秘的梦中警告在梦中实现了。

梦境犹如一部有韵的电影，惊险过后，也不知道过了多少时候，史意捷又来到了二月岭，寒禅寺前的一条山径上，正下着春天的雨，山谷中升起阵阵雨雾，宛如仙境一般，远山浓淡相间，直似泼墨模样。

春雨在前面走着，长发披肩，一袭白衣，撑一把雨伞，斜风吹来，衣韵飘动。

史意捷在后面急步直追，但看似很近的距离却一直追不上。他大喊春雨的名字，要她放慢脚步。春雨宛如听不到一般，不疾不徐地往前走着，只留一个哀怨的背影。又转了个弯，竟然不见了。

……

“昨夜睡得好吗?”春雨柔声问。

“净是梦。做得头都要爆了。”史意捷用双手按了按太阳穴回答。

“有梦做是好的，就怕连梦也没了。”春雨笑着说。

“几时去医院?”史意捷竟然还记得昨夜春雨的提议。

“马上就去。”春雨对史意捷的失忆症也非常焦急。

下了一夜的雨，空气显然清新多了。

早上七点多，春雨听韵小区内有许多人在龙脉公园健身。龙脉公园是春雨听韵的内部中央公园，一头靠着这个城市的城中小山龙脉山。这个城市是县级市，说来规模不大，但名气着实不小，这跟龙脉山的典故大有关系。据说一个上古帝王在此附近降生，因此历代风水师均形容此山为“龙腾虎跃，紫气隐现”，并命名为龙脉山。

龙脉公园靠近山体边有许多巨石垒成的景观，山体一边是石砌的壁崖，上面也有相应的石头景观。

“你的汽车呢？”史意捷有点好奇，因为他记得昨夜他们也是打的去外面的。

“前几天因为到处找你，与别的车发生了刮擦，现在放在4S店里。”

“好在那医院也不远。对了，你认识的那个医生水平怎么样？”

“专家中的专家。写过多部专著，如《自我暗示与成功》《逆转负面情感体验》《太阳风暴与精神疾患》等，但影响力最大的还是《记忆机制》，那是关于……”

春雨的话还没有说完，只见史意捷一把抱住她的腰，一个一百八十度转弯，一下子把她拖离原有位置一米远。紧接着，一块大石头从崖壁上砸了下来，滚过了春雨原先站立的位置。公园里锻炼的人一阵惊呼，四散避开。

春雨惊得面色煞白，史意捷也惊愕不已。幸亏他当时正无意中看着崖壁上的石块，因为那边有点山体滑坡，石块的基础有点松动。

“我到上面去瞧个究竟，看看是怎么回事？物业是怎么管理的！”史意捷有一丝疑惑。

“算了，没有伤到人就好。办正事要紧。”春雨不想把事情闹大。

“你认识的医生是院长？”史意捷疑惑地问春雨。

“对啊，他还是政协常委呢，标准的社会名流。”春雨笑了笑说。

“常护士长，莫院长在大会议室开会。”一个穿白大褂的年轻人迎面走过来，客气地提醒春雨。

“小马主任，在开什么会呢？”那年轻人的胸牌上显示的是院办副主任。

“好像是全国性的学术会议，关于记忆机制的。您可以去听听。”那个小马主任知道莫院长很器重春雨，所以说话非常客气。

史意捷恍然大悟，愕然微笑，失去记忆后，看他笨的，春雨本来就在这家医院当护士长，当然熟悉这里的专家。

“我们每天都在记忆，甚至无时无刻不在记忆，即使是在睡觉的时候，大脑也做着记忆相关工作，梦境其实是记忆的整理。记忆是如此的频繁，以至于大部分人在大部分时间内忽略了记忆的存在，就如我们的呼吸……”

一院的大会议室里挤满了人。台上，有一个脑袋像列宁般秃顶的矮个子中年男子在演讲。上面有一条醒目的横幅——“记忆与精神机制研讨会”。投影仪的大屏幕上，显示着主讲人的题目——“记忆机制与生物算法”。

史意捷和春雨眼下对这个话题很感兴趣，因此费了好大的劲找了两个空位置坐下。

“算法什么的不是计算机科学里的术语吗，怎么也出现在莫院长的演讲题目中？”史意捷有点不解地问春雨。

“你当然不知道，莫院长也是计算机技术的行家，医院里的系统集成是他设计的。”春雨带着点自豪的神情说。

“他有五十多了吧?！这种年纪也精通计算机？不可思议！”

“他是自学的。他有一项惊人的本事，阅读速度一目十行，且过目不忘，学习能力超强，正是聪明绝‘顶’的类型。”春雨一语双关。

“大部分人对记忆的重要性理解非常片面，以为记忆主要是跟学习有关。殊不知，记忆简直跟所有的精神活动有关。学习、计算、推理跟记忆有关，这个对于一般人来说，比较好理解。人类的感知也跟记忆有关，比如，单从视觉来说，其实我们看到的不是即时发生的客观实在，而是经过大脑处理的记忆的产物。眼睛把一幅又一幅的图像传到大脑，大脑把这些信息临存到某个部位，经过综合的处理，把信息反馈给大脑皮层。”

“这还不算，甚至人类的情感也是依赖于记忆的。某种程度上说，没有记忆便没有情感。因为情感需要感知，感知需要临时记忆。而储存在海马体的长期记忆，则是人脑的记忆数据库，如果新的感知触发了某个长期记忆，那么也必定激活相应的情感。”

“基督教说人是上帝创造的，而无神论的自然科学家认为，人是由一台超级生物计算机控制的超级生物系统，简而言之，人的精神是一种生物算法。当然，关键还在于，你怎么定义上帝，如果你把上帝看成是一切法则和规律的总和，那么，上帝就是这些法则和规律总和的代名词。这种说法也未尝不可。”

“记忆是人的精神中的一部分，因此，当然也是一种生物算法。根据初步研究，与物理算法相比，生物算法更加高效、更加高明，而且设置了具有自我意识的回路，那些诸如多巴胺、五-羟色胺等神经递质就是特殊的回路系统。”

“长期记忆由人脑中的海马体负责。海马体其实就是人脑这台超级生物计算机的生物数据库。这个生物数据库中的数据可以由意识或潜意识调取。理论上，里面的数据可以修改、补充和删除，也就是说，记忆可以删除和植入，可以被彻底地控制。这不但是一个技术问题，更是一个伦理问题。试想，如果这种对记忆的删除和植入技术由邪恶势力掌握，将会发生怎样的人道主义灾难?!”

“目前的非损伤性技术虽然还不能对位于海马体的长期记忆进行真正的删除，但已经可以进行特定条件下的记忆植入。借助于虚拟现实技术，在药物的帮助下，抑制意识的检查机制，能把非现实的信息输入海马体成为长期记忆。当然，如果用非损伤性技术，只要海马体不损毁，长期记忆则只能压抑而不能删除……”

“这个莫院长听上去是真的专家，也许能治我的失忆症也说不定。”莫院长的演讲给了史意捷一丝信心。

“他一定能行的!”春雨鼓励道。

莫院长结束了自己的主题演讲，又做起主持人来了。春雨和史意捷没法，只得老老实实地坐在座位上依次听那些专家的演讲。春雨还好些，毕竟有相关的专业知识。史意捷听了几个人的演讲后，满耳朵的专业术语，越发云里雾里，到后来，竟然靠在椅子上睡着了。

好不容易等到十一点钟会议结束，春雨赶紧找到莫院长，跟他说明情况，要求抽个时间作个诊断。

“等会儿我还要陪客人！这样吧，我给他开几张检查单子，你先领他去做检查。下午会议结束，大约三点半后再来找我。”莫院长很给春雨面子。

这些检查单子既有脑部核磁共振扫描，也有心电图，B 超，血、尿常规等，如果是寻常病人，就算脑部核磁共振扫描不用预约，一天下来也不见得能完成，好在春雨在这里人头熟，到处都插队，饶是如此，也忙到了下午三点钟。离莫院长的预约时间还早，史意捷和春雨趁此间隙索性去察看那精神病房三楼的破玻璃窗。春雨本是这里的护士长，靠着这个便利进行了现场察看，并询问了相关人员。得到的答案是这个玻璃窗破了两三个月了，而且是卫生间的。

下午五点钟，莫院长办公室。

今天“记忆与精神机制研讨会”开得很成功，原定三点半结束的议程整整推迟了一小时。莫院长的一些观点和想法在会上引起了共鸣，这让他很有成就感。是啊，以他这个年龄、地位、成就，唯一能引起他兴趣的就是不断突破自己并获得别人的广泛承认。那个马斯洛需求理论在他身上也没有失效，尽管他自己毕生在研究人的精神机制。人的局限就是造物主加诸在人自身之上的种种规定性，这些规定性决定了人的恐惧和贪婪，欲求和厌烦，好奇与无聊，等等等等，这也就是人性。只要他还是人，他也会受这些规律的支配。

莫院长因为心情不错，病情问得很仔细，足足花了四十分钟。又仔仔细细地看了看各种检查结果，并且花了十五分钟对史意捷进行了一些特殊的测试。

“怎么样？”春雨焦急地问。

“你的宝贝男朋友应该没什么大问题。”莫院长笑着对春雨说。“常规化验结果显示他的身体完全正常。脑部核磁共振扫描显示，他的脑部各功能区没发生萎缩、血供不畅或炎症的现象，特别是海马体一带，毫无异常的迹象。认知能力也完全正常。逻辑推理能力快于常人。智商测试结果120，高于常人20%。”

“那我为什么对以前的事都记不起了？”史意捷痛苦地问。

“别急，听我慢慢解释。”莫院长以一种让人安宁的具有特殊亲和力的语气说，“首先，你的失忆不是外伤或大脑器质性病变诸如癫痫引起的，这个完全可以排除，因为有化验结果为证。其次，也不是精神疾病引起的，因为你的认知和逻辑完全正常，刚才的智商测试也取得了高分。排除了这两项，你的失忆只有一种可能。”

“被人下药了？”史意捷冒失地问。

“你很聪明。”莫院长赞许地说，“这种可能就是你的大脑受到某种失忆药的强力压制。”

“真有这种药？”春雨似乎有点不信，“我只知道有一种叫依托咪酯的麻醉药，有点遗忘的副作用，但也没有这么神。”

“现在生物医药科技发展日新月异，比这种药药效强大的早已被研发出来了。我知道有一种代号为AM的药，药效超级强大，能起到全面抑制长期记忆的效果。”莫院长解释说。

“那我的失忆不是没有办法复原了吗？！”史意捷沮丧地说。

“上午我演讲‘记忆机制与生物算法’的时候，看到你们俩在会场，而且还听得很认真。”莫院长笑着说，“相信你们已经听到我的观点了：大脑海马体是大脑这台超级生物计算机的数据库，是长期记忆的储存场所。海马体对所储存信息的保护功能非常强大。只要它不发生萎缩、坏死，以目前的技术，外界是无法删除信息的。”

“既然不能删除信息，那我的长期记忆应该还在？”史意捷脑子转得很快。

“完全正确！”莫院长开始有点喜欢这个聪明的年轻人了。

“那我为什么还记不起来？”

“因为，大脑皮层调取海马体中所储存信息的机制受压制了。”莫院长自己意识到说得过于专业了，进一步解释道，“大脑皮层的一部分是管意识的，也就是管你现在记不记得起来，但它的信息是向海马体拿的。这个拿有一套复杂机制，有一系列神经突触介质，通俗地说，是执行调取任务的信使。那些药物的作用就是把信使给捕获起来，从而破坏了这套调取机制，表现为症状，这就是长期记忆的全面缺失。”

“那些药物失效后，那些机制不是又恢复了吗？”春雨毕竟是护士长，想到了这点。

“是，但又不尽然。”莫院长微微一顿说，“我所知的那个 AM 药，至少能抑制长期记忆半年。同时，如果对这类药使用量过大，就有可能永久性损害调取机制。”

“那就是永久性失忆了？！”史意捷压抑不住地满脸失望。

“某种程度上是的，但还是有区别。那些长期记忆还存在于你的海马体之中，但大脑皮层不知道具体记忆的具体存放位置，就好比马克思想在大英图书馆找 1700 年以前的经济学专著，但找不到图书馆工作人员，也不知道索引目录和具体存放位置。”莫院长看了看史意捷和春雨失望的神情，“但是，这些长期记忆会在意识控制削弱时无序呈现，比如梦境。或者某次特殊的事件意外地连接到了长期记忆。”

“记忆终究还是严重受损了！”春雨叹了口气。

“现在还没到那么悲观的地步。”莫院长安慰说，“也许药量不大，只是暂时压制。但是，不管怎样，现在要多做记忆训练。找找你自己写的文章、日记读读，找找你以前非常熟悉的朋友聊聊，找找你以前经常活动的地方走走。总之一句话，让记忆重现。退一万步说，如果真是永久损害了调取机制甚至永远损害了长期记忆本身，只要记忆能完成重建，那又有什么区别呢？！那些你所接触的信息，只要你以为是记忆，天长日久，它们便自然成了你的记忆。”

“对，让记忆重现！”史意捷心中升起了一丝希望。

“最近，饮食上多吃富含各类维生素的蔬菜，我给你开点支持神经系统的营养药……”

“等等，莫院长，今天我给您讲的情况您能给我保密吗？”史意捷忽然问了这个问题。

“医生为病人保密是职业道德！”莫院长以让人非常信赖的语气说。

史意捷于是又详细补充了逃离星空大厦，遇见海伦、小敏，以及后来在海伦、小敏住所和春风苑80幢501室的惊悚遭遇等细节。“您认为这些有没有可能是幻觉？”

“理论上是可能的，但你这么长的时间、这么连续的‘情节’事实上是不太可能的，无论是正常状态下，还是在单纯药物作用的状态下。”莫院长似乎露出质疑的神情，“要不是我先给你做过详细的检查及测验，你这种状态我简直要怀疑是妄想症了。我曾经看过一个严重妄想症的病人，他一直坚称自己生活在梦境之中。”

“梦境？！我也曾严重怀疑自己是不是处在梦境之中，但哪有这么完整的梦！”史意捷感叹了一声，又顺着莫院长的思路反问，“如果事实上不太可能是幻觉，那么我的遭遇是真的了？”

“这个已经超出医生工作的范畴了，要做相应调查。”莫院长笑了笑说，“从医学角度看，还有一种现实可能性，就如我上午演讲中所说的，借助于虚拟现实技术，通过药物抑制意识检查机制，把非现实的信息输入海马体成为长期记忆，这就是所谓的记忆植入。”

“没有人真正实验过，是吗？”史意捷觉得有点不可思议。

“不。我的一个学生实验过。”莫院长长长地叹了一口气。

“能带我们去见见他吗？”史意捷心中平添了几分希望。

“他已经在监狱里了！”莫院长的声音充满了惋惜。

史意捷和春雨见此情形，怕触伤莫院长的心事，也没有继续追问下去，只是跟着叹息了一声。

“撇开医生的角度，我个人认为，你这些遭遇可能是真实发生的。如果是那样，那么这肯定是一个不小的阴谋。”莫院长又冷静地说，“小雨是我关系很融洽的同事，你又是小雨的男朋友，而且，以我对你的观察，你是一个正直的人。出于朋友的忠告，你为什么不去派出所报案呢？”

“莫院长，谢谢您的忠告！”史意捷面露歉色地说，“我现在有许多事情要去弄清，暂时还不方便去报案。但我想自己应该不是坏人。”

“这就好。”莫院长对史意捷微微一笑，“我再给你开些镇静药，它有助于你充分休息，少点焦虑。另外，过三天再来我这里，我帮你再检查一下。”

“莫院长，我还有一个问题！”史意捷若有所思地说，“如果我是被人植入记忆的，那为什么别的事全忘了?!”

“所以我说个人认为是另一种情况。但你所说的技术上完全不是问题。”莫院长进一步解释道，“只要先用类似 **AM** 之类的强效记忆抑制药，后用记忆植入的手段就可以起到你这种效果。但能用这种手段的人屈指可数，除了个别成名的北京专家外，我实在想不出还有谁有这等本事。”

“还有一个假设题。”史意捷用自己也不太相信的口吻说，“如果我现在正处在通过虚拟现实技术的‘记忆植入’过程之中，是不是连同您的对话都可能是假的?”

“迷失在意识丛林之中！”莫院长似乎对史意捷的思辨能力感到惊讶，“多年前，我有一个学生十分痴迷于这个问题，简直到了走火入魔的地步。他认为存在这样一种意识状态，在同外界现实脱离真实关系的前提下，意识主体始终徘徊在自己的意识结构之中，逻辑完整、体验真切，但就是无法证明是不是现实。他把这种‘意识的迷失态’与现实的关系称为‘互为镜像’，并把它视为理解宗教高级精神活动的关键。”

“但是，现实终归是现实。”莫院长继续说，“是不是有现实感是判定一个人精神是否健全的重要指标。如果你连一切都怀疑，没有一点确信的东西，那你如何在这个世界上生存呢?”

“他这人就喜欢烧脑子！”春雨给史意捷打了个圆场。

“我很喜欢他的这种近乎哲学思考的思辨力。”莫院长温和地笑了笑。

“谢谢莫院长！请您严格为我保密，这对我非常重要。”史意捷再三叮咛。

从莫院长办公室出来，已经将近晚上七点了。两人来到了中午用餐的小饭店，挑了张临街靠窗的桌子。从这里看出去，外面的景色一览无余。华灯初上，“回春小吃”几个霓虹灯字不断变换着色彩。靠窗不远处，是一个简易停车场，停着几辆普通的汽车，其中一辆，还是吨位很重的卡车。看来，来这儿吃饭的人，不会有什么上流社会人士。

“刚才你拒绝了莫院长向派出所报案的建议，你是怎么想的?”春雨重拾了莫院长的话题。

“我们现在弄不明白的事实在太多，贸然报案，警察不会认真对待的，弄不好还以为我精神有问题。”史意捷解释说，“更要命的是，假如那个位高权重的 Y 警察真像你所说的是个内鬼的话，我们去报案岂非正好自投罗网。他有许多方法可以让我不能发声，最简单的是直接把我送入精神病院，接受强制治疗。”

“那我们下步怎么办?”春雨含情脉脉地问。是啊，她的捷哥已经回到了身边，身心是健康正常的，少了点记忆又算得了什么，记忆可以重建的嘛!

“弄清这几天我在哪里!”

“从哪里入手?”

“黑洞娱乐城，找军师和霸王，弄清那个叫海伦的人的身份。”

“你确信那人是真实存在的?”

“如果确证那人是不存在的，至少可以证明有人在给我‘植入记忆’，因为我坚信不是幻觉。”莫院长提到的一些新鲜玩意史意捷记得很牢。

“‘有时候真相就在熟视无睹之中’‘有时候真正的危险不是你紧紧盯住的危险，而是你所完全忽视的地方’，这些话是你做私家侦探时常讲的，现在你就再做一回久违的私家侦探，把事实真相全找出来。”春雨鼓励道。

史意捷一阵感动，虽然这两句话他也记不得了，不过有她在身边，他就有了强大的心理依靠。

“对，重做一回私家侦探。”他在心底也默认了春雨所说的一切，“那么我们先练练推理能力。你看看对面的车辆，推测一下它们的主人分别会是什么样了的?”

“从哪辆开始?”

“从那辆破旧的桑塔纳开始，大卡车左边的那一辆。”

“本地牌照。轮胎周边满是新鲜的黄泥，说明可能刚从挖泥场所或建筑工地过来；车体四周都有干涸了的黄泥，说明常去挖泥场所或建筑工地。我猜车主人是建筑工地的挖泥机小老板。”春雨推理得有模有样。

“很好。而且那个车主人很可能刚发生过一起小车祸，确切地说，是与电瓶车之类的相撞。你看车的左边有新的刮擦痕迹，车窗上还有一丝血迹。血迹很可能是骑电瓶车的人脸部撞到车窗所致。血迹到目前为止还没有清理掉，说明发生小车祸的时间不长。车辆没有停到医院里面，而是在医院外面的小饭店，说明可能已经把伤者送到医院处理完毕，也许这下正与我们一样，在这个小饭店里用餐。”史意捷熟练地补充道。

只见“回春小吃”的门口走出一个建筑工头模样的人，后面跟着一个右手绑着绷带，脸上包着白布的伤者。工头模样的人把那伤者安置到后座，自己打开驾驶室坐了进去，三秒钟不到，又从车里出来，拿着一块破布使劲地擦抹血迹处。擦完，开车走了。

“你说的好像有点意思！”春雨装了装拍手的手势。

“那么那辆卡车呢？”史意捷再问。

“是一辆外地牌照的车，车上满满装着货，看样子是运输车队的……”

春雨话还没有说完，只见那辆外地车缓缓地倒退了。

“奇怪，卡车倒退怎么没有倒车声音警示？！”春雨自言自语，“哟！看上去驾驶室没有人。”

“那难道是鬼在倒车！”史意捷笑着对春雨说。

“你们点的淡菜没有了，要换什么菜？”服务员的声音拉回了史意捷和春雨的眼光。

“红烧鱿鱼！”史意捷随便点了个。

“没有。”

“铁板杂鱼！”春雨替史意捷换了一个。

“也没有！”

“你们怎么什么都没有？”史意捷焦躁起来。

“对不起，老板！今天不知道是什么原因，生意特别好。”服务员歉意地说。

“那就随便换个荤菜吧！”春雨对那服务员说。

“红烧鲳鳊鱼行不？”

“行！”

忽然，服务员满脸惊恐，目瞪口呆，同时，一阵尖叫声从窗外传来，极为恐怖。

史意捷脑中灵光一闪，反应神速，侧身抱住春雨，猛地一个大箭步往右前方冲去，连服务员也都被甩在了身后。跟着，身后“轰隆”的一声，转头望去，却是一辆大卡车冲破玻璃，直接撞到了刚才春雨坐的地方，把桌椅都撞毁了。

竟是刚才那辆驾驶室没人而倒车的货车！

史意捷心生疑窦，拉着惊魂未定的春雨到外面现场察看情况。

车上真的是没有人！停车场有一个明显的坡度，原来竟是刹车失灵！

“还好还好，幸亏这位老板身手快！”那个吓呆了的服务员终于回过神来了，庆幸没有伤到客人。

“捷哥，你怎么连看都没有看就知道有东西撞上来了？”紧张之余，春雨也有一点好奇心。

“一半是本能，一半是提防。”史意捷说，“我看到服务员极度恐惧的样子，又听到外面的惊叫，猜测我们身后有危险。为了确保万无一失，我应该先脱离危险处境，再观察详细情况。其实，我当时已经猜到了是那辆货车，因为你说驾驶室没人，但却在‘倒车’！”

经过这么一折腾，两人吃饭的兴致全给搅黄了。胡乱吃了点之后，两人回家了。

又开始下起了雨。暮春的夜雨，在昏黄的灯光下丝丝落下，依然带着阵阵寒气。

“春雨听韵”背靠龙形小山，虎视着爱春大道，浸润在烟雨之中，独特而高贵，隐约又朦胧。

18-0 幢 501 室，家，精神的港湾，熟悉却陌生，全因失去了那些宝贵的记忆。

春雨打开家门，里面涌出一阵浓浓的恶臭，是天然气添加物的臭气！

“你早上离开家时忘了关天然气？”史意捷疑惑地问。

“不会吧！”春雨边说边跨入走廊，犹豫着要不要开灯。

史意捷若有所悟，猛地一拉春雨的手臂：“不能开灯！”

见春雨还未反应过来，他把她拉到外面楼梯上，远远地离开开着的门：“室内有大量天然气，不能有一点火花。你站在这里，我去关气、开窗。”

史意捷屏住呼吸，在厨房中摸索着找到了天然气的总阀门，把它紧紧地关实了。又把厨房和各个房间的窗户全给打开了。阳台处，总算开着一扇窗户，要不然家里的天然气浓度高得没法想象！他也把它们悉数打开。

一番忙碌，又等了整整五分钟的时间，室内的天然气添加物气味总算慢慢消散了。

直至闻不到臭气，史意捷才小心翼翼地打开了灯。两人在厨房里仔细检查了天然气灶具和天然气热水器的进气管道，发现问题出在后者。不知什么原因，进气管道竟然滑脱了半个接口，天然气是从这里冒出来的！

“幸好我早上开着阳台窗户，不然更危险。”春雨苦笑着说，又自嘲道，“我今天的运气简直可以去兑奖了！”

“但愿只是运气差！”

“你怀疑什么?”春雨突然害怕起来。

“没事，没事!”史意捷安慰春雨道。“还是帮我重建记忆吧!”

春雨一听，心想也是，眼前最要紧的事情莫过于让捷哥恢复记忆。她从酒柜里拿出两只高脚大玻璃杯，分别倒了小半杯的红酒，把一杯递给了史意捷。又拖了两张单人活动沙发到客厅的中间，围着一张低矮的茶几坐了下来。

“我们原来时常这样聊天的，你还记得么?”春雨的神情像是回到了很久之前。

“‘现在’我记得了。”史意捷微笑着说。

“你失踪一周前的事情记得么?”春雨柔声问。

史意捷抱歉地摇了摇头。

“在你失踪前一周左右，你突然变得越来越焦虑。因为你在公安局唯一的接头人，也是你非常要好的朋友独九牵涉到内鬼案被迫逃亡。离开了独九的证明，你将是一个参与渗透组织的犯罪分子。同时，‘山巅之城’加大了对卧底的排查。因为‘山巅之城’自己最清楚独九不可能是公安局的内鬼，相反，他们知道他在自身组织中安排有卧底。由于你与独九在寒禅镇工作有过交集，他们一度怀疑你。那个审查你的‘高级幽灵’智商极高，他用特殊的心理测验方法测试你是否在撒谎。所幸你以前听从了我的建议，在做卧底之前苦练过心理控制术，可以从容地通过测谎试验。但那个‘高级幽灵’仍没有放弃怀疑，直至你告诉他独九是你的情敌，两人关系势若水火时，情况才有所改变。”

“我猜出了那个智商极高的‘幽灵’!”史意捷插话说，“就是今天莫院长说的他那个误入歧途的天才学生。”

“开始有点印象了?”春雨高兴地说。

“是推测的。不过没有关系，从现在开始又成为我的真实记忆了。”史意捷撇了撇嘴，眨了眨眼。

“但你的焦虑一点也没有减少。”春雨接着说，“因为你突然发现，公安局的内鬼不止一个，而且都是高级官员。独九的行动完全暴露在他们的眼皮底下，已经不可能有一点点的胜机了。由于你只是第八级的幽灵，对于参加第九级的最高级幽灵的动态一无所知，因此无法猜出那些高级官员是谁。当然由于假面保护机制，即使同在第九级的幽灵也不会确切知道同伴是谁，但如果留心的话，多多少少会有点线索。后来你又进一步知道，即使你成为第九级的幽灵，同时取消假面保护机制，你还是不可能知道公安局里的那个隐藏最深的内鬼。你称之为‘山巅之城’的‘深度幽灵’，这个‘深度幽灵’连公安局的其他内鬼都不知道，只有‘山巅之城’在这里的最高领袖知道。”

“这么机密的事情，我是怎样得知的？”史意捷听自己的故事就像听别人的故事一样陌生。

“你曾经告诉过我，你无意中偷听到的。”春雨以一种不容置疑的口气回答。“你偷听到的另一项重要内容，使你的焦虑更深了。那就是‘山巅之城’内部酝酿着一场巨变，一个规模更大、组织更严密的‘自由空间’正在形成。你对独九赢得这场战争基本不抱希望了。他的失败，也是你的失败。那些天，你每天借酒消愁。你想方设法找到逃亡中的独九，告诉他这些情况。甚至劝他留得青山在，不怕没柴烧，索性避一段时间再说，千万不要硬拼。”

“那也是稳妥的策略啊！”史意捷评论道。

“没想到不知怎么的，独九最后竟然自投罗网，来到了‘山巅之城’的地下室大本营。因为即将举行新的组织‘自由王国’的成立仪式，‘山巅之城’的骨干十有八九均在其中，当时你作为第八级的幽灵组织成员也当然在现场。除了独九自投罗网，他的上司和并肩作战的战友周副局长、亲密朋友钱资政等人都悉数被‘山巅之城’劫持入地下室。你没有办法，在关键时刻偷偷地打电话给 Y 警察。”

“没想到 Y 警察正是那‘深度幽灵’？！”史意捷脑子反应很快。

“不错，那个 Y 警察借机一箭双雕，既打死了他的上司公安局长包正权，又‘误伤’打死了独九。这对他来说有两方面实实在在的好处，一是为‘山巅之城’组织除去了最难对付的公安国保大队常务副大队长，也为自己的进一步晋升提供了空间。”

“那人是公安局的二把手？二把手是政委？他不是本地人？”史意捷满脸疑惑。

“你猜的都对！”春雨叹了一口气说，“其实那人你是认识的，就是寒禅镇派出所姓应的所长。他当年因你所揭露的毒品事件，没法在公安系统待下去，后来想办法调到了市委办当了个信息科科长，几年后熬成了副主任，三年前提拔为公安局政委。”

“我怎么会给这人打电话！”史意捷自己也觉得有点不可思议。

“你后来跟我说，当你看到公安局的局长包正权也在时，以为他就是‘深度幽灵’。又想那个应政委虽然人品不怎么样，但在这等大是大非的问题上，想来他会按常规办事的，何况这事对他完全有好处。没想到他才是真正的‘深度幽灵’。”春雨也叹了一口气说，“你现在对那场生死攸关的战斗一点也记不起来？”

“我隐约记得一声枪声，在地下室里，有许多人，但详细的细节想不起来，一想，就头痛欲裂！”史意捷似乎记起了一些事情。

“后面的事情昨天我也说过了，那个应政委偷偷放了你，又私下把你叫去控制了一星期之久，你出来就变成了现在这个样子了。”

“不知道他当时为什么要偷偷地放我？把我直接打成非法渗透组织骨干岂不是更干脆，反正已经没人可以给我作证了。”史意捷还有点疑惑。

“重点是他又秘密地把你叫去了，他一定另有隐藏的目的。”春雨提醒，“而且，他肯定做好两手准备，也不会怕你去告他。一旦出现这种情况，他会对你这几天的遭遇推说不知，甚至直接把你处理成‘山巅之城’的漏网之鱼。当然，对你非法拘禁的可能另有其人，他不会直接出面的。”

……

窗外的风雨更大了！一阵狂风，吹得阳台的窗户吱吱作响，细冷的雨雾吹到了他们的脸上，头顶吊灯的玻璃发出清脆悦耳的撞击声。

“今天的风雨真猛！”史意捷边说边站了起来，要去关窗户。眼睛余光所及，只见一片七彩霓虹，原来是吊灯玻璃的光线折射。

美好的景象，却有一种说不出的不和谐。但又哪里不和谐了?！虽然今夜风雨依旧，但室内却是两人的世界，就算缺失了点记忆，那又何妨?！

突然，史意捷向春雨冲去，把她坐的单人活动沙发猛地往阳台方向推去。几乎就在同时，身后响起玻璃撞击花岗岩的碎裂声，以及玻璃与木质茶几的沉闷的撞击声。

两人回头望去，几乎就在他们刚才坐的方位上，吊灯的玻璃落了一地。客厅暗了许多，只有廊灯还亮着，像是烛光晚餐。木质茶几上，玻璃像刀子般地深深插入，发出炫目的光芒。

春雨吓得半晌做声不得。史意捷快速检查了室内的各个角落。又从各个窗户向外仔细观察。窗外除了飘摇的风雨之外，便是点点的灯光，龙脉山只剩下一个深深的轮廓。路上只有一两对行人，撑着伞，顶着风雨，快速地行走着。

那些看似寻常的地方，往往能发出致命一击。史意捷不敢大意，关好了全部窗户，拉拢了全部窗帘。

“你发现了什么？”春雨终于缓过神来，小心翼翼地问。

“你看吊灯的这些玻璃，都破成刀锋状。”借着昏暗的灯光，史意捷仔细地观察着掉到地上的吊灯玻璃。“挂环也断裂了。”

“你的意思是有人做了手脚？”春雨神色紧张地问。

“是的。玻璃都破成刀锋状，挂环也断裂了，不会有那么巧合的。”史意捷叹了一口气，摇了摇头。

“要是我们不坐在那里呢，那手脚不是白做了？”春雨觉得有点不可思议。

“也许这个手脚只是系列手脚中的一环，后面还会有看似没有阴谋的平常‘事故’出现。”史意捷神情严肃地说，“早晨中央公园那块大石头滚下来时，我就在怀疑，是不是有人在操纵。等到晚上‘回春小吃’的倒车事件发生后，我就基本确认这两起事件不可能是自然发生的。我不太相信什么奇迹和巧合。当时我心里猜想后面还一定会有事情发生。”

“刚才进门我要开灯时，你是不是已经认定天然气泄漏是人为故意的？”小雨又问。

“是的。否则反应没有这么快的。只要你一按电灯按钮，悲剧就发生了！‘嘭’的一下，爆炸！”

“要是有人做手脚，他为什么不把阳台的窗户关上？”

“我记得你早上出门前把阳台窗全开了，说要通通风、透透气，但我进门检查时却发现只有一扇窗还开着，其余的都关着了。”

“这说明有人来过?！那人粗心还是好心，留一扇窗开着？”

“都不是，是精心算计。如果我没有记错，甲烷，也就是天然气，它的爆炸点是5%到15%之间，也就是它在空气中的浓度在这个范围内遇火就会爆炸，浓度过低与过高，都不会爆炸。所以做手脚的人既要关窗，又不能全关。”史意捷以难以置信的冷静分析道。

“要不是你像狼一般的警惕，我们刚才就到鬼门关去了。”春雨心有余悸地说。

“他们肯定还有后手。刚才我看到你卧室的灯具也是玻璃吊灯，我们去检查一下。”

春雨把一把椅子放在床上，小心翼翼地扶着。史意捷踩上去，仔仔细细地检查着。

“怎么样？”春雨问。

“顶部挂钩处已经有损毁了。”史意捷边说边往那玻璃处拿去。这个吊灯比外面的稍小一点，但款式差不多，在灯珠之外，有许多厚重的长方柱形的玻璃。史意捷一拿，只拿起了一个，拿在手里，像极了锋利的玻璃锥。

史意捷倒吸了一口凉气，多阴险的计划！

春雨看这情形，刹那间也明白了。

“你看看，这些吊灯就像达摩克利斯之剑，随时会掉下来，也终将会掉下来。”史意捷感叹。

“可它并不能保证谋杀成功！”春雨还有一丝疑惑。

“但它可以让人相信这只是一个意外。”史意捷叹了一口气，“最高明的谋杀是生活中习以为常的‘意外’，最危险的是一点也没有防范危险的意识，最恐惧的是虽知有危险，但不知道危险将来自哪里。”

春雨下意识地掀起了窗帘的一角，看了看外面。风吹雨打之中，远处似乎鬼影绰绰。

“这事还没有完！”史意捷突然说道，“看来，那首暗语诗的关键还是在藏头信息上，‘春雨危险快去助其’。这跟梦中幽灵对我的警告是一致的，‘你最爱的人正在死去’。那些阴谋布局者要对付的是你！”

“我一个普普通通的护士对他们能有什么价值呢？！”春雨自己也觉得奇怪。

“恐怕你不是普通的护士。你是一个潜入‘山巅之城’渗透组织内部卧底的女朋友，也是三棱镜信息咨询公司的重要参与者。”史意捷不同意春雨的看法，“你一定是掌握着那些人的什么把柄。”

“可是我确实不知道啊！”春雨一脸茫然。

“你再仔细想想，我之前有没有什么东西交给你保管？”

“没有啊！”春雨回答得很肯定。

“这不符合逻辑！”史意捷非常肯定地说，“你的存在对他们来说一定是种威胁。”

“他们是谁？”

“‘深度幽灵’，‘山巅之城’组织的残余分子，不是两者之一，就是两者全部。”

“看来，你还是认为昨天‘遇到’的海伦、小敏是真实存在的，她们就是‘山巅之城’的残余分子，是她们策划了昨天的离奇行动？”

“现在还不好下结论！要证明昨天在遇见你之前是不是幻觉，还是有办法的。”史意捷的语气很确信。“只要找到那个小巷的墙壁上是不是有刀插的痕迹，或者找到黑洞娱乐城的地头蛇军师和霸王，就可以确定海伦她们是不是存在。只要问一问星空大厦的门卫，就可以知道昨天那里是不是发生过跳楼砸破红色吉利车的事件。事不宜迟，我们现在就去。”

“外面凄风冷雨的，很不安全。”春雨似乎对外面没有一丝安全感。

“这里更不安全！”史意捷提醒春雨说，“你想想，现在我们在明处，而那些想要对我们不利的人在暗处。今晚我们不能在这里住了。你挑些必须携带的东西，整理好我们就出发。”

“到哪里去？”

“去调查。然后我们换一个安全的住处。”史意捷当机立断。“对了，你要带上所有能帮我重建记忆的东西。”

外面的雨如瓢泼一般，仿佛要洗净这个城市的所有罪恶。但在大雨的掩护之下，罪恶的发生又更加容易了。如果这里发生谋杀，那么只有老天知道。

不知是不是心理作用，仿佛那种无声的脚步声又回来了。

“手机卡片抽掉。多带现金。”史意捷又提醒春雨。

“这个干吗？！”

“你忘了那个‘深度幽灵’神通广大吗？我们要让自己在暗处，他们在明处。让攻守易形！”

春雨找出了两套紧身雨衣，两把长柄雨伞。她把信件、资料等要紧物品放到背包里，外面再套件紧身雨衣。临行，正要关灯，史意捷阻止了她：“如果有人在观察我们，灯光是最好的伪装。”

两人小心翼翼地开门、关门，小心翼翼地走下楼梯，一直走到地下的车位大厅，走到离 18-0 幢很远的 1 幢，又走上 1 幢的楼梯，看看外面并没有异常，从 1 幢的大门处走了出去。

1 幢外面离门卫不远，正好有一辆出租车载客下车。史意捷拉着春雨快步跑去，快速上了车。不一会儿，直奔星空大厦方向而去。

离星空大厦两三百米的地方，史意捷和春雨看到一个歇雨处，停了车，付了钱。那个歇雨处是一个交通站点，撑着一大片塑料棚。歇雨处附近是一家星巴克咖啡店，里面有不少新潮男女。

“小雨，雨这么大，我们不如到星巴克里去坐一坐。”史意捷估量着雨一时半会小不了。

“里面这么多人，会不会有危险?”春雨似乎草木皆兵了。

“正因为人多，所以安全。何况他们也未必知道我们在这里。”史意捷用自信的语气安慰她。

两人挑了一处角落坐下，点了两杯拿铁咖啡。史意捷轻松随意的外表下，不时地扫视着来来去去的顾客。

“DJ，等会儿我们到哪里去玩?”“银河中心娱乐城！据说那边玩法很HIGH。”

娱乐城！邻桌传来的一阵对话绷紧了史意捷的神经。他转头望去，见是两个戴着眼镜的二十出头的青少年，看样子还是学生。

“帅哥，你们常去娱乐场所的么?”史意捷友好地问他们。

“也算不上常去，一星期去一两次而已。你们不是老师吧?!”那个叫DJ的满脸青春痘的人警惕地回答着。

“你看我们像老师吗?!”史意捷笑了笑。“你们知道黑洞娱乐城在哪里么?”史意捷再问。

“黑洞娱乐城?!”那个青春痘DJ脸上的警惕之色慢慢地消失了，代之以奇怪、迷茫。“我从没有听说过什么黑洞娱乐城!”顿了一顿，他又肯定地说，“应该没有这个场所。”

“没有?!”史意捷感到非常惊奇，“也许是新开的吧?!”

“银河中心娱乐城才新开不到一个月，这里再也没有比它更新的了。”青春痘DJ很自信地说。

“哦，看来是大大地落伍了!”史意捷自嘲地对青春痘DJ笑了笑。

春雨在旁仔细地听着。“看样子真是幻觉!”她用劝导的口气对史意捷说。

“怎么会呢?!”史意捷充满苦恼地摇了摇头，轻声说，“也许这是个秘密的所在。等会儿雨停了，我们再去看看那个现场。”

暮春的夜雨，淅淅沥沥地，竟然下个不停。不一会儿，青春痘DJ两人起身走了。

史意捷心中焦躁，见他们都起身了，也不等雨停，拉起春雨就往外走。

虽然雨还未停，却是小了许多。史意捷看着青春痘DJ两人直接跑入雨中，往那星空大厦奔去。

“现在的后生，行事真古怪!”史意捷摇了摇头。

两人穿着雨衣，撑着伞，也迅速消融在茫茫夜雨之中。

穿过几条幽暗的小弄，又来到了昨天发生打斗的那条小巷。那个目标很好找，因为那个大院落门口的那把石椅依然还在，寂寞地“坐”在雨中。

“昨天就是在这里，你遇到所谓的海伦的?”春雨用毫不相信的语气问。

“是的，我当时就坐在那把石椅上，海伦被人追杀，匆匆地跑了过来。”史意捷非常肯定地说，“那两把刀我是从这个角度踢过去的，直接插入对面小巷的石灰墙上。我们去看看那两把刀的插痕还在不在!”

“哪有插痕呢? 照理说口子不会小的!”春雨找了半天都找不到。

史意捷借着小巷昏暗的灯光，仔细比对着石椅与墙壁的距离，不多不少，十米，本应有插刀痕的墙壁处没什么异样，用手一摸，与周边一般感觉，却没有什么坑洼。他还不放心，从衣袋里拿出一只打火机，“哧”的一声打着了，仔细检查着石灰墙的颜色。很奇怪，这一带都是带斑点的陈年的石灰，决没有作假的可能。他重重地叹了一口气!

“只要确证了，就算不是，也是好的!”春雨看到史意捷痛苦的样子，安慰着他。“我们再到星空大厦门卫处问问昨天发生的情景。”

“对，也许会有新的线索。”史意捷自己对自己打着气。

虽然有点失望，但考虑到今天发生过三次“意外”，史意捷警惕性一点不减。也许在幽暗之中，在你意想不到的地方，突然又发生什么匪夷所思的“意外”呢!

星空大厦的门卫是一个五十多岁的人，光着头，一脸凶相，说话很冲。“昨天是我值班的，这里根本没有发生什么砸玻璃窗跳楼压瘪吉利车的事情。这事听起来像天方夜谭! 要真有这事，今天还不成了大新闻?!”

“要真有这事，今天还不成了大新闻!”史意捷脑子一片混乱。直到刚才的那一刻，他一直坚信昨夜的遭遇是真实的。但这人坚决的否认，不像作假。特别是最后一句，让他无从反驳。刚才在咖啡馆里，也无人谈论“发生”在昨天的离奇的故事。难道，这一切真的是幻觉?!

如果发生在星空大厦的事情是幻觉，那么昨天由海伦陪同着检查星空大厦是幻觉中的幻觉?!

莫非，自己还徘徊在意识的迷宫之中?! 如果真是这样，那么眼前的一切是不是真实的呢?!

一阵疼痛! 把史意捷从胡思乱想中拉了回来。原来是春雨在自己的手上咬了一口。

史意捷知道她的用意，也未见怪。倒是那个一脸凶相的门卫，看到这副情景，忍不住吃了一惊，不禁露出一丝害怕的神色。“我说的是真的，不信你们可以问问附近的其他人。”他赔着笑脸小心地说。

两个穿着雨衣、撑着伞的怪人终于消失在了雨幕之中。一脸凶相的门卫松了一口气：“这两个疯子！”

“我们找一个清静的地方，先躲一阵子。”史意捷对春雨说。

“但在此之前，我们还要去找一个人。”春雨回答。

“莫院长？”

“除了他还有谁？！”

莫院长的值班寝室连着办公室。现在是晚上九点一刻，莫院长还在办公室里，用笔记本电脑打着什么字。他多年来一直有个习惯，那就是把当天的工作经历记录下来并作出分析总结，有时候思想上出现灵感的火花，也及时进行处理。

看到春雨和她的男朋友穿着奇怪地站在办公室门口的过道上，莫院长强压心头的惊讶，面露微笑，很有风度地把他们迎进了办公室。精神科医生和医院领导的多年生涯，使他练就了深厚的修养，待人接物彬彬有礼，且处变不惊。

等听完了春雨和史意捷的叙述，莫院长长长地叹了一口气。“你们其实应该报警的！”他顿了一顿，又说，“这时候你们出现，我是既意外，又不意外。你们走后，我一直在思考，越思考越觉得记忆植入的可能性不能排除。医生的诊断不能建立在猜测基础上，一定要讲客观证据。”

“那现在确诊了吗？”史意捷带着一丝不安地问。

“既然证实了不是事实，而幻觉不可能这么系统，那只能剩下记忆植入的可能性了。”莫院长语气肯定地说，“我下午讲了一句废话，其实，你这些遭遇就算不是被人植入记忆的，也是一个不小的阴谋。”

“意识植入有没有办法医治？”春雨焦急地问。

“目前还没有。”莫院长轻轻摇了一摇头。

春雨露出无助的表情。

“但你们也不要太失望，这没什么！”莫院长突然充满信心地说，“任由他们去做记忆植入，你只要知道这是假的就行了。慢慢地把它忘掉。倒是你被全面压制的记忆，如何想办法恢复，这才是最紧要的。”

“有办法吗?”史意捷仿佛抓住了一丝希望。

“我这儿有一些药，叫 SM，能拮抗全面抑制长期记忆的 AM 药，同时也是长效性的记忆增强剂。这是今天前来参加会议的北京专家带来的。他给了我一小瓶，我差点忘了。你先吃三天试试。三天后再来找我。”莫院长终于弄出了一个充满希望的方案。

“要不弄成七天的剂量。”春雨接过话题说，“我正要向您请 15 天的年休假。有什么情况我会主动停药的。”

“哦，要去旅游?”莫院长很和蔼地问。

“不，我们要去办些要紧的事情!”为了不让关心、爱护自己的莫院长担心，也为了不把麻烦惹给莫院长，春雨和史意捷没有把今天遇到的四次“意外”告诉他。

“好，这段时间你也应该多陪陪你的男朋友。放松身心，多做记忆练习，一切都会好起来的!”莫院长的话充满了感染力。“关于这药，药效和副作用都很强大，我把它一片切成四份。你每天睡觉前吃一份。三天后吃两份。原来配的药就不用吃了。”

第四章　小桥流水

夜雨还在下。史意捷和春雨穿着雨衣，撑着伞，匆忙行进在茫茫雨幕之中。

背后不远处，是“回春小吃”。几个小时之前，这里发生了一起“意外”。

“你觉得那些神秘的力量会跟踪我们？”春雨不安地问史意捷。

“不得不防。”

“我们走出家门时不是做了周密的准备工作吗？”

“怕就怕他们在莫院长那儿布有眼线。”

“这也是你不愿到人多的地方去等车的原因？”

“我们多走几条街，越偏僻的地方越能发现是否有跟踪。”

两人走了很长的时间，转过了四五条街区，直到确认确实没人跟着自己，才在一个街角处停了下来。街角连着外面的大道爱春路。两人就站在那里等出租车。

“我们这下要去哪儿？”史意捷问春雨。

“你说要去哪儿？”春雨反问。

“不用考我，你一定想好去处了。”史意捷从春雨的神色中看出了端倪。

“反正你失忆了，我告不告诉你，你都没什么印象。”春雨竟然卖起了关子。

就在两人的对话中，一辆出租车驶过身边，慢了下来。春雨急忙一招手。那辆出租车停了下来。

“去寒禅镇。”两人坐上后，春雨对那出租车司机说道。

那出租车司机一脸为难：“那地方太偏僻了！返程载不到客。”

“我们付双倍费用。”春雨没半点犹豫。

那出租车司机心满意足地出发了。

“我们要去那里?!”这个地方的确出乎史意捷的意料。

“回到记忆的起点!”春雨神秘地笑了笑。

出租车沿着爱春路向西驶去，约莫十五分钟后，又向南拐去，几经周折，终于又在三十分钟后到了寒禅镇。

已是夜晚十点。寒禅镇街上冷冷清清，几乎不见人影。春雨和史意捷就在寒禅桥附近付了钱，下了车。

“我们要到哪里去?”史意捷见没有旁人，又问。

“你跟着我来就好了。”春雨依然卖起了关子。

春雨领着史意捷一直往镇子的南面走去，慢慢地，远离了建成区。约莫走了半小时后，来到了一个小山村。小山村紧靠山坡，在夜的阴暗的笼罩下只有模糊的影子。路灯的光芒照射在夜雨中，发出朦胧的光晕。

“这里你有亲戚?”史意捷问。

“是朋友，也是你的朋友。”春雨回答。

春雨和史意捷两人穿村而过，直到东边山坡脚下的小溪。小溪水流潺潺，给静夜的山村加上了背景音乐。

小溪旁有一处连体大宅子。紧挨着三间老式木结构楼房的东边，又有三间非常现代的大楼房。大楼房二楼，散射出幽暗的变幻的光线。看样子这家主人还在看电视。

门口的一只狗早就“汪汪”地叫开了。不等领着史意捷的春雨敲门，大楼房的主人已下得楼来，开亮灯，打开门。

一个瓜子脸、皮肤白皙的女孩惊愕地看着眼前的两人：“捷哥……小雨……”

同样惊愕的表情出现在史意捷的脸上，这个瓜子脸女孩竟然认得自己!

“这是白云!想不起来了?!”春雨提醒史意捷。

“独九女朋友?!”史意捷终于记起前天晚上春雨跟她说过的寒禅镇往事。

白云闻言，脸上浮现一阵忧伤。春雨赶紧使了个眼色给史意捷。

史意捷突然意识到，独九不久前遇难了。他不由得脸上一阵尴尬。

好在白云迅速恢复了常态，把他们迎了进去。

“深更半夜了，你们怎么会想到来看我?!”白云好奇地问春雨。

“一言难尽!我们打算在你这边住几天。”春雨叹了一口气说。

“欢迎之至！我一个人正寂寞得慌。”白云流露出真诚的语气。

白云是春雨原来在寒禅镇卫生院的同寝室同事，多年来一直保持着友好的关系。这个小山村叫云中村，是白云的老家。因为父母住在这里，性格平和的白云一直不愿调离寒禅镇卫生院。作为男朋友的独九因此与白云一道在她父母老屋旁盖了一栋新楼，只要单位不值班，大部分时间来这里陪白云。

大楼房三底二楼，里面的装修简洁大方，与城区的风格无异。白云把他们安置在西侧南北的两间客房中。这两天发生的事情实在太过诡异，特别是今天的四起“意外”。史意捷和春雨精神还很紧张，根本没什么睡意，因此与白云一道，坐在客厅里聊天。

“捷哥这几天到哪里去了？”白云前几天从与春雨的通话中已经知道了史意捷的遭遇，这下关切地问。

“我也不知道到哪里去了！”史意捷一脸苦笑。

白云一脸茫然，一头雾水。

“你捷哥得了失忆症，对以前的事情全忘了。”春雨解释道。

“哦，什么事情都忘了？”白云紧张地问。

“也不能说全忘了。”春雨叹了一口气说，“但记住的东西是假的。”

“假的？这是怎么回事？”白云听得云里雾里。

“听莫院长说，这叫记忆植入。”由于白云与春雨是亲密无间的好友，再加上独九的因素，春雨对白云极度信任，她接着详细告诉白云这两天他们的遭遇。

“你们放心，在这里安心静养，捷哥一定会恢复记忆的。”白云安慰他们。

“就怕给你带来麻烦。”史意捷歉意地说。

“不会有麻烦。这里像世外桃源般，简直与世隔绝。”白云笑了笑，“明天我向单位请几天假，陪陪你们。”

“你真想不起你有什么特别的东西在手里？”史意捷在睡觉前特意到南面春雨的房间里单独询问。他怕引起白云不必要的紧张，在刚才的聊天中，没向春雨询问。

“你是说那个‘深度幽灵’的把柄吧？”春雨自问自答地说，“我真的想不起我手中有什么让他害怕的东西。”

“也许东西在你手里，但你自己也没有意识到。”史意捷进一步提醒她。

“为什么一定要解释成今天的四次‘意外’全对准我的呢？会不会对准你，或者对准我们？”春雨提出了一个尖锐的观点。

“如果仅仅是对准我的，那他们就没有必要弄得这么麻烦，我落在他们手中时他们有多少办法可处理我？!”史意捷叹了一口气，“也许他们通过我找到了你的所在。”

“那个‘深度幽灵’这么神通广大，要找到我不是轻而易举的事？”春雨嬉笑着，一副不信的样子。

“所以我也弄不清他们为什么选在今天，这不像是巧合！但有一点是肯定的，他们的目标一定是你。”史意捷满脸忧虑之色。

“也许你的担心是对的。”春雨不再嬉笑，“除了我们两人，没人知道我们在春雨听韵买了房。”

“通过查户口、查银行甚至查住建局的购房备案合同记录也不能吗？”史意捷非常专业地问。

“捷哥！你的记忆真的是坏了！”春雨重重地叹了一口气，“那些规避措施当时都是你想出来的。”

“我这该死的记忆！”史意捷一往深处想，脑袋就开始剧烈地疼痛起来。他忍不住伸出右手，用拳头狠狠地往头顶捶了几下。

春雨赶紧拉住他的手，温柔地说：“这不是你的错！记忆会慢慢地恢复的。”

“我当时究竟弄了些什么规避措施？”史意捷对自己曾经的做法感到一丝好奇。

“你当时说，做卧底的其实是隐形人，所以，最好无从查知个人信息。而且，当时你已经预感到公安局有更深的内鬼，预感到此后可能会有更大的风浪。”春雨回忆起当时的情况，似乎还很紧张，答非所问地说了几句。

“那么，我们具体是怎么做的呢？”史意捷追问。

“我们特地跟房地产公司的总经理去谈判，做了个特别的交易。在付了全部现钞后，他们只出具了盖有公司公章的收款收据，以及一张承诺书。双方约定，一年后办理正式交易手续。这样，这套房子理论上是保留房，它不可能在住建局、银行查到相关信息，甚至连房地产公司也查不到确切的信息，因为我们没留名字，只用了代号。”

“要是他们不承认怎么办？”史意捷质疑。

“不会的。承诺书上写着只要是那张收款收据的拥有者，就可以到期办理手续。”春雨回答得很肯定。“何况，匿名交房手续已经办好了，事实上我们已经占有了那套房子。”

“我们这种特别的办理方法会不会太显眼？”史意捷疑惑地问。

“捷哥！”春雨用夸张的语气感叹了一声，“你失忆后连这种市面也不知道了?!像这样处理方法的房子在那里还有不少，都是些不想让人知道信息的买主。”

“这会是什么买主？贪官?!”

“包养小三的，老板居多，贪官也有一些。”

“照这样一说，那个‘深度幽灵’还真找不到你了?!”史意捷将信将疑地说。

“肯定找不到。”春雨肯定地说，“你失踪后，我为预防万一，一直没住那套云梦花园的老房子，甚至向莫院长请了事假，单位也没有去，用的手机登记的也不是自己的名字。这些反侦查手法都是以前你教给我的。”

“这么说，我还真有可能是被那些人故意放出来的，然后他们通过我找到了你。”史意捷自言自语。“你现在是他们的主要目标！”

“基本上就是这样了！”春雨以肯定的语气说，“他们对你已经‘改造’完成了，你不再是他们的威胁了！”

“但有一点我理解不了，为什么他们给我植入了跳楼、遇见海伦、凤翠花园、春风苑这些乱七八糟的信息?!”史意捷露出兀自未信的神色来。“而且，他们既然能植入这些似是而非的信息，说明他们也许能通过什么方法，比如催眠之类的，知道春雨听韵18-0幢501室这个你的新住址。若是如此，他们为什么还要放我出来？”

“也许，你的精神实在坚强，他们连催眠也搞不出新住址的信息。也许，他们植入这些诡异的信息只是想扰乱你的心智。对他们来说，在你靠本能找出我所住的春雨听韵18-0幢501室后，你便没什么利用价值了，再也没有什么比让你精神自我崩溃更好的处理方法了！”春雨的假设听起来很合理。

“幸亏我的精神足够坚强，也幸亏你的领导莫院长。”史意捷的神色看上去多相信了几分。

“幸亏我是精神病区的护士长！”春雨补充了一个关键的环节。

“我还是想着有没有这种可能：跳楼、遇见海伦、凤翠花园、春风苑这些乱七八糟的信息中，一部分是真实发生的，一部分是因为药效未过产生的幻觉。换句话说，我是主动逃出来的。”史意捷还是不肯相信这一切都是假的。

“你现在需要的不是漫无边际的胡思乱想！”春雨笑了一下，露出两个甜甜的酒窝。

“那我现在需要什么？”史意捷不怀好意地笑了笑。

“吃一份莫院长给的药，美美地睡一觉，明天一定会更好！晚安！”春雨吻了他一下，回到了自己南面的房间。

外面的雨停了。山涧小溪的水流依然哗哗作响。远处传来几声怪鸟的叫声。史意捷从窗帘缝隙中看了看窗外，漆黑的背景中闪耀着几丝惨淡的路灯光。

似乎是还有什么药效的影响，史意捷的感觉有点不踏实。他起床拉紧了窗帘。又向春雨的房间敲了敲门，嘱咐睡意蒙眬的她有事叫他。

一番折腾后，史意捷心里自嘲，看样子小心过头，过分敏感了。如果连在这山沟沟里都不安全，那天下没有安全的地方了。

虽然如此，由于精神紧张，一时睡不着觉，又把这两天的经历像放电影般地过了一遍。

应忠信杀气重又凝聚！

“你这个废物！昨天跳楼死掉好好的，今天又来害人！”应忠信狂怒之下对史意捷猛踢数脚。

史意捷没有反抗，因为他的心已破碎。

应忠信把枪指向史意捷的头部：“你早死一刻，这里便太平一刻！”

“砰”的一声，又一人倒在了枪口下。

史意捷最后的记忆是应忠信那狰狞的脸。

幽灵唱着悲伤而古怪的歌曲。每一个幽灵手里都拿着一支蜡烛，围绕成一个同心圆。

在同心圆的中心，一个女孩正坐在地上，用充满恐惧的眼神看着周围的这一切，浑身瑟瑟发抖。

周边突然没有声音了！

可幽灵们依然还在唱歌！

同心圆中心的女孩越发恐惧了！

突然，她又听到一阵无声的脚步声！没有声音，但又分明那么真切！

脚步声越来越近，节奏越来越快！

“啊——”一阵长长的撕心裂肺的声音，那女孩仰面摔倒在地上。

站在窗外的史意捷大惊，不顾一切地用肩向木头窗户上撞去。

窗户应声而开，史意捷用手一托，一个跳跃，直接跳入了房间中间。

一阵碧绿的浓雾，非常刺眼、刺喉。史意捷忍不住咳嗽起来！

那些幽灵早已借着碧绿的浓雾悄然遁去！

但白云呢？

地上的浓雾渐渐地散去，但已不见了白云！

“白云！白云！”

灯光刹那间亮了起来！不是那种幽暗的色调，而是美丽的金黄色。

史意捷慢慢睁开了眼睛。

瓜子脸！一张瓜子脸出现在史意捷的眼中。

“昨夜睡得还好吧？”那张瓜子脸温柔地问道。

是白云！史意捷揉了揉惺忪的睡眼，一时分不清到底是梦境还是现实。

窗帘已经被拉开，窗外是青翠的山坡，金黄色的阳光从窗外照了进来。

“小雨呢？”史意捷终于记了起来。

“她在外面呼吸新鲜空气。”白云笑了笑，“你睡得太沉了，小雨叫了你好几次，都没能叫醒你。”

“几点了？”史意捷疑惑地问。

“快九点了！早起的山民已经做工去了。”白云的表情看上去没有夸张。

春雨沿着小溪远远地走来了！

“那边有座非常奇特的桥！”与史意捷一见面，春雨兴奋地说，“是座拱桥，像彩虹一般。”

“那是云中桥！有一千年历史了，文物保护单位。”白云接过话题说。

“吃饭了吧？饿都饿死了！”春雨一副责怪的表情。

“早就准备好了，是山区的特产，保管你们在城里吃不到。”白云语带神秘地说。

早餐安排在洋式别墅旁的老楼房里。

老楼房，木结构的老楼房，除了些许石材外，什么都是树木做的。

两个典型的五十多岁的山民坐在客厅里，看见史意捷等人进来了，站起来迎客，一脸的好客与朴实。“早饭早就准备好了，刚才又热了一遍。你们城里人就爱睡懒觉。”那个一脸慈祥的大妈模样的人对史意捷和春雨说。

“是白云的爸爸妈妈吧！真是打扰到你们了，实在过意不去！”史意捷一脸歉意地对着两个老人家说。

“你们是稀客，肯来我们已经万分欢喜了！”一个精瘦黝黑的五十多岁的男子接口说。显然他是白云的爸爸，但父女俩一个雪白，一个黝黑，形成了强烈的对比。

史意捷、春雨和白云用起了这顿非常独特的早餐。两个老人家借口吃过早饭了，避得远远地，在庭院里晒太阳。是啊，年轻人的世界，他们已经不懂，也不想参与。他们没有别的心愿，只希望子女活得比自己好，活得更精彩。

“这是什么东西？”春雨指着一些黑糊糊的长条状的食物问白云。

“番薯枣子。”史意捷想都没想，代白云回答了这个问题。

“你怎么知道？”白云奇怪地问。

“这是脑子里一下子冒出来的。”史意捷疑惑地说，“好像是很熟悉的东西。”

“捷哥，你的记忆开始恢复了？”春雨眼中闪烁着兴奋的光芒。

史意捷失望地摇了摇头，“只是一些互不关联的碎片。”

“慢慢来，会好的。”白云安慰道。“这个番薯枣子是用小番薯蒸熟，慢慢用炭火烤干，收缩而成，因此特别甜，口感特别好，已经吃不出番薯的味道了。你们多吃点！”

“这个烤土豆也特别好吃，连皮都是美味。”春雨吃得津津有味。

“那是这里用大灶加柴火烧的缘故，放在城里，这个又是大成本。”史意捷接着解释。

“捷哥真是见多识广！”白云惊讶地对史意捷说。

吃过早饭后，白云带着史意捷和春雨随便走走。一行人沿溪而行。

小溪一直伸向前方。两岸生着无数的无名野花，有一种紫罗兰色的低矮喇叭状的野花分布尤其广泛，自由自在地散播着春的气息。微风吹来，空气中传来野花的清香。

一行人聊聊走走，约莫走了十分钟，来到了春雨早饭前说的云中桥。

这桥的确神奇，真像云中的彩虹一般，三十多米的跨度，只有一个桥拱，弧度特别大，离水面有十多米的距离。

史意捷站在桥的顶端，看着远近风景，突然滋生出一种特别的感受。

“我不想恢复自己的记忆了！”史意捷突然对春雨说，“我们索性一辈子住在这里，无忧无虑地，少去管那些闲事。”

“是吗?！我也想啊！”春雨笑着说，“但每个人无法逃避自己的责任。”

史意捷摇了摇头，叹息了一声。

桥的东面，是两座山峰之间的一个谷口，有一条大道穿谷而过，在不远处又折向北面。

一行人信步往前走着，不时遇到一两个山民。这些山民都是上了年纪的“留守人员”，背着竹篓，带着钩刀，拿着锄钯，要到山上去劳作。现在这个形势，年轻人都往城里赶了啊！

三人穿过谷口，转到向北的大道。这条大道西面是山坡，东面是悬崖，悬崖是个深深的盆地，极目远眺，又是浓淡不一的山峰。

不远处，路旁有个平台，平台旁有几间简陋的小屋，屋顶挂着一块招牌，招牌上写着“云中观景”四个大字。

“这是什么地方?”史意捷不解地问白云。

“是农家乐！”

“这地方这么偏僻，会有生意?”史意捷更加不解。

“虽然偏僻，但有时候生意好得不得了。”白云用夸张的语气说。

“那会是什么时候?”史意捷一头雾水。

“庙会的时候！”

“附近有庙?”

“不但有庙，而且是大庙。”白云意味深长地笑了笑，“寒禅寺！”

寒禅寺！史意捷仿佛被电流击中了一般，那种特异的感觉又升了上来，熟悉而陌生，朦胧又清晰。

……

如火的枫叶，清冷的深秋，拾级的台阶，仿佛的钟声……渐渐发黄的彩照，与鹅蛋脸女孩的合影……背景古朴而禅意，表情茫然又青涩……二月岭，寒禅寺，雾蒙蒙……是缘尽情空的纪念，还是许一生之愿的迷离……

……

史意捷下意识地偷偷地看了一眼春雨。春雨还是那张发黄彩照中的春雨！但令他十分痛苦的是，他记不起更多的往事，而最近两三天新建立的“记忆”似乎与那些曾经的凄美的感觉有些差异。不同时期的同一个人算不算两个人，如果变化大的话？史意捷心底里问自己这么一个奇怪的问题。想了没几秒钟，轻轻地叹了一口气，最近记忆坏了，心智的确有点不正常！

“你叹什么气！对白云想入非非么?!”春雨开了个玩笑。

“你歪想到哪里去了?! 我叹气是因为忘了。”

白云对春雨的话根本没入心：“你们两人别吵嘴了！我们到‘云中观景’去坐坐。”

“云中观景”这家农家乐不但提供餐饮，而且还提供茶水服务。白云点了三杯白茶。三人坐在露天平台上，边喝边聊边看风景。

“这边的风景是不是似曾相识?”白云笑着问史意捷。

史意捷轻轻地摇了摇头。

“对面的山叫元宝山。你看，有三个山峰，其中中间的那个最高，像极了元宝的样子。”白云耐心地给史意捷解释，“其实，当年你在寒禅镇派出所挂职时，这一带你是经常来的。”

“到这儿干啥?”

“周末徒步行走。从镇里出发，直走到寒禅寺，稍作逗留后继续往深处走。”白云还记得许多当年的细节。

“当时也是我们三个人?”史意捷的话音未落，春雨在桌底下用脚踢了踢他。

还未等他完全会意过来，白云低沉着声音回答：“不，是四个人，还有个独九。”

“那不到你家了吗?”史意捷明白过来了，赶紧转换话题。

“到不了，当时我们刚才走过的那条山谷间的道路还没有开通。这只是条断头路。”

听白云这么一说，史意捷似乎有了点模模糊糊的印象。

路边一个山民赶着一头牛慢慢走过。牛背上两边都驮着一个大大的帆布袋，里面不知道装了什么东西。

这似乎是那首老歌《走在乡间的小路上》描绘的情景。不过不是暮归，也没有牧童。但那赶牛的山民很年轻，看上去不过三十几岁，右脸颊上长着一颗黑痣。

“现在山里还有这么年轻的人做农民?”史意捷有点奇怪。

“人各有志，凡事总有例外吧。”白云给出的理由虽然简单，但却无可辩驳。

不知道是不是耳朵特别灵，那个赶牛人竟似有意无意地往史意捷那边瞧了瞧。

白云三人在“云中观景”坐了足足有一个小时，闲聊着件件往事，顺便帮史意捷恢复记忆。

“你们说了很多当年我们在寒禅寺的故事，我想去看看，也许能恢复部分记忆也说不定。”史意捷内心突然涌起一股遏制不住要去看看的冲动。

“差不多已经十一点了。要去寒禅寺，回去吃中饭要来不及了。”白云提醒。

“我们在寺院附近随便吃点也行。”史意捷提出了另外的方案。

“那可惜了两位老人家的心意，我叫他们中饭多准备几个野味的。”白云心有不甘地说。

“让他去寒禅寺再许许愿也行，中饭回去迟点吃也不要紧。”春雨也赞同去寒禅寺。

寒禅寺的南侧是后门。后门开着，往里看去，是一排排的小竹林。

史意捷正要跨步入内，白云一把拉住了他：“你们是许愿来的，要光明正大地走正门。”

不由分说，白云把史意捷和春雨领入了寺院西侧的道路上。寺院的围墙很高大，墙体刷成寺院特有的黄色，并写上了佛家专用的话语。

围墙的中段，有扇小门。小门开着，里面像是杂物间或炊事用房之类的。

有了南门的先例，史意捷自然不会选择在这里进寺。一眼瞥去，发现那个赶牛的年轻山民正坐在一条石凳上抽烟，并与他对了一眼。看来，他在为寺院送货。但不知怎的，史意捷的感觉并不好。那眼神分明充满了嫉妒和不满。是啊，同样差不多的年龄，凭什么你带着两个美女跑到寒禅寺逍遥，而老子却赶着老牛往寺院食堂送山货?!

史意捷赶紧向前走了几步。前面不远，是寒禅寺的正门。正门前的那条逐级下降的石头台阶已经映入眼帘。

那条陌生的石头台阶依稀有点熟悉，史意捷脑子里搜寻着残存的记忆。不知是不是心理作用，莫院长的药好像有了点作用，他脑子里开始有了更多关于寒禅寺的记忆。虽然都很模糊，但毕竟是记忆。非常奇怪的是，这些模糊的记忆像是一个分手的场景。

……

“我们这样下去不会有结果，还是分手吧!”史意捷对一个长发女孩说。

天空正下着濛濛细雨，史意捷与那长发女孩仿佛隔着一层玻璃，看不清她的脸。

……

“上次来许愿的情景记起来了吗？”春雨看见史意捷思绪茫然的样子，对他提点了一下。

“你是说当年我离开寒禅镇的那一次?!”史意捷自己又很快地接了下去，“零零碎碎地记起了一些极其模糊的影像。很奇怪，最多的片断是与一个长发女孩分手的场景，但我看不清那个长发女孩的面孔。”

“捷哥你太会开玩笑了！你那长发女孩除了小雨还会有谁?!”白云白晰的脸上笑出了红晕。

“也许你太担心我的安危了。这叫记忆错位！”春雨微微笑了一笑，脸上浅浅地露出了两个酒窝。“你可以放心，我们从来没有分手过。白云可以作证！”

寒禅寺的门口，摆放着两只巨大的石狮子，有点风化，一只嘴里还剩半个圆球，另一张嘴里空无一物，看样子很有些年月。大门两侧挂着一副对联，“寒山日落早，禅林月辉明”，笔势虬劲古朴，意境简约深远。

白云带着史意捷和春雨依次经过了天王殿、大雄宝殿、圆通宝殿等建筑。在她和春雨的坚持下，史意捷也入寺随俗，礼佛敬拜。

寺内的香客，三三两两地穿行其中。一部分径直走向右前方的寺院深处。白云等三人也跟随而去。

在一片竹林深处，有个中西合璧的殿堂，大门的正上方挂着一块匾，匾上写着三个大字“许愿堂”。大门两侧挂着二副对联，一副为“有果必有因种因得果，见色实为空以空化色”，另一副为“求不得时许心愿，爱别离中见情缘”。

“许愿堂”内，有一尊高大的观世音菩萨，端坐莲花之上，左手托净瓶，右手拿柳枝。观世音菩萨前有许多信众在虔诚地跪拜，虔诚地许愿。一些人许过愿后被小和尚领到了内室。内室中出来的人捧着一个银白色的盒子，在小和尚的引领下，往“许愿堂”两侧的立壁上插入，并小心翼翼地上好锁。

史意捷不信宗教，但碍不过白云的好意，只得拜了几拜观世音菩萨，并许了个“早点全面恢复记忆”之类的心愿。旁边春雨的愿许得就多了，依稀听见除了“捷哥尽早恢复记忆”之外，还有“早点摆脱困境”“感情天长地久”之类的，让她的捷哥听了极为感动。

“几位施主要不要弄个许愿盒？阿弥陀佛！”一个眉清目秀的小和尚走过来双手合十地问史意捷和春雨。

“这个许愿盒是干什么用的？”史意捷不解地问。

“保存许愿的内容和心中的秘密。阿弥陀佛！”小和尚边说边领他们往侧边走去。

史意捷等三人走到了立壁前，眼前是密密麻麻的小小方盒，每个方盒约有横放的手机大小，但长度比手机略长些。小方盒中间是一个锁孔，两侧是一副偈语类的对联，左下侧是一串数字，大概是盒子的序号。那些偈语写得很有意思，目光所及，其中一副是这样写的，“冬叶藏于深云，山水乃至自忘”，不知道是哪个避世情结重的许愿客留的。

“这个许愿盒也叫时间胶囊，偶尔也会有施主顺带放些贵重的物品。”小和尚继续介绍。

“安全会不会有问题？”史意捷好奇地问。

“除非你自己泄露了秘密，否则没人知道你放了些什么。”小和尚继续解释道，“寺院里没有许愿客的任何资料，不知道哪个许愿客把许愿盒放在哪一个方位，也不知道许愿盒里放了些什么内容，更没有许愿盒的钥匙。”

“遇到窃贼来偷盗怎么办？”史意捷不禁好奇起来。

“我们管理很严密的。上午六点到晚上六点开放期间，有多人看守着。其余的时间里，会自动开启红外线警报系统。一旦有窃贼进来，除了会发出警报外，红外线摄像还会自动运行。这些警报和图像除传输到寺院保安中心外，还会传输到派出所驻在这里的警务室里。”那个小和尚解释得非常专业。“一般的窃贼是不敢到观世音菩萨前偷东西的。阿弥陀佛！”

“这收费很贵吧？”史意捷调查的职业病发作。

“施主，我们不收费的。我们只为有缘人保存许愿盒。布施两千元以上的施主我们会为他保存许愿盒的。阿弥陀佛！”那个小和尚一脸严肃地说。

“这么新的点子谁想出来的？这么先进的设施谁打理的？”史意捷好奇起来。

“这算什么？！我师父的本事大着呢……”

没等小和尚说完，外面传来一阵歌声。

是佛歌？但这佛歌的旋律很熟悉，有点像流行音乐。

“红尘中，有太多茫然痴心的追逐。笑语中，你我仍孤独……”空气中隐约传来几句歌词。

“寺院里有人唱流行歌曲么？”史意捷一脸不解。

“这是我师父在唱从流行音乐中改编的歌，但的确是佛歌。阿弥陀佛！”小和尚解释道。

“我们去看看。”史意捷升起了浓浓的好奇心。

无须小和尚带路，史意捷三人循着歌声来到了竹林更深处的一间精致雅舍前。这是一幢园林式的建筑，四周都通着长廊，但建筑本身却三面关闭，一面开放。里面有一个和尚，正边弹钢琴边唱歌。那和尚三十几岁的样子，戴一副金丝框的眼镜，面皮白净，长相文弱清秀。和尚前面，坐着许多香客信众，跟着他一起唱歌。这些香客信众中各种年龄层次的男女都有，但以三四十岁的居多。许多三十多岁的年轻女信众甚至还唱得泪流满面。

“慈悲眼，无尽爱。谁让你，想收藏。青烟绕，佛前悲诉。往事渺，年少狂。情执重，爱很深。青春过，容颜老。放下的，明月天涯两相忘。我佛慈悲，卸下风霜，是我心底的归宿。我佛慈悲，抚慰了生命的苦……”

史意捷三人似乎也受到了极大的感染，一时立在门口静听着。

“这曲调好熟！”史意捷感叹了一句。

“是吕方的《朋友别哭》，上世纪九十年代的流行歌曲。”春雨对流行音乐很在行。

“那个和尚师父怎么看上去像是情缘未了的样子?!”史意捷忍不住感叹了一句。

“我师父是慈悲之心。这是在叹息红尘，不是情缘未了！阿弥陀佛！”不知什么时候，那个眉清目秀的小和尚站在了史意捷等人的身边。

史意捷惊异地看了看他，这样的话似乎不是他这种年纪所能说出的。

见史意捷不信的样子，那个小和尚连忙解释说：“以前也有施主说过类似的话，我告诉师父，师父回答的就是这两句话。阿弥陀佛！”

“婆娑中，再回首，岁月荒凉又无助。世间情，风吹诺言成陌路。”在那小和尚与史意捷说话之间，那个弹琴唱歌的文雅和尚也唱完了最后的一句。

“今天的佛缘会到此为止！”那个文雅和尚对面前的信众说。接着又径直走向了史意捷三人。

“阿弥陀佛！贫僧禅心和尚。三位施主可否到我的佛缘堂坐一坐?”那个文雅和尚宝相庄严，已没了唱歌时的那种茫然的表情。眼睛神光内敛，但却压抑不住灵智的光芒。

史意捷看了一眼春雨和白云，一时犹豫未决。

“施主不必担心！我看你面有烦恼，因觉有缘，所以相邀！”他顿了一顿，又指了指那个眉清目秀的小和尚说，“这是小徒不空。他一定又在拉你们布施，你们不必理他！”

那个叫不空的小和尚一脸委屈：“可是师父，如果没有布施，我们怎么扩建寒禅寺？”

“等有缘人！”禅心和尚语音虽低，但很坚定。

“捷哥，我们跟禅心大师去吧！”春雨拉了一把史意捷。

“这是本寺后院种栽的白茶，虽然不算极品，但却极为环保。三位请用茶。”在佛缘堂里分宾主坐定后，禅心和尚招待客人用茶。

略一停顿，禅心和尚对史意捷说：“相由心生，境内心造。施主一脸烦恼，一定心有执着。”

史意捷默然无语，不知道该说些什么。

“大师，你错了！”白云反驳说，“捷哥不是心有执着，是失忆了！”

那禅心和尚微微一笑：“因为失忆了，所以想恢复原来的记忆。但却一时难以恢复，这还是执着。”

“禅心大师，要是不执着，那能恢复记忆么？”春雨还是关心她“捷哥”的记忆。

“恢复也好，不恢复也好，都让它随缘。再说，失去记忆也并非全是坏事，一切都可以重新开始。”禅心和尚以佛陀的智慧解释着。

“是的，一切都可以重新开始。”史意捷接着禅心和尚的话头说，“但是大师，即使面临无法预测的危险也不执着吗？”

“这位施主，不执着不等于消极被动。不执着只是对自己无法加以改变的事物而言的。对于那些自己可以改变的事情，只要有助于功德，是应该积极主动的，这叫修行。”禅心和尚说完拿起茶杯轻轻吹了一口气，浅浅地喝了一口茶。

“多谢禅心大师指点！”史意捷有点如释重负的感觉。

“施主不必客气，我们是有缘人。在你的身上，我看到了自己当年的影子。施主要记住，断执着才能断烦恼，同时，烦恼即是菩提。”禅心和尚继续说法。

一行人聊聊谈谈，不觉已过去了半小时。白云还惦记着中午要回那云中村吃饭，因此频频暗示史意捷。不料史意捷谈兴正浓，毫无反应。

“捷哥，我想到地藏殿去拜拜地藏菩萨，为我那过世的爷爷奶奶。”白云找了个由头打断了史意捷和禅心和尚的聊天。

听白云这样一说，史意捷起身来向禅心和尚告辞：“大师，下次有缘再来讨教！”

“贫僧与施主一见如故，当然有缘。施主如心魔未去，随时可找贫僧聊聊。”禅心和尚双手合十，与史意捷等人道别。

“捷哥，小雨，你们有没有注意到一些可疑的东西?”在去地藏殿的路上，白云突然问起了这个问题。

“你是说禅心大师可疑?”史意捷神情充满了惊讶。

“我不是说禅心大师。刚才我发现有人在门外鬼鬼祟祟地偷听，似乎是那个赶牛的山民的模样?”白云充满忧虑地说。

史意捷也警觉起来：“我们小心点，宁可防其有。你拜完地藏菩萨后我们赶紧回去。吃过中饭后我和小雨回城区，不能连累你们。”

“捷哥这算是什么话?!你们不能回去！在这里慢慢地调养，等恢复记忆了再回去。”白云激动起来。

“反正我迟早要回城区跟那些幽灵斗争的，边调查边恢复记忆，这样来得主动点。”史意捷措辞委婉，但语调坚定。

“白云，这样好了，我们在这里住三天。”春雨看到白云和史意捷意见相左，赶紧来个调和，“捷哥，你看好吗?”

小雨既然已经说出了，史意捷也只得依从：“但是，我们还得加倍小心，谨防可疑人物。”

地藏殿两边布满着地狱的场景，有拔下舌头的，有下油锅翻炸的，有凌迟处死的，有烧得不死不活的，有磨成肉酱的……看着令人感到心生恐惧。

突然，一种熟悉的声音传来，是脚步声！史意捷下意识地往四周看了看。大殿附近没有人，只在二三十米外才有香客来回走动，但显然不可能听到他们的脚步声。大殿内光线暗淡，除了自己这一方的三人外，没有旁人，只有几尊菩萨和地狱的雕像。

但脚步声却是那么的真切，虽然没有声音，但很有节奏感，心脏也不知不觉地随着这种脚步声跳动。

史意捷定睛往地狱群像深处看去，远处一个雕像似乎动了起来！是幻觉?!那雕像真的在动！幽暗中，看不真切，但那雕像竟然缓缓地往幽暗深处走去，不一会儿，无影无踪。怪事！史意捷使劲揉了揉眼睛，发现幽暗处原来有扇小门。那雕像是人！他这么鬼鬼祟祟地干什么？难道？难道是幽灵?!

无声的脚步更快了！突然，一阵恐惧的尖叫在脑后响起。史意捷条件反射般地转过身来，只见白云满脸恐惧，右手指着右前方，春雨则蹲在地上，几近作呕。

史意捷往白云所指方向看去，黑洞洞的没什么异常之处，正想走过去查探个究竟，白云倒在了自己的身上。

史意捷反应快捷，处变不惊，一把抱住了白云。白云已经说不出话来，脸上已经因恐惧和痛苦而变形，原本雪白的脸面变得没有血色的可怕的苍白。

“快到外面去！”史意捷急促地对春雨吼道，自己则抱着白云边快走边拍击着她的背部，直到离大殿之外十米开外的空旷处，才停了下来。白云已经目光散乱，呼吸极其微弱。不一会儿，春雨也跟了出来，看样子她倒是没什么大碍。她示意史意捷把白云放在地上，接着对她进行反复的胸腔按压。

这边的动静很快地惊动了附近的香客，不一会儿，周围聚集了许多人。有一个好心的香客对史意捷和春雨说：“我是医生，赶紧送医院急救！”

禅心和尚闻声也出现在现场之中。见此情景，他赶忙安排自己的司机把自己的那辆宝马汽车开来，指挥众人，手忙脚乱地把白云抬上了汽车。那个医生香客也坐上了汽车，帮助照管病人。

史意捷和春雨正想上车，来了两个警察，其中为首一个叫住了他，那人仔细端详了他片刻后说：“你们不能走，跟我到警务室去。小宋，你陪着病人到医院去。”

史意捷和春雨心急如焚，坚持要陪同前去，没奈何那个警察没有一丝的商量余地。见此情景，心禅和尚打圆场说：“施主，抢救病人要紧。车上有医生和警察陪同，不用担心的。”

就在史意捷和春雨犹豫之间，宝马车像射箭般地驶了出去，应是那个好心的医生催促所致。救人一命，胜造七级浮屠。那个医生既然信佛，一定会尽十二分的力量抢救病人。想到这点，史意捷和春雨略略安心，没奈何地跟着那个警察到警务室去。

警务室就在寺院的后门边上，史意捷他们来时注意到寺院的后门处有一片小竹林，却没看清楚小竹林旁边的房子是警务室。

那个警察把史意捷和春雨领到警务室的办公室里，不等他们开口解释，就说道：“你们先在这里待着，我先处理些急事。”说完，径直走出办公室，且把门反锁了。

看到这副架势，史意捷和春雨不由得面面相觑。不等他们定下神来，一阵通话声音传了进来：“……应……老板，我是小管，我现在在寒禅寺找到了两个人，其中一人很符合您说的特征……”那个叫小管的警察越走越远，后面的声音已经听不清楚了。

“那个‘深度幽灵’应忠信利用职务便利布下了天罗地网?!”春雨眼中充满了恐惧。

“我们可以详细解释清楚嘛!”虽然处于不利的境地，但眼下不能恐慌，因此史意捷安慰春雨。

“就怕落在人家精心设计的大网里，我们连解释的机会也没有。”春雨的情绪非常沮丧。

史意捷的心中，突然涌起了一阵恐惧。他推开了办公室后半间的门。

办公室后半间，是休息的场所，摆放着休息床。靠近寺院围墙处有一扇玻璃窗，玻璃窗用不锈钢管护持着，外面是寺院西侧的围墙。

不知是不是逃生的欲望的缘故，史意捷的力量竟然大得惊人，他用那老虎钳般的双手，硬生生地把保护玻璃窗的不锈钢管给掰弯了。再一用力，不锈钢管两头从嵌套处脱落了下来。如此依法炮制，不到三分钟，玻璃窗已可容一个人进出。

史意捷先把春雨抱着送出窗外，跟着自己爬了出去。窗外是个极小的空间，房屋墙壁与围墙之间，不到五十公分，前后两头均被砖头封死。

围墙不高，两米左右。史意捷又爬上玻璃窗，把脚踩在上面，双手扒在围墙上，打探着外面的情况。

外面是来时的道路，此时寂无人影。史意捷心中有了主意，他伸出右手，把春雨拉了上来，推上围墙。

“咦，人呢?”那个警察小管重又开门进来，心底直呼不妙。他下意识地推开后半间的门，正看到被损毁的不锈钢管窗户上站着刚打电话汇报过的嫌疑人，不禁大呼一声：“下来!”

史意捷纵身一跃，下来了。不过不是落在警务室的办公室里，而是落在围墙外的道路上。坐在墙上的春雨被那警察一吓，也顾不得危险，跳了下来，被史意捷一把接住。

一辆装载农产品的卡车正好驶过。史意捷拉着春雨追了上去。

“我先跳上车，然后你拉住我的手。”史意捷急促地对春雨说。话音未落，他松开春雨的手，几步助跑，一跃攀住了货车后沿，跟着翻了进去。又调整姿势，面对春雨，把双手伸了出去。

卡车速度接近四十迈，春雨用跑百米的速度追赶，但一直够不到史意捷的双手。

身后，寺院围墙的侧门处，那个叫小管的警察竟然追了出来："你们快停下!"

春雨哪会停下，拼命地跑向卡车。

正好卡车在寒禅寺石级台阶旁的转弯处慢了下来，春雨抓住机会，一个冲刺，正好把右手交到史意捷的双手之中。

那个小管以比春雨快得多的速度追近卡车。眼见只有十米左右的距离，迟早要被他赶上，那辆卡车突然加速了。原来转了个弯后，道路变得更宽阔了。

春雨用左手抓住了史意捷的衣领，因为卡车提速的缘故，整个身子飞了起来。两个人四目相对，一个紧张，一个害怕。

史意捷屏住气息，两个膝盖顶住车厢后板，双手慢慢地使劲，一点一点地把春雨往车上拉。跟着，松开右手，一把抱住春雨，身子往后一仰，以一个抱摔把她连拖带拉地弄上了车。

史意捷仰天躺在车上，春雨整个人都压在他的身上。由于刚才太过紧张，两人一动也不动，直喘着粗气。

天上是蓝天白云，路边的毛竹叶子忽闪而过。已经有好久没有看到过这种景象，史意捷忽然涌起一阵久违的感觉，那是天然天成和自由自在。也只有在山区，才有那样蓝的天，那样白的云。雨后的山区，更加青翠欲滴。

"捷哥，那个'深度幽灵'看情形已经对我们布了天罗地网。"春雨终于从极度紧张的状态中缓过劲来。

"你是说公安局政委应忠信吧?!"史意捷缓缓摇了摇头说，"让人想不明白的是，他们既然能植入记忆，并且主动放走了我，这下为什么又要抓捕我们。"

"也许因为他们已经找到了我，并且还会把白云的遭遇嫁祸于我们。"春雨提出了一个大胆的假设。

"唉，不知道白云这下怎么样了?!"史意捷非常担心地说，"她这次变故完全是因为我们的原因。如果我们不去找她，她不会有事的。要是真出了事，她那父母处该怎么交待啊!"

"吉人自有天相，不会有事的。"春雨安慰史意捷。

"地藏殿里，你有没有听到那种无声的脚步声?"史意捷忧虑地问春雨。

"有的。就是那天晚上你回到春雨听韵时的那种怪异的感觉，只不过这次更强烈，一颗心要蹦出来的感觉。"春雨心有余悸地回忆。

"看样子幽灵组织实际针对的是你，但白云的抵抗力更弱，所以反倒是她先倒下了。”史意捷忽然想到了昨天的几起“事故”。

“那些幽灵是怎么发现我们的呢?”春雨觉得不可思议。

“那个赶牛的山民，以及寺院里的人都是有可能的。”史意捷脑子转得很快。

“寺院里的人?!你说禅心大师和不空小和尚?这太不可思议了吧！难道那个幽灵组织往佛教渗透了?!”春雨无比惊讶地反问。

“我是说不能排除可能性。”史意捷顿了一顿说，“那个禅心极不简单，当时我本想再不动声色地了解一些他的相关信息，没想到白云急了。”

“这也是你始终不肯透露身份的原因?”春雨恍然大悟地说。

“是的，我始终没有介绍我们三人的身份。这一来是为安全起见，二来也想验证一下到底那个禅心和尚对我们有没有什么特别的企图。”史意捷解释道。顿了一顿，又像想起了什么，“刚才你说应忠信通过白云的遭遇嫁祸我们，这好像没什么道理，因为白云看起来好像疾病发作。”

“可白云的身份特殊啊！她是独九的未婚妻。从幽灵组织的角度看，正是因为独九，才引发了那次地下室的围捕行动，使他们损失惨重。所以，他们要进一步报复。”春雨的解释听上去有合理的成分。

“要是这样，白云就危险了!”史意捷叹了一口气说。

“怎么个危险法?”春雨追问。

“因为白云死掉对他们陷害我们更加有利，他们大可有办法说明我们用了什么特别的方法。要是……要是那个医生也是幽灵组织的人……”

史意捷话还没有完全说完，春雨像条件反射般地从他身上坐起了身子，左手竟然还抓断了他脖颈上的什么东西。“你是说，那个医生可以随时做手脚?这也是那个叫小管的警察不让我们陪同的原因?”

“现在这些都是没有根据的猜测。反正有一条，我们当务之急是一定要找出你手中握着的对他们不利的证据，不管你自己有没有意识到。”史意捷又把目光转到了春雨的左手上，“你把我的项链抓断了!”

春雨低头看了看，抱歉地笑了笑:“太紧张了！给你修好便是。”

“咦！这项链的坠体也弄破了?”史意捷从春雨手中接过项链，仔细看着项链的坠体。

项链的坠体是一块小型长方形的铂金，顶端饰有一颗不算太小的钻石。长方形的铂金中间已经开了缝。史意捷疑惑不已，照例说春雨手劲再大，也不可能把整块铂金弄开裂的。

“这是一把钥匙。”春雨笑出了酒窝，“你拧转，然后可以拔出。”

史意捷照做，果然是一把精巧的钥匙：“这钥匙开什么锁的呢？”

“同心锁！连这都记不起来了？！”春雨叹息了一声。

正说话之间，不远的转角处传来一阵很响的发动机声。不一会儿，一辆摩托车出现在视野里。开摩托车的赫然是警察小管。

春雨紧张地抓住了史意捷的手臂。史意捷快速打量着周边的情形。卡车的速度在六十迈左右，摩托车灵活机动，过不了五分钟，卡车肯定会被追上。前方不远处又有一个转弯，是摩托车的视线死角。在那里跳车，钻入茂密的竹林！

转弯处，史意捷和春雨所在的卡车与另一辆装满猪猡的农用卡车交汇而过。

时不再来，机不可失，就在交汇的一刹那，一个念头电光石火般地从史意捷的脑海中闪过。他下意识地拉紧了春雨的手！

第五章　追逐游戏

警察小管终于追上了卡车。真奇怪，才转了个弯，就不见了卡车上的两个目标，该不会躲到驾驶室里去了吧?!

“停车！停车!”警察小管对那驾驶员命令道。

驾驶员是一个四十多岁的山民，一脸胡子，头发也乱蓬蓬的，看见旁边有个警察在喊他停车，慌忙一个急刹。

“师傅，什么事?”驾驶员不安地问。

“刚才有一男一女两个人躲到你卡车的后车厢上，这下他们到哪里去了?”警察小管用严厉的眼光盯着那驾驶员。

“有人躲在我的车上?!”那驾驶员一脸茫然，“他们现在还在不在?”话还未说完，那人跳下驾驶室，检查着后车厢上的货物。

后车厢上的货物虽然是农产品，却是深加工后的农产品。离这儿十里路远的里山中，有一家竹制品加工厂，把毛竹炭化成竹炭纤维，顺便提炼植物油，效益很是可观。这车上有二十个大箱子，装的都是初步加工成的竹炭和植物油，要运到城区的公司进行商品包装。这些箱子价值不菲，丢了一个，吃罪不起。

还好！二十个箱子，一个不少。那个驾驶员紧绷的脸又放松了。

“你真没有听见后车厢上的动静?”警察小管看到驾驶员的这副神情，已经知道刚才两人已经不可能继续在车上了。

“师傅，我真没有防着车后面有人。我收音机的歌声音开得很响。”那驾驶员一脸无辜。“对了，师傅，你说的那两人会不会躲到刚才那辆猪猡车上去?”

猪猡车！该死！怎么没有想到那两个目标会反其道而行之，“转车”转到迎面而来的车上！最危险的地方通常是最安全的，这话一点也没错，自己刚刚着了一道。

警察小管二话没说，直接掉转车头，去追那辆猪猡车去了。

在这一转一回，一停一顿之间，猪猡车早已开得不知去向。警察小管把摩托车开得呼呼作响。这一带他太熟悉了，公路只有一个方向，离下一个分岔道口还远着呢！

转了几个弯头，不远处果然发现一辆农用卡车的后影，正摇摇晃晃地开着。

警察小管猛一拉油门，摩托车以接近一百五十迈的速度向前疾驶。不一会儿，追上了猪猡车。

猪猡车的驾驶员是一个三十多岁的年轻人，左耳上插着一个蓝牙耳机，摇头晃脑着，似乎正听着喜欢的歌。

警察小管好不容易让那年轻人把车停了下来。

“警察同志，查什么？”那年轻人一口普通话，看样子是外地人。本地人往外走，外地人往本地来，近年来，这个趋势越发明显。

“你有没有注意到有一男一女上了你的车？”小管用刀锋一样的眼光逼视着那年轻人。

“没有！”那年轻人回答得很肯定，在驾驶室里连屁股都没有挪动一丝。

警察小管疑惑地看了看驾驶室，这里一目了然，不可能藏两个大活人，又仔细地看了看后车厢，后车厢都是小猪，臭气扑鼻，这里也无处藏身。

NND！那两个目标到底躲在哪里？警察小管猛地用右手击打在摩托车座位上。在公安系统内，他也算是刑侦工作的后起之秀。受公安局应政委的秘密委托，这一阵子他一直待在寒禅寺，等着目标的出现。没想到目标实在太过狡猾，今天他接二连三地受到了挫折和戏弄，心情之郁闷，实在可想而知。

但轻易认输不是他的性格。疑点还是在刚才的那辆卡车上。警察小管当机立断，掉转摩托车，直接以一百五十迈的速度狂飙而去，弄得猪猡车上的那个年轻驾驶员莫名其妙地发呆。

装载竹制品的卡车终于再次出现在视线里。不一会儿，摩托车追上了卡车。

不等警察小管发令，那个一脸胡子的中年驾驶员主动把车停下来，神情中隐约有一丝惶恐。“那一男一女往竹林里跑了！”

“你刚才不是说没看到吗？”警察小管眼神像刀子一样直射过去，射得那驾驶员心里发毛。

“刚才是没有看到，但你转头追猪车后，我看见有一男一女从一块大石头后面偷偷摸摸地走了出来，一直往竹林深处跑去。”一脸胡子的中年驾驶员结结巴巴地说。

一脸惶恐的他准备着受那小管的训斥。没想到那小管只是狠狠地盯了他一眼，没有再多说一句话，猛地一拉油门，以火箭般的速度往回飞驰了！

那一脸胡子的驾驶员如释重负，长长地吐了一口气，脸上露出得意的神色。他一踩油门，卡车以超过七十迈的速度加速前进。

“兄弟你算得真准！”一脸胡子的驾驶员看起来是在自言自语，因为驾驶室里没有别人。

“那个警察果然回来了！这下到哪里去呢？”胡子驾驶员像是有幻觉似的，继续自言自语。

“到寒禅镇卫生院去！”又一句自言自语，但语音语调与之前的完全不同。莫非那个驾驶员真是人格分裂症患者？！

“到那里后，麻烦师傅帮个忙，去找找急症病人中有没有一个叫白云的姑娘。找到后，问问病情。”一个女孩的声音！那胡子驾驶员再怎么人格分裂，也学不出这么优美动听的女孩口音。

竹炭卡车与猪猡车交汇的一刹那，史意捷脑海中闪过一个电光石火般的念头。他下意识地拉紧了春雨的手！

“要跳到那车上去么？”春雨紧张地问。

“不！”史意捷镇定地看着春雨，“你躲到这里去！”

是一只空箱子！这空箱子有一米多高，六七十公分乘六七十公分的底座，足够一个人躲进去。

“那你怎么办？”春雨不愿一个人躲到箱子里去。

“别担心，这里有两只。”史意捷笑着说。

“你早发现了？也不早说！”春雨责怪起来。

“刚才转弯的时候，碰巧碰到两只很轻的箱子。”史意捷解释。

“我们躲在里面会不会自投罗网？如果那警察检查纸箱怎么办？”春雨还是担心。

“我想不会的。那警察一定会以为我们跳到猪猡车上，或者跳车到竹林里去了。这是思维的惯性。”史意捷很有自信。

“万一呢？”

“我也不是吃素的。”

原来那胡子驾驶员带的二十只箱子中，十八只满载了竹炭和植物油，要运到城区的公司进行进一步的包装；两只是空箱子，要把城区公司的成品运回山区的工厂。最近来山区工厂参观的人越来越多，除了生意上的客人外，主要是旅游观光客。这些成品除放在展览室外，还供旅游观光客直接购买。

在史意捷和春雨两人躲进纸箱后，警察小管也追了上来。果然不出史意捷的所料，那警察小管在看到后车厢已经没了那两个目标时，本能地认为已经跳车或者被司机藏了起来。在对那胡子司机一番威吓后，觉得那人不可能说谎和同谋，于是一下子想到交叉而过的猪猡车上去了。

等警察小管一转身，史意捷和春雨先后从纸箱中走了出来。史意捷敲了敲驾驶室的玻璃窗。那胡子驾驶员吃了一惊，以为警察又来了。等他定睛看清是后车厢上的陌生人时，更加吃惊，以为是抢劫的来了，车子也开得更快了。

史意捷忽然灵机一动，问春雨要一千块现钞。春雨从春雨听韵家里带出来的一只背包一直背在身上，眼下见他要现钞，约略知道他的用途，慌忙从包中取出给他。

好个史意捷，把那一千元钱往驾驶室旁拼命地挥动着。钱的魔力真是出乎意料的大！那胡子驾驶员一看挥舞着的钱，顿时知道有人求助于他，于是把车停了下来。

“你们在我的车上干啥？”那胡子驾驶员跳下车气势汹汹地问，因为他已经知道这两人没有恶意。

“师傅，我们求你帮个忙……如果你照办，我们给你一千块钱，先给一半。”史意捷如此这般地对胡子驾驶员解释了他们的躲避方法。那人一把抢过五百块，动作敏捷地重新爬进驾驶室：“你们快点钻进纸板箱里。”

胡子驾驶员在驾驶室靠背的地方抽起一块铁板，又对着正在钻进纸箱的史意捷和春雨说：“纸板箱你们弄个洞，这样我们可以说话了。”

胡子驾驶员彻底摆脱警察小管后，径直往寒禅镇卫生院开去。

寒禅镇卫生院门口，几个穿白衣白帽的医护人员在中午的阳光下晒太阳。现在是中午休息时间，正好晒晒太阳，随意聊聊。

“姚白云是不是送到这里抢救了？”那胡子驾驶员风风火火直扑卫生院大门而来，看见晒太阳聊天的医务人员劈头劈脑地问。

“姚白云，她怎么了？”几个医护人员围了上来，卫生院是个小单位，人人都认识。

“她在寒禅寺昏倒了！”胡子驾驶员记得那两个人给他说过的情况。

“她没被送到这里来，也许是直接到市区大医院去了。对了，你是她的什么人？”一个医生模样的人回答他说。

胡子驾驶员一听，跑着直接跳上了他的卡车。“你们要找的人不在这里！医生说可能送到市区大医院去了！”

“直接到市区一院去！”史意捷的话像命令一般简洁。

反正自己这车货正要送往市区，那个驾驶员二话不说，开足油门，往一院进发。

“老板，一小时前在寒禅寺出现的目标，现已逃脱。”警察小管在竹林里找了好久，也找不到目标的影子，万般无奈之下，只得向应忠信汇报。

“到他可能出现的地方去！不要当菜鸟！”应忠信铁青着脸，冷冷地说。这年头，菜鸟越来越多。这些菜鸟独自解决困难的能力越来越弱，遇到屁大的事情也爱汇报。

NND，我可不是菜鸟！警察小管心里非常的不服气。在不久前由应忠信召集的一个非常秘密的会议上，是他提出“到他可能出现的地方去”这句话的。那时应还问，哪个地方是最可能出现的地方？他的回答是寒禅寺。这引发了一阵笑声：“难道他想做和尚去?!”另一个参会者一脸不信。但他还是坚持这种想法：“失忆不是绝对的，总有些片断会出现在他的头脑中。那地方一定有戏！”

在寒禅寺望眼欲穿地守了两天，终于逮到了目标。但让他没有想到的是，目标比想象中的更加狡猾。

“记住，这次行动高度机密！除了在座各位之外，外面无人知晓。我们设定个代号，叫‘猎鹰’，或者D行动。万一在执行任务中出现偏差，那由你们自己承担责任。”

不管目标用了什么方法逃脱了追捕，眼下最要紧的是判明目标下一步可能出现的场合。

医院？对！他们一定会去医院找他们刚才被送去抢救的同伙！

警察小管调整摩托车方向，直奔寒禅镇而去！

寒禅镇卫生院依然没有上班。几个穿白大褂的医护人员依然在晒着太阳聊天。

“老邦昌，昨天晚上你的手气真顺，麻将连上六堂。赢了那么多钱，晚上该由你请客!”一个看上去五十多岁的老年医生对一个中年医生说。

“堂是我上的，上堂屁股却是你摸的，还被你驻了三下。你赢的比我更多，应由你请客才对。”那个叫老邦昌的中年医生反击说。

“反正我是输惨了！你们该各自请一次客才对。”另一个穿护士服的三十多岁的女人接口说。

几人正在闲聊之际，突然见到“吱”的一声，一辆摩托车急刹停在了距他们不远的地方。从摩托车上跳下一个个子高大的警察，满脸杀气地向他们走来。

“刚才有没有人来问抢救病人的事?”警察小管直接向那个老年医生发问。

“有。大概一刻钟之前有个满脸胡子的山民来这里问过，之后开着卡车走了。”那个老年医生打心底希望这个突然而至又面露杀机的警察早点离开，他们又可以重接话题，探讨麻将技巧，因此，直接提供了信息比较丰富的答案。

NND，警察小管握紧右手狠狠地在空中挥了一拳，口里模模糊糊地吐了个脏词。那个看上去老实巴交的山里头人，竟然真是目标的共犯！之前他隐隐约约地觉得问题还是出在那辆卡车上。没想到卡车出了问题，人也出了问题。

一阵由远及近，渐渐变得越来越刺耳的熟悉的摩托车声音传入史意捷的耳朵，隐隐地引起了他的不安。莫非那个警察已经识破了骗局，正赶来弥补错误?!

爱春大道上，胡子驾驶员看到身边开过一辆骑着警察的摩托车，不禁万分紧张！该死的，那一千块钱真难赚！后面那一男一女到底是什么人？该不会是杀人犯吧！

没想到那骑摩托车的警察看都没看他一眼，直接超越卡车往前开去了。胡子驾驶员一颗悬着的心终于放了下来。

“不是刚才那个警察吧?”史意捷听着渐渐减弱的摩托车声从气孔里问胡子驾驶员。

“兄弟，放心！走远了！戴着头盔，看不见真面目。应该不是同一个警察。”胡子驾驶员带着一种如释重负的口气说。

是啊，骑摩托车的警察又不止他一个！既然没有纠缠，那么多半不是的了！

市一院的急诊室在挂号大厅一侧。挂号大厅排着长队，人来人往。最近流感流行，有不少病人来挂盐水。

有一男一女，疾步斜穿挂号大厅，直奔急诊室而去。那两人戴着口罩，男的个子高大，穿一件外地民工的上衣，女的身材婀娜，穿着倒很时髦。两人的衣服虽然不很般配，但行动却很协调。

那两人当然是史意捷和春雨。刚才，史意捷指挥胡子驾驶员把车开到“回春小吃”旁的小停车场上。为了安全起见，他与胡子司机互换了上衣，为此还付给他一百块的小费。春雨呢，把穿着的夹克衫翻了个面穿，颜色由原来的红色变成了青色，这是一件能双面穿的夹克衫。这还不够，他们又在“回春小吃”旁的一家医药零售店买了一包一次性口罩。拆出两只分别戴在脸上。一番打扮完成，急冲急诊室而去。

急诊室分了许多科室。春雨是一院精神病区的护士长，当然分得清楚这些区别。她拉着史意捷径直走进急诊内科。急诊内科里挤着七八个人，那个戴眼镜的胖胖的医生正在接治一个心绞痛发作病人。

“戴医生，刚才有没有接治一个瓜子脸的女孩，不到三十岁，皮肤白皙，一米六三。”春雨看了看那医生的胸牌发问。她对这个医生面熟，但并不熟识，毕竟，精神病区是一个极其独立的部门，与其他病区交集不多。而眼下，自己麻烦在身，倒希望陌生的好。

“我接治了这么多病人，记不得了。”那医生冰冷的口气中，隐隐冒着一丝怒气。似乎在说，这当口，别来烦我的工作！

史意捷作势要责问，春雨见状，赶紧拉着他离开了急诊室。

“急诊室里的医生大多都是这副德性，你多问也没有用。”春雨向史意捷解释。

“我们总不至于就这样离开了吧！”史意捷反问。

“当然不。我们到重症监护室去！”春雨拉着史意捷疾速往前走去。

重症监护室的进口处是一扇玻璃门，紧紧地关闭着，上面写着“非医护人员不得入内”。门需要刷卡才能打开。

“看样子你只有恢复身份才能进去。”史意捷对春雨作了一个无奈的表情。

“跟我来！”春雨拉着史意捷沿着走廊直走到尽头。

“我们这是到哪里去？”史意捷也搞不清楚春雨的意图。

“去弄两套白大褂！”春雨简短地问答。

“刚才我们走过了急诊室的更衣室，那里找不是更方便吗？”其实史意捷早就猜出了春雨的意图。

“更衣室里上锁的。”

“我有开锁的技巧。”

“但门卡呢?!”

说话之间，春雨带着史意捷来到了住院大楼的电梯前。一部电梯门正好开了，春雨拉着史意捷毫不犹豫地走了进去。

这是一部只通四楼以上楼层的电梯，里面挤满了愁容满面的人。

电梯在四楼停了下来，春雨急忙拉着史意捷走了出去。四楼是主治心血管疾病的内一病区。

春雨和史意捷沿着病区走廊往前走着。走廊很长，史意捷走在其中，有一种受压迫的感觉。

在护士问询台旁，春雨直接往右拐入一片办公区域。这是一间医生联合办公室，里面至少有五十平方米。几个医生在各自的办公桌前看着电脑。现在的医疗设施的确先进，医院不同部门的数据可以在线实时传输。医生办公室两侧的墙壁上，倒是挂了很多白大褂。

春雨看也没有看那些白大褂，径直往右边走去。医生办公室不远处，有一间“主任办公室”，门关着。她随手一转拳头锁，门竟然打开了。

把门关好之后，春雨在办公室里四处找寻起来。墙壁的挂衣架上果然有件白大褂。但这还不够，春雨看了看办公桌。办公桌上除了一台电脑显示器外，就是一叠病例报告。她拉开了中间的抽屉，胡乱地翻寻起来。

门开了，一个中等身材的清瘦的穿着白大褂的医生吃惊地看着这一切，吃惊之中还带着几分愤怒。

“周主任!”春雨不等那中年医生发问，直接拉下口罩，率先问候。

那医生的神情瞬间变成了惊讶……

在重症监护室门口，一个矮个子医生从口袋里掏出一张芯片卡，刷了刷那扇玻璃电子门。门“噗”的一下应声而开，另一个高个子医生紧跟着矮个子医生快速走进了室内。

“你们是谁带教的？怎么连胸牌也不挂?!”一个留着小胡子的医生看样子是这里的负责人，用训斥的口气教训他们。

这两个穿着实习生白大褂的医生正是史意捷和春雨。原来春雨与那内一病区的周主任私交非常深厚。

“因为不能告诉你的理由，我现在不能泄露真实身份。我需要和他到重症监护室里去找寻一个病人。”春雨指着史意捷对周主任说。

周主任疑虑地看了他们一眼，最终说：“那我帮你们弄两套实习生的工作服。”

两人穿上实习生的工作服，并戴上白帽子、白口罩，把自己包得严严实实。这下就算至亲好友在眼前，也认不出他们。为了避免穿帮，胸牌是不能挂了。

“你们拿上这张芯片卡，万一那边有人盘问起来，你就说是内一病区的实习医生……”

“李主任，对不起。我们是内一病区的实习医生，奉周主任的命令要在这里找一个病人，情急慌忙之中忘了挂胸牌。请多多海涵！”春雨柔声解释。

那留着小胡子的李主任一听好听的软话，态度顿时改善不少：“你们下次注意！自己去找吧！”

重症监护室里有十余个病人，春雨和史意捷一圈转下来，没有发现白云。

“莫非他们根本没有来过？”史意捷疑惑地对春雨说。

“我去翻翻入院记录！”春雨对史意捷说。

“记录里不会有白云的名字，除非白云自己醒了。”史意捷提醒春雨说，“还是直接问那个医生吧！”

两人又来到了小胡子前。

“怎么样，找到了没有？”小胡子问。

“没有找到。”春雨接着问，“李主任，刚才有没有收治过一例这样的病人：女性，不到三十岁，一米六三，皮肤白皙，名叫姚白云。”

“你们找她干什么？”那小胡子反问。

“李主任，是这样的，内一病区的周主任接到朋友的电话，要他照顾这例病人。”春雨临机应变，找了一个天衣无缝的理由。

“符合你所说特征的病人倒是有一个，但不知是不是叫姚白云。”小胡子的话燃起了春雨和史意捷的希望。

“转到哪里去了？病情严不严重？”史意捷连问两个问题。

“病情很严重，但暂时没有生命危险。约莫十五分钟前转到住院大楼十八楼的七号特需病房去了。”大概小胡子与内一病房的周主任关系不错，所以回答还是很有耐心的。

住院大楼十八楼的特需病房，往往是官员或者有钱人住的。奇怪，是谁安排了白云住那个地方？

尽管心有疑虑，但想到谜底马上揭晓，两人并未感到有所不妥。

特需病房的门口如同重症监护室一样，有需要刷卡的玻璃门。春雨拿出那张芯片卡，玻璃门应声而开。

特需病房区域，静悄悄地，没什么人影。每间特需病房都关着门。

七号特需病房的门虚掩着。春雨和史意捷一推而入。里面是宽畅而洁净的空间，有二三十平方米左右。靠门的左边，有一个卫生间。卫生间的门开了一小部分，里面黑洞洞的。靠窗是一片明亮的区域，有一只壁挂电视机。电视机对面有一张小床，那是陪侍病人的家属睡的，另有一张大床，是病人睡的。

一个病人正躺在那张大床上，身上盖着白色的被子，头上戴着白色的帽子，脸上覆盖着氧气面罩，看不清到底是不是白云。

史意捷和春雨赶紧上前探视。一看，不禁疑惑万分。这分明是个男人！是自己听错了，还是那个小胡子主任存心骗他们？七号病房？是不是九号病房?!

突然，那个躺在床上的病人以闪电般的速度，用手铐铐住了春雨的左手，在同一时间，向史意捷的右手铐去。

史意捷反应奇快，胸部往左急转，右手往胸内收缩，右肘反袭那人头部。那人猝不及防，被击倒在床上。因左手还拿着手铐，把春雨也拉倒在床沿上了。

“你是谁?”史意捷一声呼喝。自走进特需病区后，他的疑虑越来越重了。白云没理由住特需病房！正是这本能的谨慎，使他避免落入这个阴险的圈套。

还没等那人回答，身后的卫生间轻轻地响起了一声开门声。

病房内竟然另有其人！史意捷本能地转过身来。

迎接他的是一支黑洞洞的手枪！也不知道是真枪还是假枪，但只要是枪，总是有威慑力的。

那人身材高大，赫然就是警察小管！

在住院大楼外，两个年轻的实习医生手挽着手。男的个头高大，浓眉大眼，皮肤黝黑；女的身材修长，鹅蛋脸，肤色白皙。来往的医护人员和病人家属虽然微觉好奇，但也见怪不怪。这年头，年轻人的世界已经越来越怪了，越来越难以理解了。这手挽着手还算是情节轻的，中度的是以穿破裤破衣为时尚，重度的是给你来个文身什么的。

两个年轻实习医生的后面，跟着两个体格结实的男孩。略高那个个子简直跟前面的男实习医生差不多。两个站在后面，既像是保镖，又像是情敌。

后面两个男孩似乎跟前面的一对说些什么。一行人直往一院西边的出口方向走去。西边的出口，紧挨着一院的精神病区。

一个脑袋像列宁的矮个子中年医生带着七八个医护人员正从精神病区走了出来，与两个年轻的实习医生正好打了个照面。

“歹徒劫持!”那个女实习医生边喊边拉着男实习医生躲到了那个脑袋像列宁的矮个子中年医生身后，并掀开手上的围巾，露出一副手铐。

原来那男女实习医生正是史意捷和春雨。刚才在特需病房，他们中了警察小管的圈套，结果被铐在了一起。

“你带目标回来时尽量不要闹出动静!”头头的话在警察小管的脑海中响了起来。为了不闹出动静，刚才在寒禅寺到寒禅镇追赶期间，他甚至都没有想到拔枪。寒禅镇卫生院出来后，他心里已经有了底，目标一定会到一院去找白云。他于是打电话给他的同伴，要他在一院赶紧布局。自己则在超过卡车一段距离后转入岔道躲了起来，再远远地跟着卡车。结果真的印证了自己的猜测。

“在我的医院里竟然会发生这种事情!”那个秃顶医生正是莫院长，他气得脸色发青。

“我们是警察！在办案!”警察小管赶忙向莫院长解释。

“办案?!你们这身便服就办案？证件呢?”莫院长厉声责问。

警察小管这下后悔起来！他跑进一院前为了使自己不引人注目，在一家服装店里买了件便衣穿穿，并把警服寄存在了店主那里。刚操作完毕，看到史意捷和春雨向一院走去，急忙跟了出来，连警服中的证件都忘了取出来。而警察小管那个帮手，根本就是便装，没带任何证件。

“我没带证件，你们可以派人跟着我查验证件，但这两个人我必须先带走。”警察小管向莫院长解释。

就在莫院长犹豫之间，春雨急忙说：“他们是假警察!”顺便快速地拉开口罩示意给他看。

莫院长本来就在奇怪，这个声音这么熟悉，在春雨把口罩一拉一复之间，他已经看清楚了。虽然他不明白春雨这个精神病区的护士长为什么假装成实习医生，但他知道他们肯定遇到了麻烦。

“你们几个人，先把这两个闹事分子控制起来，他们精神有问题也说不定!”莫院长威严地对身后的几个医护人员下令。

只见那几个医护人员如狼似虎地拥了上来，眨眼之间，就把警察小管等两人按在地上。

春雨见状，拉着史意捷急忙跑出了医院西大门。那莫院长神情中充满了忧虑，但没有阻止。

“你要后悔的！我马上打个电话给附近的派出所所长，叫他来处理你们!”警察小管恶狠狠地威胁。

“不用打电话，我叫他们直接把你们送到爱春街道派出所去。他们本来就是要去那里收治一个精神病人的。”莫院长从容地说。

“那几个医生身手怎么这么好?”史意捷边跑边问春雨。

“除了莫院长外，只有一个医生，其余的是护工。”春雨气喘吁吁地说。

“护工很厉害吗?”史意捷问。

“护工是受过特殊训练专门制服精神病人的。”

附近的人群看到两个手挽着手的年轻医生从医院西大门跑了出来，吃惊地看着他们，但他们很快被医院里的动静给吸引了。

两人意识到众人的吃惊，放慢脚步，手挽着手，若无其事地沿着大街走着。很快地，他们又转入一条僻静的小巷。看看附近没有监视探头，他们顾不得行人奇怪的目光，把白大褂和白帽子给脱了下来，扔进了附近的一只垃圾桶。那张芯片卡，下次见到周主任还得还他，春雨顺便把它放到了自己的口袋里。

一番操作后，两人又变回了原来的模样。虽然有点新潮，但比两个穿白大褂的医生手挽着手到处在街上跑却又正常多了。春雨很细心，甚至口罩都换成了在“回春小吃”附近医药店买的那种。那条围巾还在，正好遮住手铐，它是警察小管帮手的。

远远看去，一个身材高大的外地民工模样的人，挽着一个身材苗条的穿着时尚的摩登女。这个风景极其怪异，很有后现代的色彩。

“这样一闹，莫院长是不是会受牵连?”史意捷疑虑重重地问春雨。

“不至于，莫院长的人脉关系硬着呢!”春雨安慰史意捷。

“也是!”史意捷表示赞同。“其实我现在最担心的还是白云！也不知道她这下到哪里了，怎么样了?”

“你现在担心也没有用。如果他们要对她做什么手脚，早就做了，难道我们还能阻止他们?”春雨重重地叹了一口气。

“看来，那个‘深度幽灵’暗的不行，来明的了，我们得加倍小心才是。”史意捷也重重地叹了一口气。

“捷哥，我们这下怎么办?”春雨含情脉脉地看着史意捷。

“找你拥有的对他们不利的证据。”史意捷毫不犹豫地说，“当然，准确地说，是我们拥有的对他们不利的证据。”

“那先从哪里入手?”春雨仍然是对自己掌握的对“深度幽灵”不利的证据茫然无知。

“三棱镜信息公司!”史意捷的思路很清晰，“也许你在那里存有资料也说不定。”

春雨歪着脑袋想了一想：“我也记不大清楚了，不知道保险箱里有没有你所说的你交给我的重要资料?!我们这就过去?”

“不!”史意捷的回答出乎春雨的意料，“我们先到那胡子驾驶员的卡车里去!”

“那车估计被监控了!”春雨很敏感。“难道你想履约，付他剩余的五百元钱?”

“你说得很对!”史意捷意味深长地对春雨笑了笑。

“你知道车被监控了，还是要付那人剩余的五百元钱?”春雨有点摸不清他的意思。

“正是。”史意捷作了肯定的回答，“从刚才我们中圈套的情况来看，那个追击我们的警察的确不简单，很可能是应忠信派出来的警察中的精英。他能设这么精巧的圈套，说明他早已知道我们是借助那辆卡车逃走的，而且与那个胡子驾驶员建立了特殊的关系。既然这样，你想，他下步会怎么办?”

“他会设法调取公共场所的监控信息，对那辆卡车布下天眼。”春雨想也没想就说。

“你很聪明，真不知这张漂亮的脸蛋是怎么长的!”史意捷调侃春雨说。

“你胡说什么!”春雨重重地拧在了史意捷的左臂上。

“不是说女人的漂亮与聪明成反比的嘛!”史意捷笑嘻嘻地说，“开个玩笑！言归正传，我也认为那警察肯定会调取监控信息。我们这下就去找他。”

“那你不是自投罗网?”春雨不解地问。

“这里离爱春街道派出所的步行时间不会少于二十分钟，因此那警察被折腾的时间不会少于二十分钟。在这段时间里，足够我们找那个胡子驾驶员。”史意捷解释。

“总不至于找到了叫他送我们到三棱镜公司去吧？”春雨还是摸不清史意捷的意图。

“当然不是。”史意捷顿了顿说，“先是与他结账，付他剩余的五百块钱。然后给他新任务，要他到寒禅寺禅心和尚处问询一个叫白云的女孩病情怎么样了。然后晚上六点在老地方见面。也是先付五百元给他，余款五百元在晚上见面时付清。”

“你是想让那胡子驾驶员引开那警察的注意力？”春雨终于懂了。

“你的确很聪明！”

胡子驾驶员等了约莫半个小时，他不停地看着手表。这车货要在下午两点之前送到公司，别为了一个陌生人耽误了，他心里想道。可那件衣服？虽然从那个冤大头处换过来的衣服更值钱，但他的破衣服里有送货的单据。

从一院西门附近那条僻静的小巷到东门的“回春小吃”处，不到十分钟的路程。一路上，史意捷与春雨装得若无其事的样子，但又小心翼翼地注意着有无监控探头。好在这是一条僻静的小道，没什么监控探头。只是在转入东门的拐角处，有一只探头。两人在探头的死角处走了过去。

“回春小吃”旁的那个停车场上，原来停那辆卡车的地方竟然已经是空位。那个胡子驾驶员开车走了！

史意捷与春雨不禁微感气馁，刚才这么好的计议一下子都泡汤了。但这不要紧，只要卡车随便往哪里开，都能分散可能的对他们的注意力。眼下，对于他们来说，最主要的是先把这个该死的手铐给弄开。

附近只有小吃店和药店，连个文具店都没有，不要说是工具店了。

“弄开手铐需要些什么工具？”春雨不安地问史意捷。

史意捷正要回答，忽听得有人对他们喊了一声：“喂，上车。”

是那个胡子驾驶员！去而复返的胡子驾驶员。

原来那胡子驾驶员虽然把车开走了，但对于那剩下的五百元钱还是念念不忘。开了片刻，思前忖后，终于还是抵制不了金钱的诱惑，掉头回来了。

“把衣服换回来吧？”胡子驾驶员对史意捷说。

史意捷正要脱外套，突然想到了自己与春雨戴着手铐，于是对那胡子驾驶员说：

“暂时有点困难，等一会儿再换。”

“要不换也行，只要把衣袋中的那张发货单还给我。”胡子驾驶员紧盯着史意捷的胸口。

史意捷下意识地用左手摸了摸贴胸的内袋，拿出一张折叠的纸片。

那胡子驾驶员正要去拿，“慢！”史意捷把伸出的左手缩了回来，右手从那纸片处卸下了一枚回形针，然后又把纸片送还给了那胡子驾驶员。

只见史意捷把回形针的一头拉开，另一头用牙齿把回形环咬得小了一点，接着用左手拿着回形针拉开的一头，把回形环插入了手铐钥匙孔，轻轻地一拨一转，铐住春雨那边的手铐环像变魔术般地打开了。如此依法炮制，打开了另一边。整个过程，不到五秒钟。

胡子驾驶员目瞪口呆地看着这一切。他弄不清楚这两人到底是什么角色。

史意捷把手铐放入了春雨的小背包。脱下衣服，交还给胡子驾驶员。同时示意惊魂不定的胡子驾驶员把身上的外套脱下来。

“这是你的五百元钱！”史意捷把剩余的钱交给胡子驾驶员。

胡子驾驶员赶忙接手。这些钱是他应得的，今天提心吊胆地遇到了这么些事，全为了这些钱。现在交易完成，各奔前程，不用顾虑他们是什么人了。

“那你们下车吧？”胡子驾驶员看着驾驶室里的那两人问。

但奇怪，那两人似乎连挪动的意思都没有。

“我们还要与你做个买卖！”史意捷对那胡子驾驶员说。

“什么？！”那胡子驾驶员惊得简直跳了起来。

“你不用怕，很简单的买卖。你马上到寒禅寺禅心大师那里去问询一下上午出事送医院急救的女孩的病情怎么样了，先付你五百元钱。”史意捷对胡子驾驶员解释。

那胡子驾驶员犹豫了片刻，终于，点了点头：“那怎么联系你们？”

“晚上六点，我们还是在这里见面。到时候再付你五百元钱。”史意捷说完，拿着自己的外套与春雨一道，次第下了车。“记住，先直接去寒禅寺。”

胡子驾驶员开着卡车驶向了寒禅寺方向。

“我们这下去哪里？”春雨问史意捷。

“去三棱镜信息公司。”史意捷没半点犹豫，“说不定你掌握的对‘深度幽灵’不利的信息就放在那里，只是你还没有意识到罢了！”

三棱镜信息公司在一排临街的两层店面房子里。

离公司门口还有两百米距离的时候，春雨突然担心地说：“‘深度幽灵’会不会在那里派人盯点，单等我们自投罗网？”

“你忧虑得很对，如果我是‘深度幽灵’，一定派人在这么重要的点守着。”史意捷赞同地说。

“公司门口倒没有发现警察！”春雨在仔细地搜寻之后说。

“他们不会笨到直接吓跑我们！”史意捷不以为然地说，“也许他们暗中观察并布置着隐蔽力量。”

“我们怎么办？”春雨不安地问。

“兄弟，你要不要赚一笔很好赚的钱？”史意捷对那人说道。

那人警惕地看着史意捷和春雨：“你们是骗子？！”

史意捷往口袋里摸了摸，从白云处拿的钱还有几张一百元。他摸出两百元钱，对那人说：“只要你把这个档案袋帮我们放回三四百米前的三棱镜信息公司，这两百元钱就是你的了！”

“哪有这么好的事情，肯定是圈套！”那个外地民工话虽如此，但无疑已经动心了。

“兄弟，你不知道，这个档案袋非常重要，十万火急，但那里有我一个死对头，这当口醋劲发得正大。我们去怕被纠缠。”史意捷装作很诚恳地说。

“也不知是真的还是假的！”那外地民工嘴里嘟囔着。

“先给你一百块！”史意捷见此情景赶紧把钱塞过去。

那人半推半就地把钱接了，仔细鉴别着真假。有钱能使鬼推磨，何况是人？！

“另一百元钱怎么给我？”那外地民工已经下定决心作一冒险了。

“我们远远地跟着你。你送完档案后往回走，很快会遇到我们的！”史意捷说。

那人拿过档案袋：“你千万别骗我！”

“我还怕你拿了钱不办事，跑掉呢！”史意捷反唇相讥，“拿上这把钥匙，那人醋劲发作时连门都会关上。记住，如果一楼没有人，就把档案袋送到二楼去。”

天下竟有这么好赚的钱！那人拿着档案袋，一路小跑，往三棱镜信息公司进发。

三棱镜信息公司的大门关着。那外地民工推了推，没有推开。心想里面的人果然醋劲发作了。于是掏出委托人给他的钥匙，不费周折地把门打开了。

一百米之外的史意捷和春雨远远地看着那外地民工走进了三棱镜信息公司。

“周边没什么异常情况，也许我们小心过头了吧?”春雨疑惑地对史意捷说。

“但愿没什么情况!”史意捷顺着春雨的话说。

突然，对面的店面里走出两个大汉来，穿过马路直往三棱镜信息公司走去。

“事情有点不妙!”史意捷自言自语。

那两个大汉速度很快，不一会儿闯进了三棱镜信息公司。不远处一辆面包车开到了三棱镜信息公司的门口停了下来。

“要出状况!”史意捷低声对春雨说。

两人不再前行，史意捷搂住了春雨，悄悄地观察着三棱镜信息公司的情况。路人看到的，只是一对谈情说爱的情侣。

突然，从三棱镜信息公司走出三个人。中间是那个受托的外地民工，手里兀自还拿着那个档案袋。两旁是两个后走进去的大汉。两个大汉各自挟着外地民工的左右胳膊，像架小人似的。那外地民工色若死灰，紧张得连走路都有些困难了。

那辆停在公司旁边的面包车，突然拉开了车门。从车上跳下一个穿着辅警制服的大汉，一脸凶神恶煞，把从三棱镜信息公司出来的三人推上了面包车，转身快速关实了公司的大门，然后跳上面包车，在面包车的加速声中关上了车门。不一会儿，车子转入了左边的小道。

整个过程兔起鹘落，甚至没有惊动到路人。要不是史意捷和春雨在暗处全神贯注地观察，也几乎怀疑是自己的眼睛出了问题。

刚才还忍不住想笑的春雨看到这一幕，惊得目瞪口呆，两边的酒窝消失得干干净净。“捷哥，幸亏你小心!”

原来就在刚才，史意捷拉着春雨反方向走了五十米左右，在一家文具店前停了下来，买了一只档案袋和一些信笺纸，把信笺纸放入档案袋并封好封口。又继续往前走了一百多米，看到一个三十多岁的外地民工模样的人后停了下来。

“从神秘恐怖的‘事故’，到明目张胆的追捕，甚至这次精心的伏击，只能证明一件事。”史意捷搂着春雨掉转方向，边走边说。

“什么事?”春雨明知故问。

“那个‘深度幽灵’肯定有极其重要的东西落在你的手里。”史意捷非常肯定地说。

“我实在想不起有什么东西对他们这么重要，而这些东西又在我的手里。”春雨摇了摇头。

“我之前有没有交给你什么东西?”史意捷提示春雨。

“除了你写给我的情书外，只有一本工作笔记。”春雨想都没想地说。

“也许那里面隐藏着秘密。”史意捷假设。

“不可能。”春雨语气肯定地说，“在你失踪的那些日子里，我也想到了这一点，因此把那本工作笔记，甚至那些情书全部仔仔细细地翻看了几遍。实在看不出有什么异常之处。”

“你确信没有密码或隐语体系之类的?”史意捷还是不放心。

“捷哥，你忘了，我是这方面的专家。”春雨非常自信地说，“其实，昨晚在白云家，我在睡觉前又把随身带着的那些资料拿了出来，反复推敲有没有密码或隐语体系。但的确没有!”

“那么，这个东西一定在别的地方。”史意捷叹了口气说，“我们还是先在三棱镜信息公司里找找这个重要的东西吧!”

“那边肯定继续监视着。我们还去冒险?”春雨有点不太放心。

“当然去。他们一定以为我们被吓跑了。这叫兵不厌诈!”史意捷拍拍春雨的肩膀说。

“那我们隐身进去?”春雨开了个玩笑。

“对，就隐身进去!”史意捷却没开玩笑。

三棱镜信息公司的背面，是一堵高高的墙体。这个墙体是隔壁小学大会堂的一个侧面。墙体与三棱镜信息公司所在的店面房子形成了一条狭窄的空间，不足八十公分，形如一条特殊的小巷。这条特殊的小巷一头封闭，一头开放。店面房子中，有一部分是餐饮店。因此，餐饮垃圾不规则地堆放在这条特殊的小巷之中，空气中充满了不良的气味。

已是下午两三点钟。那条特殊的小巷空无一人。史意捷和春雨小心翼翼地挨了进去。三棱镜信息公司在这条商业街的中间一带。两人足足走了三四百米才到达了目的地。墙体上满是涂鸦，写着字，画着画，多是一些不堪入目的内容。还到处贴着小广告，兜售着一些“特殊服务”。看样子这地方也不是什么净土，很可能晚上会有许多牛鬼蛇神。但不管它，只要眼下无人来打扰就可以了。史意捷心中想道。

三棱镜信息公司背面一楼的窗户全部关得严严实实，没有什么漏洞可寻。二楼似乎也无懈可击。

“你怎么进去呢？”春雨不无担心地说。

“少安毋躁！”史意捷边说边用两手撑住两边的墙壁，随即作跳跃之势，双脚跟着撑住了墙壁，然后换手往更高处撑住，如此交替反复，不到一分钟，已经到了二楼。

二楼的大窗户跟一楼一样的关法。史意捷腾出双手，检查着窗户，还是严丝密缝。

卫生间那边是个小窗户，似乎留有一丝缝隙。史意捷侧着身子，尽量往后仰了仰，艰难地用手指抠着缝隙。小窗户竟然往外拉开了！既然打开了，那就好办！可惜史意捷的体位不佳，使不上力。

“噗”的一声，史意捷从上面跳了下来。然后调整位置，重新爬了上去。

卫生间的小窗门虽然往外拉开了，但里面电焊着波浪形的薄钢条。

“没办法进去？”春雨在下面紧张地看着这一切。

史意捷也不回答她，用两手紧紧地握住两根相邻的波浪形薄钢条，屏住气，狠狠地用劲，一张黑脸涨得通红。

但薄钢条似乎没怎么动。足足屏了十秒，只听见“啪”的一声，其中一根薄钢条电焊的接头处断开了。

有了这个开头就好办了，史意捷依法炮制，又接连弄开了几根薄钢条，然后抓住最上面的未被弄开的那根，微微做个引体向上的动作，双脚抬起，轻轻巧巧地站立在小窗户内侧。转过身来，向外望去，只见春雨用手指了指自己，又指了指上面。史意捷心中愕然发笑，把春雨弄上去还得另费周折。

重又爬到楼下后，史意捷蹲下身子，让春雨站立在自己的肩膀上，然后慢慢站起身来。春雨小心翼翼地扶着墙壁。店面房子的层高不足三米，史意捷与春雨的身高加起来将近三米五。当史意捷站直身子的时候，春雨已能够到最下面一根未被弄开的薄钢条了。

“你紧紧抓住薄钢条，咬牙坚持一下！”史意捷对春雨轻声吩咐。

因春雨的缘故，史意捷爬入小窗甚至没用到十秒。他俯下身子，一把抱住了春雨。春雨双手的抓握压力瞬间消失，她把双手搂在史意捷的头颈上，四目相对，不禁怦然心跳。那条白金钻石项链又从史意捷的头颈上坠了下来，砸中了春雨的头部。

但在这样的情境下，她一点也没有感觉疼痛。

春雨虽然苗条，体重也着实不轻。好在史意捷熊腰虎背，他双膝抵住墙壁，双臂缓缓发力，不一会儿，把春雨抱入了卫生间。

卫生间外，是条走廊，走廊的一端，是楼梯。楼下是接待室，想来不会放什么重要的资料，但春雨习惯性地走了下去。紧跟其后的史意捷忽然涌现一股不好的预感，他悄悄拉了一下春雨，把右手食指放在嘴唇上，做了一个“轻声小心”的动作。

两人轻手轻脚地走下楼，悄悄地张望着大门这一侧。

大门紧闭，没什么异样。但外面是不是还有许多双眼睛窥视着，单等猎物重新进入陷阱?!

大门与楼梯之间，一目了然。一张办公桌上摆放着液晶显示器。办公桌前面有两把椅子。靠墙的一侧有一张三人沙发，两侧放着两张单人沙发，沙发中间放着一张玻璃茶几。

墙上有几幅字画，但与办公桌正中相对的，却是一幅字画大小的楷书打印体，上面写着这样一句话：“当你排除了所有的不可能，无论剩下的是什么，即使多么难以置信，也一定是真相。”

看上去一切正常，但史意捷神情严肃，警惕地搜索着房间里的角角落落，仿佛在哪个未知的角落里有未知的机关似的。

“有人搜过办公桌了!”史意捷以近乎蚊子般地轻声贴着耳朵对春雨说，“你去检查一下。”

春雨在前，史意捷侧着身提防着周边可能的威胁。

办公桌每个抽屉都空无一物，连电脑的主机都没有了。春雨清楚地记得，里面原本存放有许多资料。很明显，有人把它们拿走了。

“你怎么知道办公桌被人搜过了?”春雨紧张之中还不忘好奇地贴着史意捷的耳朵问。

“我是左撇子，鼠标等物品向来放在左边。”史意捷回以轻声的耳语。

两人重又小心翼翼地上楼。空气中弥漫着紧张的气息。不管是不是心理作用，在这当口，还是小心为上。

走廊两侧，只有两间房子，左边的是书房，右边的是卧室。在创业之初，史意捷和春雨不分工作和生活，后来慢慢地变成了习惯，一周大部分时间都住在这里。

史意捷警惕得像只猎豹，轻手轻脚地，打开了左边书房的门。书房虽然凌乱，但一目了然，没有危险。迅速地，他又转往右边，把卧室的门也给打开了。卧室的情况与书房的情况差不多。他轻轻地吁了一口气！

“捷哥，现在没事了么?!”春雨跟在史意捷后面，感染到了紧张，大气都不敢透，看到他吁气，也松了口气。

“至少没人埋伏！”史意捷拉着她走进了书房。

书房里只有一排书橱、一张书桌及一把椅子。书橱里的书被翻得七零八落的。书桌里的抽屉都是空的，有人拿走了里面的资料。

两人无奈地走向了卧室。卧室里没有文书资料，情况稍微好一点，但明显也有翻找的痕迹。

史意捷坐在床沿，若有所思。春雨则直接躺在床上，眼睛直勾勾地盯着天花板，精神疲倦至极。

“捷哥，你看这里被人仔细搜查过了，那说明他们还没有找到想要的东西。”春雨的脑筋很活络。

“那我们再继续找找！”史意捷语气沉闷。

“也许没有吧，不然他们不会放弃的。”春雨听上去不抱什么希望了。

史意捷忽然注意到了前方的一幅画，挂在电视机之上。整个画面扭曲、旋转，仿佛是一股波涛汹涌的蓝绿色激流，充满着躁动和不安。虽然画面非常失真，但他还是认出了画的是既有月亮，又有星星的夜空，月亮和星星周围旋转的空间，仿佛是时光的流逝。夜空下，一株暗绿褐色的大树像一堆火焰，响应着夜空的旋转。安睡中的村庄倚在群山之旁，显得渺小而静谧……

一切似曾相识！但终究不能记起！

史意捷的头开始隐隐作痛，双耳开始出现轻微的轰鸣声。他用右手狠狠地捶了捶脑袋。

“怎么啦?”春雨注意到了史意捷的反常行为。

“那幅画……”

“《星月夜》！梵高的仿制画。没什么异常啊?!”春雨不禁奇怪起来。

“不是异常……我是说，这幅画让我似乎想起了些什么……”史意捷的头似乎痛得更厉害了。

“想起了什么?”春雨腾地坐了起来，帮史意捷做着头部按摩，表情紧张。

“似乎想起了什么，但不知道在哪里……一间客厅里，有好多画……”史意捷出神地看着那幅画。

春雨伸出右手，在史意捷的目光前方，上下切了几切，然后伸出一个食指：“看着这个手指！”她对他说。

史意捷的目光顺着她的手指转到了侧面，又由近及远，由远及近地转换了几次眼睛的焦距，然后又听到她打了个响指：“结束！”

说来奇怪，春雨这样一鼓捣，史意捷又回到了现实中来，头也不痛了。

“难道这画有古怪么？”春雨看到恢复正常了的史意捷，笑着问。

古怪?！史意捷没有理会春雨的调侃，站起身来，径直走近画作端详起来。

春雨又怕出现刚才的一幕，赶紧陪在他的身边：“不要急，想不起来就不要再想了。以后慢慢会恢复的！”

史意捷突然涌现了一股强烈的冲动，是不是秘密就藏在这幅画里?！

他走了上去，直接把那幅画作摘了下来。

一只眼睛！一只窥视的眼睛！

史意捷的头又剧烈地疼了起来！

……

眼睛！窥视的眼睛！

史意捷突然置身在一个雪白的正立方体空间内，忘了身份，也感觉不到时间的流逝！

当那个直径不到五公分的墙上小洞开启的时候，他能感觉到一只眼睛在窥视着他。

……

“眼睛！”史意捷警觉地轻呼了一声。

“那只眼睛是画上去的！那个装修师傅的小小恶作剧。”春雨笑着说。

“我不是说这个。”史意捷喘着气说，“你注意到那只画上去的眼睛下面的小孔吗？”

听史意捷一说，春雨也注意到了，那里的确有一个直径三公分左右的孔洞，黑簇簇的。

“刚才我似乎感觉到那个孔洞里有一只眼睛在窥视着我们！”史意捷做了个深呼吸说。

“那我们该怎么办？”春雨也不由自主地紧张起来。

“别紧张！多半是我的幻觉。这触发了我极其糊模的记忆。”史意捷安慰春雨说，“但这个孔洞是原来就有的么？”

春雨摇了摇头。

史意捷面色忧虑起来。如果有人利用这个孔洞进行窃听，或再借助器材如光纤探头进行偷窥，那他与春雨在卧室里的言行岂不是透明的了？！

那些人真是无孔不入！而自己与春雨也真懵懂无知！

史意捷想找一点东西把这个孔洞给封闭了。但转念一想，又忍住了。现在把它封闭，除了证明自己和春雨来过外，已经于事一点也无补了！

他仔细地检查着那幅《星月夜》，甚至把画从画框中拿了出来，但终究一无所得。这里看上去没有秘密！

叹了一口气！史意捷重又把这幅画作老样子挂好，一切都恢复原状！

“看样子这里不可能保存我们在寻找的秘密了。”史意捷摇了摇头，轻声地对春雨说，“除非……除非你还有什么秘密的所在！”

“即使有秘密的所在，也不可能有你所说的秘密！”春雨非常肯定地说。

只见她来到了床头，往四周看了看，在床头上方凹进的空间里，移掉了一只二十公分长的铜牛、一只台钟等物品，在紧靠右边的转角处，使劲按了按三夹板。“滴答”一声，三夹板竟然裂了一条口子。原来是扇暗门！

打开暗门，里面竟然是一只隐藏的保险箱。春雨输入密码，很快地把保险箱打开。

里面有一本流水账本、三本支票簿，除此之外别无他物。

“捷哥，你看，这秘密的所在放的只是一些与财务有关的东西！”春雨的表情似乎在怀疑到底有没有正在寻找的秘密材料。

史意捷飞快地检索着支票簿和流水账本，发现的确没什么秘密。

一时不禁失望起来！他把几本簿册整齐，随手交给了春雨。

忽然，流水账册中掉下一张薄薄的纸片，直落到枕头上。

史意捷赶紧拾起，摊开看了起来。

其助去快险危雨春
时力意马峰石滴风
沉岚未跑突临滚吹
浸风定尽几壁珠尽

竟往溪小盘峙碧残

忘自水山云深叶冬

言返穹远晚渊圆寒

“这是什么东西？密码？”史意捷疑惑地问春雨。

“你竖行从右往左看！”春雨笑得两只酒窝又大又圆。

史意捷不禁愕然失笑，原来是记忆中的那首藏头诗！

突然，史意捷的笑意消失了！

他警惕地看了看四周，把那张纸小心地折叠好，藏入夹克衫的内袋之中，又示意春雨把那些财务账册放回保险箱，一切复原。

之后，史意捷拉着一脸茫然的春雨的手，从卫生间破损的窗口原路返回那条狭窄的“小巷”。

《星腋》之后的那个孔洞，一只眼睛正通过光纤透镜窥视着这一切。

第六章　神秘线索

我不是菜鸟！我不是菜鸟！

警察小管无比地沮丧！刚才，就差了那么一点点，就让目标眼睁睁地溜走了！

都是那该死的莫院长！不但放跑了那目标，还让医院的护工把自己扭送到爱春派出所。虽然派出所领导在很短的时间内澄清了误会，释放了自己，但这让自己断了追踪目标的线索。

看样子，那个莫院长的确极其可疑！他本来在电话中建议老板把此人传唤过去，这样应能直接获取些特别的信息。但老板在电话中严厉地警告自己，别碰莫亚铁。理由是此人向来天不怕，地不怕，以敢于放炮著称，又是知名学术名流。收拾此人事小，秘密工作曝光事大！

那个胡子驾驶员，看上去像个土包子，但实际上已经成了目标的帮凶。

通过老板调取的公共监视录像中，已经找不到那两个目标。那两个目标一定用了反侦察的手段。也难怪，人脸识别这么复杂的认知功能，是人类花了几亿年的时间才进化来的求生本能，要让计算机程序在短短的几十年中达到人类的功能，那是痴心妄想。即使如此，感谢计算机软硬件科学的飞速发展，只要不刻意伪装，公共探头系统的人脸识别功能还是足够强大的。

那个土得不能再土的胡子驾驶员出现在“竹林艺术品有限公司”的附近，就在刚才。

竹林艺术品有限公司就在城区的东面，骑摩托车最多只有十五分钟。

警察小管吃足了刚才没穿警服的苦头，这下，从寄存衣物的服装店里重新取回寄存物品，换装后骑着摩托车威风凛凛往东驶去。老板说行事要低调，只要掌握火候，穿着制服照样可以做到行事低调。

“你知不知道金发是哪个民族的？”一个红头发的女孩说。

“日耳曼？！”一个金色头发的黑大个回答。

“不全面，俄罗斯、乌克兰等斯拉夫民族同样是金发的。”那个红头发的女孩纠正黑大个。

“你知道得这么多，那红头发的又是哪个民族的？”金发黑大个不服，反问。

“凯尔特人，西欧民族中被挤到边缘的古老民族。”红头发女孩说。

“挤到了哪个边缘？”金发黑大个不懂。

“爱尔兰、苏格兰、威尔士。”红发女孩报出一串地名。

“现在我们是不是被彻底挤到了边缘？”金发黑大个意味深长地问。

这两个正是春雨和史意捷。

从三棱镜信息公司后窗溜走后，春雨和史意捷在公司所在的这条商业街道的最南端，悄悄地隐入了一家时装店。这家时装店非常新潮，名叫“红色警戒”，里面的时装只有“蛋蛋后”才能理解。在“蛋蛋后”的眼中，“酒人后”（90后）也已经落伍了。这不，里面的服装都是破的。不但是破的，而且印了些稀奇古怪的文字和图画。

春雨挑了两件印有马克思头像的文化衫。

这个图像非常特别，马克思在中间，左边右边交替排序依次为恩格斯、列宁、斯大林、戈尔巴乔夫，是仿著名的油画《最后的晚餐》所作。在这幅画中，戈尔巴乔夫脑袋上画着标志性的地图，一手拿着钱袋，正是犹大的位置。

“现在的‘蛋蛋后’真有创意！”史意捷感叹道，“但这么招摇的穿着，不怕引人注目？”

“熟视才能无睹！虽然招摇，但一般人怎么也想不到我们化身为‘蛋蛋后’！”春雨的思维中有艺术家的特质。

两人又在“红色警戒”小店里买了两顶假发套，一顶金黄色，一顶红色。又在手臂和脸上画了些许人体彩绘，宛如刺青一般。

一番打扮下来，形象大为改变，这下的确是隐形在茫茫的人海中了！

“捷哥，你刚才发现了什么？”在一番紧张之后，春雨终于提出了心中的疑惑。

“你看这张纸片！”史意捷小心翼翼地从夹克衫的内袋掏出从三棱镜信息公司保险箱里拿出来的东西。

“这个你背都会背了，没什么特别的！”春雨还是弄不清楚史意捷一副恍然若悟的样子。

“你看这一行！”史意捷提示春雨。

“忘自水山云深叶冬！什么意思？”春雨还是一脸茫然。

“不是这样读的，从右到左读。”史意捷对春雨眨了眨眼睛。

“冬叶——深云——山水——自忘！”春雨按照史意捷的提示念了起来。“这是什么意思？”

“你记不记得寒禅寺里许愿堂中的许愿盒？”史意捷进一步提示。

“冬叶——深云……山水——自忘……”春雨努力搜索着记忆。“对了，冬叶藏于深云，山水乃至自忘！那个许愿盒是你的？！”

“我也不太清楚！本来我还以为这是你的许愿盒！”史意捷缓缓吐了一口气，“你的那些秘密材料会不会藏在那个许愿盒中？！”

“没这个印象！”春雨摇了摇头，“但十多天之前，我们曾经一道去过那里。当时我陪白云去地藏殿为她的爷爷祈福去了，留下你独自一人在许愿堂。也许，许愿盒就是这样留下的！”

“不管有没有这回事，我们去验证一下也好！”史意捷下了一个决心。

今天真倒霉！虽然赚了几块钞票，但吃了不少惊吓！

从竹林艺术品有限公司出来，胡子驾驶员的心情简直坏到了极点。四五十分钟前，他答应了那两个一直搭乘自己卡车的怪客，马上到寒禅寺去打听那个叫什么“白云”的病人的消息。为了不耽误到竹林艺术品有限公司的发货，他擅自改变承诺，打算先把货卸了，再去履行承诺。没想到那个在山间小路上一直追逐自己的警察竟然在公司里找到了自己，让自己颇受了不少的惊吓。好在自己也实在不知道那两个怪客的底细，只是想顺便赚几个私房钱，那个警察也始终问不出什么花样来，不知者无罪嘛！

反正今天什么事情都乱套了，那笔钱还得去赚回来，不然对不起那些连环的惊吓。对，还是先到寒禅寺去，别误了晚上六点的“约会”！胡子驾驶员心里又下了决心。

抽支烟！对，抽支烟平息一下心情。

胡子驾驶员一摸裤袋，皱巴巴的大红鹰牌香烟壳子里已经没有一支香烟。切！幸亏那两个怪客已经有钱付过来了，不然，口袋里没有三毛钱，烟瘾发作的确不是玩的。

前面转角有家小店，买包软壳中华尝尝！

“兄弟，你怎么没到寒禅寺去？”胡子驾驶员一惊，只见向自己发问的是一个脸上文青的金发怪人，旁边还站着一个同样奇怪的红发女孩。

“你们是？”胡子驾驶员实在想不起与他打交道的人中有这种古怪模样的人物。

“我们是你刚才的乘客！”那个红发女孩笑微微地对胡子驾驶员说。

“哦——”胡子驾驶员突然恍然大悟。“被你们害惨了！刚才那个警察已经找过我！”

“找你也没用，因为你没干什么坏事，而且什么也不知道！”金发怪人轻描淡写地说。

“师傅，我也是这么说的，你怎么跟听到一样！”那个胡子驾驶员面露奇怪之色。

“那钱你还打算赚不赚？”金发怪人像是吃定了胡子驾驶员不会放弃一般。

“风险这么大，要加钱！”胡子驾驶员趁机把竹杠敲得嘭嘭响。

“钱也不加了，但我们让你更快地赚钱。”金发怪人神秘地说。

“怎么个快法？”胡子驾驶员不知道金发怪人葫芦里卖的是什么药。

“把我们带到寒禅镇，就给你一千块。”金发怪人开出了新条件。

“你不怕那个警察再来？”胡子驾驶员也有点好奇。

“放心，没这么巧的事。那个警察一定以为你被吓傻了！”金发怪人胸有成竹地说。

金发怪人和红发女孩在寒禅镇寒禅桥下了车，他们果然信守承诺，给了胡子驾驶员一千元钱。这两人正是史意捷和春雨。

“捷哥，我们怎么过去？”春雨问史意捷。

“我们先到白云家里去。从那边绕道去寒禅寺。”史意捷的回答有点出乎春雨的意料。

“你是担心白云，还是从安全考虑？”春雨猜测着问。

“两者兼而有之!”

到达白云家已经接近下午五点钟了。小溪依然水流哗哗，那只管门的狗却不再对他们吠叫，摇着尾巴跑了过来。

白云那善良好客的父母正在木结构老楼把晒在道地里的柴木搬进屋里，这些柴木烧饭要用的。尽管现在煤气便宜，山里人烧饭依然喜欢用大灶。柴木烧大灶烧出来的饭特别香。反正柴木遍山都是。

看见来了两个“陌生人”，白云的父母停下了手中的活。“你们是白云的朋友吧?”白云那黑皮肤的父亲问道。

“是的。白云现在怎么样了?”史意捷心中不安地问。

“一早与两位城里来的朋友外出爬山去了。中饭都没有回来吃!”白云那慈祥的母亲没听出史意捷的弦外之音。

史意捷心中突然升起一股极其内疚的感觉。看样子两位老人家还不知道在寒禅寺中发生的一切。白云没事倒也罢了，要是有事，这全是让自己给害的。

“我们外面去找找！如果找到了，就在镇里的饭店吃一点。两位老人家不用准备晚饭了。”史意捷用抱歉的口气对白云的父母撒了一个善意的谎言。

“你为什么走得这么匆忙?既然来了，为什么不多问一些情况。”在往白云桥方向走的时候，春雨不解地问。

“两位老人家还不知道情况。再问下去，我怕心理受不了。”史意捷坦率地说。

寒山日落早，禅林月辉明。

才晚上六点多一点，寒禅寺已经一片幽暗！几个香客零零落落地离开了寺院，但已经不见有人进去了。

史意捷带着春雨直接来到了许愿堂。那两副颇有特色的对联依稀还可以辨认，“有因必有果种因得果，见色实为空以空化色”“求不得时许心愿，爱别离中见情缘”。

这两副对联写得很有意思。前一副说的是因果关系以及色空转化。非常具有讽刺意味的是，佛教中的“色”说的实际上是型相，也就是存在的状态，而“空”说的是这些型相没有固定的属性，是处在不断变化之中的，充满唯物主义的辩证法竟然被那些善男信女赋予了无限的神性。不知怎的，史意捷以前似乎对这方面颇有研究，没来由地冒出这些想法来。

至于后一副，求不得时许心愿，爱别离中见情缘，自己一向不相信神佛之说，难道当日竟也向神佛许过愿么?！如果真许了愿，会许些什么愿呢？关于春雨的？求爱情永存？这也说不通，不是说“求不得”时才许心愿吗?！也许，自己真在许愿盒中放了些关键内容也说不定。史意捷的脑海中的想法此起彼伏。

许愿堂的大门却已经关了！

如何进去?！记得上午那个不空小和尚介绍过，一旦大门关闭后，许愿堂大殿内的红外线监控报警器自动运行。如果要偷偷进去而又要为人所不知，几乎没有可能。

“我们先想办法把这一片的电力供应给中断。”春雨看着眉头紧锁的史意捷，似乎看穿了他的心思。

这倒是一个办法，但有没有更巧妙的?！

从竹林深处走出一个小和尚，往史意捷和春雨这边走来。

是不空！不空小和尚也是愁眉不展，闷闷不乐，仿佛刚被师父教训过。

史意捷忽然有了主意。

口袋里有些钱，这是他在城区“红色警戒”服装店换成新潮衣服的时候，向春雨讨要，以备不时之需的。他从口袋里数了五张一百元，向不空小和尚迎了上去。

“不空师父！”史意捷双手合十，以非常尊敬的语气对不空小和尚说。

“施主你是？阿弥陀佛！”不空看见两个非常新潮的男女挡在路中，昏暗中辨识不清面目，不觉好奇。

史意捷赶紧把手中的五百块塞到不空小和尚的手中：“这是给您的供养费。”

不空半推半就地收下了“供养费”，脸色好了不少，心想这两人肯定是想让自己引见师父禅心大和尚，一定另有所图。但眼下师父肯定不见外客。如果实在办不到，到时再退给他们“供养费”也不迟。

“两位施主有什么差遣？”不空心里没底地问。

“不空师父，有件事得求您帮忙！”史意捷对着疑惑不定的不空小和尚说，“这是我的女朋友。我女朋友的父母极力反对我跟她交往，明天还要把她介绍给他们看中的对象。”

“我能帮你什么忙呢？阿弥陀佛！”不空心里更加没有底了，这事比向师父引见更难办！

“是这样的。”史意捷深吸了一口气说，“我女朋友的父母非常信佛。只要我们今天晚上在许愿堂观世音菩萨前许过愿，他们一定会承认我们的关系。到时你也要给我们作证。”

“你们想到许愿堂前许愿，让小僧行个方便?！阿弥陀佛！”不空心里一块石头终于落了地。许愿堂是他掌管的，别说才刚刚关了五分钟，就是半夜里开门，他也办得到。

“是的，求不空师父行个方便。”史意捷装着露出尴尬的笑容说，“我们要在没旁人打扰的情况下单独长时间地许愿，让菩萨更加保佑我们！”

“幸亏你们遇见小僧，阿弥陀佛！”听不空小和尚的口气，是答应了。

“我听说夜晚里面有红外线监控，我们不想让人看到，这样影响诚心！”春雨突然插了一句话说。

“施主放心，我开门后先把这些设施给关了，不然你们会触发警报的。阿弥陀佛！”不空小和尚边说边用钥匙打开了许愿堂的大门，开了灯，关了红外线设备，把史意捷和春雨让了进去。“给你们十五分钟，不会有人打扰的。阿弥陀佛！”他边说边退出了门外，并把门关好，从外面锁住。

史意捷得此良机，刚要到一侧的许愿墙去，只见春雨拉了他一把，要他与她一道跪拜在观世音菩萨前许个愿。他虽不信神佛，但也不忍拂逆春雨的好意，于是跟着她完成了许愿过程。春雨的许愿：一是愿她的捷哥早点全面恢复记忆，二是她与她的捷哥永远相亲相爱。虔诚的语声，着实令史意捷感动。

好在许愿的时间不长。许愿一结束，他们来到了一侧的许愿壁。史意捷记得“冬叶藏于深云，山水乃至自忘”这句偈语，不一会儿，就找到了那个许愿盒存储空间。

这里有锁，要钥匙！刚才为什么不向不空小和尚供养费塞得再多一点，让他好人做到底?！不过，这多半是行不通的，不空怎么知道这个许愿盒不是别人的?！所以，还得利用自己的开锁技术。在城区的时候，他就有意识地保留了几枚回形针。用拉直的回形针开锁，可是他的绝活！

他从口袋掏出一枚拉直了的回形针，正要塞进锁的孔眼，只见春雨阻止了他。“怎么回事?”他满怀疑惑地问。

春雨笑了笑，指了指他胸前的那条项链：“这把锁我认得，正是配你的那把钥匙的。”原来那些锁都是许愿盒所有者自己提供的。

项链坠体上午在逃避那个警察追捕时打开过，因此史意捷很熟练地把那块小型的长方形铂金从中间拧转，然后拔出。长方形坠体的下部分果然是一把做工精巧的钥匙，顶端还有一颗不小的钻石。这是把同心锁！

许愿盒存储空间果然非常顺利地打开了！

但里面那个银白色的盒子竟然还有八位数字的密码锁，且提示只有三次的机会。如果三次全部输错，那么许愿盒里面的东西会全部毁坏。

史意捷轻轻摇了一下，里面发出了液体晃动的声音，大概是强酸之类的。

别说根本没有密码的线索，就算有，在时间这么紧的情况下，慌乱之中破解肯定是输多赢少。而这里面的东西，肯定对自己极端地重要。

大门外响起了一阵急促的脚步声，直奔许愿堂而来。

“怎么办？”听到脚步声的春雨紧张了起来。

史意捷的手指正要向下按去，因为他有一个猜测的号码。听到春雨焦急的声音，他也意识到外面来人了。只见他没做什么特别的动作，直接把那个银白色的盒子给抽了出来，动作麻利地放入春雨背着的小包上，又把那把爱心锁摘下，放入了自己的口袋，接着把许愿盒空间的小门给关好。

一切安排停当后，两人跪在观世音菩萨面前，像模像样许起愿来。

大门开了。还是不空小和尚。

“两位施主许愿完成了么？我师父带着人来许愿堂了！阿弥陀佛！”不空神色有点惊慌。

“完成了，完成了！”史意捷边说边拉起春雨往外走去，“谢谢不空师父。”

在不空小和尚紧张的注视中，史意捷和春雨隐入了黑暗之中。

禅心大和尚带着一个人走入了许愿堂。不空小和尚守在了门外。

这大概是真正的贵宾，级别层次与史意捷相比是大大地上了几个档次。

在不远处的竹林里面，史意捷和春雨假装轻声地聊天，实际上全副的精力都盯在这个奇怪的景象上。

贵宾，那个人的背影，似乎好熟悉！

每当想起那些似曾相识的人和事，史意捷的脑袋就会像炸开般的疼痛。从今天一早开始，一直如此。大概是莫院长的药慢慢地起了作用，记忆正处在恢复的初始阶段。

“你说禅心法师在神神秘秘地干什么？而且还带了个女的。”春雨也是一团迷雾。

“难道是俗世情缘未了？”话一出口，史意捷自己也觉得有点不可思议。

约莫过了五分钟之后，禅心大和尚竟然带着那人向史意捷和春雨所在的竹林方向走来。

竹林外是条小径，通向更深的幽处。竹林里却有一个小小的亭子，亭子设计成屏风式的结构。

路过亭子，禅心大和尚竟往石屏风后瞧了瞧。

看看里面没人，禅心大和尚和那人竟然走了进来。

“你不要再来了，多来迟早惹人注意!”禅心大和尚对那人说。

“你不能永远躲在这个地方。”那人重重地叹了一口气，“还是回去吧！回去再作计较。”

禅心大和尚一时无语。片刻后，也没什么话语，直接走出了石屏风。

“你真得好好考虑考虑！那个重要的行动马上就要开始了!”那人跟在禅心背后，提高了语调。

史意捷拉着春雨躲在亭子后面竹林深处的阴影中。依稀能看清与禅心一道那个身材婀娜的女人戴着口罩，听声音年纪不大。他们的对话虽轻，但周边一片静寂，约略还能听清。

“他们好古怪!”等禅心和那人走出亭子后，春雨对着史意捷耳语道。

“不知道是不是胡思乱想，那个女孩的背影和声音好像是我被记忆植入的人物海伦。”史意捷仿佛自己也不信地轻轻摇了摇头。“今天上午开始，我脑子中开始有一些关于过去的模模糊糊的影像。”

“莫院长的药奏效了!”春雨才高兴了三秒钟，又开始担忧起来，“如果那女的是幽灵组织的人，难道禅心也是这个神秘组织中的?!”

“你是说‘山巅之城’组织转移到了佛教寺院之中?”史意捷对春雨脑洞大开的猜想震惊不已。

“传统上，‘山巅之城’渗透的目标群体是基督教非法地下势力，这也是昨天你给我说的，现在佛教寺院也成了他们的渗透目标，这个弯的确转不过来。”史意捷老实承认。

“那你怎么解释刚才的对话？我甚至还怀疑中午白云的遭遇也跟禅心和尚有关。”听春雨的语气，似乎已经隐隐断定刚才这两人跟幽灵组织有关。

“要是幽灵组织的势力真隐藏在寺院之中，那的确隐身功夫到家了。”史意捷叹了一口气。

“不是吗！最让人想不到的地方是最安全的地方，这话是以前没失忆的你说的。”

春雨进一步提出了一个理论依据。

“我们再去探个究竟!”史意捷示意春雨赶快跟紧禅心和尚和那个神秘的女孩。

竹林外的小径虽然曲折通幽，却只有一条路。史意捷和春雨小心翼翼地朝着刚才两人的方向走去。慢慢地摸索了一会儿，竟然找不到禅心和尚和那个神秘的女孩。

难道这地方真透着古怪?!

天色完全暗了下来，是无星无月的夜晚。史意捷和春雨只得往小径的尽头走去。

小径尽头是那个围墙边的小屋。小屋里竟然没有灯光。这两个古怪的人在里面干什么?!

还没等史意捷和春雨想明白，小屋的木门“吱呀”的一声，惊得他们赶紧钻入竹林深处。

只见从里面走出一个人，是禅心和尚。他向四周张望了一下，又从原路返回。

难道那个神秘的女孩还在一片漆黑的小木屋里?!找出隐藏的幽灵组织并揭露他们的黑暗勾当实在太重要了，这条线索断不得。

史意捷轻轻地推了推木门。草泥马!那扇木门竟然有四不灵锁锁着。史意捷急忙掏出弄直了的回形针，鼓捣了起来。虽然这种寻常的四不灵锁难不倒史意捷，但总归花费了不少时间。

重新关上木门后，小木屋一片漆黑，里面竟然没有一扇门窗。

他掏出打火机，“嗤”的一声，蹿出一股蛇信般的火苗。

只见前面站着两个人，这两人的背后还跟着几个形貌恐怖的鬼怪，其中一个张着血盆大嘴，拖着一条长长的舌头。

春雨突然吃了一个惊吓，身子不由自主地扑向了史意捷。

史意捷虽然也紧张地戒备着可能的潜在危险，但毕竟胆子较大。他搂着春雨指了指他们自己，又指了指前方。

春雨努力克制着自己的恐惧，顺着史意捷的手指往前看去。

只见那两个人也与他们一般，是一男一女，其中一个女的跟她一样，双眼充满着恐惧。这两人一个金发，一个红发，穿着一件白底红色图案的文化衫，打扮稀奇古怪。再定睛一看，那男的长得跟自己的捷哥有几分相像，只是脸上有刺青，不，是一模一样。

原来是镜子!一人多高的镜子!镜子里映着他们两人，以及他们背后的几尊泥塑鬼神像，打火机的火苗在镜子里奇异地跳动着，增加了几分诡异气氛。

看样子这个小木屋是间杂物间。但刚才的神秘女孩呢?!

两人搜索许久，不见一个人影。这小木屋不足二三十平方米，除了靠近木门一侧有几尊鬼神像外，都是低矮的杂物，没处藏身。

两人正纳闷间，只听镜子背后有窸窸窣窣的声音。难道那人隐身在镜子背后?!

两人如临大敌地绕到镜子背后。

镜子背后只有一只长长的箱子。

声音正是从箱子里发出来的!

难道那女孩被捆绑在箱子里?春雨心里闪出了一个恐怖的念头，紧张得手心都冒出了冷汗。

只见史意捷再次环视了一下四周，之后，慢慢地蹲了下去，警惕地打开了那箱子。

“吱”的一声，从箱子里蹿出一团黑乎乎的东西，消失在两三米开外的地方。

虚惊一场，一只大老鼠!

箱子里没什么别的，只有两个帆布袋。史意捷看上去有点眼熟，突然想起来了，像是上午那个长着黑痣的山民牛背上驮的东西。他又往里一翻，里面是两台不知道用于什么的电器设备。

那只大老鼠消失的地方竟然透出一丝亮光来，想是被它撞去了障碍物什么的。史意捷拉着春雨信步往那个方向走去。

原来是另一扇门!

既然有门，那个神秘的女孩一定是从这里出去了!

门外竟然是寒禅寺的围墙之外!他们又回到了上午刚逃离警务室时的那条山间道路上。

附近没有一个人!

借着昏黄的路灯光，史意捷和春雨极目搜寻。

三四百米外，寒禅寺门口转角处的一条大公路上，依稀似乎有人行走。

史意捷和春雨以百米赛跑的速度往那个方向跑去。

大公路旁的一个简易停车场上停着一辆轿车。

那个身影看样子就是与禅心和尚交谈的神秘女孩。她打开轿车左边后排车门，坐了进去。

史意捷与春雨距离那辆轿车还有两三百米的距离，不要说追上，就连再看一眼那神秘女孩都没有机会了。两人不由自主地停了下来。

没想到那辆轿车竟然不动，像是在等什么人。

史意捷和春雨又重新燃起了希望。两人手挽着手，像一对寻常情侣一样在路上慢慢地走着。他们希望不要引起那个神秘女孩的注意。

如果从别处远远望过来，史意捷和春雨的确像是一对互相追逐嬉戏的情侣，这种场景极其正常。现在交通畅通，通讯发达，谁说山区年轻人不能时尚?!

简易停车场旁边有个简易的公共厕所。只见里面走出一个高个子女孩，应有一米七。头戴一顶时尚的帽子，脸部围着围巾，看不清相貌。

轿车却是奔驰。只见那女孩打开了驾驶室门，有意无意地往史意捷和春雨所在方向看了一眼。不一会儿，引擎发动，奔驰车风驰电掣，一下子无影无踪。

春雨连叹可惜！史意捷却沉默不语。

“捷哥，这下我们怎么办?”春雨无奈地对史意捷说。

“还能怎么办?！两腿总跑不过四个轮子。”史意捷摊了摊双手说，“看那女驾驶员的身影，似乎是记忆植入中的小敏。”

“也许那些幽灵组织用了真人作为记忆植入的形象基础，也许你曾经在失忆前见过她们，昨晚吃了莫院长的药，你的记忆开始有一点模糊的印象了。不管怎么样，我们得找到她们。寻找记忆的突破口就在她们身上。”春雨着急地说。

史意捷看了看四周，寒禅寺笼罩在一片夜色之中，没有了日间的热闹，马路上也没有汽车往来，只有那个简易停车场上，还有几辆汽车，也许是寺院里还在做佛事活动的香客的。

“我们走到那里去！”他对春雨说。

“你想动那些汽车的脑筋?”春雨看见史意捷的眼光停留在那个方向，猜测起来。

前面十几米就是山间大公路。眼下虽然没有汽车往来，但偶尔有山民来来往往，摩托车是山民主要的交通工具。

一阵摩托车声从不远处传来，车上坐着一个二十几岁的年轻人。史意捷赶紧跑了上去，拦住他。

“朋友，我们有急事，帮个忙！”史意捷赔着笑对他说。

“要我载你们一程?”那个年轻人看上去像是乐于帮忙的人。

“不，你把你的摩托车卖给我们。你开个价?”史意捷的提议让那个年轻人吃了一惊。

“老哥，你开什么玩笑！谁会买这辆旧车。”那个年轻人像是遇到骗子般地警惕起来。

“四千元你卖给我们!”史意捷边说边从口袋里拿出一千块钱来，又向春雨讨要余下的三千块。

“你们当真？不骗我？”那年轻人看见四千元的提议不禁动起心来，他本来就打算把它处理掉买辆新的。国产新摩托车也才五六千块。

“只要你这辆车能跑到城区里去，我们就要。”史意捷已经凑齐了四千块钱。

看着那四千块钱，那年轻人不自觉地咽了一口口水：“这车只是旧了点，老式了点，跑起来速度还挺快。你们真想要，就卖给你们。”

史意捷直接把四千块钱塞到了他手上：“点点看!”

那年轻人点了点，又打开手机的照明，仔细辨别着钞票的真假，终于没有发现任何疑点。“我把后座箱里我自己的东西拿出，这车就交给你们了。”

那年轻人算是极爽快的一个人，他把自己戴着的头盔交给史意捷，又在后座箱检视个人物品时顺便拿出一顶备用的头盔给春雨。“这是我的手机号码，过户登记时你们可以打电话给我。”他边说边给史意捷看他手机的本机号码。

史意捷和春雨早就心急如焚，当下戴好头盔，坐正位置，正要出发。看到那年轻人把手机递了过来，史意捷把手一挡，不耐烦地说：“朋友，我们会找到你的。”

摩托车像离弦的箭往前冲去，留下那二十几岁的年轻人站在原地发愣。他左手还捏着钞票，右手拿着还显示着本机号码的手机，口中喃喃自语着：“真是两个怪人!”好在钞票到手，明天正好去买辆踏板摩托车。他早就想把那辆老式的档位摩托车给换掉，操作太麻烦了。

“那年轻人倒是很爽快!”春雨抱着史意捷的腰贴着他耳朵说，“要是在城里，肯定趁机抬价。”

“抬价我们也得给了，追那辆奔驰车要紧。”史意捷一边说，一边还在加着油门，车速竟然被他加到了一百三十迈。“这挡位车虽然老旧了点，但性能还不错。”

“注意安全！这是山区公路啊!”听着耳边呼呼的风声，春雨不禁提醒起史意捷来。

“已经考虑到安全了!”史意捷想也没想地说，“那辆奔驰车比我们多开了六分钟，如果他们以九十迈的速度行驶，我们保持一百三十迈，要追十三四分钟，或者接近三十公里才能追上。三十公里基本上就是这里与城区的距离。”

“你这家伙，算得怎么像计算机那样快！”春雨咬了史意捷的耳朵一下。

“不是算的，以前抓捕逃犯有过类似经历，差不多的速度差！”史意捷大声说。

“这些没有失忆?!”春雨突然紧张起来。

史意捷突然意识到自己在调用回忆！难道莫院长的药这么灵，昨天晚上才服了一次药，自己的记忆就慢慢地恢复了?!“以前”？是哪个以前？深入地一想，竟然什么也想不起来了！还是模模糊糊的一些影像！不但如此，头开始剧烈地痛了起来。

追捕逃犯？是追捕逃犯么？还是朋友之间的互相追逐?!

山路转弯处突然冒出一辆农用三卡车，史意捷刚处于精神恍惚之中，没个提防，不禁吃了一惊。

农用三卡车靠着山坡一侧，摩托车靠着悬崖一侧。靠着山坡走，没有掉下悬崖的风险，但基本上会与卡车相撞。

在电光石火之间，史意捷不但没有减速，反而一拉油门，摩托车“轰”的一声，像子弹般射了出去。

只听见“砰”的一声，是车子撞到山坡石壁的声音。

不是摩托车！摩托车刚才在三卡车和悬崖之间极小的窄缝中像踩钢丝般地蹿了出去。史意捷的应急反应能力似乎是天生的！

农用三卡司机却没有这么镇定，方向盘本能地往右一转，结果一头撞在了石壁上！那司机情急之下破口大骂！

史意捷和春雨只是隐隐听见骂声，在多普勒效应之下，骂声越来越轻。不管它，眼下办正事要紧！

“被你吓死了！”春雨终于缓过神来了。

“你这下不要刺激我！”经了这么一吓，史意捷的头竟然不痛了。“刚才你问失忆的问题，我脑子开始无序启动了！”

“终于想起来了？”春雨略带紧张地问。

“没有。极其模糊的一片。想深了，头就剧痛。”这回史意捷保持着高度的注意力，不再去试图回忆了。

“那些记忆不要了也没什么关系！”春雨安慰道。

在山区盘旋公路点点昏黄的灯光之下，一辆老得不能再老的档位摩托车，载着两个新得不能再新的潮男潮女，正风驰电掣地享受着速度的快感！这画风，太朋克！不，是让人看得 SSFD 的“蛋蛋党”风格！

直追到 Y 城那条东西走向的爱春大道，也没有看到那辆奔驰车的影子！也是，如果那辆奔驰车把速度提高到一百二十迈，那么这点速度差就无济于事了！

爱春大道已经开过了三分之二多的距离，来来去去的车辆虽多，却没有发现那辆奔驰。

其实已经没法追寻了，因为爱春大道上连接着许多南北走向的城区道路，奔驰车也许早就拐入那些岔道了。

前面又是一条岔道，大大的岔道！这条岔道是通往城市的地标建筑星空大厦的。

速度缓下来的摩托车突然转了一下弯，直奔星空大厦而去。

“你确信她们往这个方向走了？”春雨有点奇怪史意捷的选择。

“反正追不到了！跟着感觉走！”史意捷其实并没有什么理由。

又到了昨晚的星巴克咖啡店，不远处就是星空大厦。

史意捷竟然停了下来：“到里面去坐坐。先处理许愿盒的事情。”

“那条线索怎么办？”春雨心有不甘。

“跑了和尚跑不了庙！禅心大师总在寺院里。”史意捷已经想到了退一步的防守策略。

“那是跑了女人跑不了和尚！”春雨笑出了酒窝。

银白色的许愿盒有一个电子显示屏，下面是十个数字。随便一按任何一个数字，电子显示屏上显示出上下三行内容，最上面的是“LOVE IN SPRING”，最下面的是“LOCKED”，中间是八个空格。

“提示还是蛮充分的！这显然跟《暮春随感》有关系。”史意捷边说边按了八个数字。

“又恢复记忆了……”春雨话音刚落，只听到一阵嘟嘟嘟的电子警告声。

许愿盒的电子显示屏中出现了“ERROR”（密码错误）的字样！

“你刚才输入了什么？”春雨没有看清。

“20180501，《暮春随感》的落款数字！”史意捷轻轻地摇了摇头。

“是记起来的？”春雨追根问底。

“是猜测的。”史意捷老老实实地回答。“看上去只有唯一这种可能！”

“你再试试数字全部倒排！”春雨的神色充满了自信。

10508102

ERROR！

“还是出错！”这下，史意捷真的有点不淡定了，只剩下最后一次机会了！看样子密码根本与落款数字无关！“是不是你的生日？唉，没办法验证！”

春雨没有回答史意捷的话，只见她拿过许愿盒，直接按下了“15”。

“等等，等等，千万不可草率行事！”史意捷不放心地拦住了她。

“相信我！”春雨的神色依然充满了自信。

难道自己在没有失忆前曾经告诉过她密码?！史意捷半信半疑地松开了手。

只见春雨接着输入了800012六个数字，15800012！

史意捷紧张地看着那只许愿盒！

许愿盒有几秒钟没有动静！

忽然许愿盒发出了“吱吱”的几声，然后“啪”的一声。莫非里面的腐蚀性液体瓶破裂了?！

史意捷一颗心吊到了喉咙里，定睛一看，电子显示屏上显示的是“UNLOCKED”！

长长地舒了一口气后，史意捷拉开了已解了锁的许愿盒。

里面竟然是空的！

史意捷失望地看了看春雨：“一场空头欢喜！”

春雨也嘟着嘴。她把盒子全部抽出，口朝下底朝上翻转过来，没有东西掉下来。她又重重地拍了几下，还是没有东西掉下来！

史意捷从气馁的春雨手中接过盒子，靠近咖啡馆里的光亮处，仔细察看了起来。

盒子是白色的底，他用手指敲了敲底部，不像有夹空层的样子，又在边角处用指甲划了划。

划出一块漆黑的底！那块“白色的底”原来是一张粘贴在底部的白纸！

史意捷小心地把那张白纸分离了出来。好在白纸与黑底只有四个点粘着胶水，分离很顺利。

白纸里到底记着什么惊人的秘密?！

史意捷闭住了眼睛，嘴里深吸一口气，又快速地吐出！翻转纸片，睁眼一看。

打入深度意识

找到瓶中魔鬼

纸片上就这么两句奇怪的话！

“这是什么意思?”史意捷不解地问春雨。

“我正想问你是怎么回事!”春雨也露出哭笑不得的神情。

“那你是怎么知道密码的?”史意捷质疑。

“你忘了!我在写《语言的意义》时曾研究过密码学。我们当时约定把明码数字或者倒数,或者倒数的奇数序号数字连上偶数序号数字进行暗码处理。”春雨拿起手中的香草拿铁咖啡喝了一口。“《暮春随感》那首诗落款的字母和数字,我们以前约定作为重要的密码进行存储。”

“哦!看样子你早知道了正确的密码?!”史意捷恍然大悟地说。

“我只确信那个密码跟诗的落款数字有关,但并不知道用明码或者哪种暗码。”春雨继续喝她的香草拿铁咖啡。

“不聊这个了。我们还是破解一下这两句话到底是什么意思。”史意捷转移了话题。

“可以肯定的是,这两句话一定是关于幽灵组织的极其重要的线索。”春雨先下了一个结论。“当时你制作这个许愿盒的时候,连我都没有告诉过。”

“难道怕对你不利?!”史意捷自言自语,“但如果只是线索,不是证据,而且又是自己掌握的,这有什么意义呢?!”

“总不至于真的只是许了个愿!”春雨的“简单逻辑”有时候反倒管用。

“我想我放入这张纸片的时候没有考虑过失忆的可能性。”史意捷重重地叹了一口气,“‘瓶中魔鬼’弄不清指的是什么,但那个‘深度意识’十有八九跟那些幽灵组织的虚拟增强现实有关,深度改变人的意识结构?”

“一定与给你植入记忆的那些人有关!”想起捷哥的失忆,春雨愤愤不平。

“嘘!你看!”史意捷突然指了指窗外。

窗外不远处走过两个女孩,一个特别高,约略一米七,一个在一米六五左右,两人都戴着帽子和口罩,看不清面部特征。

但这走路的样子不是寒禅寺里的那个神秘女孩和她的驾驶员,却又是谁?!

她们从哪里来?

看样子像是从史意捷记忆植入的那个重要场景,那个有石椅的小巷方向走过来的。

史意捷一阵眩晕,又不自觉地触发了一些模糊的记忆。不,这次是比较清醒的“记忆”,是前几天从星空大厦“逃离”时在那条有石椅的小巷中与海伦的“偶遇”,

之后又遇到小敏……但后来被证实不是事实。

但眼前的这两个人像极了被植入记忆的海伦与小敏。难道，这两人是记忆植入的“原型”?！如果是，那她们肯定与幽灵组织有极深的渊源，甚至就是幽灵组织的重要人物。

史意捷的这些念头快速地在脑海中闪现，整个人呆立不动。

“我们快跟上她们！”春雨把空许愿盒放入背上的背包中，一拉史意捷。

史意捷回过神来，把那张写着奇怪语句的纸片小心翼翼地折好，放入内衣口袋之中。

那两个女孩竟走入了星空大厦，走进了电梯。

等史意捷和春雨走近电梯时，电梯刚好关闭。春雨正要按上升健，史意捷一把制止了她。

电梯上显示的楼层数字不断变化，在“12”时停了下来，之后不再变化。

好运气！这部电梯乘客竟然似乎都是到十二楼去的！

等他们走进电梯，外面涌进七八个人。昨天在星巴克咖啡馆里遇到的那个青春痘DJ和他的同伴赫然在列。

“老兄，你这套衣服很好嘛！哪里买的?”那个青春痘DJ似乎没有认出这两人就是昨天咖啡馆的邻桌。

“DJ！”史意捷跟他打了个招呼。

那个青春痘DJ吓了一跳，这两个怪客竟然认得自己。还好，看他们的服饰打扮绝对不会是老师。

“不认得了?！昨天我在咖啡馆里问你黑洞娱乐城在哪里。”史意捷笑微微地提醒。

“哦！老兄真有创意！”那个青春痘DJ恍然大悟。

十二楼的电梯门开了。

外面有几条走廊。

“走啊，你们还要到哪里去?”那个青春痘DJ看到史意捷两人东张西望、犹豫踌躇的样子，把头一侧，催促他们。

“我们在找人！”史意捷对那DJ实话实说。

“那快进去啊！”DJ想也没想地说。

“进哪里去?”史意捷不解地问。

“银河中心娱乐城！这一层里就只有这么一个单位。你们看样子是第一次来这儿。”DJ 不禁为他的见多识广自鸣得意。

银河中心娱乐城的前厅摆满了大量各式各样的面具，有西方万圣节时的鬼面具，也有许多卡通、可爱的面具，有些甚至直接复制“蒙面唱将”的式样。

DJ 帮史意捷和春雨选了“二次元”的面具。据他说，来这里玩的有许多是哔哩哔哩的注册用户，选这种面具才能不落伍。

大厅里面，对着前厅有一个巨大的电子屏幕。电子屏幕上显示的是一个巨大的星空，中间是一个巨大的银河系。银河系的中心又有局部放大，里面是旋转着气体的一个大圆盘，大圆盘通体黑色。

相邻的墙上，都有大型电子显示屏。电子显示屏上，正放着苏联的阅兵式，配上《苏维埃进行曲》。歌曲大气磅礴，激动人心。

我们的苏维埃将惩戒全世界/从欧洲直抵涅瓦河向东/大地上随处都将唱响/首都，伏特加，我们的苏维埃巨熊/我们的苏维埃将惩戒全世界/从欧洲直抵涅瓦河向东/大地上随处都将唱响/首都，伏特加，我们的苏维埃巨熊/所有屹立在此的民族/我们已经统一一体/感激地深深一鞠躬/来自世界上最强大国家/所有屹立在此的民族/我们已经统一一体/感激地深深一鞠躬/来自世界上最强大的国家/万岁！万——岁！

舞池上，全是戴着面具的人在跳劲舞，气氛极其热烈。

一曲已了，接着又是 曲，旋律、节奏完全一样，但歌词不一样。

史意捷环顾四周，发现在这种情况下想要找出那个神秘的女孩根本没有可能。舞池里的人实在太多了，何况都戴着面具。

一曲又已了，接着又是一曲，旋律、节奏完全一样，但歌词不一样。不但歌词不一样，这次电子显示屏上，出现了一幅静态的画面。马克思居中间，恩格斯、列宁、斯大林等人分别坐在左右，头上有地图般胎记的戈尔巴乔夫手里拎着一只钱袋……

看到两个新朋友还呆立在一边，DJ 从舞池中走了出来，伸出双手，把他们都拉了进去。

“老兄，老姐，你们的文化衫配得真好！”DJ 大声说。

“这是什么乱七八糟的歌？”史意捷问 DJ。

“红色警戒系列！你们连这个也不知道？！”DJ 越加得意地使劲摆动着四肢。

连续播放了五首曲子后，音乐终于停了下来。舞池里的许多人累得双手叉在大腿上，一部分还掀开了面具。史意捷趁机观察，但还是没有发现那个神秘的女孩和她的驾驶员。

DJ 和他的伙伴引导着史意捷和春雨在舞池旁的一张桌子周围坐了下来。

“够刺激吧!”DJ 得意洋洋地问。

“这样的节奏不会把你们累趴下?!”春雨气喘吁吁地问。

“有休息!”DJ 指了指那张显示着巨大星空的电子屏。

只见电子屏前有一架大钢琴，一个身材苗条的戴着面具的女孩走过去坐在了大钢琴前面。

“咦!”史意捷和春雨不约而同地轻轻地发出了一声惊呼。

看那人的身形和穿着，正是他们在追寻的那个神秘女孩。

只见那女孩弹起了一曲钢琴曲，节奏越来越快，越来越快，到最快的时候左右手连续敲打键盘。

“《猫和老鼠》中的那只钢琴上的老鼠快被吓出来了!”DJ 莫名其妙地说了一句。

“猫和老鼠?”春雨笑出了声。

“你没听到这钢琴弹得像钟走的声音一样吗?这曲子名称就叫《钟》。动画片《猫和老鼠》中的猫为了让老鼠从钢琴中跑出来，弹的好像是《钟》。”DJ 装作很内行的样子。

“你真行，这也懂。”春雨对 DJ 点了个赞。

“我学过钢琴，多少懂一点。”DJ 感觉好极了。

“别听他吹!”旁边一个跟 DJ 非常亲密的女孩打断说。“《猫和老鼠》中猫弹的是《匈牙利狂想曲》，不是《钟》，不过都是李斯特的作品。”

“让我吹一会，你别拆穿我嘛!”DJ 装作一脸不高兴。

“我看她只是在疯狂释放内心的焦虑和恐惧!”史意捷及时转移了话题。

“这话该我说才对!”春雨突然意识到自己是精神病区的护士长。

一曲终了，一阵掌声。

那个神秘的女孩接着又弹起了另一首曲子来。

好像划过了一颗流星。曲子悠远、深邃、含蓄、宁静，像是一个人在仰望星空时的想象。

“这个比刚才的那曲平和得多了，但有点孤独!”史意捷加了句评论。

“这是《星空》！你的感觉很对。”DJ又作了解释。

第二曲终了，掌声更加猛烈！

“这人常来这里弹钢琴？你认识她吗？”史意捷问DJ。

“在这里我们都蒙着脸，一般不互相询问真实身份。我不认识这人，但我猜这人是非常厉害的人物。我有好几次听这人弹琴了，只是从琴声中辨别是同一个人。”DJ作了详细的解释。

第三曲响起，这次，春雨也认得曲名，“如在瑞士琉森湖那月光闪耀的湖面上一只摇荡的小舟一样”，学汉语言文学的她记得对《月光曲》的一句经典评价。

“这首曲子充满了幻想！”史意捷按照直觉作着评论。

第三曲终了，掌声像暴风骤雨般地响起。舞池里又闪烁着摇曳的灯光，比红色警戒系列更加劲爆，更加疯狂。

隔着舞池里的舞者，史意捷看见有一高个子的女孩，正向那弹钢琴的女孩耳语几句。那弹钢琴的女孩似是有意无意地向史意捷和春雨所在的位置望过来。

史意捷赶紧拉着春雨弯下了腰，装作系鞋带。

等他们站起身来，却已不见了那个弹钢琴的女孩和她的同伴。他站直身子，踮起脚尖四处搜索。一米八三的身材虽然显眼，但在这当口却派上了大用场。

只见远处的过道里，依稀见到刚才两个女孩慌慌张张地离开。

第七章　乐透集团

“完全没有目标的蛛丝马迹了?”“深度幽灵”的声音中充满了威严。

“是的，我连公共监控探头都调阅过了。”警察小管的声音中带着一丝受挫折感。

“那个胡子驾驶员找到没有?”“深度幽灵”问得很细。

“找到了，但没什么线索价值。因为他们是一锤子买卖。”警察小管的心中又响起了“我不是菜鸟”，他最怕他的老板说这句话。

“他们不会就此消失的。他们一定会去找想要的东西。你要好好地动动脑筋，假如你是他，下步该到哪里去?!”“深度幽灵”耐着性子说。

“看样子他还没有完全恢复记忆!”警察小管顿了顿说，“我想他一定在拼命寻找记忆。”

“关键是他身边那个女的，对她的信息你搜集了多少?”“深度幽灵”似乎了若指掌。

“那女的是市一院精神病房的护士长，但她已经请了长假。”警察小管搜集情报的能力也的确不弱。

“如果我是那个女的，一定会带他到相关的专业人士那里去寻求专业帮助的。”“深度幽灵”直接给出了启示。

“您的意思是莫院长?!”警察小管的脑子转得很快。

“包括但不限于，你要特别关注那些圈外人士所不知的非正规场所。”“深度幽灵”仿佛特有所指。

“老板，放心，我不是菜鸟!”警察小管终于憋不住地说出了心中的敏感词汇。

“‘老太婆’还未回来?!”一个戴着两层镜片眼镜的人不满地问左右。

“盖总，我们在想方设法地联系，而且派了几个人去她常去的地方找了。”一个手下小心翼翼地说。

“这个节骨眼上，又玩失踪!”那个叫盖总的叹了一口气说。

“也许最近她压力太大了!”另一个手下赔着笑脸说。

“压力?! 我们哪个不大?!”盖总叹了一口气说，“最近我们面临的形势是生死存亡。”

那个盖总的生相很奇特，一副深度近视眼镜外夹着黄色的蓝光镜片，使他本来就大的眼睛更是折射得像铜铃。眼睛的位置简直处在发际线与下巴尖的中间。闪烁的目光压抑不住地燃烧着热情，透射出睿智。这种类型的人犯起罪来，能量肯定极大。

“最近 P2P 倒闭潮加剧了，我们的资金压力已经极其严重，要不那个秘密项目暂停一下?”又一个人不合时宜地提出了一个建议。

那个盖总的眼睛瞪得像放大版的铜铃：“老陈，你的肚皮大得像田鸡一样了，怎么斗志反而下降了!”

“我就事论事嘛!”那个老陈一脸尴尬。

“今天晚上的特别会议要商量的就是加大对那个秘密项目的投入。”盖总斩钉截铁地说，“那个秘密项目正处在关键时刻，一旦完全成功，我们这个组织就发大了!”大眼盖总眼中放着兴奋的光芒。

穿过过道一直往前，就直达银河中心娱乐城的后门。

那个神秘的女孩和她的高个子驾驶员，显然从后门溜走了。

史意捷和春雨被银河中心娱乐城后门的工作人员给拦住了。难道工作人员是她们的同伙?! 他正要发作，春雨急忙拦住了他。

工作人员指了指他们的面具。原来如此，走出娱乐城要收缴面具。

后门外有回廊，直通电梯。又有楼梯，可上可下。要追上那两个人，必须选对正确的方向。

史意捷的耳朵向来很灵，他听到了楼梯上有轻微的响动。也是，楼梯溜走更便捷。

但奇怪的是，那两人不是往下走，而是往上爬。莫非，她们有什么有恃无恐的后手。

管不了这么多，史意捷拉着春雨往楼上追去。

十五楼一层的回廊一片漆黑，如果那两人躲在这里且有帮手埋伏的话，那的确是个好地方。

但更奇怪的是，那两人生怕他们不知道似的，楼梯跑得咚咚响。

既然如此，史意捷也只好拉着春雨硬着头皮跟了上去。

十六层的回廊全都亮着灯。史意捷转头一看，那两个人刚刚急走到回廊的尽头，转了个弯。

等到史意捷和春雨到达回廊尽头的时候，正好看见那两个人走进了一扇很气派很大的大门。

乐透集团！原来这里是一家叫乐透集团的公司。

公司的门面很气派，是古铜色的金属门。上面写着六个字，“诚信、专注、服务”。看上去这是家大公司。

史意捷还要过去，被春雨一把拉住：“大门口有监控的。我们先想想办法。”

“这家公司监控的人又不认识我们。”史意捷有点不解。

“我的意思是我们先想想办法。”春雨似乎答非所问。

“想什么办法？”史意捷觉得春雨的思维有点跳跃。

“进去的办法。”春雨皱了皱眉说，“这大门用的是芯片卡。无卡在大门前逗留超过一定的时间要被监控人员关注的。”

“你对这家公司很熟悉？”史意捷有点奇怪地问。

“我知道的以前你也知道。”春雨答非所问。

“但我现在失忆了！”史意捷叹了一口气。

“其实，我们以前曾经怀疑过这家公司的。但我们的确对它所知甚少！”春雨的话听上去很奇怪。

史意捷静静地听着，他知道春雨会说下去的。

“这家公司中的员工，断断续续地出现精神问题。”春雨接着说，“照莫院长的说法，基本上都是因为记忆出了问题而引发的焦虑、抑郁，甚至对现实的认识发生严重的障碍。”

“哦，听起来好像跟那个幽灵组织的做法有点相似，难道在做植入记忆或者对现有的记忆进行‘编辑’之类的？”春雨的话引发了史意捷浓厚的兴趣。

“当时你在做卧底，我把这些信息转告给你。你的猜想就跟刚才的话简直一模一样。”春雨顿了顿，“为了进一步判明情况，你还叫我向莫院长那里详细了解相关情况。”

“那莫院长当时是怎么说的？”史意捷神情非常专注。

“莫院长没说什么，他说也许是员工工作压力大的缘故。”春雨像是在想象当时的情景，“但我当时分明感觉到了莫院长言不由衷，心事重重的样子。”

“会不会跟他那个误入歧途的学生有关？”也许是以前的记忆大部分消失了，史意捷对这几天经历过的事情记得很清晰，他记得莫院长在说到“迷失在意识丛林”中时，说到了他那个学生。

“当时他那个学生还没有出事，而且也不在同一家医院里，所以我们根本不知。”春雨解释说，“但现在看来，莫院长当时一定对他的学生的所作所为有所耳闻，很为他担心。”

“我们当时仅止于怀疑？有没有做其他的工作？”史意捷像问别人的事情一样地问自己参与过的经历。

“我们当时通过网络搜集了一些资料，又到这个地方现场来看了看。因为没有芯片卡，多逗留了一会儿，结果公司的保安出来干涉了。”春雨回忆道，“网上的资料显示，这家公司是做互联网消费金融的，说得直白一点，他们其实是向大学生放高利贷的。”

“因此，我们当时认为这家公司因为做着灰色业务，所以神秘兮兮！”史意捷顺着春雨的思路推测。

“是的，我们当时另外的麻烦也够多了，对这家公司也只是一闪而过的怀疑。要不是今天追到了这里，还不一定主动想得起！”春雨承认。

“难道那两人是乐透集团的员工？看她们今天的行事，简直是匪夷所思。与那个禅心和尚鬼鬼祟祟地见面，又跑到了银河中心娱乐城弹了几曲钢琴，之后匆匆忙忙地躲到这里来了。我们跟着她是不是有点无厘头？”春雨突然觉得今天的事情太虚幻。

“怎么会无厘头！我怀疑那两人就是海伦和小敏，所以一定要证实一下。但也不能让她们认出我们的真面目。”史意捷反驳。

“你还在怀疑两天前的经历？我们可是实地验证过那是不真实的。”春雨似乎也有点疑惑了。

“我不是怀疑那是记忆植入，我是怀疑那两人跟记忆植入有关。”史意捷若有所思地顿了顿。“你想想，记忆植入肯定需要具体的人物形象和环境景象，这样细节才真实。”

“你是怀疑她们是幽灵组织中的人？”春雨其实心中已经作出结论了。

“我原来以为她们是社会上的闲散人员，两个特殊的混混。但看来不像，我们远远低估她们了。”史意捷叹了一口气。“我们得冒险进去！”

怎么进去？前门戒备森严；后门通着消防楼梯，倒像是普通的门锁，但难保里面没有监控机制在。

春雨实在想不出能有什么巧妙的办法进去，这地方简直像卡夫卡笔下的《城堡》，充满神秘，又难以进入。“难道你想从窗子爬进去？”春雨幽了史意捷一默。

“从窗子爬进去还不如从送风管道中爬进去。”史意捷认真地说。

“你看到送风管道了？这里用的是送风式空调？”春雨好奇地问。

“我也不知道！”史意捷摊了摊双手。

这家伙在戏弄自己，春雨正想发作。

“嘘！”史意捷忽然神情严肃地指了指电梯那边。

只见电梯门打开了，走出一个跟他们一样的非常稀奇古怪的圆头圆脑的男孩。这人手里拎着许多星巴克咖啡和一些面包。看样子应该是送外卖的。

“兄弟，你去乐透集团送外卖吧?！我们帮你送进去。”史意捷拉着春雨拦住了那个男孩。

那男孩仔细打量着面前的两个人，一脸地不高兴：“谁说我是送外卖的?！”

“那你是?”春雨赶紧赔着笑脸问。她表面上在笑，心底里也在暗暗地发笑。捷哥又要玩那套鬼把戏了，她心里想着。

“当然是乐透集团的！”那个男孩看见一个漂亮的女孩的灿烂的笑容，态度也好了起来。“我是里面的数据分析员克姆。好像没见过你们！”

“我们是来临时实习一段时间的，来了没几天，一直待在办公室里，实际上无事可干。”史意捷撒谎编了一个理由。他的眼光很厉害，他观察到克姆是一个比较单纯的人。

“所以你们溜下去到银河中心娱乐城玩去了?”克姆的话听上去也并不十分单纯。

“兄弟，你怎么跟看到一样！”史意捷赶紧恭维了他一句。

“幸亏你们只是来实习的，不然，不被开除才怪呢！”克姆卖起老资格来了。“你们不知道这几天公司的形势非常紧张?！”

史意捷耸了耸肩，表示虽然知道，但他们用不上力。

“这几天 P2P 倒闭潮一波接一波，估计今天又得工作到十一点钟。”那个克姆向上提了一下拎着的咖啡和食物，用手背搔搔脸。“借贷数据监控、分析和预测，这活很细很烦。”

克姆突然仔细打量着他们，瞧得春雨都有点不好意思了。

“对了，你们反正没事，到我这边来帮忙。”克姆打起了自己的小算盘。

“很专业很高深吧？我们怕干不了。”春雨怕露馅，先留退路。

“没关系，你们听我指挥，只要会玩电脑就可以了。”克姆若无其事地说。

三人边聊边走，不一会儿来到了乐透集团的那扇古铜色的金属大门。那袋咖啡和食物，早由春雨接手拎着了。

只见克姆掏出一张银行卡大小的员工身份卡，在金属大门的电子感应器上一放，在“嗞”的一声读卡声后，厚重的金属大门“噗”的一声打开了。

“这地方真像城堡！”春雨嘟哝着。

“你说得对，我们私下里就称之为‘城堡’。”克姆解释说。

“城堡”里面灯火通明。不时有三三两两的人在办公室里进进去去。令人奇怪的是，这些人似乎没有统一的制服，穿着非常随意，也非常个性化。有一个员工的外套甚至跟史意捷和春雨一样，竟然是“红色警戒”系列的。

墙上写着许多标语。其中最大的一幅是“乐透在奋斗”，似乎是乐透集团企业文化中的核心。另外还有几幅比较显眼的标语，如“乐透人唯一的幸福方式是接受并克服困难”“乐透人存在的全部意义在于让困难消失”“乐透人永存的秘密在于在困难中不断进化”。看样子这个“城堡”还处于开疆扩土的上升阶段，所以企业文化也在不断地强调“困难”。

大厅楼层很高，足有五米。其中有许多用深色玻璃分隔的一个又一个的空间，这些深色玻璃高达三米。

克姆把史意捷和春雨领入一个约有十二平方米的分隔区后，径自出去给邻近的几个分隔区同事分咖啡和食物去了。他有一个小算盘，不想很快地让同事知道他捉了两个实习生的差。这片区域是属于数据分析部的。

史意捷和春雨面面相觑，没想到进入“城堡”这么顺利！但不知道那个克姆要他们干什么！到时候随机应变吧！正好也可以向克姆打听些关于那两个神秘女孩的信息，想来她们也是这“城堡”的员工。

分隔区内有一张办公桌，桌上有一台台式电脑，两台笔记本电脑，另外还有一摞纸质材料。办公桌前有一排资料柜，左边是一张小小的玻璃圆桌，另有四把椅子。

“还不知道两位怎么称呼？”那个圆头圆脑的克姆一推玻璃门，回到了小分隔间。

史意捷与春雨交换了一下眼神，微一停顿，缓慢地说：“她叫阿加莎，我叫维克多。”

“好名字！我喜欢阿加莎的小说，犯罪女王！”圆头克姆大笑起来。

春雨露出不自然的神色，史意捷也陪着笑了几声。

“阿加莎、维克多，你们是在哪所大学读书呢？”圆头克姆又问了起来。

“与你克姆先生相比，我们的大学不值一提。Sir, you are a noble, and we are grass root persons.”春雨灵机一动，恭维起圆头克姆来了。

圆头克姆听了这些话很受用。看来，好话人人爱听，不管是什么种族的人，也不管是什么年龄的人。

“我们都是同事，一样的，哪有什么贵族与草根之分。”顿了顿，他又说，“不过，我来这里也才一个月而已。”

“哦，克姆先生一定是作为特殊人才引进的！”史意捷怕他又要问什么大学的事情，跟着又恭维了一下。

这次，圆头克姆居然没有再谦虚。

“某种意义上，算是特殊人才吧！”说到这点，圆头克姆有点自得。“我在美国加州大学伯克利分校读计算机本科，本来计划计算机专业硕博连读的。”

“那公司一定开出了极高的工资待遇？”史意捷顺着他的话再引导了一下。

“六十万人民币的年薪。”圆头克姆声音中充满了自豪，“半年前，公司的‘老兔眼’到美国招聘计算机专业的大学生，一般年薪都是三十万元人民币左右，但非常优秀的学生可以一对一谈判，个性化定价。”

“‘老兔眼’？！”春雨不解地问。

“哦，我用了一个Nick Name！这是公司分管技术的常务副总裁盖茨比的绰号。这人既是技术大牛，又是公司的实际管理者。”圆头克姆解释道。

“那总裁干什么去了？”春雨接着再问。

“我从未见过总裁，据说总裁叫‘老太婆’。”圆头克姆自己也觉得有点奇怪。“但这没什么关系，总裁离我太远了。就算‘老兔眼’，也只是偶尔见见。”

“那个盖总一定特别欣赏你，否则不会出这么高的工资。”史意捷继续大吹法螺。

“面试的时候，我就分期消费金融提出‘用概率控制风险、用数据预测行为、渐进式培养用户黏性’三点，很合‘老兔眼’的胃口，他当场拍板录用。”圆头克姆沉浸在面试的良好感觉之中。

“那公司有没有马上采用？”春雨好奇地问。

“本来‘老兔眼’他们就是这样做的。”圆头克姆实话实说。“但他拍板后，我却犹豫起来。接受这样的Offer意味着我要放弃硕博连读计划了！于是我实话实说，向‘老兔眼’摊开了这个计划，并表示要考虑一天。”

“结果‘老兔眼’把年工资提升到六十万？”史意捷猜测道。

“是当即！”圆头克姆纠正道。“我的话音刚落，‘老兔眼’就把Offer提高到六十万元人民币一年，并且表示有很大的发展空间。这让人很难拒绝。”

“那你以后还去硕博连读不？”春雨带着点惋惜的语气关心地问。

那圆头克姆神色突然一阵不自然，他像是自我辩护般地说：“也不是纯粹看在钱的份上，还有一个大大的因素是吃了四年的汉堡吃腻了。”略一停顿又说，“赚几年钱，有机会还是想去硕博连读。”

“对了，克姆，你要我们做什么？你这么尖端的东西我们两个怕做不了。”史意捷怕穿帮，先竭力降低着圆头克姆对他们能力的预期。

“很简单的，帮我进行数据录入！”圆头克姆边说边把一大叠资料捧了出来。

“数据不是网上自动生成的？”史意捷疑惑地问。

“当然是网上自动生成的！”圆头克姆神秘兮兮地说，“但这是我额外的人工调查。我花了一个月的时间，在各大高校里做了些随机调查，以便进一步了解大学生对分期消费金融的看法。”

“这些不能网上调查吗？”春雨反问。

“我想自己直接掌握些感性的认识，好向‘老兔眼’提出更有价值的建议。”圆头克姆的野心与他的娃娃脸形成了鲜明的对比。“再说，数据只有达到海量才管用，少量的数据不如直接去做调查。”

圆头克姆话说到这个份上，史意捷和春雨也只得帮他进行数据录入。两人一人一台笔记本电脑干了起来。好在那活虽然枯燥，但毕竟简单。

“倒得好！”进行数据监测的圆头克姆突然一阵大叫。

史意捷和春雨惊讶地抬头看了看他。

“你们看，乐透集团的借贷数据直线上升！这么晚了，还有人在网上借贷。”圆头克姆指了指电脑上的曲线。

“这跟‘倒得好’有什么关系？”史意捷问。

“哦，那是其他的 P2P 公司倒闭了，一些低信用等级的借款者无处可借，所以跑到这个细分行业的龙头公司来了。”圆头克姆解释着。

“低信用等级？不怕借了不还吗？”春雨质疑。

“我们有非常严格的风控体系，低信用等级的借款者一开始额度非常低的。奉行的是‘低微的额度，海量的用户’的原则。这种生意传统银行做不了，因为人工成本实在太大了。而在这里，计算机自动评估风险，‘秒级匹配’。”圆头克姆的话越来越专业。

“听说你们实质上也是 P2P，那一个人坏账，另一个出借人不是倒霉了吗？”春雨又问了一个尖锐的问题。

“不会！”圆头克姆斩钉截铁地说。“我们按照 1∶198 的比例自动拆分，一个借款者其实是从 198 个出资人手中获得的，同样，一个出资人的出资金额分成 198 份给借款者。理论上，出资人的损失与坏账率是相等的，今年以来的坏账率一直控制在 1.5%以下。实际上，我们还对出资人可能的坏账损失进行了保险。所以，这个不会是问题。”

“外传乐透集团为了赚钱不择手段，是个无良公司。”春雨挑衅性地问，“把钱高息借给没有充分自制能力的大学生，这道德吗？！”

圆头克姆一怔，似乎从没有想过这个问题：“我只关注技术！目前最主要的任务是从监测数据中发现趋势。其他的，我还真不熟悉。”

“一个愿借，一个愿贷，自由交易嘛！阿加莎的话题太沉重了。”史意捷赶紧打圆场。“对了，克姆，你熟不熟悉两个女孩？一个一米六五左右，一个一米七左右。她们刚才也去了银河中心娱乐城。那个一米六五左右的女孩还弹了三曲钢琴，非常精彩。哦……好像那两个叫海伦、小敏。”

圆头克姆想了想，缓缓地摇了摇头：“我没什么印象，至少在这一层里没有。”

“不可思议，你都来城堡一个月了，连这里的同事都还没有混熟？”春雨用了激将法。

“你确信她们是这里的员工？”圆头克姆微微涨红了脸。

“我们刚才看见她们走进这扇大门的。”春雨很肯定地说。

“也许是‘楼上’的也说不定!”圆头克姆松了口。

“你们一个大门进出，你真的从来没有看到过?”春雨逼问了一句。

“谁说一个大门进出!‘楼上’有专用电梯。”圆头克姆受不了激将法。

“那你们跟公司高层联系工作也不到‘楼上’去?”春雨似乎还是不信圆头克姆不认识那两个人。

“当然去了，不过，能不去尽量不去。因为，‘楼上’是权威的象征，待久了不太舒服。”圆头克姆倒也实话实说。“不过，也许，你们所说的那两个人是‘楼上’的贵宾或特约调查员之类的。她们不经常来，就是来了之后也直接走专用电梯的。”

“说的也是，克姆先生看起来是个工作狂，对于这种与工作无关的闲事不会太关注的。”史意捷怕圆头克姆心里发毛，进而不利于他们演戏，因此又适时地打了一下圆场。

“哎，你们找她们干吗呢?”圆头克姆突然警觉起来。

“那女孩钢琴实在弹得太好了，阿加莎也是个钢琴爱好者，想跟她学些秘诀。”史意捷眨着眼睛，装着不好意思的样子说。

“那你们刚才为什么不追上她?”圆头克姆警觉的样子也非常可爱。

“我们没来几天，甚至还不知道‘楼上’有专用电梯。跟她们不熟，一下子难以套近乎，想等到彼此熟悉了后再请教。这不是在向你克姆先生了解背景吗?!”春雨脸上笑出酒窝对圆头克姆细声细语地说。

还是女孩的感染力管用，圆头克姆接受了她的解释。“我们一见如故!兄弟我提个醒，三楼那边你们千万别去碰它。”

史意捷待要再问，却被圆头克姆转换成其他话题了。

“老太婆”终于回来了，那个特别会议继续进行。

会议室里的气氛压抑。除了大眼盖总等少数几人外，那些与会人员精神明显不振。就在刚才，他们的保守观点还受到了大眼盖总的反驳与斥责。大眼盖总做事太独断了，完全不顾公司目前面临的形势和困难，执意要推进那个秘密项目。而那个秘密项目，在可以预计的未来，将是一个巨大的资金窟窿。

“刚才盖总批评了我，说我斗志下降了!”那个肚皮像田鸡的副总老陈像是下了好大的决心说，“但我作为分管消费金融的负责人，有责任说清楚当前我们面临的形势以及接下来可能会遇到的困难，也有责任提出自己的观点和建议意见。董事长，我能花些时间说说么？”

“当然可以！我想盖总也希望听听你的高见。”那个被称为董事长的“老太婆”说道。

“P2P整治风暴形成的冲击波还只处在初始阶段。最严重的时候应是那些冲击叠加的时候，但还未到来。”肚皮像田鸡的老陈呷了一口茶继续说道，“前阶段主要倒的是带有庞氏骗局性质的伪P2P，这些资金平台没有实质性的资金投放方向，或者虽有投放方向但获利不能抵偿利息兑付。到目前为此，那些虽有明确的投放方向并能覆盖利息兑付但投资结构过于单一的P2P也开始波及了，一些资金平台因为投资标的的现金流枯竭，加上恐慌性的提现，也开始宣布清盘了。”

“但我们公司风控向来做得不错啊！”一个亲近大眼盖总的副总插了一句话。

“是不错。”田鸡肚老陈同意，“如果没有资金提供方的提前提取权，再大的市场波动也不会挤垮公司。但恰恰我们给了贵宾专户以这个权利，因此，最大的隐患也在这里。我初步统计了一下，我们的贵宾专户的资金存量占到了总资金的四分之一，而公司的自我资金仅能覆盖这四分之一的三分之一。换句话说，一旦P2P整治风暴向纵深演化，从而产生了越来越严重的信心危机，那么提早提现潮肯定会来。要是我们不补充足够的储备金，到时候即使不倒闭，商业信誉也会大受影响。”

“能不能把贵宾专户的提前提取权作部分微调，微调成只能提前提取不超过三分之一的额度。这样问题不就解决了吗?!”那个刚才插话的副总继续建议。

“毛总，你这个办法当然也不失为一个有效的办法。”田鸡肚老陈作了一句铺垫后继续说道，“但我认为，这是没有办法的办法，且副作用极大。如果那些资金提供者知道了我们的这种政策调整，我认为市场会以极快的速度传播这种信息的，那么反倒会引发资金危机，加剧资金提供者的恐慌情绪的。”

“那么你有什么高见?”那个毛总反问了一句。

“很简单，先确保安全。”田鸡肚老陈下了一个简单的结论，“暂停DM项目，并把用于其上的剩余资金全数划转回来。”

“要终止那个DM项目，决无可能。”那个毛总的声音提高了八度。

“不是终止，是暂停。”田鸡肚老陈解释道，“我们可以在贵宾专户结构调整完毕后重启DM项目。”

“怎么调整法?”毛总的声音开始充满敌意。

“新的增量资金提供者一律不授予可提前提现的特权，或者说新的贵宾专户权利重新界定。”田鸡肚老陈给出了自己的方案。

“说得容易。现在形势这么紧张，老的存量资金不撤出已经谢天谢地了，新的增量资金即使有，一下子也调整不了结构的。你这实际上是无限期地搁置 DM 项目。”毛总重重地叹了一口气。

大眼盖总出奇地冷静，仿佛静静地听着，脸上没有什么特别的表情。

“盖总，你的意见呢？”“老太婆”授予盖总日常管理权，在这十分重要的敏感关头，当然少不了他的意见。

“哦！”大眼盖总从沉思状态中回过了神。

“陈总的分析当然非常理性。”大眼盖总在“老太婆”面前竟然收敛了易怒的脾气，“但我的建议是，加大对 DM 项目的投入。”

会场中响起了一阵“嗡嗡”的噪声。

“老太婆”极其镇定地挺直腰板坐着，她信任大眼盖总，也知道他说这话一定会有理由，因此静静地听着。

“商场如战场！”果然，大眼盖总接着自己的话题说了下去，“以正守，当然没有问题，但关键还得以奇胜。当年诸葛亮北伐不成功就不成功在一味追求以正守，从不出奇兵。而同样从蜀中出兵的韩信却屡出奇兵，一路向北再向东，从三秦一直打到齐国。”

大眼盖总拿起他的茶杯，喝了一口菊花茶：“应付可能的贵宾专户提前提现而需的资金，应用其他的办法解决。陈总说的情况，虽有可能，但毕竟是小概率事件。即使那不是小概率事件，为此而把 DM 项目一棍子打死，这就得不偿失。

“大家其实还不太清楚 DM 项目的真正意义。不要以为 DM 项目完全独立于公司的主业，它其实对公司的主业有巨大的促进作用。一旦成功，我们公司的运营效率将会得到巨幅提升。”

“真的？”那个田鸡肚老陈面露难以置信的神情，“可外传这个 DM 项目研究的是跟记忆机制相关的东西。”

“这是公司的最高机密，除了董事长外，至少在目前阶段我不能透露更多的细节。”大眼盖总强忍着不快说。

“加大投入，那钱从哪里来呢？”田鸡肚老陈反问。

“这正是今天会议我们要商议的唯一主题。”大眼盖总的声音已经明显不悦了。

人群中又响起了一阵议论声。

“大家静一静！”“老太婆”发话了。她的话还是有威力的，人群一下子安静了下来。

“我完全赞同、支持盖总的意见！”“老太婆”扫视了一下与会人员，“就算消费金融业务遭遇再大的困难，也不能影响那个 DM 项目。”

人群更加安静了！

“钱的问题，我已经跟那个组织谈妥了，他们答应了我们的数额。”“老太婆”顿了顿，似乎轻轻地叹了一口气，“当然我们也满足了他们的一些要求。”

史意捷和春雨足足花了一个多小时的时间，才把圆头克姆交给他们的任务完成。

“克姆，我想我们得到上面去报个到！”史意捷对春雨使了个轻微的眼神说。

春雨明白，史意捷是想尽快实地察看一下公司。刚才他们边做边聊，对于公司的基本情况也了解得差不多了。听克姆的说法，那两个女孩不大可能是在这一楼层内，所以还得到“楼上”去找找。只是不知道那两人还在不在“楼上”。

“是的，听克姆先生你一说，‘楼上’是权威的象征，我们更应上去报一个到了。”春雨跟着打了一个圆场。

“呀呀，呀呀，这么快就上去了?!”圆头克姆像是不舍得一样。“你们能不能主动跟办公室里的领导说一说，到我这里来实习。”

“克姆，你说的贵宾或特约调查员是怎么回事?”史意捷突然问起一小时前圆头克姆说过的话。

“贵宾我不太清楚，好像跟公司业务不太相关的人都有，那些人神神秘秘的，我也不太清楚他们的来路。”圆头克姆面露迷茫之色。“但那些特约调查员嘛，我略知一二。他们是公司聘请的做些特别调查的人员。”

“像你这样自己去学校里问询调查一般?”春雨紧接着问。

“可比这个高档得多了。我知道，其实他们大部分都是政府工作人员，他们提供专门的咨询意见。”圆头克姆说了这话后，微觉不妥。“这事你们听听就算了，我也是听人说的，千万不要外传。”

“克姆，放心，外传对我们又没有好处。”史意捷笑着说。“话说回来，不管我们是不是安排在你这里实习，但我们私下里可以给你当‘特约调查员’的。外面的情况我们比你熟。”

“我怎么没有想到这点!”圆头克姆一拍自己圆圆的脑袋。“我设计好表格，你们帮我去学校里、街上随机问问，借此获取网上所不能获取的信息，有成果了你们也有功劳!”

当下，春雨和圆头克姆交换了手机号码。她把写有号码的纸条放入了背包。“我的手机断电关掉了，手机号就是微信号码。”春雨这样对圆头克姆解释着。

“对了，克姆，你的这张统计结果是不是我们帮你带上去，交给公司的领导。”史意捷突然想到一点，好意地问。

“我再仔细地思考一下，写一篇小型报告再交上去也不迟。”圆头克姆想了想说。

“那也好。”史意捷点了点头说，“我们拿一份，空闲时间去认真学习学习，有什么想法也好供你参考。”

“要保密!”圆头克姆送给他汇总表时郑重地提醒。

二楼是管理层的办公室，中间有一条长长的走廊，两侧都是玻璃墙。

史意捷和春雨走在那条长长的走廊上，在两侧的办公室里搜索着那两个女孩。

集团办公室的门开着，里面有许多忙忙碌碌的女孩。

史意捷和春雨探头探脑地寻视着，没有发现要找的人，又向前慢慢地走去。

“喂，你们去哪里?”身后传来一声威严的声音。

史意捷和春雨转过身来，看见集团办公室门口站着一个戴着深度眼镜的人，一脸的阴鸷，看样子是集团办公室的负责人。

“我们到盖总那里去!”史意捷见机得快。

“你们是谁?我怎么没有看见过你们?”那人用怀疑的眼神看着他们。

“我们是克姆的助手，一份重要的资料要交给盖总。”史意捷说着向那人扬了扬从克姆那里拿来的汇总表。

“克姆也有助手?!”那人的神色简直要叫保安了。

“这事你去问盖总!”史意捷的态度突然强硬起来。

那人没料到被盘问的人态度这么强硬，一下子怀疑之色减少不少。“你们送什么东西去?”

“一份特殊的调查情况表，具体我不能告诉你。”史意捷的态度依然这么强硬。

那人一下子犹豫起来。听说盖总对那个圆头圆脑的家伙非常欣赏，不但在招录时给了他两倍于其他录用者的年薪，而且还时不时地单独直接交待些任务给他。眼前这个人所说的有很大可能是真的。

“老实告诉你，我们两个是临时帮办一下的。你真不信，我给你看一眼。但你得当作没看过一般。”史意捷的态度软硬结合，把那张纸停留在那人面前。

那人看了一眼，脸上的神色先是惊讶，然后慢慢地阴沉下来了。见鬼，这个来了才一个月的圆头圆脑的家伙不懂规矩，上次写建议书，这次私自搞调研，太想表现自己，太想急着上位了！不知为什么，那人产生了压抑不住的嫉妒。他插手这些本是集团办公室的事情，虽然一时半会不可能影响自己集团办公室主任的位置，但总会或多或少地反衬自己的无能。

“‘老太婆’回来了，盖总与她在商量极机密的事情。你们先下去吧。”那人说的也是实情，但让他们先下去，又有私心了。妒忌心理驱使下，能拖一时就拖一时。

史意捷指了指前面“会议室”字样的房间：“就在里面开会吧?!”

那人突然急步走到史意捷前面：“你们不能进去!”

史意捷瞟了一眼那会议室，会议室的玻璃似乎是特殊的，至少从外面完全看不清里面的情况。他其实也是虚晃一枪，暗中观察可以，直接进会议室去看那完全于事无补。

因此，他见好就收，对那人说：“以后盖总责怪起来你要负责的!”说完向春雨一侧头，两人掉头往回走了。

那人站在那里足足怔了三秒钟，之后才自言自语：“高度机密的会议当然不能打扰。”说完怏怏地回到了自己的办公室。

史意捷和春雨一走到楼梯一侧，看见那个瘟神走了进去，便径直往三楼走去。

三楼的结构与一楼二楼都不一样，里面的空间，全部密封在严实的玻璃幕墙之内。玻璃幕墙之外，却有一个小岗亭，里面坐着一个全副武装的保安。玻璃幕墙正中，有一扇并不十分大的门，紧紧地关着，旁边有一行醒目的大字：“研发重地，未经许可严禁入内。”

“那是什么要求?”那个田鸡肚老陈似乎是个直肠子，总爱打破砂锅问到底。

“老陈，这事等那笔钱正式到位后再跟你们说吧。现在说了，不但于事无补，还很可能坏事情。”“老太婆”长长地叹了一口气说，“现在的形势不但复杂在国家整治互联网金融，更要命的是，我们的对手无孔不入，实在太强大。我们要万分小心!”

会议室的门打开了，一个人走了进去。

是那个阻拦史意捷的集团办公室主任。

“小计，没告诉你这是个机密会议，未经邀请一律不得入内吗?”“老太婆”的声音充满着严厉。

“董事长!”那个小计嗫嗫嚅嚅地说，“那个一号贵宾到了!”

里面藏着什么秘密?!这就是圆头克姆欲言又止的真正的“楼上”?!那个神秘的女孩和她的高个子女孩驾驶员会不会躲在里面?!如果能到里面找找，也许能真相大白!

关键是，怎么才能进入到里面去?乐透集团大门外，碰巧遇到了一个涉世未深的圆头克姆。这次，总不可能再遇到另一个圆头克姆了吧。

那个坐在小岗亭里的保安，看见外面有两个面生的人探头探脑地看着这边，站起身走了出来。

“你们干什么?”那保安全身黑色制服，腰间佩带短短的电警棍，极为威武地问。

“大哥，我们能不能到里面去参观一下?”春雨温柔地问，两个脸颊上又露出迷人的小酒窝。

漂亮是上帝赐予的礼物，具有巨大的扭曲力场!漂亮的女孩到处都不吃亏!

那保安看见一个漂亮的女孩，神情顿时缓和不少。“你们是新来的吧?!怎么不知这里的规矩!要换了别的保安，说不定已经把你们当成不良分子给抓起来了。”

“真这么厉害?!”春雨咂着舌头说。

“那还有假!”那保安指了指那行“研发重地，未经许可严禁入内”的醒目大字说，“快回去吧，不要惹出麻烦来!”

有这么一只拦路虎在，无论如何不能进入到那个神秘的“楼上”了!史意捷和春雨只得回头往楼下走。还是再到圆头克姆处落落脚，聊聊天，套取些情况吧!

刚走下二楼，只听得“突突突”的声音，楼上有人飞奔而下。

两人抬头一看，是那个保安!

难道那保安已对他们起疑，要对他们不利?!

春雨不由自主地抓住了史意捷的手，史意捷也神情戒备地看着。

只见那保安奔向了二楼的走廊，双手还紧紧地捂着肚子。

史意捷看了看春雨，不由得轻轻地笑了起来。

他拉着春雨重新往“楼上”走去!

小岗亭的门竟然没关！里面有一张桌子，一把椅子。墙壁一侧还挂着一套保安制服。

春雨眼睛盯在了这套保安制服上。

关键是要进去，制服有什么用！史意捷的脑子转得飞快。

桌子上有三个抽屉。史意捷拉开中间的一个，里面是一本值班日记。拉开右边的一个，却是电灯、电警棍之类的寻常保安器械。妈的，没什么有用的东西。再打开左边的一个，里面大多是一些私人物品。在这些私人物品中间，有两张卡，定睛一看，正是门卡。这人也是左撇子！史意捷边拿卡边想。每个人的潜意识中一定会把对自己最有用的东西放在最顺手的位置。

“真要进去？那保安回来发现了怎么办？”春雨隐约有点担心。

“不入虎穴，焉得虎子！”史意捷拍拍她的肩膀，“何况，那保安一时半会也不会去拿卡。”

小计把一号贵宾领到了“老太婆”的办公室里。

“……这么晚了，一定有非常重要的事？”“老太婆”开门见山地说。

“……最近 P2P 倒闭潮，对组织发展影响极其重大……”一号贵宾说了长长的一通话。

“……当然重大，但是我们有完备的应对方法……”“老太婆”说得很自信。

“……那个项目的进展……”一号贵宾突然压低声音说。

……

“……可惜目标又失去线索了……”一号贵宾重重地叹了一口气。

两张卡，一张注着“DM”。

注着 DM 的一定是乐透大门的那一张，Door！或者“大门”的拼音首字母！史意捷拿起另一张，对着三楼大门的电子感应器放了一下。

电子感应器响起了一声重重的警告意味十足的杂音，倒把春雨吓了一跳。

史意捷想也不想地换了另一张卡一放。

毫无声息！

但大门却静悄悄地往两边打开了！

史意捷拉着春雨一闪而入。大门似乎是红外线感应，没过五秒，又自动关闭了。

里面的结构与二楼有点类似，都有一条走廊。但在这里，走廊两旁的房间不再由玻璃隔开。事实上，里面一片白色。白色的走廊，白色的墙壁。连墙壁上的门也是白的，没有门把手，如果不仔细观察，还以为完全是一整面长长的墙壁。

站在走廊的一端，望着越来越小的另一端，令人有一种莫名其妙的空间压迫感！

这情景，不知道在哪里见过！史意捷的脑袋突然痛了起来，是那种针刺样的疼痛。这是记忆涌动与记忆压制之间的打架，他隐约意识到。

“头痛得厉害？”春雨焦急地看着史意捷痛苦的样子，用手轻轻地按了按他的头。

在做了几次强烈的深呼吸之后，史意捷的头痛终于缓解了，但取而代之的是一阵轻微的眩晕和幻灭感！

眼睛！那只窥视的眼睛！

史意捷的脑袋里跳出了这个念头！

他微微弯下腰，在墙壁上慢慢寻找着。

果然，他在墙上找到了一块手掌大的小推门。往右一推，纹丝不动。换转方向，竟然开了。

是个直径三公分的观察孔！

史意捷的肾上腺素急剧上升，瞳孔收缩，心跳加快！

果然是“眼睛”！从外往里看，一片黑暗。

春雨紧紧握着史意捷的手，只觉得他的手心冒出了冷汗。他用左手在墙壁上胡乱地推着。

只听见轻轻的“啪”的一声，像是触到了什么机关。

就在同时，史意捷的眼睛一阵轻微的刺痛。

小孔里面充满了白色的光线！

里面果然是正立方体！

难道当时自己就囚禁在这里么?!

史意捷一下子感到天旋地转，伴随着恶心感，一头扑在墙上。

受他的牵拉，春雨也跟着扑在墙上。

只听见“噗”的一声，春雨把墙给撞倒了！

幸好拉着史意捷，春雨没有倒在地上。

原来墙只是让春雨给撞了一个洞！

等她站稳，定睛一看，哪里是什么洞，分明是一扇门！

史意捷头靠在墙上，喘着粗气。春雨用右手拇指往他的人中重重按了按，又在他的后脑发际下的凤池穴狠狠地捏了几下。

经春雨这么一折腾，史意捷的症状竟然大大减轻了！

“我叫盖总陪你去三楼实地看一下。我另外还有极其重要的事情要办，非常抱歉！”“老太婆”对一号贵宾说。

“盖总在技术上比你更内行，只要他在就行！”一号贵宾毫不在意。

“老温？老温人呢？”盖总带着一号贵宾来到了三楼门前，发现小岗亭里没人。

“在这儿，在这儿！”那个叫老温的保安从盖总和一号贵宾的身后跑了过来。“肚子吃坏了！”

老温匆匆忙忙跑进小岗亭，打开办公桌左边的抽屉，胡乱翻了几下，没有找到要找的东西。又手忙脚乱地打开中间的和右边的抽屉，依然没有找到那东西。奇怪！那两张门卡放到哪里去了?!

“老温，你做事老是颠三倒四的！”那边大眼盖总是个急性子，他见保安许久没有动静，直接从兜里拿出卡片，刷了一下。

大门悄无声息地开了！

门外突然响起一阵叫喊声，紧接着又传来一阵脚步声。

有人要进来！

史意捷整个人警觉起来！他迅速向右拉拢那个手掌大的滑板，跟着与春雨一道走入了那扇被撞开的门的里面。

简直就在他们刚关好门的同时，外面的大门悄无声息地打开了。

这是一间正立方体的房间，房间里一片白色。

仔细一看，除门的一面外，其实三面均有一排橱。白色的橱！要不是橱门有把手，还真不容易发现！

外面响起了一阵轻微的脚步声和交谈声。

史意捷拉着春雨环顾四周，正立方体内一览无余！他试着一拉橱门把手。门竟然开了！

橱门里零零落落地挂着几件白大褂，还有白帽子、白口罩。

“这么说，你们对记忆机制的研究有了突破性的进展？”一个中年男子的声音问。

“我们甚至能植入记忆了。”另一个年轻一点的男子自豪地说。

“哦，果真如此?!”那个中年男子听起来很激动。

“换了白大褂后我们到实验室现场看看。”年轻一点的男子淡定地说。

门轻轻地打开了!

“那些小朋友真粗心!”年轻一点的男子不满地说，“离开了换衣室竟然连灯也不关!”

“盖总真节约!”那个中年男子说。

“我倒也并不全是节约!”那个叫盖总的说，“我是怕他们无意中养成粗心的习惯。你知道，记忆机制实验室里的工作像芯片一样，一丝也马虎不得。”

“咦!这个橱门打不开!”那个中年男子嘀咕了一句。

“这边有两套!”那个盖总招呼中年男子。

两人窸窸窣窣穿上了白大褂，戴上了白帽子和白口罩。

橱门里空间狭小，一片黑暗。

史意捷与春雨蜷缩着身子挤在里面。

刚才的情形简直把春雨给吓得半死，那个中年男子竟然想拉开他们所在空间的橱门!幸亏她的捷哥反应快，顺手拨转了简易锁的横杆。那个中年男人最终没拉开。但话说回来，摆脱困境最终还是靠了那个盖总找到了开着的橱门。

其实，史意捷在推春雨进橱门的时候，就注意到了橱门有简易锁。他也看清了简易锁的横杆位置，并且实际上一进橱门就把横杆给拨转了。只是他的手在橱门外中年男子试图拉开橱门的时候，条件反射般地压在横杆上，导致春雨以为是临机锁上的。但他们有所不知，三楼里的工作人员其实都不上锁的。要不是盖总对三楼的这个细节不知道，史意捷他们这下可能就被瓮中捉鳖了。

外面传来一声轻轻的关门声。那两个人已经走出去了!

史意捷和春雨没敢轻举妄动，继续在黑暗中待了一会儿。

两人挤得紧紧的。春雨的气息吹在史意捷的脖子上，隐隐有些发痒!

一股淡淡的香水味涌入了史意捷的鼻子。这是什么牌子?怎么这么熟悉?

最近老是这样，遇到某一特定的情境，脑中总是出现模模糊糊的印象。想不真切，也想不深入。眼下更不能去多想，因为一多想脑袋就会痛得要命。

史意捷和春雨终于从衣橱中挤了出来。

正立方体内一片黑暗!

黑暗中有人竟然站着监视着他们!靠门的那一边。

天底下竟然有这么狡猾的人!明明发现了,偏不撞破,还要伪造开门关门离开的假象。若不是这样狡猾的人,能骗得过花样百出的人么?!

那人站直身子,一动不动!若不是史意捷和春雨久处暗室,根本发现不了。他们看不清他的面目,但分明能感受到对方的死亡凝视!

不动才可怕,因为你不知道对方留着什么样的后手。动一动,也许还能寻找些破绽。

春雨突然感到一阵恐惧,难道那人竟是幽灵?!

没想到史意捷竟然慢慢地走了过去,与那人擦肩而过,直到墙边,摸索了片刻。只听见“啪”的一声,正立方体内灯光亮了。

原来那“人”是挂衣模型。模型上披着一件外套。

“你早就看出来了?”春雨带着责怪的口气问。

“大概三秒钟之后。”史意捷老老实实地回答。

“好像刚才这里没有这个模型!”春雨觉得很奇怪。

“估计他们从衣橱里拿出来的。那个人一定是很讲究的人。”史意捷猜测着。

“这里充满着古怪!”春雨慨叹着。

“是的。我们赶紧换副形象,这样太显眼!”史意捷边说边打开了衣橱,挑了两件白大褂、两顶白帽子、两副白口罩分别穿戴上。

走廊里静悄悄的,静得有点阴森。

史意捷试着推了推隔间的门,纹丝不动。门旁也有巴掌大的小推窗。这次轮到自己窥视别人了!向左一推,凑近一看,里面一片黑暗,什么也看不到。也许真的没人,也许被里面的什么东西给遮挡住了。

走廊的中间,真的有部专用电梯,但楼号只有一到三楼。大概直通公司一楼所在的那层出口。史意捷按了按一楼,没有反应。仔细一看,楼号下面有一个卡片大小的感应区。掏出那张进三楼的门卡一感应,电梯竟然开了!

接近走廊尽头处的一间房间的门打开了,一个与他们穿戴得一样的白衣人走了出来。那白衣人径直走进对面的房间。

史意捷和春雨赶紧往那白衣人出来的房间走去。

门锁实了,不能打开。

史意捷推了推门左边不远处的小推窗。小推窗里出现一只圆孔状的窥视孔。凑近一看，与之前一片黑暗有所不同的是，里面的情形一览无余。

一只眼睛！一只窥视的眼睛！只不过这次是窥视别人，而不是被别人窥视。

史意捷一阵天旋地转，伴随着脑袋的阵阵刺痛。

一片白色的正立方体，中间有一张白色的床，床边有一张简单的桌子。

这一切，跟他所植入的记忆一模一样！

难道，他就是在这里被人拘禁的?!

床上躺着一个人，戴着一顶奇怪的头盔，头盔上连着密密麻麻的电线，连着旁边桌子上的仪器，仪器又连着电脑，电脑前有一人坐着，在操作些什么。那人身后，还有两个人站立着。他们看着电脑，其中一个人还不断地对着屏幕指指点点。

这些人都清一色地穿着白大褂，戴着白帽子和白口罩，看不清他们的相貌。

难道那个他们从寒禅寺追踪到这里的神秘女孩就在这里?!

奇怪的是，史意捷的头痛症状渐渐减轻了。在正立方体内令人恐惧的一幕竟然无比的清晰。

这里有许多正立方体式的房间，难道竟有许多像他这样的人，被植入着记忆，忍受着一些恐惧的精神虐待?!

那神秘的女孩，究竟是主谋还是从犯？但似乎不大可能是受害者。

“砰！”一声枪响！

一个最好的朋友倒在了他的眼前。

枪响处是一张扭曲的脸！但极其模糊，就像被一阵风吹起波纹的水中的倒影。好几次，史意捷差不多快拼凑起那张脸的完整图片，却又像被人扔了石块一般，水中的倒影瞬间消失了。

史意捷的头又痛了起来！每次回忆机制与压制机制相持不下的时候，总是出现这个症状。

那个背影似乎很熟悉！

不知是判断，还是潜意识中跳出来的想法。不管怎么样，反正他的头痛得更厉害了。

春雨看着史意捷痛苦的表情，赶紧把他拉开，并对他头部的相关穴位进行了按压。

“我没事，你看看里面！”史意捷指了指那个圆孔，轻声对春雨说。

春雨一看，也惊骇得几乎说不出话来。虽然她已经听过史意捷的植入记忆的相关描述，但当她亲眼看到竟然真有正立方体时，还是难以置信。

更难以置信的是，她也觉得那个站立着的人的背影似乎在哪里看到过。

那人竟然回转身来，往春雨所在的窥视孔望了望。

春雨竟然与他对了一眼。那眼睛充满权威、机警，又带着几分杀气。春雨忍不住打了一个激灵，不由自主地站直身子避开了。

第八章　大奸若忠

保安老温坐立不安！这两张卡到底到哪里去了?！自己清清楚楚地记得是放在左边的抽屉里的。最近以来老是出现忘了东西放在什么地方的情形，也老是出现突然想不起刚才在想什么的情况。难道是人到中年的原因，甚至是老年痴呆症的早期?！

他越想越怕！怕的倒不是老年痴呆症本身，而是在乐透集团的饭碗。说实在的，像他这样一无所长的人，能靠做保安赚到十二万一年，不在这家公司是办不到的。他弄不清楚这家公司是做什么的，从来没有看到过一个客户上门，三楼又是神神秘秘的。不是医院，却穿着白大褂，戴着白帽子和白口罩，整个面部只露出一双眼睛。原来认识的人经过这么一打扮，也显得神秘和诡异。介绍他这份工作的是他的一个表弟，在二楼当了一个中层。那表弟反复告诫他，认真做好分内工作，千万不要多管闲事。所以，除非十分必要，否则三楼他有某种程度的畏惧感，一般是不去的。

但眼下一定得弄清楚，那两张卡是放在家里忘了，还是被人偷去了？如果在家里忘了，千万不能让别人知道。因为这种情况已经发生过好几次了，再传出去，恐怕别人真会怀疑这是老年痴呆症的前兆。他清楚地记得那次因为把卡忘在家里，进大门时与其他员工一道进来，倒也顺利地混过了，但当办公室的计主任陪同一位贵宾到三楼时，却出洋相了。计主任当场没有发作，但送出贵宾后，把他叫到办公室里，一通臭骂："好几次了，要是你真得了老年痴呆症了，明天就不用来上班了！"声音很响，全办公室的人都能听到。刚才进去的盖总不会管这些碎米账，但还是小心点的好，先自己把卡的问题给弄清。

如果被别人偷去了，那会怎么样呢？要真是偷去了，那在找到偷卡者之前更加声张不得。否则饭碗毫无悬念地立马破了。不用他的表弟点破，他自己心里也明白得很。那个计主任是他表弟的竞争对手，双方关系素来不睦。如果他因为过错被辞退，既打击了他的表弟，也使那个计主任可以安置他自己的人。那么，谁会偷？会不会就是公司里的人？会不会就是计主任指使的人？这人向来心胸狭隘，行事不择手段。

对，肯定是计主任指使的！刚才那两个打扮怪异的男女就很可疑，他亲眼看到他们从二楼那边走过来的，又亲眼看到他们往一楼走去。估计他们是一楼的人。等里面的盖总一出来，他立马去一楼找人。

但他们万一不承认呢?！那不是卡没找到，丢卡的事情反被大家知道了?！

要真是贼偷去的呢?！贼偷去会干什么？楼上！

保安老温虽然反应迟钝，但一想到“楼上”，不禁吓出一身冷汗。要真是利用他的卡到楼上做了什么坏事，那么他真的就倒大霉了！

还得到楼上去看看，有没有那两个人或者其他可疑的人物。要真没有，那慢慢找卡；如果真有，那么先把他们给捕获了，这样至少可以将功抵过。

但现在自己没有卡了，怎么进去？

请保安总监控室开门？这能做到，但相当于把自己丢卡的事广播了一遍。

好老温，自有他的办法。只见他从挂在墙上挂钩上一件保安制服的口袋里，摸出一张门卡来。这是他的同事老张的。老张向来喜欢把三楼的门卡放在制服的口袋里。

要不是卡的电子信息中有老张的名字，这张卡就算他的多好啊！老温无可奈何地想。

对面的门开了，看身材是刚才从这间正立方体里走出去的。只见那人手拎着一只小篮子，篮子里装满了药剂什么的。

那人惊奇地看了看史意捷和春雨：“老沙、小丽，今天你们不值班，怎么也来了?”

史意捷快速地看了一眼春雨的白大褂，发现果然有胸牌。看样子那人是从胸牌中认出他们的，而那人的胸牌上显示的是“汤潇潇”。

他含含糊糊地应了一声：“来看看！”

“你感冒了?！”那个叫汤潇潇的人惊奇地问。

“感冒了！”史意捷继续加重着鼻音说。

正立方体的门开了，走出两个一高一矮的人。春雨认得，那高一点的正是与他对了一眼的人，那双充满权威、机警又带着几分杀气的眼神她永远忘不了。

“盖总，老沙、小丽来加班了！”汤潇潇对那个矮一点的人说。

那一高一矮的两人用目光检索着史意捷和春雨，瞧得人心里发毛。

“我们只是来看看。人这么多，回去了！”史意捷看着那两人狐疑的目光，知道再装下去决计讨不了好，还不如及时撤退。

“奇怪，原来小丽对老沙不理不睬的，今天他们怎么好上了！”汤潇潇望着两人的背影感叹。“难道我所看到的都是假的?!”

史意捷拉着春雨往专用电梯走去。幸亏刚才试过卡片了，现在才能安全撤退。反正，正立方体内的情形已经从窥视孔里看清了。那两个他们所追踪的神秘女孩现在在什么地方已经并不是最重要的了。最重要的是，他们找到了正立方体！

一刷卡，专用电梯门打开了！

“这两人怎么这么不懂规矩，竟然穿着白大褂出去了?!”盖总疑惑地问汤潇潇。

“以前没有发生过这种情况！看他们的样子，像是见了鬼似的！”汤潇潇的疑惑不亚于盖总。“也许是他们看到大领导在这里，感到敬畏。”

“以前有没有外人混进这儿?”那个眼神犀利的高个子问。

保安老温刷开了三楼大门，看到了一幅奇特的景象，两个身穿白大褂、戴着白帽子和白口罩的人正往打开了的专用电梯里走进去。这电梯直通一楼外面，这两人连行头也没有换就出去，会不会正是偷卡的人?！他下意识地把右手按在腰间的电警棍上，急走几步往专用电梯走去。

抬眼望去，吓了一跳，走廊对面有三个白衣人正直勾勾地看着他。看身形其中比较矮的一个是盖总。难道他们也知道了他门卡丢失的事情，因而正在盘查?!

专用电梯直往一楼而去。气氛似乎不对！就在刚走进电梯的时候，他们看到了那个保安捂着电警棍冲他们而来。

幸亏抢先一步走进了电梯！

但电梯到二楼竟然不动了！不但不动，连各种操作都失灵了。

停了约三秒钟，专用电梯突然又往上走了。

专用电梯门开了！

门外是一个右手拿着电警棍的保安。电警棍已经打开电源，因为电荷的原因啪啪作响。附近还有三个白衣人。

但电梯里竟然只有一个人！

另一人呢？不可能从电梯里逃走的！因为刚才盖总直接对总控制室下了命令，让电梯升上来。在没到三楼前，电梯没有打开过。

保安老温挥了挥手中啪啪作响的电警棍，示意里面的人往外走。

他探头往里一瞧，还没等他瞧明白，被一个从上面掉下来的重物重重地压倒在电梯地板上。

原来那人正是史意捷。当专用电梯自动上行时，他情知三楼出口肯定严阵以待，因此一头用脚一头用手横着撑到了电梯顶部，对保安来了个出其不意，攻其不备。

还没有等他站直，身后一个白衣人在背后用右臂死死地勾住了他的脖子。

死亡锁！

此人是行家！用劲勾住脖子，不但使人呼吸困难，最重要的是两侧的颈动脉都会起反应，会出现反射性的血压下降、短暂意识丧失、休克甚至死亡。

但史意捷也不是等闲之辈！在绝大多数情况下，只有他对别人用这种方式加以制服。既然惯用，因此自然知道解脱之法。

只见他左手用劲拉住那人的右手臂，以减轻颈部的压力，同时用右手五指找到那人的右手五指。只要能找到拇指或其他的手指，使劲往外一掰，攻击者往往吃不了疼痛，只得松开死亡锁。

但那人显然也是行家。他的右手拇指捏在自己的其余四指之内，同时左手护着右手五指。史意捷的攻击显然不能奏效！

如果这样下去，坚持不了三分钟，自己就得束手就擒。史意捷不由产生了一丝微微的绝望感觉！他不再找那人的手指了，干脆用双手拉住那人的右臂。如果用一个爆发力，使一个背摔，那也是能化解这一招的。

但对方显然知道他的这个想法。那人左脚往后一退，呈前后交叉状，以增加背摔的难度。

史意捷瞅准机会，抬起右脚，往那人右脚背上狠狠地一踩。

一声闷哼！但那人手劲丝毫不松。

突然，春雨扑了上来，对准那人的手腕狠狠地咬了一口。

那人竟也是狠角色，这次连闷哼也没有了，他用左手连着帽子扯住了春雨的头发，但构成死亡锁的右手竟然不肯放手。

刚从地上爬起来的保安老温看到这幅景象，想都没想，挺着电警棍直插史意捷的腹部。

脸涨得通红的史意捷突然看到一张扭曲而十分凶恶的脸迎面扑来。这么短的距离内已经避无可避！

“啊”的一声惨叫！有人被电警棍击中了。

惨叫声是从史意捷的背后传来的。

就在保安老温持电警棍刺向腹部的一刹那，史意捷的小腹本能地往左一闪，堪堪避过了这次攻击。

保安老温大吃一惊，原想立个大功，不料竟然阴差阳错，弄到了自己人身上。那人估计地位也低不了，刚才就是他对盖总建议，直接要求总控制室把下行的专用电梯上行到三楼。

闯祸了！这次饭碗真的难保了！保安老温像触电一样木立在那里，电警棍掉在了地上，兀自还在丝丝作响。

那边，史意捷和春雨双双摆脱了那人的控制。史意捷的口罩被那人的右胳膊移掉了，露出了面部。那人的白帽子和白口罩却被扭斗中的春雨扯掉了，她自己也一样。

只听见两声惊呼！

一声是春雨发出的，他看着那人，似乎看到了魔鬼！

另一声是那人发出的，他看着史意捷，仿佛看到了天底下最不可思议的事情。

史意捷看着那张面孔，似乎很熟悉，但想不起来是谁！

一声枪声……他的最好的朋友倒下了……

一些模模糊糊的图像开始涌动！

……

春雨一拉史意捷，欲往三楼的大门处跑去。

史意捷猛然惊醒！反向一用力，往那正在做实验的正立方体方向奔去！

那个使用死亡锁的人正双手捂着肚子，一脸痛苦的样子！

没人可以阻止他们了！

但他们难道要到正立方体里面去躲?

难道正立方体内有逃生的办法?!或者能像上次一样，从十多层楼上一跃而下而毫发无损?!

但那是不可能的，上次的记忆影像是记忆植入！德高望重的莫院长不会骗人！

史意捷脚下突然被什么东西绊了一下。在电光石火之中，他放掉了春雨的手，免得一道跌倒。同时用双手保护着前胸，一个前扑着地，不到一秒钟的时间，又快速站了起来！

背后一阵风声，有人偷袭！史意捷把腰往右边一闪，左侧露出一只脚来。正好顺便用右手托住那脚往上一抬。只听见“扑通”一声，那个偷袭者摔倒在地。

史意捷转身一看，那人竟然是汤潇潇！想来刚才使绊的那一脚也是她搞的。

趁着一片混乱，史意捷拉着春雨往那正立方体方向奔去！

走廊的另一侧，又上来了几个保安！

“站住！”那个被电警棍击中的人在身后喊叫着！

正立方体门口，有个白衣人看着这一切。看看史意捷和春雨越来越近，那人竟然“砰”的一声关上了正立方体的大门。

这下史意捷和春雨能躲到哪里去?!

没想到史意捷拉着春雨直接跑过了那个正立方体，连门都没有推。

前面是走廊尽头。尽头的意思是没有路了！

虽然没有路了，但竟然有扇不起眼的门。

那扇不起眼的门有三个不起眼的字。

“消防门”！红色的霓虹灯字在黑漆漆的环境中闪着微弱的光芒。

不起眼的门成了最有希望的门！

其实史意捷早在刚才窥视正立方体的时候，余光所及，就注意到了这里有个逃生通道。

消防门没什么电子设施，但很沉重。史意捷用力一拉，门只是抖了抖。

“等等！”春雨制止了史意捷，把那扇消防门不起眼的插销给拉开了。

消防门依然很沉重，但已经不妨碍他俩逃生了。等他们逃到外面，消防门自动关闭了，大概有强力弹簧。

外面是消防通道，这条消防通道跟他们从银河中心娱乐城后门相通的那条消防通道一模一样。

等他们连下两层楼梯的时候，他们真的远远地看到了银河中心娱乐城的黑色吸积盘这个标志性图案。

奇怪！身后竟然没有动静，竟然没人追出来！

刚才发生的一切，奇怪得像个幻觉！

难道他们有恃无恐，还有古怪的后续手段?!

“捷哥，我们到银河中心娱乐城去躲躲?”春雨小声地问。

银河中心娱乐城的后门传出阵阵节奏强劲的音乐声，不知道DJ那一伙人还在不在里面HIGH?!

前面的确至少有三个选择：到银河中心娱乐城去，乘电梯，沿消防楼梯下楼。

只见史意捷快速除去了白大褂等一套行头。“脱掉它!”他轻声对春雨说。

当春雨正要把这套特殊的行头扔掉的时候，史意捷制止了她。“不要扔掉，以后说不定还要派上大用场。”

春雨的背包现在的确派上了大用场！看上去很扁很小的一只背包，放上两套白色的行头后，也没见鼓起多少。

“乘电梯?”春雨见史意捷没有回答第一个提议，又抛出了一个新的选择。

“不!”史意捷果断地回答，“慢慢地走消防通道。”

消防通道一片幽暗！偶尔有蓝色的霓虹灯字发出微弱的神秘光芒。

史意捷和春雨手拉着手，悄无声息地走着，仿佛已融入黑暗之中。

这是星空大厦，Y城的地标建筑！

在星空大厦里，入驻着许多单位，除了实力特别强的之外，大部分单位只购买或租用一层，有的连一层都不到。

有的楼层灯光通明，那所在的单位，估计还在加着夜班。有的楼层却一片漆黑。

“捷哥真高明!”春雨心里为她的男朋友寻找着最有利于他形象的解释。“这大楼里有这么多形形色色的单位和形形色色的人，慢慢地走在消防通道上，万一出现紧急情况，都有应变的余地。而电梯，也许他们能弄到监控。”

连续走了几层漆黑的楼层后，春雨突然感到一阵莫名的恐惧。她紧紧抓住史意捷的手臂。

史意捷知道她的恐惧所在，轻轻地拍了拍她的手背。

无声的脚步！

他们静悄悄地走着，简直不发出一丝响动。

周遭死一般的寂静。

静得简直能听见自己的心跳!

真的是那种无声的脚步声!

那正立方体内时常听到的那种奇怪的“声音”。

你看不见，听不见，却分明感受到那种威胁的存在。

他们一定有一种特殊的手段，能发出这种“无声的脚步声”!

虽然已经“逃脱”“三楼”，但他们没有理由置之不理，任由自己顺利溜走。

如果在外面强行追捕，一定多有不便。那么，这种神秘的手段呢?!

春雨靠得越来越紧，史意捷明显能感受到她的震颤。

是心理因素么?!

怎么自己甚至在心中能数清楚那种无声的脚步。

这两三层的消防楼梯的灯像是全坏了，没有一丝灯光。

消防楼梯的转角处，是某一层的走廊，也没有一丝灯光。

走廊的深处，似乎暗影憧憧。

如果有人在那里设下埋伏，那的确是个好地方。

有人在那里设下埋伏还算好的，就怕真有幽灵在那里!

从这条走廊走过去，到那电梯处，不见得有多安全。

再往楼下的消防楼梯走下去，也是一样，同样暗伏杀机。

往回走呢?至少楼上还有灯光!

史意捷在黑暗中警惕地注视着四周，瞳孔极度地放大着，肾上腺素飙升。

不能不动，慢慢地往下移动，总能走到有光明的地方。

无声的脚步节奏始终不变!

已经融入了黑暗之中，成为黑暗的一部分，还有什么可怕的，该当别人怕我们才对。史意捷做了一个小小的心理调节术。

一双眼睛!一双碧绿的眼睛!一双发光的碧绿的眼睛!

人的眼睛不会发光。

那是幽灵么?!

无声的脚步节奏加快了，伴随着几乎察觉不到的呜呜声!

那双发光的碧绿的眼睛突然飞了起来，直接往史意捷脸上撞来。

史意捷把头一侧，右手拍向那怪物。

那怪物的动作竟然十分灵敏，能在空中急转，史意捷的咽喉突然一阵火辣辣的疼，像是被什么锐利的东西划破了。

一双发光的碧绿眼睛落在头顶不远处的楼梯上，又电光石火般地一蹿，竟然不见了踪影！

春雨已经吓得不能发声，只是闭住眼睛扑在史意捷身上。

史意捷也倒吸了一口凉气！

看来，“楼上”放任他们逃跑而不出来追击自有他们的道理。他们在这里设有精巧的埋伏。如果有人因恐惧诱发心力衰竭，那正中他们的下怀。无法律责任杀人，多阴险的阴谋啊！

隐隐传来一阵歌声！用假声唱的，古怪而毛骨悚然。那声音仿佛来自那怪物出没之处。

真奇怪，那声音听起来非常熟悉。只是依然想不起来！

眼前虽然一片黑暗，但史意捷仿佛看到了许多涌动的影子。

面具！像幽灵般的面具！

史意捷的脑中突然没来由地跳出了这些意象。

这是记忆恢复的征兆么?！

就算有再大的危险，也得到那里看看。也许，那有助于他的记忆恢复。

“不要怕！我们到那边看看。”史意捷在春雨耳边轻轻地说。之后，拉着春雨往那怪物消失处走去。

这是一条走廊。走廊两侧黑洞洞的。

一双发光的碧绿的眼睛！那怪物竟然在走廊右侧的不远处！

“嗤”的一声！那支从裤兜里摸出的打火机被史意捷点着了。

他知道自己已经陷入被人精心设计的阴谋里，就算现在头有点晕晕乎乎，也决心硬打硬冲了。那些幽灵要制服他，却也不是容易的事。

眼前出现无数个打扮诡异的男女，伴随着点点跳跃的火光！

幽灵聚会！难道刚才那些声音也是从这里传出来的?

“啊!”一声尖叫，划破了黑暗中的寂静。

那只双眼发光的怪物竟然也受了惊吓，发出一声怪叫，一蹿蹿得老远！

史意捷也吃了一个大大的惊吓，从幻觉中惊醒了过来！

哪有什么幽灵聚会，那些诡异的男女分别是自己和春雨在走廊两面玻璃的无限反射之下形成的。春雨的红头发、自己的黄头发，附加着太阳穴两侧的文身，在昏暗的打火机光映射之下显得有点阴森恐怖。

那个长着两只发光绿眼的怪物，却是一只大大的野猫，不知从哪里钻进来的。

消防楼梯处传来一阵紧急的脚步声。听声音至少有三四人。

“楼上”终于派人追赶了！

刚刚消除了幻觉式的威胁，又来了现实的威胁。

但人类总比幽灵好对付！史意捷下意识地捏紧了拳头。

那些追赶的人似乎肆无忌惮，打着手电，直接冲到他们面前。

四支电筒往他们脸上一照！刹那间史意捷和春雨像瞎子一般，比在刚才的黑暗中更加看不清周围情况。

好阴险的手段，难怪有恃无恐！

史意捷突然一个转身，拉着春雨往前跑。

非常诡异的是，那四人中有一人竟然反方向掉头跑了：“快跑，这里没什么事情！”

另一人也跟着掉头跑了：“快跑，比赛要紧。这两人像是 DJ 的朋友，该不会故意误导我们吧?!”

“DJ 这小子鬼点子太多，一定是故意拖延我们。”又一人跟着跑了。

“你们遇到了什么怪事?”最后一人边说边后退。“要是遇到了什么古怪的事，一起跟我们跑吧!”那人说完竟然也往回跑了，还边跑边回头看看史意捷他们。

“你们在玩什么花样?”史意捷当机立断，拉着惊魂未定的春雨跟着跑了上去。

“在比赛！谁先出了星空大厦谁就获胜。”那人边说边跑，脚下速度一丝不减。

“跟 DJ 他们比赛?”史意捷反问。

“这么说，你们真是帮 DJ 的?!”那人说完这句话后，加快脚步往前冲，不再理会史意捷他们了。

那四人下楼梯的速度非常快。春雨本来就跟不上这种速度，刚才受了点惊吓后，速度更慢。史意捷突然把春雨抱起来扛在肩上，加快速度冲刺。

大概他以前当警察时受过特殊的训练，虽然扛了一个一百斤重的大活人，还是很快地追上了那四人。

有这些愣头青开路，一路安全得多了！

跑了几层，很快又有灯光了，虽然还很微弱。看来，刚才的几层是黑洞。而黑洞，由于外面看不清里面的情况，总是最适宜阴谋的。

到第一层的时候，史意捷把春雨从肩上放了下来，拉着她穿过了大厅。

大厅灯光明亮。一行六人“突突突”地跑过，吸引了门卫的注意。

门卫从大门一侧走了过来，他放过前面的四个愣头青，竟然拦住了史意捷和春雨。“你们是不是从乐透集团出来的？”那门卫直截了当地问道。

“我们是从银河中心……”史意捷还没有回答完毕，突然觉得脖子一紧，有人在背后用右手勾住了自己的脖子！

死亡锁！又是死亡锁！

难道是楼上的袭击者跟了下来！

只不过这人的力气显然大得多，防范也更加严密。史意捷既无法找到那人的手指进行分筋错骨，也没有机会踩他的脚背，为了不使自己昏厥，只得运用如老虎钳般的双手使劲拉住对方勾脖子的右臂。

春雨又想故技重施，没想到那保安竟似看透了她的心思似的，挡在了前面。同时，他用严厉的目光盯着转过身来的四个愣头青，双手无意识地挥动着一根电警棍。

那四个愣头青看着这兔起鹘落的一幕，不由得瞠目结舌。但没过几秒钟，看到春雨焦急无援、欲救不得的神情，那种惊讶的神色很快地被愤愤不平所替代了。

他们慢慢地围了过来，但慑于那保安的电警棍，一时也不敢轻举妄动。

双方一时僵持着。但史意捷似乎越来越处于下风了，脸色涨得通红。

“叮咚”一声，电梯门开了。从里面走出几个人来。

看样子是保安一方的帮手，因为他们直奔史意捷而来。

没人救得了史意捷和春雨了，除了上帝！

为首的一人径直走到了史意捷的后面。

如果他帮那个袭击者加把劲，那史意捷毫无疑问地会被瞬间制服。

那人也用右臂施展了一招死亡锁！

看样子史意捷倒霉透顶了，遇到了一丘之貉！

但那人的右手却勾住了那个袭击者的头颈！

原来真来了上帝！

四个愣头青一阵欢呼！

“好样的！”春雨也跟着惊呼！

原来是春青痘 DJ！他与电梯里的其他三人，正与这四个愣头青赌赛，一方走消防楼梯，一方乘电梯，谁先到达一楼门口就获胜，失败的一方请一餐夜宵。刚走到一楼，就看见两拨人正在对峙，仔细一看，被人制住的正是新交的朋友。DJ 为人极具义气，想都没想，冲了上去，依样画葫芦地就是右手一勾。

但那袭击者是何等样人，他迅速腾出左手捏住 DJ 的手腕。

DJ 面露痛苦之色，忍不住轻呼一声。

史意捷抓住瞬间的机会，双手同时爆发用劲，解脱了袭击者的死亡锁，转身后顺便用左肘扫中了袭击者的头部。

DJ 及时松开了双手，袭击者重重地往右侧倒去。

史意捷一拉 DJ，闪过了门卫，直冲到门外。

那袭击者吃力不轻，倒在地上，一时之间竟然无法爬起。而那门卫，看到这副架势哪敢继续干涉，只是挥舞着电警棍力求自保。

DJ 等人竟然在大门外的不远处有四辆摩托车。不一会儿，他们两两相对地全都骑上了车子。

史意捷和春雨也有一辆破旧的摩托车，是几个小时以前从寒禅寺旁的一个青年山民手中花四千元钱买来的，但那辆车放在三四百米之外的星巴克咖啡馆门外。

这辆破车还大有用处，丢它不得！史意捷拉着春雨，急奔而去。

袭击者的反应也真迅速，不一会儿也跑出大门，直追史意捷和春雨。

DJ 把油门一拉，摩托车“轰”的一声，从那袭击者面前穿过，堪堪没有撞到他。

那袭击者虽然愤怒，但竟然继续向史意捷他们追去。饶是如此，追击的势头终究是缓了缓。

没想到他的愤怒还没有平息，又一辆摩托车反方向从他的面前穿过。

“小渣喽，看我不捏死你们！”那袭击者不由得动了肝火。

但 DJ 他们机灵得很，与袭击者保持着一定的安全距离。不一会儿，竟然成了四辆摩托车围绕着袭击者转圈的场面。

这种天赐良机，史意捷怎么会浪费！他和春雨跨上了自己的那辆破摩托车，“突突突、突突突”地响了好几下，才艰难地发动。

史意捷转过身子，朝 DJ 他们拱了拱手表示感谢，接着猛地一拉油门，破摩托车发出巨大的噪声朝黑暗冲去。

“那青春痘 DJ 真够义气的！”史意捷大声感叹着。

“不知道那人会不会对 DJ 他们不利？”春雨有些担心。

“DJ 他们是局外人，那人犯不着在他们身上花工夫。”史意捷没半点犹豫地判断。“不知道他怎么知道我们在这里！”

“你还不明白？！”春雨的音调提高了八度，“肯定是那个楼上的‘深度幽灵’打电话告诉他的！”

“我猜也只能是这个败类！”史意捷重重地叹了一口气。“不过那个从寒禅寺一路追着我们的警察身手真不错。要不是那青春痘 DJ 捣腾了一下，结果还真难预料。”

史意捷和春雨匆忙之中，连头盔也没有戴上，全拿在春雨的手中。

已是晚上八点多钟，暮春的风迎面吹来，吹得两人的黄头发和红头发飘飘洒洒，虽是破摩托车，也别有一番风景。扑面而来的风依然冰凉，但已经带着暮春的一丝丝暖意。

如果不是在逃亡，而是在兜风，那该多好啊！

有这样的浪漫存在过么？！

就算有，也记不起了！

遥远的时空，陌生的古镇，熟悉的背影，憧憬的笑容。史意捷骑着一辆老式的自行车，行走在古镇的小巷之中。鹅蛋脸女孩坐在后面，脸部靠在史意捷宽阔的背脊上，露出幸福的遐想……

记得起的也只是这个场景！但那个记忆也才没几天，而且是从一张黑白照中得到的。

突然，史意捷像是患上了时空错乱症，一些光怪陆离的画面在脑海中显现。

微风吹着浮云/细雨漫漫飘落大地/淋着我淋着你/淋得世界充满诗意……怀旧的老歌声中，史意捷和春雨走在河边。那河边种满了法国梧桐树……

天空突变，似乎在加速旋转！远处有一株没有叶子的大树，树枝奇形怪状，弯弯曲曲地刺向深空。深空中只有几点冷冷的星光，显得无比的神秘和荒凉。

史意捷骑着一辆破旧的老式摩托车，后面坐着春雨。他们要去一个重要的目的地，似乎是侦办一个受委托的案子。车子骑到东北方向一个废弃的小村庄里，史意捷突然发现春雨不见了。周边雾气又渐渐地浓了起来。史意捷心中一阵焦急……

他的头又开始痛了起来，但时空错乱症还在继续！

天空是星夜，无月，少星，光线极其黯淡。鬼火渐渐熄灭，浓雾慢慢散去。

“今夜恐怕凶多吉少！我已没有退路，但不能连累你。你先退回去。”

“你这是人话么?”

……

记忆！珍贵的记忆！史意捷突然意识到，那些时空错乱症其实是记忆的闪现。但很奇怪的是，春雨的形象非常模糊不清，甚至似乎还有隐约的变动。

“我记起来了!”史意捷突然大声对春雨说。

“记起来了?!”春雨非常紧张地问。“记起了些什么?”

“只是一些零零碎碎的片断，极其模糊，连不起来。但有总比没有好。”饱受失忆折磨的史意捷看起来对极其零碎的记忆碎片的恢复也非常高兴。

“那还是没有想起来!”春雨的口气，既像是松了口气，又像是失望至极。

“我想起了我们曾在前面的河边散步!”史意捷用安慰的口气对春雨说。

前面果然是条河！河两边果然种着法国梧桐树！河上有座桥，桥对面全是古旧的老房子。

还没有等史意捷开到桥边，沿河的左侧闪出四辆摩托车，每辆摩托车上有两人。

“读书无用，别听胡吹/行随心动，青春无悔/猛一回头，年华流水……”这些人大声唱着奇怪的歌。

领头的竟然是青春痘 DJ!

没等史意捷打招呼，DJ 大声喊了起来：“兄弟，又碰到你们了!”

史意捷腾出左手，伸了伸大拇指：“老弟仗义!”

原来 DJ 等人围着那袭击者转了几个圈后，看看史意捷已经冲入小弄，就从另一个方向撤走了。一来可以分散袭击者的注意力，二来也可以抄近路，也许还能追上那两个新朋友，这一带的道路他实在太熟了。

“兄弟你们跟我们一道走吧!”DJ 跟史意捷和春雨说，“刚才我打赌输了，正要请客。”

“怕给你们惹麻烦!”史意捷不好意思地说。

“生活淡出鸟来，我们最怕没有麻烦！弟兄们，你们说是不是?”DJ 大声问他的伙伴。

“麻烦怕我们!”有一个人大声回答，引来了轰的一阵大笑声。

“心仪女孩，需要猛追/天天管束，自由宝贵/春天夜晚，最好喝醉/纵情高歌，星月晚归……”那些愣头青又唱了起来。

史意捷和春雨仿佛受到感染似的，竟然也跟着唱了起来：“春天夜晚，最好喝醉/纵情高歌，星月晚归……”

反正也无处可去，不如混迹江湖。大隐隐于市！

史意捷决定暂时混在这帮小朋友当中，放松一下，顺便理理混乱的思路。

“啊，美妙的爱情，恰如流水/啊，美丽的春天，远山苍翠/啊，美好的周末，不朽年岁——啊——啊——啊——”

DJ 等四辆摩托车过桥后拐入右边，往东驶去。沿路两边是古旧的房子。这些房子的风格与星空大厦那一带仿佛间隔了几个世纪。史意捷骑车带着春雨紧紧跟上。

又行驶了两公里左右，DJ 等人向北一拐，竟然拐进了一条黑暗的小胡同。又兜了一个圈子，来到了一条两边都有高墙的深弄里。深弄里没有路灯，只有摩托车照射出的灯光。沿深弄有许多紧闭着的门。只见 DJ 下车，拿出一把钥匙，找到一扇门，竟然打开了。

里面是一排低矮的平房，平房面前是一片小小的空地，空地里有一口水井，还有一口水缸。

“把摩托车放在这里！”DJ 边招呼众人停车，边推上门。

史意捷动作机械地跟着 DJ 一伙人把车停好。忽然他快步走到一只水缸面前端详起来。

真奇怪，这个场景不知道在哪里见过！史意捷对着一只水缸没来由地想着。

“我们从后门走！”DJ 在不远处嚷嚷着。

“捷哥，你发什么呆！”春雨一拉史意捷跟上了 DJ 一行人。

DJ 等一行人出了后门，走了没两百米的距离，竟然来到了一条大路旁，看样子是刚才摩托车从桥边转弯向东的那条。

大路对面，是一排古式建筑，全是茶馆、酒吧、咖啡馆之类的休闲场所。

DJ 没有丝毫犹豫，径直奔向一处叫“十九号”的茶馆。

茶馆只有三层楼，DJ 带着众人“突突突”地竟然往四层楼奔去。

奇怪，难道数错了层数！史意捷担心又有什么幻觉出现，用左手拇指、食指狠狠地掐了掐右手的虎口。

“嗨，DJ 哥！我就知道你今天一定会来，所以那间超级贵宾室帮你留着。”一个年轻的女服务员对着青春痘 DJ 满面笑容地说。

“好！老姐够义气！”DJ 边说边做了一个飞吻。

“找死！”DJ 旁边的一个女孩一扭 DJ 的耳朵。

众人一阵大笑！

史意捷趁着这个空当，迅速打量了一下三楼的情景。

三楼都是开放式的茶座，里面都是一对又一对的年轻人，低声细语地说着悄悄话，偶尔还有一些亲昵的动作。

所谓超级贵宾室其实是阁楼里唯一的包厢。这个包厢靠近南边，有一扇玻璃窗可以看到下面步行道的情景。

“老兄，你今天真酷！”DJ 对着史意捷说，“那些人你是怎么惹上的？今天要不是我们，你就麻烦了！”

“我也不知道是怎么回事！”史意捷的回答倒也不是完全的撒谎。

“得了，别骗我们！”DJ 哈哈地笑了起来，“我们并不想知道你是谁！”

“那你为什么帮我们?!”史意捷不由得疑惑起来。

“我看你顺眼，所以帮你，就这么简单！”DJ 回答得无厘头。

“真的?!”史意捷忽然没来由地起了疑心，眼神像刀子一般盯着 DJ。

“老兄，别多心！”DJ 看到像刀子一样的眼神，吃了一惊。“我真是跟着感觉走，想帮你。我喜欢冒险。我觉得你们也在冒险，又觉得你们不是坏人。”

史意捷看着 DJ 的神情，的确不像是在说谎，神色顿时缓和了许多：“兄弟，别介意！我一直是这副面容。刚才的事情还真的要谢谢你们！”

“小事一桩！小事一桩！”DJ 摆了摆手说，“倒是我劝老兄一句，那边的水很深，你千万得小心。”

“水很深？”史意捷又警惕起来。

“是啊！银河中心娱乐城上面很诡异，我是不去的。”DJ 一脸正经地说。

“你知道我们上去过了？”史意捷追根究底地问。

“我知道你们不是常人，一定在做着重要的事情。刚才你们离开银河中心娱乐城的时候，我就猜一定到上面去了。”DJ 坦诚地说。

“上面究竟有些什么？”史意捷不由得希望能从 DJ 处问些有用的信息出来。

“其实，也没有什么，就是感觉而已！”DJ 叹了一口气说，“有一次，我偶然从银河中心娱乐城的后门往上走，竟然看到了一些身穿白色衣服的人。这些人很古怪，活像幽灵!”

“幽灵?”史意捷神情急促地问。

DJ 不由自主地又被吓了一跳。“幽灵是一个打比方的说法。我只是感觉不好，自那以后，我就从来不到上面去。”

“你还有没有别的信息?”史意捷微感失望。

“没有了，我只是随口说说。”DJ 深深吸了一口气说，“我只是一个喜欢自由的广告策划专业的职校学生，偶然见到了自己认为古怪的事情。”

“心仪女孩，需要猛追/天天管束，自由宝贵……”那 DJ 竟然又唱起歌来。

史意捷待要再问，那 DJ 不是不愿回答，就是用别的话题岔开。到最后，DJ 竟然说:“老兄，难得有自由清静的时候，想那些烦心事干什么!”

“春天夜晚，最好喝醉/纵情高歌，星月晚归……”DJ 接着又唱了起来。

史意捷被弄得哭笑不得，只得说:“好歌，好歌! 这歌是哪个明星唱的?”

“明星?! 本僧亲自作词作曲的，如假包换!”DJ 用一副非常自傲的神情说。

“兄弟真是多才多艺!”史意捷拍拍 DJ 说。

“啊，美妙的爱情，恰如流水/啊，美丽的春天，远山苍翠/啊，美好的周末，不朽年岁/啊——啊——啊——”春雨竟然跟着他们唱了起来。

“老板，‘猎鹰’行动有点波折。”警察小管略带沮丧地对“深度幽灵”说。

“这么说，你还是没有拦住他?”“深度幽灵”的口气像机器人似的，听不出任何情绪。

“本来我快制服目标了，但突然来了一群愣头青，让他们干扰了一下，被目标跑了。”警察小管听起来有几分不服。

“目标的能力本来就在你之上，你与他硬拼没什么胜算，还是多动动智取的脑筋吧。”“深度幽灵”对警察小管的失手似乎并不意外。

“我不是菜鸟!”警察小管突然激动起来，“如同在医院里一样，这次只是意外。”

“你与目标的差异其实也只是在处理‘意外’上。”“深度幽灵”毫不客气地说。

“你是说，目标知道身后有援手，所以有恃无恐?”警察小管若有所悟。

“你觉得那些愣头青是目标的同伙?”“深度幽灵”反问了一句。

“有点不可思议! 这些愣头青看起来很单纯。”警察小管摇了摇头，似乎不能确定。

“我并不是要让你确认，我只是想让你思考。”“深度幽灵”冷冷地说，“如果你足够冷静，你就会明白其实跟踪比行动更好。”

“你的意思是找出隐藏在目标背后的网络?!”警察小管恍然大悟。

“这是‘猎鹰’的应有之义。”“深度幽灵”终于露出了难得的笑容。

“我们下步该做什么?”警察小管终于心悦诚服。

“到他可能出现的地方去。这话可是你说的!”“深度幽灵”的口气听起来有鼓励的味道。

……

“这么晚了，我送你回家吧?”警察小管对“深度幽灵”说。

“不! 我一个人走走就好了，静静走走，好好想想。”“深度幽灵”摆了摆手。

“对了，难道你不怕星空大厦的那个恶人找到我们吗?”春雨问 DJ。

“那恶人怎么找我们?”DJ 自信地反问。

“找到摩托车，然后等在那里。”春雨一本正经地说。

“如果他能找到我们停车的那个地方，那真是服了他。”DJ 的口气非常坚定。

“那是你的老屋吧?”史意捷插话说。

“老兄真是好眼力。”DJ 有点得意地说，“虽是老屋，但我家已经搬到外城新区去了，那边都没人住了。”

“为什么? 那不变鬼城了!”史意捷反问。

“你老兄是真不知道?!”那 DJ 面露奇怪之色。“看你样子也是神通广大的人，怎么不知道这一片区要改造成复古步行街区?”

“就像外面一样?”史意捷边说边指了指窗外的步行道。

“比外面的那条要考究得多了!”DJ 的市面似乎非常灵通。“喂，老兄，你在看什么?”

只见史意捷紧紧盯着窗外，一动不动，一言不发。

DJ 也凑过去看了看。外面没什么东西，只有三三两两的行人。

跟着 DJ 往外看的春雨心里却不由得一惊，只见一个身材高大的中年人正走过“十九号”，看背影无疑是乐透集团三楼中遇到的那个用胳膊勾住捷哥的狠角色。那人竟然回头往他们的包厢方向看了看。好犀利的眼神! 春雨竟然不由自主地回避开了，虽然她也知道从外面人行道上看这包厢里面是不可能看清的，因为包厢里灯光很幽暗。

“兄弟，我们有要紧事情要办，得出去。”史意捷回过头来歉意地对 DJ 说。

“老哥，难得有缘聚会，别这么快就走了！”那个在星空大厦消防通道上建议史意捷他们跟上来的年轻人友好地说。

“那个老家伙与那恶人是一伙的？”DJ 也感受到了那人的眼神，“别担心，我们人多，不用怕他。”

“不是怕他！实在是我们有紧要事情要办。”史意捷无奈地对 DJ 等人说。

“难道你想跟踪那老家伙？”DJ 一脸疑虑地说。

“兄弟，我们不想骗你们，但现在我们还不能告诉你们关于我们的事情。这是为你们好。”史意捷对着 DJ 等人抱了抱拳说，“我们后会有期！”

“老兄，既然这样，我们也不强人所难。”DJ 从桌子上找了一张纸，拿起笔写下了一串数字，“这是我的手机号码，如果需要帮助，可以 CALL 我。”

那个中年人走得很慢，边走边向一旁的店铺随意张望着。有时候又停下来望着江上倒映的灯光呆呆地出神。

史意捷和春雨早已拉上了夹克衫的斗篷，戴上了黑色的口罩。两人手挽手地，像是一对晚上随意出来谈情说爱的情侣。

在一家叫“土木年华”的酒吧前，中年人驻足观看，稍一停顿，径直往里走去。

史意捷和春雨不敢造次，远远地倚靠在河边的栏杆旁边。

不到三分钟，那中年人又出来了，径直往前走去。

史意捷和春雨又悄悄地跟了上去。在经过那家“土木年华”酒吧时，史意捷不由得往里多看了几眼。

“我们曾经在里面跳过舞？！”史意捷突然对春雨说。

“你恢复记忆了？”春雨惊讶地说。

“没！我只是觉得那里好像很熟悉，我们应该在里面跳过舞。突然冒出的一个念头而已。”想起记忆还未恢复，史意捷忍不住轻轻地叹了一口气。

“睡前不要忘了吃莫院长的药！”春雨转换了一个话题。

中年人沿着河边步行街往东走了有一公里多，再右转过桥往南，到最后竟然来到了一处破旧的老小区。

凤翠花园！

史意捷突然涌起了一阵“记忆”，是关于海伦和小敏的。那天晚上，他被海伦和小敏带到了9号楼的309室。他清楚地记得室内挂着梵高的《星空》仿作画。事后却被证明是被植入了记忆，因为308室的老太太告诉他和春雨，那里根本没人住。

为什么被植入的记忆这么清晰，而原本属于自己的记忆却极度的模糊?!

更为巧合的是，那个中年人竟然也来到了9号楼。

史意捷和春雨远远地跟着。只见那中年人上楼没多久的工夫，一楼的一间房间灯亮了。

这幢小区非常老旧，底楼没有防盗门。史意捷和春雨不费周折地找到了那间亮灯的房子。

亮灯的房子是109室！竟然与被植入记忆的海伦和小敏的房子同一个楼梯！难道这里面隐藏着什么玄机?!

109室前亮着一缕昏黄的灯光。不是门灯，竟然是从门缝里漏出的！那个已人到中年的“深度幽灵”不但住着破旧的老小区，而且还是装修简陋得令人难以置信的破旧房子。

史意捷正怀疑那个中年人不在这套房子里，忽然听到里面传出一个中年妇女的声音：“老应，煤气没有了，明天你去灌一瓶!”

“这几天有点要紧事，还是你想想办法。”一个中年男人的声音，应是那个所跟踪的人。

“还能有什么破事?!是不是还是你们那个走失的人!”那个中年妇女听起来极不高兴。

史意捷心头一紧，看样子是说到自己头上了，因此全神贯注地听着。

“不说这些烦心事！等这件事情忙完，我陪你去旅游。”那个中年人转换了话题。

楼梯里几缕昏黄的灯光突然间没有了，门里的声音也渐渐地听不到了，大概是他们关了客厅里的灯到房间里去了。

过道里一片漆黑!

史意捷忽然不可遏制地涌动起一个怀疑的想法，作为一个“深度幽灵”，那真是他的住所?

如果那真是他的住所，那他还是不是真的“深度幽灵”?!

“这人很会伪装的!”春雨在史意捷耳朵边轻轻地说。

很会伪装！难道真的是大奸若忠?!

一股浓浓的不真实感在史意捷的心中升起。难道，到目前为止，他依然还迷失在意识丛林中？

309？对，309！既然已经又到了这里，何不干脆直接到309室里面去，看看到底有什么线索。

“我们到309室去检视一下，看看里面到底有什么？”史意捷对着春雨细声耳语着。

“捷哥，我怕！”史意捷明显感受到握着的春雨的手颤抖了一下。

“你怕那308室的婆婆说的有两个年轻女孩死在里面？”史意捷对最近几天来发生的事情记忆非常清晰。

“不全是。”春雨用蚊子般的声音说。

“那你还在怕什么？”史意捷仿佛也被传染了，有一丝隐隐约约的不好的预感。

“我也说不上，但我总感觉有人在跟踪我们！”春雨紧紧握住了史意捷的手。

黑暗的楼梯里一片寂静，只有几声单调的蛐蛐声。

史意捷全神贯注地搜索着周边的空间。

什么也没有！他心里暗自发笑。越看不到的东西越让人恐惧，恐惧总是发自内心。

“别怕！”史意捷轻轻搂了搂春雨的肩膀，接着拉着她轻轻往前走。

309室前依然漆黑一片。史意捷用右手摸到了锁的位置，左手从裤兜里掏出一根拉直了的回形针，灵巧地在锁里轻轻地鼓捣着。

锁是老式的“四不灵”锁，这种老式锁开锁难度并不大。史意捷的触觉很灵敏，通过一根回形针，探清了锁里齿簧的结构，宛如生了眼睛一般。

只见他略一使劲，门“噗”的一声竟然打开了。

史意捷一拉春雨，又快速地搜索了一遍楼梯外，在确信无人后闪入了309室内，轻轻地关好了门。

借着从窗外路灯照入的昏暗的灯光，史意捷迅速打量了一下室内。

套房是两室一厅，里面很凌乱。桌椅东倒西歪地，报纸摊了一地，显然里面很久没有住人了。

春雨紧紧地挽住了史意捷的手臂，紧张得要命。也实在难怪她，那天对面的婆婆说得实在太怕人。她是护士，虽然不相信有什么鬼魂，但还是不由自主地害怕。

突然，史意捷的眼光像被什么东西定住了一般，整个人似乎呈木僵状态。

春雨惊恐地顺着他的眼光看去。卧室里有幅巨大的照片挂在墙上，大概是原来租房的两个女孩吧！如果不知道这两个已经去世，这是再正常不过的合照了，照片中两个女孩微笑着。但那种微笑仿佛透着一种莫名的诡异，在窗外昏黄的路灯光的映照下，看起来显得那么的不真实，多看一会，似乎真的是鬼魂。

“这两人真有点像今天我们在寒禅寺遇到的。”春雨壮着胆对史意捷说。

“你也这样认为？”史意捷吁了一口气说。

“有什么问题吗？”春雨被他问得很不安。

“这两人正是我前两天逃离星空大厦后遇到的叫海伦和小敏的！”史意捷又重重地叹了一口气说，“如果不是莫院长所说的意识植入，那我岂不是见了鬼？！”

只听见一声惊呼！

原来是春雨发出的。

“我说说而已，你干吗怕成这样！”史意捷安慰春雨道。

春雨指了指另一侧的床头柜。

史意捷顺着她的手指一看，倒也吃了一下惊，原来是两个鬼脸，极度变形和夸张。

血色的天空，无名的孤独，极度的恐惧，无声的尖叫……不知怎么回事，史意捷的脑子里突然跳出这样的意象，仿佛想起了什么，但却什么也想不起。

“那只是两张面具而已！”史意捷强忍住脑袋的阵阵刺痛安慰春雨。

“鬼魂上身，如影随形。”突然，春雨有点愤愤不平地说。

“别说得那样怕人！”史意捷用右手食指做了一个嘘的动作。

“你看楼下！”

楼下不远处站着一个人，竟然就是警察小管！

难道他们以应忠信为诱饵，螳螂捕蝉，黄雀在后，暗暗地尾随追踪而来，然后守株待兔，扼守险要？！这恶棍，倒也轻视不得！

史意捷急思脱身之计。

第九章　神秘消失

门外一阵开锁声，竟然有人进来。

“这里死过人？”一个人问道。

“你别听外面乱说。这多好的房子啊！”另一个声音答道。

“你就不用隐瞒了，我听说是嗑药猝死的。”前一个声音继续说。

“既然你这么认为，那你还来看什么房子？”另一个声音似乎显得底气不足。

“也只有像我这样大胆的人才会租你的房子，你要打对折。”前一个声音有点得意地说。

“折扣好商量。”第三个声音说，听起来是五十多岁的女性。“老板，你先把电灯给打开。”

只听见“啪嗒啪嗒”的好几声，电灯没亮。“可能保险丝断了。”那第一个声音说。

“也没有什么关系，老子火葬场工作，不怕闲神野鬼。就看看房子结构。”另一个声音说。

三人东转西晃地走动了一圈。

“师傅，你看房子结构还满意么？”那个五十多岁的女性问道。

“五百块一月能租么？”第一个声音反问。

“哪能这么便宜，挂的价格是两千块。”第二个声音听上去有点愤怒。

“老板，这套房子如果不是遇到我，别人是不敢租的。”第一个声音笑着说，“你们看，这墙上的照片活像两个女鬼。这里阴森森的，也许真有鬼魂也说不定。”

“你压价也不是这种压法。”第二个声音似乎有点颤音。

“可不是么！你们看，那边就有鬼魂。”第一个声音笑着随手一指，似乎要开个玩笑。

但空气似乎骤然紧张起来！那人不解地看着另两人，另两人的眼睛却直勾勾地看着前方。

开玩笑的人顺着他们的目光一看，只见窗边厚重的落地窗帘下有两双鞋子。

两双鞋子而已，竟把那两人吓得噤若寒蝉。“两双鞋子而已！”那人不知不觉间忘了初始的目的。

不仅仅是两双鞋子而已，落地窗帘里似乎还有东西！

那人似乎也疑惑起来，不由自主地打了一个激灵。他大着胆子走了上去，犹豫再三，终于拉开了落地窗帘。

“鬼！”那人条件反射般地一阵惊呼！眼前真有两个恐怖的鬼，直勾勾地盯着自己。

另两人跟着吓得尖叫起来，那个男的跳起来转头就跑。没跑几步，扭头发现那妇人呆立不动，似乎吓呆了，心想在这套屋里不要再闹出人命，闭着眼回转身来，把她给拉走了。

那个自诩不怕闲神野鬼的人终于也回过神来，转身狂奔，后颈刚刚被那个鬼冰冷的手指划了一下，好不吓人！

闹鬼了！不一会儿，整幢楼梯一片混乱。

凤翠花园坐落在老城区之旁。出了小区，往西过马路有一条僻静的小弄。小弄里，两个人不紧不慢地走着，头上套着夹克衫的帽兜，脸上戴着黑色的口罩。看身影，是两个年轻人，也许还是恋爱中的年轻人。

“你怎么知道那个警察一定会进屋探查？”一个女孩问同伴。

“换了我也会去看一看！”那个男孩笑着回答。

“你那么一吓要真吓死人怎么办？”女孩又问。

“我没打算吓人，我只想躲一躲。”男孩无奈地说。

“那为什么戴上鬼面具？”女孩不解。

“怕吓到他们！”男孩笑着说。

“你这是什么逻辑？！”

“我是说我让这两张面具从床头柜上消失，免得吓坏了来看房子的那些人。”

“那也没必要戴在脸上!”那女孩非常犀利地反驳。

“万一照面，可以不露出真面目。”男孩有点无奈地解释。

“你刚才不是说没打算吓人吗?”女孩很机敏。

“我是说我没打算吓人，想不到那些人找到我们了。”男孩辩解。

“前后矛盾，你的潜意识里还是想吓人。”女孩不接受他的解释。

“我的潜意识里只想自我保护。”男孩纠正。

“强词夺理!”女孩轻轻地笑了起来。突然，她的笑声消失了，“这两个鬼面具!你的潜意识里……一定想起了什么！难道这是什么重要的物证?”

“我也说不清是怎么回事!”那男孩迷茫地摇了摇头，“也许你说的有几分道理。”

这两人正是春雨和史意捷。刚才，房东领着中介和看房人来看房子。紧急之中，史意捷拉掉了电源的保险开关，戴上鬼面具躲到了落地窗帘后面。原指望在黑暗中不要被那三人发现。没想到那个压价的人人为地制造了恐怖气氛，胡乱地一指，阴差阳错地发现了自己的藏身之处。

史意捷脑子转得快，既然如此，索性将计就计，待吓退了那三人之后，拉着春雨跑上了四楼，悄悄观察着三楼的动静。那两副鬼面具，自然是摘下并收藏好了。

过了一会儿，一些邻居来看个究竟，警察小管竟也走进了“鬼屋”。趁此机会，史意捷和春雨大摇大摆地溜走了。

“你在想什么?”春雨看着一脸沉思的史意捷问道。

“我在想刚才的事情实在匪夷所思。”史意捷一脸疑惑地说，“刚才309室那幅合影中的两个女孩，看上去就是我前几天在那条小巷中遇到的海伦和小敏。但她们却早已经去世了!”

“那条小巷中遇到海伦和小敏已经证明不是真的。”春雨提醒史意捷说。

“你的意思是这进一步证明了那段‘记忆’其实是被植入的?”史意捷反问。

“如果不是被植入的记忆，难道是幻觉?幻觉里能出现你从来没有遇见过的人吗?”春雨的神色其实是进一步确认了那是记忆植入。

“也不可能是幻觉。因为那天我到春雨听韵找到你的那段记忆是那么的连续，那么有真切感。”史意捷也说得相当肯定。

“那么就毫无疑问了，你被那些人植入了记忆。”春雨顺水推舟地得出了结论。

“问题已经不在这里了。”史意捷深吸了一口气说，“他们为什么要给我植入这样的记忆？为什么要选择那两个已去世的女孩的形象来植入记忆？”

“也许，那些人的最终目的是要让你精神崩溃，甚至让你发生精神分裂症，再不济，也要让你说的话没人相信。”春雨的想象力的确不弱。

“你的话听上去的确有几分道理。”史意捷叹了一口气说，“那些人既然想要通过我的行踪找到你，自然不能马上让我失去清醒意识，但又不能一直让我保持清醒意识，所以，提前打下了伏笔？”

“是啊，他们一定料到我们最终会寻到这间出租房中去的。”春雨继续大胆假设着，“如果之前没有精神病权威莫院长的专业提醒，现在你肯定陷入了自我怀疑的怪圈。当你发现那天晚上‘遇到’的海伦和小敏其实是早已去世的人时，你就什么也确信不了，精神迟早会或轻或重地出问题。”

“精神出问题？”史意捷似乎有点不太相信。

“是啊。他们一定给你服用过诱发精神疾患的药。但好在一来你已经听到了莫院长的专业解释，二来服用了莫院长的药。”春雨认真地说。

“诱发精神疾患？！”史意捷不由自主地吐了一口气。

“莫院长曾经说到过的 AM 药，除了全面抑制长期记忆的功能外，在特定情景下的确能诱发精神分裂症。”春雨的专业素养的确不低，“但莫院长给了你能拮抗 AM 的 SM 药，这样无形之中破坏了那些人的计划。”

“我记得莫院长当时把那个叫什么 SM 的药当成非特效性的记忆增强剂来使用的，并不当然地确定我一定服用了 AM 药。再说，几天前服用过的药药性早就过了。”史意捷还是觉得有点不可思议。

“捷哥！这个你完全是外行了！”春雨以一副特有的自信说，“现在许多药物的用药方式都有缓慢释放功能，最长的一种，采用皮下埋植方法，以高分子化合物作载体，有效期可达五年。至于你说的不一定服用过 AM 药，那毫无关系，能诱发精神分裂症的药多得是，反式多巴胺也是一种。”

“五年？这不可能吧！”史意捷兀自未信。

“不骗你！我在寒禅镇卫生院的时候，知道有许多育龄妇女避孕是采用这种方法的。”春雨刚一说完，不自觉地脸红了起来。好在戴在口罩之下，又无人注意。

史意捷下意识地摸了摸手臂。

“我只是举了一个例子，那些人不一定用皮下植入法。”春雨借机转移话题。

“难道住在一楼的应忠信知道三楼的出租房中死了两个女孩，所以叫那些幽灵手下把这个现成的元素用上去？”史意捷疑惑地说。

“可不是吗！”春雨回答得不假思索。

“只是，我实在搞不清楚在寒禅寺遇到的那两个女孩，为什么看上去似乎就是在出租屋里死去的两个女孩。”史意捷摇了摇头，“而且，她们走进乐透集团后消失不见了。”

“也许是你的心理作怪。”春雨解释道，“你这几天满脑子想的都是所谓的海伦和小敏，所以无意之中把略有几分相似的人对号入座了。”

“有可能。但即便如此，那两人还是相当的可疑。”史意捷略微顿了顿，“因为她们蒸发所在地乐透集团更加可疑。”

“你是怀疑乐透集团就是那个‘所在’?!”春雨一脸惊悚的神情。

“可不是吗?! 几小时前发生的事情似乎把一切都串联起来了。”史意捷虽然说着，但脸上还有一丝难以置信的神情。

“乐透集团是‘深度幽灵’应忠信的大本营。那个给你植入记忆的‘正立方体’就隐藏在那里。那家公司表面上是做互联网金融的高科技公司，但其实是换了马甲的高利贷公司。我的这些猜想对吗？”春雨直接作出了判断。

“这些的确是最合情理的解释。但我还有三点疑问。”

“让我猜猜！”史意捷的话还未说完，春雨接了上去，“第一点疑问是应忠信家里为什么这样的破旧，是不是？”

“没错！他的这种居住条件很异常！”史意捷赞赏地看了一眼春雨。

“极度低调者通常必有掩饰之事，这叫大奸若忠！”对文学颇有造诣的春雨说出一句半文半白的话来。

“想来也只能是这种理由。”史意捷点了点头，“那么你猜我第二个疑问是什么？”

“那两个女孩是不是可疑？”春雨用探询的目光看了看史意捷。

“大致不差！”史意捷笑着说，“毫无疑问，无论那两个人跟出租屋里已经死去的两个女孩是否相像，她们都是可疑的。关键是，寒禅寺里用流行歌曲曲调唱佛歌的那个禅心和尚跟她们到底有什么关系？”

“会不会那禅心和尚就是幽灵组织的重要头目？他们以寒禅寺为新的重要据点！”春雨不假思索地说。

“你的假设的确大胆！”史意捷笑着说。

“没什么不可能的！那些幽灵组织的目的只是发展会员和搞渗透，并不是真正地出于宗教信仰。在寺院里作‘山巅之城’的新据点，足以颠覆人的常识。最安全的地方莫过于最不可能的地方！”春雨看了一眼史意捷，继续说道，“寒禅寺的信徒有钱的多得是。何况，那个禅心和尚吸引信徒的方法那么独特，天知道他还有什么稀奇古怪的手段来吸引信徒！”

“那我的第三点疑问呢？”史意捷似乎是默认了春雨的分析。

“还有啊？！我还以为刚才就是第三点疑问呢！”春雨摇了摇头。

“我的第三个疑问是乐透集团的那个‘老太婆’到底是什么样的人。”史意捷自己把疑问说了出来。

“境外渗透组织的代表！”春雨说得很果断。

“你的假设很有道理！”史意捷点了点头，“但我们必须找证据。”

“我们东躲西藏的，像两只小白鼠一般，稍有不慎，就落入‘深度幽灵’的圈套，还怎么找证据？！”春雨一想起他们两人正处在逃亡过程中，不免露出一丝沮丧的神情来。

“你忘了？我们手中就有证据。”史意捷神情严肃地说。

“你恢复记忆了？！”春雨反问，但神情似乎不信。

“当然没有。”史意捷深吸了一口气说，“要是这么容易恢复，那幽灵组织也不叫幽灵组织了。”

“那我们有什么证据？”春雨有点失望。

“一定有的！”史意捷肯定地说，“而且一定在你手上！如果不是这样，幽灵组织不会花这么大气力给我设局的。设局的目的就是找到你然后除掉你，借以消除对‘深度幽灵’的威胁。”

“你的意思是‘深度幽灵’他们认为我掌握着对他们有着致命威胁的东西？”春雨已经差不多相信了，紧接着又推测起来，“这个信息一定是他们在消除你的记忆之前，通过对你催眠而获得的。同时你一定对他们说起过三棱镜信息公司，我们居住的地址。他们追查之下，找不到我。无奈之中，搜到了你身上的那首诗。他们肯定也有解谜高手，但功亏一篑，只是找到了春风苑。于是他们改变策略，以出租房中两个死去女孩作形象，编制了一段‘记忆’并植入了你的脑海。此后到春雨听韵找到我的那段经历却是真实发生的，并不是植入的记忆，只是你在寻找过程中处于意识迷离状态。这样他们利用你亲自寻找，终于找到了我，之后就对我痛下杀手。”

“那两个女孩不是已经死去了吗?”史意捷听得很认真。

“他们可以找跟那两个死去的女孩相貌类似的人来替代，黑暗中你也一定不会细加分辨。就算有分辨，你的大脑也会自我调整的，因为之前你的‘记忆’是被植入的。被植入的形象一定会有模糊性。”春雨无意中用了莫院长的口吻。

“他们为什么要消除我的记忆?”史意捷有点明知故问。

“因为你掌握了关于他们的太多不利证据，他们没法选择性消除，只能全面清洗你的记忆。”春雨的话越来越专业了。

“你真像是侦探和医生的混合体，你的这些猜测真富有想象力!”史意捷忍不住感叹了一句。

“别忘了，我长期跟着专家侦探和专家医生。但你总得承认，到目前为止，我的这些推测最符合逻辑，也最能解释已经发生的看似矛盾的事实吧?”春雨说得很自信。

“我猜想，以前三棱镜信息公司的业务你为主处理了不少!”史意捷用赞叹的口吻说。

“有许多经典案例，可惜你忘了。”春雨不无得意地说。“但我实在想不起我们手中的证据在哪里!”

“也许我曾经交给你但没有对你说清楚。”史意捷也作了个猜测。

“你交给我的东西我都放在背包里随身带着。”春雨说得很确定。“我们再仔细检查一下?”

“也不急在这时。眼下当务之急，是要寻找个安全的处所。别忘了，那些幽灵对你是欲除之而后快!”

史意捷和春雨边说边走，行走在僻静的小弄里。说是僻静，其实还不确切。死寂还差不多!这个城市的古城原来是南北双城，这一片正处于南城的古城区。市政府正打算对南北古城区进行修复保护，因此，这里的居民都已经搬离了。小巷中的民居都紧闭大门，悄无声息，毫无人气。只有路灯还亮着，但只是发着惨淡的光。

如果幽灵选择在这里对他们不利，那么他们就非常被动。是不是每扇紧闭的大门里面，都隐藏着可能的危险?!

天上一轮弯月，遮蔽在淡淡的云层之中，模模糊糊的，伴随着稀稀疏疏的几颗星星，像是透着一丝诡异的气息。

“这里像鬼城似的，会不会有什么危险?”春雨忽然没来由地害怕起来。

“我们刚摆脱了那个‘深度幽灵’的爪牙，暂时还是安全的。”史意捷安慰道。

小巷的尽头又是一条垂直的丁字形的小巷。这条小巷连路灯都坏了。往南一看，黑洞洞的一片。

往北不到一百米处，却有一片灯光。

灯光是从一扇开了门的民居中照射出来的。这里还有没有搬迁的居民。

有灯光的地方危险总少一点！史意捷拉着春雨朝那灯光处走去。

那个灯光处竟然是家简陋的夜宵店。史意捷和春雨刚走到那里，正好里面走出一个伙计模样的人，对着他们说：“师傅你们是老买主吧，快请进！”

里面飘出炒年糕的香气，史意捷忽然觉得肚子饿得厉害！是啊，今天早餐后还没有吃过什么东西。微一踌躇，他一拉春雨走进了大门。

夜宵店没什么客人，只有两拨人，一拨三人，另一拨四人，分别坐在屋子深处不同的角落里。他们看着店里来了一男一女，纷纷投来注视的目光，似乎有几分警惕。

“老板，你怎么知道我们是老买主?”史意捷拉着春雨选了一张远离那两拨人的靠窗的桌子，随口问那伙计。

“嗨，这还用说?!”那伙计用一副不容置疑的神情说，“这一片区的居民因为老城区改造早已搬迁了，只有我们这个小店因为考虑到老买主，所以迟迟没搬。不是老买主不会知道在这么个角落里有这么一个破店。您看，那几位师傅也都是老买主。”

原来如此，怪不得那几人的眼光有几分异样，看来他们认为遇到了奇怪的陌生人了。春雨心里想着。

“两位要些什么?”那伙计模样的人又问道。

“来两盆炒年糕。”史意捷看了看春雨，又对她说，“你去点几个你喜欢的菜吧。”

春雨把背上的背包解了下来：“你帮我背着。”

趁春雨跟着伙计模样的人去点菜的空当，史意捷随意打量了下小店。小店是老式平房，屋顶黑旧的椽子显示出这房子的年月。那两拨人似乎消除了戒心，兀自喝着酒，聊着天。听聊天的内容，应是生活在社会底层的小混混。

春雨很快就回来了，身后跟了一个打扮俗气的三十多岁的女人。那女人手里捧着一只小可乐瓶，对着史意捷满脸堆笑地说：“师傅，这是我们自家做的米酒，按照老规矩送给老买主尝尝，不要钱。”

这女人真会做生意！明明知道不是熟客，却称呼为老买主，还弄出一小瓶米酒来。一定是红萝卜上在蜡烛账里，把钱分摊到菜上去了。史意捷心里暗暗想着。

“是个夫妻老婆店，很正常。”春雨悄声对史意捷说。

看样子这段时间春雨被搞得神经高度紧张了，弄得有点杯弓蛇影，风声鹤唳。“好！没事！”史意捷用放松的神情给春雨减压。

春雨点的菜都是史意捷爱吃的，一盆五香牛肉，一盆爆炒猪心，一盆番茄炒蛋，一盆油炸尖椒。老板娘送的米酒入口还算不错，温和，但不知后劲如何。

“我们下步该怎么办？”春雨小声问史意捷。

史意捷转头看了看那两拨人。“昨天舞厅里那个妞真正点。”“心动就行动。”有一桌人正在眉飞色舞地讨论着某个话题。

“继续找证据。”史意捷坚定地说。

“‘深度幽灵’派出多路人马对付我们，恐怕我们没有足够的时间。”春雨忧虑地说。

“你说的完全正确。”史意捷盯着春雨说，“但我已有办法让他们不敢动我们。”

“你有什么办法？”春雨不自觉地急了起来。

“告诉‘深度幽灵’，我们已把关键证据复制三份藏到三处安全的地方。只要我们遭遇到了意外，那三个保管人会通过不同方式全部公布证据。”史意捷又微笑着补充了一句，“其中一处是存放在网上，扫描后加密放在某个电子邮箱中。某个受托朋友知道账号及密码。”

“好办法！”春雨又笑得露出了酒窝，但随即眼睛又消失了光芒，“要真是这样做就好了！我怕他们查得出真假。”

“你说得一点也不错，基本上，他们能查得出真假！”史意捷笑着说，“因为就算我们真的复制了三份证据，也只能是这几天内的事。他们完全可以根据我们这几天的行踪推测我们所接触的人，然后分别进行调查。”

“那你还打‘白老虎’?!”春雨非常不解。突然，她想到了一个问题，“难道网上也能查得清楚？”

“网上的信息流动是不能完全查清楚的，因为我们可以用技术手段以外的办法，比如借用别人的账号传输邮件。”史意捷解释说。

“那这个‘白老虎’还是有用！”春雨的眼里重新燃起希望来。

“网上信息流动是不能完全查清楚，但是否把证据放在网上他们却基本上还是能查得清楚的。”史意捷补充说。

“那不是自相矛盾吗?”春雨迷惑起来。

“一点也不矛盾。”史意捷非常肯定地说，“如果我们要把证据上传到网上，一定要有手机或扫描设备等。我们自己的手机如果拍照后进行传输，那对他们来说侦查是太容易了。即使是别人的手机或扫描设备等，他们只要查清我们在这几天内接触过的人，就可以查清我们有无通过他们的设备进行网上传输。”

“我们接触过的人，他们能查得清楚吗?”春雨又质疑。

“这也是我用‘基本上’的理由，理论上，我们只要用陌生人的手机或扫描设备等进行处理，他们便无法查清。但实际上，利用陌生人基本不可能，现在的社会人与人之间戒心这么重，如果这样做，陌生人的第一反应就是骗局。所以，如果真要借用别人的设备进行上传，也只能是我们的朋友。而我们有多少朋友，相信他们是了如指掌的。”史意捷继续解释着。“但不管怎么样，就算他们能完全查清，也是需要时间的。而我们正好可以利用这段相对安全的时间找出真正的证据。”

“我们找到证据后就真的这样做!”春雨不自觉地握了一下拳头。

“如果我们真找到证据，就不是这样做的问题了!”史意捷一脸严肃地说。

“向上级举报?!”

“是啊！不然还让他们逍遥法外?!”

“不好!”春雨忽然轻轻地一声惊呼。“我想那个‘深度幽灵’对你非常了解的，你既然没有举报，就说明你还没有找到对他来说确实致命的证据。他不可能不想到这一点!”

“小雨，你真聪明!”史意捷忍不住赞叹了一句，“这也是他们想把你除掉，同时对我做了奇怪的记忆植入的缘故。我想，他们留的最后一手是，万一他们真被举报，他们可以说我精神已经失常了，而且我真有可能被他们弄成精神失常。这种深谋远虑的布局，真可怕!”

“这么说，我一定会‘意外’死亡?!”春雨忽然伤感起来，“如果我真遇到不幸，那你该怎么办？你什么记忆也没有!”

“别这样说！快删除这样的想法，否则会成为自我实现预言的!”史意捷握住了春雨的手，温柔地说。

两人一时无言。史意捷连喝几口闷酒，不经意间，看到窗外黑暗的小巷之上，有一轮弯月，在一小片夜空中发出神秘的光芒。真怪，大概是今天劳累了的缘故，才喝了一点点的酒，就有点晕乎乎了，那弯月似乎在极其缓慢地旋转。史意捷眨了眨眼，定了定睛，再往窗外看去，忽然发现有人在窗外正狠狠地盯着自己，那人一副朋克打扮。一惊之下，细细察看，却不觉暗暗发笑，原来是自己的影子！日间自己为了行动方便，戴了顶金黄色的假发，脸上画了如刺青一般的人体彩绘。怪不得里面那两桌的人在他们进店时都充满着警惕，大概是他们提防着可能的对头。玻璃窗中自己的影子，略略憔悴，又有几分惊恐。

史意捷摇头叹息了一下，这两天的确逃得很辛苦！回头看看那两桌的人，他们喝着酒，大声说笑着，显然已经不把他和春雨当成威胁了。

春雨愁眉不展，看上去更加忧心了。

突然，史意捷有一种不好的预感！感觉有某种威胁存在。

扫视小店，一切再正常不过。除那两拨客人外，老板娘在厨房里干活，貌似伙计的老板蹲在门口抽着烟。

“师傅，这酒好不好?”那个穿着俗气的老板娘笑容可掬地走了过来。

“酒劲很足，要上当的!”史意捷应了她一句。

一阵阵脚步声传来！

脚步声不是老板娘的，因为老板娘已经站在他们面前，而脚步声还在持续。

但四周没人走动。

无声的脚步声！

春雨忽然用手捂住胸口，眼睛惊恐地望着窗外。

史意捷大吃一惊，白云的惨剧也才是今天上午的事情，千万不要重演！

顺着春雨的眼神往外看去，窗外除了一小片天空和弯月之外，是巷子里的一片黑暗。

不，还有自己的影子！

那个影子右脸颊上竟然有颗大大的黑痣。史意捷下意识地摸了摸自己右边的脸。

“死猴子，快来帮忙!”老板娘在背后尖声一叫，倒把史意捷吓了一跳。他急忙回过头来，却见那个伙计模样的老板满脸堆笑地走了过来。

“这位美女哪里不舒服么?”老板娘边说边拍拍春雨的背部，“是不是酒劲太大了？我让我家那个去拿点醒酒药来？这酒是有许多客人上当的。”

春雨双手按压着胸口，强忍着说：“不关酒的事，只是心脏不舒服。”

那老板娘听到不是酒的问题，神情轻松了些，但还是放心不下，怕有什么麻烦，一边捶着春雨的背部，一边说："休息休息，早点回家，不要太累了！年轻人就是太会折腾。"

那无声的脚步声突然加快了！

史意捷忽然想起了那颗黑痣！黑痣、赶牛的山民、白云出事时那个鬼鬼祟祟的影子、寒禅寺杂物间的电器设备……突然间，史意捷脑子中一道电流，把这一切都连了起来。

"大口呼吸！"史意捷突然站了起来，大声对春雨说，"我外面去去就来！"

那两桌人还以为出了什么事，纷纷探头过来。老板娘像是怕有什么不好的影响，连连说没事，边说边不停地轻拍春雨胸背。

史意捷像一阵旋风般地来到了小巷，脑子一片清明。一定是那个长着黑痣的山民在外面捣鬼！要解除威胁还得从这人身上着手，刚才自己那个"影子"无疑就是那山民！

小巷里一阵冷风，吹去了史意捷的几分酒意。借着极其微弱的光线，他看见不远处果然有一个黑影在往北移动，背上不知背着什么重物，把那黑影的背都压弯了。

谢天谢地，这次该捉个正着！史意捷快速追了过去。

小巷竟然是条断头路！那黑影已经无路可走！

但那黑影用肩往右一撞，"吱"的一声，竟然撞开了一扇门，连滚带爬地逃入了里面。

不到五秒，史意捷也来到了门前，里面漆黑一片，像个黑洞。但史意捷别无选择，跟着冲了进去。

还没有等他看清里面的情况，只听到"嘭"的一声，一团碧绿的烟雾挡在了他的面前。他本能地后退着。突然，背部不知道被什么东西砸中了。

但他却没有受伤，因为他背着春雨的背包。刚才，当春雨把背包交给他的时候，他顺便把它背到了自己的背上。

里面也许还有那黑影的同伙！史意捷以退为进，跳出了门外。

不知是不是烟雾有毒的原因，史意捷不但双眼刺痛，整个人也站立不稳，四周竟然旋转起来！

自身的安全连着春雨的安全，不容有失，史意捷不敢造次，大口深呼吸着，用左手拇指和食指狠狠捏着右手的虎口，提防着那黑影对自己的攻击。

里面许久没有动静。史意捷正盘算着要不要追击，下意识地转头向那小店望去，一时之间，如同被电击中一般，小店那边竟然没有一丝灯光了！

调虎离山！

这个当上得不轻，刚才怎么光想着窗外的危险，没有提防店里的危险。难道那个店就是黑店?!

史意捷发疯似地往回跑。小店竟然已经大门紧闭，隔着玻璃窗往里看，里面漆黑一片。他猛踹一脚，店门应声而开，里面哪还有什么人！更诡异的是，刚才他们就座的靠窗那张桌上，竟然没一只碗碟，非常干净，就像没有吃过一般。

难道自己又被植入了什么记忆？这下就迷失在“意识丛林”里?!

窗外的月亮如弯钩般地，伴随着稀稀落落的星星，透过毛玻璃折射进弯弯曲曲的光来。星月越来越模糊，并且在不停地旋转。这情形，像极了二天前从那星空大厦“逃”出来的“记忆”。如果那是被植入的“记忆”，那么这下自己也正在被植入记忆?!

史意捷却本能地不信现在正在被植入“记忆”。他踉跄着走到小巷里，大口地深呼吸着，又抬起左手狠狠地咬了一下虎口。

一阵疼痛！这不但减轻了他的眩晕症状，还进一步使他确信，当下他生活在真实的情境之中。

他又跑进小店的厨房里，厨房里已经没有碗碟、炊具，但一摸台板，还是热的。

很显然，小店里的人在劫持走春雨之前，把里面的现场给清理了。那个脸上有黑痣的人是幌子，那两桌的客人才是他们的主力，酒中一定有镇静剂。

这些人为什么要把现场清理呢？是不是故布疑阵，让自己对所有的一切都产生怀疑，然后产生精神危机？

史意捷突然觉得自己脑子的转速从来没有这么快过，至少最近两天没这么快过，以前的事反正已经记不起来了。

既然他们一切都在掌控之中，为什么不对自己下手呢？

他们一定有恃无恐，认为一切都在掌握中。不，他们一定还有阴谋！会是什么阴谋呢？他们一定是要继续观察自己，看自己会去哪里，会去找什么人，以方便他们一一消除对他们不利的隐患。

眼下怎么办？当然得救春雨！

刚才自己跑出去追黑影的时间不长，这里的人既要劫持，又要清理现场，一定不是从前门撤离的。如果从前门撤离，自己跑回来的时候一定能看到些蛛丝马迹。

厨房果然有扇后门。后门外是一个不足十平方米的后院。后院里有口水井。

史意捷下意识地看了看水井，当然不会有什么东西。他下意识地拍了拍自己的后脑，嘀咕了一声："不能起不好的念头！"

后院有扇门，门外通着更小的巷道。巷道里没有灯光，一片死寂。

史意捷跟着感觉走，信步追去。

巷道的尽头竟然是条较大的路，路上不时有车辆来来往往。

如果那些人提前在这里安排有一辆接应的车辆，那么，这下已经无法追踪了！而从他们刚才这样严密的手法来看，就算没有接应的车辆，也一定有差不多精巧的安排。

史意捷重重地叹了一口气！

前面是一片老旧的商品房小区。定睛一看，那不是凤翠花园又是什么?！刚才他与春雨走向"小店"的那条来时的小巷正在右边一两百米的地方。

凡事得抓住主要矛盾，抓住关键！史意捷突然想到了一个救春雨的绝好的办法。

他大步踏向来时的路！

凤翠花园依旧那么老旧，破旧的外墙在昏暗的路灯照射下，尤其衰败。小区里不见人影，住在这里的人们似乎习惯于很早就睡觉了。

9号楼楼下已不见了警察小管。要是一个小时之前，史意捷肯定小心翼翼，唯恐遇见这个瘟神。但是现在，情况正好相反，如果能遇到他，即使一场恶战，也在所不惜，因为捉住了他，才能知道春雨被他们劫持到哪里去了。

即使警察小管不见踪影，也没什么关系。因为，这里有更大的主，"深度幽灵"！

109室一片漆黑，似乎隐约有鼾声。虽然不再怕那些人的追踪，但史意捷在即将上楼梯前，还是习惯性地转身扫视了一下四周。这种机警已经是一种习惯！

在他来时的路上，竟然有一个人！那个人直勾勾地望着他！

莫不是幻影?！史意捷揉了揉眼睛。那人竟然向他挑衅似的招了招手！没错，看那瘦小猥琐的样子，一定是右脸颊长着黑痣的那个山民。

史意捷转身以百米冲刺的速度向那人追去。

那人跟着跑了起来，像只猴子似的，一溜烟地跑出了凤翠花园，速度竟丝毫不比史意捷慢。

前面竟是刚才的那条小巷！那人脚步竟然慢了下来，似乎在辨识着门牌号。终于，他在一扇门前停了下来，推门而入。

不到半分钟，史意捷追到了那个地方。那是一扇对开的老式木门。四周一片寂静，门里也不见动静。让人直怀疑刚才这一切是幻觉。

但史意捷知道这一切不是幻觉。虽然那些人对他做的手脚影响还在，这些影响让他有点晕晕乎乎，但当下他的大口喘息却是真实不虚的。

里面有埋伏么？

便是十面埋伏也不用害怕。因为刚才在小店里，如果他们决定对他不利，只需在酒里加重药量即可，他根本没有反击的机会。既然“放跑”了他，一定另有阴谋。

门“吱呀”一声开了。里面有一小片空地。空地当中竟然站着一个人，脸上有黑痣的那个山民。

史意捷像风一般地冲了过去，一把抓住那人的衣领，厉声喝问：“你们把那女孩弄到哪里去了？”

那人害怕得连话都说不出来了，只是指了指自己的嘴巴。

史意捷也不怕他跑，松开了他的手。

那人获得放松后却仍旧不说话，双手不自觉地抖着。

史意捷待要继续施压，只听见身后有一个低沉得像机器一般的声音说：“你这样逼问没用的，他是个哑巴。”

史意捷条件反射般地转过身子，一时之间，吃了一惊，忍不住倒退几步。

眼前竟有十来个戴着恐怖面具的人，在惨淡的月光下，活像一群幽灵。

史意捷脑袋剧烈地痛了起来，似乎要想起什么，却什么也想不起。

“鬼鬼祟祟的，见不得光！你们把那女孩怎么样了？”史意捷终于定住了神。

“我们本来就是幽灵组织。”刚才说话的那个矮个子继续说道，“你那女朋友在我们的手里，安全得很。”

“你们想干什么？”史意捷的语气非常严厉，边说边往那矮个子走去，似乎要掀掉他脸上的面具。

“停！停！”那矮个子边说边往后退了几步，“你看看你胸前有什么？”

一个红点！史意捷顺着红点往远方看去，隐隐约约地看到五十米开外的屋顶上有一个黑影。

“为预防万一，我们保持安全的距离。”那个矮个子继续说道，“事实上，我们始终掌控着你！”

“那你们为什么不把我再抓回去，省得我对你们不利。”史意捷冷冷地说。

“我们做个交易。”那矮个子幽灵丝毫没有动怒，“你把你手头上的东西全部交给我们，我们就放了你的女朋友。决不食言！”

“什么东西？”史意捷装作明知故问的样子。

“不要装腔作势。”那矮个子幽灵用威胁的声调说，“如果不是有人替你们求情，我们大可用更加简单有效的办法处理。”

“你是说杀了我们?！不见得是有人求情吧！是怕你们的秘密守不住！”史意捷非常尖锐地说。

“你自己想想前两天的遭遇，不用我多做解释。”矮个子幽灵冷冷地说。

“那些‘意外’果然是你们的杰作！”史意捷哼了一声，“为什么不继续制造些意外？”

“我说过有人为你们求情了。”那矮个子幽灵用呆板的语调说，“求情那人地位高贵。他说有可能有朝一日我们会成为朋友。”

哈哈哈！史意捷干笑了几声：“你们是怕我留了什么后手吧？”

“我们不管你留什么后手不后手！”那矮个子幽灵冷冷地说，“我们要求你把东西原物原件交出来。如果你胆敢耍什么花样，不要怪我们不客气！”

史意捷故作沉吟了一会：“什么时候交易？”

“明天晚上。”

“什么地方？”

“我们通知你！”矮个子幽灵自信地说，“我们有办法知道你在哪里。”

“万一找不到呢？”

“那你找我们，就在这个地方，这个时间。”

“一言为定！”

“还有件事情，不得不提醒你！”那矮个子幽灵说，“你不能对109室的主人不利。”

“谁？”

“明人不做暗事。刚才要不是我派人引你到这里，你已经做出出格的事情来了。”矮个子幽灵用威胁的语气接着说，“为你女朋友的安全着想，你就不能接近那家那人。”

矮个子幽灵说完，挥了挥手，带着众幽灵悄无声息地转身走入屋子与围墙之间的空隙。怪不得刚才出来时没有听到开门声。而那长黑痣的山民早在史意捷与矮个子幽灵对话时就从大门溜走了。

史意捷等身上的红点消失，顺着那些幽灵消失的方向走去。屋子与围墙空隙的尽头处，是另一间屋子。轻推大门，竟然悄无声息地开了，里面漆黑一片。他也顾不得有什么危险，摸索着前进。几经周折之后，走出了屋子。前面竟是另一间屋子。如此几经反复，终于走出了迷宫。外面是一条无人的小巷，但显然不是一小时前他与春雨经过的那两条。

这条小巷没有路灯，只有天上朦胧的弯月照下来的几丝惨淡的光芒。天空似乎依然扭曲，但却不怎么旋转了。那小店老板娘在他的酒里加的镇静剂正在渐渐地失去药效。

整个小巷只有他一个人，一股孤独感油然而生。这两天春雨一直陪在他身边，虽然他已经记不起以前的事，但就算是新认识的朋友，在经过这患难与共的两天后，也早已成了老朋友了。

“丝丝落下的月光，照见我无名的彷徨。”不知怎的，他脑海中突然跳出这样一句句子来。

他想不起这出自哪里，但他猜这是春雨的诗作。春雨酷爱文学，写有许多诗歌。

想起诗歌，他又想起那首《暮春随感》。要不是那首承载了许多信息的隐语诗，他还找不到她在春雨听韵的新住处。

只是眼下，也不知道她被关押在哪里？

但既有一天之约，春雨至少暂时是安全的。现在的问题是如何尽快找到他们所有的那些人的证据。

如果有朋友就好了！史意捷重重地叹了一口气。朋友肯定是有的，但他失忆了，记不起那些朋友。

这两天的朋友？对，找这两天接触到的朋友！

但真正的老朋友白云受他的连累，下落不明。几个小时前仗义帮他脱困的青春痘 DJ 倒是给过他一个手机号码，但他不能把涉世未深的学生牵连进来。至于圆头克姆，甚至不能算朋友。

真没朋友了吗?!

莫院长？对，莫院长！

如果有谁既有意愿又有能力真正帮助他，除了莫院长没有别人了。莫院长是春雨的上司和要好的朋友，昨天听他的话语似乎隐约知道那些幽灵的事，今天下午又拦住了警察小管和他的同伴，使他和春雨顺利逃脱。他记得春雨说过，莫院长在这个城市里很有影响力，这可以对他带来莫大的帮助。

史意捷边想边走，在纵横交错的小巷中晃荡着。忽然，他发现了一个可怕的事实，他仍旧走在刚才追踪那矮个子幽灵时的第一条小巷上。不，并不是那条小巷。如果是那条小巷就好了，可以依来时的路返回。有时候，回头路也是有价值的。

迷宫？他走在连环迷宫之中？

甚至，比陷入迷宫更可怕的是，他会不会陷入“意识丛林”中？

他进小店后的某一个时点开始到现在的“经历”，会不会不是真实发生的?！会不会现在正躺在星空大厦的某个正立方体里，被植入着记忆?！

自从他因追击那个长着黑痣的山民而中调虎离山之计开始，他就意识到酒有问题。既然酒有问题，那干脆直接把他和春雨药倒才干净利落，何必费那么多的周折？

史意捷猛咬一口自己的左手腕，一下子痛得跳了起来。

这总可以证实这是现实吧！

但是不是这样的记忆也可以植入?！

如果是那样，那就无法证实或证伪了！体系内的自我证明向来很难，循环论证从来只是一个假命题。

但直觉告诉自己，当下是真实的。但如何证明呢?！

逻辑性，间断性?！

那些人捉住春雨而放走自己，在逻辑上虽然并不十分完满，倒也勉强说得通。

刚才的记忆很连贯，没有模糊不清或“断片”的情况。

一只鸦雀“哇”的一声从头顶飞过，惊醒了沉思中的史意捷。

对，爬到屋顶，看看能不能找到出路。

史意捷的身手很敏捷，没费什么劲就爬上了屋顶。

境界决定视野！这话一点也没有错。高度一提升，周边的形势一目了然。他刚才徘徊其间的并不是什么迷宫，而是一大片古旧的无人的小区。只是因为这片区域实在太大了，而自己在神情恍惚之下疑神疑鬼。

离那凤翠花园已有相当的距离了。前面不远，竟然是星空大厦。在小弄里因为视角的原因，竟然没有发现这么重大的地标。星空大厦的背后，隐约可见一院。

一院，“回春小吃”，卡车“意外”，意外逃脱……这两天来的事情，历历在目。

对了，自从找到春雨后的最近两天内，自己的记忆特别清晰，经历过的事连细节都历历在目。那进一步证实了自己的记忆没有问题，以前的记忆肯定被人做手脚了。

莫院长，记忆与精神机制，意识丛林……

史意捷站在屋顶上仔细观察并记熟了去一院的路，然后重又跳入小弄，不再犹豫和彷徨，径直按照心中的地图往前大步流星地走去。

没过多久，竟然来到了一条熟悉的小巷，多人可坐的石椅上没有一个人。

可史意捷突然像是进入了四维空间，看到了石椅上坐着一个惊惶未定而又迷惑不已的自己，拐角处又跑出三个人，前面的正是自称海伦的住在那个出租房里早已去世的女孩。

……

“怎么了？才一星期不见，就装作不认识我了?!”

“我真是你男朋友?”

“怎么不是，你是我的‘至尊宝’啊!”

……

这段被植入的记忆特别清晰，像真的一样，挥之不去。不过这也难怪，假的通常比真的还像真的。

莫院长的寝室连着办公室。史意捷记得昨天莫院长说过，这一周都是他值班。在小心翼翼地来到他办公室所在的楼层后，史意捷惊异地发现，莫院长还没有睡觉。因为他的办公室的门开着，还亮着灯光。

时候已经不早了，史意捷刚才从医院的急诊大厅经过，看到钟上的时间是晚上十点一刻。莫院长真敬业!

门外溢出的灯光是幽暗的蓝紫色，有点古怪。

办公室里竟然没人！那寝室的门半掩着。

史意捷想都没想，直接走入了寝室。寝室也空无一人。正想退回的时候，门外走进了两人。

“莫院长，那人找过你没有?”听声音竟然是警察小管!

“找我的人多了去，我又不知道你说的是谁。”莫院长的声音听上去不太友善。

“就是白天被你无意中放跑的那个人。”警察小管虽然横，但在莫院长面前却也小心翼翼地说话。

“放跑？我放跑谁了？在我的医院里谁也不准胡来！”莫院长的口气竟然很强硬。

“是，是！我们办事程序是简化了点。”警察小管说话的态度更加谦卑了，大概是已经充分弄清楚了莫院长的能量。“那人的情况有点复杂……”

“你的意思是我藏起来了?!”莫院长生硬地打断了他的话，“你可以搜搜我的寝室！”他边说边完全推开了寝室门。

“别误会！”警察小管摆了摆手，“如果他来找你，请你告诉我一声。另外，他可能会释放一些虚假的信息来误导你……”

“我跟他没什么交集，他为什么特特意意地来误导我?”莫院长又冷冷地打断了警察小管的话。

“他应该精神上出了问题。”

“这个我分辨得清楚，不劳你担心。”

“既然这样，那我告辞了！”警察小管语调意味深长，脸上露出一丝不易察觉的冷酷的笑意。

莫院长关好办公室的门，打开寝室的灯，边脱白大褂边嘟囔着：“阴魂不散！才去查房，就跟了上来！”

正自言自语，忽然他发现落地衣柜有异常，里面竟然有动静。

还没有等他完全反应过来，那落地衣柜竟然自己开了。

更惊奇的是，从里面挤出一个脸上文身的金发怪人来。饶是他作为一个有着比常人大得多胆子的医生，也不禁吃了一惊。

“莫院长不要见怪！”那怪人开口了，“我是春雨的朋友。”

“看出来了，你下午就是这副打扮。”莫院长的反应很快，“你是刚来到这里的?”

“一点没错。正好碰到那人与你一道进来，为避免给你带来不必要的麻烦，我躲了进去。”那怪人正是史意捷，他适时作了解释。

“小雨呢?”莫院长的神情有些许不安。

第十章　发现秘密

莫院长听了史意捷详细的叙述，叹了一口气：“小雨的分析是对的。她虽然是个护士，但在精神分析方面比一般的精神科医生还厉害。”

“这么说，你认同我那段离奇的经历的确是被人植入了记忆?”史意捷的神情极其惊讶。

“你遇到了两个已经死去的女孩，这本来就是不可能的。”莫院长长长地吁了一口气说，“如果不是考虑到后来你在春雨听韵小区寻到春雨是真的，且衔接得这么紧密，我还怀疑是自然的梦境呢!”

“自然的梦境?”

“是啊，就是我们平常普遍在做的梦。”莫院长微微笑了一下，“其实，记忆植入在本质上跟自然的梦境有点类似。虽然我不清楚那些非法组织在操作记忆植入时的细节，但我大致能猜到。记忆植入是利用一些外在设备，在药物的辅助下，让大脑意识区的现实鉴别能力下降，然后系统地输入信息，让大脑意识区感受一回‘经历’并存储在记忆区之中。而梦境也是大脑意识区的现实鉴别能力下降时，由潜意识调取记忆区的部分记忆综合而成。调取的过程遵循潜意识特有的逻辑，也就是情感逻辑，所有被调取的记忆，都是情感的投射物。因此，大部分梦境以日常生活逻辑来看，都是离奇古怪、支离破碎的。”

“哦，那的确不是自然的梦境。”史意捷的理解能力很强，“但记忆植入既然如此逼真，如何分清被植入的记忆和真实的记忆呢? 比如，用什么方法分辨我现在跟你的讨论是正在植入的，还是现实发生的?”

“这个问题你已经问第二遍了！”莫院长有强大的细节记忆能力。“刚才你所说的逻辑性、间断性的确是分辨的方法，作为一个外行，你的确有这方面的天赋。问题是如果精心操作，被植入的记忆又不是很长的话，应该可以逻辑通顺、无间断性或至少间断性很弱。”

“如果那些人不是失误，把那两个已经死去了的女孩植入了我的记忆，那么就很难辨别？”史意捷尖锐地抓住了问题。

“的确如此！”莫院长略一沉吟，“但照理说，他们自己应该知道这些，不会失误。”

“你的意思是他们之所以植入那两个死去的女孩，有不为我们所知的特别的考量在？”史意捷顺着莫院长的思路接了下去。

“是的，虽然我们不知道具体情形。”莫院长点了点头。

“如果我说，我现在正处在被人植入记忆的过程之中，我与你的谈论都是假的，你有什么反证呢？”史意捷用狐疑的目光看了看莫院长。

“我知道，你有点怀疑我为什么知道这么多关于记忆植入的东西。”莫院长重重地叹了一口气，“上次来的时候，我没有跟你说清楚。现在，事已至此，我没有什么好顾虑了。研究记忆植入的就是我的学生。”

“进监狱的那个吗？”史意捷对这几天的记忆都很清晰。

“是的，就是那个在幽灵组织中深陷不拔的何启智。”莫院长再次叹息，“真是可惜，这么一个才华横溢的年轻人！”

“迷失在意识丛林中？！”史意捷一语双关地说。

“的确，他自己迷失了。”莫院长听出了弦外之音，“他认为可以创造一种无法与现实区别的意识状态，在同外界现实脱离真实关系的前提下，意识主体始终徘徊在自己的意识结构之中，逻辑完整，体验真切，但无法证明是不是现实。他把这种意识迷失态与现实关系称为‘互为镜像’，并把它视作理解宗教高级精神活动的关键。”

“这些上次你说过的。关键还是一句话，能不能分辨？”史意捷直截了当地问了一句。

“当然能！”莫院长毫不犹豫地说。

“靠现实感？！”史意捷用连自己也不信的语调说。

“你的记忆的确不错。上次我的确说过这样的话。”莫院长笑着说，“但真正能区别两者的却是长时间复杂的思辨性。”

“被植入记忆时没有思辨吗？”史意捷反问。

“有。但只能有一些比较简单的思辨。”莫院长肯定地说，“你想想，记忆植入是在用药物压抑一部分大脑意识活动的情况下，通过诸如虚拟现实之类的设备和技术手段进行的过程。植入的情景可以随意设定，甚至情景中的人物话语也可以随意设定，但他们控制不了被植入主体的思维活动。而被植入主体的思维活动在药物压制下，肯定极不活跃，适应不了复杂的思辨活动。”

“这么说，我们现在肯定不可能处在被植入记忆的状态。”史意捷终于露出确信的神情来。

“是的。下次当你不确定的时候，可以进行大量哲学思考和逻辑推理活动，看看流畅性和有无逻辑矛盾。”莫院长认真地说。

“莫院长，谢谢你给我解释了最大的疑惑！我得走了！这事无论如何不能连累你。”史意捷充满感激地说。

“不用急着走，我不怕麻烦！我对那个幽灵组织恨之入骨！”莫院长脸上怒气冲冲。

“为了春雨的缘故？”史意捷心中不免有一丝好奇。

“不全是！”莫院长一字一顿地说，“他们带走了我最好的学生！”

史意捷不知道怎么安慰莫院长，顿了顿，忽然想到一件事：“莫院长，那些幽灵组织在公安部门及其他党政机关中渗透很厉害，有许多实权人物都是他们的人，请你千万别报警或告诉党政机关的领导。无论如何得保密，这关系到春雨的安全。”

“你放心，我知道其中厉害。”莫院长点了点头说，“只是你一个人单枪匹马地对付那些人，我始终放心不下！你下步打算怎么办？”

史意捷原来对莫院长一直有所保留，只说了与记忆植入和春雨被劫持有关的事情，至于那些幽灵组织要的东西其实他也不知道放在哪里这一点，他并没有告诉莫院长。但听了莫院长的一席话之后，他觉得他是可信任的。再说，现在他其实也并没有什么选择……

“下步当然是去找他们想要的东西！”史意捷对莫院长说，“但坦率地说，我自己也不知道在哪里？”

“这么说，其实你并没有他们想要的东西?!”莫院长大吃一惊，“千万不能让他们知道，不然春雨危险了！”

“请放心，虽然我暂时还不知道那些东西放在哪里，但我知道一定在与春雨有关的地方，如住所、办公室等等。”史意捷对莫院长有隐隐的感激。

“那我们去她的办公室找找！”莫院长心急如焚地说。

“不会是医院的办公室。”史意捷抱歉地反驳，“我指的是我们所开公司的办公室。或者是我直接藏起来了，或者是我交给她的时候没有说明。但这种与医院工作无关的东西，她应该是不会放到医院的办公室的。”

“那倒也是！”莫院长失望地摇了摇头。

突然，史意捷像是想到了什么，一脸忧虑地对莫院长说：“这段时间你也许会有麻烦，你一定得小心！”

“就像刚才那人的麻烦吗？！我才不放在心上。”莫院长一脸不屑地说。

“也许会有暗的。小心为上！”史意捷进一步解释说，“那些人一定会想到我有可能把证据复制下来分存在朋友处或其他不同的地方。他们一定已经知道我和春雨找过你，这两天我们又没什么地方好去，所以，你一定会是他们重点的盯防对象。”

“如果你真有证据，我倒是不怕麻烦，不介意替你保存一份复制件。”莫院长的神情不像是开玩笑。

“老实说，原来我和小雨的确想摆个迷魂阵，对那些人留言，只要我们两人遭遇不测，事先上传在互联网上的证据复制件就会由朋友在互联网上传播开来。”史意捷解释说，“没想到他们却先下了手，把春雨给劫持了去。从这两天的情形来看，那些人对我们似乎了如指掌，因此，是不是真的复制备份等找到实物再说。不过无论如何，还得谢谢你的好意！”

史意捷说完起身走出了莫院长的卧室。

“等等！”莫院长跟着走了出来。

外面办公室里泛着一片蓝紫色的光，照得莫院长的脸有点神秘古怪，却掩饰不了他的真诚：“这几天你不要用信用卡，带点现钞去。”

史意捷突然涌起一股强烈的感动，竟然忘了感谢，身形凝固在那里。

“这里有一万元现钞，正好白天在银行里取的，你先拿着，以后等这桩麻烦事了结了之后再还给我。”莫院长似乎怕他不愿受自己恩惠，所以特意解释了这是借的。

“这钱怎么这样奇特！”史意捷揉了揉眼睛，“有白色的数字和拼音！”

“是真钱，不是梦境！”莫院长笑着说，“你看看那是什么灯？”

“紫外线灯。”史意捷当然知道这个常识。

“是啊！我这消毒的紫外线灯现在起到了验钞机的作用了，把一百元面值钱中的荧光粉字都给照了出来。”莫院长间接解释了他在办公室里开着蓝紫色灯的原因，免得让史意捷误以为古怪。其实，在医院里用紫外线灯对办公室消毒很正常，出于职业习惯，医生有异乎寻常的洁癖。

史意捷怔怔发呆，似乎对什么事情充满疑虑！

“怎么啦?!”莫院长对史意捷的神情非常不解。

“哦，没事!”史意捷从沉思中醒了过来，“我想到了一件事，如果用荧光粉写字，那么应该在日常光线下看不出来吧?!”

“那当然，就如这张钞票上白色的拼音和数字在通常情况下肉眼看不出来一样。”莫院长顺口解释着。

“不知道那张纸片是不是暗藏这样的玄机!”史意捷边说边从口袋里掏出一张纸片来。

那张从寒禅寺费尽千辛万苦在许愿盒中破解密码后得来的纸片，肯定非同小可，不会是一张无关紧要的纸片。

打入深度意识，找到瓶中魔鬼!

这两句话本来就充满着玄机，肯定是一条极其重要的线索。

关键时刻，简直让人紧张得窒息。

这张纸片已经没有了“打入深度意识，找到瓶中魔鬼”的字样！这也没什么好奇怪的，既然原本空白的纸片能在紫外线灯下变成写满字的，为什么不能使原本有字的纸片变成空白呢?

但问题是，原来无字的地方现在依然无字！哪里出了差错?

史意捷的心中微微一阵慌乱。突然，他愕然失笑，这是反面!

正面果然有字，不但有字，简直密密麻麻地写满了字，虽然，那句偈语式的“打入深度意识，找到瓶中魔鬼”已经不见了。

“发现了什么?”莫院长很知趣，他知道史意捷对自己还未完全信任，所以，与他保持着一定的距离，没去看那张纸片。

“唉!”史意捷的声音中不是惊奇，而是失望，“这是一张无关的纸!”

原来是一张调查汇总表！千辛万苦，从寒禅寺带密码的许愿盒中弄出来的竟然是一张调查汇总表！这个玩笑开得也实在太大了!

突然，史意捷意识到了什么，忍不住笑出了声。这张调查汇总表是几个小时之前，从圆头克姆那里讨要过来的，说是为了学习之用，为此，圆头克姆还叮咛他要保密。后来他又利用这张调查汇总表应付了楼上的办公室负责人。

他又从夹克衫内袋中摸出一张纸片来，是一张横写的《暮春随感》。但在紫外线灯的照射下，这张纸片上的字却不增不减。

自己还是太紧张了！那张从许愿盒里弄出来的纸片是放在自己的内衣口袋里！这次，会不会依然不增不减?!

史意捷更加紧张了！

“打入深度意识，找到瓶中魔鬼！”这两句话竟然没有消失！

如果该消失的不消失，那么是不是意味着该显现的也不会显现呢?

那张纸片竟然密密麻麻地写满了字！

史意捷一颗心都提到了嗓子眼上！

所有的秘密都在上面?

这张纸片竟然是一封信。

独九：

给你写封奇特的信！

遵照你的吩咐，我在“山巅之城”中的卧底生涯已经将近一年了。这一年里，我的日子的确不好过。用春雨的话说，我事实上患了人格分裂症。在你和小雨面前，我是一个正直的人，在阳光底下生活的人。而当我跟那些幽灵在一起时，我又感觉自己心灵极度邪恶，并且挣扎在黑暗中无法自拔。我的这种矛盾的心态一定瞒不过那些人的眼睛。所以近段时间，我一直有一种不祥的预感，那就是我被人怀疑了。正因为被人怀疑，所以我近段时间更加不能找你，也不能告诉你我新发现的一些线索和苗头。但我怕有万一，所以先把我所发现的线索和苗头写下来。那样的话，当我万一遭遇不测，或者是到了特殊的时间点，你一定会通过特殊的渠道收到这些信息。

我发现，“山巅之城”这个幽灵组织远比你所掌握的规模更加庞大。你所掌握的是显性的，虽然显性的已经够庞大、够复杂的了，但与隐性的相比，似乎是冰山之一角。简而言之，他们有潜伏计划。潜伏计划中的人员都是隐性存在的。由于他们基本不发声，不参加活动，所以，对你们调查人员来说，他们是隐形人。如果没有激活，他们将永远潜伏下去，跟正常人一模一样。他们就像宇宙中的暗物质、暗能量，虽然你知道它们的存在，但不知道它们确切地存在在哪里。

但尽管如此，他们也并非完全冬眠。我想尽种种办法，获得了一些残缺的信息，关键词是“病毒式传播”。这个词汇我不是太懂，因此请教作为医护人员的春雨。她解释说病毒其实是DNA或RNA，是一种编码信息。它们自身不能独自生存，需要侵入宿主细胞，利用宿主细胞内的物质和能量，依据自身的编码信息进行大量复制，最终使宿主细胞破溃并释放大量复制了的病毒，然后重新寻找新的宿主细胞并重复这个过程。听了这些话，我恍然大悟，“山巅之城”这个组织正在机关事业单位和企业界大量进行病毒式的传播和复制，特别是在机关中，因为机关掌握公权力。他们通过收买个别关键的机关工作人员，经过特殊的培训，使他们掌握“编码信息”，进而利用机关的各种资源，进行秘密传播和发展。

他们的一套说辞很高大上，对近年来党和政府的一些负面信息无限放大，说是要“自由”和“改变”。这的确蒙蔽了一部分天真的人。此后，他们有进一步的手段进行洗脑和控制。

这些泛泛而谈的抽象信息，估计你也会有所耳闻。我在这里要跟你谈的确切信息是，公安局内部有一个深藏不露的冬眠内鬼，代号为“深度幽灵”。他负责“山巅之城”的影子计划。也就是说，一旦面上的“山巅之城”行动归于失败，他们马上启动影子计划，代号为“自由空间”。

更为可怕的是，这个“深度幽灵”正主持着一项邪恶的秘密研究活动，名为“深度意识”，据说能清洗记忆、植入记忆，应是虚拟现实增强技术的升级版。如果让他们完全成功，那将对我们的工作非常不利。

综合各方面的信息，公安局那个“深度幽灵”是所有人都想不到的，那就是政委应忠信。此人现在隐藏得很深，表面低调俭朴，但其实贪得无厌。你还记不记得我们在寒禅镇派出所的那件陈年旧事？当所长的应忠信在辖区内娱乐场所有小舅子股份这件事发酵后，竟然全身而退，并利用不知道是哪里走来的大关系，居然调到了市委办做科长，后来升到副主任，并最终调任到公安局做政委。重新回公安局后，他装得更老实本分了。不知道他底细的人还赞他是个清廉正派的好官。

应忠信有一个重要的同伴，可能地位仅次于他，代号叫“老太婆”，真实姓名不知，据说是位于星空大厦乐透集团的幕后控制人。乐透集团说穿了是向大学生和高中生放高利贷的。当那些可怜的学生陷入高利贷陷阱时，“山巅之城”会替他们还款，借机做好人，发展潜在会员。但这不是问题的最关键，最关键的是那个“老太婆”具体负责“深度意识”项目的研发。

据悉，影子计划启动后那个“深度幽灵”下面将会有代号为“风”“云”“雷”“电”的四个分部被激活，它们分别承担不同的功能。而这四个分部的成员都是原先的隐形人，他们将会在四个特殊地点定期活动。

另外，还有两件特别重要的事情要说一下。一件是应忠信把大量的钱都藏在了他家的煤气瓶里。这些钱是“山巅之城”收买他所付出的，数额特别巨大，具体不详。另一件是，在“老太婆”所负责的“深度意识”项目的主机中，有可能会有隐形会员的信息或线索。如果我们能搞到这些信息或线索，那就能彻底摧毁这个非法渗透组织。

以上这些信息我是冒着极大的危险从各个渠道收集过来的，甚至直接偷听。具体过程不跟你说了。需要特别提醒的是，我市的许多党政领导和公安局内部有许多人被那个“深度幽灵”发展成为了“隐形幽灵”。你千万得注意个人的安全，别被人设了圈套。

我本人已经被他们高度怀疑了。最近我总觉得我的一举一动都被他们严密监控着，所以近段时间不敢轻举妄动。这些信息我暂时不直接告诉你，一来我想再收集些情况进一步佐证，二来我也想避避风头，所以以信的形式预先记录下来。无论我是否遇到不测，一个月后，你就会得到这封信。

我真后悔接了你这个苦差事！谁叫我欠你情呢！春雨调到城区一院的事情还得谢谢你。为了你的任务，春雨一直担惊受怕着。我不想她再受精神折磨，所以除了偶尔冒出点只言片语外，没告诉她上述完整的信息，但以某种形式给她留了东西。

这封信我留在寒禅寺的许愿盒里，当时趁春雨陪白云去地藏殿为她爷爷祈福的间隙，我把它藏进了许愿盒里。另外我单独给白云一封密封信件，告诫她关系到我的安全，无论如何，在30天后准时拆封。为安全起见，白云的那封信里我只说了“取紫外线灯，向春雨要笔记本”。我把取信、读信的方法写在那里。又为了安全起见，给你的这封信我用荧光粉写成，这样万一落入他人之手，也起不了负面作用。

打入深度意识，找到瓶中魔鬼！

祝好！

兄弟：史意捷

2018年4月17日

史意捷看得全身发热！这两天经历到的，推想到的，全都在这封信里得到验证。可惜春雨不在，不然还可以推敲出更多的有用信息出来。

“打入深度意识，找到瓶中魔鬼”在发亮的荧光字中间，这一句用普通笔写成的黑色的字显得尤其注目。原来他一直猜想这两句是带有强烈寓意的线索，现在看来，不但隐含寓意，而且还是非常具体的线索。

看来白云很守约，没有把给她的信封提前拆开或交给独九。给那封信离独九出事没几天。独九出事后，白云一定悲伤过度，甚至已经把这件事给忘了。

哦，不对，不会忘的。今天上午她几次对自己欲言又止，当时他还以为是有关当年他们之间的往事，以为是看见他与春雨在一起不方便所致，因此也没有放在心上，现在想来，会不会是关于那封信的事？

呀，不好！白云的遇害会不会不是误杀，而直接就是目标？会不会神通广大的幽灵察觉到了什么，为保险起见，巧妙地安排了这起心脏病发作的“意外”？

想起白云，史意捷又内疚至极，觉得不但对不起好友独九，而且也实在难以对白云年迈的父母交代。

眼下不是内疚的时候！笔记本，那封信中提到的笔记本！眼下先得找到它。笔记本在春雨那里，但春雨却在那些幽灵的手里！

史意捷重重叹了一口气，一屁股坐在了沙发上。

背部有异物感，碰上了什么东西？

背包，竟然是背包。史意捷记了起来，春雨在小店点菜的时候，把背包解了下来让他保管的，他顺手背在了背上，此后发生的事兔起鹘落，差点让他忘了这点。

莫院长看史意捷先是神情贯注地读信，然后魂不守舍，又一阵焦躁，接着又若有所获的样子，知道他寻找真相到了关键时刻，因此，也并未打扰他，只是远远地看着。

背包里的小东西着实不少。史意捷找到了一本笔记本，是春雨的日记。里面记的都是些生活琐事，没发现什么隐秘的荧光字。

继续查找，终于找到了另一本笔记本，却是自己的。这是一本工作笔记本，记载三棱镜信息公司相关工作的。只不过，这本笔记本只记了四五页的内容，都是些寻常的信息。之后便是一片空白，也无什么荧光字。

如果是本记载取信方法的笔记本，照理说事先应该告诉春雨。但这几天春雨一直说没有告诉过她特别的事情。会不会自己怕春雨担心，所以在交给她笔记本的时候没作特别的说明？而她在翻看之下，觉得是寻常的一本工作日志，因此也并未上心。不管如何，既然只剩这本笔记本了，无论如何得检查得仔细点。

翻到最后几页的时候，终于出现了密密麻麻的荧光字。竟然也是一封信，不过是写给春雨的。

小雨：

当你发现这封隐形信的时候（应该是5月17日），也许我已经遭不测了。这是我的一项特殊的安排。今天，就在你陪白云去地藏殿为她爷爷祈福的时候，我把一封拟于未来的“今天”交给独九的秘密信放入了寒禅寺许愿堂中的许愿盒里。

最近我越来越焦躁，因为我发现“山巅之城”的水深得超乎想象。就算把“山巅之城”目前在活动的组织打掉，他们还有影子组织。而影子组织隐藏得更深，规模也更加庞大，用他们的话说，是“无所不在，无时不在”。

关于影子组织，目前我已初步查到了一些情况和线索。本想立马交给独九，细思之下，还是缓一缓。因为这事虽然重要，但不算十万火急。而我现在正处于他们的高度怀疑之下，如果把这个情报马上交给独九，无异于让他们马上确认我就是线人。因为公安局内部有许多人被他们发展为影子会员了，他们对独九的动向了如指掌。因此，我想再调查一段时间，如果能想方设法弄到那份影子会员的名单，那就没有后患了。

我本想告诉你这些情况，但怕你担惊受怕，增加许多额外的精神压力，所以决定不告诉你。有的时候，你知道的越多，精神压力便越大。但我也要预防万一，万一我遭遇了不测，我也要独九到时自动获得这些关键的信息。因此，我交给白云一封信，要她于今天拆开。信件里面的内容很简单，就这么一句话，“取紫外线灯，向春雨要笔记本”。而这本笔记本，我交给你的时候，只是说让你给我保管一下，也没作什么其他说明。

如果我没出事，这样的安排当然是多余的。如果我出了事，以你的机智肯定能明白是怎么回事。上次听你说一个受迫害妄想的病人把一张“非常重要的”白纸交给莫院长，后来无意中在紫外线灯下显示了荧光字，我就受到启发，也依样施为，给你的信和那封在许愿堂中给独九的信都是由荧光笔写成的。

存放在寒禅寺许愿堂里的给独九的信非常重要。许愿盒放在许愿堂的西墙从下往上数第二排，从左往右数第九格，并且还有一句偈语作提示，“冬叶藏于深云，山水乃至自忘”。这句话是从放在保险箱的竖写版的《暮春随感》中随机摘取并稍加变化而成的。从右到左的竖写版中倒数第二句，如果从右往左读，那就是“冬叶深云山水自忘”。这句话看起来就像偈语！

许愿盒所在的格子有一道锁，锁的钥匙就在铂金项链的坠体内。这种项链是一式两根，男式女式虽然外形有点不一样，但钥匙是一样的，它们对应同一把同心锁。那许愿盒子上的锁就是我们两根项链的同心锁。我送你项链的时候，没说明这个功用。把那个坠体的长方形铂金从中间拧转，然后拔出下端，就是钥匙。

许愿盒是一个白色的盒子，里面有八位数字的密码锁。这个估计我不说，你也能猜到。它是我们约定的常用密码，《暮春随感》中的落款数字的其中一个变体。我们当初约定，顺序、倒序、倒序后奇数序号数字连上偶数序号数字三种方式都可以用。现在就算不说明，也不妨碍你打开那个密码锁了，因为它有三次输入机会。不过，还是说清的好，是第三种。因为就算有人猜到《暮春随感》中的落款数字与密码有关，也很难想到奇数偶数倒序的方式。“15800012”，就是这个密码！

如果，我只是说如果，如果“今天”独九和我都遭遇了不测，你就实施备用计划。备用计划我写在后面。为了白云的安全，一定不要让她知道备用计划的内容。

尽管困难得简直不可能，但如果顺利的话，在这一个月之内，我能弄到那份关键的名单，这样，这封信就没什么用了，而我的线人生涯也将彻底结束。因为“山巅之城”组织将被彻底摧毁。

我渴望着这一天早点到来，我早已厌倦了目前的生活！

向未来的你问好！

你的捷哥：史意捷

2018 年 4 月 17 日

看完这封信后，史意捷长长地叹了一口气。原本备着给春雨的信，结果还是自己阅读了。虽然是自己阅读自己的信，但因为失忆的缘故，跟阅读别人的信没什么区别，或者说，宛如另一个平行世界的自己写给自己的信。那些幽灵抹掉了自己的记忆，但抹不掉深深印入潜意识的直觉，也许正是因为这些直觉，才找到了那封承载着许多秘密的给独九的密信。

再翻过去，竟然就是《备用计划》：

如果独九和我均遭遇不测，而我们依然搞不到影子名单，那么就启动此计划。

此计划就是以其人之道，还治其人之身，以难以察觉的渐进式“生病”的形式，终结那个“深度幽灵”应忠信和乐透集团的“深度意识”项目负责人“老太婆”。这两人在影子幽灵系统中占据着极其重要的作用，清除了他们，就能使他们的秘密系统瘫痪。因为，那个“深度幽灵”应忠信掌握着那些影子会员的名单，那些影子会员是一对一单线发展，除了应忠信知道他们的存在，他们互相之间应该并不知道彼此的身份。同时，“老太婆”掌管着邪恶的洗脑技术，而且这种技术还在进一步发展。她手下的那些技术人员分别独立，互相隔离，只有通过她办公室的那台主机的综合集成，才能发挥完整的作用。换句话说，终结了她就是摧毁了他们这种邪恶的技术。同时，“老太婆”与应忠信的关系非常特殊，有可能她也知道部分甚至全部的影子会员。

渐进式“生病”的技术手段就是运用放射性元素铊。你可以想方设法把这种东西放入他们的饮用水或酒之中。比如，你可以冒充自来水检修工人，把金属铊包在布帕之中，放入自来水管，让它缓慢释放。这个方法可用于对付那个“深度幽灵”，如果没有更好的方案的话。至于那个乐透集团的“老太婆”，首先得确切地查清此人。如果实在无法查证，那么目标就仅限于那个“深度幽灵”。“深度幽灵”的老婆是教师，每年暑假期间，她都会到上海照顾她的孙子去。如果你用自来水管的办法，最好选择这个时候，免得误伤无辜。顺便说一下，要是放入酒中，应该用无色无味的氯化亚铊。这些物品我都放在一个隐蔽的地方，并有详细的使用说明。

最后再重申一下，万一不幸必须启动该计划，你必须慎之又慎，以自己的全身而退为前提。

那个特殊的地点是在细雨巷36号的一处租房中，里面还有一些特殊的物品。

史意捷看得触目惊心！虽然这是一份自己制订的计划，但以现在失忆的自己的眼光看上去，似乎有点犯罪的味道。但推想而知，当时自己在写下这份备用计划时候绝望的心态。不知怎么回事，对于金属铊的毒性，他脑子里记得很清楚。这本身是一种毒药，如果还是放射性同位素的话，毒性更大。金属铊能完全溶于热水，在一般温度的水中，能有少量溶解。而作为金属盐的氯化亚铊，无色无味，且能完全溶于水中。无论是金属铊，还是氯化亚铊，如果是缓慢地摄入，那么中毒是不易发现的，只是出现一些寻常老弱病所常见的症状，如痴呆、眼睑下垂、贫血、脱发等，甚至诱发糖尿病等。除非医生在询问病史中获知病人有接触铊的情况，否则基本上没有医生会想到慢性铊中毒，这是一种容易被忽视和有着极高误诊率的疾病。而且，更为要命的是，中毒到了后期，就算确认了病因，也是无药可治的，因为彼时病人的身体机能完全不可逆地损坏了。这些知识一定来自春雨，她既是医护人员，又是阿加莎·克里斯蒂的粉丝。他似乎曾经听她说过，阿加莎·克里斯蒂写过一篇关于铊中毒的推理小说。总之，从犯罪学的角度看，这是一个完美谋杀案。

但至少眼下暂时还不能用，一来是因为计划的假定前提还未出现，那就是独九和自己全都遭遇不测；二来也是最重要的，春雨在他们的手里。

眼下最重要的事情是顺利地把春雨救出来。而要把春雨救出来，手头上必须有足够的筹码。不知道细雨巷36号还有没有别的东西，光凭现在手头上的两件隐形的荧光材料，似乎有些单薄。

如果搞到影子会员的名单呢？那筹码肯定大了。但这是不可能的，荧光字材料中不是写着这是“深度幽灵”应忠信单线联系的吗！

但乐透集团那台“老太婆”严密掌控的主机呢？如果能想方设法拆下其中的硬盘并偷运出来，那就真的掌握大大的筹码了！

史意捷思绪涌动，想到这一点，心中有了主意。

“这些材料有助于你恢复记忆吧？！”站在一旁默默关注着史意捷的莫院长终于开口了。

“哦！你说什么？”史意捷从沉浸中回过神来了。

“这些材料是你写的吗？这使你记起了什么吗？”莫院长用带着非常有亲和力的嗓音问道。

“是我预先写给春雨的信和一些说明性的东西，以防万一。它们还没能使我恢复记忆，但理顺了逻辑。”史意捷此时对莫院长已充分信任，“你看一看吧！”

“我不适宜看，恐怕会坏你的大事！”莫院长非常坚定地说，“一旦看了，有时候会无意中泄露秘密。你也看到了，那个坏警察盯上我了。”

“确实也有道理！”史意捷忽然想到了风险点，“不看也好，它们可能会给你带来很大的麻烦。”

“我倒不是这个意思！需要我帮忙的事你尽管开口。”莫院长抱歉地说，“对了，这两天你有没有吃药？”

“按你的吩咐，每天睡前吃一份。今天还没有吃。”史意捷感激地说，“虽然还没有恢复记忆，但脑海中不时会出现一些突闪的片断，虽然模糊，但似乎是记忆恢复的征兆。”

“慢慢来，不要急！”莫院长安慰说，“上次给你检查，你的大脑海马体一带没有出现病理性的损坏，因此，你的这些长期记忆一定全部都在其中，只是暂时被压制而已。”

“我的长期记忆中一定有许多对他们不利的东西，但好在一些最主要的东西都秘密地记在了这里。”史意捷扬了扬手中的笔记本，“它们也是我的长期记忆。”

“你说得很对！”莫院长赞同地说，“记录是记忆的固化，本身就是更高程度的长期记忆。反过来说，一个正常人的长期记忆也不见得事事准确，有时会被主观意识编辑。一旦被编辑，就会偏离事实。从这个意义上说，存在于纸片上的长期记忆比存在于脑海中的长期记忆更加可靠。”

“谢谢莫院长指点！”史意捷把笔记本收入了自己的背包，“我得走了。”

“深更半夜的，你干什么去？”莫院长关心地说。

“当然是做营救春雨的准备工作。”史意捷平静地说，“你放心，我心中有主张了。”

“那你千万小心。”话到这个份上，莫院长也不好说什么了。“需要我帮助的话，你随时来找我。这几天我一直值班。”

暮春的天说变就变，刚才还有一弯朦朦胧胧的新月，几颗稀稀疏疏的星星，这下子居然变成了濛濛细雨。

从濛濛细雨中寻找细雨巷原本是件很有诗情画意的事，但对于史意捷来说，眼下全是烦恼的事。那个备用计划设计的剧本，当然还不会去用。眼下最重要的是那份影子会员的名单，以及综合集成在那个“老太婆”主机中的有关记忆植入的邪恶技术。以那个“深度幽灵”的狡诈程度，那份影子会员名单，不见得真会放在“老太婆”的主机中。如果是这样，除非那个“深度幽灵”自己交代，否则没有办法弄到那份由“深度幽灵”自己单线联系的成员名单。虽然影子会员名单虚无缥缈，而那个“老太婆”的主机却是实实在在的。但问题是，就算确切地知道“老太婆”的身份，要想在她满载秘密的主机上做文章，一定是非常困难的。今夜与他接触的那些幽灵似乎并不十分清楚他掌握的东西，但他自己觉得光凭这些东西与那些幽灵谈判，筹码似乎单薄了点。好消息是，那些幽灵既然挟持了春雨并与他做了一日之约，那么在这一天内他会是安全的；以及，虽然他还未恢复记忆，但通过自己事先留置的隐形文字，弄清楚了一些关键事实和基本逻辑。而那些隐形文字的确是自己的笔迹。

刚才从莫院长处问清了细雨巷的所在。细雨巷竟然在那条位于滨江的老式楼房附近。从十九号茶馆往北，走了约莫十分钟后，竟然来到了一处充满生气的地方。

那地方灯光盏盏，色彩斑斓，人声隐约，还有许多人在走进走出，全然不像已到深夜十一点钟的时光。

史意捷撑着春雨背包中取出的折伞，与那些撑着红红绿绿雨伞的情侣擦肩而过。那种情景既陌生又熟悉。

摸一摸夹克衫的口袋，那枚拉直了一边的回形针还在。现在他没有钥匙，等会儿开门还得靠这个老手势。

细雨巷36号的门开着。不但开着门，里面还亮着灯。正踌躇间，身后一对撑着红伞的情侣从他身边走了进去。

莫非搞错了?! 定睛一看，还是细雨巷36号。那莫非记错了？刚才问莫院长的情形还历历在目，决计错不了！除非……除非又是被记忆植入。

想到记忆植入，史意捷暗自笑了笑。刚才，他在来的路上，根据莫院长的原则，想到了辨别的方法。

如果A不是内鬼，那么B一定是内鬼。

要么B是内鬼，要么C是内鬼。

只有C不是内鬼，A才可能是内鬼。

我凭直觉，也许C真的是内鬼。

上面四句话分别是四个人说的，如果只有一人讲错了，也只有一个内鬼，那么谁是内鬼？

对于这个烧脑子的包含假言推理在内的复合推理，如果要搞清楚，不是一件容易的事。按照莫院长的说法，决不可能是被植入的。这个复杂的复合推理，是在三天前春雨讲给自己听的，藉以唤起自己的记忆。虽然这个企图没怎么成功，但那个复合推理给自己留下了深刻的印象。

眼下当然不是被植入记忆的场景，因为他对这个推理作了详细分析。

“哗”的一声，一大盆水从自己身边泼了过去，拉回了史意捷的思路。他正要出言责备，那个泼水的人看了看他，竟然笑出声来。

“小聪，这阵子你到哪里去了？”那人是个六十岁左右的老年妇女，“正好炒了几碗年糕，看来你吃福真好！”

“大妈，你认错人了吧？”史意捷疑惑地看着她说。

那老年妇女又仔细地看了看：“你不要跟我开玩笑，虽然你染了发，文了面，但我不会认错人的，再说你脖子上那条奇特的项链还在。我是荷花大妈！”

史意捷忽然想到，“小聪”可能是自己的化名。“荷花大妈，这里是细雨巷36号吗？”

“看你问的，快进来！”荷花大妈一把拉住史意捷的胳膊，把他拖进了里面。

里面是十余平方米的空间，靠墙处放着一张桌子，桌子上放着两盆炒年糕。桌子的不远处是木梯，楼上隐隐有人声。

“你先坐一下，我先把这盆炒年糕送上去。”荷花大妈边说边捧起那盆炒年糕走上楼去。

刚才从他身边走进去的撑着红伞的情侣不见了，想必就在楼上，荷花大妈一定是把炒年糕送到他们那儿去的。

看情形这里是出租的所在。可是史意捷对这里以及这里的主人荷花大妈一点记忆也没有……这该死的记忆！

“小聪，这半个月你都在老家干些什么？”荷花大妈“吱吱吱”地踩着木楼梯，边下来边问。

“没干什么！”史意捷随便应付着。

“看你头发都染黄了，脸上像乌龟画花一样，一定在找对象。”荷花大妈笑得眼睛都眯成一条缝了。“我知道，现在的女孩，都稀奇古怪的。要是你不稀奇古怪，那么没人理你。”

史意捷尴尬地笑了几声，算作回应。

“这盆炒年糕让给你。还是给你拿点三年陈的吊烧？”荷花大妈看上去很熟悉史意捷的习惯。

吊烧？怎么这么熟悉的字眼！难道以前常常喝吊烧？！

“要是你那个新找的对象跟你一道喝点就好了！有些事，表面很复杂，但喝点酒就成功了。”荷花大妈的眼睛更小了。

史意捷的脑中忽然涌起一些模模糊糊的影像，似乎真在跟一个女孩一道喝酒。是春雨吧？又好像不是春雨！旁边似乎还有一个人，手里拿着满杯的吊烧……

“你没事吧?!”荷花大妈看着史意捷脸色越来越苍白，不觉担心起来，“我把年糕和吊烧送到你的房间里，你早点休息。”

史意捷回过神来，刚才又触及了“记忆”，但什么也看不清，同时脑袋开始疼痛，像被人用针刺着一般。

荷花大妈领着史意捷来到了二楼一间房间，看他心事重重的样子，直接替他打开了房间。

房间很大。一张床放在靠墙的地方。离床不远，有一张方桌，摆着四把椅子。靠窗的地方有一张写字台。写字台旁边有一张老式的大橱，上着一把老式的铜锁。角落处有一扇玻璃小门，看样子是洗浴卫生间。房间也很整洁，看来荷花大妈时常来打扫。

“喝三两吊烧，一觉睡到大天亮，明天就会有新的运气!”荷花大妈在走之前不放心地又叮咛了一句，仿佛是她认定“小聪”找对象失利了，因此亟需安慰。

荷花大妈走后，史意捷独自待在房间里，突然觉得出奇的静谧。要不是隔壁隐隐传来的欢娱声，直让他怀疑又是一场记忆植入。放在桌子上的炒年糕香气扑鼻，他这才觉得自己其实已饿得厉害。眼下那些幽灵暂时没有动机在自己的饮食上做手脚，因此他打开了那只盛吊烧的矿泉水瓶，倒了满满的一盅，毫无顾忌地以炒年糕为菜，喝了起来。

二两烧酒下肚，几缕思绪上心。

看情形，自己以“小聪”的假身份在这里租房已有一段时日了，要不然那个房东大妈不会这么熟的，熟得还知道喜欢吃炒年糕。

这里的租户不多，也许就只有两三户吧，刚才撑着红伞先他而进的那对情侣似乎就住在隔壁，因为他在上楼时没发现其他房间像是有人的样子，这下子那两人正折腾得起劲，声音越来越响。

今天也许是他这一生中最漫长的一天。早上从白云山村中的老家醒来，吃过早餐，在难得的阳光下山行，享受了一段短暂而平和的时光。但此后事故连连，先是白云出事，接着是自己与春雨被追踪和逃亡，最惊险的莫过于逃离星空大厦的那一片断，而最惊悚的莫过于309室的一幕，以及此后遇到幽灵的情形，但收获最大的却是意外地发现了藏于许愿盒的秘密……

炒年糕早已吃得干干净净，第六盅烧酒却依然倒满。

史意捷举着酒盅，摇摇晃晃地走到了办公桌前，推开了木窗。

窗外是鱼鳞般的老式瓦片。离木窗三五米外，有一短短的屋脊，恰似一条青龙的尾巴，尾巴的末端挂在围墙上。老式瓦片之中，间或有些不大的天井。许多天井依然灯火通明，不时可见移动的彩色的雨伞。老式瓦片在濛濛细雨中，反射着冷冷的路灯光。

这里应该是外地打工人员的天地，仿佛与外面的世界绝缘似的。当时自己选点的时候一定充分考虑过这里的“闹中取静”。

史意捷举起酒盅一口喝完剩下的吊烧，回转身子，目光落在老式大橱上。这老式大橱高约三米，宽约两米，容量极大。老式铜锁简直与拳头背面一样大，亮灿灿的很是醒目。

史意捷下意识地摸了摸口袋，没有钥匙！但他摸的本来就不是钥匙。只见他摸出了一根一头拉直了的回形针。今天全靠这个回形针打开了手铐。

老式铜锁的顺利打开证明他的酒还没有醉，只是有点微醺而已。

老式大橱里挂着几件衣服，放着两只皮箱。

打开其中一只皮箱。里面有两只小铅盒，果然分别有钝和氯化亚钝，还有它们的说明书，小铅盒是防辐射的。

在箱子底里，有一只信封。打开一看，里面全是照片。这些照片全是那个“深度幽灵”应忠信的，与他接头的人的影像没有一张是正面的，只是一个背影。从背影上看，应是一个时髦女性，该不会是“老太婆”吧?！有一张照片应忠信从那个背影手中接过一只小箱子，另一张相关的照片则是应忠信打开小箱子，里面全是崭新的面值一百元的人民币。

史意捷突然明白了，一两个小时前那些戴面具的幽灵要的“东西”正是这些照片。这些照片是证物，对应忠信极其不利。不知道他们是怎么知道这个秘密的?！

打开另一只皮箱，差点没让史意捷叫出声来！里面竟然是人的脸！定睛细看，原来是高仿真的人皮面具，但太逼真了，逼真得相当恐怖，仿佛是从真人脸上割下来的一般。

好家伙！以前的自己竟然思虑这么周密，准备了这么巧妙的隐形方法。自己此前一直在想，如何才能再次安全地到乐透集团去。因为无论是找出“老太婆”，还是找到那台主机并相机拆出硬盘，都必须到乐透集团去。刚才自己一直束手无策，现在简单了，只需挑一副人皮面具，就可以大摇大摆地出入各个场合，再也不用担心被跟踪了。

里面有五副人皮面具，他挑了一副约莫四十岁形象的。这副人皮面具皮肤略黑，跟他真实的肤色比较接近。人皮面具还连着头颈皮，接缝处应在衣服深处了。

史意捷打量完毕，有了计较。他拿下金色的发套，到卫生间洗了一个热水澡。之后，对着镜子细细贴合人皮面具。这个人皮面具的大小形状跟他非常匹配，也许以前就是定做的。

搞定人皮面具后，他又从老式大橱中挑选衣服。里面有披风、滑雪衫、夹克衫等各种式样的衣服，史意捷都置之不理，直接挑了一套西装。他虽然记不起以前的习惯，但感觉自己喜欢夹克衫。现在要“隐身”，就一定要挑跟以前形象反差大的服饰。

一番打扮后，史意捷在镜子前一站。

镜子里出现了一个西装革履精干的白领，目光中透着几分疑惑，忽然又惶恐不安起来。

一阵浓重的虚幻感袭了上来，史意捷在刹那间，觉得那人不是自己。他忍不住用手摸了过去。那人也用手摸了过来。两只手对抵在一起，但史意捷感到的是冰冷和光滑的平面。

记忆植入？史意捷忍不住暗暗笑了笑。镜子里的人跟着笑了笑，看上去气氛明显缓和不少。刚才他在进细雨巷36号前，就做过逻辑测试，不可能是记忆植入的！

但就算他知道镜子里的是他的映象，他还是觉得那是一个别的人。有时候感觉真奇怪，完全置理性于不顾，挥之不去。是的，那是一种陌生而熟悉的感觉。也许，镜子里的形象隐隐刺激了他深深隐藏的记忆，那人真像一个真实存在的人，只是他记不起，但，反正不可能是自己！

啪啪啪！传来一阵敲门声，把他从沉思中拉了回来。

“小聪，我给你又炒了一碗炒年糕！”

是荷花大妈！他正要去开门，忽然想到自己这副形象肯定会引发不必要的麻烦。

“睡了，不要了！”他含混地说。

好不容易打发了荷花大妈。正要入睡，忽然，他又后悔起来，戴着人皮面具入睡总是不太方便，为什么不明天戴上呢?!

第十一章　空中幽灵

史意捷犹豫片刻，最终还是决定戴着假面具睡觉。他走到窗前，抬手把木窗往里拉。木窗发出“吱”的一声，在这静静的雨夜里显得很刺耳，倒把他吓了一跳。

突然，凤翠花园出租房里那两个已经死去的女孩出现在眼前。史意捷一下子惊得毛发倒竖。莫不是幻觉?！是不是喝了酒之后加重了这该死的脑子的功能紊乱?！

定睛看时，不错，那两个已经死去的女孩的确在眼前！只不过她们是木窗玻璃的映象。

史意捷顺着反射的另一边看去。那是一条紧靠青龙尾巴似的屋脊的小巷。小巷里果然有两个女孩在悄悄地走着，离窗前也只有五米的距离，简直能看清她们的容颜。

不知怎的，史意捷对于在出租房中见到的“诡异的微笑”印象非常深刻，这下尽管没有见到那两人的微笑，却能在脑中还原成“诡异的微笑”。这到底是先入为主，还是直觉使然?！

也许，还是先入为主的心理作用，把那些略有相像的女孩都对号入座了。

但那两个女孩看起来也不太正常，轻手轻脚地走着，像是在追踪什么目标似的。就在史意捷疑惑间，那两人往右一拐，看不见了。

他叹了一口气！这本来就是一个奇怪的地方，在奇怪的地方看见一两个奇怪的人，这没什么好奇怪的。

史意捷把视线收了回来。突然，眼前又出现了一个黑影。

定睛看时，还是玻璃窗的映像。

转头往小巷仔细瞧去，那黑影却是一个全身穿着黑色衣服的矮个子，连头部也罩着黑色的面罩，只留两只眼睛，看身形，是个男的。

这矮个子男人蹑手蹑脚的，显然在跟踪刚才那两个女孩。

不知怎的，那矮个子男人似乎有点眼熟。

史意捷全身紧张起来，酒劲已冲了个精光。不管这事跟自己有没有关系，他都得管一管。

他关掉灯光，轻轻一蹿，就站上了窗台。眼下西装革履，但没有时间更换了。青龙尾巴似的短屋脊上，鱼鳞般的老式瓦片经雨一淋，很是湿滑。他小心翼翼地一脚一脚地走着，努力保持着身体的平衡。虽然手脚灵便，但还是发出轻轻的“吱吱”声。好在那个黑影专心致志地注意着前方，没留意屋顶上的动静。

眼见那黑影也拐入右边的视线死角，史意捷不自觉地加快了脚步。

只听见“嗖”的一声，紧接着“嘭”的一响，史意捷竟从短屋脊上滑摔了下来。

那刚已拐入右边小巷的黑影吃了一惊，返身一瞧，只见一只偌大的野猫从一只垃圾桶里跳了出来，伴随着充满惊恐的“喵呜”声。

一只失足掉入垃圾桶的大野猫！黑影消除了疑虑，继续往前悄悄地走去。

这边垃圾桶里，史意捷结结实实摔在了桶底，好在一只觅食的野猫惊得跳了出去，多少掩盖了自己的行动。他一动不动待在桶底，直至周边再也听不到动静，才狼狈地爬出了垃圾桶。

向右拐入那条小巷。那条小巷只有两百米左右的长度，一览无余，已经没有一个人影。

小巷的尽头，有两条岔路，一条往正南，一条往东北。正南方向，却是细雨巷的所在，虽然已经是深夜十一点多，还不时可以见到那移动的彩色雨伞。也许，一顶移动的彩色雨伞，便是一个独特而动人的故事。东北方向，一片黑暗，一片寂静，仿佛是个黑洞。

往哪个方向追？没有任何线索，全凭感觉！

史意捷想也没想，直接跑入了东北方向的黑暗之中。

其实，黑暗之中跟刚才的小巷没什么区别，也是一样大小的路径。要说有区别，也只是这里没有路灯而已。

史意捷的视力适应之后，极目搜索，但一无所获。不要说那两个“已经死去”的女孩，就连那个黑影，也消融在夜的黑暗之中，不见丝毫踪影。但他坚信目标在更前面，所以非常坚定地加快了脚步。

这条黑暗的小路没有岔路，因此追踪起来很是方便。不一会儿，史意捷来到了小路的尽头。小路的尽头也是追踪的尽头，因为，这是一条断头路。路的尽头是高高的围墙。

史意捷忽然又涌起了一股不真实感！会不会又迷失在意识丛林中？

如果刚才三个人与自己的事情毫无关系，那么追来的意义在于防止那个黑影对那两个女孩不利；如果那两个女孩走的不是这条黑暗的路，而是那条人来人往的细雨巷一带，那么那个黑影下不得手，那两个女孩多半是安全了……

史意捷边推理，边验证，莫院长不是教了他一个鉴别是否在意识丛林里的简单办法吗！那就是复杂的逻辑推理，越复杂越好。眼下肯定不是在意识丛林里！

那如果刚才三个人与自己的事情有关系呢?！史意捷突然脑门一阵发热。方向选择错了，那三人看样子是往南去了，也许是走入了哪个院落。现在再回头去追，估计已经断了线索。

但现在除了回头，还能有什么别的办法？史意捷想到这点，打心底里无声地叹了一口气，就要回头去追！

“嗨!”黑暗中有人轻轻地叹了一口气，听上去简直像幽灵的声音。

史意捷吓了一跳，竟然有人隐藏在黑暗中，也许正在窥视着什么。虽然如此，他还是不动声色地蹲了下去，换个视角努力搜寻着黑暗中的各个角落。

还没有等他搜寻到什么，只听见“吱呀”一声，围墙瞬间破了一个大洞，露出些许微弱的光线来。在微弱光线的映照下，只见地上蹲着一个全身黑衣的人，正站起来。那人不是刚才被追踪的黑影却是谁?！原来他推开了一扇黑色的门。黑色的门镶嵌在黑色的围墙上，底下还蹲着一个黑色的人，在一片黑色的环境中，难怪让人只觉得黑色一片。

史意捷蹲在地上，一动也不敢动。所幸那黑影也并不回头，闪身进入墙门内，“吱呀”一声门又合上了，只留门下边一处小小的空隙透着些许闪烁的光明。

敢情那黑影刚才正是通过这个缝隙往里窥视的。天上云层密布，并无星月之光。围墙内一定有灯光。

当史意捷走近那缝隙之际，那缕微弱的光明却渐渐地消失了。仔细张望缝隙里面，却模糊一片，看不真切。

墙门有个把手，史意捷双手握住把手用力往上提引，接着极其缓慢地往里推。

尽管做得十分小心，墙门还是发出了开门的声音，只不过轻了许多。

墙门里面没有灯光，一片黑暗，但大概可以看得清周边的轮廓。

这里的房子东倒西歪的，房子与房子之间的空地上瓦砾丛生，分明是一处拆迁后未被利用的区域。

史意捷置身其中，觉得诡异异常。不远处有几棵没有枝叶的枯死了的老树，如八爪鱼般地怒张着刺向深空。东北角拆迁区外更远处有一幢哥特式建筑，尖顶红色的十字架在云层微弱的城市返光之下尤其醒目，仿佛就在云上。而那些残破的房子犹如俯视着的魔鬼一般，对周边的空间产生着无形的压力。

这情景，似乎在哪个梦中见到过，既陌生，又熟悉。史意捷努力不去搜索记忆，怕引起恼人的头痛。但不管他是不是去搜索记忆，脑袋竟然隐隐地痛了起来。

就连刚才那个黑影也已经消失得无影无踪，更不用说在黑影之前的两个“死去”的女孩。

史意捷警惕地向前走去，一路上竟然毫无线索。正气馁间，不远处竟升起一团碧绿的火。看样子这古怪的火是间歇性燃烧的，刚才黑影在围墙外蹲着窥视的时候也曾燃烧过。

不管多少古怪的火，总不可能是真的幽灵放的，一定是有人在做鬼戏文。史意捷顺着古怪的火悄悄地搜寻了过去。

碧绿的火很快熄灭了。但这次史意捷看清了，黑暗中有许多黑影匆忙移动着，看情形似乎都是奔着火去的。

那堆刚燃烧的碧绿的火的周边是一片空地。一定还有下一次火，史意捷在心中推测着。既然发现了线索，那就干脆等着。果然，过不多时，不远处又是一团碧绿的火。

如此反复数次，终于来到了一幢古旧的大房子前。那幢大房子背靠一个不大的土丘，窗前立有两根不到两米的黑色的圆形柱子，不知有何讲究。

那些黑影一个接着一个飞快地闪身进了古旧的房子，其中一个回头向史意捷藏身处望了望，倒把他吓了一跳。原来那黑影戴着一张惨白的恐怖的鬼面具。但先前那两个女孩以及跟踪她们的蒙头露眼的黑影却已不见踪影。

没过多久，古旧的房子里传出一阵古怪的歌声，低沉而绝望，仿佛末世来临。木窗的玻璃上现出那些黑影的投影，这些投影转来转去，倒像鬼怪般的恐怖。

但有一个投影始终一动不动，仿佛钉在木窗上似的。

正奇怪间，忽然那个一动不动的投影两边的两根黑色立柱竟倒了下去，直接砸向了投影。

就在史意捷期待着破窗声时，更匪夷所思的事情发生了，那两根黑色的立柱各自化生出两根树枝，一个缠头，一个裹脚，竟把那个“投影”给制服了。

紧接着，两根黑色的立柱抬着那“投影”走入了那间古旧的大房子。房子里幽暗的灯光照在“投影”的头上，依稀见到一个黑色套筒里露出一双眼睛来。

史意捷倒吸了一口凉气！这不是刚才的矮个子黑影么？整个过程没见他发出一声声音，想是两根“立柱”用药物或其他特殊的手段制服了他。

这鬼地方实在太古怪！幸亏自己保持着足够安全的距离。

这些戴面具的会不会跟几个小时前在小吃店附近现身的幽灵是同一拨？如果是同一拨，那么现在犯不着跟他们纠缠，因为春雨作为人质在他们的手中。如果不是同一拨，那么的确值得弄弄清楚，那两个貌似已经“死去”了的女孩，到底是不是在里面，到底是不是跟出租房那两个有关系。但是，如果是同一拨，那么那个被他们捕获的黑影无疑是他们的对立面。既然是好人，自己没有理由见死不救。问题是，一旦让他们发现了自己的身份，春雨就危险了……

史意捷脑子中反复推演着，一时弄得脑门发胀。他抬起左手，用食中两指轻叩太阳穴。忽然灵光闪现，一阵欣喜。他既高兴刚才连续的推演已经证明了这是个真实的情境，更高兴地记起眼下的自己已经暂时不是自己了，以假乱真的面具代表的是另一个并不存在的人物。

他悄悄地绕到了古旧的大房子的后面。大房子后面的墙壁与所背靠的土丘之间形成了一条一米多宽的小弄。小弄的一头，是死角，大房子直接连在了土坯上。小弄的开口处，果然有黑色的“立柱”，而且依然有两根。

史意捷忽然蹲了下去，从随处有瓦砾的地上捡起一块小石块，远远地扔向了另一个方向。“噗”的一声，那小石块不远不近，正好落在离那两根“柱子”五六米的地方。但他们一动也不动。

再试一次，甚至小石子就在那黑色“立柱”的脚下了，效果依然如此。

看来，那两根黑色“立柱”是极其训练有素的，他们的职责，一如在前门的那两个黑色的“立柱”，是守住窗口。

再试已经没有必要，弄出更大的动静反而暴露自己。史意捷只得绕了一个大大的圆圈，从那土丘走到大房子与它的连接处。连接处距离大房子的屋顶，高度不足两米。他非常轻巧地翻爬了上去。这上面的瓦片，跟细雨巷的一样，都是老式鱼鳞状的，非常脆弱，经不起力。史意捷全身匍匐，慢慢前行，既减轻对老式瓦片的压力，也使自己不易被人观察到。

靠近烟囱不远处，果然有一小块玻璃，正透着微弱的诡异的光芒。不知怎的，对这种老式房子，史意捷竟觉得很熟悉。难道这是久远而深刻的记忆，而这久远而深刻的记忆已形成条件反射，再也无法从记忆机制中彻底删除了。

在胡思乱想之中，史意捷把头凑到了玻璃前。玻璃下的世界，仿佛是幻境，只见六六三十六个穿黑袍、戴鬼面具的人，排成整整齐齐的一个方阵，在另一个同样穿戴但显然是这里头头的人的带领下，跳着一种奇怪的舞蹈。看情形还伴随着音乐和歌声，只是在这屋顶，听不清什么声音。

那三十六个面具人，一会儿往左疾走，一会儿往右疾走，一会儿左右穿插。史意捷看了一会儿，发现那方阵之外的那个面具人是指挥，三十六个面具人是根据他的提示做相应的动作的。那些人面具各式各样的，虽然看不真切，但恐怖异常，而他们的黑袍中都绣着许多大大的云朵，在运动中，黑袍飞逸飘扬，像极了云朵的随风飘移。

突然，那个头头疾步走入方阵中间，像跳芭蕾舞般地转起圈来，方阵也跟着变幻成从内到外的六个同心圆，把那人围在最中心，众人分别在各自的同心圆中绕圈疾转。旋转越来越快，节奏越来越强。那六个同心圆不约而同地都出现了“破口”，只见“破口”处的人互相衔接，刹那间旋转图形变成了漩涡状，像极了卫星气象云图的风暴云，而那个头头正是风暴眼。

史意捷隐约地感觉到他们唱歌的声音越来越响了。正仔细辨别歌词期间，那个漩涡状的图形突然静止不动了，三十七个面具人一动不动地定在那里，仿佛被人施了魔法，身子往左前倾斜，右手上托，左手下摆，连歌声都没有了！

停了好一会儿，那三十七个面具人又动了起来。只见他们迅速恢复了六六三十六的方阵队形，那个头头站在方阵前用手一挥，视线死角处，两个如同方阵内的面具人押着一个黑衣人走了出来。那个黑衣人其实也只是穿了一套黑色的衣裤而已，但头部罩着一个只露出两眼的圆桶状的黑帽，是那个正被自己追踪的黑影！

那头头无意中向屋顶玻璃方向望了望。一张极度扭曲的脸，无比清晰地呈现在了史意捷的眼前。

血色的天空，莫名的孤独，极度的恐惧，无声的尖叫……史意捷的眼前突然浮现出一个奇特的意象，仿佛触发了潜意识深处残存的记忆。那张脸，与其说是看见，还不如说是幻觉。

就在史意捷还在努力分辨着幻觉和现实的时候，那个黑影的黑面罩被揭开了。

黑面罩下是一张发际线很高的脸，因紧张而脸色发白。这张脸长得好奇怪，像列宁！

莫院长！史意捷惊得只差跳了起来。他抬起头，不由自主地大口呼吸着。难道莫院长与幽灵组织有什么特别的纠葛？这太匪夷所思了！

他再次低头观察，想从中找出些端倪。突然，他发现有一个戴鬼面具的人正一动不动地盯着自己。那人距离他才几十厘米，竟飘浮在空中。难道竟是真的幽灵？

迷失在意识丛林中！史意捷刹那间疑虑起来。

还没等他进一步验证，他又发现那幽灵的侧后竟然还有一人。那人没戴面具，但同样飘浮在空中。

那人似乎在哪里见过，正用带着疑惑甚至惊恐的目光看着他。

两个飘浮在空中的幽灵衬在屋子里面具人的方阵之上，构成一幅极其诡异的画面。

史意捷下意识地把头往后仰了仰，那个没戴面具的幽灵也往后仰了仰。

不是迷失在意识丛林中，而是对称的镜像！

史意捷轻轻地吁了一口气！

没等他吁完一口气，他就发现了问题的严重性。既然是镜像，那么那个戴面具的幽灵是谁的镜像？

他猛地撑起身子，四下察看起来。

身边没有人，四周都是鱼鳞状的老式瓦片。不远处，一只夜枭发出一声尖叫，听得人毛骨悚然。

他再俯下身子，想弄清那戴面具的幽灵究竟是怎么回事。

那戴面具的幽灵像是吃了一惊，竟在空中直往后退去，伴随着轻轻的窸窣声。

他循声侧头望去，只见一排鱼鳞状的瓦片竟自动缓缓升起，仿佛脊龙的背部。

这条脊龙的背部转了过来，一支黑洞洞的枪正对着史意捷，恐怖的面具透出几分杀气。

戴面具的空中幽灵原来竟然是伪装成瓦片的潜伏者！

空中幽灵走起路来真像条脊龙。他一摇一摆地从面具方阵旁经过，径直来到了头头面前。头头还在向莫院长问话。

“我已经说了，我根本不知道你们在玩什么游戏，我也没有兴趣知道。”莫院长虽然说得有点中气不足，但很肯定。

“那你为什么偷看我们？”

“换了谁都会有好奇心的，你们又没有警告标志。”

“不是存心偷看，干吗要套个面罩？”

“我约会，又怕别的不相干的人认出。就这么简单。”莫院长的脸似乎红了红。

那头头正要继续问话，忽然看见来了条脊龙，端详片刻，作了个手势，方阵中跑出六个面具人，把他团团围住了。

“你不守在自己的位置上，跑这儿干什么？”那头头冷冷地说。

“我捉到了一个偷看的人。”那脊龙似乎得了重感冒，用极重的鼻音模模糊糊地说。

“哦，在哪里？”那头头直勾勾地盯着他。

脊龙指了指过道那边。

“你还说你在约会，看来你们来了许多人啊！”那头头转向莫院长，用异常讽刺的语气说。

莫院长还未答话，窗外由远及近地传来了一阵隆隆的摩托车声，伴随着响亮的歌声，一会儿就到了门前。

“春天夜晚，最好喝醉/纵情高歌，星月晚归/啊，美妙的爱情，恰如流水/啊，美丽的春天，远山苍翠/啊，美好的周末，不朽年岁/啊——啊——啊——”

“阁下神通广大！”那头头冷冷的语气中散发着掩饰不住的讽刺意味，那张扭曲夸张的脸却并不向着莫院长，而是对着那个脊龙。闪烁不定的眼光却盯着脊龙的脚。“不管你是谁，希望到此为止！否则，便会这样！”

那头头话音未落，右手像变戏法般地高高举起一支点着的蜡烛。蜡烛似乎加了什么特异材料，发出忽明忽暗的碧绿的光芒。只见有四个面具人两两相对跑过蜡烛，蜡烛凭空断成三截往地上掉去，像是被一只无形的鬼手折断一般。

莫院长在一旁看得心惊胆战，脸色苍白，正估摸他们会怎么对付自己之际，那四个面具人又两两相对地跑了起来。但出乎他的意料的是，他们的目标并不是他，而是那条脊龙。

“怪事！刚才里面还有灯火，这下一片漆黑！”

“你看到的是鬼火吧！”

“要是我看到的是鬼火，那没准你也不是人。”

“去你的！你才是鬼！”

“大家别吵了，进去看看不就明白了！”

八支手电，把屋子照得光柱乱窜。

屋子里残留着一丝丝碧绿色的烟雾，但已经空无一人。一人忍不住猛地打了一个喷嚏。

“这些烟雾会不会有毒？”那个打喷嚏的人担心地说。

“快看，这是什么？！”另一个人发出惊恐的声音，把那打喷嚏的人的问题完全掩压住了。

众人随着他的手电光看去，是一个鬼怪状的人。那人一动一动，却极其凶狠地盯着众人。

“是一尊塑像而已，不要自我惊吓。”为首一人说。

“看！那边还有一尊！”另一人又叫道。

众人仔细寻找，发现四个方向，每堵墙上都有一个鬼怪状的塑像。

“这地方阴森森的，会闹鬼！我们还是走吧。”最先发现鬼怪塑像的人小心翼翼地建议着。

“老七，你这个胆子是用什么做的，怎么这么不受惊吓！要说闹鬼，这整片地方都会闹鬼，我们刚进来时你看见那些碧绿的鬼火了么？”另一人反驳。

“是的。闹闹鬼也好，现在那家伙就算知道我们在这一片区，也一定不敢来。”

“兄弟你这样的说法就不对了，不要小看那人。你看在星空大厦，我们那位朋友那么好的身手也几乎栽在他的手下。”那个为首的人纠正说，“那人只是不知道我们跑到了这里，否则，我想他会跟过来的。”

“鳄鱼！”又一声恐怖的尖叫，是那个叫老七的人发出的。

众人吓了一跳，顺着他的目光望去。

“这条鳄鱼被人杀了？”

只见那条鳄鱼背脊已与身体分离。

“是模型！你看没有血。”

“根本不是什么模型，是一堆乱七八糟的瓦片，你们不要杯弓蛇影好不好！”那个为首的人镇定地说。

“是不该风声鹤唳！”又一人说。

“谁说的？”为首那人问。

“是你自己说的呀！”众人不明就里，面面相觑。

“我没说过！”为首的人否认。

“我也没有说过！”其他的人也纷纷否认。

“少开玩笑，这里就我们八个人。要不然真闹鬼了。”那为首的语气显然已经不如刚才肯定了。

“DJ，这里真有鬼！”

众人这才发现声音是从地上的鳄鱼发出的。只见那条鳄鱼慢慢地站了起来。

根本不是什么鳄鱼！但比鳄鱼更加可怕，真是一个鬼！

众人吓得毛发倒竖，胆子小的发出一阵尖叫。

脊龙边用枪指着史意捷，边慢慢地靠近烟囱。他用手一推，烟囱竟然开了一扇门，然后示意史意捷进去。

烟囱里是只容一人上下的狭窄楼梯，从大厅里返射上来的余光照得这里阴森森的。

史意捷边走边思考脱身之计。刚才他在被枪指着的一刹那，想到多种解脱方法，夺枪反制、滚下屋顶……但终究觉得没有胜算。他们这方人太多，而自己终究孤身一人。万一不成功，不但救不了莫院长，而且还置春雨于更加危险的处境。明天的那场特殊约会如果自己不去，那会被那些幽灵误判的。

幽灵，幽灵！这里的面具人是不是同那边小吃店的一样，是同一个组织的人?!似乎是，但又似乎不是。说是，他们那套鬼鬼祟祟、装神弄鬼的作派差不多；说不是，别说面具不同，就是穿着打扮的风格也不同。

“你以为如果是同一个组织的人，那么你自己就安全了?!”史意捷的人格又“分裂”了，另一个自我对原来的自我提出了这个问题。“万一他们觉得一切均处于控制之下，从而改变计划呢?”

逼仄的楼梯倒很结实，踏上去完全没有声音。史意捷边走边沉思，一时处于恍惚之中。

“吱”的一声，转角处蹿出一只老鼠。史意捷本能地一缩脚。

“大家不要怕，我是朋友！”只见那个鬼摘掉了自己脸上的面具，脱掉了黑色的衣服。

一个四十岁左右西装革履的中年白领神色疲倦地站在众人面前。

众人擦了擦眼睛，互相看了看。

“兄弟你是哪一位？我们实在记不起来了！”那为首的人看那中年人没有恶意，问了一声。

史意捷的右脚皮鞋被楼梯边沿一碰，竟然脱出了半只脚。他突然有了主意。

“一只老鼠，有什么好怕的！”跟在后面的脊龙轻蔑地说。

只听见“噗”的一声，脊龙被什么东西绊了一下，竟然向史意捷身上扑来。

史意捷反应极其神速。他一个转身，左手如老虎钳般一把捏住了脊龙持枪的右手腕，拇指狠狠地掐住肌腱；与此同时，右手掌向他的左颈部砍去。

那脊龙连哼都没哼就昏了过去。

史意捷对自己这样的身手似乎也吃了一惊。他一探脊龙的鼻息，尚正常呼吸着。于是稍稍放下了心。弄出人命可不是玩的，就算他们是非法组织。

他把那把夺来的枪放入西装的前胸口袋里，又从不远处捡起那只救命的皮鞋。刚才正是他灵机一动，趁着那只老鼠分散脊龙注意力的时机，脱掉了一只皮鞋，绊倒了他。

“我是……”那个中年人忽然想到自己易了容，一下子解释很是困难。再说，无论是出于对他们安全的考虑，还是自身身份的保密，他们都不必知道。“我是你们朋友的朋友！你们那位刚从十九号茶馆分别的朋友。”

“那位老兄的朋友？那你怎么认识我的？”那为首的人一脸疑惑地说。

“我并不认识你！”那中年人的回答出乎意料，“所以我试探性地叫了一声 DJ。看样子你就是青春痘 DJ！”

“你为什么一定认为我们就是你朋友的朋友，为什么不会是你的仇家呢？”那为首的人疑惑之中充满了隐隐的敌意。这年头，骗局着实不少，自己也吃了不少亏，还是小心点的好。

“难道还有别人唱你们这样的歌？”那中年人非常自信地反问。

那八个人惊讶得你看看我，我看看你。

“看样子你的确是我们那位老朋友的朋友。”那为首的终于确定了，“我们那位老朋友怎么样了？”

“他很好，你们不用担心。”那中年人说，“没时间多作解释了。眼下这里有非常紧急的事情需要你们帮忙。”

原来这中年人正是史意捷，他把那个伪装成瓦片的潜伏者脊龙制服后，穿上他的行头，悄悄走下楼梯。那楼梯的尽头，竟然是一扇门，门外就是面具人活动的大厅。他评估了一下形势，发现按常规思路不大可能救得了莫院长，索性兵行险招，对那个面具人头头“诈称”捉到一个入侵者，想制造混乱借机救人。没料到那个面具人头头比贼还精，一下子看穿了他的破绽，招呼六个面具人围住了他。他当时还以为是自己没说他们特别规定的暗语、口令之类的。但当这八个愣头青的歌声传来，面具人头头把目光注视到自己双脚的时候，他就知道坏事了。皮鞋！刚才还是救命的皮鞋，现在一下子变成了坏事的皮鞋。但已经来不及弥补了！好在面具人头头还以为史意捷来了大援，匆忙撤离。不然，情况就的确不妙了！

也不然，那些面具人当时完全可以制服自己，他们似乎放过了自己，只给了一个充满威胁的警告。当那四人交叉走向蜡烛，而那蜡烛诡异地断成三截之后，史意捷非常冷静，一下子推断出那一定是极细的钢丝之类的器物。因此，当那四人朝自己跑来的时候，他本能地扑倒在地上。背上的“装饰物”却全给割掉了。尽管如此，就在他准备着如何应付那些面具人的下一波攻击之时，他们却按兵不动了。只见那个面具人头头又做了一个动作，所有的灯光一下子熄灭了，紧接着他闻到了一股刺鼻的异味。他情知不妙，屏住呼吸，同时迅速往外翻了几个滚，提防他们暗中偷袭。

黑暗中一阵窸窸窣窣的响动之后，竟然一片静寂。史意捷憋气已久，正要有所行动，外面又闯进一群人。敌友尚未分明，他索性继续趴在地上，伺机观察。待他听了几句他们的对话后，就确认这几人正是冒冒失失的八个愣头青。

“帮什么忙？”青春痘 DJ 疑惑地说。

“你们看见那些人往哪里去了？”史意捷答非所问地说。

“什么人？”

“戴面具的人。”

“我们没看见什么人啊!”

“那你们为什么到这里来?”

“‘大叔’,我们是什么都不知道就到这里来了!”青春痘DJ一脸无奈地说。

“别叫我‘大叔’,叫大哥。”史意捷想都没想就纠正了一句。“那你们进门之前看到了什么?”

“我们老远看到这里有灯光,所以过来瞧瞧。”DJ的神情不像是在作假,“至于进门之前,屋里已经是一片漆黑了。”

史意捷四下打量了一下。刚才,在这八个愣头青进来打开手电之时,他就仔细观察过了,确认连莫院长也不见了。这也不奇怪,除了被那些人带走之外,还会有什么可能?!

屋子里除了他和八个愣头青之外,没有任何别的人。再看看前后两边的窗户,外面黑色的“立柱”早已不见了。屋子里除了前后两道门之外,没有别的出口了。前面的门是八个愣头青进来的大门,后面的门通向后面的小弄,已经确认过了,小弄里空荡荡的没有一个人影。

“那些面具人一定是从后门溜走了。兄弟,我们到处找找。看看附近有没有什么人。”史意捷对DJ说。

经过后门的小弄,是一片相对开阔的充满瓦砾的平整区,目光所及之处,没有一丝异常。史意捷忽然想到一件事,除了后门之外,应该还有门,不然,他刚才从烟囱处下来的大门是怎么回事?

“DJ,你分一半人去附近搜索,其余的人还是跟我回去在屋里搜寻一下,看看有什么蛛丝马迹。”史意捷忽然止住了脚步。

青春痘DJ自无异议,分了一半的人马,由那个在星空大厦里狼狈逃窜时遇到的最后一个愣头青统领。

“记住,不管有无情况,一刻钟后在这里的屋子里会合。”史意捷不放心地喊了一句。

“‘大叔’,你想得真周到!”那些愣头青带着莫名的兴奋,用调侃的语气说,显然,他们并没有把史意捷刚才的建议当回事,同时,这件事似乎给他们带来了一些从未体验过的刺激感。

“这里还有一扇门,我们检查一下。”史意捷对DJ等人说。

“只有一扇门啊!”DJ疑惑地说。

“肯定有另一扇门，刚才我正是从那扇门里走出来的。”史意捷非常肯定地说，“那扇门之上的小楼梯上，甚至还有一个他们被捆绑的同伙。不过估计这会儿不会在那儿了。”

众人按照史意捷的要求，在墙壁上仔细敲击着，听声辨门。但检查了好久，发现除了那个后门之外，所有的墙壁都是实心的，没什么声音的区别。这让史意捷几乎疑心自己又进入了意识丛林之中，差点又要用特殊的检验法。但他一来非常焦急，二来也非常确信刚才所发生的一切不可能是假的，所以毫不犹豫地催促 DJ 等人再次不留死角地检查。

“我看你所说的那些人一定是从后门溜走了。”DJ 已经不抱希望了。

“这里肯定有门，不然我刚才是怎么从烟囱里出来的?!”史意捷这句奇怪的话让众人丈二和尚摸不着头脑。

“哎！全都检查过了，再让来一遍，太累了啊！”一个女愣头青大呼小叫起来，看样子应该是 DJ 的女友。那人边说边靠墙坐了下去。

“嘎嘎嘎”不知哪里传来一阵奇怪的声音，虽然很轻微，却很清晰。

众人循声望去，只见墙壁慢慢地开了一个大洞。原来是一扇厚重的铁门，怪不得叩击法失效了。DJ 女友无形之中触发了开门的机关。这么低的位置，怪不得检查的时候没有发现。

但这扇门分明不是史意捷扮成脊龙进来时的那扇，因为，里面根本没有楼梯。不但没有楼梯，而且手电光照到远处，发现这像个山洞。

虽然不是史意捷进来的那扇，但这个出口却很可能是那些面具人撤离的通道。

“兄弟，那边可能有危险，你把手电借给我，等在这里。”史意捷望着阴森森的深洞，好心地对 DJ 建议。

“这是哪里话，我 DJ 是这样没有义气的人吗?！一起进去，多一个人多一个帮手。”DJ 拍拍胸脯，满脸不服。其余三人看到 DJ 这样表态，尽管也有一些担心，也不好说什么。

一行五人慢慢地往里走。这里面先是一小段连接房子与后面小山的走廊，接着就真是山洞。山洞里岩石突兀，曲曲折折的，在几支手电的照射下，显得光怪陆离。

“这个山洞，不知道有没有出口？要是没有出口，那些人一定还在里面。我们要小心。”DJ 的女友不无忧虑地说。

“你们跟在我后面，如果真有危险，你们及时撤离。”史意捷想想 DJ 女友所说如果成真的话，那么就是三十几人对五个人，毫无一丝胜算可言，因此下意识地摸了摸那把枪。

“‘大叔’你放心，我们不会弃你不顾的。”DJ拍拍史意捷的肩膀。

走了好一段距离，里面豁然开朗，空间更大，洞口开凿得也更平整了。不但平整，里面还有字。看样子是废弃了的防空洞。

防空洞一定有另外的出口。一行人小心翼翼、战战兢兢地走了二十多分钟，一路上竟然连个鬼影也没有遇着。

又走了许久，前方有微弱的光亮，应该是另一个出口。

果然是出口。出口处没有门，但杂草丛生。五人好不容易在杂草堆中开道前行，但一到洞口，顿时傻了眼。

洞口是一片悬崖峭壁，离山顶有十余米，光秃秃的，没有可以攀缘的可能。

往下一瞧，是一条河，距离洞口有二三十米。史意捷有轻度的恐高症，多看一会，双腿不自觉地有点发痒。

线索就此中断了！就算那些面具人真的是从这里撤走的，也不可能继续跟踪。

莫院长！莫院长！莫院长不但是朋友，而且还是破解自己失忆症的关键人物。他可千万不能出事！今天他到这里来，一定有特别的原因。他可绝不会相信他真的是为了约会而无意中撞到面具人的聚会的。像莫院长这种既有崇高的社会地位，又有卓越智商的人，是不可能产生那些无厘头举动的。就算真与情人约会，也不会到这种鬼地方来的。但眼下，莫院长的命运已经完全由那些面具人掌控了，自己丝毫出不了一分力。

史意捷懊恼地想着，一拳狠狠地砸向了洞壁。

洞壁上不知什么白白的东西掉了下来，DJ女友跟着往地上一照，竟然是张纸。纸上似乎还有字。捡起来仔细一瞧，还真有字。

“赶紧找你们的朋友去！如果继续纠缠，下次就没有这么客气了！”

纸上的字就这么简单的两句话！

史意捷拿着这张纸陷入沉思。

DJ凑了过来：“我们上哪里去找你的朋友？”

“看样子那些面具人真是从这里撤离的！”史意捷答非所问地说，“但要从这里顺利撤离，他们肯定有接应的人。”

“‘大叔’，你是说他们从水上溜走了？”DJ接了一句。

“不太可能。你看这河面离这洞口有二三十米，就算下面准备了船只，也是很不容易上船的。”史意捷马上表示了否定。

“他们会不会跳下去?”DJ 的女友突发奇想。

“就算他们都有勇气往下跳，这河水这么毒，不怕没命吗?”史意捷摇了摇头，“你看，这对面全是化工厂，这条河已经成了死河。”

众人顺着史意捷的目光看去，借着对面路边的昏黄的灯光，只见这条小河，河水乍一看去似乎比较清澈，但细细一看，全无生物，河底很浅，灰白色的淤泥散发着死亡的气息，随处可见鬼火般的碧绿的幽光，想是原来的河中生物骨骼分解出的磷光所致。河面上漂浮着不少从山上掉下去的树叶，像噩梦中幽灵的小船，以极其缓慢的速度漂向未知的远方。

“在山顶上他们的人放下绳子把他们拉上去的。”DJ 的女友看着小河，边说边咂舌。

“小妹妹说得很有道理。”史意捷对 DJ 的女友点了点头说，“我们在这里干着急也没有用，还是先回去吧!”

“你说他们会不会把你的朋友也用绳子拉上去?”DJ 的女友受到鼓励，进一步展开想象。

“总不可能把他推入河里!”DJ 忍不住也跟了一句。

“就你聪明!”DJ 女友不高兴了。

同一条路，回去的时候与出发的时候心境完全不一样。出发的时候，因为前面充满着种种未知的可能，虽然忐忑不安，毕竟充满希望；但回去的时候，一切都已了然，再也没有变数，所以无趣至极。

史意捷一行五人很快回到了出发的起点。所有的场景都相同，唯一不同的是那扇门。那扇厚重的门竟然关了!

“难道有人抄我们的底，把我们全关在这山洞里了?!”DJ 的猜想引起了众人的一阵恐慌。

“请君入瓮?!”

“一网打尽?!”

“大家不要慌，找一找开关!”史意捷的镇定顿时安抚了众人的情绪。

外面有开关，那么里面一定也会有开关。世上许多事物都有这样的镜像原理。那个开关竟然被 DJ 女友找到了。

但开关失灵了，厚重的大门毫无动静！

“我那四个弟兄姐妹这会儿也许就在外面，我们一齐撞撞门。”DJ无奈地提议。

“他们不知道开关在哪里！怎么办？”DJ的女友边说边上下晃动着握拳的右手。“要是连他们都被那些人控制了，那该怎么办？”

“别胡思乱想！打个电话不就得了！”DJ边说边拿出了手机。

电话不通。并不是没人接，而是这里根本就没有信号。

DJ气恼地用脚狠狠地踢了踢铁门。铁门非常结实，只是在表面发出了轻微的“噗噗”声。看情形即使能传到外面，也不会引起注意，如果有人的话。

“要不我们重新走到那个洞口去打？那边一定有信号！”DJ的另一个男伴建议。

“听起来好像是个好主意！”DJ看了看史意捷。

还没有等史意捷表态，只听到DJ的女友一声尖叫：“看，那是什么？”

众人顺着她的手电光看去，只见不远处有一“怪物”，眼放绿光，狠狠地盯着他们。还没等他们作出进一步的反应，“噌”的一下，转头逃走了。

“不要慌，是只狐狸。”DJ说。

“遇到狐仙了?!”DJ的另一个女同伴的口气凉飕飕的。

“别吓人好不好?!”DJ的女友更加紧张了。

“不是狐狸，是只变异的超级大老鼠。”DJ的男同伴纠正。

“这地方老鼠都有这么大，会不会有什么辐射？”DJ忽然想起切尔诺贝利的故事。

在DJ四人的胡乱猜测中，早已从DJ男伴手中抢过手电筒的史意捷紧紧跟着那“怪物”追去。

等惊恐不定的DJ四人跟着追上去的时候，古怪的事情发生了，那个“大叔”竟然消失不见了。

“才这么一会儿的工夫，那‘大叔’能跑多远？”DJ边安慰其他三人，边带头向前疾追。

转过两三个弯头，前面已经是直道了。明晃晃的手电照过去，一览无余。但在可见的视野里，依然见不到那位“大叔”的身影。

“不会真的是狐仙作怪吧?!”DJ的另一个女同伴这次连自己也怕了。

“都怪你乱说！有些话是不能出口的。”这人似乎是DJ另一女同伴的男友。

“大家不要自己吓自己！这里只有一条道，那‘大叔’还能遁地不成？”DJ边说边往前跑去，其他三人紧紧跟上，唯恐DJ也不见了，也唯恐自己掉队。

四人先是小跑，整个地道里只有他们脚步的声音；接着忍不住中跑，脚步的回响声更重了；最后是莫名其妙地快跑，伴随着越来越浓的恐惧感。

一番狂奔之后，四人终于累得停了下来。除了听见自己粗重的喘气声外，四周静得只听见自己的心跳。

这地方真诡异，“大叔”真的消失了！四人惊得面面相觑，那两个女生更是吓得紧紧靠在男友身边。

“已经追到这里，索性再往前走。反正我们总可以在洞口打电话。”DJ的那个男伴还没有忘记打电话这件事。

众人也无更好的办法，只得向前。只不过，经过刚才的一番折腾，心绪已经暗淡了下来，因此，只是慢慢地走着。四周一片寂静。

也不知道走了多长辰光，只听见前面一阵“噗噗”的声音。

有人！有人就一定是那个“大叔”！这世上终究没有鬼怪！

“‘大叔’，你跑得可真快！”DJ的女友惊喜地喊了一句。

出乎意料的是，那“大叔”并没有回应。

众人再次加快向前搜索，只听又是一阵“噗噗”的声音。

“鬼！”两个女生同时一阵惊呼。

只见前方不远处，飘浮在空中的好几双碧绿的小眼睛冷冷地盯着他们。

DJ硬着头皮用手电筒一照，原来是几只蝙蝠！

但刚才走到洞口的时候，没有发现蝙蝠。想是先前那些撤离的人吓走了这些“怪物”，而它们不久之后又重新飞回了这个巢穴。

伴随着DJ四人的走近，这些“怪物”又“噗噗噗噗”地飞离了。

“怪物”栖息处离洞口不远，不一会儿四人看到了洞口的光亮。

奇怪的是，直到洞口，都不见那“大叔”的身影。“大叔”蒸发了！

唯一的好消息是，手机有了信号，尽管很微弱。

但是，另外四人的手机无一例外都联系不上。

DJ分兵的四人也由两对人员组成，即老五、老七和他们的女友。统领的是那个在星空大厦里好心要对史意捷提供帮助的愣头青老五。

从后门出去，经过那条通道小弄，往南是他们刚才进来的方位，大多为瓦砾场，往北方向一边靠着小山，一边却有许多未拆的古旧房子。

老五踌躇片刻，右手一挥，一行四人往北搜去。

“那边曲曲折折的，会不会有什么危险？”那老七向来胆子比较小，小心翼翼地提醒。

“要是那些人真从后门溜走了，选择这个方向的可能性更大，因为更隐蔽。”老五行事向来比较沉稳，也很有责任感。“再说，朝南方向怕遇见我们那位新朋友的死敌。”

“那恶人也真够难缠的！居然找到了十九号茶馆。”老七感叹着。

“中年人跟恶人是一伙的。我们那位朋友从十九号茶馆出去跟踪那中年人后，恶人就出现了。也许这本身就是个诱饵。”老五叹了口气，“但这恶人怎么会想到在这片拆迁区找我们？！”

“也许是巧合吧！他追踪的是那个‘大叔’！”老七胆子虽小，但脑子并不笨。

“对了，刚才的那位‘大叔’，听声音怎么像我们的那位新朋友？！”老五的女友心思比较细腻。

“是我们那位新朋友的叔叔也说不定吧？否则那恶人怎么会出现在这一带！”老七脑洞大开地想象了一番。

“不知道我们那位新朋友后来怎么样了？”老五叹了一口气。

“凭他的身手，一定没事的。”一直没有说话的老七的女友开口了。与老七比较胆小不同，她却是一个女汉子。

“对了，老五，你说 DJ 为什么要帮那个朋友？”老七忽然问起这个根本性的问题了。

“你这应该去问 DJ。”老五笑了笑说，“不过我觉得那人是好人。”

“我觉得很奇怪，我们八个人为什么要怕那恶人一个人？我都不怕他。”老七的女友有点愤愤不平。

“显而易见，那恶人是极难对付的。但 DJ 可能更多地顾虑这恶人背后的势力。”老五又叹了一口气，“DJ 曾经说过，银河中心娱乐城后门往上走，有时会遇上‘鬼’！那个恶人可能与那些‘鬼’有关。”

“别胡扯了！”老七的女友不以为然。

“‘鬼’当然是一种形象的说法。”老五认真地解释说，“很可能是一股神秘的、邪恶的势力，我们能避则避。”

“那星空大厦里充什么英雄?!”女汉子讽刺了一句。

“这是路见不平!”老五也毫不含糊。

“其实我们只是好玩，跟这事毫无关系。”那个胆子较小的老七解释说，“不是吗，我们仅仅是追求刺激，所以照例开着摩托车四处兜风。”

四人说归说，但究竟还是往前小心翼翼开展搜索工作了。

这一方位的房子大部分还未拆，但住户均已搬迁。没有路灯，走在这里有一种阴森森的感觉。

为了安全起见，一行四人自是不去往那暗洞洞的老旧房子里搜索，只是从外面胡乱照射一通手电，想来没有动静就不会有人。

一行四人信步在小弄里转悠着。说来奇怪，这条小弄只通一个方向。有时明明有岔路，却被建筑垃圾封死了；有时明明是断头路，却拆除了一部分建筑，连通了路径。

路曲曲折折的，　行四人由最初的对周边的警惕慢慢地变成了对所走路径形状的疑虑。

“这路怎么这么长?”

“是盘旋曲折的缘故。”

“这方面有没有什么规律?”

“乱的!哪有什么规律!”

“我看似乎是在看似没有规律之中，有着规律。”

说最后一句话的是老五。但他也只是隐约的预感，至于如何的规律法，那他一点也说不上来。好在除了路径的争论之外，一路上并没有遇到什么情况。

“我们怎么走了这么久?照理说这一带没有这么远的路程!”说话的是老七，“要不我们回去算了!”

“你这个胆小鬼!这是路弯弯绕绕的缘故!我就不信，这路没有尽头!”老七的女友一阵奚落，说得他闷声不响。

只要不是环形路，任何路当然都有尽头!他们这条正在走的路幸好不是环形路，所以，最终还是来到了路的尽头。

路的尽头连着一处高大的殿堂。众人照例用手电胡乱照了照，殿堂里毫无动静。

他们已经误入歧途了!显然，那位“大叔”要找的那些人没有从这条道走。

既然知道是错的，那么就知错就改，回头是岸。

一行四人又沿着来时的路逆向而行。

但任何事情未必都是可逆的，至少时间就是单向的。他们惊奇地发现，来时只有一个方向的路径，现在却变成了三个岔路。不，是四个岔路！第四个隐蔽的岔路被老五女友发现了。四条岔路就是四个选择。

四人努力分辨着，却发现四条岔路都是一模一样的特征。

“管它是不是来时的路，随便走哪条都行，只要能走得出去。”女汉子焦躁起来。

众人也没有更好的办法，只得跟着女汉子任意挑了一条岔路走去。

但没过多久，他们又傻眼了。前面竟然又是那个高大的殿堂！

“这地方怎么这么古怪！”老七的声音颤抖起来。

“你这胆小鬼，怕什么！”女汉子教训起老七来，像小刀切葱一样。“大不了我们四条岔路全走遍，我就不信有来无去！”

“八妹说的是，至多是试四遍。”老五肯定地说。暴力破解法虽然不精妙，但却肯定有用。

但他们的运气实在差劲之极，那条正确的路径直至第四次才探明！

找到回去道路的感觉真好！眼下他们早已把寻找那些可疑人的使命抛诸脑后，如果没有前途，世上还有什么比归程更重要?!

但这种兴奋感维持了没多久，他们又疑惑了，接着又开始沮丧起来，前面竟然又有四条岔路！

“他奶奶的，怎么变成了‘黄鳝笼’！”女汉子愤怒起来。

“黄鳝笼”是一种捕黄鳝以及其他水族的工具，进去只有一个唯一小小的孔，出来却有许多岔路和死路。别说水族并无智慧破解，就算会试错，时间也不够。还没有等它们试错成功，就被渔人收网了。

“没准这四条岔路都通向外面！”老五安慰起众人来。

但没多久，老五的观点马上被证伪。他们不但没有找到出路，反而回到了返程的原点——那个高大的殿堂！

“中邪了！难道是梦境?!”老七眼睛瞪得像铜铃。

“你这个胆小鬼，中你大头鬼的邪！”女汉子拧了一下老七的耳朵。

“那怎么连第一个四岔路口也不见了?”老七反问。

“这些岔路口，从我们来的方向是看不到的。”还是心思细腻的老五女友提出了一个合理的解释。

“是啊，我们来的时候的确没有注意。”老五恍然大悟，“但现在要出去就麻烦了，如果有许多岔路，每处岔路都有四路，那我们得花很长时间才能试错成功。”

“要是有六处岔路，每处有四条，那么有 4096 种可能。就算每处可能只用一分钟，也要 68 个小时。”老五的女友竟然是个数学高手。

“我想不通的问题是，从外面看，这片区域最多不超过一二平方公里，我们差不多已经走了一个小时，怎么还在里面打转?!”老七困惑万分。

“难道真是个鬼地方?”女汉子的中气已经明显不足了。

第十二章　云山云图

“我们被困在这里了?”DJ 的女友颓然地说。

“那个‘大叔’会不会害我们?”DJ 的另一男伴问。

“老三，不要乱说。”DJ 神色坚定地说，“他肯定是我们在星空大厦遇到的朋友的朋友，至少是关系极亲密的人。”

“那星空大厦的朋友可靠吗?”那老三的女友带着讽刺意味问。

“我觉得那朋友正在办一桩大事，也许还是重要的人物。”DJ 没半丝犹豫地说，“我们 DJ 八友义气为先，对待那朋友当然也要仁至义尽。”

“可那‘大叔’是怎样消失的呢?”DJ 女友声音有点发颤。

“这事若不是亲眼所见，说出去别人肯定不会信。”老三摇了摇头说，“我们还是给其他朋友打个电话吧。”

“噗噗噗”，又一阵声音。

众人知道又是蝙蝠在作怪。果然，没几秒钟光景，几只眼睛闪着光芒的蝙蝠飞出了洞口。

刚才没被四人所惊动的蝙蝠又飞了出来！那么，这次是谁惊动了它们?

蝙蝠的飞舞声之后，响起了一阵轻微的脚步声。虽然轻微，但很清晰。

还没等众人反应过来，只见里面射出了一束手电光！

“大叔”?!

果然是“大叔”！因为“大叔”在责怪了，“你们怎么跑得这么快?!”

“我们跑得这么快?!‘大叔’，天地良心啊!”老三的女友说话向来尖锐，“你变戏法不见了，我们被你吓得半死。”

“对了，‘大叔’，你到哪里去了？”还是DJ问到了正题。

“你们跟我来！”“大叔”用一种极有把握的声调说。

“别抱怨了！”还是老五相对镇定一些，“我们进殿堂看看。也许那里有出路。”

殿堂门口的高处有一块牌匾，已经破损，看不清楚。大门虚掩着。老五伸手一推，只听“吱呀”的一声，木门应声而开。

里面的空间极大，对门有一尊大大的神像。老五又出门仔细看了看牌匾，依稀辨认出三个字，“云神殿”。

云神殿没有后门，准确地说，是后门被一面高墙堵死了。

众人转悠了一会儿，没有找到别的出路。威严的神像虽然在黑暗中显得有点可怕，但毕竟没发现什么特异之处。

然而不知怎么回事，众人总感觉什么地方有点不对劲。

匪夷所思的事情出现了！那座云神殿突然消失了。四周竟一片空旷，猛烈的狂风迎面吹来，简直让人窒息。天上阴暗的黑云迅速涌动，像一条条邪恶的巨龙。突然，一阵劈裂天地的巨响震耳欲聋，伴随的是一道耀眼的闪电。

风起云涌，雷鸣电闪。倾盆大雨不时将至。

老五等四人惊慌失措，逃无可逃，避无可避。

“‘大叔’，那只狐仙，不，是狐狸，哪里去了？”老三女友问道。

“是超级大老鼠。”老三赶紧纠正。

“既不是狐狸，也不是超级大老鼠。”“大叔”笑着回答，“是一只大大的黄鼠狼而已。”

众人跟着“大叔”来到了距离厚重的铁门不远的地方，只见他在一处不起眼的转角处一闪身，又“神秘”地消失了。就在众人目瞪口呆的时候，他又出现了。

“看清了没有？由于视角的原因，这边的通道不易被发现。”“大叔”开口了。

众人这才看清，那像“死穴”的浅显凹陷处原来竟隐藏着另一通道。

“要不是那只黄鼠狼引路，这通道很难发现。”“大叔”进一步解释。

原来史意捷当时跟着黄鼠狼跑入了这条通道，发现这条通道竟连着另一个关键去处！黄鼠狼钻入一处破洞逃逸了，史意捷也任由它，直接走上了烟囱小阁楼。那条脊龙已经不在了，器物摆放一切如常，仿佛这一切没有发生过似的。

走下阁楼，那古旧房子的大门已经关闭。史意捷已经发现了烟囱小阁楼，所以那大门关不关也并不是致命的。但他还是四处找了找，竟然找到了那大门的开关。

大门无声地缓缓打开。史意捷一敲那大门，与刚才那扇是类似的，极其厚实。怪不得在古旧房子里用叩击法检查时找不到这扇大门。那些面具人当时很可能是经由这开着的大门撤离，而后又从里面关上大门，之后救了脊龙从山洞溜走的。

古旧房子里没有人，老五等四人还没有回来，但外面四辆摩托车还在。

屋子里空荡荡的，只有四个鬼怪状的雕塑分布在四面墙上。它们在晃动的手电光的映照下更显恐怖。

“笃笃笃，笃笃笃，笃笃笃”，有人在敲门。在这深夜诡秘的古旧的老房子里，还有谁会来敲门?!

但敲门声清晰规则，持续不断。

众人检视良久，发现这既不是前后普通门，也不是那两扇已经发现了的厚重铁门。

敲门声竟然发自那东面墙上鬼怪状的雕塑!

两个女生都已经吓得紧紧靠在自己男友的身上，连 DJ 和老三都面有惧色。

毕竟史意捷胆子大，他快步走近那雕塑前。那敲门声还在不断传出。他用同样的节奏敲了敲雕塑，那敲门声却消失了。

“救救我！救救我!”雕塑发出细若蚊蝇的声音。

DJ 四人吓得一动也不敢动。

只见史意捷侧着头贴近那鬼怪状的雕塑。没听几秒钟，就冲 DJ 等人喊道：“快过来帮忙，雕塑里有人!”

DJ 四人听说雕塑里面有人，上前手忙脚乱地胡砸一通。但雕塑是用木材做就，很是结实，于是老三要到摩托车上去取工具。

还没等他跑到门口，史意捷已经找到了雕塑旁墙壁上的一个开关。一按之下，只见雕塑像一扇门一样，从左到右打开了。雕塑是空心的。

里面竟然站着一个人!

秃发宽额、黑衣黑裤，那不是被面具人捕获的莫院长还能是谁?!

史意捷固然惊讶！莫院长竟然在不经意中找到了。DJ 四人更是瞠目结舌，哪怕是噩梦中也想不出这么离奇的情节。

莫院长手脚没被捆绑，但脸色苍白至极。他深深地吸了一口气，然后长长地吐了出来。目光顺势往五人身上一扫。疲惫的神情竟然掩盖不住犀利的眼神。史意捷心中暗暗高兴，看上去莫院长并无大碍。

“谢谢各位的救助!”莫院长见五人中并无一人认识，微觉奇怪。

“多亏了这位‘大叔’找到了出口，否则，连我们也要困在那山洞里。”DJ 指了指史意捷。

“应该说多亏了你们无意中撞到这里，否则，连我也要遭殃。”史意捷拍了拍 DJ 的肩膀。

莫院长听着眼前这人的声音非常熟悉，疑虑地看了看他。

“这位老先生不要怕，我就是刚才打扮成他们成员的那个人，本来想找机会救你的。”有 DJ 等人在，史意捷没有说破莫院长，一来想保护自己的真正身份，二来也怕对莫院长造成负面影响。

“那么你又是哪位呢?”莫院长显然对他刚才的回答不太满意。

“我是追踪那些面具人的人。情况很复杂，你还是不知道的好。”史意捷真诚地说，“这四人，还有外出找线索的另外几个人，是我一个要好朋友的朋友。他们跟这件事完全无关，只是碰巧撞上。”

“哦！另外四个朋友还没有回来，可能遇到麻烦了。”莫院长疑虑的神色消失了。

“你怎么知道有四人?”现在轮到 DJ 疑虑了，“顺便问一下，你是谁?为什么会被他们关起来?”

“我也与这位小哥一样，情况有点复杂，你们不知道反而少点麻烦。”莫院长明显也不想让 DJ 等人知道身份，不然，会弄出许多谣言来。“至于我为什么知道外面有四人，那是因为我脑子一直清醒着。”

“老先生，那时你为什么不求救呢?”DJ 的女友发出疑问。

“他肯定被人用了什么药，脑子清醒，手脚不能动弹。”史意捷赶紧替莫院长解释了一句。

“这位小哥说的一点不差。”莫院长解释说，“当那些面具人发现外面有情况，就一面对这位小哥展开攻击，一面熄了火。其实那是佯攻，他们真正的目的还是撤离。撤离之前我被人用湿布帕蒙住嘴鼻，于是一下子手脚不听使唤，连声音也喊不出来了。”

“我们在洞口找到他们留下的纸条，听他们的口气，这次算放过我们。”史意捷边说边从胸口掏出那张纸条。

“要是你们全都从后门走了，那我也许永远困在里面了！”莫院长长地叹了一口气。

“这里困着老先生，其他三个雕塑中会不会有人?”DJ 的女友忽然惊悚地说。

春雨?！史意捷火箭般地蹿到另一个雕塑前，反复检查，却最终只能证明是实心的。另两个也是如此。

关心则乱！不要说那一帮人跟这一帮人不见得是同伙，即便真的是同伙，在自己没有把关键物证交还给他们之前，他们也不会傻到自毁筹码。

“我们还是去找另四位朋友吧！他们可能遇到麻烦了。”莫院长提醒道。

“我们去找他们，他们回来找不到我们怎么办?”老三怕两头错出。

“我们还是听那老先生的。找不到那四位朋友我们再回来。他们要是到了这里也会等的。”史意捷相信莫院长的智慧，虽然他还不太清楚莫院长今天晚上为什么到这里来，但他相信一定会有一个合理的理由。

一行六人从后门穿出，不一会儿来到了那个大大的岔路口，向右大多是瓦砾场，向左却是一大片未被破坏的老旧房子。莫院长被外面的冷风一吹，精神好了许多。

“往哪个方向走?”老三用眼睛看着老先生和“大叔”。年纪大的人通常更让人有依赖感。

“那边去！复杂的结构更可能产生复杂的事物。”老先生解释得这么复杂，选择的结果却跟老五他们一样。

一行六人不久重蹈覆辙，走入了老五他们曾经走过的那条极其复杂的小弄。

“这条路难道没有尽头?”老三产生了不好的预感。

“反正只有一个方向，还怕走到天边去?”老三女友意志倒很坚强。

“曲曲折折的头都被转晕了，不知道现在处在什么方位?！”DJ 女友抱怨起来。

“我总感觉我们其实是在原地打转！”DJ 发表了怪论。

一行六人在犹豫、质疑之中终于毫无悬念地来到了这条路的终点——云神殿。

云神殿里有动静！是老五他们?还是面具人?抑或两者兼而有之?

“大叔”向众人招了招手，聚拢后轻声说道：“我去那边看看。你们躲到暗处去。有什么变故不要马上出来，等情况明了后伺机而动。”

老先生刚吃过误中圈套的苦头，清楚知道“大叔”的意思。DJ 四人却还不甚明了，待要分说，“大叔”又发话了：“这里老先生统一指挥一下，我去探探。”话音未落，就猫腰悄悄地踅了过去。

远远看去，那个殿堂里有灯光闪烁在黑暗之中，凌乱而不规则。“大叔”躲到五米开外的一个障碍物之后，拾起一块小石子扔了过去。

投石问路！但毫无反应！

他又仔细观察了殿堂外面的上下左右，待确认了确实没有陷阱之后，悄悄走到大门前，蹲下从门缝处往里看。

里面有四个人在东倒西歪地四处游走，嘴里发出惊恐的呼叫，手中的手电筒也跟着不停地四处乱照，有点像跳傩舞，但更像是中邪。定睛细看，那四人正是 DJ 所分出的另一半。除此之外，别无他人。

史意捷倒吸了一口凉气！若非亲眼所见，断难相信！自从细雨巷到这里的经历都非常清晰，并无中断模糊之处，中间还包括“逻辑测试”，因此这会不应该处在“记忆丛林”之中。

想到这，他对老先生等人招了一下手，示意他们过来。老先生等五人偷看之下，也兀自惊疑不定。

史意捷把老先生等人又拉到远处：“你们还是在远处隐蔽着，我去把那四位朋友救出来。”

“我们一道去！”DJ 焦急地说。

“我一人去更好，万一里面有陷阱，人多了反而是碍手碍脚的。”史意捷语气非常坚定。

“那你一个人进去不是更危险吗？”DJ 女友关心地说。

“我会警惕提防，快进快出的。”史意捷很有自信。

“我看小哥这样安排挺好的。但有一点千万要注意，一定要屏住呼吸。”老先生说到了关键点，“看情形他们一定中了什么药物的毒，也许是致幻剂，也就是迷香之类的。”

史意捷踢开大门，飞快地拖了一个人出来。里面除了余下三人的惊恐声，没有其他的动静。看样子并无陷阱。

首先拖出来的是老五的女友，史意捷把她交给 DJ 他们。接着依样画葫芦，分别一一拖出了余下的三人。四人看上去犹自惊惧万分。

“给他们掐人中！”老先生很权威地指令。

DJ 四人分别一一对应老五四人，照令施术。这样折腾了好一会儿，老五四人终于慢慢地平静了下来。

十个人远离那怪异的殿堂，挑空旷处坐定，休息了好一会儿，老五等人终于回过神了。史意捷、莫院长以及DJ四人也了解了大殿里所发生的一切。

“里面没有其他人，后殿也并没有通路。”老五摇了摇头说，“但我们却中邪了。我只觉得四面一片空旷，强风劲吹，黑云翻滚，雷鸣惊心，电闪耀眼。”

其余三人也点点头，竟然有差不多的感受。

“你们肯定是中迷幻剂了。”老先生纠正。

“我们没吃没喝什么呀?”女汉子一脸的不相信。

“应该是气体状的。”老先生权威地说。

“那谁下的毒？抓起来把他的鸡鸡割掉算了!”女汉子愤愤不平地说。

“下毒的为什么不能是女的呢?”老七贼态兮兮地反问。

女汉子作势要殴打。

“不要吵了！人员安全就好!”“大叔”用双手往前压了一压，示意停止争论，“这毒既然是气体状的，他们可以提前布置。再说，就算放毒人还在附近，这么复杂的结构，我们是不可能找到的。”

“是的，这位小哥说得对。我们还是安全第一，尽早离开这块是非之地。”老先生的选择，总是比较稳妥的。

“你们还不知道很难走出去?”数学家老五女友提醒道，“往回走，我们已经遇见两处岔路口，每处四条路。我算过了，如果有六处岔路，每处都有四条路，那么有4096种可能。就算我们非常仔细地做标记，每处可能的岔路只用一分钟，也要68小时。”

“这次是真的一网打尽了!”爱讽刺的老三女友摇了摇头。

“难道真是一个巨大而精巧的阴谋?”数学家跟着怀疑，“就算不在云神殿中发狂致死，也要困在这个复杂的回环结构里。”

“你别瞎猜！说得人心惶惶的!”老五责备他的女友。

“可能不是对付我们的，是我们自己误打误撞陷在了这里。”DJ赶紧打圆场。

“大家不用担心，既然能走得进来，一定能走得出去。”老先生安慰大家。

“但有那么多的可能性!”老三女友忧心忡忡。

“我们先来理理思路。”老先生接着说，“进来的时候，我一直在仔细观察。你们发觉没有，这些表面极度不规则的弯弯曲曲的路其实是有规则的。”

“什么规则?”数学家很感兴趣。

“其实我们一直在绕圈走，越走越往圆心。”老先生一语惊人。

“我怎么没有感觉到?!”DJ的疑问代表了绝大部分人，只有史意捷，隐隐约约地觉得有规律可循。

“是小处盘旋曲折，大处环形向内。”老先生肯定地说。

“你怎么分辨得这么清楚?”数学家非常惊讶。

“我曾经有一段时间眼睛短暂失明过，恢复的时候又长时间戴上了眼罩，所以练就了用心去看的本事。”老先生的回答很有说服力。

“我能作证。”“大叔”顺着老先生的话说，“我们一直越走越往圆心。”

“难道你也失明过?”老三女友是不信的口气。

“没那么不幸!”“大叔”笑着说，“进来道路这么曲折，我就在担心回来的时候会不会出问题。因此一直注意着一些重要的参照物。”

“什么参照物？星星?”数学家很好奇。

“天上云层密布，怎能看见星星。再说用星星作参照物航海还差不多，这么短的距离根本没用。”“大叔”进一步解释说，“我是用那大教堂尖顶红色的十字架作参照物的。”

众人抬头瞧了瞧。“没有啊！哪有十字架?”老三女友大惊小怪地说。

“由于角度的原因，十字架有时会被附近较高的建筑遮蔽。我们这个角度就是被那个云神殿给遮住了。但我一直在留心观察。通过没有遮蔽时十字架的位置变化，基本能确认老先生的结论。”“大叔”的回答非常客观。

众人“哦”了一声，表示信服。

“对了，老先生，我有一个疑问想问你!”史意捷目光不自觉地扫了一眼DJ八人。

“但问无妨!”

“你说这个绕圈往圆心走的结构是不是跟那些面具人舞蹈中最后的图形相类似?”史意捷踌躇了一下问道。

“这个问题我们走出这个迷阵后再讨论。”莫院长似乎不愿意在DJ等众多局外人在的情况下说及。

“就算我们清楚了这是一个绕圈往圆心走的结构，我们还是不能解决岔路问题啊!”DJ的女友心细如发。

“也许岔路也有数学规律。”数学家开始信心满满起来。

“等你弄清了数学规律，黄花菜都凉了。要是我是设计者，我就用随机规律。对不，随机也是一种规律吧?!”老三女友又酸了几句。

一行十人边聊边走，不知不觉之间，已经到了出去的第一个岔路口。

“你们刚才走对的路是哪一条?”DJ 问老五他们。

没想到老五等人却一下子想不起来了。

“可能是药物的作用，慢慢想，不要急。”老先生看他们焦急的样子，安慰道。

“刚才还算得头头是道，这下子脑子全变浆糊了。”老三女友的嘴巴向来不肯饶人。

“你!”

“大家不要慌，总有办法的。”只见那“大叔”话音未落竟往附近的制高点爬去。那制高点是一处两层楼的老式木结构楼房的屋顶。

“没想到‘大叔’身手这么敏捷，简直跟我们在星空大厦遇上的朋友一样强。”DJ 由衷赞叹着。

“‘大叔’真厉害，用三维的视角破解二维的困境!”数学家已经明白了史意捷要干什么，赞叹竟充满了科幻色彩。

史意捷今晚第二次“登高望远”。第一次是在那小吃店附近春雨被那些幽灵劫持后自己辗转进入的那条连环迷宫式的小巷，当时自己甚至还没有想出识别意识丛林的方法。两次之间不过几个小时，但感觉上好像极其遥远。但那次是假迷宫，真正的考验是这次。他本不打算让 DJ 这些单纯的学生卷入这个危险的游戏，但命运开了一个大大的玩笑，他们竟被动地卷了进来。无论如何，得确保他们的安全。

从高处往下观察，局势明朗了许多。这个岔路节点做得的确巧妙！从进来的视角观察，那三条岔路不易被发现；即使发现了，终点还是同一的，就是那个充满诡异气息的云神殿。但从出去的视角观察，其他三条岔路却很明显了，而那条唯一通往外面的却不易被发现了。

“最左边的那条!”史意捷从高处遥遥一指。

“哪里？我怎么看不见!”老三焦躁地喊了起来。

“这个是不易发现的！上次还亏了我女友眼尖。”得人提示，老五开始有点印象了。

“你们还不是最终仍旧困在了那个鬼地方!”爱酸人的老三女友不放过任何一次机会。

“你有本事你带路！”老七女友，也就是那个女汉子拉高声调对老三女友喝了一声。

老三女友为人虽然尖刻，但对女汉子似乎有点畏惧，竟然沉默不语。

史意捷看清路径后跳了下来，自言自语道：“最隐蔽的，最靠左边的，不知道这两点是不是规律？”

“小哥言之有理！”那老先生频频颔首。

“上次我们刚开始正好选了最靠近右边的，因此直到第四次才选对了路径。运气实在太不好了！”老七等人终于也想起来了，叹了一口气。

“还不是老五家那个说要有序排查的缘故！”女汉子跟了一句。

“第一次却是你挑的。”数学家回敬了一句，“后来我是怕乱挑反而弄不清楚哪些走过了，哪些还没有走过。”

一行十人很快来到了第二个岔路口。第二个岔路口老五等人只走过一条路径，而且是错误的。在第一个岔路口的一开始，老五等人一下子记不起曾经的选择，一方面固然是云神殿迷药的影响，另一方面更多的是心理因素，云神殿事件及老先生和“大叔”等人的突然出现临时“压制”了他们的记忆。现在，他们的记忆机制已经完全恢复了。

“靠右第二个岔路口是我们走过的，但直接通到了云神殿那鬼地方。”女汉子指了指路。

“我们当时没发现规律，随机选择的。”数学家补充了一句。

“最隐蔽，最靠左，这条就是！”老五指了指发现的路径。

“地球人都知道了！”女汉子话未说完，率先跑入了岔路。

老七本能地追了过去，紧接着其他人也跟了过去。

“看来他们完全认同了你刚才关于出路规律的假设！”老先生拍了拍史意捷的肩膀。

“不一定正确！我还要爬到高处验证一下。”史意捷摇了摇头说。

“也许等你验证完毕，这些年轻人又要失踪了！”听老先生的语气，竟似也相信了这个假设。

史意捷只得偕同老先生追上了 DJ 他们。

一路曲曲折折，但竟然不再遇到岔路口。“数学家”关于岔路口有六个的假设想得实在太严重了。也许就只有两个！对无意中的闯入者起起吓阻作用就好，多建了工程实在浩大！但问题是，谁会在这鬼城般的地方建这么一个玩意儿?!

史意捷还没有深入思考这个问题，另一个不好的预感逐渐冒了出来。

“停一下!”他突然紧急喊了一声，“我们似乎在往那个殿堂方向走，而且相当接近了!”

“你怎么这么肯定?”女汉子疑惑地说。

“你们看那个教堂的红色十字架!”史意捷指着东北方向说，“跟我记忆中接近那个殿堂时呈现的视角是一致的。”

“看来那个‘规律’是错的!”数学家摇头叹息着说。

“唉！现在我们该怎么办呢?”老七忧心忡忡。

“往回走!”史意捷坚定地说。

一行人没走几步，却发现又来到了第一个岔路口。这间接证明了“大叔”感觉的正确性，刚才他们不但在往里走，而且离那云神殿这个中心已经相当近了。

不知道他们是通过哪种“回路”走到第一个岔路口的！但这已经不重要了。重要的是，他们很快地确定了“最隐蔽、最靠左”的那条路径，在这里，这条规律并没有失效!

重新回到第二个岔路口，史意捷二话没说，“噌噌噌”地翻爬到附近的高处。

与第一个岔路口三条岔路较短，路径曲折少而接近圆，并且都是明道这些特征不同，第二个岔路口的岔路路径较长，极其曲折，更要命的是，除了明道外，还有不少暗道，而暗道或者是在上面盖上了椽子瓦片，或者就直接是穿屋而过的。这些暗道他们在进来的时候走过，只不过当时没有意识到它们对于“死亡岔路”的意义。进一步推敲，既然有暗道，很可能那些岔路中途还联结着其他岔路的分支，从而令这个“结构”更加复杂难解。而刚才能“顺利”走回第二个岔路口，也许是不幸中的大幸!

史意捷站在上面呆呆地出神！但他确认这复杂的结构并不是意识丛林，因为，他经过一系列复杂的推算才确认那些岔路的难点在于暗道，在于暗道联接其他岔路分支从而指数级地增加选择的可能。他没有迷失在意识丛林中，却迷失在复杂的现实结构中!

“我们一时半会出不去了!”史意捷重重叹了一口气。

“我们做上记号，路一条一条地去试!”女汉子惯于用暴力破解法。

“可能也没有用，因为有暗道在。”史意捷吁了一口气继续解释，“基本上，暗道还联接着其他岔路的分支，因为暗道外的明道明显增多。”

“这么说，有人也用升维的方法，阻止了我们‘升维脱困’的努力?”数学家似乎同时还是个科幻迷，“看来我们的‘三维观察，二维脱困’计划要失败了!”

“‘升维脱困’永远不会失败!”老先生竟然也会用时髦的话语，边说还边往史意捷的方向看了看。“我们换一个角度想想问题!”

众人一听，不免失望，还是没有解决问题的具体细节！这世上，细节往往比大道理重要得多!

“对，‘三维观察，二维脱困’并不是全部的‘升维脱困’!”站在高处的史意捷瞬间完全恢复了信心，“还包括‘三维观察，三维脱困’!”

“又讲什么没用的空头道理?!”女汉子明显已经失望得不耐烦了。

“大家上来吧!”史意捷向众人招招手。

老先生露出会心的微笑!

DJ 八人虽然领会得有快有慢，但不一会儿，全明白了，毕竟这道理不是十分复杂！只听得“哇”的一声惊呼，他们兴奋起来。本来他们骑着摩托车到这片区域来，除了那个恶人的因素，很大程度上也是为了寻求刺激。现在既能脱困，又能体会屋顶惊险夜游的刺激，何乐而不为?!

DJ 八人虽一半是女的，但他们青春年少，又两两成对，所以翻墙爬屋，总体上并不成问题。倒是那个老先生，还得史意捷照料，又不能照料得像春雨这般随意。

屋顶上的夜景，异常的奇特！如细雾般的濛濛细雨早已停了，空气中充满湿润的味道。暗黑的云层，只有在远处城市深夜灯光的反射下，才显示它的存在。周边好大的一块区域完全没有灯光，只有各种各样形状诡异的黑色轮廓。东北角教堂顶上红色的十字架更加醒目了。而西南角方面，竟然也能看到星空大厦，那座神秘的存在，灯光依然璀璨，正是不夜城！紧挨着这片废墟的细雨巷那一带，不少四合院已经熄了灯，仿佛能听到此起彼伏的鼾声。远处的钟声响了！十二下，已是午夜的零点。又一天已经开始!

史意捷一行十人爬墙走瓦，上攀下跳，虽然狼狈，但终于走出了这个极其复杂的结构。

依然还是那条来时的路。不一会儿，众人回到了那个古旧的大房子里。穿房而过，前面的四辆摩托车依然还在。

“哇，那个恶人没发现我们的摩托车。”老七高兴地说。

“别疑神疑鬼，也许只是巧合，那人根本就没有发现我们!”女汉子不以为然。

“你们猜，这恶人会不会就是那建造迷宫的人?”老三突然脑洞大开地提了个问题。

“别逗了，凭他那种智商也配?!”女汉子对那恶人不以为然。

“也许是个小跟班!”数学家折中了一下。

史意捷看似无意，实际上是在认真地听。听他们的闲聊，他们曾在这片废弃区外看见警察小管，也许后者没有发现他们。那个警察小管背景极其复杂，这些单纯的学生千万不要受到牵连才好。

“二妹、五妹，你们到三弟、七弟的车上挤一挤。”DJ 布置完毕又转头说，“‘大叔’坐我后座，老先生搭五弟那边。”

“不，你们自个儿走!”“大叔”的回答出人意料，“如果老先生不介意，我来单独护送。”

“我正好想跟小哥聊聊。如此安排，再好不过，只是有劳小哥了!”史意捷本来以为老先生会犹豫，没想到他非常爽快地答应了。

“这里太古怪，人多安全点！还是一起走吧!”DJ 早已被山洞和复杂结构给弄怕了，因此好心地提议。

“还是你们年轻人单独走的好。我和老先生要是搭了你们的车，那就太招摇了。对你们也不利。”史意捷耐心地劝说。

“‘大叔’，你们不用担心我们!”DJ 还是坚持。

“你们这些愣头青，要不是你们突然捣乱，今天我在这里就成功了！知道吗?你们毁了我精心设计的行动!”“大叔”突然怒不可遏，“你们还想继续坏我的大事?”

“忘恩负义！我们走!”女汉子气得满脸通红，其他人也都脸有愤色。

四辆摩托车“隆隆”地响了起来。

“外面小心！记住，千万忘了这里发生的所有事情!”史意捷从背后向他们喊了一句。

“别假惺惺的!”女汉子回了一句。

“老弟不怕这里还有危险吗?怎么八个好帮手就这样白白浪费了?”DJ 八人一走，老先生对“大叔”的称呼也变了。

“你没有看出我在保护他们吗?!”“大叔”正色说。

“当然看出了！但我问的重点是你确定这里不再有未知的威胁了?”老先生似乎有点意味深长地说。

“不会有了，至少在回去的路上。”“大叔”非常肯定地说。

“这么肯定?”老先生有点好奇。

“你想，那些人如果真要对我们采取措施，我们根本就没有机会。”“大叔”解释道，“不要说在那个复杂的结构中弄个伏击，就是在那山洞里放点迷药什么的，想必我们也只有全军覆灭的份。”

“老弟的分析完全没错！他们这次只是警告，否则完全可以把我带走！”老先生深吸了一口气。

“老先生灵台清澈!”“大叔”点了点头。

“唉，你似乎已经认定那个超级复杂结构也是这屋子里的那些面具人搞的?”老先生忽然想到了这个问题。

“似乎是显而易见的事!”“大叔”沉思着说。

“有可能最显而易见的事反而是骗局。”老先生盯着他说。

“你有没有觉得，那个超级复杂结构其实跟那些面具人最后的一个舞蹈图形是相似的?”史意捷答非所问地说。

“像旋转星系?! 像暴风眼卫星云图?!”老先生自言自语，“听你这么一说，好像确实是这样。它们共同的特征是不断旋转向内，最终抵达一个中心。”

“是的，我也是这个意思。如果撇开那些超级复杂结构大大小小的岔路和弯弯曲曲的局部细节，就是一个完美的内旋结构，不管它叫什么。”“大叔”好像隐隐约约地想到了些什么。

“听你这样一说，那个超级复杂结构更像人的大脑。”老先生似乎若有所悟地说，“那些曲折跟大脑皮层的皱褶有异曲同工之妙，大脑皮层是为了增加表面积，那个超级复杂结构是为了增加复杂性。它们都是小处弯曲而无规律，大处却是规律的形状。并且，最终都是通往那神秘的中心，由那神秘的中心汇总信息、发号施令。”

“老先生是做什么的? 怎么对大脑结构了解得这么清楚!”“大叔”笑着问。

“老弟不用明知故问!”老先生也笑了笑。

“你以为我知道你的身份?”“大叔”直直地盯着老先生。

“我不但知道你知道我的身份，而且我也知道你的身份。”老先生毫不犹豫地说。

“那么我是谁?”

“你是小雨的朋友，史意捷！”

“证据呢？”史意捷心中不免吃了一惊，但脸上故意不动声色，他想知道破绽到底出在哪里。

“除了老弟你之外，对这些面具人感兴趣的人实在不多。”老先生笑着说，“但我认出你不靠这个。别忘了，我曾经失明过一段时间，因此对声音特别敏感。你伪装成面具人跟他们一说话，我就开始惊奇起来。这声音怎么跟一小时前小雨男友的声音一模一样。等那些面具人开始攻击你后，我就确切知道了你是谁。”

“莫院长真是聪明绝顶！”史意捷叹了一口气说，“但我并不知道那些面具人在这里活动。”

“那你是怎么撞上来的？”莫院长竟也有点意外。

“我是跟着你发现这里的。”史意捷实话实说，反正他有许多问题想问他。

“想来你也没有理由怀疑我，难道你此前知道我有行动？”莫院长更惊奇了。

“都不是！我是在细雨巷附近跟着你过来的。”史意捷也不想隐瞒什么。

“你怎么认得出是我？那是一片特殊的风月场所，我怕被人误会，所以用面罩把头遮了起来。”

“风月场所？”

“你以为是什么正经地方？！”

“哦，不。”史意捷不想把话题岔开，“走在你前面的两个女孩是什么人？”

“我没有跟着谁，所以你所说的那两个女孩我真没有注意。也许是附近一带的流莺吧！”莫院长的神情不像说谎。

“可我正因为那两个女孩才注意到你的！”史意捷大吃一惊，“老实说，当时我还不知道你是莫院长。”

“难道，那两个女孩非常特殊？”莫院长不禁也疑虑起来。

“看上去像是出租房里那两个死去的女孩。”史意捷说完这话，连自己都感觉有点寒飕飕的。

“你怎么确认的？”莫院长像问病史一样仔细。

“我能清楚地记得出租房里那张照片中那两个女孩微笑的样子，那时虽然没见她们微笑，但清楚地看到了她们的脸部，因此感觉上甚至能还原她们微笑的样子。”史意捷解释得很仔细。

“许多人认为有细节的记忆是正确的，其实不尽然。”莫院长苦笑着摇了摇头，

“记忆可以重叠、可以错位、可以缺损，也可以虚构……总之，记忆处于不断被意识和潜意识的编辑之中。你以为你记住了某个人，其实你只是记住了你以为的那人，如果此后你接触了很多类似于你以为的那人的特质，你会不自觉地移植过去。久而久之，便成了那人。”

“照你说来，这世界并没有什么确定的东西？”史意捷并不愿相信这种说法。

“某种程度上，是的。”莫院长并没有否定。

“那我们人类的情感呢？难道也是虚幻的？”史意捷下意识地想到了春雨。

“正因为情感，我们宁愿相信那些并不真实的东西。这是人性中难以克服的弱点。”莫院长突然意识到离题太远了。他只是有所感慨，但并不是对史意捷问题的精确回答。“当然，这些话可能太绝对了。那两个女孩，有可能是你的心理作用。”

“也许是，其实我也不能确定。后来不见了这两人的踪影，难道真像你所说的是流莺？！”史意捷也有点被莫院长弄糊涂了。

“我来到废弃地带后，是跟着那些碧绿的火团追踪而来的，的确没有见着你所说的那两个女孩。”莫院长进一步解释道，“要是真像你所说的的确有两个出租屋里早已去世的女孩，那情况就复杂了。”

“或者是两个相貌相近的人碰巧遇上，或者是有人故意为之。总之，有这么两个人在你前面走着，这我是可以确定的，除非我现在又迷失在意识丛林里。”史意捷确定地说。

“你的大脑运思这么复杂，怎么可能迷失在意识丛林里呢？！”莫院长笑着说，“前者我们不用去管。要是后者，那谁故意为之？为什么故意为之？”

“唉！”史意捷重重地叹了一口气，“小雨曾说过，‘他们可以找跟那两个死去的女孩相貌类似的人来替代，黑暗中你也一定不会细加分辨。就算有分辨，你的大脑也会自我调整的，因为之前你的“记忆”是被植入的。被植入的形象一定会有模糊性。’听了你刚才的高见，才知她的分析也相当地有水准。”

“你看看你，不但能作复杂的运思，就是失忆后的新记忆，也能还原得这么清晰。这进一步证明，你之前只是记忆压制，而没有损害记忆机制。在记忆压制之下，后置记忆反而显得更清晰了。”莫院长感叹了一句。“照你这种细节记忆能力，那两个女孩想必是真的。但不管是不是‘他们’的人，她们的出现与我的行动是无关的。”

“我正想问你，你今天到这里干吗来了？总不可能是约会吧！”史意捷终于问了这个最重要的问题。

“看样子你偷听到我与面具人的对话了。那时我也只是尽量拖延时间罢了。”莫院长似乎有点尴尬，连忙解释了一句。“其实我也一样充满情感，只不过大多是愤恨。”

“愤恨?!”史意捷想不到莫院长会用这个词汇。

“是的，愤恨！今晚，哦，应是昨晚了，当你走出我的办公室的时候，我的愤恨便压制不住地爆发了！”莫院长深呼吸几口气，像是要平息激动的情绪，“我恨透了那些人！他们不但把我最有前途的学生带入了歧途，而且也劫持了小雨。其实，小雨也是我的半个学生，对精神机制非常有领悟力。前阵子我还在考虑是不是要送她到医学院读临床医学去，以便回来当个精神科医生。”

“所以你临时决定搞些调查活动。”史意捷顺着他的话说，“但你怎么知道那些人今晚在这里搞活动?”

“虽是巧合，也属必然。”莫院长重新恢复冷静，“你知道那个小山叫什么名字?”

“不太清楚。”史意捷摇了摇头。

“这里现在叫文山。”莫院长略作停顿后说，“但以前叫云山，风云的云！”

“就算是云山，跟那些人的活动有什么关系?”史意捷反问。

“因为，这应该与那些人的重要图腾密切相关！”莫院长的语气非常肯定。

“你怎么知道得这么详细?”史意捷疑惑起来。

“原来是猜的，但现在确定了。”莫院长指了指古旧的宅子和那个超级复杂结构的方向。

“就算是猜，你凭什么猜?”史意捷突然没来由地对莫院长怀疑起来。

“我凭我的精神分析！”莫院长正色地说。

“精神分析?”史意捷对这些精神科的医学术语并不甚知晓。

“是的。我数天前就跟我那误入歧途的学生在看守所里交流过，但他已经像石头般地顽固了，关于那‘山巅之城’组织的信息片言不露。”莫院长解释。

“既是这样，你怎样分析的?”史意捷更加不解了。

“别急，我话还没有说完。”莫院长做了一个让他少安毋躁的手势，“他不肯透露信息，我在征得公安领导同意的情况下，在那人不知情的情况下，先给他服食了一些镇静剂，然后给他做了催眠。在催眠中进行了诱导。那人也实在顽固，虽然之前知道他不会配合催眠，所以才用了镇静剂，但即使勉强进入催眠状态之后，他也像设置了自动防范机制一样，拒绝透露信息。”

“这么说，他始终没透露什么信息？”史意捷紧紧追问。

“他只是回答了一些无关紧要的问题。”莫院长回忆道，“但在此过程中，他有好几次念叨了‘云山云图’。当时我也不以为意。”

“等等，等等！”史意捷突然着急地打断了莫院长的话，“你说有一个公安的领导陪同，他是谁？”

“是公安局的应政委。怎么啦？”轮到莫院长惊奇了。

“他是怎么样反应的？你们之间聊了些什么？”史意捷继续追问。

“他很失望的样子，说是估计那人也不知道更多的信息了。”莫院长还是耐心地解释。“至于我们之间，也没聊什么。我劝解他道，过一阵子我再做个催眠分析，也许等他身心较为放松的时候会有更多有用的信息吐露出来。”

“还好！”史意捷松了一口气说，“你说当时你也不以为意，那后来想到了什么？”

“好家伙，脑筋竟然这么好使！”莫院长赞叹着说，“后来我想到，‘云山云图’应该不会是无意义的话语，应该是个隐喻。一般来说，绝顶聪明的人多喜欢采用隐喻的办法，来指代一套具体的事物。这样，即使别人听到了也会被弄得一头雾水，或者直接把它们当成是无意义的废话。”

“那你是怎样破解这个隐喻的？”史意捷也很好奇。

“事实上，在此之前，我一直没有破解过。”莫院长摊了摊双手。“昨晚在你离开我办公室后，我既怒又急，想着该为解救小雨做点事。本想联系公安领导，但你告诫过我，幽灵组织还有残余，所以怕坏事而抑制了这个冲动。这时，一张旧报纸的一则消息刺激了我的灵感。”

“什么消息？”史意捷猜着会不会跟“山巅之城”有关。

“是一则关于旧城改造的消息。”莫院长卖了片刻的关子。“《文山周边区块将改造成复古建筑群》这则报道中有‘文山，古称云山’的字样。我突然意识到‘云山云图’也许不全是隐喻，而是实指。”

“那云图也是实指？”史意捷听得极仔细。

“当时我猜想云图还是隐喻。我查了些资料，发现‘云山云图’是个古老的传说，说的是一个上古治水英雄，把治水的图谱藏于云山。而那治水的图谱被称之为云图。”莫院长又深深地吸了口气说，“我想‘山巅之城’自诩为‘拯救’组织，而传说中的云图是救万民于洪水之中的圣物，所以极有可能‘山巅之城’的残余组织把什么重要资料藏于现称之为文山的云山也说不定。”

“你想碰碰运气？如果碰巧找到了那些‘山巅之城’的重要资料或发现什么有用线索，都能对解救春雨提供重要的帮助。”史意捷猜问道。

“跟聪明人交流，甚至不用太多的解释。”莫院长又叹息了一声。“我反正无计可施，瞎窜乱撞，却真的歪打正着。现在看来，云图无疑是他们的图腾！”

“此话怎讲？”史意捷想听听莫院长的解释。

“你想想看，那些面具人黑衣上的云形花纹、如风暴云般的舞蹈、如风暴云般的超级复杂结构，这些都是云图图腾的产物。”莫院长的眼神中闪烁着智慧的光芒。

“唉！莫院长要是早点参与进来，也许春雨就不会被他们劫持了！”史意捷的语气中带着一丝丝的悔恨。对，还有白云！

“我没有那么重要。”莫院长客气地说，“今天要不是老弟你和那八个年轻人，我就糟糕透顶了。”

“对了，莫院长，公安局的应忠信很可疑，你千万要保持警惕。”史意捷已经打心底信任莫院长了。

“你认为他是这一切的主谋？”莫院长反问。“但我认为不像。”

“不会错的，我存有失忆前自己留下的信件，以及一些证据。”史意捷坦诚地告诉他。

“那人官腔十足，装模作样，我向来对他毫无好感，不会为他辩护的。”莫院长对应忠信评价了几句。“但我还是认为即使他是这一切的主谋，他应该还有一个地位极高的高级顾问。”

“你怎么断定的？”史意捷对莫院长暗暗猜中有点好奇。

“那些与云图相关的服饰、构造、舞蹈等图腾文化现象，决不可能是应忠信这种大老粗想得出来的。”莫院长简单地下了一个判断。“云飘忽不定，契合女性阴柔的气质；那个超级复杂结构，既有云图的基本属性，更彰显了设计者是一个具有极高智商的人，很可能是学物理的，甚至是医学的。总之，简单地说，那个设计者是高智商的年轻女性！”

“为什么不能是老年女性呢？”史意捷质疑。

“从那带着云图的服饰的时尚感来判断，那人年纪不会很大的！”莫院长并不是没有根据的胡乱猜测。

“很奇怪，我在失忆前预存的信件中记载的却是一个老年女性，姓名不详，据说是位于星空大厦的乐透集团的幕后控制人，极其神秘。”史意捷给莫院长透露了更为机密的信息。

“哦！老年女性竟也这么有时尚感！”莫院长觉得不可思议，但并未坚持原先的观点。毕竟，史意捷掌握着权威信息。“乐透集团，我一直觉得问题很大。前段时间，乐透集团的裁减员工中密集出现了精神问题，比较普遍的有失忆、严重幻觉，当时我们还以为是乐透集团的工作压力过大所致。”

“你这个信息春雨也说起过了。总之，乐透集团问题极大，基本上就是跟那些幽灵组织是一伙的。”史意捷与莫院长分享着资讯。

“世风日下，世风日下！”莫院长摇头叹息着，“哦，对了，我差点忘了。那个高智商女性还有一个非常明显的特征。”

“什么特征？”史意捷知道莫院长又有什么稀奇古怪的分析方法。

“她应该是幽闭恐惧症的患者！”莫院长说了一个古怪的病名。

“什么叫幽闭恐惧症？”史意捷从未听过这种病名。

“简单地说，对狭小封闭的空间极度害怕，心慌气喘、手足发抖，甚至昏厥。”莫院长耐心地解释着。

“你是从哪里看出来的？”史意捷已经隐隐猜到了一点。

“那个鬼怪状的雕塑！”莫院长进一步解释道，“那个可用于关人的雕塑内部空间狭小，要不是幽闭恐惧症的患者不会设计这么损的招。”

“这里面又有什么心理学原理？”史意捷刚才其实猜得没错。

“你想想看，对作为惩罚性构造的设计，总是以设计者自己认为最可怕的物事为蓝本的。”莫院长解释着说。

“听上去有点道理。”史意捷笑着说，“不过就算不是幽闭什么症的人被关入鬼怪状的雕塑的里面，也着实够瘆人的。”

“如果设计者患的不是幽闭恐惧症，而是它的反例广场恐惧症，那么她也许会把那种惩罚构造设计成空旷且四周有鬼怪状雕塑的设施。比如在那间面具人舞动的古屋里，可以直接把被惩罚人吊到屋顶下。总之，至少不会设计到雕塑的肚子里去的。”莫院长解释得更专业了。

“不用再解释了，我信服了！”史意捷听得投降了。“但有一个问题，我在未失忆前留下的重要资料显示，‘山巅之城’的残余组织启动影子计划后，将会有‘风’‘云’‘雷’‘电’的四个分部被激活，它们分别承担不同的功能，将会在四个特殊的地点定期活动。那应忠信会不会有四个地位极高的高级顾问?”

“哦，竟有这等事?!”莫院长看上去也大吃一惊。“如果是这样，那是够复杂的了！不过，我觉得那个云山云图不像是分部的样子，无论是从他们角度看的寓意，还是那个超级结构的复杂性来看。”

“我们一一把它们查明再作总体判断。”史意捷建议说。

“不过你所说的‘风云雷电’四个分部是完全合理的。”莫院长非常理性地说，“春雨被劫持的地方也许是另一个分部。两者同属一个组织。这也解释了他们为什么放我们一马，因为他们有恃无恐。”

“我也这样想!”史意捷赞同说，“现在回想起来，春雨被劫持那边幽灵的服饰也有花纹，但很奇怪，是三根波浪状的线条。看来也许是风部！但我也有一个问题，他们凭什么认出我的真正身份?”

“老弟，你百密一疏了!”莫院长笑着说，“那些面具人认出的是我。你和那八个年轻人估计都被那些面具人当成我组织而来的帮手了。你想想，凭那些人的本事，怎么会不调查清楚我与春雨的关系?”

史意捷愕然而笑，这也是一个合理的解释！“你觉得查其他几个分部从哪里找线索为好?”

“会不会都跟地理标志有关?”莫院长带着恍然大悟的表情说。

“似乎有这个可能。你明天，不，是天明后能不能帮我找些地理资料?”其实史意捷也想到了这点。

“龙泉禅寺旁边的西山公园里有一个博物馆，里面有古城复原以及我市重要的地理地标，离这儿也并不远。这样吧，我们天明后分头活动。我在办公室里收集收集相关的资讯，你直接到博物馆去找找线索。”莫院长提出了更具体的建议。

“也好。反正我现在连爹娘也认不得了，走到哪儿都不会引起注意的。倒是莫院长你从现在开始，应该格外小心了!”史意捷提醒道。

“哎，对了，不管那个云图图腾设计者是总部唯一的高级顾问，还是四分部之一的高级顾问，我们都有办法找到一些蛛丝马迹。”

“从幽闭恐惧症的病人中找?!”史意捷的思维转得相当的快。“如果有这方面的电子数据库，那就方便得多了。”

“老弟所言甚是!”莫院长笑着说。

“难道真有电子数据库?”史意捷觉得运气好得出乎意料。

“当然有!”莫院长语气中透着一点自豪。“但至少一个月内不能使用。”

“那还不等于没有?!”史意捷失望起来，一个月能发生的事情实在太多了。

“但我们有实物数据库。”莫院长平静地说。

“实物数据库?”

“病历档案!”

第十三章　病历档案

史意捷与莫院长在废弃区里边走边聊。既然那些面具人放他们一马，那么现在在这里其实是最安全的。寻常人不会在这个时点出现在这个地点。就算偶然闯入一些冒失鬼，看见这两个窃窃私语的古怪客，受到惊吓的一定是他们。

两人不再有意外地出了废弃区。在细雨巷附近，莫院长竟重新戴上了那顶在古旧房子地上捡起的黑色头罩。

社会名流毕竟不一样，视荣誉如生命！史意捷心中暗暗想道，反正自己既非名流，又以假面目示人，何惧之有?!

经过那个存放摩托车的待拆迁区，史意捷想去取车。刚一起念，马上否定。这辆车已暴露过，难保应忠信和警察小管不会通过公共监控系统监视着。他太清楚那个系统的威力了！

莫院长已经取下头罩。再走短短的几百米，就到十九号所在的那片街区了。幽暗的地方，不便显示真面目；光亮的地方，却是不便掩饰真面目。

不多久，真的来到了十九号茶馆所在北面的那条徜前路。莫院长没半点犹豫，径直往东走去。没几十米路程，竟然又到了十九号茶馆。

十九号茶馆，还没有打烊。靠路的喇叭，依然在播放着若有若无的音乐。

Midnight, not a sound from the pavement

Has the moon lost her memory

She is smiling alone

In the lamplight

The withered leaves collect at my feet

And the wind begins to moan

Memory, all alone in the moonlight

莫院长听到这首歌，似乎触动了灵魂深处的愁怨，竟然呆立不动。好一会儿，才回过神来，轻轻地跟着哼唱，“A fatalistic warning/Someone mutters and the street lamp gutters...”

史意捷初通英语，知道莫院长唱的歌的大意。“一个宿命的警告!”

这首歌似乎很熟悉，但又似乎是第一次听到。谁知道呢?! 这种事情就算在没有失忆之前，也不能保证是百分之一百的正确。只要旋律优美就行了! 有时候，形式的意义大于内容。内容总有听厌的时候，形式却总是亘古不变!

不远处是一个酒吧，似乎那么熟悉! 他不确定是否来过，但他不相信一定没有来过。酒吧在这个路口有个后门，就在史意捷盯着看的时候，一个年轻人从里面跑了出来，带着焦急的目光四处搜寻着什么。那人看到街上只有两个神色落寞的中年人，似乎感到失望，略一踌躇，折入一条左近的小道径往南边跑去。

史意捷鬼使神差般地竟然也往那个方向走去，背后的莫院长似乎完全丧失了灵魂，只是紧紧地跟了上来。

午夜，街灯昏黄，微光流逝，不久将是又一个早晨!

那条小道不到十米，尽头处竟然是不久前暗暗跟着应忠信走的滨江步行道!

不知怎么回事，史意捷对这一带有非常强烈的陌生的熟悉感。想要竭力回忆，除了增加些头痛的后果之外，什么也没有。

“Daylight, I must wait for the sunrise. I must think of a new life...”莫院长还在唱这首透着莫名感伤的歌，“When the dawn comes, Tonight will be a memory, too...”

“当黎明降临时，今夜又将成为一个记忆。这歌词写得真好!”史意捷忍不住赞叹。“莫院长，你对这首歌非常熟悉，是不是有故事在其中?”

“哦!”莫院长似乎从沉浸中醒了过来，“很久很久以前学英语的时候练过这首歌!”

这条街是明清建筑的保留区，古色古香连排的三层楼建筑，被改造成了酒吧、茶馆等现代化的娱乐场所。古老的遗产镶嵌着前卫的元素，简直让人怀疑是时光重叠。但这里是真正的不夜城，虽然已是午夜，店铺里的生意却似乎越发兴旺。虽然街上的普通行人明显减少，但客人进进出出，似乎完全是另一个世界。出来的客人多已成醉汉，尖叫着，怪笑着，唱着不成调的歌。街区的夜灯映照在河面上，反射成波光粼粼的幻境。

在那感伤的英文歌的熏染下，莫院长似乎失去了方位感，一院在西南角，他竟然往东走去。

“莫院长，我们是不是走错方向了？”史意捷忍不住提醒。

“没走错啊！”莫院长的语气冷静镇定，不再有柔情伤感，仿佛一下子穿越了回来，还边说边摸出手机查阅、摆弄了一番。

“我们不是去查看病历档案的吗？”史意捷疑惑不定。

“当然。你不用怀疑我的记忆力，我还没有到老年痴呆的地步。”莫院长笑着说。

“难道病历档案不在医院里？”提出这个问题，连史意捷自己都觉得荒唐。

“你猜得一点也没有错，病历档案不在一院里。”莫院长点了点头。

“我被你搞混了！”史意捷摊了摊双手说。

“一院要把精神卫生这块业务分拆出去，建立一个名为精神健康中心的分部。这事筹划好几年了，前一阵子精神健康中心的基建已经完成。病历档案已经率先转移过去了。”莫院长解释道。“刚才我跟你说的电子数据库一个月内不能用，也是这个原因。继纸质档案完成转移后，计算机系统将跟着拆卸过去，但要完成硬件更新、软件升级、数据录入这些工作，一个月时间还是很紧的。”

“那分部离这儿远吗？”

“离这儿约有二十里的距离。”

“咋这么远？”

“不远干吗分拆！”

“我真想不通，好好的分拆它干吗！这不是白白地增加许多不方便吗？！”史意捷满脸疑惑。

“可不是嘛，要是当权的部门领导像你这样想就好了！”莫院长深深地叹了一口气，“当然也怪不得那些当权的部门领导。世人对精神疾患本来就有严重的偏见！却不知，每个人在一生之中，多多少少程度不同地总有一些精神疾患。”

“每个人都有？”

“是啊！焦虑和神经衰弱就是精神疾患。据不完全统计，现代人之中，至少百分之七十的人曾患过这些精神疾患。”

“那还有百分之三十呢？就算不到点，总还有剩余的。”史意捷好奇地问。

“你以为精神疾患的范围这么小?!”莫院长笑着说，“还记得我刚才说过的幽闭恐惧症吧?”

“幽闭恐惧症的范围更小吧!”

“幽闭恐惧症的发病率是不高，但它只是恐惧症的很小的一个细分分类。”莫院长微微一笑。“我问一个问题，面对大型会议，有多少人敢神情自若地上台发表演讲?”

“如果不经训练，恐怕不会多于总人群的5%。不然那些人天生就是领袖。”

“你说得对极了！那么，那些人不敢上场演讲是什么原因?”

“怯场吧!”

“完全正确!”莫院长无意识地狠狠挥了一下右手。“事实上，怯场也是一种心理疾患，它只是众多恐惧症中的一种。”

“照你这么说，人人都有恐惧症?”

“完全没有错!”莫院长略一停顿，接着说，“要补充的是，对精神疾患的定义是随着社会的开放程度而不断变化的。人类有的行为，在一种文化之下可以被定义为精神疾患，但在另一种文化之下可以被定义为正常行为。”

“能举个例子吗?”

“比如同性恋，在上一个世纪末还被列入精神疾患的范畴，但到了本世纪，已经不是了。而且，在更为开放的文化中，甚至同性恋婚姻也被视为合法。”

“照你这么说，那些在更为开放的文化中，坚持反同性恋的人反而有精神疾患了?!”史意捷相对比较传统，对莫院长的观点觉得不可思议。

“老弟，你应该转转行，跟我学学精神科，你太有天赋了!”莫院长露出赞许的眼神。“某种程度上，是的，至少是强迫症倾向。”

“我还是先学如何恢复自己失去的记忆。”史意捷笑着说。

“老弟，说实在的，你其实不用纠结于怎么恢复自己的记忆。顺其自然就好！再说，要是所恢复的记忆痛苦的内容多，那还不如不恢复。”莫院长不再用医生的角度劝解史意捷。

“精神健康中心这么远的路，以后你们上班的确不方便啊!”史意捷忽然转移了话题。“要是让那些当权的领导患上严重的精神疾患，那也许不会分拆得这么远了。”

“我倒是没什么不便，因为有点小小的名气，还得统管一院，留在总部上班，一周也就去两个上午坐专家门诊。那边派个副院长去主持工作。其实想通了，远点就远点，远离城市的喧嚣也好。”莫院长倒很看得开。“你以为那些当权的领导不曾患过精神疾患？”

“那他们怎么还不重视？”

“你错了！当权的领导一旦有什么精神疾患，他们不会通过普通的途径来医院就诊的。”莫院长带着讽刺的神情说。“他们会私下找名医。我本人也多次接受这类应召业务。”

“那似乎有点不公平！”

“权力掌控资源，这是铁定的法则，哪有公平不公平的道理。”莫院长眼中的嘲讽意味更浓了。“要不是许多掌权领导贪图这种便利，偷偷地往我那学生的家中私下就诊，他们也不会被他诱导，误入那个幽灵组织。”

两人往东走了不到一千米，一条南北走向的大马路横亘在他们面前。莫院长拉着史意捷停了下来。没三分钟光景，一辆奥迪轿车停在了他们面前。车窗摇下，出现的是一张陌生而精干的脸。“滴滴打车的么？”

莫院长点了点头，拉开右侧后座车门让史意捷先上了，紧跟着自己也挤了进去。

“这么好的车都做出租车？”史意捷看看车子里面很豪华，感叹地问。

“大叔，这不是出租车，这是私车共享！看样子还是那位老先生时髦。”那车主似乎对别人说这车是出租车很在意。

“对，对！是私车共享！”史意捷也意识到对方敏感的自尊心，自失忆以来，自己对那些新鲜事物虽然不能说忘了，但的确是非常陌生了。“这么晚了，做这生意也的确辛苦！”

“可不是吗！白天还得上班。要不是买了那该死的房子，鬼才愿意这么拼命。”那车主重重地叹了一口气。“两位要到哪里去？”

“凤舞山那边的精神健康中心。”莫院长答道。

“精神健康中心？”那车主似乎没有听到过这个地方。“对不起，我是隔壁县城过来的，一些偏僻的地名不太熟悉。可不可以导航？”

“你先往凤舞山方向开去好了，到时我会指路的。”莫院长往南指了指方向。

“先说明一下，零点后价格翻倍的。除了的的打车的费用之外，你们需要另行支付相同数目的小费给我。”那车主果然精明，他看出这两个乘客有急事，趁机敲竹杠。但换一个角度来看，也确实难怪他，也许他在隔壁县城是有头有脸的人物，跑到另一个城市在深夜偷偷摸摸地赚点外快，总希望多赚点。

奥迪车很快地开到了爱春大道。“春雨听韵处，禅心品茗时。春雨听韵，成功人士的精神家园。爱春路 20 号。六十八幢豪宅极品收藏。”路边的灯箱广告非常醒目。不多时，往东驰过史意捷与春雨的新居所在地爱春路 20 号，转而绕龙脉山折入一条南北走向的马路。之后车子一直往南开着。

史意捷似乎有一种穿越感。细细算来，发现自己失忆也只是三夜两天的事情，但就是这短短的三夜两天，心理时间被无限地拉长，仿佛过了一段漫长的人生。不知为什么，看见那个“春雨听韵处，禅心品茗时”的灯箱广告，他又想起了那两个被植入记忆的已经并不存在了的女孩的形象。这世界难道竟然这么不可把握?!

就在他胡思乱想之间，经过莫院长不断指点的奥迪车终于停了下来。莫院长已与那车主商量妥当，由那车子在路边等着他们回来，不管多长时间，代价是再另加 500 块小费。

莫院长带着史意捷下了车。前面就是凤舞山。走了约十分钟的路程，曲折掩映处，一处占地约二十亩的建筑群呈现在眼前。从这里往外看，看不见那辆奥迪车。莫院长心思细腻，一定不希望那奥迪车主知道一些不相干的信息。

前面大门旁有个门卫室，莫院长看了看，竟掉头从一侧绕到后面去了。

后面有一处新开的山壁，像深深的悬崖，矗立在一旁。山壁三面环形，从这里往外看去，只见石壁，不见其他，比较隐蔽。

难道莫院长要从这里翻墙而入？史意捷心中不禁好奇。

只见莫院长找到一扇小门，抬头望了望，似乎在寻找什么，又按了按似乎是门铃的开关。“噗”的一声，小门开了。

“我猜，你一定又用了什么特殊的方法，但这门肯定不是门卫开的。”史意捷问道。

“你说得没错。要是让门卫开的话，我们干脆直接从前门进去得了。”莫院长说出了史意捷的推理过程。“这是人脸识别的自动程序。我在这里有最高等级的权限，所有地方均可进入。”

“莫院长的设计理念真前卫!”史意捷感叹道。

“除了精神医学专家外，我还算半个计算机控制专家。”莫院长不无自豪地说。

“这里有多少工作人员?”史意捷忽然担心夜闯精神健康中心会不会对莫院长带来负面影响。

“不用担心，这里就只有一个门卫。”莫院长猜知了他的心事。

“那门卫会不会来瞎掺和?”史意捷仍有一丝丝的担心。

“放心吧。别说自动监控室还没有完全建成，就算那门卫在完全建成了的自动监控室，他也不会有什么反应的。”莫院长解释说，“那个门卫是七十多岁的文盲老头，胆子又很小。”

“怎么用了这么个摆设?”

“用了这么个摆设对我们现在行事不是更方便吗?”莫院长笑着说。“那人是管这个精神健康中心的副院长的连襟，想赚外快而已。等这里正式运营了，就把他辞退了。”

两人边走边聊，一会儿来到了离后门不远的一幢三层楼。那三层楼看上去非常结实，层高远超一般标准，只有三楼有窗户，且很小。门口挂着“综合文献楼”的牌子。

莫院长依样画葫芦，运用脸部识别技术打开了综合文献室的大门。两人进入里面，走廊上的自动感应灯亮了，厚重的大门又缓缓自动地“噗”的一声关上了。

刚才在外面还能听到汗毛凛凛的疑似山魈的怪叫声，这下里面静寂无声，静得简直只能听见滋滋的电磁声。史意捷忽然感到一丝丝的不安。

“现在这里是最安全的地方了!”莫院长自豪地宣布，“没有其他人可以进来。因为到目前为止，还只授权我一人。”

“万一断电了，我们还能不能出去?”史意捷忽然想到一个极小概率的风险。

“老弟心真细。”莫院长拍拍史意捷的肩膀，“但这里设计也是极其周密的，一旦断电，地下室的备用电源就会自动启动。”

“简直设计得像作战室一样！这里真有这么重要?”史意捷想不到莫院长竟然对病历档案会这样重视。

“这问题我等会再跟你解释。你先跟我来。”在一个电梯前，莫院长抬了一下头，然后按了三楼。

两人很快来到了三楼，只见上面写着“档案层”。

“一楼二楼分别是会议室和数据层。”莫院长指着档案层解释说，“二楼的数据层主要用于数据库建设。而一楼的会议室除了开相关的高等级会议外，其实就是研究室。你知道为什么这样设置吗?”

“我还是听你解释。”史意捷知道莫院长肯定有许多话要说，索性连猜也懒得猜了。

“越到上面，被水淹没的可能性越低。所以最重要的放在最上面，其余依次。”莫院长的回答让人觉得很奇怪。

“档案层居然比数据层还重要?!”史意捷想不通这其中的道理。

“纸质档案可以至少保存一千年以上，而数据库就难说了！这个道理好比古时的人们用竹简记录文字，保存的有效性远超当时的奢侈品丝帛，而甲骨虽然更加原始，但有效性却更高。”莫院长进一步解释说，“这些病历档案的一部分作用是留给一千年后的子孙后代做研究的。”

“一千年?!”史意捷甚至以为莫院长在开玩笑。

“你没有听错!”莫院长确认说，“也许一千年后的人们进化程度远远超出我们的想象，他们的精神机制与现在的人相比，已经有了细微的差别。那时，当他们发现有这一个巨大的精神疾患病历库时，将会欣喜若狂，因为，他们可以据此研究一千年前人们的精神机制。那时的人们肯定拥有比现在的大数据技术远远先进的黑科技，也许研究结果会被那时的计算机或什么更先进的仪器瞬间得到。”

“但我想对于医院来说，这些病历档案应该有更重要的作用吧?”史意捷认为莫院长有点扯得远了。

“完全正确。它的一个非常重要的功能是研究症状和疾病、疾病和药物之间的相关关系。”莫院长看了看史意捷，以确认他能听懂。“你知道，因果关系通常是很复杂的，一种结果会由多种复杂的原因共同引起，原因也未必引起结果。因此，弄清因果关系非常费时费力。但有一种因果关系的近似替代物，即相关关系，它可以用现在的大数据技术轻易得到，只要数据足够多。”

“你说的道理我能明白。”史意捷的理解力超过莫院长的想象。“但我有一点想不通的是，为什么不用电子病历?我说的意思是，医生为什么不直接把病历打在电脑系统上。”

“你说得一点也没有错。照道理上说，医生是应该在电脑系统上书写电子病历的。但在实际操作中，因为医生的惰性，电脑系统上只有诊断病名和用药。这是目前医院的普遍现象。”莫院长叹了一口气说。“幸亏我一直坚持‘双轨制’，即电子病历和纸质病历双轨运行。某种程度上纸质病历抓得更紧。为此我们开发了一套特殊的书写系统，除采用符合长期档案保存要求的黑色水笔和纸张之外，还附加了一份具有长久保存功能的复印纸，这是粘贴到病人的病历卡上去的。我们开展定期培训，经常检查指导，增加考核权重，组织竞赛评比，慢慢地培养了医生认真写纸质病历的习惯。精品纸质病历的书写渐渐地成了我院的一种诊疗文化。我们每年还会出一本精品病历精选年鉴。那些好的纸质病历读起来会有一股愉悦感，既有对症状的描述、疾病的诊断、方案的制订，也有假设的验证、预后的判断，甚至还会有一些充满哲理的感悟，特别是在精神科方面。我印象很深的一份纸质病历中有这样一句话，‘在精神分裂症患者眼里，外部世界如同经过了一面透镜一般，呈现在他（她）心灵中的是一个扭曲的镜像’。”

“我有点明白了。目前医院的电脑系统主要是提高运营效率，比如诊疗与配药同步。纸质病历才是研究的宝库。”史意捷仿佛听了一堂病历知识普及课。

“老弟很有天赋，一点就透。”莫院长对史意捷越来越欣赏了。“待精神健康中心正式运行后，这里的病历档案先要全部扫描成电子档案，经过脱敏后供内部研究之用。脱敏，也就是隐去患者姓名，这是一种隐私保护。以后再进一步，或者开发文字识别系统，或者直接输录成文字，直接由大数据甚至是 AI 指导下的大数据进行寻找相关关系的工作，也就是找规律。海量数据会产生巨大的价值，这是不容置疑的。”

两人边走边聊，经过约二十米长的走廊，来到了病历档案库房门口。

只见莫院长在档案库房前向上抬了一次头，然后又在门上输入一串密码。大门应声而开，待两人走入后又缓缓关闭。里面是一个小小的空间，有一排仪表显示盘。里面显示着湿度、气压、氧气百分比等指标。

“里面的档案库房是全密闭的，上下左右前后六面全都是八十厘米厚的钢筋混凝土框架现浇结构，没有一扇窗户，里层的大门又是皮圈密封的，连一只蚊子也飞不出来。”莫院长自豪地介绍说。

“那进去查阅档案，不是被闷死了么？”史意捷故意问了一句。

“里面采用的是主动送风式空气调节系统。除了恒湿之外，没人的时候，温度保持在 16 摄氏度，但氧气含量接近零，同时气压下降三分之一，这是为了最大程度地保护档案；当人进去后，系统自动感应，温度上升至 22 摄氏度，气压和氧气含量均恢复正常。人离开档案室后，系统会自动抽换气，以消除人的呼吸中的湿气和腐蚀性成分。”莫院长非常专业地解答着。

“查病历档案的成本也不小！”史意捷叹息了一声。

“事实上，等扫描完成，一般是不需要查档的。”莫院长再补充了一句，“这种设计只是为了最大限度保存病历档案，‘千年保存计划’！”

说话间，莫院长在第二道门前向上抬了一下头，又用右手一把按住触摸屏。第二道大门随即开了，又缓缓地关上。前面还有第三道大门。

“这里采用的是双层安检机制。”莫院长解释说，“第一道门是人脸识别加上十位字母数字混合密码，第二道门是虹膜识别加上掌指纹。”

“前面不是还有一道门吗？”史意捷指了指。

“哦，要算也可以。”莫院长点了点头，“前面这道门是自动开闭的。当进来的人在这个小空间里没有被检测到炸药等物，里面的空间会自动调整空气。等调整完成，会发出提示声音。最后，门前的摄像镜头会自动比对是不是与第一道门进来的那张人脸相吻合。识别完成，大门自动打开。”

“的确设计得太周密了！里面放机密档案都没有问题。”史意捷感叹了一句。“就是风格太土！”

“最先也考虑过使用玻璃，但为了坚固起见，只能忍痛割爱。”莫院长笑着解释。

忽然，莫院长像是想到了什么，返身在第二道门的内侧输入了一串密码。第二道门重新打开，他示意史意捷跟他走出去。

第二道门重新关闭了。史意捷和莫院长又回到了第一道门和第二道门之间的小控制室。

“这个系统只是以前调试时用过。为了谨慎起见，老弟你就留在这里。万一系统出现意想不到的故障，你就按这个紧急逃生键。”莫院长边说边指了指那个罩在塑料保护罩之下的红色按键。“在按紧急逃生键之前，你要用这把小锤子打破这个塑料保护罩。这是为了防止误操作。按下紧急逃生键之后，所有需要我生物特征识别的大门都会自动打开。”

“莫院长的确思虑周密！”其实史意捷也想到了这种理论上可能的风险。

“这本来就是操作流程中所要求的。我先前一时忘了。”莫院长轻描淡写地说。

“那莫院长你干脆把第一道大门也打开，免得万一紧急逃生键也不灵。”史意捷开了个玩笑。

“你说得没错！”没想到莫院长通过操作控制台真的把第一道门弄成开放状态了。

病历档案库房里，在LED灯的冷光源下，一排排白色的钢制密集架整整齐齐地排列着，形成如电影《黑客帝国》般的魔幻视觉。四周除了极其轻微的气流声，再也没有一丝声音。

莫院长忽然产生了一股浓重的不真实感！他真的有点怀疑自己所处的这个境遇是不真实的。尽管理智告诉他，不可能不真实的，但那种不真实感挥之不去。

“人的存在是感觉的综合。”这个论断是他自己的哲学思考。既然如此，人的存在是否真实实在无关紧要。重要的是要前后一致。当某个个体的感觉从无发生逻辑矛盾的时候，那么就不会造成心理的混乱。真实的定义便由此产生！这是一种先天图式。

但感觉上的前后一致一定是真实的吗?！突然，一阵恐惧感莫名其妙地涌了上来！他心慌意乱、呼吸困难、流着冷汗……

迷失在意识丛林中?！昨夜至今，他遭遇的境遇实在离奇，难道自己也中了那些幽灵的套，现在正迷失在意识丛林中?！

他恨透了那些幽灵，那些幽灵肯定也同样恨他。难道问题就出在史意捷离开自己办公室的时候?！在那之后，自己实际上已经被那些幽灵所劫持了?！

在史意捷离开自己办公室这个记忆节点，与在废弃区开始那段离奇经历之前的那个记忆节点之间，还有什么遗漏或矛盾的记忆。

一切都很完美，没有记忆断层，没有记忆重叠，没有记忆矛盾，这不像是被植入的记忆。如果真有疑问，应该往前推移到更前面的时间节点。更前面的事情更加平凡和具体，更加不像被植入的记忆。须知，记忆植入的成本是巨大的。

莫院长忽然自讽式地轻声笑了起来，《逆转负面情感体验》！这是自己写的一本书，自己正好回顾一下，既可以用复杂的思辨来验证是否迷失在意识丛林之中，也可以逆转当下自己的负面情感体验。

“每种结构都会产生独特的功能。事实上，每种功能也必定由某种结构所产生。在某种程度上来说，结构与功能其实是一体的，其关系恰如物质与能量。”莫院长心里默念起来，他有卓越的记忆力。“任何结构都试图平衡，这会产生一种特殊的势能，我们可以称之为结构的力场。结构的力场持续在结构中发生着作用。要避免结构力场的统治，除了逃脱结构之外，只有一个办法，那就是破坏之。”

他记得，出版这本书之前，他请一些人进行了试读。大部分人一开始都对这些看似远离主题且不像行话的表述有点意见，比如春雨就说：“这些话可以另外写一本书，建议题目可以起为‘结构论’。”但他们看完全部书稿后，纷纷收回了自己最初的观点。

任何情感体验都只是在特定结构下的心理反应。至于负面正面，那只是对这种结构期望的方向不同而已。期望的依据有些来自个体的记忆，有些来自先天的图式。而先天的图式归根结底说，也是被荣格称之为集体潜意识的集体记忆。

在作了这些比较思辨的自己书籍相关论述的回顾后，莫院长的感觉稍微好了点。也许，这几天自己的情绪被春雨的男朋友史意捷给严重感染了。其实，事情都很平常，一切都很平淡无奇。

逃离结构或破坏结构！呵呵，说得这么唬人！在这里，逃离结构就是离开这个档案库房。这不行，事情还没有办成。那么，破坏结构呢？

莫院长随手拉开了几个档案密集架的大门，抽出一部分档案随意放在地上。

仿佛画龙点睛般的，刚开始的那种魔幻视觉效果刹时被破坏了。莫院长的心跳、呼吸渐渐地恢复了正常，他抬起右手，擦了擦额头的冷汗，按照密集架上的分类提示，寻找起那几份特殊的病历档案来了。

精神疾患体系庞大，分类繁杂无比，而且，随着时间的推移，不断有一些新病种被发现，不断有一些“症状”被独立出来，成为一种新的综合征。不是专业人士，理解不了分类的内在逻辑，就会像走迷宫一样，无所适从。

莫院长依次走过“抑郁症”“强迫症”“自闭症”“痴呆症”等标签，在一个角落里，发现有一只档案箱没有任何标签，但却需要密码。他在这箱子前面凝视片刻。这是一只非常重要的箱子，里面装着许多非常重要的文献资料，是莫院长自己亲自搜集整理的。自《太阳风暴与精神疾患》出版以来，学界的反应是两极分化。赞誉者认为为研究精神疾患提供了一条全新的思路；诋毁者却认为里面的观点全是毫无根据的臆测，缺乏哪怕是最基本的实证基础。但莫院长自己清楚，实证基础是有的，只不过样本实在太小了。而在这个箱子里，保存的正是那些极其珍贵的“样本”。正因为极其珍贵，所以，密码只有他一个人有，以后也不会授予别人调阅权限。他下意识地摸了摸密码箱子。

密码箱子的对排，是“焦虑症”。莫院长很快又找到下面的二级分类中的“恐惧症”，又从“恐惧症”中的子目录中找到“场所恐惧症”，再从“场所恐惧症”的细分目录中找到紧挨在“广场恐惧症”之旁的“幽闭恐惧症”。

箱子里的病历档案着实不少，莫院长粗粗翻阅之下，竟然发现有不少“广场恐惧症”的病历档案混杂在其中。管事人员官僚主义，工作人员粗心大意！莫院长心里嘀咕着，对这类不完美主义，他向来深恶痛绝。

既然广场恐惧症中有幽闭恐惧症的病历，那么幽闭恐惧症中是否有广场恐惧症的病历？一翻之下，果然！

莫院长又接连翻阅了旁边不同细分分类的箱子，好在终于没有发现混杂现象。他松了一口气，不然，分拣的工作量实在太大了。

小控制台的指标很快出现了变化，温度从16摄氏度上升到了22摄氏度，气压从67.55千帕上升到101.325千帕，氧气含量从0%上升到21%。指标旁边标注着正常范围，温度是人的适宜温度，气压和氧气含量也是标准大气压和正常大气含氧量。一切都很正常，没什么可担心的！

史意捷在控制台对面的地上靠墙坐了下来。一阵清凉沁入身体，他这才感到无比的疲倦。今天，不，是昨天，从昨天中午白云发生“意外”到现在，他一刻也没有消停过。从被警察小管追捕到正立方体遭遇，从春雨被幽灵劫持再到云山云图的怪异经历，这么多离奇的事情叠挤在一起，简直让人难以相信。平常人一辈子也摊不到几件这样古怪的事情。更让人想不到的是，社会名流莫院长竟也卷入了这个危险的漩涡。莫院长是一流的专家，更是智商卓绝的智者，有他的鼎力相助，自己与“深度幽灵”之间的战斗便多了一分胜算。只是，他隐隐有一丝担忧。白云的事情已经够遗憾的了，要是莫院长也出了些许差池，哪怕是名誉受到了丁点的损害，那如何是好？他可是视名誉如生命的名士！

小控制室灯光柔和。与莫院长所说的幽闭恐惧症患者不同，史意捷觉得空间略小一点，反而更有安全感。台风来临的时候，他喜欢与父母挤在一个小小的房间里，听着狂风的咆哮，聊着随意的闲话。

这是小时候的事?！突然，史意捷意识到这是一段自然发生的回忆！待有意识地去主动搜寻这些记忆，却又一下子模糊起来，虚幻起来，再想一下，甚至怀疑起来。

既然这些很久很久之前的记忆依然在脑子里，那么其他记忆未必便真的消失了。莫院长说得对，记忆只是被压制了！

不管怎么样，至少自己拥有三夜三天的真实、丰富、惊险而又精彩的记忆，如果把眼下的零点以后的时间也算作天的话。这三夜三天便是今生，那些失去的记忆便是前世。

今生的女主角无疑是春雨！

如火的枫叶，清冷的深秋，拾级的台阶，仿佛的钟声……渐渐发黄的彩照，与鹅蛋脸女孩的合影……背景古朴而禅意，表情茫然又青涩……二月岭，寒禅寺，雾蒙蒙……是缘尽情空的纪念，还是许一生之愿的迷离……

……

凄清的秋雨，如丝如雾，如慕如诉，斜斜吹来，冷冷流下。春雨在前面静静地走着，史意捷在后面默默地跟着。谁也不停下脚步，谁也不知道要走到哪里去。不远处就是寒禅寺。

突然斗转星移，季节更易。

春雨濛濛，濛濛春雨。雨滴在脸上，泪流在心间。不知为何流泪，但料峭的春寒之中犹然带着几分希望。春风吹尽残冬寒，雨滴滚珠碧叶圆。朦胧的盘石湾的未了故事。

“捷哥，我们似乎一直在原地打转！”春雨有点绝望地说。

“好像是旋转状的收敛结构。我们再走一程看看。”史意捷安慰春雨。

果然是旋转状的收敛结构！中心点是一间房子，一间高大的房子，云神殿！

史意捷和春雨推门而入。

哪是什么云神殿！原来竟是寒禅寺！史意捷和春雨重新来到了当年许愿的地方！

闭着眼睛，重新许愿！

等双眼睁开，身边却已不见了春雨。

这哪里是寒禅寺，分明是那间出租房！

客厅里已然不见春雨，卧室中似乎有个人影。

史意捷风一般地冲进卧室，却见春雨在冲他微笑着。

卧室里只有透过挂着窗帘的窗户边缘的外面的几缕昏黄的路灯光。在这幽暗的光芒之下，春雨的微笑充满说不出的诡异。

春雨竟在那张巨大的照片之中！

而这张巨大的照片原来是那两个已去世女孩的！

幽灵竟把她禁锢在照片之中！

难道……难道……春雨竟然已经遇害？！

那个无声的脚步声慢慢地又走近了！你听不到它，却可以清晰地感受到它。

史意捷实在忍受不了了，他不顾一切地高声尖叫，想要发泄愤怒、悔恨，甚至恐惧。

但他发现了一件更恐怖的事情，那就是他什么声音也发不了！他正渐渐地窒息。

……

史意捷发现自己大部分身子滑到了地上，只有头颈以上的部位还靠在墙壁上，接近九十度的折角使自己的呼吸都受到了明显的影响。

他调整体位，重新背靠墙壁坐了起来。

这是什么地方？自己正坐在一间房子不像房子、走廊不像走廊的狭小空间里。头上冷光盈盈，对面红光点点，周边极其静寂，只有非常轻微的嘶嘶声。那是送风空调的气流。

他花了好一会儿的时间，才弄清了自己的所在。刚才实在太累了，竟然睡着了！不但睡着了，而且还做了一个噩梦。

他一抹嘴角的口水，忽然下意识地往右看了看。

右边是开着的大门，大门外是条垂直的走廊。走廊没亮灯。借着这里溢出去的光，可见走廊不宽，也就不过两米多一点点而已。走廊上三米多高的地方有一块黑色的正方形的东西，大约八十公分见方。那应该是窗户。

史意捷忽然明白了，他的不安的感觉来自于右边。右边的走廊连向未知的地方，所以即使做梦也做不安稳！

一阵极其隐隐的声音似乎是从地下传来。与其说是声音，还不如说是震动。受够了幽灵“无声的脚步”的他，总把一些有节奏感的东西理解为“声音”。难道外面打雷了？不，打雷怎会从脚底下传来震动?！而且，这么厚的墙壁也不可能有震动。不会是地震吧？仔细感受一下，却什么也没有。

史意捷自嘲地笑了笑，站了起来。

指标一切正常！

也不知道过了多长时间！在这里，没有钟，没有参照物，时间仿佛凝滞了。但既然莫院长还没有出来，说明时间过去得并不长。

史意捷信步往走廊走去，走廊上就近的几盏灯次第亮了起来。

借着近处的灯光，他看见走廊的尽头有一处如黑洞般的存的。那应该是消防楼梯，不然，这幢建筑的验收都通不过。他猜测着。

走廊上的光影突然晃了晃，有人走了出来。

莫院长查档已经结束了。

史意捷急忙返身望去。

小控制室空无一人，灯光也极其正常。

这幢楼里，除了他和莫院长之外，不可能有第三个人，难道刚才是幻觉?！

周边空无一人，他凝神仔细倾听，并没有什么异常之处。

他又抬步往前走去。突然，走廊上的光影又晃了晃。那黑色的窗户如巨大的蝙蝠般地闪烁着。

这次，他终于弄明白了，原来是灯光在快速地明暗交替。

空气中隐隐充满不安的气息。

灯光又一次急剧地闪烁，混杂着一丝丝微弱的红光，那是控制台仪表的指示灯。

身后响起了一阵轻微的声音，不是莫院长的脚步声！

一阵恐惧突然涌上史意捷的心头！

他猛地回头，背后什么人也没有！

但那档案库房原本开着的第一道门却在缓缓地关闭！仿佛受什么看不见的幽灵的驱动。

史意捷冲了过去。就在即将挤入那道门的一刹那，灯光全熄了！

仿佛灵光一闪，他突然急步往后退去，衣角堪堪被大门夹住。但他一个猛拉，又堪堪拉了出来。大门“砰”的一声闭紧，留给他的最后一丝视觉印象是那还在微弱地闪烁着的指示灯的红光。

四周一片静寂，连极其轻微的气流声都消失了，又一片黑暗，那像巨大蝙蝠的黑色玻璃窗也不见了踪影。

史意捷干脆坐在角落里，无声地呼吸着。自己既然已经与周边的黑暗融为一体，本身就已成为黑暗的一部分，成为黑暗的本身。既已成为黑暗的本身，又有什么好怕的?！他呆呆地坐了一会儿，似乎连思维都停滞了。

莫院长！他突然想到了莫院长，一下子惊醒过来。

病历档案库房是靠电力运转的主动送风式空调系统。断电了，里面的氧气迟早都会消耗殆尽！

撇开心理因素，除了自己和莫院长，没人知道他们在这里，不可能有人捣鬼。就算真有人捣鬼，除非是莫院长自己。要是莫院长真的是自己捣鬼，除非是他精神出了问题。因为，这样的捣鬼，除了将他自己陷入绝境之外，看不出还有什么意义。

史意捷有卓越的空间记忆能力。虽然眼下一片黑暗，但他清楚地记得那张正方形的黑色窗户的具体位置。一摸墙壁，他摇了摇头。墙壁光滑得像玻璃，而且没有攀附的支力点。他又徒劳地跳了跳，三米多高的窗户无论如何不可能够着。

他倒在了地上，却不是仰天倒下。伸手一摸，是墙壁，抬脚一踢，正踢在对面墙上。他两手两脚交替地支撑着两边平行的墙壁，又交替地向上运动，就这样以古怪的方式攀爬着。

走廊尽头的黑暗中，仿佛有人看着这一切，还发出无声的冷笑。

史意捷知道不会有人在那里，这一切只是自己恐惧的想象。眼下当务之急，是打开窗户。

已经摸到了窗户凹进的窗台处！兴奋伴随着恐惧，竟使他的双脚从对面墙壁上滑落下来。

前功尽弃?!

电光石火之间，他用双手紧紧扣住那凹进的窗台处。双脚滑下来，顺着惯性，重重地撞在窗户这边的墙上。

一阵剧痛简直使他透不过气来，但他仍旧死死地抓住那窗台。连他都奇怪，自己双手的抓力竟如此强大。他调息均匀后，抬起右手摸住那个窗户把手。

窗户没有锁死，竟然出乎意料顺利地打开了！

要是锁死了窗户，这么高的地方无从借力，那真的是不堪设想了！史意捷后怕地想着。这是唯一不需要莫院长的生物特征识别的可能的出口。

窗户打开了，一大片宝贵的光明瞬间倾泻了进来！史意捷待眼睛适应后，将小半个身子探出窗户外。

与预想的情况不同，窗户附近没有自来水管，也没有其他可以用作攀爬的附着物；离地至少有十五米以上，而且地上都是结结实实的水泥地；除了三楼处于同一高度的几扇窗户外，全是光秃秃的花岗岩外墙。

史意捷失望地叹息了一声。有没有可能如被植入记忆般地从这里跳下去？他很快否定了自己的想法。这里连张床单都搞不到，根本没可能冒险，不然轻则双脚骨折，重则当场丧命。

附近的路灯也熄了。看样子真的是断电。

如果自己出不去，莫院长迟早没命。莫院长要是出事了，自己如何脱得了干系，如何说得清楚?!

不对！莫院长曾说过，这里的设计是极其周密的，一旦断电，地下室的备用电源就会自动启动。难道备用电源只供给病历档案库房本身？如果这样，倒还好，至少莫院长没有性命之忧。但既然档案库房里有电，莫院长为什么还不出来？难道查档还没有完毕？

忽然，史意捷看见一个人，在远处鬼鬼祟祟地走着。那人戴着口罩，像是从门卫方向过来的，但无论如何都不会是莫院长曾经描述过的那个胆小的门卫老头。在这种午夜的时刻还有谁会到这个尚未运营的精神健康中心来?!

史意捷头皮发麻，背部直流冷汗。很明显，有人故意切断电源！如果他在刚才的小控制室里一直睡下去，或者虽然醒着但没有出来走走，这下，他就被关闭在那里，与更里面的莫院长一样，直到氧气耗尽，困死在里面。

鉴于电源包括两套体系，要真正切断，还必须关掉位于地下室的备用电源。但要解救这套系统，只需要恢复两套体系的其中之一即可。

史意捷慢慢地把探出的身子缩了回来，复又双手扣着窗台，然后轻轻地跃下。借着窗外透进来的微光，他看清了走廊的轮廓。没错，走廊的另一端黑洞洞的，依稀就是楼梯。

他慢慢走了过去，果然是楼梯！他依靠自己卓越的空间感，辅之以摸着扶手慢慢地往下走。越往卜走越暗，到了一楼连轮廓都分辨不清了！

但一楼之下已经没有楼梯了！

莫院长坐在地上，把广场恐惧症档案箱中的幽闭恐惧症病历档案挑出，又把幽闭恐惧症档案箱中的广场恐惧症病历档案放归原箱。之后，按照性别、文化程度认真挑选起来。

他做事向来很专注。而一旦进入专注状态，所有的不良感觉总会自动消失。也不知道过了多久，他挑出了六份女性幽闭恐惧症的病历档案。根据他多年从事精神分析的经验，他毫不犹豫地认为那些云状花纹、怪异舞蹈以及那个超级结构，其设计者是同一人，且是一个高知女性。出于谨慎，他又在高知男性中挑出了四份病历档案。也许这些病历档案本身对判别“风云雷电”这些幽灵的高级成员作用有限，需要结合其他信息，才能发挥协同作用。但在他的眼里，只要给他足够的时间，他就能还原每一份病历主人的深层精神机制和精神动态。精神机制决定心理动机，心理动机决定实际行为。许多人不懂，以为人的许多看似随意的决定是随机作出的，其实，是精神机制作出的。人的每一份经历，无论你是否意识到，都会慢慢地沉淀到精神机制之中，成为“后天图式”。它们与那些被荣格称之为集体潜意识的先天图式一道，构成人的精神机制的基础。

在把其余的病历档案放入箱子后，莫院长从地上整理好那十份被选出的，之后，站起身子，正准备往回走。一切出乎意料地顺利！

突然，灯光闪烁了一下。

电压不稳。莫院长心里想着。但他一点也不担心，因为，这个系统是双保险。

没等他走几步，灯光又闪烁起来，这次更加剧烈！

整个档案库房明暗相交，仿佛是幽灵眨着眼睛，又像是黑夜的闪电。莫院长进来时魔幻视觉般的不真实感又重现了！

电路出了问题！他大口深呼吸着，以减轻那种不真实感带来的心悸。好在还有备用电源，他又想道。

轻微的气流声突然消失了，没过一秒钟，却响起了猛烈的“嘶嘶”声！

莫院长突然意识到出了大问题，他以百米冲刺的速度冲向门口。

但一切已经迟了，还没等到他冲到门口，灯光熄了，嘶嘶声也停了。他又感到胸闷、气急，但这次不是视觉效应引起的。

这次的原因是空气被抽吸了三分之一！

仿佛正在运转的世界突然停下了，周边刹时陷入无边的黑暗之中，无法形容的静寂之中，莫院长连恐惧都忘了，甚至思维也停滞了。

无形无声，既然周边什么都没有，是不是自己也根本就不存在?！或者说，只是剩下飘荡的自我意识，而这自我意识，可以不附着于任何实体而存在。

但那只是刹那间的感觉，不管如何虚幻，胸闷、气急总是切切实实的存在，甚至开始有隐隐的胸痛。他抬起右手去捂胸口，冷不防地撞到了档案箱。又冷又痛的感觉进一步把他拉回了现实之中。

胸衣袋中有手机！他急忙把手机拿了出来，胡乱地拨着自己能记得的号码，到最后，连 110 也试了，但在这间密室里，根本没有半丝信号。

大门的生物识别系统已经全然无效，没有电力的系统跟一个停止血液循环的生物体没什么区别，都是已经死亡的存在。

他开始后悔了！这个由他自己亲自设计的系统当时重点考虑那些拟保存千年的病历档案的安全性，而忽视了查阅者的安全性。

当时考虑得也算足够周到了，系统断电后，还有备用系统供电。眼前的情况显然是有人蓄意把两套供电系统都切断了。如果当时再预留一个逃生通道，那就完美了！

更何况，当时设计的情境是进入这库房查阅病历档案要申请许可且在两道安全防范机制的基础上进行的，一道是小控制室须有工作人员留守，另一道是总控制室始终有人在监控里面的指标。今天事急从权，但这又能怪谁?!

更要命的是，在设计中的最后保护措施一下子成了作茧自缚的臭招。设计思路中，为了更好地保护病历档案，当连备用供电系统也产生故障的时候，即使两套供电系统都不再提供一丁点的电力，系统本身的临时预留电都能确保两道大门紧闭，以及库房里气压下降三分之一，多余的临时预留电用于抽取氧气。

太完美的东西都是双刃剑！万幸的是，多余的临时预留电似乎很少，否则，在没有氧气的情况下，他连大脑也不能运转。

两道大门都关闭了！莫院长突然想到这个可怕的事实。那个老弟，史意捷！这下也困在外面的小控制室了?!

莫院长突然感到一阵强烈的悲哀！临时预留电启动的时候，外面第一道门的关闭时间不会超过 2 秒钟，这是为防止山洪暴发之类的特大灾难而特意设计的，立足点还是保护那些拟保存千年的病历档案。那个老弟不大有机会逃离小控制室的。

那个老弟是自己所见过的少有的聪明绝顶的人，也是自己所非常欣赏的人，甚至他依稀看到当年自己青涩的影子。

莫院长猛力地拍击着库房的大门！

拍了许久，没见任何反馈。难道，那老弟幸运地逃离了小控制室?! 庆幸之余，他又有一丝隐隐的失落，因为他更孤独了。

不对，小控制室不可能听到里面的敲门声，这门设计得实在太厚了！

如果用档案密集架撞击大门，也许还能听见。但密集架的滑槽远离大门，又不可能侧面翻倒，因此断无可能。

密集架前面方向倒是有可能推倒的。如果整个人爬上去，用力撞击密集架，也许能形成前后倒下的多诺米效应。但撞击的是墙，而不是门。

撞墙根本没有用，实在太厚了！莫院长突然悔得肠子都青了。当初有人建议用玻璃，认为这样设计更具现代感，同时也能满足必要的强度。他却坚持要用最原始的设计方法，为此，他还被人嘲笑为“披着现代派外衣的老古董”。要是玻璃，在多诺米式的撞击之下，也许还能破墙而出。

如果……如果……如果那老弟真的没有逃离小控制室，那该当如何?!

那连理论上的脱险机会都没有了！

莫院长绝望地瘫坐在地上！

第十四章　惊恐发作

一楼之下虽然已经没楼梯，但却有一扇门，是一种两开式的大门。史意捷摸到了门把手，试着转了转，发觉门是锁着的。再推一推，大门晃了晃。

他退后几步，猛地冲着撞了上去。一米八三的身材挟着一百六十多斤的势能，大门应声而开。他一个收脚不及，竟然一脚踏空，滚了下去，直到转角处才停了下来。

刚才滚下来的时候，史意捷下意识地保护着头部，双手都被擦伤了。好在脸面无损。这脸面，虽然虚假，但有更好的保护作用。一摸口袋，那支从脊龙手中缴获的手枪竟然不见了。

这手枪虽然不一定能防身，但以后也许是一个重要的证物。史意捷右手扶着楼梯，用脚左右扫动着，慢慢地往上寻找。重新寻到大门处，竟然找不到那支枪。

史意捷深深呼吸了几口气。枪虽然找不到，但地下室入口终于找到了。眼下最重要的任务是找到地下室的备用电源并重新启动，这样莫院长可以顺利出来。

莫院长现在所在的档案库房已经停止供应空气了，但空间那么大，一时半会应该还能支撑。倒是一个人孤零零地待在那黑洞洞的空间里，心理折磨肯定少不了。史意捷这样想着，他还不知道莫院长面临的危险比他想象的更大。

史意捷重新摸着楼梯慢慢地走了下去。地下室无边黑暗，但却并非寂然无声。声音来自自己极为轻微的脚步声。

除非有第六感，现在所有的感官中最有用的已经是鼻子了。他的鼻子向来很灵。这下闻到了新鲜的水泥气味，想是地下室建成没有多久；还隐隐闻到了一股臭氧等混杂物的味道，那应该是电器设备所特有的。这里肯定有备用电源！

连个指示灯的微弱的红光都没有，备用电源被切断已经毫无疑问了。接下来的巨大挑战是，如何在黑暗中找到备用电源的开关?！用鼻子闻肯定没这个可能，用手摸也不太精确。要是眼睛能看清红外线就好了！

突然，他想到了一件更为严重的事情。切断备用电源的人可能还在地下室！如果真在地下室，这下一定躲在某个角落里，用特殊的方式窥视着自己，等待着袭击自己的机会。

可惜，护身的枪找不到了！是否应该就此退出去？答案应该是否定的，这是他和莫院长脱困的唯一机会。

史意捷不再移动，凝神倾听。黑暗中什么也没有！他开始悄无声息地移动脚步。不管下面有没有人潜伏着，眼下他唯一的希望是靠鼻子的嗅觉和双手的触觉来发现那个备用电源的开关。只要是开关，就往下摁或往反方向推。同时，最最重要的是，他要全神贯注地防备着周边可能的危险。

另一侧的楼梯走了很长的时间，他才真正到达了地下室的地面。除了新鲜的水泥气息、臭氧混杂物之外，他还闻到了劣质装修板材所散发的气味。甚至若有若无地有一种说不上来的奇怪的气息，那可能就是危险，只有心灵才能感知的危险的气息！

靠着出色的嗅觉，他在脑中想象着地下室的空间结构图。他假设中间就是备用电源，右边是一排大橱，左边则是一排新砌的水泥墙。其实也并不完全是假设，而是基于嗅觉的直觉。他这个鼻子有过敏性鼻炎，对甲醛等物过敏，因此对不良气味非常灵敏，没想到这个毛病在这里反而派上用场了！

他慢慢地往中间移动，缓慢而深长地吸着空气，通过鼻子验证着自己的假设，同时左手往四周探摸着，右手在胸前虚掩着，准备随时保护自己的要害部位。

地下室有一个浅浅的斜坡，他感觉这印证了他的猜测，备用电源一定在最低处，最低处就是中间，因为，备用电源的设备因为高度或防震动等原因，一定需要埋植地下。

“哧溜”一声，他的脚踩到了一个物件，竟然像滑板一样，身子不由自主地溜滑着倾倒下去。

“噗”的一声，史意捷结结实实地摔倒在水泥地上，一时半会喘不过气来。

踩着的是什么物件?！他突然意识到了什么，赶紧在脚的附近摸索起来。果不其然，竟然是把丢失的手枪！

他拿起手枪正要站起，忽然发现在左侧有一丝丝隐隐的红光。

那红光必定是备用电源的电容电所致！但他刚才竟然没有发现，也许，那微弱的红光位置太低了，也许，还是自己太紧张所致。

原先的假设已经推翻，备用电源不在正中，而在靠左边的一侧。史意捷轻轻拉了一下手枪的套筒，静寂中这个轻微的声音显得异常刺耳。

他右手拿着枪，左手摸索着往左边方向走去。

那微弱的红光其实有两处，紧挨着不远，应是两个红色的指示灯无疑。就算是切断了电源，总有些许的电容电的。

有这个线索就好办了，电源开关一定就在附近。现在倒要提防的是，会不会真有人躲在暗处，趁自己不注意时给予致命一击。

他全身毛孔都竖了起来，随时警惕着周边的动态。

一阵奇怪的气味钻入鼻子！他正要仔细分辨，突然，猛地打了一个喷嚏，实在忍不住！

在还未听到喷嚏的回音时，他突然感受到一股轻微但急促的风从上压了下来。史意捷本能地往后一仰。电光石火之间，他的手枪被什么物件给重重地击中了，掉了下去。紧接着身体又被什么东西侧击了一下，一个旋转，竟然向前仰面倒了下去。就在他倒下的一刹那，他看见那两处红光竟然动了起来。

背部率先接触的并不是坚实的墙体，而是一块活动的板材。他的身体与活动的板材一道倒下。

一道光刹时倾泻进来！简直就在同时，他背着光依稀看到一个身材瘦弱的蒙面人冲他跳了过来！黑暗中潜在的危险竟然真实存在！

但他已经无法有效地反应，因为，他的头撞到了一处尖锐的物体。

虽说隔着一块薄薄的板，但足以使他轻度丧失意识。

在这里不可能有人来救他！

莫院长绝望地瘫坐在地上！

在度过了最初的艰难适应之后，那些胸闷、气急等缺氧症状竟然渐渐地消失了。

如果是外行，肯定为此高兴。但莫院长是专业人士，他知道，这并不是什么好现象。抽去三分之一的空气，那相当于西藏的大气压。虽然不利，但尚可忍受。但那个系统在行将停止的最后抽取了若干氧气，却是十分致命。眼下他开始昏昏欲睡！

绝不能睡着！如果睡着，那就再也没有机会醒来了！虽然不知道那老弟的情况，但无论如何，他都应该坚持到最后。他还有许多重要的事情没有做完。

午夜
人行道上静寂无声
难道月亮也失去了她的记忆
她独自微笑
灯火中落叶聚集在脚下
风儿开始呻吟

回忆
所有的一切在月光下孤独存在
我梦见往昔的日子
那是美妙的时光
我记忆犹新
让回忆重现

街灯露出沉重的疲态
一个宿命的警告
有人嘀咕，微光流逝
不久将是早晨

白昼
我必须等待太阳升起
我必须开创新的生活
我不能屈服
当黎明来临时今夜将是一个记忆
新的一天又将开始

燃烧烟雾萦绕的过去
早晨那疲倦而寒冷的气息
街灯熄了，昨夜去了
又是一个黎明

陪伴我
离开我是这么容易
所有的一切都成为伴随着记忆的孤独
在阳光下的白天
如果你陪伴我你将多么幸福
看，一个新的一天
已经来临

他轻轻地唱起歌来。这是一首他自己翻译的歌，叫《回忆》。当时还是高中的时候，他志向远大，狂练英语，虽然对有些词句的翻译不十分精准，但他认为翻译其实是再创作，竟明知有瑕疵也不作修改了，何况这是他第一次完整的自主翻译。

对于这首歌，他还有特殊的感情。那一年，他高考得高分，北大的录取机会被有权人物的子女掉包掉去了。他当时百思不得其解，怎么能发生这种事情呢?！后来他终于知道这是高招办的人把他的档案换成了那个人的，其他有竞争力的档案也不再投递。他恨透了！这也是他逐渐成为社会名流后对不公平机制零容忍的重要原因。如果不是遇到这个鬼事件，他不会在这个小小的地方鬼混！得知落榜的那一天，他喝醉了酒，独自一人深夜在街上游荡着，唱的正是这首歌。

突然，他停止了唱歌。他意识到唱歌会更快地耗费这空间里已经极其宝贵的氧气。能坚持更久的时间，就有更多的生还几率。

那就进行复杂的思辨活动。脑活动耗氧极小，但一样能达到止睡的效果。

眼下自己应该像自己所写的书《自我暗示与成功》中所说的，不断地进行自我暗示，坚信自己会被得救，不能有一丝一毫的怀疑。

《在太阳风暴与精神疾患》中，他提出了许多重要的假说，但缺乏足够的实证。精神是什么，精神就是认知和情感。认知和情感以意识为基础。意识的本质是什么?意识的本质是天量生物信息的集中“涌现”，这些生物信息的载体就是生物电流。更简单地说，是极度复杂的宇宙级的微结构功能的有序综合涌现为意识。一个简单而极其重要的证据是，每当有太阳风暴出现时，地球上的精神疾患明显增多。这是因为太阳风暴出现时，高能电磁辐射和带电粒子等干扰了生物电流，撞击了微结构，从而在宏观上影响了意识。简而言之，就是微结构决定意识。再扩而大之，任何宏大的事物都是由微小的结构决定的。要改变宏大的事物，必须改变微小的结构。

但许多人不懂。他重重地叹了一口气！

还是《记忆机制》写得通俗一点！他想道。人的生灭就是记忆的产生和消亡。某种程度上，记忆就是生命。那个老弟耿耿于怀于失去的记忆，其实失去一段记忆，反而可以开始一个新生。想那老弟聪明绝顶，一定会明白的！

莫院长的眼皮渐渐地沉了下去，缺氧的症状越来越明显。但他心中清楚地知道，不断地默念着“坚持，坚持，坚持”。

他慢慢丧失了复杂的抽象思维能力，脑子竟像放电影一般，出现了一幅又一幅记忆画面。

渐渐地，他的周边充满了光明，一股极其美妙的愉悦感充斥着全身，他的身子竟然飘了起来！

濒死体验！他极其稀薄的残存意识艰难地运转着。

生命中最后出现的不知道是爱，还是恨，或是未曾了结的心事？

但这一切什么也没有出现。莫院长感觉自己化作了一道强烈的光，消散在茫茫黑暗之中。

就如太阳风暴！

史意捷虽然轻度丧失了意识，但清楚地感受到那个身材瘦弱的蒙面人从自己身上跳了过去。那人似乎站在外边静静地观察着他，但竟然没对他怎么样！

似乎过了好久，他终于完全清醒过来了。他竟一时弄不清自己的处境，又仿佛哪里发生了变化，却还是不甚明了。

他的眼睛已经充分适应了倾泻而来的光芒——这些本很微弱的光芒在黑暗中显得极其强烈——向右是黑暗，但已经隐约可见里面的轮廓；向左是光明，但不知道通向何处！

光明处人影一动。难道那身材瘦小的蒙面人还未逃离？！

史意捷跟着冲了出去！

外面是错错落落的花木，修剪成墙体状，天上虽然尚有云层，竟有一轮朦朦胧胧的弯月。

花木掩映曲折，穿插之下，早已不见了那蒙面人的影子。

地下室之旁怎会种有花木，怎会看到月亮?！史意捷突然惊疑起来。他清楚地记得这层建筑的一楼是与外面进来处地面等高的。

他抬头再望望天空，云层伴着弯月，外加极其稀少的几颗星星，竟然似乎在旋转。他闭着眼摇了摇头。也许刚才脑袋受撞击的后遗症的缘故。

睁开眼睛，周边修剪得很齐整的两米多高的花木竟似把自己包围了一般。

这不是《星月夜》的场景么?!

或者，难道又“被”走入了“意识丛林”之中!

史意捷刚想找些思辨性的题目做做，以验证眼前的境遇到底是不是意识丛林。突然，他想到莫院长一定身处严重的心理困境，因为，他一定以为自己也被关在外面的小控制室里了。要是换了自己，肯定也得抓狂。无论如何，就算是在意识丛林中，也得先把电源恢复。

性急中，那些两米多高的花木竟似与自己作对似的，一下子找不到刚才的出口。

但他认准一个方向，一直往里走。最后来到了一堵墙壁前，又顺着墙壁一直往前检视着，终于找到了那个出口。原来墙壁是弧形的。

史意捷从那个出口处重又进入。借着外面照入的惨淡的月光，他看清了备用电源果然在中间。

在尝试了多次之后，地下室突然隆隆响了起来。之后灯亮了，他成功地恢复了备用电源!

史意捷一屁股坐在地上，实在太累了。

屁股下不知坐到了什么东西，顺手一摸，竟然是那把被身材瘦弱的蒙面人打掉的手枪。

他喘息了片刻，起身往那个出口走去。

那个出口是被人临时用什么东西撞破的。从水泥的干湿痕迹来看，原来是建筑施工的临时进出通道。

外面到底是什么情况，他想再次去瞧个究竟。

还未走出出口，他就收住了脚。因为他突然想到，要是有人趁他走入那曲折掩映的花木丛的时候，再次把备用电源关掉怎么办?

眼前最好的办法就是守住备用电源。只要守住这个蒙面人唯一能进得了的通道，莫院长就是安全的。

现在不但手中有枪，更重要的是还有光明。光明是对付魑魅魍魉的最好武器。

史意捷就近找了一个地方坐下，监视着这个“盗洞”。

坐了好一会儿，不见丝毫动静。

不好！如果莫院长不知道自己在地下室里，也许这下已经从正门走出了。

史意捷“噌噌噌”地往上跑。刚跑到楼梯的一半，他听到一阵轻微而奇怪的声音，“噗——噗——噗”。

仔细一听，是脚步声。却不是莫院长的。莫院长走得没有这么慢。

脚步声正朝这边走来！

难道，在这幢大楼里除了自己和莫院长之外，还有第三个人存在?!

如果真有第三个人存在，那一定是敌人！

自己会不会腹背受敌？史意捷下意识地看了看那个“盗洞”。

地下室的那扇门，在极其缓慢地往里移，同时发出掩饰不住的“吱”的一声。

声音缓慢而轻微，但在地下室里，显得特别刺耳。

史意捷靠住墙壁，双手紧紧握住手枪，指向着门。

门终于开了，露出一张僵尸般的脸！全无血色。

那“僵尸”扑了下来！

史意捷竟然迎了上去，一把抱住了他。

“哗啦啦”的几声，一批物件从“僵尸”身上掉了下来。

一阵强烈的耀斑，带着巨响和无限的光明！这正是太阳风暴的起始。风暴起于明亮的太阳，却飘向黑暗的深空。

莫院长的世界已是一片黑暗！

也不知过了多久，那片耀斑竟又重新出现了！

他艰难地睁开眼睛，眼前竟然又是“魔幻阵列”！耳边还有轻微的气流声。

那老弟果然了得，他一点也没有看错他！竟让他找到并重新开启了位于地下室的备用电源！那是他们唯一的生机。

也多亏了库房里的红外线自动探测系统。一旦恢复供电，红外线探测系统自动运行。只要有生物活体，供气系统自动切换到有人的状态。

莫院长收集起散落在地上的十份病历档案，艰难地爬了起来。他一刻也不停留地用最快的速度穿过三道大门，喘着气来到走廊上。最好的系统都是双刃剑，他险些永远失陷其中。

那个“僵尸”就是莫院长。绝顶聪明的他知道史意捷一定守在备用电源旁，因此直接找来。

史意捷扶莫院长坐在楼梯上，又从地上捡起那些病历档案。

“老弟，此地不宜久留。我们走！”莫院长终于调整过来了。

“对！”史意捷心里也这样想。

史意捷扶着莫院长欲往上走，没想到莫院长盯着下面的“盗洞”一动也不动。

“那些人从那里溜走了！”史意捷赶紧解释。

“怪不得！我此前始终想不明白捣鬼的人是怎样进入这个严密的‘城堡’中的。”莫院长长长地叹了一口气，“最先进的设计被最原始的手段给破坏了。”

“我们还是赶紧走吧！”

“好！”

莫院长却往下走去。

“外面的花木有点碍手碍脚。”史意捷提醒。

“却是捷径！”莫院长当然知道外面的情况。

史意捷本来也想走这条路，只是怕莫院长身体还不适。现在既然他提议的，当然自无异议。

“这些花木看上去没什么规律，其实是由几个带缺口的同心圆组成的，寓意着同心同德。在白天，是很好的景致。”在穿过那些掩映曲折的花木时，莫院长看着疑惑不已的史意捷，主动作了解释。

面前是一块扇形的广场，与“同心圆”连在一起好似羽毛球一般。广场的远处是台阶。四周没有灯光，也没有人影。

“这块地势怎么弄得这么低？”史意捷对地下室还能找到通向外面的出口依然感到匪夷所思。

“除了充分利用原来的天然地形之外，主要考虑到病人需要在冬天多晒太阳。缺乏阳光，对精神疾患者非常不利，尤其是抑郁症病人。”莫院长解释道，“地势低点有利于抵御冬天西北风的侵袭。”

“真专业!”史意捷感叹道。“但那种设计牺牲了地下室的安全性。”

“除了那些鬼怪，还有谁会动这样的歪脑筋?”莫院长有点愤愤不平。“不过设计时的确没有想过这样的情形。”

“那些人是怎么知道我们要来这里找那些特殊的病历档案的?”史意捷满腹疑虑地说。

“莫非我们在废弃区内的聊天一直被人偷听着?”莫院长似乎有点后怕。

“如果真是这样，那只能说明你关于幽闭恐惧症的分析是对的，他们很怕我们找到那些病历档案。”史意捷若有所思地说。

“老弟说得没有错!当务之急，我们要找个安全的地方好好研究研究这十份特殊的病历档案。”莫院长指了指拿在史意捷手上的东西。

“我们这下怎么出去?你还能爬墙么?”史意捷知道断电之后，人脸识别系统肯定也停止了。

“我们不爬墙，我们从正门出去!”莫院长的方法，也总是超脱常规思维，他又戴上了黑色的头罩。“这下，只有别人怕我了吧?!”

史意捷笑了笑：“就怕与那些幽灵搞混。”

两人沿着扇形的广场一直往前走，拾级而上，不久就到了北面的正大门。移动电动门只有半人多高，史意捷先把莫院长弄了过去，接着自己一个飞跃，轻巧地落到了外面。那个老头门卫也不知是在熟睡中，还是太过胆小，自始至终没发一声。

转过几个弯，远离了凤舞山，不见了精神健康中心，却看见那辆奥迪车依然等在那里。这年头，金钱的魔力实在太大!

一路上竟然出乎意料的顺利，那些切断电源的捣乱鬼竟然没有再出现。

依然是那张精干的脸，却已不再陌生。他以苦笑应对着莫院长的问候。这也难怪，在这偏僻之地让他等了这么久，任谁都不会太乐意!

副驾驶座上却多了一个人!那人没有转身，紧跟着莫院长坐进车里的史意捷隐隐觉得这背影有点熟悉。

“搭个车，你们不会介意吧?”奥迪车主小心地问。

凌晨一两点钟在这种荒凉的地方竟然还有人搭车!

还没等史意捷他们回答，那搭车客却回过头来，伸出右手，呵呵两声：“一个搭车客，没什么可怕的!”

那人戴着蓝色的医用口罩，遮住了脸面的大部。

史意捷也伸出右手，但没有迎向那人，而是往胸袋中摸去。

摸出的是一支枪，因为他已认出，那人正是在精神健康中心鬼鬼祟祟行走的人。

“是不是空枪?! 别吓我!”那人用调侃的声调说。

“你要不要试试?”史意捷的语气镇定而威严。

“把那东西给我!”那人毫不理睬史意捷的威胁，眼中望着放在史意捷和莫院长座位中间的那叠病历档案。

“你拿什么来换?”史意捷冷冷地说。

“你们的命!”那人的声音竟然更冷。

史意捷突然发现放下玻璃的车窗外有人用枪指着自己的头!

那人竟是那个身材瘦弱的蒙面人，那个在地下室袭击自己的人!

“刚才我们要致你们死地轻而易举! 但我们不想把事情做得太绝。”那戴着口罩的人边说边收缴了史意捷的枪。

“谁指使你们的?”史意捷突然问了一个连自己也知道不会得到答案的问题。

“那老头，你从右侧下车，然后滚得越远越好。十秒钟内没有走出十米就别怪我开枪!”那人没有回答史意捷的问题，却对着莫院长一阵咆哮。

莫院长脸色苍白，看了看史意捷，用眼神征求着意见。

“快走吧!”史意捷低声催促。刚才他的脑海中就出现了等他们松懈时突然开左车门撞击蒙面人，同时低头夺枪的攻击组合。只因莫院长在身旁，才会投鼠忌器。

“你还没有回答我的问题!”史意捷旧话重提，既想听些端倪，又想寻找脱身的机会。

“废话少说!”那人冷冷地说，“你看看左侧!”

只见那身材瘦小的蒙面人已后退了三四米，一个红点在自己胸前晃动着，竟是那手枪的红外线瞄准仪。

“那又怎样?”史意捷故作不知。

“从这边滚出去!”那人晃动着手枪说。

史意捷知道那些人行事缜密，眼前已无机可趁，只得叹息一声，下车走向莫院长那边。

待史意捷稍一走远，那身材矮小的蒙面人旋即钻入奥迪。汽车飞速启动，不一会儿就消失在视野中。

史意捷和莫院长一场辛苦，竟然毫无成果，自不免神情萎靡，两人无精打采地沿着来时的路往回走着。

“那几份病历档案你都有印象么?”史意捷没抱希望地问道。

“病历档案很多，我为了节省时间，只看性别和文化程度。”莫院长的言下之意是没有印象。

“都怪我，我应该预料到他们还有后手留着!”史意捷想起了在地下室那蒙面人有机会下手而没有下手的情形。

“你也不用自责！我们在明处，他们想下手，机会多得是，我们如何防得住?!”莫院长安慰道。

“那些东西对他们这么重要，至少证明了莫院长你的推断是正确的。”史意捷又恢复了冷静的思考。“无论是否真有‘风云雷电’四个高级顾问，还是实际上只有‘老太婆’一人，看来，设计者患有幽闭恐惧症是肯定的。”

“你说得完全没有错!”莫院长心事重重地说，“我怀疑医院里有他们的人，不然……”

“不然他们不会这么清楚病历档案库房的供电机制，以及地下室的备用电源。”史意捷其实也有疑虑了。“会不会是分管这边的那个副院长?”

“老弟的直觉真好，我也正有这样的怀疑!”莫院长忧虑地说，“这人人品不太好，我曾好几次批评过他。”

“也有可能并不是幽灵组织本身的人，只是被人收买利用。”史意捷顿了顿又说，“你可以慢慢地推敲推敲。但眼下有一件同样要紧的事情。”

“你是说那些病历档案吗?”莫院长超大的前额并不是摆设。

“是的。除了一个月内不能使用的电子数据库，还有没有其他办法?”史意捷自己也知道希望并不是很大。

“只能等一个月了!”莫院长抱歉地摇了摇头。

“如果你那边真有幽灵组织的内应，难保他们不会继续对电子数据库动脑筋。”史意捷并不抱希望。

“老弟这话说得是！但我可以据此验证一下谁是内应。”莫院长想到了将计就计。

“但如果他们现在就行动呢?”史意捷连一个微小的空当也不放过。

“电子数据库的设备现在还没有重装装配。再说，要是没有数据专管员的配合，他们根本连计算机系统都开启不了。”莫院长深吸了一口气。“要真是发生了那样的事，那么数据专管员就是他们的人。”

“你有没有想过一种极端的可能？”史意捷紧紧盯着莫院长说。

“你的意思……是他们连硬盘都偷去？”莫院长露出紧张的神色。

“甚至他们可以捣毁硬盘，这样更省事。”史意捷的假设更可怕。

“那我们赶紧去保护硬盘？硬盘还放在一院专门的库房里。”莫院长也急了起来。

“要试的话，你可以打电话给你信任的人，叫他马上采取措施。但是，在这种时间段，等你信任的人去了那里，估计也已经晚了。除非那些幽灵没有想到这点。”史意捷神色之中已经不抱什么希望了。

“我至少可以给值班保安负责人打个电话。”莫院长摸出电话就要拨号。

“算了！”史意捷拦住了他，“你在这个时间段打值班保安负责人的电话，动静一定闹得很大，反而不利。”

“那任其自然，事后推断了？”莫院长想想也是，但有点不甘。

“你说过那个电子数据库其实也没有多少信息量，甚至只有病人名字及病名……”

“我们可以根据名字想办法去公安局查查详细情况……”

“那‘深度幽灵’应忠信一定会有所防范。一旦发现你在这么做，会非常危险。”史意捷在莫院长打断自己之后跟着打断了他的话，他不愿莫院长承担更大的风险。“反正我们还有其他的线索。眼下要紧的事情，一是去西山公园的博物馆，寻找些‘风云雷电’的线索；二是，这是更重要的，是想方设法弄清乐透集团的‘老太婆’的真实身份，并混入她的办公室里盗取那块承载邪恶洗脑技术的硬盘，也许其中还有影子会员的部分甚至全部的名单。”

“老弟言之有理！这才是要点！”莫院长转忧为喜，“如果真能拿到那块关键的硬盘，就算没有名单，也差不多摧毁了那个组织。”

“是的，‘风云雷电’四分部的情况，我能查则查，查不了就把全部精力放到那块硬盘上去。”史意捷很赞同莫院长的意见。

“我重点帮你搜集可能与‘风云雷电’四分部有关的地理信息。”莫院长拍拍史意捷的肩膀。

“还有保护好那个电子数据库！毕竟他们不一定现在就行动。”史意捷笑着说。

史意捷与莫院长边走边聊，走了约半个小时，终于来了一辆赚外快的私家车，那是通过滴滴打车软件从城区叫过来的，花了加倍的费用。有钱能使鬼推磨，何况是人?! 史意捷又亲自护送莫院长至寝室，在再三叮咛安全后离开。他一人又非常小心地回到了细雨巷36号背面的那条小弄，从那条青龙尾巴似的短屋脊上翻窗进了自己的住处。

远处隐隐传来四声钟声，正是黎明前最黑暗的时刻。

在一片废墟之上，死一般的寂静。

史意捷在漫无目的地寻找着什么，在昏暗的背景之中，仿佛自己就是一个“幽灵”。

刚才，与他一道前行的春雨突然消失在那个极度复杂的旋转状结构之中。那个中心点云神殿仿佛如黑洞一般，深不可测。史意捷推门进入，却刹时风起萧萧，云流涌涌，雷声隆隆，电光闪闪，四下竟然成为一片空旷的废墟。

突然，史意捷的面前出现了一个真的幽灵，这个幽灵戴着恐怖的面具。

那幽灵对他说：“你最爱的人正在死去！”

……

史意捷突然惊醒，大汗淋漓，三天前出现的梦境竟然重又出现了！

窗外已经泛白，他打开电灯，墙壁的挂钟显示是清晨六点一刻。

他只睡了两个小时，而且大部分时间都在做噩梦。

一梦醒来，再也无法入眠，他干脆提早梳洗打扮了。今天凌晨四点回来，他把那个精巧的人皮面具给除下了。这形象已被那些人所熟悉，再用就非常被动了。他从放在老式大橱的皮箱中挑了一副跟自己实际年龄差不多的人皮面具戴上，又从大橱里选了一套款式较新的时装。穿上运动鞋，站在镜子面前一看，这形象一扫昨天“大叔”的晦气气息，分明就是一个洋溢着青春活力的年轻人。莫院长的一万块钱昨天“换装”后没带在身上，但今天不行，一定会有许多用钱的地方。他抽取了五千元放入了上衣内袋。

荷花大妈看见从楼上走下一个陌生的年轻人，一时怀疑老眼昏花，拼命揉了揉眼睛，却见那人笑嘻嘻地从自己面前经过。难道是哪个女房客留宿了男朋友?！还没等他想清楚是哪个女房客，那年轻人已经走出了大门。

“现在的年轻人真是的！”荷花大妈不满地嘀咕着。

细雨巷已经没有细雨，昨天雨伞的风情早已不在。还不到早上七点，小巷里简直空无一人。今天是阴天。

史意捷走出小巷，一直来到河边，然后沿河往西足足走了将近半个小时，来到了西山公园。

离博物馆八点半的开门时间尚早，史意捷找了家沿街的兰州拉面，边吃边看着河边的风景。因为易了容，他自信已经没人认得了，竟然暂时抛却了诸多的心事，享受着难得的自由时光。

拉面店里人员很杂，既有白领，也有底层打工人员。几个打工人员说着昨晚的牌局谁赢谁输，白领则说着子女教育问题甚至时事之类的。

“老高，大好星期天，你怎么这么早就出洞了？”邻桌一个黑黑瘦瘦的汉子问一个白白胖胖的中年男子。

“今天是博物馆馆庆的日子，局里安排了许多活动，要我来帮忙。好好的星期天就这样报销了！”那白白胖胖的中年男子叹了一口气，听情形似乎是文化部门的干部。

“你们文化部门再怎么忙都不伤脑筋。跟我们的活相比，太小儿科了！”那黑瘦汉子似乎面有忧色。

“怎么不伤脑筋?！与你们伤身体相比，我们更伤脑筋！”白胖男子不甘示弱。

“伤脑筋总比伤身体好吧?！”黑瘦汉子紧追不放。

“这没有好坏之分，只是分工不同罢了。”白胖男子说得不落下风。“对了，老卢，你这么早出洞也有重要任务?”

“可不是吗！上次走失了一个人到现在还没有找到！”黑瘦汉子摇了摇头。

“跟上次跳河那件案子有关吗?”白胖男子好奇起来。

史意捷虽然在埋头吃面，但耳朵已经竖了起来。

“不说了，不说了！”那黑瘦汉子意识到这里鱼龙混杂，竟然打住了话题。“还是说说下次几时一起钓鱼去。”

史意捷听得无趣，自顾自吃完了面，摸出一百元结账了。

“老板，你这么大的钱我很难找！现在都用手机支付了。”那店主一脸奇怪，似乎看到了外星人似的。

“通融一下，我没带手机。”史意捷只得赔着话。

那黑瘦汉子转过身来，看了看史意捷，似乎若有所思。

店主不太情愿地把几张小票找给了史意捷。

史意捷赶紧离开了拉面店，因为他觉得这人有可能是公安。

“刚才那人有点面熟，好像在哪里见过。”黑瘦汉子自言自语。

史意捷拐入拉面店后门所在的马路，一直往东走着。不一会儿，来到了一幢建筑物的后面。定睛细看，是抽水机房。史意捷记得春雨曾告诉过自己，他的好朋友独九当日曾从这里逃离，因此他忍不住从玻璃窗外往里瞅了瞅。屋子中间是台巨大的抽水机，负责把从河中引至蓄水池的水抽到山上，用于喷泉等景观。眼下是丰水期，因此用不着抽水。抽水机旁的地上，是一块较大的铁条做成的长方形水池盖，依稀可见下面波动的池水的反光，水面很满。独九当日憋着气从河中潜游到这水池盖的下面，历尽千辛万苦才得以逃生。但到最后，还是逃脱不了那个“深度幽灵”巧妙的黑手，唉！

史意捷叹了口气，不忍再想。

紧靠抽水机房的是一排停车位，停车位上已经停了九成，还不时有新的车子进来。很奇怪，这里停的车子都很高档，奔驰、宝马比比皆是，奥迪、凌志反倒成了普通车子。这排停车位不远的前方，就是那个全市最著名的千年古刹龙泉禅寺，这些车子大部分都是那些高级香客的。突然，不远处的空位上新插入了一辆奔驰，从车上下来一个戴着墨镜的富家女。那人往史意捷方向一瞄，仿佛是对他呆呆木立的神情很觉好奇。略一凝视，径往龙泉禅寺方向去了。这年头，信佛的富家女着实不少！

这情形，似乎很熟悉，应该听春雨描述过。史意捷看着那富家女的背影，头部又出现了隐隐的针刺样的疼痛。

他狠狠地拍了拍头部，转头往北面看去。一天之约转瞬即至，眼下任务繁重，可不能出任何岔子。博物馆里能否找到线索倒在其次，怎样找到乐透集团“老太婆”所在的办公室并盗取那块非常重要的硬盘，这才是关键中的关键。他想了很久，但到目前为止，一点思路都没有。总不可能再出现一个圆头克姆。那个年轻人既天真，又热情。就算再遇到圆头克姆，想必他也已知道上次被人骗了，这次他肯定不会再搭理陌生人。上次的事情闹得这么大，也许，圆头克姆还会被处理。一想到这一点，史意捷突然感到一阵内疚。就算整个乐透集团都坏透了，圆头克姆还是好人。只不过涉世未深，不知世道凶险罢了。

北面是博物馆前的广场，已经聚焦了不少人。白胖男子说今天有庆典活动，应该不假。人多点对自己应该有利，至少在查找地理标志时不会那么引人注目。

一路信步走去。只见博物馆前已布置好气拱门、彩球，搭好了舞台，横幅上写着“庆祝Y市博物馆建馆十周年”。还没等他驻足细看，博物馆开门了，人流像洪水般地涌入。

史意捷被裹挟在其中。他不解地问旁边一个带着小孩的年轻爸爸：“不是还不到八点半吗?”

“今天提早半小时开门。九点钟外面举行庆典活动，市长还要来讲话呢!”那年轻爸爸挥了挥手上的一张节目单，指了指一旁的资料免费领取处。

博物馆的参观是免费的，里面已经有许多旅行团的游客，由导游引领着，举着各式各样的旗帜。

史意捷仔细寻找着与地理标志有关的信息。在大厅的深处，他找到了一处模型，那是Y城作为县城时的有城墙的“城”。

城是双城，分为南北两块，各自独立，中有一条河流分隔其中。南北双城各有四扇城门，内中河网遍布，小桥林立。想来古时的人们以河运为主要的运输手段。北城比南城更大点，与南城相对规则的四边形有所不同，却是不甚规则的多边形。

古时的城市边界清晰，那就是严严实实的城墙。对付一般的外来风险，城墙倒有很好的保护作用，只要城门一关，另留少量人员在城墙上巡逻监视，那就太平无事。但如果各处城门都被堵死，那不是作茧自缚吗?!史意捷好奇起来，仔细看着城里的结构和各种设施。古时的城是自给自足的功能体，有衙门、书塾、庙宇、作坊、店铺，一应俱全。

在北城仔细审视，果然有一座山，叫文山。文山的东边空白着，没有模型，只是显示“待研究区”的字样。但除此之外，没有什么有用的线索了。南城更让人泄气，不但没有与“风云雷电”相关的任何信息，就是连一座不相关的山也没有。自己和春雨的新居春雨听韵旁的龙脉山，却在南城之外。

是双城本身就只有这么一座山，还是这模型做得烂?!史意捷遗憾地想着。模型肯定有问题，不然如果他不是从莫院长处听得文山就是云山，他就连暗藏云图的云山都找不到了。但要说在这模型中隐藏了什么山，那似乎不可能，因为模型中没有其他的空白处，都有一定的设施占着位置。就算这模型显示的是古时的，也不可能此后建个“人造山”。更何况连莫院长也一下子想不起有什么其他跟“风云雷电”有关的山。

史意捷又仔细查了查与“风云雷电”字样相关的城门以及其他设施，结果也一无所获。想撞撞大运，从导游处获得有用的信息，没想到连听了四五班，都是极浅陋的简介，就算有插科打诨的传说，也根本与“风云雷电”无关。

他只得再往里走去。一路上先是循着时间顺序的出土文物和文化珍品等器物，从史前的新石器时代到民国都有；然后是仿古的情景再现，小桥流水、江南直街、作坊劳作、店家叫卖、童子玩耍，各种花样层出不穷，恍惚间让人误以为闯入了古人的社会，但这些跟“风云雷电”毫无半点瓜葛。

穿过这些仿古场景，就是“名人堂”。里面会集了自古以来著名的人物，既有上古传说中的人物、历史人物，也有当代各行各业作出巨大贡献的名人。史意捷一番浏览之下，除了发现与云山云图有关的上古圣人之外，其余还是与“风云雷电”扯不上关系。

再往前就是当代文化名人的书画展。史意捷简直连看都不想看了。

一路返回，走的是另一条通道。通道上陈列着七千年前史前文化遗迹，甚至还有出土的水稻颗粒，虽已炭化，但粒粒纤毫毕见。据介绍所说，它们出土时竟仍呈新鲜稻谷的金黄之色。

这些内容虽然精彩，但无关宏旨，史意捷不再细看，心里已作放弃打算，毕竟，今天他还有一项更重要的任务需要去完成。如果能顺利拿到硬盘，那就能完全掌控住局势了。

重新回到大厅，那模型处却聚集了更多的人。有人在讲解，却没用话筒。听的人却非常仔细。定睛看时，那些人大多数西装领带，发型妥帖，应是高级职场人士。

史意捷走过去瞧个究竟，却惊讶地发现拉面店里看到过的白胖男也赫然在列。

“我们这个模型是过渡性，原来打算早就换了。因为一些相关考证的原因，一直拖着没改。这个模型对于一般游客来讲，可能也应付得过去，但对于高知识层次特别是业界来说，则已经是漏洞百出了。”一个约五十岁戴无框眼镜专家模样的人在介绍。

“姚馆长，那边‘待研究区’不好弄点东西充实进去吗？”一个戴玳瑁眼镜梳西装发型气质高冷的人问道。

“黄市长，我是怕贻笑大方，影响我市的旅游形象啊！”那姚馆长看来是知识分子脾气，遇到大领导一点也不怵。“各位领导可能都知道，文山古称云山，传说是上古圣人埋藏治水秘图云图之所在，即云山云图。明清之际只因这里文人名士辈出，为强调文献名邦，故而改名文山。而旁边处于‘待研究区’的建筑群，按八卦原理建成，虽是重要的文化遗产，建成时间却早于文山改名一百年左右。按照现有的旅游宣传，‘为纪念文献名邦，在文山之旁建了文楼。这是两大历史遗迹’，虽说顺口了，但总觉牵强。因为，即使不考虑时间差，在正式的记载中，这个建筑群一直被称为八卦楼……”

“你有什么好的建议吗？”黄市长打断了姚馆长的话。

“我写了一个政协提案，建议还是恢复八卦楼的说法，可以在注释中说明，当地群众俗称‘文楼’。表述方法也要重新整理一下。同时，更重要的是，要加强云山云图现存历史遗迹的保护，以及加强对这个历史传说本身的研究，以助旅游资源的开发。因为还没有正式确定说法，所以我暂时用了‘待研究区’。”那姚馆长也是实话实说。

“李局长，这个提案是你们在办吗？”黄市长转头问那个白胖男。

“黄市长，是的。基本上，我们已经采纳了姚馆长的意见，但还有些程序要走。”那个李局长小心翼翼地说。

“要充分尊重专家的意见！”黄市长说完又转向了姚馆长，“你继续介绍下去吧！”

“好！南城那边需要突出说明的是这一区块。”姚馆长用激光笔指了指一处地方。“那是凤翠花园西边的传统老建筑，存在时间至少已经在一百年以上。但那里曾经有一座山……”

史意捷听得怦然，那里竟然真有一座山！

“那里还有一座山?！我在这里生活了三十年竟然也不知道。”一个贵宾插话说。

李局长在偷偷地擦汗，似乎怕黄市长向他提问。

“六十年前紧靠这片古建筑的东边有几处岩石拔地而起，我那时很小，与一众小伙伴一起，常在那里玩，我们管它们叫‘石萝卜’。莫非就是这个？”一个须发皆白的老年贵宾疑惑地说。

“不错，‘石萝卜’已经是残山剩石了！但即使是残山剩石，我们也没有保护好，大搞建设时期我们把它们铲平，通马路了。”姚馆长露出极度惋惜的神情。“这些遗存如果还在，现在适当发掘一下，是大有文章可做的，对扩大旅游文化资源大大地有益。”

“姚馆长，是不是丰山？现在我们该怎么办？”黄市长非常诚恳地问。

“黄市长真博学，知道丰山的人现在已经凤毛麟角了！”姚馆长既然能做到馆长，情商也差不到哪里去。“其实，这山最初名叫风山，风声鹤唳的风。山高三十余米，方圆两里半，山体中间有一巨洞，每逢狂风吹过，发出呜咽之声。由此在民间编排出各种故事来，有些还不甚吉利。为此之故，这山被改名为丰山，寓丰收之意。更进一步，四百多年前，为了防止倭寇溯江而上，经奏明朝廷，地方官在北城的江对面新建了南城。考虑到节省成本，把那名声并不十分漂亮的丰山给就地取作石材铲平了，仅剩东边的几株小石笋。曾有文人墨客题字，‘风仙何处去，残山依旧在’。城建成后，西面被铲平的石地上，盖起了成排的房子。中间还有一座风仙庙，聊以向风仙对铲平风山表达歉意。但这风仙庙的遗址早就不在了。至于说到如何整理开发嘛……”

“啊！”有人轻轻惊呼了一声，扑倒在史意捷的背上，打断了他聚精会神的倾听。

史意捷转过身来。那人从他的背上滑落，竟往地上摔去。他手疾眼快，一把拦腰抱住了她。待他看得分明，不禁吃了一惊，原来竟是那个在抽水机房不远处凝视自己的戴着墨镜的富家女！

众人回过头来，想弄清这里发生了什么变故。

那脸色苍白的富家女却对众人摆了摆手，说道：“我没事！”又向史意捷轻轻耳语了句，“帮我个忙，把我扶到外面去。”

众人见是一对情侣，那女孩子即使真出了什么状况，也有她的男友在旁照料着，因此，又恢复了秩序，姚馆长继续开始讲解。

博物馆的广场上，已经差不多站满了人。中间的一群人排得整整齐齐，每三排都穿着统一服装，组成一个方阵。方阵前是贵宾专席，有座位，但还没有坐人。方阵的左右以及后面，挤了不少看热闹的群众。

那富家女脸色惨白、呼吸急促，还伴有轻轻的颤抖。

“我把你送到医院去吧？”史意捷看她难受，建议道。

“不用的，老毛病。请你赶快把我扶到人少的地方去。”那富家女边喘息着，边指了指河边的方向。

终于来到了河边的小公园里。史意捷把那富家女扶到一把椅子上坐下。过了好一会儿，那富家女的脸色又渐渐地红润起来。

史意捷终于松了口气，刚才要是她真出了问题，自己恐怕得有麻烦。虽说最终总说得清楚，但考虑到自己目前东躲西藏的身份，这样一来一定会影响今晚对春雨的解救工作。他一度怀疑自己的疑心病又犯了，但他有太多的疑问想弄清楚。

“你站在那里呆呆出什么神呢？”那富家女用非常悦耳的声音问史意捷，边说边摘下了那副简直遮住她一半脸庞的墨镜。

这下史意捷真的看呆了！

这不是出租房中其中一个死去的女孩么？或者说被植入记忆的海伦的形象。没摘墨镜前，还只是隐约的怀疑，现在他完全被搞混了。

“你看人都是这么没有礼貌的么？”那富家女笑起来连眼睛都会笑。

“你没事了么？”史意捷只得找个问题问问。

“有事我现在还能笑得出来?!”那富家女眼睛仍在笑。

“你叫什么名字？”史意捷单刀直入地问。

“这更加没有礼貌了！哪有这样问一个初次相见的女孩子的?!”富家女笑得更灿烂了。“念在你刚才帮了我，我破一次例。我叫菲菲。”

“菲菲?!”史意捷似乎原以为她会回答“海伦”。

“怎么，不信？我的大名就叫苏菲菲。”那富家女的神色并不像作假。“那你叫什么名字呢？”

“我……我叫胡惟信。”史意捷并未放弃怀疑，考虑到自己已是一副陌生的面孔，因此也起了一个陌生的名字。

“胡……微信，这名字咋这么怪？你是玩微信的发烧友么？”那富家女调侃起来。

“惟妙惟肖的惟，诚信的信。”越是造假的东西，越要解释，史意捷认真地回答着。

“好啦，用不着这么严肃，开个玩笑。”菲菲笑着说，“你没要紧事吧？陪我聊聊！”

“你刚才是怎么了？”史意捷心中正愁没机会询问。

“惊恐发作！”菲菲摇了摇头。“这玩意儿好久没有光顾了！大概是昨夜睡得太晚，太累了的缘故。”

“惊恐发作?！这玩意儿听起来也的确够专业的。你是医生吗？”史意捷突然联想到莫院长所说的幽闭恐惧症，虽然他知道这两者肯定不是一回事，眼前这个女孩也不一定跟那些幽灵有什么关联，天下相貌相似的人多了去，但仍故意问她是不是医生。

“能说出医学专业术语的人一定是医生吗?！我是病人！”那个菲菲倒也坦诚。

“冒昧问一句，这是精神疾患吗？”史意捷小心翼翼地问道。

“照你的逻辑，你说得这么专业，你就是医生了？”菲菲的脑子转得很快。

“不，不！但我倒认识一个很有名的医生朋友，没准他可以帮你。”史意捷想着如果菲菲肯去莫院长那里就诊，莫院长一定能解读出许多有用的信息。

“看精神疾患的，在这里还有谁名气能超过莫亚铁？”菲菲的口气里似乎包含着与莫院长打过交道的意味。

“那朋友正是莫院长，我们关系还不错的。等会儿我带你去看看？”史意捷带点自豪地说。

“看你这个年龄应该跟他也攀不上什么交情，是不是在吹牛？”菲菲大有不信的神色。

“我是他的表弟！”史意捷急中生智地说。

“这倒有可能！”菲菲笑着说，“但我对莫亚铁评价不高。”

“哦，说来听听！如果是中肯的意见，我还可以去转达。”史意捷尴尬地笑了几声。

“你别在意，其实我对医生整个群体评价都不高。”菲菲的语气婉转了点。“至于莫亚铁院长嘛，我觉得也许他医术方面有一套，但缺乏对病人的同情心。老是喜欢用研究的角度，把病人看成一种实验对象。”

“你在他那边看过吗？”史意捷有点好奇她为什么对他差评。

“当然看过。我在他那里看了三次，之后就再也不去了。”菲菲摇了摇头。

“仅仅是缺乏同情心，就不去看了？”史意捷觉得菲菲的确敏感。

“除此之外，还问七问八，探人隐私，有些隐私明显与疾病无关，这也让人受不了。”菲菲又增加了一层理由。

“也许你误会了！”史意捷叹了一口气。“但你之后找其他的医生看过吗？”

“试了一两个，但发觉更烂。莫亚铁还只是医学道德的问题，其他医生连基本的医术也不行。最明显的是，他们根本不会给出处置你疾病的整体方案，只会就事论事地根据症状开几片药给你，也不向你作完整的解释。每次开药只开三天，三天后开的还是同样的药。这样药我都知道是怎么开了，都是些让人昏昏欲睡的镇静剂，或者是没什么直接实际用处的安慰性质的谷维素之类的神经营养剂。”菲菲竟然说得头头是道。

“你可以自己去开家医院了！”史意捷也不得不佩服她的高论。

“你以为我不敢吗？！”菲菲不示弱。

“不敢以为！”史意捷笑着说。

“反正你答应陪我聊聊的，等会儿陪我去寺院里烧烧香。”菲菲的语气突然温柔起来。

第十五章　白云生处

“龙泉禅寺不是在东边吗？怎么往西边走？”史意捷奇怪起来。

“谁说我们要到龙泉禅寺去?!”菲菲的回答更怪。

“那到哪家寺院去？”史意捷在心中隐隐地猜度着。

“你要是怕我对你不利，现在改变主意还来得及。”菲菲的眼睛又笑了。

“我还怕你怕我呢!”史意捷反唇相讥。

当与菲菲一道坐上奔驰车的时候，史意捷突然产生了一种错觉，似乎与一个关系密切的人在一起。感觉上好像是春雨，但春雨没有这么多钱，不可能开着奔驰来带自己。但如果不是春雨，那就没有其他关系密切的人了。

春雨！自昨天晚上春雨被那些幽灵劫持以来，已经过去整整十二个小时了，不知她的情况怎么样？史意捷突然觉得一丝丝内疚，眼下产生这种错觉是没有道理的。如果那菲菲真的完全跟那些幽灵没有关系，那与她一道去寺院烧香就极不妥当了。要是她有某些方面的精神疾患，被缠住了脱不了身那可就麻烦了。

在史意捷的胡思乱想中，菲菲开着奔驰车竟然到了爱春大道。但她不是向西，而是向东。史意捷旧梦依稀的寒禅寺却在西边。

“你有没有喜欢过一个你从没有见过的人？”菲菲直率地问史意捷。

“你是问有没有一见钟情的人？”史意捷巧妙地回避了问题。

“一见钟情就见过了！我的意思是直到你喜欢她的时候，也没有见过她本人。”看情形菲菲只是在假设一种情形。

“你的意思是看到过照片而暗生好感的情况？”史意捷也不怕烧脑子。

“甚至连照片也没有看到过！”菲菲假设的情形更加极端。

“难道还会有人喜欢一个并不存在的人？！”史意捷突然心中一凛，那出租房里两个已去世的女孩算不算“并不存在的人”？

“呵呵，这也并不少见！”菲菲竟然并没有否认。

“你这不是胡扯吗？爱上一个想象中的人，除非精神出了问题。”史意捷终于弄懂了菲菲“从没有见过的人”的意思。

“每个人的精神都会或多或少地出些问题的！”菲菲又抛出歪论。

闲谈中，奔驰车经过印着“春雨听韵处，禅心品茗时”的新家——而这新家对于史意捷的记忆来说，仅仅只是住了一晚——又绕过龙脉山转而往南，竟然直达凤舞山去了。

“那寺院在凤舞山中？”史意捷不禁疑惑起来。

“寺院在行程的终点。”菲菲答非所问地说。

“可那边是精神健康中心。”史意捷边说边认真地注视着她的反应。

“难道你怕我把你当成精神病人强制关进去？”菲菲的眼睛又弯出了笑意，“不过你放心，我们只是路过。”

史意捷从菲菲的神情中读不出特别的信息，但他仍念念不忘今天凌晨发生在精神健康中心的诡异而惊悚的“事故”，但愿眼前的女孩跟这一切没有任何联系。但是，如果没有任何联系，他现在是在浪费时间！

精神健康中心一切正常，许多工人进进出出，在做着搬迁前最后的扫尾工作，跟城区任何一个建筑工地没什么两样。

奔驰车往西而去，不一会儿，竟转而往西南，约莫二十分钟后，史意捷对周边路径渐渐眼熟。

“那不是去寒禅寺的地方吗？！”史意捷终于认了出来。

“连寒禅寺都知道，你真不简单！”菲菲话中有话地说。

“但我们这不是绕着远路走么？”史意捷没理会她的语气。

“难道还有唯一正确的路径么？！跟着感觉走最好，不然实在太累了！”菲菲语含机锋。“何况，这本来就是通往寒禅寺的唯一一条老路。难道你从没有走过？”

史意捷摇了摇头，面露迷茫之色。菲菲也跟着叹了一口气。

……

如火的枫叶，清冷的深秋，拾级的台阶，仿佛的钟声……渐渐发黄的彩照，与鹅蛋脸女孩的合影……背景古朴而禅意，表情茫然又青涩……二月岭，寒禅寺，雾蒙蒙……是缘尽情空的纪念，还是许一生之愿的迷离……

……

“我们这样下去不会有结果，还是分手吧！”史意捷对一个长发女孩说。

天空正在下着濛濛细雨，史意捷与那长发女孩仿佛隔着一层玻璃，看不清她的脸。

……

“你刚才特意注目的那两幅画正是那段时间的两个关键片断。骑着自行车的那幅是故事的初期。当时是四个人一道出去，另一个警察骑另一辆自行车，带着院花同寝室的同伴。当时依然在春天。照片是院花同寝室的同伴拍的。寒禅寺那张，已是清冷的深秋，像雾一般的细雨随风吹到脸上，冷得脸发麻。这是最后送行时那个外向的警察拍的。在寒禅寺里许了个愿，出来后在台阶上拍的。多年后，许多看到这张照片的朋友都以为这是分手的一刻，因为画面凄离落魄。却不知是分离而不是分手。作出决定时却分离在即，两情相悦却前途茫茫。”

……

寒禅寺门前的斜坡台阶上，史意捷思绪联翩，每走一步，都会出现一些意象或片断，甚至包括这三天之前的极其模糊的记忆。菲菲仿佛也被感染了，在一旁默默地跟着他。

“寒山日落早，禅林月辉明”，寒禅寺！

“你答应今天陪我聊天、烧香，进了寺院后一切听我的。”菲菲的声音隐含着不容置疑的气息。“我也不会白占你便宜，会有礼物送给你的。”她对他笑了笑。

“哦，你刚才说什么？”史意捷的沉思被她打断了。

“我说你要听我的，我会有礼物送给你。”菲菲只好再重复了一遍。

“我不是一直在听你的吗？！反正我上午也没什么事，权当做做好事陪陪你。”史意捷的话说得很直。

“你这人真坏！别人想陪我都没机会！”菲菲说的应该是实话，像她这样财富和颜值兼备的女孩，应该不乏追求者，但碰到这个“微信”却像木头一样不解风情。“那你下午又有什么要紧的事情？”

“说不准，但一定要备着时间。”史意捷的内心中还不能确定这个叫“菲菲”的女孩的真实身份，因此他必须留出时间去乐透集团盗取“老太婆”的关键硬盘。

“我也不管你下午有什么乱七八糟的事情，总之，你今天必须陪我。作为回报，我一定会帮你完成一个你最迫切的心愿。”菲菲把礼物说得更加具体化了。“你今天就暂时‘冒充’我的男朋友。”

“最迫切的心愿？你这个代价未免太大了吧！”史意捷觉得这菲菲的行事的确匪夷所思。

“好，一言为定！”菲菲干脆利落地说。

“许愿堂”大门两侧，依然挂着两副对联，“有果必有因种因得果，见色实为空以空化色”“求不得时许心愿，爱别离中见情缘”。菲菲拉着史意捷跪在了观世音菩萨前，嘴里喃喃许着些听不清楚的愿。

史意捷内心五味杂陈，就在昨天上午，他还跟春雨一道在这里许愿，这会儿又跟另一个并不相识但也许有极大干系的女孩做同样的事情。这举动，真是荒诞得要命。如果让春雨知道，不知会作何反应？

“施主，去领许愿盒吧！”一个小和尚走过来对他们说。

“不空，你怎么逢人都说许愿盒！”菲菲笑着对小和尚说。

不空看清面前的女孩是菲菲，又看看她身边的男孩，似乎熟悉，又不认识，不由得既觉尴尬，又觉奇怪。犹豫片刻，嗫嚅着说：“师父在佛缘堂！”

史意捷看到不空的眼神复杂，隐隐对他充满敌意，不禁吃了一惊，担心自己的真实身份暴露。但转念一想，又觉自己的担心是多余的，因为他现在“现世”的是另一副面目。

“我佛慈悲，卸下风霜，是我心底的归宿。我佛慈悲，抚慰了生命的苦。婆娑中，再回首，岁月荒凉又无助。世间情，风吹诺言成陌路。”一阵歌声从佛缘堂传出，怎么听，都是红尘未了的遗憾。

看见一对情侣模样的人出现在自己面前，禅心和尚露出一种奇特的神情，既不是茫然，也不是好奇，而竟是，一丝丝的慌乱。

“阿弥陀佛！两位施主这么有空，一大早来看贫僧！”禅心和尚很快恢复了庄严的宝相。

“禅心师父，今天一早我老毛病又犯了，所以来你这儿请你施施法。”菲菲的语气似乎并不十分尊敬。

“说哪里话！老朋友了！你非俗人，但讲真话。”禅心和尚的眼神一刹那间变得很犀利，扫视了史意捷一眼，但旋即又恢复了常态。

“真俗不二，真人也有讲俗话的时候！”菲菲也打起了机锋。“这是我新交的男朋友小胡。”

“哦！胡施主似乎心有旁骛，定有未决之事！”禅心和尚眼神的确厉害。“如果你经常参加我们的法会，一定会消除挂碍，消除恐怖，远离颠倒梦想，从而进入一个自由的佛境，或者说是幸福的天国。”

“佛教也说天国吗？我还以为只有那些洋教才说天国！”史意捷对这个词汇很敏感。

“我只是想说得简单一点，现在的人，说起自由的佛境，不一定能听得懂，说到幸福的天国，却都很兴致盎然。”禅心和尚觉察到史意捷的疑虑，解释起来，“其实所有的语言都只是借用一下的，它们都是空的，严格来说，它们与它们所想说的都不是一回事。”

“佛境是空?！天国也是空?！”史意捷竟然忍不住顺着禅心的逻辑说了一句。

“胡施主真有慧根！”禅心和尚竟然称赞了一句，“的确你应该参加我们的‘山城说法’！”

“‘山城说法’?！这里哪来的山城?”史意捷心中大动，但脸上却并不露声色。

“这只是个比喻而已，仿当年佛在王舍城讲道故事，以寺院为城。你想，寒禅寺位于这座山峰的顶部，得天地之灵气，更有利于进入心灵的自由空间。你多听几堂这样的讲道，烦恼一定会逐渐根除的。”禅心和尚微笑着说明。

“好了，这事待会儿再说。”菲菲似乎听得不耐烦起来。“你‘山城说法’的宏愿快完成了吗?”

“哪有这么快！”禅心和尚摇了摇头，似乎不愿多说了。

“小胡，你到外面去转十分钟再回来，我跟禅心师父有点要紧事情要商量。”菲菲忽然支开史意捷。

地藏殿两边布满着地狱的场景，有拔下舌头的，有下油锅翻炸的，有凌迟处死的，有烧得不死不活的，有磨成肉酱的……看着令人感到心生恐惧。

但现在地藏殿里没有香客。史意捷四下检视着，周边一切正常。可仿佛时空穿越似的，只见白云倒在自己的怀中，脸上因恐惧和痛苦而变形，那张原本雪白的脸变成没有血色的可怕的苍白色。

昨天，那些幽灵的目标……现在看来，不可能是春雨和自己。因为他们还没有拿到想要的东西，如果就此消灭了自己和春雨，难保那些关键的东西不会落到其他人之手。此后的劫持和条件完全证明了这一点。只有目标是白云，才能解释自己和春雨至少春雨没有同时遇害的现实。不算自己身体强健，春雨的身体素质却不见得比白云好。难道白云的存在对他们是个威胁?！不！如果他们觉得是威胁，早就应该动手了。莫非，他们是怕白云从自己和春雨这边获知什么对他们不利的信息?！

但问题是，他们怎么知道自己一行三人来寒禅寺，甚至到地藏殿去的呢？那个最大的可能性……

史意捷突然冷汗直冒！想到最大的可能性，一下子把他从穿越和沉思中拉了回来。他朝白云遇险前所指的方向走去。

幽暗处有扇小门，昨天他因抢救白云没来得及检查。推门而入，里面一片昏暗。待视力完全适应后，史意捷发现这只是一间普通的储藏室而已，里面没有什么可疑的东西。储藏室的另一端，竟有一扇从里面锁着的门。拨开四不灵锁，拉开门，外面明亮的光刹时泻了进来。

不远处竟然是围墙边的小屋！

小屋的门关着。这难不倒史意捷。今天早上他特意把那枚一端拉直了的回形针放入前胸内袋中。见四周没人，他熟练地鼓捣起来。但很奇怪，这个四不灵锁似乎已经从里面拴死了，他用常规手段试了几次都不灵。

见鬼！他边低声嘟哝，边一拳砸在门上。

奇迹出现了，这扇门竟然开了，原来里面的四不灵锁拴死在未锁状态。

小屋里面的空间极小，虽然光线不是很好，但还是能看清全貌。那两只帆布袋竟然不见了。

打开对面的一扇门，外面是寒禅寺围墙之外的山间道路。几个山民头戴草帽，腰系竹笼，手拿钩刀，正自行走着。一切显得宁静和安详。

史意捷叹了一口气，如果他也能这样悠闲就好了！

返身走出小屋，却见禅心和尚和菲菲从竹林外的小径走来。还没来得及回避，他们发现了他。

“胡施主在寻找些什么?”禅心和尚意味深长地说。

“没寻找什么。我随便走走，看到这里开着门，所以到里面瞧了瞧。”史意捷镇定地说。

“哦，那倒是自由的心境!”禅心和尚似乎并未相信。

“大师不在佛缘堂施法，出来干什么呢?”史意捷反攻为守。

“寻找翠竹!”禅心和尚不以为忤。

“翠竹?”史意捷看了看那片竹林，直怀疑自己听错了。

“没错，是翠竹。”禅心和尚点了点头。“青青翠竹，总是法身。所有有相的东西，都是自性中的妄念变现出来的，本质上却还是自性。”

“大师的意思是，我们看到的都是假的?”史意捷若有所思地说。

“胡施主真有慧性!”禅心和尚的眼中露出了欣赏之意。“虽然还不完整，但与禅门沾边了。用世俗的语言说，我们所看到的东西，其实是我们内在固有的认知系统的编码。而这个认知系统，受到先天和后天的因素影响，会有系统误差，会有扭曲。从这个意义上说，我们看到的其实是我们自己的认知系统。”

“难道大师你要现场施法?”不管这和尚的真实身份究竟是什么，史意捷竟也对他暗暗佩服起来，能用这么现代的言语进行释法的，简直是闻所未闻。

“胡施主说得没错。”禅心和尚转头看了看菲菲，“这位女施主旧疾发作，心生恐怖。我在佛缘堂跟她谈论了许多佛法，总结起来是应该消除挂碍、消除执着、远离颠倒梦想。聊到‘青青翠竹，总是法身’时，我想带她到现场走走，说不定还能顿悟。”

“大师既然说所有有相的东西，都是自性中的妄念变现出来的，那么这翠竹的妄念与引起菲菲恐惧事物的妄念还有什么区别?!”史意捷非常尖锐地提到这个问题。

“胡施主一定要参加我们的‘山城说法’!你的确天生慧根!”禅心和尚充满赞叹地说。“简单地说，妄念是认为一切皆是实有，而不知诸法生灭无常。比如，我们在白天看到的青青翠竹，让人产生许多美好的联想，使人心旷神怡；但如果是月黑风高的夜晚，则会看到暗影摇动，杀机四伏，使人心生恐怖。从这个意义上说，两者的确没有区别。”

“既然没有区别，那带菲菲到这个现场走走还有什么意义?”史意捷的话咄咄逼人。他想创造特定的情境，以便窥视更多的信息。

“我是为了让她明白一切皆非实有，诸法生灭无常的道理。”禅心和尚气定神闲地说。“只有不断地修炼，才能进入自由的佛境，幸福的天国，再也不会感到迷惑和恐惧。参加我们的‘山城说法’吧!”

“有缘自会参加。”史意捷圆滑地回答了一句。

“看竹之外，是为了找你。说好是十分钟，却迟迟不来。”一直未开口的菲菲突然补充了一句。

“难道你们知道我会在这一带溜达?!”史意捷故作惊讶地问。

菲菲带着史意捷开着奔驰车依然从原路返回。没开多久，她在一条石径路旁停下了。

“我们下去走走，这里景色不错!”菲菲招呼着史意捷。

石径路蜿蜒曲折，直达云层深处。可惜今天是灰蒙蒙的云，离地倒很近，简直接着了远处的树林，给人一种莫名的压抑感。若是白云，那就美了。白云一定伴随着蓝天。有多久没有看到白云蓝天了?! 因为失忆的原因，史意捷已经记不确切最近看到白云蓝天的日子了。只记得在很小的时候，自己躺在一块放在地上的石板上，仰望着天空，好奇地看着风云变幻。那一朵朵白云像极了洁白的棉花，多看一会儿，形状就会改变。而那天空的湛蓝色，初看之下，极为爽心悦目，看得时间长了，突然心中涌起了隐隐的敬畏感，这湛蓝色实在太深邃了!

石径路的两侧，是一片片青翠的山峰，远淡近深，像水墨画。不远处的山峦，升起袅袅炊烟。大山深处的人作息规律比城里的人提前，中饭吃得早。路旁种满了红枫。虽然未经秋霜，却同样红艳。与秋枫的阅尽世间沧桑不同的是，春天的红枫红艳中透着单纯和希望。

史意捷暗暗叹了一口气，如果自己也能像这些春天的红枫一样，透着单纯和希望，那就好了!

“你在想什么?”菲菲观察着史意捷的神色问。

“我在想，你到底是什么人?”史意捷机警地回答。

“我不是你的女朋友吗?!”菲菲的眼睛充满了笑意。

“那是暂时冒充的!”史意捷不禁也被逗笑了。

“冒充的也是女朋友，只是程度浅点而已。”菲菲故意板着脸说。

“既然现在你是我浅程度的女朋友，你总得告诉我你的一些基本情况。”史意捷依然不依不饶。

“我问过你的基本情况吗?”菲菲反问。

“可我至少告诉过你我是莫院长的表弟。”史意捷反驳。

“那并不是我问的。”菲菲摇了摇头。“感情最美妙的地方，在于神秘的吸引力。它既指吸引力的神秘性，更指神秘感产生的独特的吸引力。待到一切明了，往往便索然无味了。你看有多少情侣因为太过熟悉而彼此分手?!”

“那应该是他们性格不合的原因。”史意捷忍不住发表了一句评论。

“这不是主要的原因。事实上，大部分情侣一开始就知道对方的性格。为什么一开始能包容，而后来反倒不能忍受了呢?”菲菲反问。

“你认为是因为神秘感消失了?”史意捷还是把球踢还给了菲菲。

“更确切地说，是发现对方并不是自己所想象的人。”菲菲幽幽地说，“其实我们遇到的都是自己所想象的人，只不过有些想象跟那人本质接近些而已。”

“许多人认为有细节的记忆是正确的，其实不尽然。记忆可以重叠、可以错位、可以缺损，也可以虚构……总之，记忆处于不断被意识和潜意识的编辑之中。你以为你记住了某个人，其实你只是记住了你以为的那人，如果此后你接触了很多类似于你以为的那人的特质，你会不自觉地移植过去。久而久之，便成了那人。”史意捷突然冒出这段话来。连他自己也吃了一惊，竟然记得这么精准。

“哦，你竟然有这么深的研究?倒真是失敬了!”菲菲显得很惊奇。

“我哪有这等水平！这是我的朋友，不，是我的表哥莫院长的观点。”史意捷盯着菲菲，想从她的表情中找出些什么蛛丝马迹。

“哦，莫亚铁！但愿他不会利用这种机制坏什么事!”菲菲看样子对莫院长很有成见。

史意捷看着菲菲精致的脸庞，陷入了沉思。

石径的深处，有一家小饭店，名唤“白云生处”。旁边还有一块竖牌，上面写着“二月岭第一家农家乐”。“白云生处”一面向着石径，三面围着竹林。店家主人是一对中年夫妻，他们非常热情地招待着史意捷和菲菲。今天是周末，里面的客人着实不少，看样子多是从城里出来呼吸新鲜空气的年轻人。史意捷和菲菲好不容易等到了一张靠窗的桌子。

菲菲点了六个小菜，分别是干炒黄豆、烤扁芋艿、沙地花生、深溪白条、野猪脚蹄、红烧麂狼。不一会儿，干炒黄豆、烤扁芋艿和沙地花生这三个冷菜先上了，其中干炒黄豆是满满的一碗，外加一壶青碧色的米酒。

“我们喝了酒，等会儿怎么回去?”史意捷提醒菲菲。

“放心！我会变戏法的。”菲菲眨了眨眼睛，“你现在转过身去，等我叫你的时候你会看到奇迹。”

史意捷虽不解其意，但还是照做了。

“先闭上眼睛……转过身来……可以睁开眼睛了！”菲菲越发弄得神秘兮兮了。

但史意捷没看到什么奇迹，只看到满满的一碗干炒黄豆空了，在桌子上铺了大半边。

“这算哪门子奇迹！”史意捷笑出了声。

“你仔细看这黄豆的图形！”菲菲一点也没有笑。

史意捷疑惑地看了起来。突然他发现在这些看似凌乱的排列中，有一个图形很熟悉，超级复杂的旋转结构？！

“弄不清这个图形？”菲菲有点得意地说，“这个图形模拟的是宇宙星空。你盯着看的呆呆出神的地方是星云。等会儿我们做游戏，就是要靠这个图形。”

“做什么游戏？”史意捷觉得菲菲做事真是鬼马精灵。

“背诗喝酒！”菲菲看着一脸茫然的史意捷，进一步解释，“我们轮流背诵杜牧的《山行》，‘远上寒山石径斜，白云生处有人家。停车坐爱枫林晚，霜叶红于二月花’。各背两句。由不背的人设定黄豆的起始点，每背一个字，点一粒黄豆。顺利点完算赢，点的过程中出现断点算输。黄豆间超过一粒黄豆的空隙算断点。点的时候估计形势不能超过三秒，超过也算输。已点的黄豆不能重复点，重复算输。每一路径只能出现一次，重复算输。输的人一次喝一调羹米酒。谁宣布喝不了了，游戏就结束。”

菲菲说完作了一次演示。

史意捷仔细研究着由黄豆组成的旋转状星云，发现其实是一个迷宫。跟废弃区的那个超级复杂结构有点类似，但细看之下，星云隐藏着更多的断点和回路，当然也更为复杂。

“考虑到这个图形是我设计的，为了公平起见，我们的输赢筹码调整一下，我输一次喝两调羹米酒，你不变。怎么样？”菲菲看见“微信”若有所思的样子，主动作了让步。

“输赢筹码也不用调整了，不然我就背上欺负女生的坏名声了。”史意捷坏笑起来，“但你那首诗太古板了，换一首时髦的歌。”

“看样子你有方案了。”菲菲也笑了起来。

“读书无用，别听胡吹/行随心动，青春无悔/猛一回头，年华流水/心仪女孩，需要猛追/天天管束，自由宝贵/春天夜晚，最好喝醉/纵情高歌，星月晚归/啊，美妙的爱情，恰如流水/啊，美丽的春天，远山苍翠/啊，美好的周末，不朽年岁/啊——啊——啊——”史意捷轻轻地唱了起来，边唱边偷偷地观察着菲菲的反应。

“好好好！这个有趣得多了！”菲菲竟然高兴得拍起了手。“这是什么歌？好像在哪里听到过。”

“你听到过？”史意捷神情紧张起来。

“我说‘好像’！‘好像’的意思只是很亲切！很亲切不一定真的听到过。”菲菲解释得很滑头。

“这歌叫《DJ 之歌》。你应该不会听到的，因为是我的一个小朋友自编自娱的。”史意捷继续刺探着她的反应。

“哦，很好！”菲菲竟然不再追问下去了。

两人开始你一句“读书无用，别听胡吹”，我一句“行随心动，青春无悔”地玩了起来。由于这个图形是菲菲摆放的，一开始菲菲明显占了上风。但史意捷的学习能力也相当出色，玩了一会儿，竟然慢慢缩小了差距。只是他心头还有许多未解之谜，因此非常警惕，一调羹米酒倒得既少，浪费又多，呷入口中的还没有一半。倒是菲菲，输了实实在在的一调羹一调羹地喝。

“你怎么这么快就摆好这么复杂的劳什子图形？”史意捷看菲菲米酒喝得开始有点状态了，暗暗地探问。

“不告诉你！”菲菲的脸笑得像绽开的桃花。

“怕我赢你？”史意捷用了激将法。

“你赢不了我的！”菲菲却不中圈套，径自唱了起来，“啊，美妙的爱情，恰如流水……”

史意捷被她弄得有点哭笑不得。

“你知道吗？人脑和星空很相似。首先，脑细胞与星系群很相似，脑细胞被四通八达的神经元连接着，星系与星系之间由暗物质连接着。两者都看似杂乱无章其实非常有序。其次，神经元与星系的数量大致相当，约为 1000 亿个。”菲菲的思维发散得天马行空。

“你是研究物理的，还是研究脑科学的？”史意捷见缝插针地问。

“不告诉你！”这句话简直是菲菲的口头禅。“啊，美丽的春天，远山苍翠/啊，美好的周末，不朽年岁——”菲菲竟然连唱了四句。

两人按游戏规则又玩了一会儿，菲菲的醉意渐渐地浓了。史意捷正想用别的方式旁敲侧击地刺探她的情况，没想到她却摆了摆手。

“这么快就认输了？”史意捷觉得这似乎不是她的性格。

“不是认输，是游戏结束。”菲菲有点强词夺理。“再玩下去我就真的醉了。如果我真的醉了，谁来给你那份特殊的礼物？”

虽然菲菲思路还算清晰，但在石径上行走，竟也脚步不稳。突然，她一个踉跄，竟往山沟边摔了过去。史意捷眼疾手快，一把抱住了她。由于俯身的动作，胸前的一件什么物事砸中了菲菲的脑袋。

“这是什么东西？”菲菲受了这一惊吓，酒差不多醒了一半。

“没什么！一个护身符之类的东西。”史意捷赶紧把钻石项链塞进了内衣。是不是意识丛林暂且不说，三天前，正是靠它打碎了玻璃，逃离了那个神秘的立方体。从这个意义上来说，的确是护身符。

“你骗谁呢？这是同心锁项链！”菲菲似乎有点愤愤不平。

“不管叫什么，反正是个小饰物。”史意捷轻描淡写地说。

菲菲也没有继续追问，竟然又唱起了那首新学的歌。史意捷怕她再出什么意外，干脆扶着她。

“你有没有喜欢过一个你从没有见过的人？”菲菲突然又提出了之前问过的问题。

“这问题太深奥了！”史意捷含混地回答着。

“可我喜欢了一个从未见过的人！”菲菲喃喃自语着。

奔驰车的驾驶座上坐着一个女孩。她看见菲菲被一个男孩扶着上了车，脸上露出掩饰不住的讶异之色。

可更为吃惊的却是史意捷，那女孩像极了凤翠花园出租房里那两个女孩中个子高的一个，也就是被植入记忆的“小敏”。

不知道凤翠花园出租房那两个女孩到底是什么关系？又是什么原因死的？难道她们是特殊的情侣关系？不然很少有两个女孩会拍亲密的艺术照并放在卧室里的。要是有时间，真该从这里着手查一查。既然那些幽灵用她们的形象作为记忆植入的“原型”，总有些蛛丝马迹可以追查。但他现在已经没有时间了，晚上还有个极其重要的“约会”。

这个高个子女孩，鼻子有点微塌但还算精致，皮肤有点微黄但还算白润，特征应该比较明显。昨天晚上在寒禅寺外，开奔驰车接那个与禅心和尚神秘私会的女子的，应该是她。他突然想起来了，昨天在乐透集团“楼上”正立方体的走廊上，当他刚摆脱与那个“深度幽灵”应忠信的缠斗时，那个使绊子袭击他的人，多半也是她。那人的名字他从胸牌上见过，叫“汤潇潇”。

当下，史意捷可以清晰地确定是现实，而非“意识丛林”中。眼前虽然还有许多迷雾，但正在逐渐地消散。

一路上菲菲喋喋不休地说些不着边际的“闲话”，史意捷陪着她小心应对。没多少光景，奔驰车竟然开到了星空大厦。虽然这是期待中的，但事物真往预期中发展了，他却开始隐隐有点忐忑不安了。

“星空大厦啊！这是我市的地标，高高在上，像神一样的存在。”他又想到三天前所被植入记忆的“海伦”的话，尽管是虚拟的，却很是清晰。难道假的总是比真的更容易记住?!

“下车啊!”菲菲的酒已经醒得差不多了。看着若有所思的“微信”，她对他神秘地笑了笑，“我说过要给你礼物的!”

就在史意捷想着这个神秘的菲菲会不会到银河中心娱乐城去的时候，高个子女孩直接按了电梯的十六楼。

“诚信、专注、服务”，古铜色的金属门，又到了昨天冒险来过的“城堡”，乐透集团!

那高个子女孩拿出一张银行卡大小的卡片，在金属门的一个感应器上放了一下，只听见“嗞”的一声，大门自动打开了。在一道巨大的屏风前，她领着史意捷和菲菲向右一拐，顺着一条隐蔽的小小的通道走了约有十米，来到一扇不起眼的小门前，又掏出另一张卡片，刷了一下，开门进入了。里面是环形通道。感应灯随着他们的脚步次第亮起。通道右侧写着“欢迎贵宾”。

没走几步，菲菲停了下来：“我们回头改走大厅!”

“您不是不习惯走那边的吗?”高个子女孩奇怪起来。

“我们让这个贵宾顺便感受一下公司的文化。”史意捷感到有点奇怪，觉得这个菲菲自进了“城堡”，连说话的口气都发生了细微的变化，似乎更加稳重和成熟了。

大厅里“乐透在奋斗”的大标语非常醒目，“乐透人唯一的幸福方式是接受并克服困难”“乐透人存在的全部意义在于让困难消失”“乐透人永存的秘密在于在困难中不断进化”这些小标语又显得非常独特。

标语的另一侧，是高达三米的深色玻璃组成的分隔区。里面人影憧憧，人声沸沸，虽是周末，还有许多人在加班。

分隔区的门口，有一个圆头圆脑的男孩在来回走动着，显得非常烦躁不安。听见大厅里有声响，抬头望了过来。圆头克姆！一脸烦恼的圆头克姆！

史意捷感到一阵歉意！圆头克姆的焦虑也许跟自己与春雨昨天的行为有关。不管乐透集团干了什么，圆头克姆还是一个善良天真的年轻人，他肯定不会是幽灵组织的人。

圆头克姆看见来了两个女孩和一个男孩，似乎有点面熟，但都不认识，不禁露出好奇的神色。

那个高个子女孩，看见圆头克姆这副样子，忍不住"嗤"的一笑。圆头克姆顿时露出腼腆的神色。高个子女孩再一个飞吻，圆头克姆顿时连脖子都羞红了。

保安老温正从三楼走向二楼。昨天发生了差错后，幸亏是自己的表弟向大眼盖总说好话，而表弟是大眼盖总的重要技术骨干，能说得上话，不然，这次真的被那个太监一样的集团办的计主任给整死了。因此，他今天管得特别认真，看见两女一男大大咧咧地正往二楼走去，一声断喝："你们找谁?"

菲菲转头看了一眼保安老温。他顿时感到来人有一种不容置疑的权威气质，气势顿时消退了。有点面熟，莫非此人是集团权贵亲戚，一样得罪不得！

"老温你捣什么乱！"高个子女孩反喝一声。

保安老温一惊，他总算认出来了，这高个子女孩是集团最神秘的三楼的，叫汤什么的。这些人平常都是从三楼的专用电梯上下的，因此自己今天偶尔"失眼"了。他赶紧唯唯诺诺地退到一边。

走廊两侧有许多办公室，史意捷注意观察着。副总裁室毛萧和、副总裁室陈吉富这两间办公室都关着门。紧接着的是常务副总裁室盖茨比，门开着，只见里面有一个眼睛处在发际线和下巴尖正中的人，正十分专注地盯着墙上。由于深度眼镜的折射，眼睛看上去大得像铜铃。墙上却什么也没有，就算有的话也只是几个斑点。常务副总裁室旁边是总裁室，但没有名字。

再往前是一间没有任何标记的房间。菲菲往前一站，门自动打开了，是人脸识别系统。

里面的空间约有五十平方米。与其说是办公室，倒不如说是休闲室。接近中心的地方摆放着一圈半圆形的沙发，前面有一张茶几。茶几前面是一张乌金木办公桌。

办公桌上既没有电脑，也没有资料，只有几件装饰物。有一件装饰物是一个锃亮的金属条制成的扭扭曲曲的滑道，顶端有一个金属球。似乎金属球一旦滑动，会通过一系列复杂的连锁反应激发最低端的一个装置。四周及顶上都是巨大的液晶显示器，上面的森林绿地简直以假乱真，让人产生身临其境的感觉。沙发一侧是红酒柜，上面斜斜地摆放着许多名酒；另一侧是一台三角钢琴，但音乐已经自动响起，是《梦中的婚礼》。

“有没有让你想起些什么？”菲菲意味深长地说。

“难道这就是你给我的礼物？”史意捷反问着。

“并不是全部！”菲菲眼睛又笑弯了。

“潇潇，你去准备一下。”菲菲又转头吩咐高个子女孩。

也不知道她用了什么操作，只见办公桌背面自动打开了一扇门。高个子女孩非常识趣地走了进去。门墙又自动恢复了。

菲菲从酒柜里拿出两只高脚红酒杯，又挑了一瓶已开了封口的红酒，拔出塞子，分别倒了一点点。

“这是三十年的法国红酒，很名贵的。”菲菲边说边递了一杯给史意捷。

“我还是想尽快知道其他部分的礼物是什么！”史意捷一边接过酒杯，一边催促着。

“别急！现在没人打扰，我们好好聊聊。”菲菲先前的酒意已经完全消失了。

“聊什么呢？”史意捷不知她葫芦里卖的是什么药。

“你有没有跟别的女孩子单独喝过红酒？”菲菲的话题简直简单得无聊。

“就算有，也忘了，不然大煞风景了！”史意捷笑了笑，“我今天不是你的临时男朋友吗？可我还不知道你到底是谁？”

“现在你还猜不到吗？！”菲菲装作叹了一口气，“就算你猜不到，也很快就知道了！”

“既然你这么心神不宁，我这就去准备给你礼物的剩余部分。到时候你也知道我究竟是谁了！”办公桌背面的门又自动地打开了，她站起身走向高个子女孩刚才进去的地方。

史意捷忐忑不安起来。大约过了五分钟，刚才的那扇门又开了，走出一个很有气质的女性。但她既不是高个子女孩，也不是菲菲。那女性一头高贵的白发，戴着深色的眼镜，穿着得体的正装。她脚步不停地往正门走去，边走边向史意捷投以一瞥。正好周边的背景转暗，史意捷一时看不清那女性的脸面，但他分明感受到冷峻的目光。

那女性很快走出了房间。史意捷突然灵光一闪，难道刚才那人是传说中的“老太婆”?！如果是真，那么菲菲又会是什么人？看这情形，菲菲除了“老太婆”的女儿还会是谁？

音乐重复播放着《梦中的婚礼》。史意捷识得，倒不是这曲子是记忆删除的“幸存者”，而是直接在四周巨大的液晶墙面上写着。这五个字从远到近，从小到大，盘旋着飞到眼前。又刹时化作漫天的花雨，缤纷飘落。森林绿地的背景突然虚幻起来，从林间小道里走出一对身着婚礼服饰的俊男靓女，随着音乐在花雨中婆娑起舞。史意捷定睛看时，那靓女竟是菲菲，而俊男，是个面熟而不认识的人。不，是当下自己的形象！早上他在细雨巷租房的镜子前看到过这副形象。

菲菲一定是把他误作男友了，或者是欺骗自己把他当作男友了，如果她以前有男友的话。“你有没有喜欢过一个你从没有见过的人？”菲菲的这句话应在特殊的语境中理解，理智告诉她，她今天早上看到的是一个陌生人，一个从没有见过的人；感觉告诉她，她很喜欢“这个人”；而潜意识告诉她，在这以前她就喜欢上了“这个人”，也许曾多次出现在梦中。但潜意识没有告诉她的是，其实“这个人”只是她心目中另一个人的投影。另一个人也许就是她曾经的男友，只不过被她强迫遗忘了。

史意捷脑子急速运转着。很奇怪，这几天与春雨、莫院长这些专业人士在一起，自己也无意中染上了“精神分析法”的“恶习”。但是，也许他在失忆之前就擅长此道吧！

要是春雨在就好了！她擅长语境分析。在《语言的意义》中，她提出了作为深层语义的语境意义的极端重要性，认为语境意义是更为复杂隐晦的编码形式。如果捕捉不到语境意义，就不能正确地理解语言的意义，甚至作相反的解读。如果让春雨听到今天菲菲的全部话语，她一定会解读出比自己所获得的多得多的信息。

“你有没有喜欢过一个你从没有见过的人？”史意捷突然想到，如果三天前春雨没有告诉他以前的一切，而他也没有看到过那几幅照片，一旦他在公众场合偶遇春雨，会不会突然间觉得自己之前喜欢了一个“从没有见过的人”?！

如果关于菲菲的猜测是对的，那么他们还不知道他的真实身份。那对他既安全，也有利。今天本来就是要来盗取“老太婆”主机的关键硬盘。“老太婆”是这里的最高头领，办公室一定在隔壁的总裁室。这里一定是她的起居会客室。他可以想象，刚才她们在里面一定商量过什么，可能与自己有关，没准还被“老太婆”痛斥一番。

既然是“老太婆”的起居会客室，有没有可能电脑的主机就在这里？史意捷站起身，从各个方向检查了一番，确认没有探头。也是，谁敢在“老太婆”的起居会客室里安装监控装置呢?！他又分别检查了前后两扇门，关得严严实实，敲敲也毫无动静。也许是隔音的，内室中的菲菲和高个子女孩根本听不到。

他仔细检查起那张乌金木办公桌来，发现根本不可能有电脑。抽屉里放着寻常的物件，甚至都没有公司的资料，但中间的抽屉里竟然有一本软皮的本子。史意捷拿起随便翻了几页，意外地发现这竟是一本日记。

他待要仔细阅读日记，“天空”突然暗了下来，头顶出现了满天星星，银河系清晰可见。他从未见过这么璀璨的星空！

音乐也切换成了《星空》。一颗流星划过，悠远、深邃、含蓄、宁静。史意捷不自觉地仰望着星空。

突然，星空朦胧起来，扭曲起来，旋转起来。一蓬树丛像火一样直刺深空。

史意捷警惕起来，莫不是刚才的红酒有什么古怪。但音乐没有异样。再仔细倾听，也没有那种恐惧的无声的脚步。一切都是图像自身的变化所致。

但图像紧接着转换成了一个恐怖的形象，一个光头的人物捂着耳朵发出无声的尖叫，眼神恐惧，面形扭曲。而不远处的两人镇定自若地行走着，完全无视眼前的这一切，像是两个完全无关的世界。

音乐还是原来的音乐，但已经成了变奏曲，仿佛是在快进似的。

史意捷突然怀疑起之前的猜测，难道菲菲他们另有什么阴险的目的？

正凝思间，大门开了。史意捷条件反射般地把软皮日记本往怀里一塞。

进来的是一个女性，但不是刚才出去的“老太婆”！进来的竟然是那个高个子女孩。那女孩身穿白色工作服，正向他走来。

“胡先生，这边请！”高个子女孩非常客气地对他说。

“你不是在那边的内室吗？”史意捷有点好奇。

“做了一点准备工作，下来了。”高个子女孩的回答跟她的行动一样怪。

“做什么准备工作，潇潇？”史意捷看到了她的胸牌，套近乎地问。

“当然是苏董事长给您的礼物啊！”潇潇神秘地笑了笑。

“苏董事长，谁是苏董事长？”史意捷追问。

“你马上就知道了！”潇潇卖着关子。

说话间，他们两人来到了内室。

里面却空无一人。

“这里有暗门通向外面？”史意捷在内室中找不到有门的迹象。

“没有。”潇潇回答得很快很肯定。

说话间，她按了按墙上的一个按钮。雪白的墙体裂开了一条缝，缓缓推向两边。

“不是说没门吗？”史意捷不解潇潇为什么说谎。

“这是电梯，胡先生！”潇潇笑着解释。

果然是电梯，潇潇拿出一张卡片验证后领着史意捷走了进去。

这电梯只有一楼和二楼，他们是到二楼去的。电梯里的二楼就是外面的三楼，正立方体所在的三楼！

但电梯外却是相同的结构。出了内室，就是大办公室。大办公室的布置跟楼下的大同小异，但没了酒柜，办公桌前还多了几把椅子，桌上依然没有电脑显示器。四周和顶上的液晶墙没有播放任何图像。

办公室空无一人，但潇潇径直领着史意捷穿过了另一扇大门。

门外是走廊。走廊两侧都是密闭的房间。白色的走廊，白色的墙壁，白色的没有把手的门。向前看去，前面空间越来越小，极具压迫感。门旁隐隐可以找到一块手掌大的小推门，那是盖直径约三公分的观察孔的。

史意捷的头又刺痛起来！但他知道当下是非常关键的时刻，容不得半点闪失，因此强自忍着，以不易为人所注意的方式轻缓地做着深呼吸。

“胡先生，不舒服吗？”没想到潇潇早已看出了异常。

还没等史意捷回答，左前方的一扇门开了。“请进来！”里面传出一声威严的声音。

正立方体内有一张床，一张桌子，一把椅子，桌子上放着一台有许多触手般电极的带电脑的复杂仪器。床的一侧有一条红色的丝带在送风式空调的吹拂下飘动着，旁边的一只摄像镜头泛着微微的红光。整个空间没有一扇窗户，洁白得使人产生幻觉。

两个工作人员全身穿着白色的衣服，戴着白色的口罩，只露出一双眼睛。“老太婆”倒还是原来的装束，但她那深色的眼镜下的目光显得更锐利了。

“我是苏董事长，菲菲托我送礼物给你。”“老太婆”的声音跟菲菲很相像，看样子的确是她母亲。

“什么礼物?”史意捷隐隐感到不安。

“完成你最迫切的一个心愿。”菲菲似乎什么都跟“老太婆”说了。

“你们知道我最迫切的心愿?”史意捷警惕起来。

“无论你有什么难办的心愿，我们都可以让你感觉实现了。”“老太婆”的口气像机器人似的。

“感觉?！那么说其实并不是真的实现了?”史意捷敏感地问。

“一定程度上，你的理解是对的。”“老太婆”竟然直言不讳。“但我们知道你现在最迫切的心愿是……想恢复记忆。”

史意捷脑袋轰的一声，如遭雷击，原来自己早就被人看清了真实身份，一步一步地落入别人精心设计的圈套。

“我的记忆好得很，我没有恢复记忆的需要。”史意捷虽然心底震惊，但脸上依然不动声色地说。

“哦，是吗?!”那“老太婆”声音充满了不信。“每个人都有被深深压抑的记忆，如果你想真正了解你自己是谁，一定要从那些记忆中寻找。”

他们又要对自己做什么手脚了！是想删除记忆，还是想读取记忆?！刚才还觉得幸运，认为不费吹灰之力进入了这个“城堡”；现在觉得掉进了地狱。史意捷暗暗评估着形势，“老太婆”那边，似乎没有动用武力的迹象。但正因为如此，才说明他们一切都已周密地准备好了，有恃无恐！

突然，对面出现了一个小小的洞，窥视孔！一只眼睛！一只凶悍的眼睛出现在窥视孔之后！

史意捷倒吸了一口凉气。这眼神很熟悉！他的头剧痛起来，脑袋里又出现了一些极其模糊的意象，但对回忆毫无帮助。

潇潇同情地看着史意捷。

门开了，进来的竟是“深度幽灵”应忠信！

“有人需要紧急做 DM！”在一旁陪同前来的大眼盖总焦急地说，看到里面有不认识的陌生人，迅速打住了话头。

“潇潇先把这位贵客领到我的办公室去。”“老太婆”迅速作了调整。

史意捷正思考着脱身之道，一听“老太婆”说到她的办公室，顿时又想起那块硬盘，今天的核心任务！不入虎穴，焉得虎子！

“老太婆”的办公室竟然是刚才出来的那间大办公室。潇潇帮他刷开门之后又回到了那间正立方体。

大办公室里隔音效果极佳，除了极其轻微的空调的送风声外，四周一片静寂。

史意捷没心情享受这种“宁静”的状态。他检查了前后两扇门，发现除非他有他们的卡，否则不可能打开它们。监控镜头倒没有发现，但也不能保证没有，现在的摄像技术实在太先进了。就算有，也顾不得了，因为他现在就在他们的控制之中。

史意捷仔细检查着办公桌。桌面上的装饰物跟楼下的差不多，抽屉里依然没有什么有用的东西。

紧挨办公桌的左侧，有一个木雕，是一棵像火一样的树，很是眼熟。史意捷想了一会，就明白了，原来这个木雕跟楼下液晶墙面上出现的图像很神似，彼时音乐播放着《星空》。木雕不知用什么名贵的木料做成，极其沉重，不能移动。

史意捷盯着金属球连锁装置，若有所思。这装置太复杂了！从没有见过，但好像有点熟悉。难道记忆没有被删除之前摆弄过这个劳什子？但那种“熟悉”感好像并不是那么一回事！

是联想，相似的感觉！那个超级复杂结构！

下意识地，他把金属球轻轻地一拨。处于装置顶端的金属球在锃亮的金属条制成的扭扭曲曲的滑道上滑行，一路上果然触发了许多复杂的连锁反应，令人目不暇接。最后，金属球稳稳地落在了底盘的一个圆弧形的凹陷处。

桌面中间竟然开了一条裂缝，裂缝向两旁缓缓张开。里面竟是一个操作平台！除了键盘般的字符外，还有许多操作按钮。

史意捷随便按了一个标注着“DM”字样的按钮，对面的液晶墙上竟然出现了图像。

定睛一看，他不禁连毛发都倒竖起来了，全身仿佛有一股电流通过，一时处于木僵状态。液晶墙面上竟出现了正立方体里面的场景。一个人躺在床上，头上戴了一顶特殊的头盔。头盔上有密集的线路连在桌上的电脑上。两个白色的“幽灵”站立在床的两侧。“老太婆”“深度幽灵”以及一个眼睛很大面相很奇特的人围在电脑显示屏前，神情看上去很紧张。

木立好久，他终于回过神来。四周一片寂静，映衬着这令人震惊的事实，使之越发显得诡秘，甚至，有一股不真实感。

史意捷没理会真实不真实，理智告诉他，他的处境比想象中更加凶险。眼下最要紧的是脱离险境，但在脱离险境之前，他必须找到那块硬盘，再也没有比现在更好的机会了！

既然桌子的平面上可以隐藏操作平台，那么电脑主机也有可能隐藏在桌子的某个地方。史意捷俯下身子，对这张办公桌用手指进行逐处叩击，耳朵紧贴叩击之旁。一番忙碌下来，却失望地发现，这张办公桌不可能有暗藏主机之处。

他憋屈至极，看到那个火形树的木雕，不觉更加恼火，“妖气十足！”他边念叨边一脚踢了过去。

“砰”的一声，火形树纹丝不动！

史意捷蹲了下去，倒不是他的脚受伤了，而是他发现，这火形树根本就是空心的。

但仔细检查下来，火形树四周浑然一体，就算他带着起子工具也没有用，因为根本无从下手。

他急得像热锅上的蚂蚁，站起来来回走着。留给他的时间已经不多，“老太婆”他们“操作”了那个不幸的人之后，肯定会依样对付他。

他有一种非常不好的直觉，“老太婆”他们一定掌握了一种新的技术，能随意调取大脑里的记忆。如果真是这样，当他们知道包括细雨巷在内的他的秘密时，他所掌握的所有对他们不利的证据，刹那间都变得毫无意义了！不然无法解释明明今晚已有“约会”的情况下，他们还要设计非常精巧、阴险的阴谋，提前动手！如果不久后他毫无悬念地被他们所“操纵”，那么春雨对他们毫无价值了！

想到春雨，他吓得直冒冷汗！无论如何，他不能束手待毙！

突然，有如灵光一现地，他朝控制台看了看。

但控制台根本就没有两扇门有关的按钮！复杂的键盘操作既猜不了指令，也可能因错误的指令而引发警报。灵感毕竟也有不靠谱的时候！

MF！一个直接按钮！史意捷隐隐激动起来，他很少靠直觉行事，但一旦有了直觉，往往很准。刚才他压根就没想着先出去，而是在想着如何找到那块硬盘。有了这块关键的硬盘，一举摧毁他们才更有把握，否则，自己说的话上级部门未必信，也许还会被当成精神错乱者，要么自己始终处于逃亡状态。

MF是mainframe的缩写，mainframe是计算机主机的意思。他很惊讶自己对英语单词这么熟悉，难道自己以前是英语高手？

他毫不犹豫地按了下去，已经没有时间瞻前顾后了！

第十六章　初见端倪

史意捷紧紧盯着那株火形树。令他失望的是，这个怪里怪气的木雕一点动静也没有。

不但木雕没动静，眼前所见的都没动静！难道那个按钮是摆设？

或者，那个按钮只用于主机启动或关闭。如果这样，刚才按下去一定是关闭，因为“深度幽灵”他们现在正在“操作”；如果是关闭，会不会中断他们的“操作”，从而引发警报。

史意捷心中掠过一丝不安。周边还是那么的“宁静”，但背后似乎有动静，隐隐的热气，有人偷袭?!

他猛地往旁一闪，并借机转过身来，双手护着前胸。

眼前的情景完全出乎他的意料！

办公桌背面左侧的液晶墙面上，出现了一个大大的口子，里面赫然就是一台主机！

他略忖片刻，心中已经有了主意，也不管系统会不会崩溃，三下五除二地把四块硬盘全给卸了下来。

液晶墙的图像一下子消失了，四周暗了下来。

史意捷闪身来到了大门旁边。他有一种奇异的特质，越是紧急的情况，越有冷静的头脑。他的脑海中清晰地出现了一些画像，正立方体内的“老太婆”和“深度幽灵”等人，在经过十秒钟左右的错愕之后，必然会想到这里的主机出了问题，主机出了问题必然会怀疑自己在破坏，因此在第二个十秒一定会打开这扇门。算上误差，三四十秒之后这扇门一定会被打开。而自己唯一的生机在于门被打开的一刹那，猛下杀手，趁乱逃入走廊，往右向那扇消防通道门奔去，之后快速下楼，消失在仅有一楼之隔的银河中心娱乐城。

“噗噗噗，噗噗噗”，史意捷平时的心跳正好一秒一次，在这种情况下，也不会超过每分钟七十次，照着心跳计数，然后打九折，跟秒表计数的往往会八九不离十。他很惊讶于那些幽灵为什么没把这些“记忆”抹掉。其实他不知，那些形成条件反射的东西是抹不掉的。他在很久以前一定受到过严格的训练。

四十秒过去了，没有动静！五十秒过去了，还是没有动静！

他转身往那个送风口看了看。一秒钟的时间，他当机立断，放弃了守株待兔式的伏击。既然没有按照想象的来，那么一定是判断出了问题。

拖了一把沙发之后，他从沙发背上爬了上去，拆下了送风口的铝合金罩。

送风口比他想象的更小，别说是通过一个人，就是放入一条腿，也是很勉强的。

他叹了一口气，把铝合金罩安装了一半，另一半让它自然地往下垂了三十厘米。

他原来的计划是制造假象，假装从送风口逃离，而实际上隐藏在某处，伺机而动。

现在这样做已经聊胜于无。看样子还得在门后耐心伏击，不管等多少时间。这是他最便捷的出路，反正硬盘已经到手！

恍惚之间，脚下一个打滑，他像一只死田鸡般地重重砸向了地面。就算他的本能反应非常迅速，着地时腾出了双手，巨大的惯性也把他撞得简直透不过气来。更要命的是，他的头重重撞在了墙壁上，而且是一个硬物。

眼前似乎有无数的星星，在黑暗中闪耀着！

圆头克姆坐在自己的分隔区内，眼睛空洞地看着前方。他始终想不明白，怎么会发生这种奇怪的事情！

今天一早上班，他打开工作电脑，想继续撰写那份调研报告。昨天抓了两个实习生的差使，使他至少省了四个小时。那些花了他整整一个月的人工调查的数据非常宝贵，清晰地显示了当下大学生对于分期消费金融的非常有规律的倾向性意见。这是昨天他在那两个实习生的统计表的基础上进行初步分析后得出的结论。而这些倾向性意见对于乐透集团设计具体产品非常有价值。

离奇的是，那份电子表格和初步撰写的调研报告竟然不见了！连自动备份的文件都没有！调研报告他没写多少字，损失倒也不大。那份电子表格却是两个实习生花了一两个小时输入而成的，自己重新输入的话，估计得要四个小时。

但致命的是，那捆原始的调查资料却不翼而飞，神秘地消失了！

他查了查，电脑系统没有崩溃过，而自己的电脑也设有密码，根本不可能有外人捣乱。唯一的可能……他想到这点后，不禁倒吸了一口凉气！唯一的可能是有更高权限的人捣鬼！

日常工作电脑和用于数据监控的电脑分别是两个独立的系统。所有副总以下的日常工作电脑都联成网，并由一个公司授权的高级管理员监控着。

那个人正是集团办公室主任小计！而正是他，同时也有权限进入自己的办公室！

但问题是，他为什么要这样做呢？

他刚才走上二楼找小计，告诉他自己的重要数据和资料丢失了，直愣愣地问他做了什么操作。没想到小计矢口否认！

“你说你昨晚差了两个实习生替你录入数据？”小计冷冷地说。

“对！”圆头克姆斩钉截铁地回答。

“他们叫什么名字？”小计用刁难的神色问。

“阿加莎，维克多。”圆头克姆理直气壮地回答。

“没有这样的实习生。”小计的语气更冷了。

“这是他们的绰号，我没问他们的本名。”圆头克姆脸涨得通红。“你把这里的实习生都找来，我来认一认。”

“这里不但没有你所说的实习生，这里根本就没有实习生！”小计铁青着脸说。

“没有实习生？！”圆头克姆的神色根本不信。

“是不是你的精神出了问题，要去那个特殊的地方处理一下？！”小计说到“特殊的地方”特意加了重音，语气阴沉而冷酷。

圆头克姆心中涌起了一股不安的感觉。对于这个公司，其实他不是十分了解。他只知道他们从事向低信用等级群体发放小额信用贷款的业务，而这种业务主要靠计算机进行风险控制和管理，这也是他之所以加入这里的原因。但近来他发现，三楼行事非常神秘，甚至诡秘。难道……

“还有，我应该告诉你一个情况，昨天有两个外人混进了三楼进行捣乱。”小计的脸色更加怕人了。“你刚才说了两个‘实习生’的事，冲着这点你就应该被调查。”

圆头克姆被震慑得说不出话来。“外传乐透集团为了赚钱不择手段，是个无良公司”，他想起了阿加莎说的话，难道昨天的那两个人真是来捣乱的?!

“你也不要太紧张！我知道盖总很器重你。冲着盖总的面子，我也得关照你。”小计见有效地镇住了圆头克姆，换了一副脸色温和地说。“但是，你所谓的昨天找实习生帮忙和今天数据丢失的事情，再也不能向任何人提起。因为，如果是真的，那么你吃里扒外；如果不是真的，那么你的精神出了问题，需要去‘处理’。”

圆头克姆脸涨得通红，默不作声，坐实了他的说法，想反驳几句，又怕起负面效果。一时之间嗫嚅着。

“老弟，你这阶段的工作实在太紧张了，我认为你一定是把几件事情记混了。当然了，我肯定不会以为你的精神出了问题。”小计的神色友好起来。“如果以后你搞什么调查研究，我们合作进行。我手头的资源总比你多一点吧！当然，数据分析和报告撰写，还得靠老弟的天才。”

圆头克姆终于明白了是怎么回事！他虽然涉世未深，但是一点也不傻。那个办公室主任小计这是出于嫉妒，怕有人风头超过他。他是最有希望晋升为副总的人选之一。不对，自己的地位与他相距甚远，不可能威胁到他的。只有一种可能！他没毁坏自己的调查数据，他一定留有备份。过一段时间，他一定会把自己的研究成果改头换面地抛出来，藉此替自己加分，在与竞争对手的角逐中彻底胜出。抄袭和剽窃大学里也有，没想到公司跟大学一样，只不过玩得更阴险。刚才小计已经发出了赤裸裸的威胁。这地方，既古怪，又凶险！

就在他在一楼大厅里无限烦恼地踱着步的时候，三个他从没有见过的人往二楼走去。其中两个女孩，正符合那个男“实习生”维克多描述的特征，一个一米六五左右，一个一米七左右。难道这些人是昨天那两个“实习生”的同伙?

不可能！圆头克姆的脑筋转得很快。就算小计说的昨天的两个“实习生”真是外来的破坏者，这两个女孩也不可能是他们的同伙，因为他们明显在向自己打听有没有见到这两个人。如果他们真是外来破坏者，那么他们口中所说的海伦、小敏肯定是二楼的员工，而且很可能是他们的目标。退一步说，小计的话也不能全信，也许昨天的阿加莎和维克多真是实习生，只不过他为了敲诈自己而故意隐瞒。

但圆头克姆很快有了新的烦恼。

高个子女孩对他来了个飞吻，他的心猛然一惊！是受宠若惊的惊！更确切地说，是心悸！难道，这就是传说中初恋的感觉?!

“嘟嘟嘟，滴——滴——滴——，嘟嘟嘟”，数据监控电脑发出了奇特的警报声。

坐在椅子上的圆头克姆条件反射般地弹跳起来。

前段时间，他殚精竭虑地设计了一套监控软件，名为“凌乱的世界”。他虽然涉世未深，但却很有想法。大学的时候，他选修了哲学，阅读了大量的名家专著。他认为，大自然是不规则的，也正是这不规则确保了多样性，而多样性，是大自然发展的内在动力。只有刻意的人工才会显示出规则性来。

基于这样的指导思想，他发明了一个“克姆定律”：在一定地域中发生的多笔贷款，如果时间间隔和借款数额均呈一定的规则性，那么必是诈骗。按照“克姆定律”，他在软件中嵌入了大量的数列，以监测一定时期内发生的借款中，互相之间时间间隔和数额对比呈现规律性的数据组。如果与这些数据组相关的借款总额超过一定的数额，那么这个“凌乱的世界”便会发出提醒警示。他把警示的形式设成 SOS，即三短三长三短的声音，以此来区别其他警示声。

他这个软件系统是开放的，可以随时设置参数，随时增删或选择数列。目前他设置的几个重要参数：地域：县市区；数额：十万元人民币；数列：全部已输入的数列；时间和数列误差：1%以内。

这样的设置，连他自己也觉得是闹着玩的。平均每笔不到三千元的小微贷款，如果要达到这样的标准，就需要三十多笔。这样齐整的手法和规模，靠手工操作恐怕实现不了。而能设计自动求贷系统的计算机软件的人，恐怕不会这么做。就算要做违法的事，具备这种能力的人也会选择更有作案价值的目标。

液晶显示器清楚地显示着这样的结果：

时间：5.995 小时；平均间隔：10.58 分；误差：0.2%；笔数：34 笔；每笔数额：帕多瓦数列变体；数额误差：0%……

100，100，100，200，200，300，400，500，700，900，1200，1600，2100，2800，3700，4900，6500，8600，11400，15100……

圆头克姆惊得简直不相信自己的眼睛，难道系统出错?! 仔细检查之下，没有发现任何毛病。

这些数字，对于数列门外汉来说，完全是随机的，但圆头克姆一眼就认出，前二十个数字正是帕多瓦数列的基础上乘以一百，后面的数字是乘以十。数列没有任何误差，时间分布又相当规则。

虽然每笔借款平均间隔 10.58 分，理论上也可以人工操作，但借款分布图显示，这些借款发生地虽然同在 Y 市，但没有两笔借款是相同的地点。

正思考间，显示屏又跳出一个数字，又是帕多瓦数列，时间间隔是 10.56 分。

圆头克姆赶紧打开 Excel 表，计算了一下 10.56 分与 10.58 分之间的误差，发现正好是 0.2%。他又仔细查阅每笔数列借款之间的间隔时间，结果，惊讶地发现，在 10.58 分之外，除了 10.56 分就是 10.60 分。原来 0.2% 的时间误差是电脑特意“随机”设置的！

真有人设计了自动求贷系统来骗贷！

圆头克姆拿起手机给大眼盖总打电话。大眼盖总的手机处于关机状态，办公电话也无人接听。但他知道大眼盖总今天肯定上班着，半小时之前，他上二楼找小计的时候看到过他。

他想给小计打电话。突然，有种奇怪但不好的预感从他心底涌现。这事是不是小计参与的，甚至是他主使的?！内部人捣鬼是最便利，最有效的。这人品质不行，完全有可能这样做。如果真是这样，这下他会不会监视自己?！

圆头克姆忍不住打了个寒战，他下意识地往四周瞧了瞧。周边一切正常，什么也没有发生。

他自嘲地笑了笑，也许自己过于敏感了。但为了预防万一，这事不能跟小计说，只能直接跟大眼盖总说。他对这个绰号为“老兔眼”的大眼盖总有一种天然的亲近感。他信任他！

在他离开办公室的时候，又跳出一个数字，这次时间间隔是 10.58 分。

诈骗还在继续！

史意捷拼命地大口呼吸！眼下他可不能丧失意识。喘息了好久，眼前的星星终于慢慢地消失了。

刚才他好像听到了一阵钢琴声，像银河中心娱乐城中听到的那曲《钟》的节奏。细细聆听之下，周边除了空调极轻微的送气声之外，再也没有其他声响。应该是耳鸣或是幻觉！

但有一个声音是确实的，那就是他撞到墙壁时“咣”的一声。墙壁是空心的。

让他撞得眼冒金星的硬物竟然是一个掏入式门把手。借着微弱的光线，他在门把手旁边勉强认出了五个字，“消防逃生门”。

这个门把手位置很低，样子与周边的液晶墙毫无二致。连这扇消防逃生门，也是液晶做成。怪不得刚才没有发现。

史意捷想着想着，突然觉得很好笑。这是“老太婆”的办公室，又不是关犯人的。要是没有消防逃生门，如果所有的电子设施都失灵了，那岂不是要自我困死在里面?!

他用手伸入掏入式门把手，拉开了液晶门。里面是一个小小的空间，有简易灭火装置，有斧头。底面却是一扇老式的门!

门外是走廊。走廊上一片寂静。没有一间正立方体的门是开着的。向远处望去，走廊的口子越来越小，给人以空间挤压感。

史意捷蹑手蹑脚地往另一方向走去。眼下充满变数，甚至杀机四伏，他必须用最快的速度脱离险境。昨天他就是从那边的消防门处逃离的。

但消防门已经加了锁！经过昨天的一番闹腾，“老太婆”他们显然提高了警惕。

更要命的是，这把锁居然还是电子锁。史意捷识得厉害，如果试图去解锁，就会触发警报装置。

他摸了摸口袋，昨天保安老温的那张三楼门卡还在。但问题在于，既然他们连消防门都加固了，这张门卡还有不作废的道理？贸然使用这张门卡说不定还会触发警报。更进一步的问题是，就算出得了三楼，如何走出“城堡”的大门?!

圆头克姆悄悄地走上二楼。小计办公室的门开着。他不敢走过去，怕被纠缠。远远地看了看大眼盖总的办公室，大门紧闭着!

盖总应该就在三楼。圆头克姆略忖片刻，掉头往上走去。

保安老温看到圆头克姆走了上来，急忙迎了过去。他知道大眼盖总很器重这个大男孩，甚至还看见过盖总单独约他吃饭，因此，对他很是客气，没准他以后成为公司的领导都说不定。

“克姆老弟，急匆匆地干什么去?”保安老温满脸堆笑地问。

“老温，盖总在三楼吧?”圆头克姆直截了当地问。

“是啊，跟一个重要的贵宾一起上去的，有好些辰光了。”保安老温殷勤地回答着。

“带我进去！我有非常重要的事情要向他汇报。”圆头克姆口气简直像命令。

“老弟，你不是三楼的员工，这个怕有点不妥当吧?!”保安老温面露难色。

“老温，的确是十万火急的事情，盖总的手机无法联系。如果你不让我上去，出了事我们大家都承担不起的。”圆头克姆的语气焦急万分。

保安老温踌躇片刻。终于，他拿起一张补办的新卡，刷开了三楼的大门。

一个体格高大的年轻人手里拿着一张卡，正站在三楼门口。看见圆头克姆，那人一边把卡塞进了口袋里，一边跨出大门，顺势搂住了他："克姆，有件要紧事情要跟你商量一下！"

保安老温看这人不认识，又似乎在哪里见过。但他既然来自三楼，又有门卡，肯定不是等闲人物。眼见他跟圆头克姆非常亲热地挨在一起，识相地往旁边一站。

圆头克姆抬起头，发现眼前的人正是此前在大厅里看到的三个生客之一，与那个向他打飞吻的高个子女孩在一起的。

"老兄，什么事？"圆头克姆满腹疑惑。这人既然能叫出自己的名字，又从三楼出来，多半是个重要的人物。

"我们到下面去说。"那人边说边搂着他往下走去。

"老兄，我这下有要紧事情要跟盖总汇报。"圆头克姆止住了脚步。

"老弟，我就是从盖总身边走出来的，我的事情更重要。"那人又神秘兮兮地跟他说，"潇潇托我向你转告……"

"潇潇?!"圆头克姆有一种奇怪的感觉，突然条件反射般地打断了那人的话，"潇潇是……?"

"老弟，别揣着明白装糊涂！"那人用左手放在嘴唇上做了一个飞吻的动作。

圆头克姆的脸刹时红了起来！

保安老温看这两人在窃窃私语着什么，多半不会到三楼去了，他也乐见其成，任大门自动关闭，退回了三楼旁的岗亭。这下他不用承担一丁点的责任了！

那体格高大的年轻人当然是史意捷。他的运气也好到了极点，就在他拿着昨天从保安老温岗亭中偷来的门卡举棋不定的时候，圆头克姆带着保安老温把门打开了。于是他随机应变。圆头克姆真是一个幸运星！

"潇潇托你转告什么？"被史意捷拉到一楼大厅的圆头克姆实在忍不住，终于主动问了出来。

"她让你帮她买杯星巴克香草咖啡！"史意捷故作神秘地说。

圆头克姆一阵激动！但又隐约觉得有点不妥。

"等我向盖总汇报后再去买吧！或者，边汇报边叫个外卖。"圆头克姆边说边掏出了手机。

史意捷赶紧一把盖住手机："老弟，盖总现在是不可能听你汇报的。他的那个

‘操作’正处在非常紧要的关口，稍有不慎就要前功尽弃。”

“操作？什么操作？”圆头克姆听见这个大个子在“操作”这个词汇上加了重音，不禁好奇起来。

“老弟，不该问的你不应该问。你懂的！”史意捷对他眨了眨眼。“正是因为我看着盖总精神高度紧张，所以主动提出给盖总到星空大厦对面的星巴克咖啡店中买杯拿铁咖啡，让他放松一下。反正我在那里，也起不了什么作用。今天那个‘操作’非常重要，盖总在亲自执行。”

“不是说潇潇让我给她买杯咖啡吗？”圆头克姆的语气多少带着点失望。

“是啊！我刚一提议，潇潇就插话了，说是要你替她买一杯。”史意捷意味深长地看着圆头克姆。

“她为什么不让你给她带一杯？！”圆头克姆疑惑中露出几分天真。

“老弟，你怎么还不明白，她对你大大地有意思！潇潇是个直爽的女孩，不会扭扭捏捏。”史意捷看见过高个子女孩向圆头克姆打飞吻的情况，因此据此演绎起来。“亲自跑一趟，蕴含的意义完全不一样。我拍盖总的马屁是这样，你追求女孩子更应是这样。要是外卖送送，等待的时间长不说，那种特殊效果就半点也没有了！”

“你说的好像有点道理。”圆头克姆歪着头，若有所思地说。

“反正也不差这十分二十分的时间，买好咖啡，我陪你去见盖总。”史意捷进一步说动他，并适时用了一个激将法，“难道你不喜欢潇潇？！”

圆头克姆终于完全听信了史意捷的话，急匆匆地用自己的卡刷开了乐透集团的大门。因为他想尽可能快地把咖啡买上来，这样好早点向盖总汇报他无意中发现的紧急情况。

一走出“城堡”，史意捷终于暗暗地松了一口气。最关键的一环终于完成了！但是非常侥幸！

“克姆，我觉得你应该读研究生去。这个地方情况有点复杂，可能有点不适合你。”进电梯之后，史意捷突然对自己欺骗利用天真的圆头克姆觉得有点内疚。

“老哥你怎么知道我隐藏的心思？！”圆头克姆面露惊奇之色。“我是一直有这个想法，但打算工作两三年再说。但现在……”

“因为潇潇，改变想法了？”史意捷也不禁好奇起来。

“没听你说起潇潇之前，我打算跟盖总汇报紧急情况后，就跟他商量，一年后去读研……”圆头克姆的确很纯真。

“怎么回事？”史意捷听出了话里的玄机。

“我也觉得这里面很复杂，但盖总对我有知遇之恩。”圆头克姆摇了摇头。

“对了，你想向盖总汇报的究竟是什么事情呢？”史意捷看似随意地问。

“老哥，这事你还是不知道的好！”圆头克姆也并不是一味天真。

“老弟这样处理完全正确！”史意捷点了点头。

“老兄，我看你是个好人，又是盖总身边的人，这事得告诉你！”圆头克姆竟忍耐不住，悄悄地告诉史意捷一些秘密情况。

“这种事情你一定要慎之又慎，首先得保护自己！”史意捷提醒了一句。接着，又换了个轻松的话题，“你刚才说没听我说起潇潇之前那样想，那么现在你有什么打算？”

“总得看这事怎么发展吧！”圆头克姆红着脸说。

史意捷想说什么，但又觉得现在还不能说穿。一切等晚上春雨安全后再说吧。

“老弟，我突然想起来了，我还有点紧急事务要办，盖总的拿铁咖啡你帮我带上去。”在咖啡店门口，史意捷找了个借口，并拿出一张一百元递给圆头克姆。

“呀呀呀！老哥把我骗出来，自己却溜了！”圆头克姆摆了摆手，不肯拿史意捷的一百元。“可是老哥，我还不知道你的名字呢？”

“我叫胡惟信，菲菲的男朋友，也就是那个与跟你打飞吻的在一起的女孩。”史意捷突然想到，圆头克姆还是知道得越少越好，免得受自己的牵连。“老哥有个建议，我的情况你最好假装什么也不知道。你也知道，三楼的情况有点复杂。”

“可老哥你刚才说是潇潇让你带话给我的！”圆头克姆其实听得很认真。

“你坚称买咖啡送上去是你自己独立的决定。要是再被问急了，你干脆说，就是想借向盖总汇报情况的机会，向潇潇套套近乎。别人会懂的。这样效果也更好！”史意捷知道，“老太婆”他们追查起来，肯定能很快地弄清情况，教给他这样的说辞，聊胜于无，但想来他们对这个天真纯朴的年轻人也不会咋的。等今晚春雨安全了，再想办法提点他。

在圆头克姆的忐忑不安中，史意捷赶快溜走了。

夕阳的余晖斜斜地穿过玻璃窗，映照在前面的墙上。

莫院长一个人静静地坐在办公椅上，斜望着窗外没被附近建筑物遮住的一小块蓝天。一阵微风吹来，窗外的绿叶沙沙作响。不远处，几只小鸟自由地鸣叫着。

这一切，都让莫院长备感孤独。黄昏的景色很美，意境很妙，但对他来说，仿佛已是两重世界。昨晚到今天凌晨，他的冒险实在太惊心动魄了，以致到现在为止，他的情绪还极度低落。但他非常清楚地知道——这也是他的专业所研究的——这是他体内消耗了大量多巴胺的后果，专业术语叫抑郁，或抑郁倾向。即使你道理研究得很透，你仍旧得遵守客观规律。

但莫院长知道，他的情绪低落还不仅于此。今天下午，他突然有一种不好的预感，总觉得哪里出了问题，但又想不确切。反复思忖之下，觉得应该是在担心那个老弟，自己同事春雨的男朋友。那块关键的硬盘，肯定不易盗取！但愿别出意外！

门外传来一阵敲门声，进来一个身材高大的年轻人。

莫院长抬起头，年轻人头颈上的不知什么东西反射出一阵光芒，照得他睁不开眼。

“小章，现在才来啊！”莫院长边说边站了起来。

那年轻人动了动嘴唇，但终于没有说话。

“我们到催眠室去。”莫院长穿上了白大褂。

门外走廊上的人来来去去，既有医护人员，也有病人家属模样的院外人士。

“小章，焦虑症用催眠疗法效果很好的，并且没有副作用。”莫院长紧接着对那年轻人详细解释了催眠疗法的一些基本知识。

迎面走过一个陌生人，对这个话题似乎很感兴趣，竟凝神听了起来。莫院长不以为忤，年轻人却觉得那人做法不妥，似乎有探听病人隐私之嫌，忍不住瞪了陌生人一眼。陌生人知道对方不快，悻悻地走开了。

转入催眠室的瞬间，莫院长看到十米开外的转角处，有人死死地盯着这里。

“老弟，还是这里安全点！”莫院长打开灯，关上门之后，才松了一口气说。“你知不知道昨天的那个警察刚才就在远处监视着。”

“我也看到了，那个姓管的，如影随形地盯着。”那个年轻人回答道。“但你怎么这么快，这么坚决地认出我来的？”

“你摸摸头颈！”莫院长做了一下手势。

“你也知道这个？”那个年轻人想听莫院长的解释。

“你前两天都挂着那条项链。”莫院长盯着他的眼睛说，“我想你一定会换一副形象，所以特别留心可以辨别的细节。”

"万一你认错了呢?"那年轻人反问。

"如果认错，我叫你小章时，你就会纠正。"莫院长的神色很自信。"因为我们确认过眼神。"

"什么都瞒不过你！你可以做神探了!"那年轻人叹了一口气。他当然就是史意捷，以他的机警，当然也会完全明白莫院长的意图。

"优秀的精神科医生完全有资格做一名神探。"莫院长竟也毫不客气地承接了这一句。"我们诊治精神病人的时候，难度毫不逊色于神探。我时常在窥测别人人格面具之下深深隐藏的扭曲的人性。"

"哦，这个?"史意捷一时还不能确定这是不是莫院长的自嘲之语。

"你不要以为这是自贬之语，这完全是客观的描述。"莫院长笑着说。"人格面具是精神分析学家荣格提出的专业术语，每个成人都有，有的人还不止一副。扭曲的人性即是阴影，同样是荣格的专业术语。而说到窥测，我们搞精神医学的，有时候既需要观察，也需要测试，甚至需要偷偷地进行。"

"太专业了，也很高明。"史意捷也笑了起来。"那些幽灵碰到你这样的对手，该自认倒霉了!"

"精确地说，是碰到我们这样的对手。"莫院长的眼睛盯着史意捷鼓囊囊的口袋。"你能从你昨天所说的'老太婆'那里全身而退，那比我动动嘴皮子难多了。"

"你怎么知道我一定去过那里?"史意捷想听听他的推断。

"我对你有充分的信心。"莫院长却给了一个非常抽象的理由。

"又被你蒙对了!"史意捷摇了摇头。"但我是瞎猫碰到死老鼠，碰巧才成功的!"史意捷似乎心有余悸。

"过程一定很曲折，说来听听。"莫院长接着又补充了一句，"慢慢来，你放心，这里很安全。"

催眠室没有窗户，光线柔和，一片宁静，的确是对话和交流的好处所。史意捷原原本本地把今天发生的一切告诉了莫院长，顺便自己也整理了一下思路。

"很明显，那个菲菲从一开始，其实就已经猜到了你是谁。"莫院长作出了第一个判断。

"理由还是头颈上的项链?!"史意捷早就猜到了这一点。"但她完整地看到这串钻石项链却在'白云生处'喝酒回去之后。"

"我能看到你头颈上的反光，她也能。她对你一定是观察了许久才想办法接近你的。”莫院长回答说。

“你有其他辅助办法加以验证，她也有这一手？！”史意捷不知怎的，似乎觉得以前有跟人辩论的习惯。

“我想是的，她带着你‘路过’精神健康中心，然后到寒禅寺‘许愿’，这一切，都在观察你的反应。直到离开‘白云生处’时你偶然地露出了整条项链，她才最终确信自己的判断。”莫院长从旁观者的角度冷静地分析着。

“照你来说，那个菲菲甚至连在‘白云生处’喝醉酒都是假的？”史意捷突然觉得背部凉飕飕的。

“为什么不呢？如果我是你所说的那个菲菲，我也会假装喝醉，然后寻找机会看看你头颈上的东西究竟是不是他们所删除过记忆的那个目标人物的项链。就算那串项链没有在你俯身扶她时自然地滑下来，她也会搂着你的脖子把它拉出来。我想，天下没有那么巧的事，让一个陌生的女孩对你这么有感觉，坚持让你做‘临时男友’。这根本就是一个圈套。”

史意捷虽然依稀觉得莫院长所猜测的与自己感觉到的有点不太一致，但竟无法辩驳，因为莫院长所推测的非常符合逻辑。“那么菲菲在博物馆中晕倒在我的背上也是骗局喽？”

“这倒不一定。”莫院长若有所思地说。“我猜她趁着你聚精会神地听讲解的机会察看你的项链，只不过自身的某种毛病突然发作了。”

“如果是骗局，难道这不是精巧的设计吗？她病倒在我的背上，我当然不会置之不理。”倒不是史意捷否定莫院长的观点，只是他习惯性地质疑。

“这是公众场合，‘装病’的结果很可能被博物馆方面送到医院里，而你，甚至因为是陌生人而从头至尾根本不会参与。”莫院长的假设相当有说服力。“要是她想设局，还有更有成算的办法。”

“但她后来不是相当巧妙地把我骗去了吗？”史意捷对今天与菲菲“偶遇”的情景历历在目。

“我是说这种办法不保险，万一你怕惹上麻烦而借机离开，那她的计划就泡汤了。事实上，今天你‘盗盘’重任在肩，完全有可能这样做的。我猜，要不是那个女的强忍病情，随机应变，她靠近你的目的就要落空了。”莫院长略微顿了顿，“但更为重要的是，我想我猜到了她的疾病。”

“幽闭恐惧症导致的惊恐发作？！”说出这句话后，史意捷自己也奇怪，怎么能说得这么专业！

“是啊，老弟真的是聪明绝顶！”莫院长赞叹着。

“可那边空间又不狭小！而我记得你说过幽闭恐惧症要在非常小的空间里才能触发。”史意捷冒出这个疑问来。

“老弟心细如发，但这是专业领域。”莫院长略微有点自傲。“就算一般的精神科医生，也不排除会这样想，但资深专业人士都应该知道，幽闭恐惧症也会害怕人特别多的地方。”

“难道真的不可能是另一种疾病吗？”史意捷还是质疑。

“从道理上讲，的确有可能是幽闭恐惧症的反例，也就是广场恐惧症。”莫院长非常冷静地说。“可我坚持是幽闭恐惧症，因为我猜到了那个菲菲是什么人。”

“‘云山云图’的人吧?!”史意捷顺着莫院长的思路说了一句。

“不但是‘云山云图’的人，而且直接就是‘老太婆’。”莫院长语出惊人。

“但你怎么证明呢?”其实史意捷之前也有隐隐约约这方面的感觉。

“‘云山云图’中，那些惩罚设施明显有着‘幽闭’色彩。就算云部负责人与‘老太婆’不是同一个人，也很难相信在诸如设置惩罚设施和超级结构等重大问题上，‘老太婆’没有施加任何影响。但‘云山云图’明明处处透着年轻女性的阴柔气息。解决两者矛盾的最简单办法就是先假设‘老太婆’是个年轻人。刚才听了你的叙述，我就确信了‘老太婆’就是菲菲。不然，你自己为什么没有同时看见过菲菲和‘老太婆’呢?！她应该有轻度人格分裂症。但这是直觉，暂时没有证据。”莫院长摊了摊手。

“轻度人格分裂症?”史意捷隐隐猜出这种毛病的含义。

“是的，就是一个人分别在不同的时间和地点饰演不同的角色。与重度人格分裂不同，轻度人格分裂有时候能清楚地意识到自己在扮演别人的角色……”莫院长的解释被史意捷打断了。

“等等，有没有可能分裂为多重人格?”史意捷心中隐隐浮现出一种猜想。

“当然有啦！老弟真是天才！”莫院长笑了起来。

“她要我‘暂时’当作她的男朋友会不会也是人格分裂的结果?”史意捷追问。

“理论上当然可能。但在这里我觉得还是用‘圈套’来解释更为合理些。”莫院长冷静地说。

“管它人格分裂还是人格面具，我认同你的直觉，菲菲和‘老太婆’就是同一个人。”史意捷叹了一口气说。“看看我带来的东西吧！”

“我就期望着你带来关键的物证，果然没令人失望！”莫院长显得很开心。

史意捷在口袋里摸来摸去，却没摸到任何东西，焦急之情溢于脸上。

“你这鼓囊囊的东西不是吗？”莫院长看上去比史意捷更急。

“这个是硬盘！”史意捷边说边把四块硬盘摸了出来。

“那你所说的东西是什么？”莫院长也好奇起来。

“是菲菲的一本日记本，应该蕴藏着大量的信息。”史意捷还没有放弃努力，把外套都脱了下来。

但还是没有！他重重地叹了一口气，一屁股坐在了椅子上：“可能在逃离‘老太婆’办公室摔了一跤时丢了！”

“吁！这倒是可惜！”但莫院长似乎并未把这件小事放在心上。“幸好这几块硬盘都在！”

“是的，幸好硬盘没丢。”史意捷边说边摸了摸硬盘。“我也不知道哪一块才是，所以把四块全给拆了下来。”

“是的，有这硬盘作筹码，春雨无忧了。”莫院长长长地舒了一口气。

“等等！”史意捷忽然神色严峻地说，“我想请你帮个忙！”

“当然没问题！今晚的事吗？我同你一道去。”莫院长想都没想地说。

“那就多谢了！”史意捷感激地说。“他们一定知道我们盗取了硬盘，但我们要装作不知道。当他们提起的时候，我们才还给他们。而在此之前，我们要把这几块硬盘复制好。”

“好主意，以防万一。”莫院长点了点头。“你想好复制的办法了吗？”

“想好了，请你复制！外面复制放心不下。”史意捷用手指敲击着硬盘。

“这么重的担子我恐怕胜任不了。”莫院长摇了摇头。

“你完全可以的，春雨说你是自学成才的计算机专家。你不用多虑，经过昨晚今晨的患难与共，我想我们已经是生死之交了！”史意捷真诚地说。

“的确已是生死之交！老弟，我喜欢你！”莫院长的眼睛湿润起来。

“我们事情还没有讨论完呢！”史意捷拍了拍莫院长的肩膀，“对那个禅心和尚你怎么看？”

“我有一个大胆猜测！”受信任使莫院长激动起来，“禅心和尚是雷部负责人。”

“何以见得？”对于莫院长的这个断言，史意捷倒并未吃惊。

“你看看！”莫院长从怀里摸出一张旧地图来。“寒禅寺位于二月岭。那二月岭，原来叫做雷公山。改名也才十年左右的事情。这张旧地图用的还是原来的地名。”

“哦，枫叶红于二月花，嫌雷公山不雅！”史意捷叹了一口气，“但你觉得禅心和尚的雷部是干什么的呢？”

“事情不是明摆的么？就是披着合法外衣的非法传教，甚至是邪教渗透。”莫院长虽然未至现场，但竟然有惊人的洞察力。“你想想，上次‘山巅之城’在基督教堂活动，已被重创。这次的复活计划肯定会隐蔽得更好。寺院里搞外洋邪教渗透，这简直是穿了隐身衣一般。”

“你的这个解释非常合理！对手远比我们想象的狡猾。”史意捷叹了一口气。“到目前为止，‘风、云、雷’三个分部都找到了，剩下只有电了！”

“电会不会就是乐透集团?!”莫院长直截了当地猜测。

“我也这样想，但没有证据。”史意捷摇了摇头。

“我们先假定乐透就是‘电’，把‘风云雷电’四块拼接起来，分析一下它们的功能。”莫院长眼睛闪烁着睿智的光芒。“电部提供资金，并对相关人员进行记忆植入或记忆删除；雷部发展会员或会员后备人选；云部似乎承担着某种重要的仪式活动；风部情况不明，也许与云部功能类似，但参与人员类型或层次不同。当然，这些是连猜带想，靠的是直觉。”

“的确是极大胆的猜想！莫院长的直觉真厉害！”史意捷恭维了一下。“但我们终究还是需要坚实证据之上的缜密推理。”

“你以为直觉比不上推理?!”莫院长用惊讶的眼神看着史意捷。“老弟，直觉其实是混杂着数据库和推理的更高级的技术，只是运算过程为我们所不知，运算速度也实在太快而已。”

莫院长似乎意犹未尽，接着又颇有感慨地发表了另一通高见：“用逻辑推理来寻找原因，看起来有用，其实似是而非，相当多的时候得出的是毫无意义的结论。为什么？因为因果关系太复杂了。逻辑推理有一个假定的前提，那就是推理的前提已经是封闭性了。但世上多的是无限可能，逻辑推理的结果都限制在假定前提已经封闭的基础上。一旦发现前提并未封闭，结论自然崩塌。”

“哦，你说得太复杂，能否举个例子？”史意捷对他的说法不禁也来了兴趣。

“有一个病例。症状是头痛呈脉冲状，且频率与脉搏一致。按照标准的逻辑推理，可以演化的形式：一、所有与脉搏一致的头痛都与血管有关，这是大前提，也就是所谓的封闭性；二、此病人呈与脉搏频率一致的头痛，这是小前提；三、结论：此病人血管出了问题。至于血管的毛病出在哪里，还可以用这种逻辑形式继续推理下去。看上去这种形式非常精妙，但实际上是错的。因为前提没有封闭，后枕神经出问题同样可以出现这种与脉搏频率一致的脉冲式头痛。”莫院长很自然地举出一个例子。“许多时候我们不用找因果关系，找相关关系就够了。比如并不限于计算机领域的大数据技术，一个高度专业分工的医生，他或她可以通过在自己脑子中积累的病例，对应相关的症状。”

“照你说来逻辑推理没有用了？”史意捷反问。

“当然有用！逻辑推理虽然很难证真，但可以证伪。还是用上述例子。如果假定那种疼痛是因颈椎压迫导致的供脑血管的问题，那么一定伴随着脑部缺氧症状。要是没有脑部缺氧症状，那么就不是供脑血管的问题。这也是典型的逻辑推理，只不过没有转化成上述三段论式。顺便说一下，脑部缺氧的症状是感到呼吸困难，尽管你的呼吸毫无障碍，这是大脑的反馈机制所致。”莫院长非常专业地论述着。“许多时候，我是一个直觉主义者。因为世界无限开放，而我们又无从把握。”

“好了，这些道理虽然精妙，我还是下次再跟你讨教。”史意捷有一种被老师逼着学习的感觉。“我们换个话题，今天凌晨我们所讨论的电子数据库，你安排了什么保护措施？”

“别急，我正要说下去。”莫院长露出非常自得的神色，“今天早上六点半，我打电话给单位的数据管理员，要他马上来单位。”

“这么说，你是一早就布置了保护措施？未被保护的时间大概是四五个小时。”史意捷还是隐隐地忧虑那个内鬼嫌疑人副院长会不会利用这段时间作案。

“老弟不用担心那段时间了。”莫院长满面笑容地说，“今天凌晨本来我想回医院后直接到存放电子数据设备的库房监视，后来我想，要是内鬼真想动手，在我与你走着回城区的那段时间内就动手了。所以我跟我自己打了一个赌，我赌他们认为我们一个月内无法获取数据，且不想马上暴露隐藏的身份。”

“你的意思是在这段时间内，承载数据的关键设备一旦被毁或被盗，就直接证实了那个内鬼的存在？”史意捷给莫院长的思路作了一个简短的总结。“但你如何确保新设置的保护措施不被破坏，还是继续下这样的赌注吗？”

“老弟直接说到了要点上！”莫院长点了点头。“所以从上午七点开始，我与数据管理员一道，花了四个小时，在库房里接通了调取数据所需要的各种设施。”

“不是说要一个月吗？”史意捷一下子坐直了身子。“有什么新的发现？”

“一个月是就正常程序而言的，难道你忘了我在计算机方面还算有两把刷子的?!”莫院长的神情颇为自负。“至于你所说的新的发现，没有出乎意料之外。”

“请继续！”史意捷知道莫院长一定有下文。

“幽闭恐惧症病人之中，最值得关注的是那个叫苏芳菲的，伦敦大学学院博士。”莫院长平静地说。

“菲菲?!”史意捷简直要跳了起来。“原来你掌握了确凿的证据，你之前为什么不说?!”

“少安毋躁！”莫院长用右手往下压了压。“一来我想在没有说出这个因素之前，听听老弟的高见。而老弟的高见，兄弟我向来是佩服的。二来的话，信息也仅止于此。你知道的，电子数据库中记载的，远没有纸质档案详尽，它们只是一些基本的信息，而这些信息对于刚才的假设加推测帮助有限。”

“难道不能询问那个苏芳菲的诊治医师吗？”史意捷建议道。

“我一直在奇怪，为什么我对这么一个病人毫无印象。”莫院长似乎遥望着远方。“仔细一查，她的诊治医师却是我那个学生……”

“那个误入歧途的学生?!”史意捷忍不住插话。

“是啊！不然我早就去询问相关情况了。”莫院长叹了一口气。“此女性不但患有幽闭恐惧症，还有多重人格分裂。太符合老弟所说的那个菲菲的情形了。”

“的确是不用再担心内鬼捣乱了！”史意捷吁了一口气。“我猜你一定复制了相关信息。”

“是的，我把有关幽闭恐惧症的所有病人的信息都拷贝了下来，但似乎只有这个信息最匹配。”莫院长坦承。

“也许这些信息已经无关紧要了。”史意捷皱着眉，使劲地转了转脖子，脖子发出非常轻微的摩擦声。“等赎回了春雨，我们就可以全面反击。仅凭细雨巷的物证和这硬盘，就足以置他们于死地。”

“你那些物证也应该备份。”莫院长提醒史意捷。

“这个自然晓得。”史意捷赞同道。“现在还有一个唯一的疑问，出租房中那两个已去世的女孩为什么跟菲菲和潇潇这么相像，好像不可能用巧合来解释。”

“老弟！”莫院长重重地叹了一口气，“难道你到现在还不明白，他们这是为了下步把你打成精神病人做准备！你想想，他们肯定能料到你一定会做备份。除了杀了你，他们还能有什么招？”

“那他们直接把我打成精神病人算了，干脆就不用交易了！”史意捷继续反驳。

“也许他们知道你掌握了一些对他们不利的证据，但不知道确切的是什么。等今晚他们看到后，他们就会彻底明白这是怎么回事，并进一步做好有针对性的防范工作。”莫院长的思路相当地敏捷。

“你的直觉非常地有说服力！”史意捷也重重地叹了一口气，“最后再提醒一下，你还没有解释过‘巧合’！”

“老弟，这根本就是他们设计的呗！”莫院长也跟着重重地叹了一口气，“那个出租房里肯定有两个女孩新近去世了，但他们可以替换她们的容颜。反正你从来没有见过那两个不幸的女孩。”

“像你这样聪明绝顶的人也这样想，说明我猜的没有错。”史意捷露出一丝疲惫的神情。“晚上七点钟，我们在哪里见面？不要在这里，这里太复杂。”

“英雄所见略同！还是那个叫十九号的茶馆吧！”不知怎的，莫院长的心中又响起了那首《回忆》的旋律。

“一言为定，不见不散！”史意捷起身作势告别。

“慢！”莫院长从怀中拿出一只手机来，“你带上这只手机，必要时可以联系。”

“会不会对你造成不利影响？”史意捷迟疑着。

“不会。这用的是电信公司给我们单位的手机号，可无限量上网。我在手机上设置了一个仅有的微信号，直接可以联系到我。这个，他们应该监测不到的。”莫院长想得非常周到。

“昨天晚上莫亚铁到文山那边的废弃拆迁区去了，折腾了好长时间，今天凌晨又到了未营业的精神健康中心。”警察小管简要地向“深度幽灵”汇报。“老板，你的策略太正确了！我们只需要在目标最可能去的地方紧紧盯住最可能找的人物就可以了。”

“宽手才能捕泥鳅，放长线才能钓到大鱼。”“深度幽灵”笑着说，“这比你一根筋地立马想捉到目标要高明得多。”

“完全正确！”警察小管信服地说，“我猜跟莫亚铁一直在一起的那个陌生人一定是目标，他肯定用什么方法把自己‘变形’了。”

“是啊，如果不是目标，那还会是谁？！有时候用心看比用眼看更能看清。”“深度幽灵”拍了拍警察小管，“如果我们不是这样做，我们能获得这样丰富的信息？”

“是啊！我们下步该怎么办？”警察小管请示着。

“马上要有非常重大的行动了！”“深度幽灵”直直地盯了一会儿警察小管。“D行动即将收尾了！记住，这事除了我、你，还有另两名参与的同志知道之外，对外界来说是根本不存在的。”

“照今天的操作情况来看，这个项目日趋完善了嘛！”在“老太婆”三楼的办公室里，“深度幽灵”吐着一口烟圈说。

“是的，下一步要靠这项技术打开局面了。”“老太婆”的脸上毫无喜色。

“对了，昨天你所说的完备的应对方法实施了吗？”“深度幽灵”敏感地问。

“实施了。我们引入了新的重要的资金来源，可以确保组织高速发展。”“老太婆”点了点头。

“那你还在忧虑什么？”“深度幽灵”不解地问。

“我们这儿可能出了内奸！”“老太婆”重重地叹了一口气。

“盖总?!”“深度幽灵”差点跳了起来。“要是他出了问题，那是天大的麻烦了！”

“眼下还是先处理好即将到来的重大活动吧！”“老太婆”勉强挤出一丝笑容。

第十七章　再见春雨

细雨巷没有细雨，也没有夕阳。暮春的天气，阴晴不定。已是下班的时间，小巷里人流来往，电瓶车穿梭，空气中飘荡着炒菜的诱人香气。

史意捷疲惫至极，突然想到家的感觉！由于记忆被删除，他记不起家的具体情形，但那种感觉非常熟悉。

细雨巷 36 号的荷花大妈坐在堂前靠墙的一张老旧的饭桌前，一边喝着吊烧，一边搛着炒年糕。这个时候，是她每天最放松也最开心的时刻。喝二两吊烧，吃一碗年糕，想几桩心事，人生好过歹过也就这样过去了。

今天她莫名其妙地有点烦！一整天没有看到过小聪。他应该很早就出门了，在自己还睡着的时候。

她看见小聪，有一种特殊的亲近感。她的儿子跟他年纪差不多，要是还活着，那该多好啊！她重重地叹了一口气！

史意捷看见荷花大妈自斟自酌，倒也不以为奇，径自走上木梯。突然，肚中一声轰鸣，这才意识到该吃点什么了。

他又走下楼梯，对着用奇怪眼神看着他的荷花大妈说道："帮我来两碗炒年糕，三两吊烧。"

"你是？"荷花大妈真的有点搞混了。

"哦！我是小聪……"史意捷突然想到自己戴了面具，"我是小聪的朋友，等会儿麻烦您老人家把东西送到他的房间里来。"

这人跟小聪是什么关系？看样子很亲密！会不会是那种……荷花大妈捧着酒碗

怔怔地想着。

白云失踪已经有好几天了。史意捷突然痛苦地回忆到，白云失踪之前，一直受到春雨的冷言冷语。春雨对她产生了强烈的嫉妒和防范。

那是一个不大的套房，白云已经寄居了一段时间了。

终于等来了意料之中的噩耗！悲伤的史意捷赶到白云的老家。面对苍老而皮肤黝黑的白云父母，他实在想不出安慰的话。他们把女儿托付给了他，而他却没有好好地照顾好她。

但出乎意料的是，白云的父母没有一句话责怪他，接触中虽然显得有些生分但非常客气。他们一直把他当作贵宾看待的！

在那个不大的套房的客厅里，苦恼万分的史意捷突然想了起来，其实那天白云与春雨吵嘴后，赌气从前门“出走”后不久，又转了回来，但不久又从另一方向的消防门离家了。

而自己寻找白云却是从前门出发的！

是不是遗忘了哪个重要的环节？最近这记性，老是颠三倒四的，像是被人抹去了什么。

也许白云依然活在这世间的某个角落，她只是不想见自己和春雨！

……

史意捷突然惊醒！刚才他做了一个奇怪的梦，是关于他、春雨和白云三方关系的，仿佛是三角恋！

是不是梦境泄露了些许被“删除”的记忆？莫院长说的应该是对的，除非遇到生理性的损害，否则长期记忆只能被压制，而不能被真正删除。

桌上两盆炒年糕还剩小半盆，杯里的酒却一滴不剩了。他竟坐在椅子上打了个盹！

也难怪，从昨天到今天，不间断地，他的“冒险”也实在太多了。今天凌晨他又只睡了两个小时。刚才他一回到租居的房子，心理上就放松，在酒精的作用下，竟然安然入眠，效果像催眠一般！

史意捷看了看墙上的挂钟，晚上六点一刻。睡着做梦的时间最多不会超过十五分钟，因为他清晰地记得在他喝酒吃年糕的时候，远处的钟声整整敲了六下。

离七点还有四十五分时间，而这里离十九号茶馆距离较近，不到十分钟的路程。

史意捷突然站起身来，快速地脱掉了衣服。站在镜子面前，端详着另一个自己并不认识的自我，略一踌躇，三下五除二地，把人皮面具也给卸了下来。

他不想再戴假面具。就算再换副假面具，幽灵组织的人想必很快也能认出他来。何况今晚他根本不需要戴假面具。但更重要的是，今晚将是他和春雨的劫后重逢，他不想春雨看到他的假面具。

快速冲洗热水澡后，史意捷换上了昨天白底红图的文化衫，外加黑色的帽兜和口罩，一如昨天他们被迫“分手”前的模样。

他从箱子里拿出一叠照片。这些照片是关键证物，也是那个“深度幽灵”应忠信所深深忌惮的。不！除了“深度幽灵”，还有那个“老太婆”。隐藏得多么巧妙的那个年轻的“老太婆”！要不是自己的“机缘巧合”，外加莫院长的关键信息和专业分析，他肯定不会把菲菲与“老太婆”联系在一起！

虽然，对于这些照片，他在刚才找莫院长去之前已做了备份，但更小心点总没有错，他又用莫院长交给他的手机对这些照片一一拍了照。

放人皮面具箱子的底部还有两块弧形的铁板。史意捷细看之下，顿时明白，原来这是两块护胸和护背。他随手把它们穿戴起来。但愿多此一举！

荷花大妈已喝得有八分酒意了。她吃惊地发现一整天不见的小聪竟从楼上走了下来。

“你什么时候回来的？”她瞪大着眼睛问。

“我今天根本就没有出去过。”史意捷随口应付了一句。

“是吗？！”荷花大妈的语调听上去一点也不信。“那你又要到哪里去？”她的眼神里透着因关心产生的隐隐不安。

“我去约会啊！”史意捷读懂了她的好意，笑着回答。

“可是刚才那人又是什么人？”荷花大妈越发糊涂起来。

“当然是朋友了，他在我的房间里休息一会。”史意捷继续编造着谎言，心想眼下最重要的是即将来临的“约会”，其他的小节大可忽略不计。

“你可不要骗我！”荷花大妈嘟哝着。

十九号茶馆的生意的确不错，不断有顾客光临。这次没有《回忆》的旋律，却有《橄榄树》的哀伤。“不要问我从哪里来？我的故乡在远方。为什么流浪？流浪！”

史意捷驻足听了几分钟，依然是那种陌生而熟悉的感觉。但那歌词的意境实在太美了，仿佛专门为他而作似的。虽然他已经从春雨的口中了解了自己的部分“前尘往事”，但毕竟不是恢复记忆。本质上说，他其实还不知道自己“从哪里来”！

离七点钟还有整整一刻钟，他信步往东走去。走了二十米左右，迎面是一家酒吧。不知怎的，他老觉得这酒吧很熟悉，也许以前同春雨一道时常光顾这里。他想进去坐一坐，但又怕遇到他所不认识的熟人，产生意想不到的连锁反应。眼下，没有什么比赴约救春雨更为重要。

紧靠酒吧的是一条南北走向的通道。通道的北面连着马路，南端却是一条临江的步行道。

江面倒映着夜灯，流水荡漾着微波，恰如满天星光，摇曳生辉。

天上却没有星光，只有隐隐密布的阴云。

步行道人来人往，熙熙攘攘，在这个时间段，正是晚锻炼的开始。

史意捷往西走到十九号茶馆的前门。离七点还剩三分钟。几个小时前，忘了问莫院长碰面是在前门还是后门，这是个无关紧要的瑕疵，因为，他有莫院长给的手机。但既然来到了这里，那么就等在这里吧。如果莫院长在北门找不到自己，他会想到还有南门，或者，直接会用微信跟自己联系。

路边有个小摊，摆放着饮料等小杂货。史意捷突然觉得有点口干舌燥，应是喝酒的缘故吧。他买了听可乐，顺手拿了一小盒口香糖。听说嚼口香糖能减轻紧张、焦虑的心情。

突然，史意捷有种不祥的预感。莫院长！莫院长！莫不是莫院长出了事？！

失忆的自己，除了春雨和白云之外，莫院长已是唯一的朋友了！

也许，这事从一开始就不应该把莫院长牵连进来！

如果那些幽灵组织足够神通广大，他们一定能知道莫院长参与了此事，只是迟早而已。今天晚上的“约会”，让他带了四块对幽灵组织来说至关重要的硬盘，那对他意味着什么？

史意捷心底涌起了一阵轻微的恐惧。

“师傅，你没事吧？”小贩担心地看着他。

“唔，没事，没事！”史意捷对小贩挤出了一丝笑容，又赶紧转过身去，免得他继续啰唆。

刚一转身，只见刚才自己所经过的通道那边有一个陌生人正在注视着自己。发现被注意，那陌生人掉头便往北面走。

史意捷觉得蹊跷，紧紧跟了上去。那陌生人走过通道，来到十九号茶馆北大门不远处马路旁的一辆面包车前，打开驾驶室，坐了上去。

又是精神过敏?！史意捷不觉嘀咕了一下，随手打开可乐喝了起来。

慢！那辆面包车好像在哪里看到过！还没等他想起来，那陌生人竟然向他招了招手。

草泥马！这辆面包车是三棱镜信息咨询公司前把那个倒霉的外地民工抓进去的那辆。史意捷电光石火般地想了起来，没有车牌！

他猛喝几大口可乐，随手把空罐扔到了路边的垃圾桶，疾步往面包车走去。

“请进！”车门自动打开了，但说话的不是那个司机。

面包车里坐着另一个人，听声音约略有点熟悉。但即使不听声音，史意捷也已经猜出他是谁了，因为他还戴着蓝色的医用口罩，却不是昨天在精神健康中心外把他们历尽千辛万苦得来的有重要线索价值的病历给抢了去的那人?！

莫院长那边一定有内鬼，不然，昨晚在精神健康中心的事很难解释。而这人戴着医用口罩。虽说医用口罩并不难获得，可以在药店购买，但总归惹人联想。不知是粗心到家，还是有恃无恐?

史意捷犹豫了片刻：“你们是谁?”

“你知道我们是谁的！”那人的口气很生冷。

“要到哪里去?”史意捷索性问些“废话”，借此发现些端倪。

“当然是带你去‘约会’。”

“什么‘约会’?”

“死亡‘约会’！”略停片刻，那人又用嘲讽的口气说，“怎么，怕了?”

“该是你们怕我才是真的，要不然没必要花这么多的周折。”史意捷反唇相讥。

“那就上车吧！”

“我还要处理一些小事，你们告诉我‘约会’的地点。”史意捷想到还没有等到莫院长。

“不会是找帮手吧?！”

“你们怕了?”史意捷以退为进。“但你想错了，我不需要任何帮手。”

“什么事也比不上救你女朋友重要吧！我老大心思很多变的，莫不要被取消了‘约会’。”

“你这句还像人话，我这就跟你们走！”史意捷心里已经打定主意，不让莫院长继续蹚这趟混水了。

“我们的规矩是要蒙上眼睛，如果你怕还可以选择不去。”那人丢了个黑色的头罩给他。

史意捷哼了一声，直接把黑色头罩套在了头上。

“果然有种！”那人嘿嘿干笑两声。

面包车往北驶去，竟然拐入了狭窄的小弄。幽灵组织向来喜欢黑暗。

十九号茶馆的北门，走出一个人。他抬起右手，看看手表，正好是晚上七点整。远处隐约的钟声响了起来！

四下无人，也无车，除了朝北驶去的一辆面包车。他若有所思地看着渐渐缩小的面包车的背影，觉得有点奇怪，因为无牌。严肃镇定的表情掩盖不住眼神中散发的焦躁的光芒。那宽阔的额头使他显得那么的独一无二。

“老弟怎么还未现身?!”

正是莫院长!

面包车逶迤而行。车内两个幽灵组织的人不再说话。史意捷虽然知道在车上他不会有什么危险，因为他们手中有春雨，足以挟制住自己，但还是全神贯注地防备着，用嗅觉、听觉、感觉。

车外一阵男女的嬉戏声，电瓶车的喇叭声，隐隐还有炒年糕的香气。难道经过了细雨巷！想起了细雨巷，他又想起了荷花大妈。刚才临出门前她的神情历历在目。虽然他只是她的房客，但她显然很在乎他。

不一会儿，车子外面一片静寂，仿佛开到了某个无人区。

约莫又过十分钟，车子转弯明显多了起来。不，是少了起来，因为它一直在往左转。他可以根据身体一直在惯性向右推断出来。有时候，不用眼睛而用心灵反而能看得更清楚。

又过了五分钟左右，面包车停了下来。史意捷被带离车子，被人摘掉头套。

好像是一个熟悉的处所。抬头一看，果然，云神殿！刚才在面包车里他已经大约猜知。

云神殿里灯光幽暗，两侧各立着戴着统一面具的幽灵，似笑非笑，非常诡异。幽灵的黑袍也是统一的，胸前和双袖双脚都有三条红色的波纹状线条。神像前又有三人，左右两人个子高大，面具、服饰与两边无异；中间那人个子却明显较小，黑袍更为考究，镶着银边，波纹状线条也是银色的。面具也较为独特，惨白色的底色上有大量环绕眼睛、嘴巴的不规则黑纹，恐怖之中带着阴柔的气息。

史意捷认得那分明就是上次劫持春雨的幽灵。后来知道那地方就在风仙庙遗址附近，看来那幽灵就是风部头目。

“一日不见，如隔三秋！”那幽灵头目发出经过处理的没有任何表情的沉闷的声音。

史意捷知道那人在讽刺自己跟春雨的事情，但似乎又有另外的意味。他也管不了许多，急问：“我女友呢？”

“别急！我要先确认一下，我们要的东西你带全了吗？”

“不就是几张照片吗？！”史意说着从怀里拿出一叠照片朝那幽灵头目晃了晃。

“料想你也不敢不带！”幽灵头目轻轻地怪笑了一声。“但有个问题，你怎么保证所有的东西都拿来了？怎么保证没有备份？”

“你们不是神通广大吗？还怕我留有后手！”史意捷应变很快，以进为退。“再说，我对你们那些鬼鬼祟祟的事情根本不感兴趣，只希望你们不再来骚扰我们。”

“呵呵呵！”那幽灵头目笑道，“我差点忘了，你失忆了。以前的你可不是这副德性！”

“这账我们也得算算！”史意捷冷冷地说。

那幽灵头目竟然无语了，似乎愣了一下。等了足足三秒钟，抬起右手往右耳塞了塞。

史意捷料知那人一定在听耳机中的重要信息。不知是什么情况，于是凝神观察。虽然看不清那人白底黑纹倒三角的面具下的真实表情，但他猜想一定是紧锁眉头，这从那人略带紧张的肢体动作可以看出来。

“为了确保我们的交易顺利，我们得先做些预防工作。”那幽灵头目又开口了。

不等史意捷回答，两侧最后一个幽灵动作敏捷地移步过来，在史意捷前后约一米处站定，手里还拿着枪。

“看样子你们很怕我！”史意捷笑道。

“我们怕你鲁莽！”那幽灵头目也笑了起来，只不过笑声桀桀，令人毛骨悚然。

笑声甫停，那头目招了一下右手。只见神像后碎步走出两个幽灵，抬着一把有扶手的木质椅子。椅子上绑着一个人，脸色苍白，神情萎靡，额头的一缕头发散落在脸上，把脸面一分为二。

“小雨!”史意捷一声惊呼，急步上前，却被面前的幽灵用枪逼住了。

跟着又是一声惊呼，却是发自椅子上的人。那人正是春雨，对史意捷关怀之情，溢于声表。

“你们把她怎么啦?”史意捷恢复了冷静。

“没什么!”幽灵头目机械的声音中仿佛带着某种嘲弄。“她只是被注射了镇静剂，药效差不多完全消失了。”

“既然如此，那我们赶紧完成交易吧!”史意捷冷冷地说，“你们放人，我还给你们照片。”

“你以为你还能走得出去!”那幽灵头目缓慢地说。

“如果我留了后手，你们拿了这些照片有用吗?”史意捷冷冷地反问。

“你肯定会留后手!”幽灵头目非常肯定地回答。

“那你们为什么之前不下手，非要等到现在?”史意捷处变不惊。

“我们想看看到底还有没有死角!”

“死角?!”

“你应该已经知道了，你的脑子被我们处理过了，所以我们基本上已经知道了你的秘密。”幽灵头目略一停顿，似乎是极轻微地叹了一口气。“你这人倔强得很，即使是在催眠状态下，对一些关键的秘密仍能坚守。”

“你的意思是说，你们故意把我放出来，然后间接查证你们所不知道的我的与你们有关的秘密?”史意捷目光锐利地盯着幽灵头目。

“那事不归我管。”幽灵头目冷冷地说，“我的意思是说，之所以没有在处理你的脑子时彻底处理你，是因为怕还有不为我们所知的秘密的死角。”

“现在你们已经知道这秘密的死角仅仅就是这一叠照片?”

“差不多就是这么个意思!”

“你们不怕我没有拿出全部的秘密?我的意思是说，你们怎么能确定除了照片，我就没有其他对你们不利的物证?再退一步说，即使是照片，如果我把这些照片上传到某个网站上，再委托一个秘密的朋友，一旦我有不测，则启动公布程序，那对你们意味着什么?”

“你的这些后手我们全想到了，但都无关紧要了!”幽灵头目的声音更冷了。“你别忘了，我们的高层有谁?!我们掌握着特殊的资源，可以轻而易举地查清你所有的网络动向，当然也可以轻而易举地查清你的朋友圈。再退一步说，我们也有后手!”

“把我弄成心智失常，让我说的话不再可信?!”史意捷的眼光更加锐利了。

“老大的话的确没有错!”那幽灵头目重重地叹了一口气，“看来，我之前的确低估了你!”

“于是你们老大改变主意，不再放我们出去了?”史意捷顺势问了一句。

“不管是谁改变主意，反正你们是不能再回去了!”

“对你的话我还是有点怀疑!”越是危急的时候，史意捷越是冷静。“你是风部的头目，为什么跑到云部的地盘上来?”

那话似乎激怒了对方。幽灵头目的声调明显提高了:“你这家伙知道的事情还着实不少!”

足足沉默了三秒钟，幽灵头目似乎冷静了下来，喃喃自语道:“风无影无踪，云飘忽不定，雷只闻其声，电瞬间赋能……”顿了顿，幽灵头目恢复了正常语调，“反正你已经不能产生任何威胁了，跟你实说也无妨。这里的确是云部总部。风部主要负责处理威胁，选什么地点都可以。上次那地方也许有闲杂人等，这里却绝对不会被打扰。”

史意捷下意识地摸了摸口袋里的手机。

“刚才我听了你念的四句口诀，让我猜一猜!”史意捷笑了笑，“电部一定是负责赚钱和改造头脑的，雷部好像是搞宣传和发展会员的，‘瞬间赋能’‘只闻其声’都好理解。你刚才说了，风部负责处理威胁，‘无影无踪’是行事方式，勉强也能理解。但云部‘飘忽不定’，这让人很费解，这里和那边的云山旁的处所，似乎是你们搞重要仪式的地方。”

“你这人真像只猎狗!”幽灵讥讽道。“居然让你猜到了七七八八!但你知道了这些又有什么用呢?你把这些信息传送出去吗?”

“我这人有个毛病，好奇心特别重。明知没有任何价值的东西，只要激起了好奇心，就一定会刨根到底。”史意捷边说边摸了摸口袋。

“好吧，你已经是没有威胁的人了，再满足你一次。”幽灵头目似乎在嘲讽史意捷已是瓮中之鳖。“云部不但是搞重要仪式的，而且还是训练会员的。‘飘忽不定’只是形容‘云之舞’的风格，那是我们的重要仪式。不局限于云部，是整个组织的。”

“云山云图!”史意捷嘀咕了一句。

“哦，没想到你给这起了名字!”幽灵头目似乎有点出乎意料，又似乎带着点赞赏。“以后得建议老大用这个名字!”

“你们为什么把‘云之舞’作为整个组织的仪式?”史意捷抓住机会追问。

“那代表自由的精神!”幽灵头目想都不想地回答。

“哦!”史意捷不禁沉思起来。这字眼似乎跟他过去某一段记忆有关，但想不起来。头脑开始隐隐地发痛。这时候千万别产生幻觉！这当口也没什么工夫用复杂的逻辑来验证是不是处在“意识丛林”中，史意捷暗暗想道。

“还有一件事!”幽灵头目清了清嗓子说。“你应该把四块硬盘还给我们!”

“什么硬盘?”史意捷装出一脸无辜的样子。

“别装傻了!”幽灵头目冷笑道。“你在我们的电部偷了四块硬盘！哦，你应该知道的，就是从乐透集团偷的。”

史意捷重重地叹了一口气！这四块硬盘由莫院长带着，刚才他没有想到这一点。

“这事不怪我！刚才我本来在等另一个朋友，而你们的手下硬要我一人前来。现在硬盘在他那儿!”史意捷摊了摊双手。

“我不管你硬盘在哪里，只要我数到十，硬盘还不出现的话，那么……”幽灵头目的语气强硬了起来，右手食指做了个空中交叉的动作。“那么，这个美女的脸将会被划花。”

幽灵头目话音刚落，春雨两边的两个幽灵分别从腰间拔出寒光闪闪的匕首，在她脸庞两边比画起来。

春雨早已吓得闭住了眼睛。

“一、二、三……”

史意捷不禁往前跨出了两步。站在他面前拿枪的幽灵也跟着往后退了两步，边退边连呼“站住”。

“五、六、七……”

前面的枪对着自己的头，后面的枪也一定瞄准着自己。这两个幽灵很精明，前后离自己足足有两米远。史意捷估量了一下，就算能顺利摆脱他们，离春雨也有十多米的距离，根本无法阻止那两个拿匕首的幽灵。

“九、十!”

拿匕首的幽灵作势要动手了!

“慢!”史意捷猛喝一声!

只见幽灵们纷纷扭头看了过来，却不是看向史意捷处。

史意捷意识到，刚才有另一个人同时喊了声“慢”。他也跟着望了过去。

门口站着一个个子矮小的黑衣人。黑色的衣裤，黑色的头罩。头罩上只露出两只闪着微光的黑色的眼睛。

黑衣人左手拿着一只黑色的小袋，往上一提，右手轻轻拍了几下，用含混不清的语调说：“你们要的东西在这儿，快放了那女孩！”

幽灵头目哈哈大笑起来：“老头子真是神机妙算！”

“那人算定我有后援？”史意捷已明白了是怎么回事。

“老头子只是提醒，我那时将信将疑。”幽灵头目坦然地说，“但我看你的右手一会儿插入袋中，一会儿摸摸袋口。我就猜你在口袋中一定放着手机什么的。没准还传输着我们的对话。于是我用这种方法吓一吓，看看会不会主动现身。”

史意捷心中一凛，这幽灵头目好厉害的眼光！他正是通过手机把彼此的对话发送给了莫院长。

“如果你猜错了，岂不是误伤好人！”史意捷对眼前的情势暗暗叫苦，如果黑衣人不来，那倒还好一些，现在他们却已经丧失了制约幽灵的所有筹码。只能拖一时算一时，能打混就打混。

“我不是猜的，是我们的监视员告诉我的。”幽灵头目竟也没有隐瞒。

“这人应该是通过你的手机定位找到这里的。”幽灵头目看着史意捷说。“所以，他只能是……”

“只能是我临时找来的陌生人同伙！现在的世道，有钱能使鬼推磨。”明知骗不了多久，史意捷还是随口编了一下。

“不！那人只能是莫院长！”幽灵头目冷笑道。

“为什么？”史意捷边拖延边不动声色地观察着脱困的机会。

“你不用拖延时间，现在已经没人救得了你了！”那幽灵头目的口气越来越冷了。

“这三天中，你只有三个真正的朋友。你女朋友春雨在这里！而那个叫什么白云的山村女孩死了！即使没有任何其他的辅助信息，我也能立马猜知只能是莫院长！”幽灵头目在说到白云的时候，微微停顿了一下，似乎记不起的样子。

“白云真的死了？”史意捷这两天第一次真正听到源自幽灵方面的白云的信息，忍不住嘎声问道。

那幽灵头目似乎一怔，但随即冷冷地反问：“那还有假？！”

“你们为什么杀她？”史意捷的声音中包含着压抑不住的愤怒。

“那是你害的!”幽灵头目冷冷地说。“本来，虽然她是我们的监视对象，但暂时没打算去动她。而你们的出现，改变了我们的想法。”

“你怕我们把秘密告诉她?”

“不是主要的因素。”幽灵头目摇了摇头。“最主要的是我们想为你们的逃亡营造浓厚的恐怖气氛。只有在这种极端的氛围下，才能彻底暴露你们隐藏的秘密，包括你们潜藏的重要社会关系。”

“而你们杀人的手法又非常隐蔽，再加上你们在公安的那个位高权重的‘深度幽灵’的庇护，这根本就是因心脏病突发而意外去世。你们的谋杀成本如此之低，看来很有可能会用同样的手段对付我们。”史意捷故意用激将法说。

那幽灵头目竟不置可否。“先不讨论这个话题。我有点好奇的是，你对白云的关心似乎不下于春雨，难道你不怕她吃醋?!又或者你们三人就是三角恋?!”

幽灵头目不怀好意地哈哈笑了起来!

“你废话说得太多了!”一直站在门口默不作声地听着的黑衣人开口了，这次口齿非常清晰，语音低沉而富有磁性。

“我们来做个交易!”那黑衣人边说边用右手扯下了黑色的头套，露出列宁式的标志性的宽额头。

“莫院长!”一脸倦容的春雨忍不住轻轻惊呼了一声。

史意捷投之以感激的目光!

“什么交易?说来听听!”那幽灵头目似乎很有兴趣的样子。

“老实说，这四块硬盘我已经备份了，而且放在你们完全找不到的地方，并附加了详细的说明。”莫院长镇定地说。“如果你们把我们全放了，我就把这备份的交还给你们。从此我们各走各的阳关道，井水不犯河水。”

“你这话恐怕只能骗三岁小孩。不要说这两人的想法未必与你完全一致，就是你自己，也很难保证守约。因为我们知道你非常恨我们!”那幽灵头目摇了摇头。

“那你们难道不想要回我备份的硬盘了?”莫院长反将一军。

“我们知道你把备份的四块硬盘放在哪里!”幽灵头目用非常肯定的语气说。

“别虚张声势!你们应该知道，我是个心理专家。”莫院长非常自信地说。

“我不跟你兜圈子。”幽灵头目直截了当地说。“你就把这四块备份的硬盘放在凤舞山精神健康中心的高级档案库房里。”

莫院长重重地叹了一口气，他知道否认也没有什么用了。“今天凌晨在精神健康中心发生了古怪的事情，我早该确认你们在我身边安插着高级眼线！”

“所以，你们现在已经完全没有筹码了！”幽灵头目得意洋洋地说。

“不对，你们还有未知的风险。不信你们就试试！”史意捷斩钉截铁地说。

“你这个心理战的水平比心理专家莫院长还厉害嘛！”那幽灵头目笑了起来。笑声一停，右手作势往下一斩。

春雨旁边的两个幽灵见状，跟着提起匕首往她的双手砍去。

史意捷大惊，不顾一切地抢步上前，竟然一把夺过面前幽灵的手枪。还未等他有下步动作，两侧的幽灵齐刷刷地拔出手枪对准他。

“别动！”幽灵头目对手下喝了一声。

“你仔细看看，你女友有没有受伤?!”幽灵头目淡淡地说。

只见春雨站了起来，掸掉了左右手臂上残留的绳索。

“你们可以走了！”那幽灵头目仿佛变了个人似的。

“什么条件?”莫院长知道天下没有免费的晚餐。

“你们三人全部加入我们的组织。”幽灵头目的语气缓和了许多。“这样，我们双方之间的矛盾就瞬间消失了。”

史意捷等三人没料到那幽灵头目竟会提出这种条件，一时之间也吃不透对方的真实意图。

“你们不用马上答复，给你们三天时间考虑。”幽灵头目不像在开玩笑。

“如果三天后我们不答应，或者我们把你们的秘密泄露出去呢？难道你们不怕吗?”莫院长似乎并不相信，所以提出了尖锐的问题。

“那你们得付非常沉重的代价，你们身边的亲人、朋友都会受到连累。尤其是莫院长你，听说贵公子在大学里非常优秀，你总不想让他受到丝毫的牵连吧！”幽灵头目威胁道。

“既然如此，我们就告辞了！”史意捷试探道，边说边移向春雨。

“站住！”幽灵头目喝道。“把我们的东西放下再走！”

史意捷用左手从左前胸内袋中取出照片，慢慢地放在地上。莫院长跟着也把黑袋放下。

“这把枪也是我们的东西吧！”幽灵头目提醒道。

史意捷犹豫不决。

“其实，这把枪没子弹，你拿着也没有用。”幽灵头目的话越发让人奇怪了。“从一开始我们就没打算把你们留下来，刚才只是压力下的情境测试。”

史意捷继续沉吟未决，因为他不知道那幽灵头目用的是不是心理战。他无意中夺得此枪，如果此枪真有子弹，他们多少有些忌惮。

“你爱拿就拿，但要在三天后还给我们。”幽灵头目冷冷地说。“你们可以走了!”

史意捷向春雨一招手，不管怎样，走走看再说。

“不是那边走的！是这边!”幽灵头目指了指神像背后的一堵墙。

“你为什么要消遣我们?!”莫院长冷静地反问。

“我没工夫消遣你们!”幽灵头目的话音刚落，神像背后的墙从中间向两边缩去，开了一个大大的口子。

原来这是一扇伪装精巧的移动门!

“一直往前走，就能出去!”幽灵头目冷冷地说。

墙外面是条暗道，泛着微弱的灯光。

史意捷略一踌躇，随即示意莫院长和春雨先出去，自己提枪对着那幽灵头目，缓缓断后。

那幽灵头目却不再言语，竟真的任由他们离开。

这条暗道上下左右是密闭的，只有一个方向。眼下别无选择，就算是陷阱，也只得往前钻。

也不知走了几百米，前面已是暗道的尽头，又一堵石墙!

就在众人束手无策之际，石墙从中裂开，开向两边。

石墙外面竟是一条大路，惨白的，不知是通往天堂，还是地狱。

等众人走出，石墙又缓缓关上。一切又恢复原状。呈现在他们面前的竟是一堵高约五米的粗糙石墙，作为一座丑陋建筑物的组成部分，曲曲折折地向左右两侧延伸。外侧，是杂草丛生处。

天上无星无月，低低的云层反射着城市夜的光芒，微微地照亮了这条惨白的大路。

四下静寂无声，只有虫子在单调地鸣叫。

史意捷的头又隐隐作痛，那种不真实感若隐若现，难道又陷入了什么“意识丛林”?!

“捷哥，走吧!”春雨搀扶起史意捷的右手往前拉了一把。

史意捷从恍惚中回过神来，看到春雨用含情脉脉的眼神担心地注视着自己，不禁大为感动。

“你们先走，我断后！”莫院长友善而意味深长地笑了笑。

史意捷明白他的意思，断后只是一个托辞，他只是想为自己和春雨的亲密呢喃提供便利。

爱情！友情！两个自己最好的朋友！

史意捷的不真实感消失了！就算现在是在“意识丛林”中，他也乐意把它当成现实。

史意捷与春雨互相连在一起，也不知道是谁在搀扶谁。两人劫后重逢，却默然无语，只是慢慢地向前走。

他已经记不清上次这样的走法是在什么时候！

天空竟然下起了濛濛细雨，如雾一般。

微风吹着浮云/细雨漫漫飘落大地/淋着我淋着你/淋得世界充满诗意……

史意捷的心中忽然涌现出无声的旋律，温柔的老歌！记忆的片断闪现，法国梧桐树，河边……

“捷哥，我一直在担心，如果我不在了，你该怎么办？”春雨疲倦的语气中饱含着淡淡的忧伤。

“我们这不是好好的吗？！不许你说不吉利的话！”史意捷安慰她。

低头看她，她的神色中带着几分茫然。史意捷想起了那张渐渐发黄的彩照。三天前看到时，他还搞不清楚这到底是两情依依，还是分手在即。

以前的记忆已然消失，但这几天的经历同样弥足珍贵。春雨是气质忧郁的人，他这样判断。

这条路长三百米左右，路的尽头，是河边。河边有一条更长的东西方向的马路。

这一带毗邻旋转状的收敛结构，都是待拆迁或改造区，所以人迹罕至，活像鬼城。

这是一个三江口。从西边向东流的小河注入了由北向南再转而向东的大河。小河西边的南侧，是一座小山，北侧是几家化工厂。小河河底隐隐可见碧绿的幽光。那一带正是昨天文山的山洞一带。大河的对岸全是小山，由北向南的那段的另一边则是几处废弃的工厂。整个三江口不见一个人影，似乎是个被遗忘的角落。

向西五米左右，有一块突兀的大石头，连着河岸，足有一人多高。史意捷扶着疲惫不堪的春雨靠在了大石头旁。

莫院长见史意捷他们歇息，也在二三十米之外大路上停了下来，转身观察着什么。

大石头旁的河岸离水面虽远没有文山那一带的险峻，但也有两三米。这一带江阔风急，离对岸足足有一百米。

“这块大石头像不像一个地方？”春雨突然问道。

“你三天前跟我说起过的与那首密码诗有关的盘石湾？”史意捷其实对盘石湾一点印象也没有。

“盘石湾那边只是小溪，哪能与这里比！”春雨笑道。

“你知道我这记忆……”史意捷也跟着笑了笑。

“不知道你这该死的记忆什么时候才能够恢复！”春雨幽幽地说。“那地方是北海道的襟裳岬，也是一首歌的名字，我们去过的。”

史意捷知道春雨在帮助自己恢复记忆，但对于那地方，他一丝丝的印象也没有。

“海边掀起浪涛，激荡了我的心/记得就在海边，我俩留下爱的吻/那样美，又温馨/如今只有我一个人，默默地在追寻/追寻往事，那段欢乐时光，那段美丽的梦/爱人，爱人，我的爱，我等你回来诉说情怀/海边潮来潮往，真叫我心迷茫/记得就在海边，我俩留下誓言……”

春雨见史意捷茫然的样子，轻轻地唱起歌来。歌声凄美，令人心揪。

史意捷隐隐觉得这歌有点熟悉，正竭力回想之间，忽然隐隐觉得心悸。

难道是婉约的歌声触动了情感的隐痛，在潜意识里?!

春雨突然不唱了，微闭双眼，紧锁眉头：“捷哥，我觉得好难爱！”说完整个身子靠向了史意捷。

忽听得莫院长“啊”地一声，蹲在了地上。

史意捷隐隐猜知了是怎么回事，正打算推开春雨，去瞧一下莫院长的时候，忽然觉得自己也心悸得难受。

而春雨，像是忽然看到极其恐怖的事物一般，脸部完全扭曲了。只听见她发出了一声惊恐的尖叫，之后悄无声息了。

史意捷大惊，拼命地捶打着她的胸背部。

从西边开来一辆小车。在这片鬼域之中难道还会有正常人来？史意捷下意识地往口袋里摸着了那把手枪。不管有没有子弹，关键时刻，就是吓唬一下也好。

从车上跳下的却不是戴面具的幽灵，而是两个年轻的陌生人。

“遇到什么麻烦了，需要我们帮助吗？”其中一个友善地问。

见此情况，史意捷在口袋里放下了枪，抽出了手。“师傅，能不能帮个忙，送两个病人到医院？”

“当然没问题！”那人爽快地回答。

那人打开了小车后座：“要帮忙吗？”

史意捷把春雨抱了过去。就在他把她放入小车后座时，突然觉得有人用手帕蒙住了自己的口鼻。

然后，他的眼前一黑，什么也不知道了。

一阵强烈的白酒气息！

史意捷慢慢地睁开眼睛，发现自己坐在一辆小车的驾驶室里，这车似乎有点熟悉。手里居然拿着大号的红星二锅头酒瓶，酒瓶空了一半。胃部竟有恶心的感觉，难道自己竟喝了半斤白酒？！

这是怎么一回事？！他一下子脑子一片空白。再仔细一看，车头前面竟然没有路，却是一条大河！打开左侧车门，不禁吓了一跳，下面就是河。车子竟悬在河岸上。

他终于回想起来了，刚才他中了两个陌生年轻人的圈套。春雨呢？莫院长呢？

突然，右侧后车门打开了。他回头望去。

“别动！”那人竟是刚才在云神殿里戴着面具的幽灵头目。

车子后盖箱上趴着许多幽灵，却没见那两个陌生的年轻人。

“我女友和莫院长呢？”史意捷已经完全弄清了处境。

“当然在我们手里。”幽灵头目冷冷地说。“我们等着你苏醒，好在你死之前告诉你一些事情。这是我能为你做的唯一的事情。”

“这样说来，我还得感谢你！”史意捷边说边冷静地观察着周边的形势。

“感谢倒不用！”幽灵头目冷酷地说。“自你和莫院长都踏进云神殿的那一刻，你们的结局早就注定了。你知道，我们不会冒放你们出去的风险的。”

“那刚才消遣我们不是浪费你们自己的时间吗？！”史意捷讥讽道。

“这是值得的！”那幽灵头目冷冷地说。“只有这样设计，才能最大限度地减少你的戒备心。因为你的能量实在太大了，我们以前吃过你类似的苦头。”

“以前？以前你们有类似的圈套？”史意捷直直地盯着那个幽灵。

“当然!”那幽灵头目非常肯定地说。“就拿刚才你夺枪的事来说，惊险至极！如果我不喊停，没准你接着朝我开枪了!”

“那枪果然有子弹!”史意捷轻轻地叹了一口气。“你们打算怎么处理我女友和莫院长?”

“那正是精彩之处！我们有一个很好的剧本!”幽灵头目笑了起来。“莫院长和春雨保持着不正当的男女关系，因不堪承受精神压力，双双殉情自杀。而你，是在撞破这一切后，精神大受刺激，醉酒驾驶，意外沉江！顺便说一下，这一辆破车本来就是你的。”

“卑鄙!”史意捷提起红星二锅头的酒瓶，往那幽灵头目扔去。

“噗”的一声，正中那幽灵头目的胸部。那幽灵头目一声尖叫，双手护住胸部。

紧接着，幽灵头目旁边个子高大的幽灵“砰”的一声把车门关闭了。同时趴在后盖箱上的几个幽灵挺直身子，一起用力前推。

车子直直往大河中坠落。

幽灵们连看也不再看一眼，径直返回云神殿。

小车直直下坠！史意捷又有一种心悸的感觉。这次不是因为某种神秘的原因，而是因为自己酒醉和加速度，导致了自己心脏的轻度缺血。

时间总是相对的！在这不到一秒的时间内，史意捷仿佛挨过了漫长的时光。通往地狱的历程总是极其难熬的！

无数的念头闪起，又消失！其实，脑中是一片空白，只有约略的求生的意志。

“砰”的一声，小车触水！

剧烈的震动使史意捷清醒过来。幽灵说这是他的车，虽然他没什么记忆，但他知道他的车好不了，而越不好的车密封性越差，密封性越差的车下沉越快。

他也许只有几分钟的求生时间!

一摸口袋，枪果然不见了！那些幽灵处心积虑，绝不会给他这种机会的!

小车在水中已是悬浮状态，车顶堪堪没入水中。脚下已有水泡声，水流慢慢地浸入。

史意捷侧身向左，猛开左侧车门，却纹丝不动！他突然想到，幽灵们在推这车入河的瞬间，肯定锁死了车门。

但如果是“自杀”，里面没有车钥匙，岂不是破绽?!

史意捷目光往前一扫，果然发现方向盘下面有一把车钥匙。

一按按钮，车子毫无反应！应是电路失效了！

突然，他意识到这是悬浮时特有的内外压强差所致。任你力气再大，也无济于事！

他用脚狠狠地蹬了蹬车窗玻璃。车窗玻璃发出非常沉闷的噗噗声，却丝毫没有破碎的迹象！

环目四周，没有任何能敲碎车窗玻璃的硬物。

他开始后悔了！要是那半瓶红星二锅头没有扔掉就好了，没准能砸碎玻璃！

脚下的水泡声越来越密，水流已经浸入鞋子中。

如果自己现在是身处“意识丛林”，该是多少惊险逼真的场景！但眼下他不能用复杂的逻辑来证伪，因为如果不是“意识丛林”，他将丧失极为宝贵的最后的自救机会。

“意识丛林”?！他目前的初始记忆是?

对，是从十几层楼高的地方破窗而出！

电光石火间，他有了急智！

他摸了摸胸口，那条救命的项链还在！

紧急取下那项链，把那长方体顶端的钻石对准车窗玻璃使劲地敲了敲。车窗玻璃一如预料地没受到有用的损害。

胶水！那个破窗而出的初始记忆中，正是用胶水来固定这个有钻石的项链的。但眼下，哪还会有胶水！

气泡声噗噗地响，车子又下沉了些！

史意捷急忙从裤袋里掏出刚才在十九号茶馆前买的未用完的全部口香糖，手脚麻利地剥出内芯，送入嘴中，以极快的频率咀嚼片刻。

项链顶端的钻石已被固定在车窗玻璃上。现在最大的问题是，没有可以用来敲打的硬物。

史意捷四下顾盼，无计可施。

无奈之中，他身子往副驾驶座位猛移，同时，抬起右脚狠命地踩向了已固定住了的钻石项链。

依然是噗噗的几声闷响，车窗玻璃毫发无损。

玻璃窗上的钻石项链却不见了！脚下的水已经没上了半个小腿，车子已经完全没入水中，狭小的空间里一片漆黑。

无人来救，难道只能坐以待毙?!

车窗里的空气越来越稀薄，史意捷突然意识到，要节约体能。

眼下最能节约体能的方式是千万不能出现慌乱。

史意捷深深吸了一口气，同时把右脚收了回来，转身坐正。

一抹微弱的光芒!

是右侧裤袋里发出的!

手机！可以当照明的手机!

抬起右脚，在手机的照明下，果然发现钻石项链嵌入了鞋底，周边还粘连着口香糖。

他重新用口香糖把钻石项链固定在车窗上。

水位已经渐渐地漫了上来，空气也越来越稀薄。

仿佛有人掐住了他的脖子一般，他大口地呼吸着。

慌乱之中，捏在左手中的手机掉入了水里。

他大惊，本能地弯腰去取。

手机入水，很快地消失了光芒。

车子里已经黑暗一片。

更要命的是，他急速弯腰的时候，肋骨被什么东西重重地切了一下，好生疼痛!

仿佛黑暗中的一星火光，他忽然找到了最后的一丝希望!

他从胸前解下那块弧形铁板护胸。

小车里的水已经上漫过半了。

他艰难地用那块弧形铁板护胸的凸面盖在那个经过固定的钻石项链上。

小车里的水加速上漫。

他深吸一口气，抬起已经完全浸在水中的右脚，狠狠地踩向那块由左手固定着的弧形铁板护胸。

只听见“哗啦”一声，但玻璃没有完全破碎，只是裂成了无数的花纹。

伴随着最后的水泡声，小车里面的空间完全被河水占据。

史意捷拼命地用脚踩踏着车窗玻璃。

大概是由于有机玻璃或是车膜的原因，那车窗竟是异常有韧性，碎而不破。

史意捷憋着气，渐渐地竟有种有心无力的感觉。

懒洋洋地，说不出的难受，又说不出的舒服。

一些念头纷至沓来，转瞬即逝。一些陌生的画面也栩栩如生地呈现，也许那是记忆。

不好，他本能地知道，那是非常危险的迹象。他用右手狠狠地掐了一下大腿。一阵疼痛使他稍微清醒了点。

趁此机会，他用右手扳住座驾中间的间隔物，抬起右脚，用尽所有的力气，孤注一掷地踩出。

车窗玻璃应声而破！

他随即转换姿势，头手朝外地扑了出去。

水中一片漆黑，什么也看不清楚。他右手疯狂乱抓，想抓住什么。

但是，除了冰冷的河水，什么也没有。

他想再往前移位，却发现自己被残存的车窗玻璃卡住了，左手却依然牢牢地抓着那块弧形铁板护胸。

右手一摸之下，他意外地发现那条钻石项链竟然还随着口香糖粘连在铁板护胸上。

他用右手一把抓过钻石项链，紧紧握住，大喜过望。

紧接着，他抛掉左手的铁板护胸，用尽最后的力气，往外挤去。

这一连串的动作，耗尽了他体内仅剩的能量，他的眼前出现一道白光。

如火的枫叶，清冷的深秋，拾级的台阶，仿佛的钟声……那张青涩时代的照片！

是缘尽情空的纪念，还是许一生之愿的迷离，这些都已经不再重要。

出现在他最后的意识中的影像是春雨！深秋的春雨！

再见，春雨！

第十八章　幻影重现

文山的峭壁顶点离河面足有五十米，另一边是已然停工的几家化工厂。在化工厂旁微弱的昏黄的灯光的映照下，貌似清澈的小河底部泛起点点碧绿的幽光。

两艘小船像幽灵船般地游荡着。幽灵船上又有八个幽灵般的人物。

“你确信昨天的洞口就在这边？”

“错不了！”

“为什么？”

“因为我当时清楚地看到对面化工厂的样子。”

“你真精明！”

一女一男在互相对答着。

“昨天的事情的确古怪，那些人刹那间逃得无影无踪！”另一船上有人心有余悸地说。

“所以我更担心我的朋友。”开头说话的那个男的说。

“唉，我倒是有种感觉，昨天的‘大叔’其实就是我们在星空大厦上碰到的那位朋友。”另一个人突发奇想地说。

“你的想象力真丰富！”

“不管是不是同一个人，那‘大叔’总是我们朋友的朋友！”

“我们现在到这里来，是为什么来着？”

“你不是闷得发慌吗？带你出来让你撞撞鬼！”

“读书无用，别听胡吹/行随心动，青春无悔……”

"别唱那劳什子歌了，你还嫌动静不够大?!"

"我自己给自己壮胆总可以吧!"

"大家别吵!"先前的那个男的低沉而短促地说。"我们在河中，不会有什么危险的，但也要防止打草惊蛇。如果那些人知道有人在监视他们，他们还会现身吗?!"

"难道他们还会从那个洞口出现?"

"有人要我们在这边等着?"

"谁?"

"不知道!"

"那我们还来?"

"反正是闷得发慌。"开头说话的那个男的轻轻地咳了几声。"我怀疑是我们在星空大厦遇上的那个老哥朋友，他一定遇到了极大的困难。"

"那老哥不知是什么来路?"

"反正完全不像坏人!"

"'猎鹰'行动今夜将全面收网！越到这种关键时刻，越是马虎不得!""深度幽灵"紧锁眉头，狠狠地抽了一口烟。一支才刚点上的大红鹰香烟一下子半支化成了烟灰，泛着红光，却还未掉下来。

"老板，我那边的准备工作完全做好了!"警察小管露出自信的神色。

"你保证没有任何纰漏吗?""深度幽灵"锐利地看了一眼警察小管。

"我并不是菜鸟!"警察小管脱口而出。

"即使是老鸟，也要万分小心。""深度幽灵"露出了一丝笑意。"当然，你现在越来越不是菜鸟了！但你的对手实在太强大了!"

"我已经制订了万无一失的计划!"警察小管越发自信了。

"哦，说出来仔细听听?""深度幽灵"不禁有点好奇。

"现在还不能说。"警察小管断然地说。

"哦，连我也保密?""深度幽灵"的笑容消失了。

"是的，这是您教导给我的原则：确保万无一失的最好的办法是——保密，尤其是从事我们这样的工作。"警察小管扫视了一下其他人员，"在某些特定的情况下，知道秘密的人会不自觉地泄露出来，尽管他们完全没有用嘴巴说出来。"

"好吧，这事姑且先相信你的能耐！但你得记住，这事只准成功，不许失败。如果搞砸了，你就不用再在这里混下去了！”“深度幽灵”斩钉截铁地说。“但眼下，你得再去检查一下那些关键处所和关键环节，绝对不能功亏一篑！”

“不劳您说，我也想去看看！”警察小管对“深度幽灵”做了一个鬼脸。

“等等！我给你派个搭档。”“深度幽灵”把参与“猎鹰”行动余下人马的“一半”分给了警察小管，一人！

“那边有汽车，似乎有许多人，我们去瞧瞧！”两艘幽灵船上的为首者指着不远处闪着车灯的地方说。

还没等其他人反应，只听见“扑通”一声，那辆汽车竟然掉进了河里。

“不好，救人要紧！”两艘幽灵船拼命地往事故地点划去。

轻便的幽灵船顺流而下，两百米左右的距离仅仅花了三四分钟。出事地点不但岸上悄无声息，水面也是毫无异常，只是波涛拍岸。

“难道是幻觉，我们看错了？”

“刚才我也看到亮着灯的汽车的，不可能两个人都出现幻觉吧！”

“大家别吵！”为首一人用手势制止了一下。“你们看！那边有水迹。”他指着那块突兀的大岩石旁说。

“这是风浪打的吧？”

“风浪打的话附近都应有类似的水迹，这一定是车子入水时溅起的。”为首那人非常肯定地说。

“那我们该怎么办？”

“车子冲不远的，我下水去看看，你们用手电筒照着我。”

“这手电防水的，你带一只下去。”

水下一片黑暗，即使有防水手电的照明，能见度也不到一米。四周有无数的噪声，仿佛充满着未知的危险，饶是为首那人胆大，也不禁感到丝丝寒意。

憋了半分钟左右的气，在水下一无所获。他只得上浮换气。“你们把船划过来点，紧紧跟着我。我再在附近水底找找。”

“你往东搜搜看，没准下水的汽车会被水流冲离一段距离。”

“英雄所见略同！”

那为首之人急往东潜去，将近十米，依然没有任何线索。

他无奈地再次上浮。

“有没有找到?”同伴边问边把小船划来。

“没……啊……”为首之人的声音中突然充满了恐惧。

“怎么回事?”有人焦急地问。

众人没等到回答，只见他们水中的同伴又沉了下去。

“怕撞上水鬼了吧?!”有人胆战心惊地问。

“净胡说八道!”另一人狠狠地呛了他一句。“把你推下水去看看!”

只见那为首之人又冒出了水面，说了句“有人摸了我的脚”后又沉了下去。

那个呛人的同伴闻言也大吃一惊，他顾不得细思，也跳入了水中。

冰凉的河水一片浑浊，但依稀还能看到为首之人。只见他在拖一个什么物件。狠扒几下河水，划近一看，原来是一个人，被陷在沉没的汽车里，只有上半身露在砸破的车窗外。

两人奋力把他从车窗里拖了出来，急速地浮出了水面。“快来帮忙!”

众人手忙脚乱地把那人拖上了小船。

那人眼睛微闭，已经没有呼吸，右手却紧紧抓着一串项链。

“这不是昨天我们在星空大厦碰到的那个神秘的老哥吗?!”一个女同伴惊呼起来。

“你刚才说有人摸了你的脚，那这位老哥应当刚才还是清醒的!”另一同伴焦急地对为首之人说。

“刚才不是摸了我的脚，是无意中碰到。”为首之人无奈地说。

“啊，不好!”另一女同伴惊呼起来，“车子里是不是有他的女朋友?!”

“你们对他急救一下！我们再下水看看。”为首之人对着一个女同伴说完，又和水中的男同伴潜下了水面。

一阵白光！懒洋洋的充满舒适感的身子渐渐地飘了起来，随风晃荡。

不！他竟然能看到那个尚在微微挣扎中的身体，双手还在缓缓地扒划着河水，只是右手还紧紧地攥着那条项链。

那道白光越来越明亮，他的身子也飞了起来，直直地奔向未知的地方。

天堂中充满着无限的光明!

他的身子越飞越快，眼前的白光也越来越强烈，越来越耀眼。

突然，飞升停止了，眼前的白光却爆炸开来，无法形容的光亮！太阳风暴！天堂之光!

“捷哥！捷哥！”春雨在焦急而温柔地呼唤着自己。

“老弟，感觉好点了吗？”莫院长在有节奏地拍着自己的背部。

是在天堂里与春雨、莫院长重新相会吗？

不，天堂怎会如此黑暗！莫非入了地狱？！

眼前什么也没有，只有波动的微微的光。

他突然“哇”的一声，吐出了大量的水。

“好了好了，醒转来了！”一个女的高兴地说。

“你怎么知道这个方法管用？”另一个男的犹自用怀疑的口吻问。

“老三，这你就不知道了，老二刚学过紧急救护。”第二个下水的人赶忙解释了句。

“哎，老二，你刚才用手电照照他的眼睛是什么意思？”一个声音粗豪的女孩感兴趣地问。

“还有救的人瞳孔遇着强光会缩小。”老二简单地回复了一句。

“老八，你该好好学学人家，别整天到晚的像个女汉子！”另一个女的嘲笑她。

“你这个尖酸婆，看我不弄死你！”那个被称为老八的女孩被激怒了。

“别吵了，别吵了！”那个被叫做老二的女孩说。“人是大家救的，你们两位也有功劳！等一下帮我把这位老哥翻过身来。”

史意捷连续吐出几口水之后，被一众女孩翻过身来。这时，他才感到腹部疼痛，刚才，他正是以卧扑的姿势顶在船舷上。

“老哥，感觉怎么样？”

“老哥，怎么回事？”

一张张陌生而熟悉的脸呈现在自己眼前，充满青春气息的亲切的脸，再也没有比这些脸更美丽的了！

史意捷认得，这正是青春痘 DJ 等“八义”。昨夜他两次得到他们的帮助，特别是后一次，虽然共处时间不长，但印象足够深刻：富有义气的 DJ，温柔体贴的 DJ 女友老二，有点怀疑主义的老三，说话有点尖刻的老三女友老四，勇敢侠义的老五，思维缜密的老五女友数学家老六，有点胆小的老七，性格粗豪的老七女友女汉子老八。

“又见到各位老朋友了！”史意捷已经回过神来，对 DJ 他们笑了笑。

“老哥，这到底是怎么回事？”DJ 隐隐地猜知事有蹊跷。

“兄弟，这事你就别问了！”史意捷重重地叹了一口气。“对了，你们怎么会在这里？”

“对于昨晚发生的事情，我们觉得匪夷所思。”DJ 咳嗽了几声。“尤其是那个山洞，我们想看看有无其他通路……”

“从现在开始，你们要彻底忘了这事！”史意捷粗暴地打断了 DJ 的话。“与昨晚有关的所有的人和事，能避得多远就避得多远。”

“也包括你吗？”女汉子插了一句。

“是的。当然包括我！”史意捷非常肯定地说。

“我们把你送到安全的地方。”那个数学家心思缜密，知道这一片区域一定充满古怪。“从河的下游上岸。”她边说边指了一下远处。

“不了，我还有非常要紧的事情要办。就在这里上岸！”

“老哥，这一带非常危险，我们还是护送你一程。”DJ 真诚地说。

史意捷亲眼看到春雨步了白云的后尘，一脸恐惧地死在了他自己的怀里。看情形莫院长也没什么生还的希望了。本来他想去那个收敛结构的中心云神殿再看一看，现在却顾忌这八个愣头青朋友。就算不让他们去，借故支走他们，他们多半还会悄悄地跟来。他倒不是怕他们坏事，他是怕让这些单纯的朋友陷入无法摆脱的麻烦。再说，幽灵们现在已不一定在云神殿里；就算还在，也已经救不活春雨和莫院长了。眼下最重要的是要去完成一件事，这个念头在他头脑中越来越强烈。但在此之前，首先得安全地让这八个朋友离开这片麻烦之地。

“我因为要赶时间，所以不能从河的下游走。”史意捷解释了一句。“各位如果一定要护送我，就找条最便捷的路穿过这片待拆迁区，到细雨巷那片安全的区域后就分手。”

DJ 他们自无异议，正要全部上岸，被史意捷劝阻了：“老五老六、老七老八不用上岸了，分头把两艘小船划回去。记住，千万小心，千万不要再上岸。”

两路人马就此分手。DJ 四人对这一带似乎很熟悉，他们带着史意捷沿着河边马路往西边走去。

走了约有两公里，河边马路在一座小山前就此中断了。沿着小山，又有一条南北走向的小径。约莫又走了一公里，小径被一片堆得一人多高的瓦砾阻断了。DJ 等人花了好大的工夫才翻越过去。

史意捷问他们为什么这么熟悉？DJ 回答说傍晚的时候还来转悠过，看来年轻人的好奇心不是一般的重！

翻过瓦砾堆，却是昨晚走过的路径。往东唯一的一条路就是通往收敛状的复杂结构去的。往南没走多少路径，就是昨天莫院长被囚的那间幽灵们跳着奇怪的云舞的连着暗道的古旧大房子。

幽闭恐惧症！那个设计者“老太婆”有幽闭恐惧症。莫院长的专业判断不会有错。可惜，才一天之隔，就已经天人永别！

古旧大房子那边没有动静，史意捷他们也不想去察看，眼下最重要的是尽快通过这片充满邪气的鬼蜮。

这里房子东倒西歪的，房子与房子之间的空地瓦砾丛生。几棵没有枝叶的枯死的老树，如八爪鱼般地怒张着刺向深空。西南角星空大厦顶端璀璨的灯光仿佛星光，在细雨如雾的天空中泛着神秘的光晕，仿佛在嘲笑这片鬼蜮。回头看去，东北角一处哥特式建筑的尖顶上，红色十字架清晰可见。这两者，仿佛有着神秘的联系。

四下没有动静，没有鬼影，也没有磷火，一切都似死了一般，仿佛刚才发生的都是幻觉。

史意捷无暇犹豫，带着 DJ 等四人快速穿过了这片暗藏杀机的区域。

通过黑色围墙的黑门后，是一条西南方向的小径，虽然黑暗，却只有五分钟的路程。

再向前，已是细雨巷，有着移动的彩色雨伞的细雨巷，充满人间烟火气息的细雨巷。

“终于把你们安全地送出了这个是非之地！”史意捷重重地叹了一口气。“你们再也不要到这个地方来了！”

“老哥你要到哪里去？”DJ 一脸关切地问。

“我有件非常重要的事情要去做！”史意捷毅然决然地说。

DJ 他们知道事关重大，不宜开口发问，一时之间竟也默然无语。

“那我们还会见面吗？”DJ 女友打破了沉默，一脸期盼地问。

“只要不死，一定会有见面的一天的！”史意捷轻轻地笑了起来，但笑声中有几丝凄凉。

远处黑暗中，两个黑色的幽灵注视着这一切。其中一个赫然就是警察小管！

送走了DJ等四人，史意捷悄悄地走进了细雨巷36号。满头花白色头发的荷花大妈竟然还坐在小桌前喝她的吊烧，过酒的菜只有一碟浅浅的花生。墙壁上的石英钟显示已是晚上八点二十五分。

“小聪，你咋回事？”荷花大妈吃惊地问。

“酒喝多了，不小心落了水。”史意捷淡淡地回答，边说边快步走上了楼梯。

“翻船了？”

“砰”的一声，史意捷关上了房门。

眼下最重要的是洗个澡，换身衣服，否则什么事情都干不了。他知道这个时间点，还能去做那件事。否则要等到明天，可他现在连几小时都不愿等！

洗澡的热水哗哗地响，这让他想起了白云老家的溪水声。以前的事记不起，但与春雨相处的这短暂的三天，已经成了永久的记忆。他的眼前仿佛浮现了春雨凄迷的神情，那张寒禅寺前发黄的旧照。

那条惨白的大路，竟然是诀别之路！当时他隐约感觉到春雨有一股淡淡的忧郁，不知道是不是预感到了那不可避免的结局？！

史意捷飞快地洗好了澡，从老式大橱里找出一套抄水表的工人制服穿戴停当。踌躇片刻，又从皮箱里挑出一副人皮面具，三下五除二地套在头上，固定妥帖。镜子一照，果然是面色黝黑的工人模样。

备用计划！在他被DJ等人救上船苏醒那一刻，就在心中暗暗下定决心了的。对于这个阴险的计划，他已经既没有顾忌，也没有道德内疚感了。用正义的阴险，对付邪恶的阴险！

“深度幽灵”身居高位，行事缜密，“老太婆”经济实力雄厚，智力卓绝，两人勾结在一起，自己无论如何不是他们的对手。如果明着搞，自己又被他们设计陷害还算事小，比如莫院长猜测的弄成精神病人什么的，让他们继续毫无顾忌地发展幽灵组织祸害社会才兹事体大。不行，今晚一定得把这事给办好。

这个时间点，“深度幽灵”一定不会在家，一定是在某个秘密的据点指挥着今晚的罪恶的行动。他老婆可能会在家，到时候见机行事。跟这种大奸大恶的“深度幽灵”生活在一起，多半也不会是什么好人。但还是尽量放在专供“深度幽灵”的酒中吧。

至于“老太婆”，可想方设法潜入她的办公室，把那特殊的药加入她的纯净水中；或者剂量略大一点，让圆头克姆带“加工”过的咖啡给她。这事今晚不一定办得成，但也非去不可。她的罪恶程度不亚于“深度幽灵”。

史意捷思议停当，把几块金属铊和几小瓶无色无味的氯化亚铊都取了出来，小心翼翼地重又用铅皮包好。又从老式大橱的角落里翻出抄水表工人用的挎包，里面已备有各种工具物事，甚至包括开锁的器具。他把铅皮包好的毒药放入了挎包。

忽然，他又把铅皮包好的金属铊和氯化亚铊拿出一半，重新放入那只皮箱。这是为了保险起见，万一发生意外，还有后备的关键物事可以使用。这东西，常人是难以弄到的，当时的自己不知道通过什么途径取得的。

皮箱旁边还有只小背包。这是春雨背的。要不是昨天阴差阳错，这只小背包也早已落入了幽灵的手中。如果这样，他就没有机会找到真相，没有机会获取那些对幽灵不利的证据，更没有机会开展即将展开的行动。如果这只小包落入了那些幽灵的手中，他们也不一定能找出荧光字的秘密。也许，只要幽灵不确信到底自己掌握了什么对他们不利的关键证据，他们就暂时不会加害春雨和自己。莫院长更是无辜！要是自己没有这只小背包，莫院长根本不可能牵连进来。

世事总是那样的难测！如果以后自己真能全部恢复记忆，麻烦肯定会少不了。

唉！史意捷重重地叹了一口气。拎起那只小背包，打开一看，里面全是这几天的“记忆”：信件、资料、春雨的笔记本、许愿盒、两套白色的行头、手铐、折伞、一包药，还有一些钱。除了春雨自带的四千块钱之外，莫院长给自己的一整叠一万块钱被分成了两部分，但绝大部分没动过。如果有机会，这些钱得补足还给莫院长的家人。

史意捷卷起春雨自带的钱放入口袋，又把手铐和白色的行头放入挎包。今晚可不能背春雨的包，那会让人看出破绽。他不能承担失败的后果。

打开那包药，他随便捏了一份送入口中，吞下。忽然想到，昨晚忙乱之中忘了吃药，于是追加了一份。又随手把余下的药重新包好，放入前胸内袋。莫院长给的有助于恢复记忆的药！

墙上的挂钟显示已八点四十分了，史意捷看了一眼小背包，轻轻放下，接着动作麻利地关上橱门。最好在九点钟之前赶到目的地，太晚易引起怀疑。

看到楼上走下一个自己不认识的人，喝得醉醺醺的荷花大妈疑惑地问：“你是谁?”

“我是小聪的朋友!”史意捷的反应很快。

“小聪这几天怎么这么多的朋友!”荷花大妈更疑惑了。

“小聪失业了，一些朋友来看看他。”史意捷突然冒出一个念头，万一他这次行动失手！“哦，对了，房租我替小聪付两千元。”

史意捷从口袋里掏出一叠钱，分一半数也不数地交给了她。不知怎么回事，他对荷花大妈感觉很亲切。

荷花大妈看着史意捷的眼神，像是突然意识到了什么，十分担忧地说：“你可别干什么傻事啊！”

但史意捷早已快步离开了。

“要是我的儿子还活着，他们一定是一对好哥们！”荷花大妈颓然坐下，独自伤心起来。

细雨巷细雨濛濛，史意捷打开折伞撒腿狂奔，在红红绿绿的伞林中逶迤穿行。必须跑到十九号茶馆附近，才可能有出租车。

岔路处突然冲出一辆踏板摩托车，直往史意捷撞来。亏得他反应奇快，一个侧身，踏板摩托车堪堪从身前擦过。

“吱”的一声，那车滑行了半米，停了下来。

“师傅，撞着了么？”开车的是一个青年民工模样的人，后面坐着梳着马尾辫的女孩。

史意捷正想转身走开，突然灵机一动：“兄弟，我有急事，你带我到凤翠花园去。给你一百块！”

那青年民工模样的人面露为难之色。史意捷又从袋里摸出一百块：“两百块？！”

还未等那青年民工模样的人开口，梳着马尾辫的女孩抢着说：“我带你去行不行？”

史意捷看了看那青年民工模样的人，见他不但没有排斥，反有期待之意，于是赶紧把两百块钱塞给了那女孩：“你都不介意，我当然没有问题。”

那女孩把那两百块钱递给了青年民工模样的人：“阿国，你先回去招呼客人，我去去就回。”

史意捷待那女孩坐到前面后，赶紧乘上。“快点，我赶急事！”

“大哥放心，我开车好快的！你戴好头盔。”那女孩说完，右手一拉油门，踏板摩托车噌地一下往前冲去。

踏板摩托车穿过黑暗的小弄，在十九号茶馆北面的马路向东，遇桥转而向南，不一会儿来到了那个破旧的老小区，凤翠花园。

“大哥，这里么？”马尾辫女孩停车问道。

“是的。”史意捷边下车，边把头盔还给她。

“你看，我说得没错吧，好快，十分钟都不到。”马尾辫女孩仿佛在竭力说明服务到位。

“谢谢你！”史意捷对她笑了笑。

“大哥其实你还很年轻。”马尾辫女孩不好意思地笑了起来。“我在这里等你，你办完事情我再载你回去。”

“不用了，你赶紧回去吧，那边客人在等着你。”

“真不用我载你？”

“是的！”

马尾辫女孩脸上露出一丝丝失望的表情，但随即高兴起来：“那我走了，下次见，我就住在细雨巷 10 号。”

史意捷知道，她之所以高兴，是因为轻而易举地赚了两百块钱。两百块钱，对他们这种处在社会底层的人来说，可以办不少事情。

回想起她那略带失望的表情，他不由得想起了春雨。那马尾辫女孩也许刹那间感觉错位了，可要是她真是自己的女朋友，那该多好！他们可以远走高飞，再也不理会那些阴险的人和烦心的事。刚才在踏板摩托车飞驰的时候，恍惚之中他竟有这种奇异的感觉。

但现在，他只有出奇的愤怒，甚至掩盖了伤心的感觉。

这事今天无论如何都要办成，一天也拖延不了。

那份给春雨留下的用荧光粉写成的秘密备用计划里，设置了两个条件，一个时点。两个条件是独九和自己遇害，一个时点是如果用自来水加铊法，最好在暑期。现在，自己虽然没有遇害，但春雨却遇害了。时点却完全顾忌不了了。

凤翠花园房屋破旧，路灯昏暗，史意捷在一个角落里停了下来，检视着挎包里的东西。一副手铐映入了他的眼帘，他忽然有了主意。

这个时间点那“深度幽灵”肯定不会在家，他只要以检修水表为名，敲开“深度幽灵”的家门，然后按计划行事。理由可找今天产生了极端水压，损毁了这一片区的大片水表，公司要求今晚全部替换好，所以这么晚还来打扰。

至于到了家里，那就劫持“深度幽灵”的老婆，把她禁闭在某一小房间，然后找“深度幽灵”自己专喝的酒，加注氯化亚铊，同时营造入室抢劫的假象。

虽然粗暴，却高效。而且这样做也确保了不滥杀无辜，尽管他老婆不一定无辜，只是他不确定罢了。史意捷突然发现，自己是一个善良的人。即使在这样愤怒的心境下，也能做得这么界线分明。当然，这样做也是为了更好地神不知鬼不觉地除掉“深度幽灵”，要是他们两人同时出现状况，容易被人猜破原因。

他想定主意，连续做了三下深呼吸，熟门熟路地找到 9 号楼从东往西数第三个进口。楼下没有公共防盗门，晃然洞开着，他三步并作两步，来到 109 室前。门灯坏了，又找不到门铃，他直接敲起了门。

正敲之间，楼下走上一人，在 108 室前站定，打开门灯，打量着史意捷说：“应政委家十点钟前是不会有人的！”

“谢谢老伯！”史意捷客气地说了一句，直接往楼上走去。

他一直走到 309 室前，仔细观察，里面不像是有人居住的样子。死过人，闹过鬼的房子，想要租出去不是件容易的事。他抬起手想敲门验证一下，却又怕对面的老人家出来说几句令人毛骨悚然的话。

昨天在这房间里发生的事情的确诡异，那张照片中两个已经不幸去世的女孩，分明就是三天前幻觉中的海伦和小敏，隐隐又是昨天莫院长在细雨巷附近跟踪的两个神秘的女孩，却又跟今天遇上的苏菲菲和汤潇潇那么相像。

他很快回过神来，估摸着 109 室前没什么“干扰”了。于是悄悄地下楼，动作熟练地打开“四不灵”锁，顺利地潜入，又轻轻地关上木门。

“深度幽灵”家实在简陋，借着窗外昏暗的路灯光，他发现连木门都有道半厘米的缝。八十平方米左右的面积，完全过时的家具。客餐厅一角依稀有一张小方桌，上面摆放着瓶瓶罐罐。

左侧是厨房，设施极其简陋。他想到一个疑问，快步走了过去。打开炊具下面的橱门，果然是煤气瓶！

这小区实在是老旧！这年头居然还有依然在使用煤气瓶的群体！

摇摇煤气瓶，煤气瓶还很满，感觉不到瓶里面装有异物。

史意捷突然自嘲式地笑了！世上没有哪一个傻瓜把钱放在正在使用着的煤气瓶中。要是这样，换装煤气的时候换错了瓶，那这些钱白白地送给人家了。

史意捷又在旁边的橱门中东翻西找，终于找到了另一只不在使用中的煤气瓶。摇晃之下，感觉很沉重，但没能确定是否装有异物。

楼下传来一阵犬吠声。史意捷蓦然惊觉，眼下还是把最最要紧的事情给办妥。

酒！“深度幽灵”常喝的酒！应该在哪里？刚才依稀看见客餐厅一角的小方桌上有一些瓶瓶罐罐，里面也许有酒瓶。

客餐厅的南面是两间关着的房间，北面有一扇狭窄的小窗，屋外昏黄的路灯光从小窗穿入，正好落在那些瓶瓶罐罐上。

一条蛇！一条狰狞的蛇！头部呈现恐怖的三角形。虽然在瓶中，仍然让人产生一丝寒意。

这瓶蛇酒一定是“深度幽灵”的，这人口味也实在太重！他的人也正像那条蛇一样，邪恶、阴险。

史意捷不再犹豫，从挎包中找出那瓶无色无味的氯化亚铊，弄开瓶口，操作起来。

往西走出凤翠花园，是一条南北方向的马路。从这里一直往西，可以到达星空大厦，因为从这里可以看见那地标式的星空大厦的顶端。但这条马路的西面，正是昨天被风部幽灵设局的地点，且小巷曲折迷离，难识路径。他不想节外生枝，径直往北走去。虽然他不甚清楚这一带的详细地图，但他推断走到河边，然后一路向西，一定可以走到星空大厦。

事实与他推断的一样，河边果然有东西通向的大路，甚至可以望见河的对面的繁华的步行街。离正北方向不远的西边，正是那家叫“土木年华”的酒吧。他没有关于这家酒吧的记忆，却不知怎的，没来由地觉得很亲切。

北面是繁华的步行街，南面却是荒凉的区域。路边的广告牌上，写着“风仙庙古建筑群保护区”的字样。因为在修缮，这一带的居民搬离了。

河边种植着许多法国梧桐树，在昏暗的灯光映射下，疏影横斜，斑斑驳驳。

这一切，似曾相识！

路上没有一个行人，静得令人心慌。史意捷突然往前急奔起来。

听圆头克姆说，乐透集团夜晚十点下班。如果想办成事，必须在九点半之前到达。至于如何进去，还没有完全想好细节。但他有两张隐藏的王牌还可以动用，那分别是 DJ 和圆头克姆。他有他们的手机号码。DJ 八人神通广大，可以起到意想不到的作用。但他现在需要静悄悄的行动，人多不见得有利。所以，基本还得靠圆头克姆。通过他，才能进入那神秘而邪恶的所在。

跑了一阵，突然涌起了一股朦胧的感觉，不是诗意般的朦胧，而是那种熟悉的不真实感。

莫非，又处在“意识丛林”中?!

他停了下来，用手捶了捶脑袋，然后脑子里运转了一个由假言命题和选言命题等组成的复合推理。这种推理非常繁复，如果没经过一定的训练，往往会把人的思维给搞晕。三天前，春雨告诉他，他们以前时常玩这类推理游戏。

A. 如果不是B，那么就是C。

B. 要么是C，要么是D。

C. 只有D不是内鬼的情况下，B才有可能。

只有一人说假话，只有一个内鬼，是谁?

刚设计完题目，正要推演，忽然隐隐看见前面梧桐树影里跑出一个人影，向南转入一条小巷。

这身影似乎有点眼熟!

史意捷警觉起来。他顾不得推演，环视四周，看看并无异常，跟着疾步往前走去。

距那条小巷入口不远处的江边马路上，拦着高大的路障，写着“此路不通”。

他抬头看看星空大厦。这地标式的建筑已近在咫尺，似乎从这条小巷进去正是捷径!

可里面黑乎乎的，会不会充满未知的危险?

“当”的一声，远处传来一声钟声，在僻静的废区中显得尤其醒耳!

不好，已到九点半!

他不再犹豫，直接闪进了那条小巷。一瞥之下，看到了奇怪的名字，“幻影弄”。

在幻影弄里走了四五百米，有一条长石椅，在路的右侧。长石椅附近的空间较大，对面是一个封闭的大院落，大院落的另一侧是通向东边的一条小弄。

这地方十分熟悉!

史意捷仔细观察着!这才发现那个大院落有一块牌匾，“如梦居”!大概又是哪一个历史名人曾经居住过的地方!

史意捷再往前走了十多米，仔细查找着石灰墙上的破损口。好一会儿，却一无所获!

他又折了回来，在那长石椅上坐了下去。

“记忆”中，三天前大概这个时候，他从正立方体中费尽艰辛逃离后，就坐在这把椅子上……一个叫海伦的女孩自称是自己的女朋友……两个纠缠海伦的小混混挥刀砍向自己……两把落在地上的刀被自己踢飞，插在十米开外的小巷的石灰墙上……

现在再次查验，石灰墙却完好无损！

这只能证明一件事情，那个“记忆”根本就是被植入的！莫院长说得对！

除非……除非……自己当下也处在意识丛林之中！

突然，小巷拐角处急匆匆地跑来三人。前面一人是年轻的女孩；后面两人却是面目凶狠的渣喽的样子，手里挥舞着砍刀，其中一人还边跑边说：“你跑到天边老子也能把你抓回去！”

那女孩看见有人坐在石椅上，竟然停了下来，直接坐在了他的旁边。

那两人不知他的来路，倒也不敢造次。其中一人对那女孩说：“你玩什么花样？”

“不玩花样！我看见我的男朋友在这里，所以不怕你们了。”那个女孩狡黠地笑了笑。

他满脸疑惑地看了看那女孩。

“怎么了？装作不认识我了?!”那女孩笑着倚靠在他身上。“你是我的‘至尊宝’啊，吴明哥哥！”女孩笑得越发灿烂了。

那两个渣喽看到这一幕，忍不住笑了起来。其中矮小的一人说，“我是‘鳖十’，现在的新玩法是，‘鳖十’专吃‘至尊宝’！”

……

一个渣喽见他不言不语，以为是受了蔑视，不禁大怒，将刀背猛地向他砍了下来。

……

史意捷一阵茫然！这一切，是对所植入记忆的回忆？还是新的想象？

没等他弄明白，他就感到一阵天旋地转！

正立方体楼上大办公室里，“深度幽灵”坐在由名贵木料制成的大办公桌前，紧盯着液晶显示器，不断拨弄着鼠标。

原来，两层大办公室有一层是“深度幽灵”的。

刚才，他把四块硬盘一一插入了电脑。经过一系列复杂的操作，现在已经能够读取相关数据了。

站在他身后的是六个高级幽灵。他和这六个高级幽灵都身穿白色的衣裤，头套白色的头罩，手戴白色的手套，只露出两只眼睛。

“深度幽灵”一会儿高兴，发出“呀呀”的感叹，一会儿又沮丧，叹息着摇摇头。

四周及顶上巨大的液晶显示器上，播放着一段奇特的舞蹈，正是云山云舞。

音乐轻轻地响着，“风起云涌，趁势变动……寂然隐身，自由灵动……”

门铃响了，有人想进来。

“深度幽灵”隐隐一阵恼怒：“不是已经说过这段时间不要来打扰吗?!”

但门铃持续响，听着让人焦躁。“深度幽灵”不情愿地打开了门。

一高一矮两个白色的幽灵押着一个人进来了。

“你们这是?”“深度幽灵”疑惑着。

“老板，你猜这人是谁?”矮个子幽灵用经过处理的金属嗓音说。这种语音处理设施是他们的标配。

“我们的敌人!”“深度幽灵”冷冷地说。

“让你们看看是哪个敌人!”高个子幽灵边说边扯住那人的头发狠狠地往上一提。

幽灵们发出一阵轻轻的惊呼，只有那个“深度幽灵”镇定自若。

“把他抓回来不在我们的剧本之中!”“深度幽灵”轻轻地叹了一口气。“这么说，事情没办成!”

那个被押着的人身穿抄水表工人的制服，腰挎一个小包，正是史意捷!虽然身处险境，却无丝毫惧色。他用锐利的眼光盯着眼前的幽灵们。

“也不完全是。”矮个子接口说。“我们发现了一点新情况。”

“哦，这倒有点新鲜。说来听听!”“深度幽灵”冷笑着说。

“我知道我的好朋友还活着!”史意捷开口了。“我们来做个交易。”

“你是指你女朋友和莫院长吧?但你怎么确定他们还活着?”“深度幽灵”反问。

“他们的账等会儿再跟你算。”史意捷冷冷地说。“但我现在说的好朋友是黄雷震。”

“深度幽灵”一时语塞，像是想不起有这个人似的。

“他是说那个绰号独九的警察。”站在“深度幽灵”左边的一个幽灵解释。

“哦，那人不是被打死了吗?!”“深度幽灵”竟然笑了起来。“我开的枪，打破了颈动脉，当场大出血而死。”

“可我确信他没死!”史意捷冷冷地说。

“确信?! 这么说你并无实际证据证明独九没死?”那个解释情况的幽灵敏锐地抓住了史意捷用词中的细节。

“对，就是确信！这就是证据!”史意捷往前走了几步，隔着办公桌看着那个解释情况的幽灵。

“确信也能作为证据！除非是一种情况!”那解释情况的幽灵意味深长地笑了起来。

“确信不能作为证据，除非是另一种情况!”史意捷丝毫不受影响。

“除非在心智不正常的人群中，仅凭确信才可以作为证据的。”站在“深度幽灵”右侧的另一幽灵忍不住插了一句。

“不，他说的应该不是这个意思。”左侧幽灵提醒右侧幽灵。

“你说得对极了！我开始有点喜欢你了!”史意捷对着左侧幽灵嘲弄地说。

“那你除非什么?”右侧幽灵有点不服气。

“除非我在‘意识丛林’之中!”史意捷摊了摊手。

“你怎么确定你不在你所说的状况之中?”左侧幽灵反问。

“其实，你们现在也有可能是在‘意识丛林’之中!”史意捷答非所问。

“如果你在‘意识丛林’中，我们当然也在‘意识丛林’中。”左侧幽灵不甘示弱。“但我们只是你大脑中想象的符号，也只存在于你的‘意识丛林’之中。”

“我的好朋友莫院长曾经告诉我，判断是不是处于‘意识丛林’中，有一个简单而有效的方法。”史意捷直视着左侧幽灵。

“哦，什么方法?”右侧幽灵又插话了。

“复杂的逻辑推理!”史意捷笑了笑。

“那你做过了吗?”右侧幽灵追问。

“他肯定已经做过他自己所设计的测试了。”左侧幽灵似乎轻轻地叹了一口气。

“你这样肯定吗?!”史意捷直视着左侧幽灵。

“每个人说的话，都有弦外之音，不管有意无意。”左侧幽灵竟似很有研究。

“他哪句话露出的马脚?”右侧幽灵问。

“‘确信不能作为证据，除非是另一种情况’，就是这句。”左侧幽灵转头对右侧幽灵说。“你注意一下，这句话是在什么语境下产生的?!”

“他说确信就是证据。”右侧幽灵有点摸不着头脑。

“对！而且是在反驳我的语境下强调的。不但如此，后面又反驳了我一次。”左侧幽灵进一步解释。“所以，前后联系起来，其实他已经有了充分肯定的依据。”

“我有点似懂非懂！”右侧幽灵摇了摇头。

“‘确信不能作为证据，除非是另一种情况’，后半句话表面上是说了例外情况，其实，在这种语境下，深层意义是‘另一种情况我也排除过了’。”左侧幽灵耐心地解释。

“你的确该好好地跟着学学！”“深度幽灵”看了看右侧幽灵。

“好水平！我也跟着学了不少！”史意捷笑了笑。“我也解读出了你的那句话的‘深层意义’，也许你自己没有明确意识到。”

“是吗？哪一句？”左侧幽灵也不禁好奇起来。

“这话题先不忙讨论。”史意捷做了一个暂停的手势。“我先让你们做一下我那个复杂的逻辑推理。这是我刚才自我测试过了的。”

“难道你让我们自我验证是不是处在‘意识丛林’之中吗？”右侧幽灵反问。

“当然不是！”史意捷笑了笑，“这测试只能证伪，不能证真。就算你做不了复杂的逻辑推理，也不能证明你处在‘意识丛林’之中。因为，人的逻辑水平是有高低的。何况，就像你的同伴刚才说的，如果我现在真是处在‘意识丛林’之中，那么你只是我‘意识丛林’中的一个虚拟的符号。既然是虚拟的符号，就完全没必要测试了。”

“那不是闹着玩吗?!”右侧幽灵愤然说。

“让他说，且看他玩什么花样！”左侧幽灵对右侧幽灵说。

“我也玩不了什么花样！”史意捷笑了笑，“只要你们把我的那道复杂的逻辑推理题做出，那我们就启动交易。”

“什么交易？”右侧幽灵问。

“你们幽灵组织中现在有隐藏很深的高级内鬼。我把这个内鬼告诉你们，你们放了我的朋友。”史意捷淡淡地说，“今后你们不得骚扰我们，我史意捷和朋友也会把你们彻底忘了，不会再对你们产生丝毫威胁。这交易够公平。”

“竟然有内鬼?!”幽灵们发出轻轻的惊呼。

“交易就交易，为什么还要做这不相关的复杂的逻辑推理？”右侧幽灵不解。

“因为，我要看看你们值不值得我这样做。”史意捷意味深长地笑了笑，“如果你们做不了我出的题目，那么你们不配做我的对手，我也不再惧怕你们了。”

“看样子你现在是惧怕我们的!”左侧幽灵也笑了笑，“出题吧，一定不会让你失望。”

“那我就不客气了!”史意捷深深吸了一口气。“先弄个标记，你算作A，你算作B。”他先后指了指右侧幽灵和紧邻的幽灵。

“然后，你算C。”他指了指左侧幽灵。

“你算D。”他又指了指左侧中间的那个幽灵。

“题目是这样的，你们A、B、C、D四人中有内鬼，各说了一句话：

C. 如果不是A，那么就是B。

A. 要么是B，要么是C。

B. 只有不是A，才有可能不是C。

D. 凭我的直觉，也许是C。

四人中只有一人说的是假话，也只有一个内鬼，他（她）是谁?”

史意捷感到一阵天旋地转，仿佛时间、空间都扭曲了。突然听到一声持续的极轻微的声音，同时看到一条火龙张牙舞爪地扑向自己的肩膀，他本能地侧转身子。火龙扑了个空，头重脚轻地倒了下去。还没等它回头，他一把抓实龙尾，使劲一抖，只听“当”的一声，龙尾竟然断了，火龙直直摔在地上。

另一渣喽见他同伴一招被制，刀子丢地，急得连刀鞘也不拔，双手紧握，直刺史意捷腹部。

史意捷在刀子快接近腹部的一刹那，以无与伦比的速度侧身左转，几乎就在同时，用左手夹住了对方的手臂，用劲震了震，只听到一声痛苦的叫声，那人刀子也应声落地。

史意捷左右手一推一送，那两个渣喽先后摔倒在地。

“你们两个都打不过一个，活该活该!”海伦拍着手笑道。

似乎条件反射般地，他抬脚啪啪两脚，脚脚踢在刀把上，两把刀电掣风驰般地飞了起来，直撞上了十米开外的石灰墙上，其中一把还插了进去。

“两个都打不过一个，的确是活该!”石椅北面十余米处，闪出一个魁梧的黑影。在他旁边，跟随着另一个略高而瘦的黑影。

史意捷不作纠缠，转身跨开大步往星空大厦方向走去。

但如梦居前的岔道，无声无息地闪出了另两个黑影，挡住了史意捷前进的方向。

史意捷暗暗蓄劲，寻机以迅捷之势一举制服眼前的两个黑影。真奇怪，虽然有浓重的虚幻感，但似乎反应更敏捷，力量更强大。

“少安毋躁！你制服了他们没用！”身后一个魁梧的黑影似乎看穿了他蓄势待发。

他们有恃无恐，一定留有后续手段，就如今晚云神殿一般。史意捷心中暗暗寻思。

“如果你想走，我们决不阻拦！”魁梧的黑影出乎意料地说。

前面两个黑影果然往两边一让。

史意捷也不管魁梧的黑影说的是真话还是假话，虽然暗自提防，却仍大步向前。

“但是，如果你就这样走了，你就见不到你的好朋友了！”魁梧的黑影果然留有后文。

“我女朋友和莫院长还活着？”史意捷停下了脚步。

“我说的是独九！”魁梧的黑影轻描淡写地说。

“独九？！”史意捷脑子仿佛轰的一声，一时弄不清楚是怎么回事。

……

“砰！”一声枪响！

最好的朋友独九倒在了他的眼前。

但独九的脸却极其模糊，就像被一阵风吹起波纹的水中倒影。

……

“我亲眼看到他被你们开枪打死了！”史意捷终于回过神来。

“但我们能带你找到独九！”那魁梧的黑影非常肯定地说。

“条件呢？”史意捷的语气并不相信。

“谈不上什么条件！”魁梧的黑影笑了笑，“但你最好帮我们找到内鬼！”

“说假话的是C，内鬼也是C。如果我是C，那么内鬼当然就是我！”左侧幽灵在后排其余五个幽灵连题目意思也没搞清的时候答题了，连一分钟也不到。

史意捷看着左侧幽灵，摇了摇头，轻轻地叹息了一声。

“答对了吧？”右侧幽灵看着史意捷的神情，不无得意地问。

“答对了！”史意捷承认。

“那你现在可以告诉我们这里谁是真正的内鬼了?”右侧幽灵的地位显然不低，似乎可以代替“深度幽灵”发问。

“我已经告诉你们了!”史意捷淡淡地说。

“你是说，他是内鬼?”右侧幽灵的语气显得非常不可思议。

“正是!”史意捷的目光如刀。

“他说得没错!”左侧幽灵重重地叹了一口气。“对他来说，我的确是内鬼!”说完，她去掉了白色的头套。

一张极度扭曲的脸！不，是面具！那个云山云舞的头头!

只见她又把面具揭下，一张白皙的鹅蛋脸，神情带着淡淡的迷茫。

春雨!

春雨用嘲讽的神情看着史意捷。清纯的形象刹那间破碎。带酒窝的笑脸隐隐透着邪恶的气息。

“我的好小雨，果然是你!”史意捷叹了一口气。虽然早已推知，但当春雨真揭开最终的面具时，心境完全发生了变化。

“看样子我也没有必要隐藏了!”右侧幽灵边说边摘下了头套。

白底黑纹倒三角面具!

“一日不见，如隔三秋!”右侧幽灵意味深长地笑了笑。

“可我们在两三个小时前刚见过面!”史意捷早已猜知她是云神殿的幽灵头目。

“我是说这个身份!”右侧幽灵揭开了面具。

瓜子脸！白云！独九的未婚妻!

白云没死！史意捷的潜意识中不自觉地跳出这个念头，不觉暗暗高兴。但这种感觉转瞬即灭，因为那个白云已只存在于想象之中。

“老朋友，你也现身吧!”史意捷转而对那个坐着的“深度幽灵”说。

一直静听着史意捷和左右侧幽灵对话的“深度幽灵”重重地叹了一口气，却依然没有言语。

他站了起来，在办公桌旁来回踱了一会儿步，突然停下，转头对史意捷说：“老弟，我还是低估了你!”

只见他扯下头罩，拉下面具，一颗硕大的脑袋顶在矮矮的身体上，额头大得出奇。

莫院长!

莫院长在一旁酒柜中倒了两杯红酒，走到史意捷面前，递了一杯给他："老弟，我们曾经共'患难'过，先干一杯！"

看史意捷尚有迟疑之色，"哦，对了，防人之心不可无！"说着他把两杯红酒互相掺匀了一点。

"在这种情况下，你已经完全没有下药的必要了。"史意捷接过了酒杯。"我是在想，你到底是一个怎么样的人?!"

"我当然是一个好人，一个好的朋友！"莫院长微笑着，"我对朋友慷慨仗义。"

"哦，说来我还欠你一万块钱呢！"史意捷冷笑。

"区区小事，何足挂齿！不用还了！"莫院长移除面具后，嗓音恢复了本色。那是一种带有磁性的男中音，很是悦耳。

"所以我说嘛，你应该是大奸若忠！"史意捷的话越来越尖锐了。"你演戏演得像人格分裂症般的逼真！"

"我早就说过，老弟你是学精神科医学的一块好料！"莫院长不以为忤。"不管怎样，我们总算朋友一场，先把这杯酒给干了！"

"难道还怕了你不成！"史意捷提起酒杯，刚想一饮而尽，却被旁边一个较矮的幽灵一把夺去，"你也配喝这酒?!"

史意捷不作争辩，莫院长也视若无睹。

"不喝也罢！我想问你几个问题，免得影响思维！"莫院长不温不火地说道。"这事你是从哪里发现破绽的?"

"昨天晚上，哦，应该是今天凌晨，你为了追求完美，'安排'我到精神健康中心去，最初的问题就出在那里。"史意捷摸了摸鼻子。"你们可能不知道我有过敏性鼻炎，对某些气体特别敏感。病历档案库房的地下室里，我闻到春雨的香水气味。哦，对了，不知道你们叫她什么?"

"她本来就叫春雨。"莫院长答了一句。

"确切地说，是闻到了跟春雨一样牌子的香水味。但我马上跟云山旁古旧房子里的面具人头头联系了起来，而且非常肯定，就是同一个人，因为是同样的身材和姿势。"史意捷的神情仿佛回到了当时的情境。"我那时虽然有点好奇，年轻女性用的香水怎么都一样，但依然丝毫没有怀疑春雨，毕竟，使用同样香水品牌的女人多得是。"

"那又何来破绽?"莫院长微笑着问。

“如果是同一个人，那么说明当时我和你在古旧房子、超级复杂结构所在的那片废墟中的活动是完全受到监视的，甚至根本就是那些面具人放我们走的，并一路尾随我们来到了精神健康中心。”

“这一点本身并不构成破绽!”莫院长摇了摇头。

“对！即使后来他们尾随我们而来，并‘顺利’找到病历档案库房存放备用电源的地下室隐秘入口，也可以用医院有内鬼来解释。”史意捷点了点头。“当我从地下室的秘密‘盗洞’走出，发现了那堆结构极其复杂的花木，当时直接就联想到那个超级复杂结构。后来第二次与你一道从那里撤离，又看到了连着花木的形状奇特的广场，那广场也很容易让人联想到云舞。这些事物之间精神气质极其神似！我当时猜测这些设计者之间应该有某种神秘的内在关系，也许就是同一人!”

“这么说，你从那片刻起就怀疑我了?”莫院长露出难以置信的神情。

“当时没有怀疑你。”史意捷坦率地说。“当时我跳出这样一个念头，你身边的内鬼可能就是主管精神健康中心建设的那个副院长。”

“那就依然没有破绽!”莫院长反驳。

“在当时不是破绽，在后来却成了地地道道的破绽。也许，我在潜意识里并未完全把你排除。”史意捷并不同意。“但是，还有一件事，虽然不是破绽，只是意外，所起的作用却比破绽还大!”

“哦，说来听听!”莫院长也不禁好奇。

“我在备用电源地下室头撞到了一处尖锐的物体，一时轻度丧失了意识。”

“难道这样你就恢复记忆了?”莫院长竟然有了一丝紧张。

“极其朦胧的一些记忆，即将破茧而出的感觉。”史意捷吁了一口气。“虽然没什么有用的记忆，但开始重新审视我这三天遭遇到的一切。今天下午到你办公室之前，我就做了一些相关调查取证工作。”

“当时你到我办公室来，我丝毫不觉得有异样。要知道，我是心理专家。”莫院长兀自未信。

“当时依然还没有怀疑你，我只是在考证三天前夜晚遭遇的一切到底是不是你所说的‘意识丛林’。”史意捷解释。

“那么一定还有一件事!”莫院长脑子反应很快。

“是的。这件事完全不能算破绽，却是更大的意外!”史意捷的叙述语气紧张起来了。

“河中逃生？”莫院长隐约明白症结所在了。

“是的。你们精心设计情境，让我在一辆坠入河中的汽车中逃生。这竟让我无意中恢复了记忆！”史意捷怕莫院长不信，进一步解释说，“我不久前有过类似的河底逃生的经历，是当时独特的情境触发了我被抑制的记忆。那种窒息、绝望的感觉，你不亲身经历，是无法体会到的。也正是在这种极度的肾上腺素水平下，充分激发了我的生命潜能。”

“难道真有其事？‘删除’了竟也能恢复记忆？”莫院长自言自语地摇了摇头。

“你曾经说过，除非大脑功能区物理损毁，否则记忆只能被抑制，而不能被删除！”史意捷提醒他。

“那是理论上说的，实际上没有‘删除’后再恢复的案例。”莫院长冷酷地说。

“不管怎样，我已经完全恢复了记忆，并且找出了这三天所发生的诡异的事情的真相！”史意捷冷冷地说。

“那你倒说说看，你所认为的事实的真相。”莫院长似笑非笑。

“大约在一个月前，我在你们‘山巅之城’组织的地下室里经历了那次重大的事件。我亲眼目睹了我的好朋友被那个内鬼开枪打死，心理受到了严重的创伤，激发了精神逻辑炸弹的后遗症。虽然那内鬼被当场击毙，但我依然迁怒于公安局带队搜捕的应政委，有一次，因控制不了自己把他给打伤了，而且伤得不轻。”史意捷开始叙述起来。

“等等，那内鬼不就是应忠信吗？”莫院长插问，像是要测试他似的。

“当然不是！那被击毙的内鬼是公安局长包正权。”史意捷知道莫院长的意图。

“应政委考虑到我的名声和前途，没有声张，却跟你这个老同学商量，要你私下给我治疗。于是你秘密地把我带入了这里，却对应政委说，我需要较长一段时间的封闭式的心理治疗。星空大厦的15层及以下两层都是你们这个秘密的幽灵组织的。由于我在摧毁‘山巅之城’组织中起了关键的作用，你们早已对我恨之入骨，眼见主动送上门来，你们据此制订了一个极其周密精巧而又阴险歹毒的计划，代号可能叫‘自由空间’。

“这计划有几个关键的步骤。第一步，删除我原先的记忆。这对你们来说，易如反掌，唯一需要费点周折的是，为了保证效果的持续性，你们在删除后又植入虚假的记忆，然后再删除、再植入、再删除，如此反复好几次。莫院长同时又是电脑技术专家，一直信奉人脑是生物计算机的理论。电脑硬盘删除后导入新的不同内容然后再删除，这样删除效果更好。莫院长也许是从这里得到启发的。

“第二步是‘恢复’我的记忆。当然，这些‘记忆’是虚假的。你们通过春雨告诉我过去的‘事’，又通过一系列复杂的解谜活动以荧光字信的形式进一步补充我的关键‘记忆’。

“第三步是创设特殊的情境。为了最终完成你们的计划，你们需要在我内心深处种下仇恨的种子，从而形成强大的心理动力。于是你们设计追杀桥段，大力营造恐怖氛围，逃亡途中先是白云‘遇害’，接着是春雨被劫持，然后是春雨和莫院长同时‘遇害’，最终连我差点都要‘遇害’，只不过‘运气’好，死里逃生。那个令人恐惧的无声的脚步应该是次声。

“第四步是完成你们的目标。你们真正的目标是要除去被你们视作眼中钉的公安局的应政委。也正是他，使‘山巅之城’组织蓄谋已久的阴谋活动功败垂成。当我完成投毒后，我想我也会被‘除’掉，只不过可能会以精神失常的名义。这是原先的一石二鸟计划。因为乐透集团的苏董事长的临时介入，你们修改了计划，形成更加复杂，也更加精巧的一石三鸟计划。

“在这四步计划中，有两个环节比较关键。一个环节是伪造我因感情纠葛驱车沉江自杀。估计你们自信已把我的记忆彻底删除，所以压根没考虑在应激情境下恢复记忆的可能。你们一方面要我身临绝境，甚至濒临死亡，以此来彻底激发我心中被你们种入的仇恨，另一方面又要绝对保证我的安全。所以，那个被叫做 DJ 的愣头青等八人也应该是你们精心安排的。

“另一个环节，却是关键中的关键，‘意识丛林’！除了三天之前的部分情境，你告诉我的关于‘意识丛林’的事应该都是真的。幽灵组织能植入虚构的记忆形成‘意识丛林’是真的，如何通过复杂的逻辑推理来验证是不是处在‘意识丛林’中也是真的，三天前我从星空大厦逃离时的一部分‘记忆’其实是‘意识丛林’也是真的。唯一不是真的部分是我逃入幻影弄前的情节，那之后都是真实发生的。

“让我还原一下当时的情景。三天前，我从听到无声的脚步开始，直到逃入幻影弄前无人的僻静处，这是你们给我精心植入的记忆，当时我真正处在‘意识丛林’之中。你们一定是在诸如面包车的移动设施上给我操作的。然后你们放下还无清醒意识的我，留下一人远远地监视着。必要的时候可以‘帮助’我找到我的‘女朋友’春雨。我猜这人一定是白云，因为没人比她更合适。

“当我苏醒后，我信步走入幻影弄。这时，‘意外’发生了！海伦等人‘无意’

中闯了进来。哦，就是你楼上的邻居，乐透集团的苏董事长。海伦无意中替你们完成了让我找到春雨的任务。

“但海伦的闯入并非无意，她应该一直在暗处观察着你们的举动。当我坐在石椅上发呆的时候，她为了测试我到底有无被删除记忆，玩起了一个特殊的游戏。她假装是我的女朋友，因在夜店偷了人家的什么东西被两个渣喽追杀。被我救下后，她为了帮我恢复记忆，先后带我到星空大厦和一院精神病区附近观察，都无跳楼逃生的迹象。之后，为了弄清那张写着诗的纸片，她又带我来到了她‘室友’小敏在凤翠花园的家。我们三人根据《暮春随感》先是找到了春风苑，然后才找到‘正确’的地方，春雨所在的春雨听韵。

“但当春雨开门的一刹那，海伦和小敏却隐藏了起来。因为她们认得春雨是你关系紧密的人。她们猜知这背后一定有大大的阴谋。我和春雨重逢的那一刻，她们躲在黑暗中听着我们的对话。但当春雨说我背后没人，我紧接着下楼去找的时候，她们躲进了302室。那户人家正好没装修也没锁门。难怪我直找到楼下，找到保安，都说没有看到。

“在我下楼找海伦她们的时候，春雨一定与你联系。这样你就确认你们总算‘有惊无险’地把我送到了春雨身边。但你之前收到了白云或其他跟踪我的人的信息，说我跟着两个女孩到了凤翠花园9幢。而根据回传的照片，你毫不费力地认出这两人都是你星空大厦同楼的邻居。一人是乐透集团的董事长苏芳菲，另一人是集团DM项目的资深研究员汤潇潇。苏芳菲你肯定直接认得，汤潇潇你也许经人确认过的。我知道，你在被你视为心腹大患的乐透集团内安排有你的人。

“碰巧的是，化名为小敏的汤潇潇的住处门牌号无意中弄错了，‘306’的6字掉了，重新粘上去的时候上下颠倒了。而我当时还受药剂的影响，细节分辨能力还很弱。你大概是听到跟踪人员报告的这个信息后，又叫他了解一下真正的309室主人的情况。也许是对面的老婆婆告知，这是一个出租房，刚死了两个女孩。于是你灵机一动，超级强大的大脑也许不到五分钟就修正重构了一个新的计划。你要把海伦闯入至我遇见春雨前的所有经历全部虚幻成‘意识丛林’。相关的场景在短时间内就布置妥当了。

“你们大概想诱导我这样推测：从逃离星空大厦到春雨听韵的这些‘经历’，都是虚幻的‘意识丛林’；其实我是在潜意识的指引下，不知不觉地找到春雨的住处的；而你们跟踪我的人员，一发现春雨就展开了第一波神秘的暗杀，‘无声的脚步’。

“当春雨听完我的‘离奇’的陈述后，暗示这一切都是幻想。我提议马上再去实地验证。也许春雨怕准备工作不充分，一度建议我第二天去验证。但拗不过我，只得当夜去两个地方验证。凤翠花园9幢309室没有问题，因为只要一敲门，对面会有热心的老婆婆出来解释。所以先去那里。至于春风苑，你们直接买通了保安，给我以误导。幻影弄那边当夜在春雨的坚持下没有去，理由是太晚了，第二天去证据不会跑掉。其实当时可能已经布置好了，因为工作量并不大。你们把实际发生那场‘表演’的长石椅移除，把墙壁上刀的插痕用一张附近旧的宣传画移位盖上。于是，错觉产生了，因为北面不远处有一模一样的大院落如梦居，如梦居前也有一模一样的长石椅。第二天验证又是在雨夜逃亡时，在春雨的引导下，这一切毫无破绽。

“你想嫁祸苏董事长，但有个悖论：如果苏董事长真是操控我记忆的主谋，她不应该把自己和自己的手下植入在记忆丛林中。天下没有这么傻的作案人。但如果加上309室去世的两个女孩这一元素，那就非常精妙了。这张暗示了同性恋的合照，里面的形象是苏董事长和汤潇潇。

“这样处理，应该有多重作用。其一，可以搅乱我的心神，见到了两个早已死去的女孩，使我自己也不得不断定那一整段经历全部是‘意识丛林’。其二，为以后把我打成精神分裂埋下伏笔，因为这里面逻辑不自洽。其三，可以作多种复杂化的解释。除以前你暗示、诱导我的原因之外，还可以作这与高智商犯罪特质相契合的解释。因为既然没人这么笨，而高智商的苏董事长偏偏这样做，她这是想排除自己的嫌疑。越聪明的人往往想得越复杂！

“多么精巧的布局啊！隐藏在重重迷雾下的，是一颗极度邪恶的心灵！”

史意捷一口气讲了许多推断，忍不住喘了几口粗气。

“你说的故事极其精彩！”莫院长拍起手来。“但我有必要设计得这么复杂吗？”

“越通过艰苦的努力得到的‘真相’，越容易让人深信不疑！”史意捷直直地盯着莫院长的眼睛。“何况，你本身就是个喜欢复杂的天才，复杂的结构，复杂的布局，复杂的操控，只有复杂到了极致，才能让你产生精神的快感！”

“你所说的全是猜测和想象，那么，证据呢？”莫院长不甘示弱。

“证据有很多。”史意捷从口袋里取出一包没有标识的药，取出其中一份。“看，这是什么？这是你给我的药。你说叫SM，能拮抗全面抑制长期记忆的AM药，同时也是长效性的记忆增强剂。但我把四份已被切开的碎片合上，上面却有LSD的标记，麦角酸二乙酰胺！经典的致幻剂！你名为为我恢复记忆，实为加重我的幻觉，好配合你迷雾般的计划。今晚我吃了两份，所以幻觉明显加重。大约一小时之前，我竟然在幻影弄里看到了一条张牙舞爪的火龙！而昨晚却阴差阳错地没有吃。也许这是天意，不然可能对细节的观察没那么仔细！如果这样，也许真发现不了那些破绽或潜在的破绽。但这药正规渠道是没有的，能弄到它的，多半是邪教组织的大人物。”

“第二个重要的证据。”史意捷没等他回答，接着说，“你刚才一定在研究我从苏董事长办公室里偷盗后交给你的四块硬盘。只要查验一下，立见分晓。那四块硬盘中并没有你此前对我说的幽灵组织隐形会员的任何名单，但却有乐透集团有关DM研究项目的重要信息。你们把人的记忆删除，并植入虚假的信息，而DM技术却能恢复人的真实记忆。”

莫院长哈哈大笑起来：“看来你做了许多功课！但你有人证么？”

“这两位！”史意捷指了指身边的两个白色幽灵。

只见他们摘掉了头套，移除了面具，一张是国字脸，神情不怒自威，胡茬半灰半黑；另一张是精致的脸庞，精致的鼻子，精致的嘴巴，精致的睫毛，大眼睛似乎充满笑意。

“我早该猜到是你们俩！”莫院长不禁叹了一口气。“要不然我这老弟知道不了这么多，对精神医药学也不可能说得这么专业。”

“老同学，我把他交给你，你不帮忙倒也罢了，怎么反来害我？”应政委摇了摇头。

“我们依然还是好朋友！”莫院长声音仍然是那么富有磁性。“我们打算消灭的并不是你，而是附着于你身体之上的邪灵。”

“照你这么说，我还得感谢你？”应政委反问。

“一点也没错！”莫院长居然受之不疑。“如果你没死，因为身体的原因，你就再也不用为那个体制卖命，再也不用助纣为虐；即使你死了，与邪灵同归于尽，你的罪孽就不会继续增长，而那个纯净的你，将继续以朋友的身份永远活在包括我在内的你的亲友们的心中。”

“一派胡言！”应政委重重地叹了一口气。“一个好好的人才居然自甘堕落到幽灵组织！”

“幽灵?!”莫院长变换着声调抗议。“你们把我们称为幽灵，其实真正的幽灵是你所服务的这个社会的不公！”

“唉！”应政委知道莫院长已经无可救药了，一声长叹。“你是什么时候开始变质的？”

“变质?!”莫院长仿佛受到了侮辱一般。“若要说改变对这个社会的看法，在我三岁的时候。”

“三岁?!”应政委怀疑自己听错了。

“是的。在我三岁的时候，仅仅因为长相，就被批斗了三天三夜。”莫院长也叹了口气。

“三岁也能被批斗，这太离奇了吧？”应政委摇了摇头。

“事情就是这么荒谬！我是由我母亲抱着，被村里的那批暴民批斗的。那批暴民愚蠢透顶！”莫院长激动起来，脸露愤怒之色。

“这也不能成为你加入幽灵组织的理由！赶紧回头是岸，老朋友！”应政委真诚地说。

“你我谁也说服不了谁！”莫院长停顿了一下，让情绪平复下来。“我有个小问题，你是不是把他送来前就已经知道我的情况了，所以故意设局。如果是这样，你的伪装术也实在太厉害了，居然瞒过了长期搞心理工作的我的眼睛。”

“十多天前把他送到你那儿时，我压根没想到你会与幽灵组织有任何一丝的瓜葛。”应政委坦率地说。“但当天苏董事长找上了门，警告我这样做要出问题。”

“我原先是考虑过这个虽然小却真实存在的可能性，所以，非常小心、非常彻底地删除了他的记忆，自信没有恢复的可能。没料到人算不如天算，竟然让他意外恢复记忆了！”莫院长摇了摇头，转向了苏芳菲。“苏董事长，我知道你处处跟我们作对。但我有一事想不明白，你既然是萧婷婷的表妹，理当站在我们这一边才对！”

“正因为我是萧婷婷的表妹，所以我恨死了你们。”苏芳菲神情愤然。“我表姐大好前途，让你们给彻底毁灭了！”

“像她那样拥有超强大脑的人，没人可以毁灭她！”莫院长表现出对萧婷婷非常尊重的神色。“事实上，她不仅仅是‘山巅之城’在这里的最高负责人，还是她自己所独创的‘自由空间’的女王。虽然他们能消灭她的肉体，但她的精神消灭不了。我们正在运行的‘自由空间’，就传承于她。你真要恨，该恨他们才对。”

“狡辩！”苏芳菲提高了声调。“如果没有你们这些万恶的幽灵，我表姐不会走上这条邪路的！”

“所以，你就密切监视着我们的一举一动？”莫院长没有跟他争辩。

“没有那么夸张！虽然我早就知道你成了我们乐透集团楼下的秘密邻居，但也没有过分关注。那天，只是偶然的机会看到这个人被带入你们的地方。”苏芳菲指了指史意捷。“而我认得这个人，知道你们不会干出什么好事，所以立马找到应政委说明情况。”

“你怎么知道他的身份？又怎么知道我的隐蔽身份？”莫院长指着史意捷反问。

“他的事，我是从我表姐那儿得知的，后来又见过照片，错不了！你的事，当然也是从我表姐那儿得知的。倒是你，怎么知道我处处跟你们作对？”苏芳菲也将了莫院长一军。

“我们删除人的记忆，你却试图一一恢复，这不是处处作对么！”莫院长似乎不打算保留什么了。

“恐怕还不止于此！”苏芳菲也把话挑明了。“你们在乐透集团的高层中收买了内线，你们最怕我们的 DM 项目进一步发展。”

“这么说，你给他用过新技术了？”莫院长竟没有否认，指了指史意捷。

“如果用过我们的 DM 技术，他还会偷盗我的四块硬盘给你们?!”苏芳菲以很自信的口吻说。“今天，我本来是要给他用这新技术恢复记忆的。为此我还先设法让他参与了一些他曾经经历过的相关的情境。但当时应政委带了另一个被删除记忆的人，要紧急来恢复记忆，所以被他趁机得逞了。现在得物归原主！”

“应政委为人狐疑，他会信你的话？”莫院长转移话题。

“是啊！没准他还反复调查我的背景。”苏芳菲笑着看了看应政委。“但他反复参观了我们的 DM 项目，并且最终看到完全的实效后，就彻底地信了。”

“苏董事长，我可没有怀疑你哟！”应政委也笑了。

“三天前，在幻影弄里你该不是偶然碰上的吧？”莫院长继续问苏芳菲。

“这倒不是！自从他被你们弄到这里后，我就专门派人盯着。当你们把神志迷离的他背下大楼，送上面包车的时候，我带了几个人一直在后面跟着。”苏芳菲笑了笑。“我以前曾经在你门诊时咨询过心理问题。你知道，我一直对现有人生角色充满厌烦感，所以时常在夜晚饰演虚拟的人生角色。那天正好一举两得。”

“昨天晚上，你去文山的那片废弃区干什么？”莫院长追问。

“本来是想找他去的！”苏芳菲指了指史意捷。“没想到快到细雨巷的时候我们发现你在跟踪，所以我们临时改变计划，转向了细雨巷西边的斜风巷。”

“我没有跟踪，这叫偶遇。”莫院长笑着说。“就算你们不出现，我也要到那里去。”

“难道你们本来只是内部活动，由于我们的出现临时改变了计划？”苏芳菲反问。

“不可能！”史意捷断然否定。“像他这样长期搞阴谋诡计的人，做事必定极其缜密。三天前由于你的突然介入，他们已经修改了计划。昨天晚上的事情，一定是他们计划的一部分。就算你和小敏没出现，他们一定也会想方设法引起我的注意，比如在我窗外弄出大的动静，结果还会是我跟着他到云山那边去。”

“想象力足够丰富！但好像有点道理。看来他比你强多了，老同学！”莫院长对应政委笑着说。

“后生当然可畏！”应政委丝毫不以为忤。

“的确是不可能！”苏芳菲接着说。“我们当时完全不知道废弃区里有情况。本来我们可以重新回到细雨巷去，但一来我们不想让莫院长怀疑我们已经知道他在细雨巷，二来那片黑暗的区域也引起了我的兴趣，奇特而陌生的冒险可以减轻我在工作和生活中积累的焦虑。有时候，我喜欢黑暗！”

“释放内心黑暗的能量！”莫院长不由自主地点评了一句。

“但我们意外的行动，不但没有干扰莫院长精心设计的行动，反而被他更好地利用。因为他间接向我们证明，他不是幽灵组织的人，甚至他也是幽灵组织的迫害目标。这不，新的可能性就来了，莫院长在他的事件上可能被人利用了。”苏芳菲又指了指史意捷。

“但你终究没信！”莫院长哼了一声。

“我们信不信倒不是重点，只要他信就可以了！”苏芳菲指了指史意捷。“但我们当时短时间内的确有点疑惑，一边是我表姐非常肯定，一边是亲眼所见。但随即，我们觉得是你故弄玄虚的可能性大一点。”

“什么依据？”莫院长追问。

“也说不上依据，是直觉！”苏芳菲略一停顿。“那个超级复杂结构，形状像大脑似的。那鬼怪状的雕塑，内部可以禁锢人，据莫院长推断设计者有幽闭恐惧症。符合这些条件的人，其实并不太多！”

“符合这些条件的，的确并不太多！你也算一个。”莫院长笑了起来。“你不但偷听了我们的讲话，而且居然也进入了那个超级复杂结构。”

“应该是你故意让我们偷听的！”苏芳菲也笑了起来。“对一般人来说，那个超级复杂结构像魔方，但对我来说实在太简单！”

“是啊，某种意义上，你我就像是镜像！”莫院长叹了一口气。

“有一点，你弄错了！我不是幽闭恐惧症，我是它的反例，广场恐惧症。而你，才是真正的幽闭恐惧症。哦，当然，你可能是故意弄错的。骗骗他应该不成问题。”苏芳菲看了看史意捷。

“正是!”莫院长笑了笑。“即使这样，两者还是有着共同之处的。无论是幽闭恐惧症，还是广场恐惧症，对于密集的人群，都是有强烈的反应的。”

“所以，今天早上我在博物馆发生强烈反应的事，一定是被你完美地解释成幽闭恐惧症了!”苏芳菲也笑了。“还有一件事，你曾对他说过，那些与云图相关的服饰、构造、舞蹈等，充满女性阴柔的气质。我想你没有充足的时间来特意为我设计，所以，一定有一个年轻的女性来为你设计。而既然你能言听计从，那年轻的女性除了地位非常高之外，你们两人之间的关系应是非常独特!”

“这也不足为奇!”莫院长竟然默认了。

“所以，她才是真正的‘老太婆’，专属于你的特殊意义上的‘老太婆’!”苏芳菲指着春雨对莫院长说。

“狗嘴里吐不出象牙!”春雨竟然用另一种方式间接承认了。

“看来，昨天晚上我和老弟的话都被你们听到了。你不怕被发现吗?”莫院长岔开了话题。

“我本身就带着个保镖。再说，又遇见了应政委的得力手下管警官。他可一直暗暗地跟着你。”苏芳菲微微耸耸肩，摊摊手。

“这么说，你们一直跟到了精神健康中心?”莫院长又问。

“是啊！管警官精明干练，能调度的资源也多。只是，我们怕打草惊蛇，离你们远远的。你们发现不了。”苏芳菲眼睛又弯出了笑意。

“今天下午老弟来我处告诉我早上与你在博物馆相遇的事，之前我一直在猜，是你根据偷听到的内容专门设的局，还是纯属巧合？看来是前者!”莫院长装出一副恍然大悟的样子。

“你本来就希望这样，好让他接近我，以便伺机盗取你非常记挂的我的几块硬盘。”苏芳菲也笑了。“至于设局，也谈不上。我只不过带着他走了一遍对他恢复记忆可能有帮助的几个地点，这是情境回忆法！其实，要是昨天晚上你不跟踪我们的话，我们本来是要到细雨巷 36 号去的。”

“又装神弄鬼地吓他一下?!”莫院长讥讽道。

“打算告诉他真相！你的‘老太婆’，哦，不，当时应是他的‘女朋友’被你们劫持后，他一个人，干扰自然少一点。”苏芳菲在说到“老太婆”时加重了语调。

“你能追踪到风仙庙遗址那边，本事也着实不小！”看莫院长的神情，似乎并未相信。

“我没有这等本事，本事大的是应政委。”苏芳菲笑了笑。“昨天晚上你的‘老太婆’和他一路跟踪我，悄悄地溜进了我公司的秘密实验室。正好应政委也来公司交换信息，了解情况。阴差阳错中应政委和他看到了各自的面孔。最后虽被他们逃掉了，但应政委已经感受到了什么，他说下步他们会到哪里去。”

“老同学当时已经意识到他要来对付你？”莫院长转头问应政委。

“当时，我从他的眼神中看到了深深的仇恨，我就知道，他一定不会善罢甘休。但我当时完全想不到你有这么阴毒的玩法！”应政委摇了摇头。“我跟小管说，我要以自己为诱饵，把他给引出来。我来到‘故事’开始的重要地方，那个步行街的‘土木年华’酒吧一带。本来没抱什么希望，结果还真的引来了他俩的跟踪。就这样，我回到了家里。他们还顺便去了我家楼上的309室。小管吃了几次亏后进步很大，反跟踪工作做得相当出色。他一直跟踪到这位女士被你们‘劫持’，然后独自一人找你，又偷偷跟着‘目标’来到细雨巷36号。”应政委指了指春雨。“我也没闲着，等他们走后，直接弄开了309室的门，看到了那幅匪夷所思的照片。等小管打电话报告给我细雨巷的事后，我立即把相关的情况告诉了苏董事长。虽然当时我还猜不透你们的完整阴谋活动，但我完全相信这个局设得大极了！”

“什么时候你完全猜透的？”莫院长微笑着问。

“今天晚上。”应政委回答。“我在苏董事长办公室里听小管报告，他到我家去了。我知道，大戏的高潮来了，不用再怕打草惊蛇了。于是叫小管去细雨巷36号搜集了证物，并另行派人控制并询问了那个叫荷花大妈的出租房老妇人。”

“那老妇人并不是我们的人！你们风声鹤唳了！”莫院长冷冷地说。

“是的，但他儿子被你们控制着！”应政委反击着。

“仅凭那些所谓的证物，你们也不可能猜透整个故事。”莫院长非常自信。

“完全正确！”应政委竟没有反驳。“如果在一个小时前，我们没有在幻影弄里与他一起交换信息，参详情况，我们就不会发现物证中的荧光字，于是就不会有最终的完整拼图。”

“看样子的确是功亏一篑！越复杂的设计，出错概率越大！”莫院长叹息了一声，承认失败。“但如果不是他意外地恢复了记忆，这计划虽有破绽，也能成功。”

“关键是你低估了我们，这才是主要原因！”苏芳菲纠正道。

“哦，说得也对！不说你们几个老鸟，就算那个年轻的警察，综合能力也简直跟这位老弟一样强！”莫院长竟然承认。“今天晚上他竟然逃脱了‘无声的脚步’的死亡攻击，否则，你们也不易成功！”

“老同学，你在错误的道路上走得太远了！”应政委非常惋惜。“可惜了我那瓶蕲蛇酒，我好不容易搞到它。看来我那风湿老毛病又要犯了！”

“蕲蛇酒?!”莫院长一愣，但接着哈哈大笑了起来。“老弟的记忆没有恢复！我那深度删除技术毕竟管用。也许你们今天下午真恢复了我们删除的案例，但那只是浅层删除。他的记忆，你们恢复不了。”

“你这个骗子！刚才说的话都是假的！”白云露出被愚弄的神色。

“假设行不行？”史意捷笑了笑。“不如此莫院长怎会承认！”

“真假并没有你想象中的重要！”莫院长淡淡地说。

“莫院长，我倒有一些猜想和疑问。”史意捷转换了话题。“我猜这‘风、云、雷、电’四部确有其事，也许名称不同。‘风、云’两部毋庸置疑，‘电’部多半就在这里，唯有‘雷’部，肯定不会在寒禅寺，那是在什么地方？”

“老弟绝顶聪明，但这事还得你自己去推敲！”莫院长的声音越发带有磁性了。“你们现在都到了这里，这也省得我一一去请了。”

“你打算把我们都删除记忆？”史意捷反问。

“对呀！”莫院长不禁露出得意之色。“但也不全面，我打算用选择性删除加上选择性植入的新技术。”

“你不怕万一出差错，从而弄巧成拙？”史意捷讥讽道。

“我们本来就有这样的技术。”莫院长傲然说。“但看了苏董事长的技术资料，就更加确信了，因为弥补了我们的不足。看来，苏董事长绝对是个天才。”

莫院长慢慢地踱回了办公桌后面的木椅上。那原来站在他背后的六个幽灵早已分散到史意捷等三人的周边，其中的四人，似乎身手不错，一动不动地防范着他们。

“我知道你们身手了得！”莫院长边说边用右手按动了桌上的一个按钮。“但谁也逃不了‘无声的脚步’！”

史意捷看到苏芳菲刹那间脸色苍白，眼神充满惊恐之色，身体摇摇欲坠。他强忍不适，一个箭步，一把扶住了她的肩膀，心中犹如大鼓在捶，那种恐怖的心悸感觉。再看应政委，情况也好不了多少，捂着胸口，喘着大气，额头渗出豆大冷汗。

但很奇怪，莫院长和周边六个幽灵，却全然无事。史意捷猜知这次声波是定向聚焦发射的。眼下唯一的转机，必须控制莫院长。

正要行动，只见莫院长重新按了一下刚才的按钮，那“无声的脚步”寂然停止了。

“‘无声的脚步’的感觉怎么样？”莫院长笑容可掬地问。“这还只是轻中度的次声波！要是达到‘死亡攻击’的程度，你们都会惊恐而死，任谁都逃不了！”

“就算你用‘死亡攻击’，我也有能力在倒下之前先攻击你！”史意捷斩钉截铁地回击，边说边扶着苏芳菲往莫院长靠近。

“别动！”莫院长边说边按下了右边的按钮。“你们看看背后是什么？”

背后LED墙面上，裂开了一条缝，缓缓向两侧扩大。

七个持枪的幽灵冷冷地看着他们！

莫院长挥了挥手，幽灵们竟然开枪了。

但竟然不是朝史意捷他们三人射去，也不是全部开枪。

除莫院长、春雨和白云之外的四个幽灵瞪大眼睛，却不能说话，因为他们的嘴巴上被覆盖了一层纱布，然后，缓缓地倒地。

枪是特殊的麻醉枪，子弹是浸染麻醉药的纱布。

难道幽灵们搞错目标了？

只见他们纷纷扯掉了头套，里面也不再覆盖有面具，直接露出了真面目。

开枪的是“军师”和“霸王”，另一人是警察小管在一院追捕史意捷和春雨时的搭档，再一人比较面生，看情形应是搭档的同类。

另三人依然举着枪。警察小管对着春雨，曾化身小敏的汤潇潇对着白云。

那对着莫院长的人却始终没有去掉头套。

“既然做了，就不要鬼鬼祟祟！”莫院长神色极其鄙视。

那人极其忸怩地摘下了头套，竟然是那个右脸颊上长着黑痣的赶牛的“山民”。

“我早该想到，叛徒只能是你。要不然，这两个人现在不可能还站在这里。”莫院长指了指警察小管和他的同伴。

“山民”一脸羞愧，手足无措。

“他不是背叛，他只是恢复！是我们帮他恢复了原先的记忆，你只是他的挟持者。”苏芳菲帮那个山民反驳。

“现在你们已经完全控制局面，你们赢了！”莫院长语调沉重。

“慢!”白云摆了摆手，转向史意捷。“为人得讲信义！我们毕竟也算朋友一场。”

“朋友？也算是朋友吧!”史意捷笑了起来。“但我哪里不讲信义呢?”

“你刚才说过，你把我们组织内部隐藏很深的高级内鬼告诉我们，作为条件，我们放了你的朋友，今后我们不骚扰你们，你们不威胁我们。是不是这样?”白云问。

“没错!”史意捷坦然承认。

“按照你刚才所说的意思，我们这就放了你的朋友独九，你们也不应再威胁我们了。这交易够公平，这话是你自己说的。”白云似乎为从春雨那儿学了点说辞而暗自高兴。

春雨却暗暗叹气!

“的确够公平!”史意捷毫不犹豫地说。

“那么，你们这就放弃对我们的威胁吧!”白云终于获得了“不比春雨差”的感觉。

“人呢?”史意捷淡然地问。

“远在天边，近在眼前!”白云稍稍卖了一个关子。“就——是——你——”

“我?!”史意捷却一点也没有吃惊的样子。“应该不是!”

“你上了他的狗当了!”春雨对白云说。“他早就知道自己就是独九了!”

“你怎么知道?”白云竟似有点不信。

“刚才我说，‘确信也能作为证据！除非是一种情况’，这种情况就是独九和史意捷为同一个人。他接着说，‘确信不能作为证据，除非是另一种情况’，这另一种情况他的解释是处在‘意识丛林’之中，其实他只说了半句，完整的意思应该是‘如果不是处在“意识丛林”之中，他清楚地知道自己和独九是同一个人这事是真的’。他说也解读出了我那句话的‘深层意义’，大概是指我已经隐约猜到了他对我真实身份的判断，而我自己还不自觉。”春雨露出冷傲、不屑的神情。“这人其他方面蠢得要命，但烧脑子很有一手，也很奸滑。”

“猜得不错！但我既然很奸滑，就不应该是蠢得要命!”史意捷对春雨似乎有一种陌生的熟悉感。“可我的确不是独九，因为我没有独九的记忆。反过来说，就算我现在是独九，那么我就不是史意捷。如果不是史意捷，我刚才说的‘我史意捷和朋友’也并不存在了，因此承诺也无法履行。这道理并不复杂!”

“狡辩!”白云没想到他会这样说。

“退一步说，如果我是独九，那么你就是我的未婚妻，所以你应该与我站在同一条战线上！”史意捷开起了玩笑。正要发挥下去，忽然看见苏芳菲的脸色非常难看，顿时惊觉，在这种场合下此言极不妥当，因此急忙转换话题，“言归正传！你们现在只有唯一一条出路了，那就是与我们合作，将功补过。”

“是啊！”应政委真诚地看着莫院长，“老同学，趁现在还未铸成大错，迷途知返，犹自不晚！千万不要浪费了你这大好才华！”

莫院长沉吟片刻，站了起来，往右侧酒柜慢慢地走去，身形仿佛刹那间苍老了许多，“让我喝杯酒！”嗓音也不再有磁性。

酒柜里有许多酒，他选了一瓶开过的最名贵的红酒，挑了一只最大的圆口玻璃杯，倒了足足有两百毫升。右手拿着杯柄摇晃，左手随手按了一个开关。

酒柜左侧的 LED 墙面，又裂开一条缝出来。警察小管等人急忙持枪对着裂缝后面。

“不必紧张，后面只是一个阳台！”莫院长摆了摆手。“在我失去自由之前，我想再自由地看看窗外朦胧的星月，自由地呼吸窗外清新的空气！”

“如果你跟我们合作，我努力争取不让你失去自由！”应政委向莫院长保证着。

“你们不就是要我那份隐形会员的名单吗！”莫院长边说边走入阳台，推开了玻璃窗。“但的确没有找错人，那名单只有我一个人有，而且藏在永久的记忆之中！”他用手指了指自己硕大的脑袋。

应政委等人慢慢地跟了过去。窗外吹入一阵清冷的春风。

“老弟把我们最近的计划叫做‘自由空间’，这也没有错，本来就是我们告诉他的，我们没骗他。但我们还有一个更宏大的计划，‘太阳风暴’！‘太阳风暴’产生巨量的高能自由粒子，无声无息又潜移默化地影响着每一个人，假以时日，就会发生突变。细微结构中的微小变化，能带来宏大结构上的巨大改变！我们无声无形，细小细微，却真实不虚，我们那些面广量大的隐形会员就是高能自由粒子！”莫院长喘了一口气，提起酒杯喝了一大口红酒。

“是啊，老同学，只要你改变方向，传播正能量，那你就会功德无量！”应政委顺势引导着。

“很可惜，在你看来是正能量，在我看来却是不折不扣的负能量！”莫院长又喝了一口酒。

“你所看到的黑暗世界，只是你内心黑暗能量的外在投射！你在童年受到了巨大的心理创伤，经由蝴蝶效应极度扩大，这世界深深地染着了那层黑暗的底色。我能用心理方法帮助你！”苏芳菲班门弄斧地说。

“小妹妹，谢谢你的好意！但你还年轻，对现存的一切理解尚浅！”莫院长又喝了一口红酒。“当年我考入北大却被特权人物调包，这社会何其黑暗也！”

“社会总在不断进步的，老同学，你不必太执着！”应政委又安抚着。

“现在我的处境，只有合作，才可能有自由，是吗？”莫院长问应政委。

“你是个明白人，也知道我这个人从来都是信守承诺的，这是最好的一条路。”应政委委婉地说。

“可我还有一条途径能达到自由，而且是更高级别的自由！”莫院长一口喝完了杯中的红酒，转头对史意捷说，“老弟，那杯红酒是没加药的！”

“街灯露出沉重的疲态/一个宿命的警告/有人嘀咕，微光流逝/不久将是早晨……”莫院长竟轻轻地唱起歌来。

史意捷情知不妙，一个箭步纵身扑向莫院长。但差不多就在同时，莫院长也纵身一跳，往窗外飞去。他只抓住了他的一只脚。但在巨大的惯性作用下，被抓的脚又迅速滑脱，只剩一只皮鞋。

仿佛时间凝固，大家都处于惊愕之中。没几秒钟，窗外传来一声巨大的撞击声。史意捷低头望去，只见莫院长摔在了地面上的一辆小车之上。

春雨和白云绝望地扑向窗户，却被警察小管和汤潇潇给抱住。

窗外如丝如雾的小雨已经停了。一弯新月从一片乌云中冒了出来，朦朦胧胧，散发着眩晕的光泽。离新月很远的一角竟然奇迹般地有一颗星星，孤独地闪着若明若暗的光。

星月夜！

“你的记忆真的没有恢复？”苏芳菲问史意捷。

“是的！”史意捷一脸苦笑。

“那在幻影弄里你为什么这么‘轻信’我们的话？”苏芳菲反问。

“‘你所看到的，是人家想让你看到的，真正对你有用的，一定会被隐藏’‘你应该先放空，甄别事实，运用逻辑，得出结论。真正的结论一定不同于别人试图诱导你的“结论”’‘你应该运用当年我们在寒禅镇一道工作时行之有效的方法，你记不起来我可以提醒给你听’……应政委的这些话使我不得不相信。”史意捷一本正经地说。

“我不信！莫亚铁的情妇春雨说你很奸滑，你一定还藏有其它理由。”苏芳菲笑弯了眼角。

“你才奸滑！”史意捷也笑了起来。“不过还真藏有其他理由！”

“还真有理由?!”苏芳菲故作惊讶。

“其实我并不是完全想不起来，模模糊糊地想起了一部分！”史意捷认真地说。“我溜进应政委家时，隐隐约约已经觉得事情做反了，所以我没在他的药酒里加药。”

“那你为什么要骗他？”苏芳菲不解。

“我想观察一下他的反应，借机寻些端倪！”史意捷老实地说。

应政委指挥着众人处理后续工作，苏芳菲和史意捷站在阳台上聊天。

“对了，有一件事很奇怪。”史意捷一脸迷惑。“他们植入我和春雨的故事做得很逼真，令人印象深刻！”

“你真不知道?!”苏芳菲意味深长地笑了笑。“那是你的真实记忆！”

“哦！”史意捷听得瞠目结舌。

“当年你在寒禅镇派出所工作时，曾与镇卫生院的春雨谈过恋爱。后来分手了。”苏芳菲进一步解释。

“你怎么知道的？”史意捷奇怪。

“应政委告诉我的。因为当时他是寒禅镇派出所所长，是你的领导，同时也是极好的忘年交。”苏芳菲看了一眼迷惑中的史意捷继续说，“当时情况比较复杂。白云喜欢你，而你追求春雨，春雨又并未死心塌地地喜欢你。但你和春雨毕竟进行过一段恋爱。”

“后来为什么分手的？”史意捷仿佛在问别人的故事一般。

“你当时一心扑在工作上，挂职成了所长助理的实职，也主动放弃了调回局本部的机会，不会向管理单位‘打秋风’，更不会理财，所以春雨说你傻。但这也不致使你们的关系完全破裂。”苏芳菲缓了一口气继续说，“一阵争执之后，你答应春雨，先把她调到市一院去。正好应政委被抽调到市委办去了，说话管用，所以你托应政委办这件事。但春雨如愿调入一院后，主动跟你切断了一切关系。你为此万分痛苦。后来在应政委的劝说下，才渐渐淡忘。说是淡忘，其实并未完全忘却，因为你只是转移了注意力，一心一意扑到了工作上。就这样，应政委后来一到公安局当领导，就把既充分赏识又有过人业绩且早已升任为指导员的你给调到了市公安局国保大队任常务副大队长。此后你在新的环境、新的因缘之下，才开始真正走出这段感情阴影。”

“万分痛苦?”史意捷忍不住问了一句。

“毫不夸张!”苏芳菲从口袋里摸出一张纸片，“这是你当时万分痛苦的铁证。”

史意捷接过一看，只见纸上写着一首诗，字迹娟秀。

黑树林

难忘去年的冬夜
那一片黑树林
我徘徊其外
冷月初上的黄昏
我踌躇前行
在树林前
我害怕里面的黑暗

难忘去年的冬夜
那一片黑树林
我徘徊其旁
啾啾叽叽的鸟鸣
我细细谛听
在树林外
我向往小鸟的自由

难忘去年的冬夜
那一片黑树林
我徘徊其中
丝丝落下的月光
照见我无名的彷徨
在树林里
我恐惧外面的光明

……

“‘丝丝落下的月光/照见我无名的彷徨’这诗好熟悉，谁写的？”史意捷疑惑地看着苏芳菲。

“当然是你啊！不然怎么叫铁证呢？”苏芳菲笑弯了眼。“看这诗写的，心情也实在苦闷，正是失恋后的一段时间。”

“这不是我的字，你又怎么知道？！”史意捷摇了摇头。

“我不可以抄么？我看到的东西还多着呢！”苏芳菲神秘地眨了眨眼睛。

“哪里抄的，哪里看的？”史意捷一问到底。

“这个，是最高机密，不能告诉你！”苏芳菲装出一副神秘的样子。

“诗意敏捷，诗意捷，史意捷！没想到她还真没有骗我，我还真会写诗！看这假名给我起得！”史意捷轻轻地叹息了一声。

“即使这样，对你来说，那段感情其实并未真正忘记，只是被压制到了记忆的某个角落。你想想，以你这样精明的程度为什么一度会被春雨他们骗？！这完全是因为在你记忆的深处，你还很留恋这一切。”苏芳菲跟着轻轻地叹了一口气。“应政委对春雨极其厌恶，认为她清纯其表，放荡其内，为人势利、市侩，虚荣心极强，注重物质享受，为达目的可以不择手段。他认为当年她离开你对你来说只有好处，没有坏处。这次的事情，当我一开始告诉他时，他还将信将疑，直到亲眼看见她跟你在一起时，他就不再有一丝怀疑。就是昨天你们大闹我公司的时候。”

“当时春雨不是戴着口罩吗？”史意捷质疑。

“应政委的眼光是何等的厉害！”苏芳菲笑着说。“在你们逃离后，他马上告诉我，那是春雨。因为他熟悉春雨的眼神，对此非常厌恶，认为隐藏着莫名的邪恶。甚至他都不想再看公司的监控录像确认。”

史意捷陷入了沉思。

遥远的时空，陌生的古镇，熟悉的背影，憧憬的笑容。一张黑白照！他骑着一辆老式的自行车，行走在古镇的小巷之中。春雨坐在后面，脸部靠在他宽阔的背脊上，露出幸福的遐想……

……

如火的枫叶，清冷的深秋，拾级的台阶，仿佛的钟声。彩照已渐渐发黄。他与春雨在一个寺院前的合影，背景古朴而禅意，表情茫然又青涩。二月岭，寒禅寺，雾蒙蒙。却只是缘尽情空的纪念！

……

今晚在细雨巷里做的奇怪的梦，关于他、春雨和白云三方关系的，竟然是真的！梦中的三角恋甚至都不是隐喻，而是曾经的记忆！

……

“以后我该叫你什么呢？史意捷？独九？黄雷震？”苏芳菲的问题唤醒了史意捷的沉思。

“好像我被她捷哥捷哥地叫顺了，觉得自己就是史意捷，独九、黄雷震反而像是别人了！”史意捷神情略带迷惘。

“可我不喜欢被那个邪恶女人叫过的名字！”苏芳菲翘着嘴巴。

“那你可以叫我吴明，明哥，或胡惟信，信哥，一个是你给我起的名字，一个是我专门为你起的名字。”史意捷笑着说。

“前一个嘛！虽然是我给你起的，但是不吉利，因为你后来把我当成死去的女孩。后一个嘛，却是你骗我的。”苏芳菲一脸认真地说。“如果一定要选一个的话，那只能选后一个。虽然是骗我的，却是我们真正有意义交往的开始！”

“那就叫信哥！”史意捷卖起老来。

“想得美！”苏芳菲笑着哼了一声，“只能叫小胡，一个小小的糊涂虫！”

“那我该叫你什么呢？苏董事长？菲菲？”史意捷反问。

“有人特别是有我下属在的时候，叫苏董事长，私下里可以叫菲菲。”苏芳菲规定得很细致。“但我还是喜欢菲菲这个名字，因为是我们第一次有意义交往时我亲口告诉你的。”

“我有一个疑问，菲菲。”史意捷也老实不客气地用了她建议的称呼。“你找那禅心和尚干什么去？”

“如果我说是去听经释法，你会信么，小胡？”苏芳菲吃吃地笑着。

“当然不会信。昨天你是晚上去的，今天虽然与我同去，但到了关节点，又支开了我。”史意捷摇摇头。

“那你不怀疑他是幽灵组织的人？”苏芳菲反问。

“如果他是幽灵组织的人，那么你也会是，因为你们之间的关系非同寻常。”史意捷解释。

“你有什么证据？”苏芳菲笑问。

“不用什么证据，就凭直觉!”史意捷想也没想地说。不料，话一出口，又似想到了什么，“哎哟，不好!”

“什么事情?”苏芳菲也跟着紧张起来。

“我突然想起了一个以前的朋友，是她教给我直觉思考法的。”史意捷恍然大悟地说。

“是谁?”苏芳菲追问。

“想不起来!”史意捷挠挠脑袋。

“一定是个女的!”苏芳菲哼了一声。“告诉你禅心和尚原先的身份，省得你瞎猜！他没出家前是乐透集团的总裁，做互联网金融很有水平。我这两次去寒禅寺是请他重新回公司，帮我打理传统的那块业务，因为我自己已经把主要精力转向DM项目了，精力顾不过来。他却发了什么‘释法过万人’的宏愿。”

“他一定喜欢你却被你拒绝了!”史意捷直视着苏芳菲的眼睛。

“唉！各人有各人的缘法!”苏芳菲竟没反驳，却露出烦恼之色。“但他出家还有其他原因，患有轻中度的惊恐症，时常惊恐发作。”

“他一直有这个毛病?”史意捷隐隐觉得刚才把禅心和尚跟情感纠葛搅在一起并不十分合适。

“倒也不是。在创业中慢慢形成的。”苏芳菲进一步解释。“我们响应政府大众创业，万众创新的号召，回国创办了在发达国家已极其普遍和成熟的互联网金融公司。但该领域法律极不完善，政策又极其多变，面临的不确定性极强，特别是去年夏天爆发的P2P爆雷潮，震惊了整个行业。这种以信用为基础的互联网金融，最怕的就是不确定性。他的惊恐症就是这样慢慢形成的。其实，我也有。”

“他没看医生吗?”史意捷生起了一丝同情心。

“看过几次，但没什么效果。他在大学里是兼修哲学的，因此试着学学佛法，没想到一发不可收拾，最后彻底遁入了空门。”苏芳菲摇了摇头。“这也是我不顾资金紧张，倾全力发展DM项目的原因之一。”

“太聪明的人往往不能入世!”史意捷也叹息了一句。“我还有一个疑问。今天早上你‘陪’我从西山公园、凤舞山、寒禅寺、白云生处等地点逛了一圈，真的主要是为了恢复我的记忆?”

“什么叫‘主要是’?!”苏芳菲装出不满的神色。

“刚才你不是说你顺便又看了禅心和尚，并请他出山?!”史意捷提醒。

“你所说的恐怕不是这个，怕我另有企图是吧!”苏芳菲假作嗔态。“你看看这个!”她从怀中摸出一本精致的簿本，递给史意捷。

史意捷接过，随便一翻，里面全是娟秀的字迹，间有不少英文。

“这是一本日记，你在我办公桌里盗取的，但不知为何丢在了角落。”苏芳菲提醒他。

“这是你的？我没看过里面的内容!”史意捷赶忙解释。

“你应该看！这是我表姐萧婷婷的日记本，里面全记下了她和你之间的故事，甚至她没参与而与你有关的事情她都记了下来。‘丝丝落下的月光，照见我无名的彷徨’，我表姐连你当年在寒禅镇失恋后写的诗都抄在了日记本的最后几页，可见她对你在乎的程度。”苏芳菲突然伤感起来。“好感动！我要是她就好了!”

史意捷默然无语，忽然想起三天前“初见”春雨时的感觉。

……

他不觉已经看呆！就算依然回忆不起前尘往事，他也能把自己代入其中。他仿佛卷入了那场自己并不知道过程和结局的爱情故事，照片中的女孩，就是他的挚爱。就算从未发生过，也可以重新开始。但那是照片中的女孩，现在，她人呢？

……

“人与人之间，是讲究缘法的!”史意捷套用了苏芳菲刚才说过的观点。

他在这高高在上，像神一样存在的星空大厦上极目远眺，不远处是一条穿城而过的河，河边是一条步行街，他隐约地记起，那是“故事”开始的地方。再目光上移稍许，远处是一个巨大的教堂，红色的十字架在灯光的反射下显得尤其夺目，似乎，那也跟“故事”有着重大的联系。

远处隐约的钟声响了，十一下!

尾　声

“师兄，您好！”警察小管笑容可掬地走向独九，“我是新调入国保大队的小管，请多多指教！”

“兄弟，身手不错嘛！”独九拍了拍警察小管健硕的手臂。

“岂止身手不错！鬼点子也不输于你，菜鸟的资历，老鸟的谋计。”应政委心情不错，声音越发宏亮，“今天下午要不是他把荷花大妈的儿子给秘密带来，并做了记忆恢复术，今晚的行动就不会这么顺利！”

“那个操作次声机器的黑痣山民是荷花大妈的儿子？”独九有点好奇。

“是啊，师兄！”警察小管说，“其实，我是昨天晚上把他抓住的，也就是他们把你引到风仙庙遗址附近后。他已经记不起以前的事情，但胆子很小，我答应他只要合作立功，不但既往不咎，而且可以得到重奖。”

“他这么爽快就答应了？”独九有点好奇。

“我想他既然记不起以前的事，一定是被删除记忆了。所以我跟他说，他的亲人正受着幽灵组织的劫持，帮我等于帮他自己。”警察小管有点腼腆地笑着，“没想到他母亲荷花大妈真的被迫在替他们做事，而她不知道她儿子去了哪里。”

“果然智勇双全！”独九对警察小管翘起了双手的大拇指。

“小黄，你得好好调教调教给你选调的新兵！”应政委难得有不严肃的时候，“这事肯定没完！他们一定会弄出新的动静来的！”

“对了，应政委，在幻影弄里你说最好帮你们找到内鬼，这话到现在我还弄不太明白！”独九想到一个问题。

“这是指乐透集团的内鬼。我们知道你暗中做过调查，也许握有线索。”应政委微笑着解释。

“哦，这倒是有点线索！”独九也笑了。“我在乐透集团结识了一个小朋友，虽然涉世未深，但聪明、敬业，据他所说，办公室负责人小计很有问题，但他背后一定有靠山。”

“哦，什么问题？”苏芳菲神情一愣。

“说什么有人利用帕多瓦数列骗贷，小计却威吓他不要乱说。”其实独九也不甚了解详情。

“那人是谁？”苏芳菲的身份切换到了董事长，声音也威严起来。

“数据分析员克姆！”独九也不知道克姆是本名还是昵称。“对了，应政委在细雨巷里搜到的物事中应有一张调查汇总表，下次我找到后你帮我交还给他。”

“我猜就是他，这小伙子不错！”苏芳菲深深吸了一口气，转头对应政委说，“跟我的怀疑完全一样。小计背后的靠山是大肚皮老陈。这家伙从一开始，就找种种理由反对 DM 项目。没想到他今天居然出这样的阴招。他想搞乱我们的运营，好彻底阻止 DM 项目的进一步研发。”

“资金问题现在彻底解决了吧？”应政委关心地问。

“彻底解决了！”苏芳菲微微一笑。“我们引入了国际上著名的风投公司源代码基金作我们的战略股东，明天将签正式协议。计划剥离 DM 业务成立一个新的公司，他们投入 2 亿美元，换成 40%的股份。”

“恭喜恭喜！这样我们以后可以进行更好的合作！”应政委由衷地为苏芳菲高兴。

“等等！”独九皱眉沉思，若有所悟。“我猜到那份隐形会员名单藏在什么地方了！”

“莫亚铁不是说藏在他的永久的记忆中吗！除非我们还能在他的脑子中提取记忆。”警察小管浑然不解。

“三天前，春雨在帮我‘回忆’时，曾说过她写了一篇小论文《语言的意义》，论述了浅层意义中的逻辑意义、形式意义，以及深层意义中的境界意义和指代意义，境界意义又包括意境意义和语境意义。虽然刚才她在对话中对于语义的辨析以及语境的把握体现了相当的水平，但我猜那篇文章不是她写的。没有相当学术功底的人写不出这样的文章。”史意捷用目光征询着苏芳菲的意见，在这里，她是文化水平最高的人。

“你的意思是莫亚铁代写的？”苏芳菲脑子转得很快。

“不但代写，那些相关的知识也是莫院长教给她的。精神分析向来视语言为大脑思维活动的外显，有极其高深的研究不足为奇。”独九推断着。

“有道理！精神分析即使面对凌乱的只言片语，也能分析出真正有用的信息。”深谙精神医学的苏芳菲点头赞同。

“许多人认为有细节的记忆是正确的，其实不尽然。记忆可以重叠、可以错位、可以缺损，也可以虚构……总之，记忆处于不断被意识和潜意识的编辑之中。你以为你记住了某个人，其实你只是记住了你以为的那人，如果此后你接触了很多类似于你以为的那人的特质，你会不自觉地移植过去。久而久之，便成了那人。”独九目光看向虚无之处，语调平稳地论述。

“这话你说第二次了！”苏芳菲隐隐掠过一丝尴尬。“你好像也成记忆专家了！是不是另有所指？”

“我哪有这种水平！你知道，这是莫院长跟我说的。”史意捷赶紧解释。“莫院长认为记忆不可能永久！”

“所以，‘永远的记忆’不是一个表层意义，而是一个深层意义？是深层意义中的指代意义？！”苏芳菲有超乎寻常的理解力，刚从独九口中听到关于语言意义的各类概念，便即推知了它们的确切涵义。

“完全正确！”独九赞叹着。

“让我猜一猜！”苏芳菲右手往前一推，制止独九揭晓答案。“是不是今天早上我带你到寒禅寺去所经过的地方？”

“什么地方？”警察小管听得云里雾里。

“是的！好像什么事情都瞒不过你！”独九对苏芳菲摇了摇头。回头又对警察小管说，“是位于凤舞山精神健康中心的文献楼，多半就是第三层的档案层。莫院长曾经告诉过我，那些病历档案有‘千年保存计划’，进出档案库房又有‘双层安检机制’，里面很有可能以极其隐蔽的方式存放着隐形会员的名单，按照他们给我设计的‘剧本’，也许会采用荧光字或密码体系的形式。”

“使记忆永久固化的办法只有一个，那就是记录下来作为档案保存起来，尽管也只是相对的。”苏芳菲进一步解读着莫院长的那句话。“所以，莫亚铁所说的‘藏在他的永久的记忆中’其实意思就是‘藏在档案中’。而存放档案的地点最合理的就是那边文献楼档案室。”

“凤舞山的精神健康中心有可能是他们的一个分部。如果他们真有‘风云雷电’四部，那里就是失踪的‘雷’部。也许那个分管的副院长或是其他什么管理层成员是‘雷’部负责人。当然，这仅仅只是基于直觉的猜想！”独九大胆地猜测着。

“完全有可能！”应政委点头赞同。“我们要内紧外松地做好相关工作。”

“先把文献楼控制起来。同时请卫生局以开会为名，把一院班子成员和精神健康中心管理层集中起来，一一甄别。”警察小管发表意见。“哎哟，不好！恐怕幽灵组织的残余分子已经得到消息，提前行动了！”

“少安毋躁！”独九对警察小管说。“莫院长刚才说，那名单只有他一个人有，而且藏在永久的记忆之中，并且用手指了指自己的脑袋。指脑袋这个动作的真实意思并不是名单藏在他的脑袋里，而是藏名单的地点藏在他的脑袋里。退一步说，就算莫院长说这些话的目的是要以暗语系统的形式告知春雨等人，只要刚才那些幽灵被我们严密控制，不接触外人，幽灵残余分子便无从得知。当然，为了预防万一，还得注意那个黑痣山民。”

“小管，你这个师兄水平如何？”应政委提点着警察小管。“魔鬼总是隐藏在细节之中。当你达到你师兄观察分析细节的水平时，你才具备接他班的资格。”

“应政委过奖了！小管只是因为不熟悉莫院长。”独九摆了摆手。“莫院长临死之前没必要告诉我们线索，所以，暗语传递信息是相当可能的。在刚才的这些幽灵中，无论是资格、地位、聪明程度，还是跟莫院长的亲近程度，春雨都是首选。一句话，莫院长的那句话多半是在告诉春雨隐形会员名单藏在哪里。春雨是‘云’部头目，又是莫院长的情妇，她应该直接认识部分关键的隐形会员，一定有机会把这个关键信息传递出去的。我们公安内部仍不能假定已经没有了内鬼！”

“老弟的水平连我也佩服！难怪周副局长喜欢你！”应政委不自觉地“参照”了莫院长对独九的称呼。“这里的善后工作我们会处理的。眼下给你一个非常重要的任务，马上去看看周副局长！”

“周……副局长?！她没死?！”独九对周副局长只有极其隐约模糊的记忆。

“她当然没死！难道你希望她死了?！”应政委充满笑意地说。“她中枪在左肺部，紧擦着心脏，现在在一院八楼的心胸外科住院。刚才我跟她打过电话，她很挂念你，第一句话就是‘小黄找到了没有’。”

“啊，不好！”独九紧张得连声音也变了。

“怎么回事?”应政委也受了感染。

“那些幽灵既然把你作为放射性毒物的投放目标，会不会也对周副局长下同样的毒手?！”独九越想越恐惧。“我的确得马上去一趟！”

“我开车送你去！”苏芳菲紧紧跟上已离开阳台的独九，回头对应政委喊道，“他没在你的酒里下毒！你不用扔掉！”

应政委看着他俩的背影，眼神中流露出不易察觉的担忧。

一院离星空大厦很近，独九和苏芳菲不到十分钟就到达了住院大楼。他们进入了一部专供四楼及以上的电梯。电梯里只有他们两人。

“如果是幽闭恐惧症，就会很怕乘电梯。”苏芳菲给独九科普着。

“怪不得莫院长的办公室不需要乘电梯!”想起莫院长，独九一声叹息，深为惋惜。

说话间，电梯到了四楼。门开了，进来一个护士。一米六左右的身高，白皙的脸庞上架着一副金丝眼镜，脸型却是瓜子脸。

那护士看见独九，一时竟然手足无措！电梯里空间狭小，无处回避，她只得对独九很不自然地打了个招呼：“你好！这么晚了，来看谁?”说完她忍不住看了几眼苏芳菲。

独九很是奇怪，眼前这个护士他不认得，却仿佛很熟悉，一看胸牌，更是迷惑，出于客套，只得回应：“我来看老领导!”

“在哪个病区？要我帮忙吗?”那护士很是热心肠。

“心胸外科。目前不用帮忙，多谢你了!”独九笑着说。

说话间，六楼到了，那护士对独九说：“我现在调到这里的肝胆外科了，今夜值班，需要帮忙你随时可以找我。”

电梯门重新关上后，苏芳菲对独九说：“她对你倒依旧念念不忘!”

“我连她是谁都不知道!”独九一脸苦笑。

“你不是看了她的胸牌吗?”苏芳菲观察很仔细。

“可能是同名吧!”独九更加疑惑了。

“她就是你在寒禅镇陷入三角恋的主角之一，白云!”苏芳菲似笑非笑地说。

“如果她是白云，那星空大厦的那个是谁?”独九简直怀疑自己重新陷入了“意识丛林”。

“星空大厦那个是假的！假白云!”苏芳菲嘲弄似地说。“不但那个白云是假的，连她的‘父母’都是假的，其实就是租房的房东。”

“怪不得他们对‘白云’特别客气!”独九恍然大悟。“那这个真白云也是由应政委调到一院来的?”

“不是，是你调到市公安局之后，亲自找卫生局领导帮忙，把她调上来的。”苏芳菲又点明了原因，“因为你对她始终有亏欠感。不过也好，她已经在这里找到了幸福的归宿了。四楼心血管内科的周主任就是她的老公。”

“哦，这个医生昨天我见过，看上去是个正人君子。”史意捷感叹着命运多是巧合。“对了，怎么我自己的事我已经不知道了，而你知道得这么清楚？”

“人总是自己不了解自己，而一个关心你的别人，却比你自己还了解自己。”苏芳菲笑着说。

说话间，两人已到了八楼的心胸外科，很快找到了周副局长周若兰所在的病房。

独九轻轻推开房门。病房有三四十平方米，中间摆着一张病床。病床上躺着一个红头发的女病人。

听见有人进来，那红头发的女病人侧过身子，看见独九，竟似凝固了。

而独九却不十分认得那女病人，只是觉得陌生感中有着强烈的熟悉感。

一股香水的气息隐隐传来！兰蔻！

酒吧地下室……城东大教堂……自信公司……“山巅之城”……

一块木板飞掷而去！

“砰”的一声枪响！

……

“周姐！”独九已认出，那正是周副局长。一阵急冲，来到床前。

苏芳菲悄悄地关上了门，默然离开了。

周副局长再也忍不住，扑在独九胸前，“哇”的一声哭了起来：“我以为再也见不到你了！”

独九也是热泪盈眶！

“除非我死了，否则我一定来找你！”

……

“你确定你一定能来吗？”独九不放心地问。

“除非我死了，或者被抓了，否则我一定准时与你‘约会’。”周副局长幽了独九一默。

……

一阵哭泣之后，两人互诉着别离的衷肠。

“听应政委说，你的记忆被他们删除了？”一脸憔悴的周副局长非常担心地说。

“没关系，至少我已经记起了我们之间的往事！”独九安慰着周副局长。“就算一点也记不起，我们可以重来！”

周副局长露出无比开心的笑容，充满着幸福的遐想，像一朵绽放的鲜花。她抬起头，闭上眼睛。

独九忍不住要俯身亲吻！

传来一阵敲门声！

独九和周副局长循声望去，只见一个脸庞精致的女孩已打开了病房的门，正做着手势要独九出去。

那女孩正是苏芳菲！

独九十分为难！

周副局长做惯领导，自有成熟稳重的风度。她推了一把独九："那女孩肯定有事找你，你先出去吧！"

周副局长目送着独九跟着那女孩离开了她的病房，不禁疑窦丛生，隐隐产生一股无法抑制的醋意。那轻轻"砰"的关门声，仿佛是一记锤子击在她的心间。

时间令人改变！即使非常短暂的时间！

"你这时候叫我出来干什么？"独九的意兴全被苏芳菲给扫了，说话也不再带有好气。

"我要带你去见一个人！"苏芳菲的口气也冷了不少。

"待会儿去不好吗？！"独九有点哭笑不得。

"不行！"苏芳菲断然说。"不然太不公平！"

"那你要带我去见谁呢？"独九耐着性子问。

"我表姐萧婷婷！她也在这住院疗伤。"苏芳菲神色凄然。"她为你放弃了那么多，你不应该把她彻底忘了！你头颈上依然挂着她送给你的项链！"

"芊芊没死？！项链？！"这次独九快速记起了萧婷婷与他交往时用的名字。

"的确没死！"苏芳菲轻轻地哭了起来，"这几天我代入了她的故事，再也回不了头了！"

……

微风吹着浮云/细雨漫漫飘落大地/淋着我淋着你/淋得世界充满诗意……

独九的心中忽然涌现了无声的旋律，温柔的老歌！记忆的片断闪现，法国梧桐树，河边……

（欲知后事如何，请看《山巅之城》第三部《算法嬗变》（暂名））

[后记]

“丝丝落下的月光，照见我无名的彷徨”

如果把时间微分至无限小，那么万事万物无限趋向于静止。如果万事万物无限趋向于静止，那么我们的精神和意识便无限趋向于不存在。时间是运动的尺度，所有的功能从运动中产生，精神和意识也不例外。但时间川流不息，细细想来，根本没有“当下”。我们所误以为的“当下”，只是新近的过去。事实上，对于人类来说，只有未来和过去，过去是完成了的未来，未来是还未到来的过去。

正因为只有过去和未来，所以，相对应的，我们人类全部的精神和意识活动都建立在记忆的基础上。没有记忆，我们便没有情感；没有记忆，我们便没有憧憬；没有记忆，我们甚至也没有感知。

假如有一天，你的记忆被人删改了，那将会发生什么？如果永远不恢复记忆，你是不是事实上已经变成了另一个人?!“人的生灭就是记忆的产生和消亡。某种程度上，记忆就是生命。那个老弟耿耿于怀于失去的记忆，其实失去一段记忆，反而可以开始一个新生。想那老弟聪明绝顶，一定会明白的”。“‘那么，你对我残存的记忆是什么?’春雨看上去非常紧张，也许，她怕史意捷连她都彻底忘得干干净净。爱情是男女之间特殊的情感，情感是建立在记忆基础上的，如果连记忆也没有了，爱情岂非自然消失了?!‘是雨，冷冷的雨。你我走在雨中，满怀心事，默不作声，像是分手的感觉。’史意捷颓然地说”。

《意识丛林》叙述的故事正是与记忆的删改有关的。故事的主人公陷入一场精心设计的阴谋之中，由于被删改了记忆，他在被人设定的人生目标上错误地行进着。也正因为被删改了记忆，他对自己的遭遇将信将疑，时常需要辨别是不是处在“意识丛林”之中。如果你无法分辨当下是否真实，你可能迷失在“意识丛林”之中！“他认为存在这样一种意识状态，在同外界现实脱离真实关系的前提下，意识主体始终徘徊在自己的意识结构之中，逻辑完整、体验真切，但就是无法证明是不是现实……”

作为《山巅之城》三部曲第二部的《意识丛林》，原名是《梦中的幽灵》。为避免引起不必要的误解，改成现名。与第一部主要定位于经济题材的悬疑推理小说略有不同，本书主要建基于心理题材。小说有一条明线，两条暗线。明线为小说主人公寻找记忆并“按计划”复仇，暗线一为渗透组织操纵、诱导主人公达到他们一石三鸟的阴险目的；暗线二为真正的女主人公破坏渗透组织的阴谋，暗中保护男主人公并陷入情感纠葛。在结构上可分为上下两部分，各九章。上部分的故事主要是主人公和名义女主人公躲避追杀、寻找真相，下部分则为主人公解救人质并伺机复仇。上半部分除了个别地方比较费脑一点外，总体上比较通俗易懂。下半部分相对比较烧脑一点，因主人公和重要人物独处比较多，因此也更多地运用了意识流的手法，让人物内心活动直接倾泻出来，以增强悬疑的色彩，并拓展心理时空。事实上，作为小说主要人物之一的莫院长的性格塑造中，意识流手法起了重要作用。同时也更多地涉及到了精神医学的专业知识。适应于心理悬疑小说的需要，多个人物都患有不同类型的恐惧症，幽闭恐惧症、广场恐惧症等，其中二个章节还分别以“记忆机制”和“惊恐发作”命名。这些无意中普及了精神卫生知识。“只要给他足够的时间，他就能还原每一份病历主人的深层精神机制和精神动态。精神机制决定心理动机，心理动机决定实际行为。许多人不懂，以为人的许多看似随意的决定是随机作出的，其实，是精神机制作出的。人的每一份经历，无论你是否意识到，都会慢慢地沉淀到精神机制之中，成为‘后天图式’。它们与那些被荣格称之为集体潜意识的先天图式一道，构成人的精神机制的基础”。

关于文中的假言复合推理部分，一开始是打算作为全书的重要文眼重点使用的。为此，我独自研究了好长时间的假言推理，以致达到了能作符号运算的程度。在两个假言命题的真假辨别中，我发现使用假言命题的反命题比较法，要省力得多。这在文中有所体现，“假性比较”！但这确实比较烧脑，两个理工科出身的特约试读员纷纷提出了意见和“警告”，一个是学土木结构的缪正刚先生；另一个是学计算机科学的史红哲先生，他是我的弟弟，作为某美国上市公司的副总裁，被我信手拈来，成为小说中互联网金融公司乐透集团常务副总裁“老兔眼”的原型。

上半部另一处影响阅读流畅性的是一篇插入的文章，《语言的意义》，其实是我数年前写就的一篇旧文，也是作为文眼使用的。“如果不经心灵的解读，语言就是死的，只是一种声波、一种图形、一种载体。经由心灵的解读，语言才重新活了起来，语言各个层次的意义才渐次显现。但不同的个体解读程度不会一样，因此，聪明人会听出弦外之音，善感者会悟出文学意境，多疑者会警惕危险苗头。动物把握语言的唯一方式是直觉，而我们人类把握语言的方式基本上是逻辑和情感。人类的语言是为人类自身服务的，但人类的语言发展得越高级，我们自身便越会成为语言的奴隶，在某种程度上的另一种‘人的异化’”。

上述两处文眼，最终都得到了多次的使用，特别是在高潮部分，起到了重要的作用。但使用的难度，大幅作了降低。原本考虑在第二章《如烟往事》中的大段复合假言推理论述和《语言的意义》作必要的删削，概括一下，点到即止，但终不忍思考的成果就此化为乌有。权当发表在自己的小说之中。类似的情况还有小诗《黑树林》和再创作翻译歌词《回忆》。

《意识丛林》的故事与《山巅之城》是相互关联的，但也完全可以单独阅读。只不过，如果看过《山巅之城》，会更有助于《意识丛林》的阅读的，虽然风格完全不同。在《意识丛林》中，里面有看似随意、凌乱的记忆碎片，其实是严格取自《山巅之城》的精巧安排，借以对读者进行种种暗示。这与本小说高度的结构主义不无关系，四夜三天的故事，从星空大厦始，又在星空大厦终。在“寻找记忆”的过程中部分用回忆插叙。关键文眼反复出现，构成文字和弦。不但形式如此，内容上也充满了结构主义的色彩，如：“‘每种结构都会产生独特的功能。事实上，每种功能也必定由某种结构所产生。在某种程度上来说，结构与功能其实是一体的，其关系恰如物质与能量。’莫院长心里默念起来，他有卓越的记忆力。‘任何结构都试图平衡，这会产生一种特殊的势能，我们可以称之为结构的力场。结构的力场持续在结构中发生着作用。要避免结构力场的统治，除了逃脱结构之外，只有一个办法，那就是破坏之’”。“任何情感体验都只是在特定结构下的心理反应。至于负面正面，那只是对这种结构期望的方向不同而已”。“简而言之，就是微结构决定意识。再扩而大之，任何宏大的事物都是由微小的结构决定的。要改变宏大的事物，必须改变微小的结构”。回环嵌套式的精巧结构，心理和精神分析的专业色彩，悬疑、惊悚、情感的混杂风格，加之更多地采用了欧化句式（包含状语、定语更多的长句，大量使用逻辑词语的复合句），这些因素的叠加使《意识丛林》的阅读难度会明显高于《山巅之城》，如果后者为“1”，前者至少可达“1.5”。

文学的文本是确定的，但对文本的解读又是不确定的，甚至有不为作者自己所注意的隐喻。就如三棱镜，不同的角度可以折射不同的光彩。主人公在书中的多个名字，也许隐喻着多重人格。当我校稿到最后一遍的时候，突然发现，从某种角度来看，这本书主体上既不是推理小说，也不是渗透小说，甚至也不是心理小说，而只是情感小说，是错综复杂的关于恋爱关系的情感小说。“求不得时许愿心，爱别离中见情缘”“丝丝落下的月光，照见我无名的彷徨”。

学土木结构出身的缪正刚先生曾问我，“正立方体是不是立方体?”我回答当然是。他又反问这有什么区别？我说也许可以“诱导”读者联想到“超立方体”，如同正立方体由六个二维的正方形作为边界一样，超立方体由八个三维的正立方体作为边界。四维空间！这正是我计划在第三部中重点运用的元素，科幻题材的悬疑推理小说，借此构成一个完整的三部曲，分别以经济、心理、科幻为题材的悬疑推理小说系列。

感谢张建华先生为本书题字！感谢陈思红女士、朱银辉女士、缪正刚先生、赵银海先生、史红哲先生等，他们作为我的特约试读员，提出了不少宝贵的意见！感谢周斌先生、谢志强先生，他们提供了不少独特的帮助！感谢其他一切关心、支持我持续开展创作活动的亲友们！

2020年9月8日

注：双引号内的句子或段落均摘自《意识丛林》原文。